Das Amulett des Sarazenen

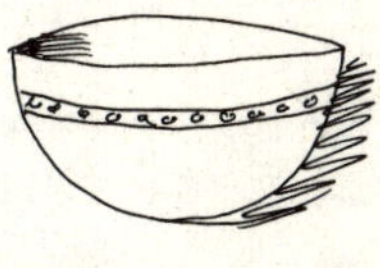

URSULA WALCH

Das Amulett des Sarazenen

ROMAN

Weltbild

Besuchen Sie uns im Internet:
www.weltbild.de

Genehmigte Lizenzausgabe für Verlagsgruppe Weltbild GmbH,
Steinerne Furt, 86167 Augsburg

Umschlaggestaltung: Studio Höpfner-Thoma, München
Umschlagmotiv: Getty Images, München
Gesamtherstellung: GGP Media GmbH,
Karl-Marx-Straße 24, 07381 Pößneck
Printed in Germany
ISBN 3-8289-7683-2

2008 2007 2006 2005
Die letzte Jahreszahl gibt die aktuelle Lizenzausgabe an.

INHALT

WAS BISHER GESCHAH

Im Jahre 1500 lernt die maurische Kaufmannstochter Zaida Don Diego de Monterrey, den Marqués von Alicante, kennen. Als sie wenig später mit einem viel älteren Mann verheiratet werden soll, ruft sie ihn zu Hilfe. Der Marqués hilft ihr zwar, die Hochzeit zu vereiteln, fordert aber von der schönen Maurin einen hohen Preis: das *jus primae noctis*. Die einzige Begegnung hat Folgen, Zaida wird schwanger. Don Diego erfährt davon und will die Maurin zu seiner Mätresse machen. Doch Zaida gelingt es, den Marqués zu täuschen und mit dem Kind am Tag nach der Geburt zu fliehen.

Zaidas Sohn Nicolas wächst im Hause seines Großvaters auf, der Spanien ebenfalls verlassen und sich in Tunis niedergelassen hat. Von dort aus begleitet er den Kaufmann auf den Handelsreisen im gesamten Mittelmeer. An seinem zehnten Geburtstag löst Zaida das dem Marqués gegebene Versprechen ein und bringt ihren Sohn auf die väterliche Burg, um ihm eine adlige Erziehung zu ermöglichen.

Die Sommermonate verbringt Nicolas auf dem Schiff seines Großvaters und lernt neben dem Segeln die kaufmännischen Gepflogenheiten und die großen Hafenstädte kennen. Alkohol, Dirnen und Spiele verführen ihn. Als er sich aus einer lebensbedrohenden Situation retten kann, schwört er, seinen lockeren Lebenswandel zu überdenken. Als Buße beugt er sich dem Wunsch seines Vaters, die Kunst der Diplomatie zu erlernen.

Widerwillig begibt er sich mit achtzehn Jahren an den königlichen Hof nach Toledo und lebt dort im Hause seines ehrgeizigen älteren Halbbruders. Nicolas, den sie bei Hof den Mauren nennen, verliebt sich in seine Schwägerin und schwängert sie. Elvira aber spielt nur mit ihm und belässt ihn in dem Glauben, dass ihr Sohn Jaime das Kind seines Halbbruders sei.

Der bei den Damen des Hofs sehr erfolgreiche junge Maure nimmt in Toledo an Jagden, Turnieren und Tertulias teil. Nach einer Auslandsreise im Gefolge des Königs anlässlich dessen Krönung in Aachen hilft er bei der Vereitelung eines Aufstandes des gemeinen Volkes. Hass, Eifersucht und Intrigen, vor allem von Seiten seines Halbbruders, treiben ihn schließlich in ein Duell, bei dem er einen flämischen Grafen – den Vertrauten des Königs – tötet. Nicolas flieht.

Selbst verletzt, wird er von einem skrupellosen Hauptmann und königlichen Soldaten gejagt. Die Flucht treibt ihn quer durch Spanien. In Barcelona, schon am Ende seiner Kräfte, sieht er seine einzige Rettung in einem auslaufbereiten Schiff im Hafen. Als er merkt, dass es sich um ein Piratenschiff handelt, ist es für eine Umkehr zu spät.

Auf der Feluke wird Nicolas an das Ruder gekettet, der blonde Hüne Erik teilt mit ihm die Ruderbank. In dieser ausweglosen Situation wagt Nicolas alles. Mit Hilfe des Iren gelingt es ihm in einer tollkühnen Aktion, das Schiff in seine Gewalt zu bringen. Von den ehemaligen Rudersklaven zum Kapitän gewählt, beschließt der uneheliche Sohn des Marqués von Alicante, die Laufbahn eines Piraten einzuschlagen. Nach nur bescheidenen Erfolgen im Mittelmeer kapert er ein zweites Schiff, das fortan sein Freund Erik befehligt, und verlegt seine Aktivitäten in den Atlantik, um dort heimkehrende spanische Karavellen zu überfallen. Die erbeuteten Schätze bringt er in einer geheimen Tropfsteinhöhle auf Mallorca in Sicherheit.

Schon reich, lässt er sich eine Festung auf der kleinen Insel Tagomago erbauen. Als er auf offener See auf den berüchtigten Piraten Barbarossa trifft, kommt es beinahe zum Kampf. Nicolas trickst den skrupellosen, zum Admiral der türkischen Flotte aufgestiegenen Piraten aus.

Im Frühjahr 1530, während eines Aufenthaltes in Sevilla, hilft er seiner Schwägerin Elvira aus einer misslichen Lage und beschafft ihr eine Hebamme. Um die Geburt geheim zu halten, fällt seine Wahl auf eine Zigeunerhebamme von ungewöhnlichem Ruf. Er lässt die schöne Juana entführen und muss feststellen, dass sie ihn nicht nur aufgrund ihres Könnens beeindruckt. Auch ihre stechend grünen Augen geben ihm Rätsel auf, sind die seinen doch von ebensolcher Farbe.

Da erfährt der Piratenkapitän von einer zu erwartenden Goldlieferung aus den Kolonien. Eilends verlässt er Sevilla. Die rätselhafte Zigeunerin verliert er vorerst aus den Augen, kann sie jedoch nicht vergessen.

EUROPA
ANTWERPEN
GENT
BRÜSSEL
PARIS
VENEDIG
GENUA
ARLES
S. MARIES DL. MER
RAGUSA
BARCELONA
AJACCIO
ROM
NEAPEL
ISTANBUL
TOLEDO
LISSABON
VALENCIA
MALLORCA
ALICANTE
SEVILLA
GRANADA
IBIZA
CAGLIARI
PALERMO
CADIZ
MALAGA
ALGIR
BUNA
HADITHA
TUNIS
MALTA
KRETA
MAGHREB
EL-ADNA
DJERBA
TRIPOLIS
ALEXANDRIA
KAIRO
SUEZ
KOSSEIR
LUXOR
THEBEN
ARABIEN
DAS
ALTE
NUBIEN
DJIDDA
MEKKA
KUSCH
DAHLAK INSELN
MASSAUE
MUKALLA
ADEN
ZAILA
AFRIKA
MOGADISCHU
VIKTORIASEE
MALINDI
LAMU
MOMBASA
SANSIBAR
KILWA
MADAGASKAR

I.
TUNIS, Mai 1530

Nicolas de Monterrey stand auf dem Achterdeck der »Aguila« und starrte teilnahmslos in die dunkle Nacht. Immer noch roch es auf dem Schiff nach Blut, Schweiß und abgestandenem Urin. Immer noch mussten Leichen ins Meer geworfen werden. Ein Heer schwarzer Sicheln durchpflügte das im Mondschein silbern glitzernde Wasser und folgte ihnen beharrlich.

Soeben hatten sie Gaston über die Reling gekippt. Ihm war im Kampf eine Hand abgeschlagen worden und dann, bereits im Delirium, hatte Amin unter seinem Arm einen dunklen Knoten entdeckt. »Mitunter dringt das Gift überallhin, Marqués. Wie Ihr wisst, setzt bei dem Knoten der Brand ein. Man müsste ihm Blutegel ansetzen, die wir nicht haben. Anderenfalls …«

»Na'am.« Er wusste, was andernfalls wäre. Verdammt! Ein Freiflug zu den Haien wäre noch das Beste für ihn. Der Kerl hatte seiner Meinung nach ohnehin keine Chance, so oder so.

Aber dann sagte Amin: »Bis wir in Tunis sind und einen Arzt finden, der die Fäulnis heilen kann, wird sein Arm schwarz wie Seemannspech sein und so stinken, dass ihn seine eigenen Kumpels über Bord werfen.«

Eben. Warum nicht gleich? Er schielte zu Gaston. Amin starrte ihn in einer Mischung aus Entsetzen und Ungläubigkeit an.

»Also amputieren.«

Amin nickte. »So schnell wie möglich.«

Er selbst hatte sein Schwert gezogen und den Armstumpf unterhalb des Schultergelenks vom Körper getrennt. Gaston aber war aus seiner Bewusstlosigkeit nicht mehr erwacht …

Und immer noch fanden die Männer Wein und Rum und feierten ohne Ende.

Die hünenhafte Gestalt des Freundes bemerkte Nicolas erst, als sie sich aus dem Schatten löste und auf ihn zutrat. »Reizend, dass einer mich ablösen kommt!«

»Find ich auch.« Erik rülpste. »Schiebst du heute Nacht Wache, Partner?«

»Nein, aber du.«

»Ho, ho!« In den hellen Augen blitzte der Schalk. »Was lässt dich hoffen?«

»Oh, es gibt ernsthafte Hinweise!« Ein breites Lächeln zog Nicolas' gut geschnittene Lippen auseinander. »Ich steh mir nämlich schon lange genug die Beine in den Bauch, mon ami.«

»Hm«, nickte Erik, »ein Problem.« Dann brach er in schallendes Gelächter aus. »Im Prinzip spricht nichts gegen einen gemütlichen Stuhl an Deck.«

Nicolas warf dem Freund einen unheilschwangeren Blick zu. »Schön, aber auch mit dem verdammten Stuhl will ich hier nicht überwintern!«

»Nein?« Erik grinste. »Dann muss ich wohl übernehmen, schätze ich. Du weißt ja, wo ich den Winter über sein werde!«

Der mächtige Lockenkopf wackelte, und die blauen Augen rollten. So eindeutig, dass Nicolas launisch brummte: »Auf deiner Frau vermutlich.«

»Das will ich meinen, Mann!«, rief Erik vergnügt. »Und nun werd ich einen halbwegs gemütlichen Stuhl suchen.«

Als es sich der Ire auf diese Weise bequem gemacht hatte, verließ Nicolas kopfschüttelnd das Achterdeck. Die knarrende schmale Treppe zu seiner Kajüte hinabsteigend, ließ er den Kampf Revue passieren. Das Gemetzel mit den königlichen Soldaten war erbittert und langwierig gewesen und der Blutzoll hoch. Für Moctezumas Gold hatten sie einen hohen Preis bezahlt. Und dennoch. Niemand da unten bereute es, nicht einmal die Verwundeten. Ein kurzes Lächeln huschte über seine Züge und erinnerte ihn schmerzhaft an die frische Wunde in seinem Gesicht.

Die Kaperung der »Guadalupe« und der Raub des Aztekenschatzes von der spanischen Krone war der größte Erfolg seiner Freibeuterkarriere. Die erbeuteten acht Truhen mexikanischen Goldes bedeuteten unermesslichen Reichtum, und jeder der Piraten wusste, dass ihr Kapitän auch diesmal mit ihnen teilen würde. Dementsprechend hatten sie den Triumph gefeiert. Und feierten ihn immer noch. Es war schwer zu sagen, was den Männern mehr zusetzte, ihre Verwundungen oder der Alkohol, und eigentlich wusste niemand so recht, wie sie es dennoch geschafft hatten, den Kurs beizubehalten.

Nachdem sie Erik in der Meerenge von Gibraltar an Land gerudert hatten, segelten sie bei gutem Wind weitab der maghrebinischen Küste gen Osten. Der Freund hatte genug Gold bei sich, um sich schnellstens bis Cordoba durchzuschlagen. Allzu weit konnte der Tross in diesen vier Wochen seit seinem Aufbruch nahe Sevilla ja noch nicht gekommen sein. Und wenn doch? Kurz schob sich Nicolas' kantiges Kinn nach vorn, dann straffte er seine Schultern. Er hatte seinen verlässlichsten Mann auf den Stamm der Calé angesetzt. Zuversichtlich, die Zigeunerin bald in seinen Armen zu halten, verschwendete er keinen Gedanken mehr an die Sache.

Wenige Tage später umschifften sie weiträumig das Kap Blanc und segelten in den Golf von Tunis. Vorbei an der Mündung des Medjerda und den Ruinen des alten Karthago, näherten sie sich der kleinen Insel La Goleta und glitten an ihr vorbei in die Bahia von Tunis. Der Anblick der blauen Bucht und der hellen, fast weißen Küstenlinien zu beiden Seiten war von geradezu wundersamer Schönheit.

»Als ich ein kleiner Junge war«, erzählte Nicolas Ramon, der mit ihm auf dem Achterdeck stand, »und hier in Tunis und auf dem Schiff meines Großvaters lebte, verwüstete der Pirat Barbarossa die Küste des Mittelmeers von Rhodos bis Südspanien. Horuk, der Ältere, war der Schrecken der Meere und für viele gleichbedeutend mit der Hölle.«

»Wie sein Bruder Cheir-ed-Din heutzutage«, warf der andere ein und bückte sich, während er sich am Kopf kratzte, nach einem Tauende.

»Klar, das ist dieselbe Brut. Du hast ihn ja kennen gelernt.« Nicolas trat an die Brüstung. »Eines muss der Neid ihnen lassen«, er schielte zu Ramon. »Trotz aller Bösartigkeit und Launenhaftigkeit besitzen die Brüder zweifelsohne Charisma – jenes Charisma, das den Erfolg und das Ansehen aller Heerführer und Helden der Geschichte ausmacht.«

Ramon spuckte über die Reling. Während er das Tau weiter aufrollte, meinte er trocken: »Die haben eine schwarze Seele, Marqués.«

Nicolas schätzte den wortkargen, nicht unattraktiven Mann, der das wenige, das er sagte, auf ganz eigene Weise betonte. Sein Zwillingsbruder Roman dagegen schwatzte gerne und viel und konnte gelegentlich sogar höchst unterhaltend sein.

»Da hast du verdammt Recht«, lachte Nicolas und tastete an seine linke Wange. Er sah zum Himmel auf. Silbermöwen kreisten scheinbar schwerelos, monotone Bahnen ziehend, über dem kobaltblauen Wasser. Dann schweifte sein Blick zur Insel La Goleta. »Die spielt eine traurige Rolle in der jüngsten Vergangenheit des *Maghreb-el-Adna*. Bis vor kurzem hielt dort Cheir-ed-Din – wie heute auf Djerba – Tausende von christlichen Gefangenen und Geiseln fest. Viele Spanier, lässt sich denken …«

»Und Spanien will gegen diese Bande nichts unternehmen? Das ist ja lächerlich!«

»So lächerlich auch wieder nicht. Spanien sandte bald eine erfolgreiche Expedition unter dem Kommando von Admiral Andres Doria. Ich war damals ein Junge und mit meinem Großvater auf einer ausgedehnten Handelsreise – es soll beeindruckend gewesen sein! Dem Admiral bin ich später mal am königlichen Hof in Toledo begegnet, das ist jetzt zehn Jahre her. Schon damals war er in vorgerücktem Alter …«

»Was sagt Ihr da?« Dem sehnigen Mann stand die Verwunderung ins Gesicht geschrieben. »Soviel ich gehört habe, befehligt Doria heute noch des Königs Flotte …«

»Eben«, überlegte Nicolas und rieb sich sein stoppelbärtiges

Kinn. »Mir scheint, der alte Seebär legt es auf Teufel komm raus auf ein Seebegräbnis an. Der stirbt noch auf einer seiner Affenschaukeln an Altersschwäche!«

»Wenn er nicht im Techtelmechtel mit Rotbart den Arsch zukneift.«

»Auch möglich.« Nicolas strich sich über die dunklen Bartstoppeln, die ihm ein verwegenes, wildes Aussehen verliehen. Er grinste. »Ich wette, der will es noch mal versuchen. Doria gelang es zwar, Oran, Bugia und Tripolis direkt der spanischen Krone zu unterstellen, aber ums Verrecken nicht, die Piratenbrüder zu fassen. Immerhin konnte er die Gefangenen der Insel Goleta befreien … Dass er auch Barbarossas Flotte niedergebrannt hatte, war wohl nur für die Schiffsbauer der Gegend von Bedeutung.« Seine gut geschnittenen Züge nahmen schärfere Konturen an. »Die Brüder, das ist ja die Sauerei, zählten schon damals auf die Hilfe des Emirs von Algerien, des Emirs von Tlemcen, sogar des Sultans von Marokko und vor allem auf die Hilfe des mächtigen Sultans von Konstantinopel und befehligten schon bald wieder bedeutende Flotten.«

»Nicht zu glauben«, meinte der Taumacher, der noch zu jung war, um sich an die Geschehnisse vor zwanzig Jahren zu erinnern. »Und wo blieben die gefürchteten schwarzen Galeeren in all der Zeit?«

»Oh, die Johanniter waren mit ihrem eigenen Befreiungskampf auf Rhodos beschäftigt – jahrelang.«

Sein Zwillingsbruder Roman hatte sich mit einem Verband um die Schulter zu ihnen gesellt und mischte sich ein. »Cheired-Din bemächtigte sich doch auf schändlichste Weise des algerischen Throns.«

Der Kapitän schüttelte den Kopf. »Das wird dem Jüngeren angedichtet, aber in Wahrheit war es Horuk. Der fiel Jahre später im Kampf gegen spanische Soldaten irgendwo hier in der Wüste.« Er machte eine unbestimmte Handbewegung nach Südwesten. »Die beiden wurden ständig verwechselt, sahen sich angeblich auch sehr ähnlich. Zumindest der auffällige kupferrote Bart war derselbe …« Nicolas spähte steuerbordseitig das

Ufer entlang. »Nach Horuks Tod folgte ihm Cheir auf den algerischen Thron. Dessen zahlreiche Versuche, die reichen, spanisch kontrollierten Städte an der nordafrikanischen Küste einzunehmen, schlugen, wie ihr ja wisst, bis heute fehl. Mal abwarten, was er nun vorhat …«

Seine Erheiterung verflüchtigte sich, und eine energisch geschwungene Braue schob seine Stirn in Falten. Seit geraumer Zeit schon warf der türkische Pirat und Statthalter von Algier Cheir-ed-Din »Barbarossa« ein Auge auf Tunis, wo der Emir Muley Hassan aus dem Geschlecht der Hafsiden herrschte.

Auf La Goleta war nichts Ungewöhnliches zu bemerken, das Eiland machte einen unbewohnten und friedlichen Eindruck. Auch die anschließende Bahia mit dem großräumigen Hafen schien ruhig. Neben Schaluppen und Dhaus lagen Karacken, griechische Korsaren, türkische Pinken und auch Karavellen vor Anker. Dennoch gab Nicolas Befehl, zunächst weiter draußen Anker zu werfen und ihn in den Hafen zu rudern.

Tunis war die Stadt seiner Kindheit, doch schon lange fühlte er sich hier nicht mehr wohl, geschweige denn zu Hause. Trotz der guten Kontakte seiner Familie zum Herrscherhaus – der Mann seiner Tante Jasmin bekleidete ein wichtiges Amt und Großvater hatte wohl viele Vorteile daraus gezogen – konnte sich das Blatt jeden Augenblick wenden. Barbarossa schielte schon nach Tunis. Schnell konnte er die Seiten wechseln und statt des Emirs Muley Hassan dessen verfeindeten Bruder Ar-Raschid protegieren.

Während zwei seiner Männer sich in die Riemen legten, musterte Nicolas, die Augen beschattend, jedes einzelne Schiff im Hafen. Dann entdeckte er die »Magam«. Ein Lächeln legte sich um seine Lippen, und die gerade erst verheilte Schnittwunde spannte. Gestern hatte Amin die Fäden gezogen. Na ja, von wegen »seine schönste Naht für den *Coptan!* …« Karim würde entsetzt sein, aber Erik hatte lediglich eine Schulter gezuckt und lakonisch gemeint: »Mit all dem Gold ist es doch scheißegal, wie du aussiehst!« Typisch Erik.

Nicolas zeigte auf die prächtige Dhau an der Mole, die gerade entladen wurde. Mit seiner stolzen Länge von fast zwanzig Klaftern wurde das Handelsschiff seinem Namen, der »Königliches Haus« bedeutete, durchaus gerecht.

Als er den Steuermann Jalil entdeckte, sprang er auf die Stufen des Kais, wechselte mit ihm einige Worte, stieg wieder ins Boot und ließ sich zur »Aguila« zurückrudern. Kurz darauf flatterte der schwarze Adler auf silbernem Grund, als sie mit stolz gehisster Flagge in den Hafen von Tunis einliefen. Sie ankerten längsseits der »Magam«, die auf diese Weise zwischen ihnen und dem Pier lag, sodass man vom Hauptdeck der »Aguila« aus auf die niedrigere Dhau springen konnte.

Karim war von Jalil benachrichtigt worden und stand an Deck, um seinen Cousin und engsten Freund zu begrüßen. Auch Nicolas stand am Bug seines Schiffes und schwenkte das Barett. Abgesehen davon, dass er den Araber diesmal geschäftlich aufsuchte, freute er sich über jedes Zusammentreffen. Dann tauchte er in diese andersartige Welt ein, die ihm von Kindheit her vertraut war und in der er sich wohl fühlte – wohler als in der abendländischen, christlichen Welt. Das hatte nichts mit der Religion zu tun. Es waren die Gerüche und Stimmen, die orientalische Musik und die Märchen, die seine Kindheitserinnerungen prägten und die in allem eine Spur farbenprächtiger, lauter und kraftvoller waren. Dennoch wollte er sich nicht den strengen Regeln des Islams unterwerfen, wollte sich weder als Moslem noch als Christ bekennen, obwohl er getauft worden war, als man ihn mit zehn Jahren an den Hof seines Vaters gebracht hatte.

»*Salam alaikum!*«, rief Karim, eine Hand am Herzen. Nicolas erwiderte den Gruß: »*Wa alaikum as-salam!*«

»Du hast Glück, mich anzutreffen, *sadiq-i*, wir sind heute Vormittag eingelaufen. Ich nehme doch an, du kommst, um mich zu besuchen?«

»Nur deshalb, mein Freund!«

»Und das?« Karim starrte auf seine Wange und schüttelte entsetzt den Kopf. Das war abzusehen gewesen.

»Bei allen Tugenden Mohammeds«, jammerte er, »jedes Mal bist du um eine Zierde reicher!« Er verzog das Gesicht.

Nicolas griff sich an die Narbe. »Hm, dumm gelaufen.«

»Eine Handbreit tiefer, und der Schnitt wäre tödlich gewesen.«

»Tja, so musste der andere dran glauben. Also, kurz gesagt …«

»Nein, lass mich die lange Version hören!«

»Wie du willst. Nun, wieder so ein spanischer Kapitän, der nicht einsichtig sein wollte und den Helden spielen musste. Ich meine, das Gold *gehörte* ihm schließlich nicht!«

»Dir auch nicht.«

»Das stimmt.« Nicolas grinste. »Mit einem Unterschied: Ich wollte es für mich, und der wollte es für einen Schnösel, den er gar nicht kennt …«

»… der immerhin euer König ist.«

»O ja! König und Kaiser und was weiß ich. Der sammelt die Titel wie unsereiner Pickel am Arsch. Aber glaub mir, *sadiq-i*, es lohnt sich nicht zu sterben für ihn. Nicht für diesen König. Der wagt es nicht einmal, mit dem Schwert einem Hirsch entgegenzutreten. Ich weiß, wovon ich spreche!« Ein spöttischer Zug legte sich um Nicolas' Mundwinkel, als er an die königliche Jagd vor elf Jahren dachte.

»Vermutlich hat er dir sein Schwert deshalb vermacht. Wie man sieht, kannst du mehr damit anfangen. Allerdings dürfte er dabei nicht den Raub seines Goldes im Sinn gehabt haben.«

Nach herzlichen Umarmungen nahm Karim den Cousin um die Schulter und schob ihn in Richtung seiner Kajüte.

»Warte, *sadiq-i*, ich muss erst was klären. Sag, können deine Männer von jetzt an ein … scharfes Auge auf die »Aguila« haben? Ich bin in einer schwierigen Situation – du verstehst.«

Eigentlich nicht, dachte Karim. Kurz versuchte er in Nicolas' Augen zu lesen, dann versicherte er: »*Taman.* Was immer es auch sei, du hast mein Wort und Jalils Zuverlässigkeit.«

Während er seinem Steuermann Anweisungen gab, winkte der Marqués Ramon und Baltasar zu sich. »Keiner verlässt das

Schiff! Das Gold ist jetzt auch Karims Sache, und er wird es strengstens bewachen lassen. Sagt den Männern einfach, dass jetzt mehr Leute von dem Gold wissen und dass sie es hüten müssen wie ihren Augapfel. Wer meint, sich meinen Befehlen widersetzen zu können, wen es dennoch zu einer Spelunke oder Hafenhure zieht, hat sein Gold verspielt! Hab ich mich deutlich ausgedrückt?« Als die beiden nickten, fügte er scharf hinzu: »Dann macht es auch der Mannschaft klar! Keiner von denen kann den Mund halten, erst recht nicht, wenn der Alkohol die Zunge löst.«

Ramon und Baltasar verschwanden auf die »Aguila«, und Karims Männer bezogen Posten. Miguele und Jordi wurden in Begleitung zweier Wachen der »Magam« auf den Markt geschickt, um nach Herzenslust einzukaufen: vor allem Fleisch, Gemüse, aber auch frische Minzeblätter, die die Männer gerne kauten, um die lästigen Fliegen von sich fern zu halten. Ihre Aufgabe sollte es in den nächsten Tagen sein, die Mannschaft bei Laune zu halten und abzulenken.

Karim und Nicolas konnten sich endlich zurückziehen. Hatte man das kleine Reich des Handelskaufmanns einmal betreten, erinnerte nichts mehr an ein Schiff, vom sanften Schaukeln auf den leise gegen die Kaimauern klatschenden Wellen abgesehen. War die Kapitänskajüte der »Aguila« schon ein komfortabler Salon mit Sekretär, Bücherwand, Teppichen und Kohleofen neben einem Alkoven und einem Abtritt, so war sie dennoch spartanisch im Vergleich zu Karims Suite. Der Araber liebte den Prunk und den Luxus. Raritäten aus Messing, Elfenbein, Silber und Ebenholz füllten den geräumigen Salon, der durch die roten und goldenen Töne dennoch gemütlich wirkte. Etwas abseits befanden sich der Alkoven mit breitem Bett und das Bad, ein Kleinod aus Marmor und Messing.

Nicolas ließ sich auf einem runden Lederhocker nieder und atmete langsam und bewusst den vertrauten Duft von Rosenwasser, Sandelholz und Zitrus ein. Dieser Duft war untrennbar mit seinem Cousin verbunden. Schon die Kajüte seiner vorherigen, bescheideneren Dhau hatte denselben Wohlgeruch verströmt. Während Karim nun Vorbereitungen traf, für sie beide Tee zu bereiten, beobachtete Nicolas den Mann.

Es gab zu jener Zeit kaum ein klügeres Volk als das der Araber, und unter seinen Landsleuten war Karim Hassan al Mansib einer der klügsten. Von mittelgroßer Statur, schlank und sehnig, ließen seine Bewegungen ein geschmeidiges Muskelspiel erkennen. Schon in ihrer Jugend hatte Nicolas bewundert, wie sein Cousin Kraft und Stärke durch Geschicklichkeit und Schnelligkeit wettzumachen verstand. Karims Haupt zierte stets eine Kofiah mit dunkelblauer Quaste. Die ovale knappe Filzkappe, die in Weiß oder den Farben seiner Kleidung gehalten war, bedeckte jedoch nur einen Teil seines vollen, schwarzen Haares, das er kurz geschnitten trug. Entgegen der arabischen Tradition war sein Gesicht glatt rasiert, nur am Kinn ließ er einen kleinen Bart stehen, den er sorgfältig stutzte. Unter energisch geschwungenen schmalen Brauen blickten leicht schräg gestellte schwarze Augen, die wie die olivfarbene Haut ein Erbe seiner ägyptischen Mutter waren. Einzig seine Hakennase störte die Harmonie in dem gut geschnittenen Gesicht, weshalb man den Araber nicht unbedingt schön nennnen konnte, sicherlich aber anziehend und vor allem eines: interessant. Durch und durch Kaufmann und Händler, war Karim nicht nur klug, sondern auch aalglatt. Ein Vollblutaraber, der die spanische Linie seiner Vorfahren nie erwähnenswert fand. Für Karim waren die Spanier ein Volk, das ständig davon träumte, sich eine wunderbare Zukunft aufzubauen, jedoch nie aus seiner fürchterlichen Gegenwart herausfand.

Aus einer feinen Porzellandose füllte der Cousin Minzeblätter in ein Kännchen und goss kochendes Wasser darüber, das er mit glühender Holzkohle zum Sieden gebracht hatte. Das Teekännchen stellte er zurück auf den Buchari, einen kleinen Messingsamowar aus Südarabien, um den Minzetee ziehen zu lassen. Dann spülte er in einer Schale zwei schlanke Teegläser und Silberlöffelchen und trocknete sie umständlich mit einem Tuch. In die Gläser füllte er ein Drittel Zucker, ein Drittel Teesud und zuletzt ein Drittel kochendes Wasser. Mit einem zufriedenen

Lächeln auf den Lippen ließ er sich auf einem Stapel Seidenteppiche nieder. Auf dem Messingtischchen zwischen ihnen standen, wie immer, Kandiszucker, ein Schälchen mit Honig, Datteln und verschiedene kandierte Früchte.

Nach dem Austausch der unvermeidlichen Höflichkeiten, die die engste Familie betrafen, kam Nicolas zur Sache. Die Unterhaltung fand wie immer auf Arabisch statt. Aus taktischen Gründen – er kannte Karim gut genug – erwähnte er weder die Truhen mit den Pretiosen noch die zwei Kisten mit den ausgefallenen goldenen Utensilien und Ziergegenständen. Und er sprach auch nur von zwei Truhen Goldbarren, ebenjenen, die er gegen Münzen eintauschen und verteilen wollte. Den Inhalt der beiden anderen, also seine Hälfte, würde er ohnehin in seine Höhle bringen und dort verwahren. Nicht, dass er Karim nicht vertraut hätte. Doch wozu ihn weiter beunruhigen und eventuell zögern lassen? Auf keinen Fall durfte er Zeit verlieren, denn seine Männer würden sich nicht lange auf der »Aguila« einsperren lassen. Es war nur eine Frage der Zeit, wann Langeweile und Unmut zu Streitigkeiten führen würden. Aufgrund der heiklen Ladung einerseits und der Verlockungen des Hafens andererseits herrschte eine spürbare Spannung an Bord, die sich vor allem durch Alkohol leicht entladen konnte.

Nachdem sich der Cousin Nicolas' Bericht schweigend angehört hatte, stand er auf und begann im Salon rastlos auf und ab zu gehen, was er immer tat, wenn ihm etwas Kniffliges durch den Kopf ging. Dann setzte er sich mit untergeschlagenen Beinen auf den Stapel Teppiche und strich nachdenklich über seinen Kinnbart. Schließlich nickte er.

»*Tamam.*« Er sah auf. »Ich brauche einen Goldbarren als Demonstrationsstück. Äh, wie viele sind es überhaupt?«

»Das weiß ich noch nicht. Ich schätze etwa dreißig bis fünfunddreißig Stück pro Truhe.«

Karim pfiff leise vor sich hin. Dann schüttelte er händeringend den Kopf: »Bei Allah und seinem Propheten, nicht mal ein Zehntel davon könnte ich hier eintauschen, Cousin!«, beteuerte er. »Und dann noch in so kurzer Zeit! Dazu müssten wir nach Kairo oder Istanbul.«

»Fahr'n wir aber nicht, *na'am*?« Nicolas grinste den Cousin unverschämt an. »Tja, hör dich mal um. Du hast die besseren Beziehungen hier. Wie du weißt, gehst du dabei nicht leer aus.« Er rollte mit den Augen.

»Bei allen Huri und Djinnis, das ist meine geringste Sorge! Aber dein Problem könnte leicht zu meinem werden, weil es nämlich meine Kapazitäten übersteigt. Wenn Barbarossa davon Wind bekommt …«

»Ja dann«, Nicolas lachte, »dann haben wir wirklich ein Problem. Sag, gibt es was Neues von ihm?«

Karims schwarze Augen blitzten. »Ha, der versucht nun, sich mit Ar-Raschid zu verbünden. Aber der einzige Bruder, der von Muley Hassan nicht hatte ermordet werden können, ist, so paradox das klingen mag, ein Feigling. Unsere ganze Familie steht nach wie vor hinter Muley Hassan.«

Er goss beiden Tee nach und rührte sich mehrere Löffelchen Honig ein, den er selbst »Manna« nannte. Amüsiert sah Nicolas ihm zu, während er sich vorstellte, wie die Schildläuse diese klebrige Substanz aus der Tamariske absonderten. »Weißt du, dass ich das Teetrinken genauso wenig missen möchte wie eine gute Zigarre oder einen guten Wein? Alles zu seiner Gelegenheit … Minzetee trink ich allerdings nur bei dir.«

»Oh, ich hab auch Schwarztee! Ich bin verrückt, nein, süchtig nach diesem Aroma!« Karim verzog abbittend das Gesicht.

Nicolas winkte ab und gab damit huldvoll zu verstehen, dass er mit dem Lieblingsgetränk des anderen durchaus einverstanden war.

Genüsslich schlürfte Karim den honigsüßen Tee und lächelte: »Wie auch immer, du hattest Glück, unbeschadet bis hierher zu kommen. Aber ich weiß nicht, ob das sehr schlau war. Barbarossa besitzt inzwischen wieder eine ansehnliche Flotte, und es wimmelt in unseren Gewässern nur so von osmanischen Galeeren und Galeassen. Ich würde sagen, du hast dich in die Höhle des Löwen gewagt.«

»Du vergisst, ich kenne ihn …«

»Ha, von wegen kennen! Du hast ihn betrogen …«

»Das ist Ansichtssache. Ich hätte ihn damals vernichten können.«

»Und du nimmst an, er weiß deine Zurückhaltung zu schätzen?«

»Na ja. Bedenke außerdem, die »Aguila« ist derzeit das schnellste Schiff im Mittelmeer …«

»Im Atlantik – vielleicht. Lass die Kirche im Dorf.«

»Auch gut.« Nicolas schob sich eine Kumquat in den Mund. »Im Atlantik draußen zählt wirklich nur ein schnelles Schiff, dort wird es immer kniffliger. Neuerdings macht die Armada von Kantabrien auf uns Jagd. In Geschwadern lassen sie große, schwer bewaffnete Karacken an den von den Piraten bevorzugten Routen vor St. Vincent entlangpatrouillieren. Doch sag mir«, er zog eine Braue hoch, »wie machst *du* das eigentlich? Du kannst mir nicht erzählen, dass Rotbart ausgerechnet dir nie begegnet.«

»Oh, da hab ich natürlich vorgesorgt.« Karim legte beschwörend seine Hand auf die Brust. »Obwohl unsere Familie auf der Seite Muley Hassans steht, habe ich, wie du weißt, nie Partei ergriffen – ein Kaufmann sollte das Politisieren lassen. Trotzdem hab ich mich vor kurzem mit Cheir-ed-Din arrangiert. Der hat mehr diplomatisches Feingefühl als sein wilder, blindwütiger Bruder Horuk, der letztendlich nur ein Pirat ohne Weitblick war. Nun, Allah ist mein Zeuge, ich zahl ihm eine Art Passiersteuer in Form von Waren. Alles ausgefallene Sachen, versteht sich. Bis jetzt konnte mein Bruder Abdullah die Ansprüche des Türken befriedigen. Allerdings muss ich dir ehrlich gestehen, für die Zukunft befürchte ich Schlimmes.« Karims beringte Hand wählte eine mit Pinienkernen gefüllte Dattel von dem Silbertablett. Auf seiner dunklen Haut leuchtete das Gold des Siegelringes.

»Droht Tunis ernstlich Gefahr von Rotbart, was denkst du?«

»Wenn ihn die Osmanen dabei unterstützen, das heißt, wenn Sultan Soliman Gefallen am Königreich von Tunesien findet und er den Bruder unseres Emirs als Verbündeten gewinnt, kommt Tunis so schnell unter osmanische Herrschaft wie Algerien unter Salim al-Tumi ein paar Jahre zuvor.«

Der andere nickte.

»Ich weiß indes nicht, wie ernst es den Spaniern mit unserem Schutz ist.« Karims Blick ruhte auf dem nachdenklichen Gesicht des Cousins. Die andalusischen Züge, in denen sich Selbstbeherrschung, ja beinahe Arroganz widerspiegelten, fand er hart, aber nicht unattraktiv. Sein Blick war intensiv und stolz. Nur die frische Narbe … Karim seufzte.

»Ehrlich gesagt, ich hab keinen Schimmer.« Nicolas zuckte die Schultern. »König Carlos ist natürlich bewusst, dass sie ohne Intervention sämtliche Städte des Maghrebs an die Türken verlieren werden und, was noch schlimmer ist, als Folge davon die Vorherrschaft im Mittelmeer endgültig an die Osmanen abgeben müssten. Ungeachtet jüngster Erfolge vor Wien kann es sich der Kaiser nicht leisten, den Türken nachzugeben, wo sie doch seine österreichischen Länder, also sein Imperium im Osten, immer noch bedrohen.«

»So ist es. Aber euer Carlos benötigt Geld.«

»Der Kaiser braucht immer Geld. Nur, wo wird er diesmal fündig?«

»Er soll Anleihen bei den Fuggern und Welsern nehmen – wenn es stimmt, um die anderthalb Millionen Gulden!«

Nicolas pfiff durch die Zähne. »Und die Sicherstellung?«

»Die südamerikanische Pazifikküste. Wie auch immer, sadiqi, der Boden wird hier allmählich zu heiß. Deine Mutter überlegt ernsthaft, nach Alexandria zu übersiedeln.«

»Ja? Wird auch Zeit!«

»*Na'am*. Wann wirst du sie sehen?«

»Das überlasse ich dir und natürlich ihr.« Nicolas schob sich eine klebrige Dattel in den Mund und leckte sich die Finger ab.

»*Tamam*, ich werde sie auf die »Magam« bringen lassen. Besuchst du mich in meinem Haus?«

Ein kurzes Lächeln huschte über Nicolas' Gesicht. »Würdest du die Schiffe in dieser Situation allein lassen?«

»Beim Barte des Propheten, nein! Komm heut Abend auf mein Schiff, dann wissen dich deine Männer in der Nähe, und du kannst dich … verwöhnen lassen«, Karim zwinkerte ihm zu. »Ich werde alles veranlassen. Inzwischen nehm ich deine Interessen wahr, wir werden sehen, was sich machen lässt. *Inschallah.*«

»*Hasanan.*« Nicolas ließ eine Reihe perlenweißer Zähne blitzen, dann umarmten sie sich. Kurz darauf händigte er Karim einen in ein Tuch eingeschlagenen Goldbarren aus und klopfte ihm auf die Schulter. Seinen Männern befahl er, eine Truhe zu leeren und die Barren zu zählen. Es waren exakt dreißig Stück in jeder Truhe. Karim verschwand mit seiner Leibwache und kam erst am Abend des darauf folgenden Tages wieder.

Ungeachtet der Brise, die weiter draußen bei La Goleta – dort wo die Lagune in den Golf von Tunis überging – ständig vom offenen Meer herüberwehte, war es im Hafen an diesem Nachmittag im Mai so heiß, dass die Männer ein Segeltuch quer über das Hauptdeck spannten und im Schatten ihre *hamaca* aufhängten. Nur wenige setzten ihr Kartenspiel fort, die meisten dösten in ihren Hängematten und warteten auf die frische Brise, die nachts in diesen Breiten im Spätfrühling aufkam. In den zwei Wochen seit dem Überfall hatten sich viele von ihren Verletzungen erholen können, denn nach dem Verlust ihres zweiten Schiffes befanden sich mehr Seeleute auf der »Aguila«, als gebraucht wurden. Pedro hatte die zweite Nacht nicht überlebt, und Francesco gewöhnte sich nach und nach daran, die Welt mit nur einem Auge zu sehen. Insgesamt hatten vier Dutzend Mann für das Gold mit ihrem Leben bezahlt.

Das Schiff schien in einen Dornröschenschlaf versunken. Auch Nicolas lag sanft schaukelnd in seiner *hamaca*, fand aber keinen Schlaf. Ein anhaltendes Völlegefühl – die beiden Köche scheuten weder Kosten noch Mühen, ihn zufrieden zu stellen – und der tranige Geruch brackigen Salzwassers wurden ihm immer lästiger. Kurz nahm er den neuesten Seemannsalmanach zur Hand, legte die kalendarischen Darstellungen aber bald zur Seite. Für astronomische Daten wie Sonnen- und Mondbahnen fehlte ihm im Moment jegliches Interesse. Schließlich gab er Ramon Bescheid, dass er ein Weilchen auf die »Magam« verschwinden würde. Auf dem Achterdeck, unter einer Art Vorzelt, saß Jalil auf einem ausgebleichten Teppich und erweckte den Anschein, vor sich hin zu dösen. In Wahrheit entging ihm nichts. Als Krieger ebenso erfahren wie als Navigator, hatte er von Karim die Alleinverantwortung für die zusätzliche Bewachung übertragen bekommen. So hatte er den Kapitän schon bemerkt, als dieser auf die Verbindungsplanken zwischen den beiden Schiffen gestiegen war. Jalil sprang auf und kam ihm entgegen.

»Salam!«, grüßte er, eine Hand am Herzen. Kurz neigte er den von einem braunen Turban bedeckten knochigen Schädel, dann sah er Nicolas offen an. Es war ihm anzusehen, dass er Wind und Wetter, Hitze und Kälte getrotzt und den Stürmen der See die Stirn geboten hatte.

Die beiden setzten sich eine Weile in den Schatten und plauderten. Schließlich vertraute Nicolas ihm an, was er zu tun beabsichtigte, und borgte sich eine Angel aus. »Das brackige Wasser«, er deutete über seine Schulter, »reizt nicht gerade dazu, das Abendessen vom Schiff aus zu fischen.«

»Na'am.« Jalil nickte. »Sämtliche Abfälle der Stadt umkreisen träge die Schiffsbäuche, bis sie langsam verfaulen.« Die Gesichtszüge des Mannes waren so ausgemergelt und kantig, dass er, obwohl er noch jung an Jahren war, bei flüchtigem Hinsehen schon über die besten Mannesjahre hinaus zu sein schien.

Abgeschirmt von einigen Wachen, schlich sich Nicolas von der »Magam« und dann weiter zum Ende der Hafenmole. Dahinter gab es einen Felsvorsprung mit niedrigen Klippen und natürlichen Buchten. Hier hatte er viele Stunden seiner Kindheit mit Angeln und Baden verbracht, hier kannte er jeden Stein und jede Felsnische. Auch jetzt hatte er große Lust, in das kristallblaue Wasser einzutauchen und sich von der sanften Strömung treiben zu lassen. Die Strömung wie auch die Brandung waren in der Lagune harmlos, weiter draußen im Golf von Tunis konnten sie indes tückisch sein.

Erfrischt und mit einigen zappelnden Fischen an der Angel kehrte Nicolas gut gelaunt am späten Nachmittag auf die »Aguila« zurück. Schon von weitem wehte ihm der Duft nach würzigen Meeresfrüchten entgegen, und er tippte auf Jordis Spezialität, in grobem Meersalz geröstete und mit den gebräunten Kristallen servierte Garnelen. Die Männer verhielten sich diszipliniert, niemand schien bemerkt zu haben, dass er die Schiffe verlassen hatte.

Als die Sonne in die Dünen am Rande der Stadt tauchte und die Masten der »Magam« lange Schatten über die »Aguila« warfen, holte ihn einer von Jalils Wachen ab und begleitete ihn zu Karims Kajüte. Die Karavelle war mittlerweile aus ihrem Schlaf erwacht, auf allen Decks ging es lebhaft zu. Es wurde gewürfelt, Karten gespielt, und die Männer, die nicht mehr besaßen als Hemd und Hose, boten nun als Wetteinsätze das zu erwartende Gold. Miguele und Jordi hatten unterdessen die Speisekammer der »Aguila« mit dem Besten gefüllt, was Tunis zu bieten hatte. Von ihrer Rivalität abgesehen – Miguele war stolz, persönlicher Koch des Marqués zu sein, und pries die italienische Küche als die einzig wahre an, während Eriks Koch Jordi die katalanische über alle anderen stellte –, schafften sie es immer wieder, gemeinsam aus der Fülle orientalischer Zutaten ein bunt gemixtes, königliches Mahl zuzubereiten. Jetzt, mit Einbruch der Dunkelheit, wurden die Wachen auf der »Magam« verdoppelt. Entlang der Mole und im Fischerhafen wurden langsam die Fackeln entzündet, die schwache Lichtkegel auf die Kaimauern warfen und in Form einer Lichterkette den einlaufenden Schiffen den Weg weisen sollten.

Nicolas betrat Karims Salon, und sofort umfing ihn das untrügliche Gefühl, nicht allein zu sein. Der Raum war spärlich erhellt, nur wenige Öllampen unter geätzten Glashauben verströmten ein gedämpftes Licht. Auf zwei Tischchen aus Ebenholz und Messing türmten sich kulinarische Köstlichkeiten, Erinnerungen aus seiner Kindheit, alles liebevoll arrangiert. Nicolas setzte sich auf den Diwan und lehnte sich in die weichen Kissen. In diesen Augenschmaus tunesischer Köstlichkeiten versunken, bemerkte er das Mädchen erst, als es sich aus dem Schatten des Alkoven löste. Lautlos schwebte es auf ihn zu, kniete vor ihm nieder und wartete.

Nicolas lächelte angenehm überrascht. Mit einem Zeigefinger hob er ihr Kinn an. »Wie ist dein Name, *gamila*?«

»Leila«, hauchte sie, und ihre großen, schwarzbraunen Mandelaugen blickten ihn ruhig an. »Oh, *sayyid*«, erkundigte sie sich höflich, »darf ich euch beim Essen behilflich sein, oder steht euch der Sinn nach etwas ... anderem?« Kokett senkte sie ihre Lider.

»Alles der Reihe nach. Ich bin hier nur zu Gast, und es wäre doch einfach unhöflich, das exquisite Mahl zu verschmähen, nicht wahr?« In Wahrheit hatte er einen Bärenhunger.

»Ja, Herr.«

Das Mädchen nahm einen weißen Porzellanteller mit zartem Goldrand und deutete auf die verschiedenen Speisen. Jedes Mal, wenn der *sayyid* nickte, lud sie ein Häufchen davon auf den Teller, bis nichts mehr darauf Platz fand. Nicolas probierte vom Hammelragout in Orangensauce, vom unentbehrlichen *sfeeha*, von der Seezunge mit Rosinen und Mandeln, von den scharf marinierten Krabben zu dampfendem Kuskus und frischem *aisch*. Dazu trank er einen wohltemperierten Roten. Selbst daran hatte Karim gedacht, obwohl der gläubige Moslem Alkohol mied.

Nicolas hatte noch nicht einmal von den süßen Köstlichkeiten auf den kleinen Silbertabletts gekostet, als ihn die anmutigen Bewegungen des Mädchens unter ihrer spärlichen Bekleidung endgültig auf andere Gedanken brachten.

Auch Leila bemerkte die veränderte Haltung des Mannes und seinen intensiven Blick und stellte den Teller beiseite. Langsam stand sie auf, nahm ein Tamburin und begann, sich zu den leisen Trommelschlägen in den Hüften zu wiegen. Durch feinste Hüllen durchsichtiger Gaze zeichneten sich ihre Rundungen ab, wobei Brustansatz und Bauch frei waren und auch die wohlgeformten olivbraunen Beine bis zu den Knien unbedeckt blieben. Es dauerte nicht lange, und Nicolas' Glied pochte heftig. Leilas Hüftschwung erinnerte ihn an einen anderen Tanz, und für einen Moment schloss er die Augen. Gequält von dem Bild und seiner Erregung schnellte er hoch und packte Leila grob am Arm. Erschrocken über diese plötzliche Rohheit wich sie zurück.

Beim Anblick der Angst in den dunklen Augen des Mädchens hatte sich Nicolas schnell wieder unter Kontrolle. Sanft schob er sie zum Alkoven. »Ich will, dass du mich ein bisschen verwöhnst; *na'am*?«, raunte er ihr mit belegter Stimme ins Ohr. »Ich hab es durchaus nicht eilig.«

»Wie Ihr wünscht, *sayyid*«, flüsterte Leila und kicherte, während sie sich an seinem Hemd zu schaffen machte.

Kaum spürte er ihre zarten Hände auf seiner Haut, entledigte er sich seiner Hose und zog sie mit sich aufs Bett. Spielerisch fuhr sie durch sein seidiges schwarzes Brusthaar, das sich leicht kräuselte. Nicolas streckte sich genüsslich auf den weichen Kissen aus und begann in Leilas Armen zu träumen. Hin und wieder zischte ein Docht leise in seinem Mandelölbad auf. An seinem geistigen Auge zogen die Frauen vorbei, die er in vergangenen Nächten geliebt hatte – selbstbewusste Venezianerinnen und stolze Portugiesinnen, leichtblütige Mulattinnen und verschlossene Indianerinnen. Doch sie alle besaßen dasselbe Gesicht, dieselben grünen Augen. *Bei allen Göttern!*, stöhnte er und dachte mit Schaudern an Toledo. So etwas durfte ihm nicht noch einmal passieren!

Als Leila mit ihrer Zunge seinen Körper zu erkunden begann, stöhnte er wieder, diesmal heftiger. Die Araberin verstand sich auf ihre Sache. Zärtlich nahm sie seine Brustwarzen zwischen ihre Lippen und saugte an ihnen. Dann flatterte ihre Zunge leicht wie ein Schmetterling über seinen Bauch, was ihn kitzelte, bis sie auf das dunkle Dreieck über seinem mächtig erigierten Glied traf. Quälend langsam fuhr sie mit der Zunge an seinen Innenschenkeln entlang, von den Knien bis zu der dichten Schambehaarung, leckte über die Hoden und am Schaft des Gliedes entlang bis zur samtig glatten Spitze. Eine aus der Furchung tretende Träne fing sie mit der Zunge auf. Wieder stöhnte er, tief und verlangend. Gott, wie hatte er das vermisst!

Angespornt von seiner heftigen Reaktion, nahm Leila seine Lanze in den Mund und kreiste mit ihrer Zunge um ihre Spitze. Ohne auf die Absichten des Mädchens einzugehen, griff er in das dichte Haar und presste ihren Mund fester auf sein Glied. Leila begann heftig daran zu saugen. Nun bewegte er sein Becken schneller, stieß seine Lanze tief in ihren Mund – den Mund, der zu dem Gesicht mit den grünen Augen gehörte. Seine Hinterbacken spannten sich an, er bäumte sich auf, und zuckend ergoss er seinen Samen in ihre Kehle.

In diesem Augenblick flog die Tür auf, und Ramon stürzte herein. Sein Anklopfen hatten die beiden nicht bemerkt.

»Marqués!«, keuchte der Pirat, hob die verstreut am Boden liegenden Kleider des Kapitäns auf und warf sie ihm zu. Die zu Tode erschrockene Leila schnappte sich Kissen, um sich dahinter zu verstecken, doch schenkte ihr ohnehin niemand Beachtung. Barfuß, sein Hemd halbherzig in die Hose steckend, stolperte Nicolas hinter Ramon zur Tür hinaus.

Vom Hauptdeck der weit niedrigeren »Magam« aus konnte er nichts erkennen. Sie rannten zur Reling und sprangen auf das zur »Aguila« gespannte Fallreep. Da sah er auf einem Blick, was los war. Einem von Karims Wachen, der abwartend und reglos neben dem Fallreep stand, riss er die Peitsche aus dem Gürtel und schwang sich an Bord seines Schiffes.

Inmitten eines großen Zuschauerkreises bewegten sich José und Luis, die drauf und dran waren, sich mit ihren Dolchen aufzuschlitzen. Keiner wandte den Blick vom anderen, während sie sich mit langsamen bedächtigen Schritten umkreisten. Die Dolche hielten sie vom Körper abgewinkelt, kampfbereit und fest umklammert. Im Schein der sanft schaukelnden Tranlampen, der lange, unruhige Schatten auf die Schiffsplanken warf und immer wieder auf ihre Gesichter fiel, las Nicolas die Entschlossenheit zu töten. Beide hatten Fleischwunden an Armen und Oberschenkeln, aus denen es stark blutete.

Dreckiges Pack!, fluchte Nicolas. Laut und auffordernd knallte er mit der Peitsche. Seine überdurchschnittliche Größe, sein muskulöser Körper, der sehnige Nacken und die Strenge in seinem Ausdruck ließ den Männern das Blut in den Adern gefrieren. José und Luis, die den Marqués aus den Augenwinkeln registriert hatten, gingen ein paar Schritte auseinander, zögerten aber, den Kampf abzubrechen. Ihre Blicke huschten zwischen ihm und dem Gegner hin und her. Doch ihr Hass und ihre Wut hatten sich unter Einwirkung des Rums so weit gesteigert, dass nicht einmal die Anwesenheit des Anführers sie zur Vernunft brachte. Keiner der umstehenden Piraten wagte sich einzumischen. Schnell hatten sich zwei Halbkreise gebildet – einer mit der Mannschaft der »Caiman«, der José angehörte, und einer mit der Besatzung der »Aguila«, zu der Luis gehörte.

Das war das eigentlich Gefährliche an der Situation, verdammt! »Hol Wasser!«, zischte Nicolas dem in nächster Nähe stehenden Ramon zu. In den Mienen der Kontrahenten las er weiterhin die Verbissenheit, den anderen, koste es, was es wolle, zu töten. Festen Schrittes näherte er sich den beiden Kerlen, die ihre Dolche immer noch aufeinander gerichtet hatten. Da ließ er hintereinander die lange Peitsche sausen, einmal auf Josés und einmal auf Luis' rechten Arm. Beiden fiel der Dolch aus der Hand. Doch José nahm blitzschnell die Gelegenheit wahr, bückte sich nach der Klinge und sprang auf Luis zu. In dem Augenblick, in dem er von unten her zustechen wollte, fing Nicolas seinen Arm ab. Seine vom Schwertkampf gestählte Hand, gepaart mit der Wut, die in ihm hochstieg, drückte unbarmherzig zu. José ließ den Dolch fallen und jaulte vor Schmerz auf. Der Kapitän zwang ihn in die Knie und gab den Arm erst frei, als man ihm Lederriemen brachte, mit denen er Hände und Füße zusammenband. Er fesselte auch Luis, der von Ramon und Baltasar festgehalten wurde, und drückte ihn zu José auf die Planken. Danach gab er Ramon ein Zeichen, die Wassereimer über die beiden Betrunkenen zu kippen. Sowohl José als auch Luis saßen mit gesenktem Kopf an die Reling gelehnt und blickten düster ins Leere.

Nicolas stellte sich auf die Stufen der Treppe, die zu seiner Kajüte führte, und spielte mit der Peitsche in den Händen. Sein Ausdruck war so finster, dass keiner der Anwesenden ein Wort sprach. Auf Deck war die gesamte Mannschaft versammelt. »Will mir einer erklären, wie es dazu gekommen ist?«, fragte er gefährlich leise.

William, der blonde Junge aus dem Norden, der mit seinem unbekümmerten Gemüt bei keiner der beiden Mannschaften Feinde hatte, räusperte sich: »Die beiden da bekamen Streit beim Kartenspielen, capitán. Luis war ständig am Gewinnen, und José, der schon mächtig viel verspielt hatte, beschuldigte ihn, falsch zu spielen.«

Nicolas sagte kein Wort, nickte nur und baute sich breitbeinig vor den beiden am Boden Kauernden auf. »Habt ihr dem noch was hinzuzufügen?«

José sah Luis an und spuckte aus. Luis zischte den anderen an und ließ eine Schimpfkanonade los, die der Kapitän ungerührt beendete.

»Da ihr nicht gegen mein Verbot, das Schiff zu verlassen, verstoßen habt, sondern aufgrund meiner Kurzsichtigkeit, was den Alkohol betrifft, einen Messerkampf vom Zaun gebrochen habt, werde ich daraus keinerlei Konsequenzen ziehen.« Er warf einen bedeutungsvollen Blick zur Rahnock. »Allerdings«, sein Ton wurde eisig, »habt ihr beide meine Autorität missachtet, und das will und kann ich nicht unbestraft lassen. *Jodidos cabrones!*« Die Peitsche zuckte ihm in den Händen.

Um die Mannschaften der beiden Schiffe nicht noch weiter zu spalten, entschied er: »Ihr werdet beide in Einzelhaft auf der »Magam« festgehalten, bis die Goldbarren eingetauscht sind. Danach erteile ich die Strafe.« Dann blickte er in die Runde und sagte mit gepresster Stimme: »Ich hasse Streitigkeiten auf dem Schiff, und ich hasse Messerkämpfe unter Kameraden, das wisst ihr alle. Seid also gewarnt! Unter den heiklen Umständen werde ich hart durchgreifen. Es steht zu viel auf dem Spiel, verdammt!« Seine giftgrünen Augen sprühten Funken. »Wenn einer einen Kameraden tödlich verletzen sollte, wird er von mir eigenhändig an der Rahnock aufgeknüpft werden. Und glaubt ja nicht, dass ihr das Gold, das ihr noch nicht mal in Händen habt, schon verspielen könnt, *joder*!«

Nicolas stieg auf die Reling, wandte sich aber noch einmal um: »Ach ja, sämtlicher Alkohol wird auf die »Magam« gebracht und bis zu meinem Widerruf dort verwahrt.« Dann sprang er auf Karims Dhau und suchte Jalil auf.

Am Abend des darauf folgenden Tages schaukelte Nicolas in seiner *hamaca* – eine jener glorreichen Entdeckungen auf den karibischen Inseln, die es ihm neben dem Tabak sofort angetan hatte – und betrachtete den sich verfärbenden Himmel, als ein Posten der »Magam« ihm meldete, der *Coptan* erwarte ihn.

Karim braute einen starken Schwarztee, und da er es nicht eilig zu haben schien, zündete sich sein Besucher eine der Zigarren an, die er am Vorabend liegen gelassen hatte. Nach kurzem Zögern griff auch der Cousin zu. Eine Zeit lang saßen sie schweigend da und rauchten. Schließlich sagte Nicolas, dass der grobe, derbe Tabakgeruch wahrlich nicht zu dem feinen Kräuter- und Rosenduft in diesen Räumlichkeiten passte. Der andere zuckte nur die Schulter, machte eine wegwerfende Handbewegung und genoss weiter den starken Tabak, der ihm am nächsten Morgen sicher wieder Kopfschmerzen einbringen würde.

Nicolas erzählte ihm vom Vorfall der letzten Nacht: »Sind ziemlich gereizt, die Burschen. Na ja, irgendwie verständlich. Noch dazu sind zwei Mannschaften zusammengewürfelt. Alkohol und Langeweile sind immer eine tödliche Mischung. »*Idan*, ich war dank dir«, schmunzelnd neigte er den Kopf, »gerade dabei, tunesisch-maurische Beziehungen zu vertiefen, als sich die Spannung in einem Kampf zwischen zwei Kerlen entlud, die sich mit ihren Dolchen beinahe aufgeschlitzt hätten. Nicht, dass es ein großer Verlust gewesen wäre, aber ich kann so was nicht durchgehen lassen.« Er zog an den gerollten Tabakblättern, bis die Spitze glühte, und entließ den Rauch in kleinen Ringen, denen er nachblickte.

»Natürlich nicht.« Karim grinste. »Also schick ich dir die Kleine wieder.«

»*Hasanan.*« Nicolas grinste zurück. »Die versteht ihr Handwerk. Aber um noch mal auf den Vorfall zurückzukommen: Ich hoffe, du bekommst keine Schwierigkeiten mit deiner Besatzung, wenn die jetzt verstärkt herhalten und Wache schieben muss. Wer weiß, wie viele Idioten ich noch in Einzelhaft stecken muss, bis wir von hier abziehen können.«

»Mach dir da keine Sorgen! In diesen unruhigen Zeiten lasse ich immer die Hälfte der Mannschaft als Bewachung auf dem Schiff. Wer weiß, was Barbarossa morgen einfällt. Übrigens hab ich gehört, dass sich Sinam ihm angeschlossen haben soll …«

»Der berüchtigte Sinam aus Smyrna?«

»Ebender. Du kennst den Seeräuberschlupfwinkel Buna Hadita. Dort, in der alten Hauptstadt Numidiens, sollen sie sich momentan aufhalten.«

»Oh, oh. Was die wohl gemeinsam aushecken werden?« Nicolas legte den Kopf in den Nacken.

»*Na'am*, mir schwant nichts Gutes.« Der Araber zog an der Zigarre, bis ihre Spitze rot aufglimmte. An seiner bedeutungsvollen Miene sah Nicolas, dass er noch eine Neuigkeit auf Lager hatte. Karim blies genüsslich den Rauch in die Luft. »Aber nicht nur das! Mir ist erneut das Gerücht zu Ohren gekommen, dass euer König Carlos den Johannitern seine Inseln zwischen Sizilien und Tripolis überlassen will. Vielleicht besteht da ein Zusammenhang zu der Liaison zwischen Barbarossa und Sinam …«

»Ja, vielleicht«, überlegte Nicolas: »Vermutlich sogar.« Nickend strich er sich über den kurz gestutzten Schnurrbart. Stellten Barbarossa und andere Barbaresken eine ständige Gefahr für ihn dar, kaum dass er im Mittelmeer kreuzte, so waren sie nichts im Vergleich zu den Johannitern. Vor niemandem hatte er so viel Respekt wie vor den Rittern des Johannesordens, die mit ihren schwarzen Jagdgaleeren schon in seinen Knabenträumen die berüchtigtsten Seeräuber gnadenlos hetzten. Vor ihnen fürchteten sich die Barbaresken wie vor dem Teufel. Wo immer eine schwarze Galeere mit dem roten achtspitzigen Kreuz auftauchte, ergriffen sämtliche Piraten die Flucht. Mit Ausnahme der Barbarossa-Brüder. Die beiden Ältesten sollen sogar aus ihrem Ordenskastell auf Rhodos geflohen sein, Jahre bevor die Türken die christliche Festung geschliffen hatten.

»*Na'am*, ich hab in Sevilla von den Plänen des Kaisers gehört, den im Grunde genommen Heimatlosen Malta, Gozzo und Comino zu vermachen.«

Karim runzelte die Stirn. »Nichts als karge, sonnendurchglühte Felsen. Was sollen sie damit?«

»He, du kennst doch Rhodos! Die Ritter sind die größten Festungsbaumeister unserer Zeit«, ereiferte sich Nicolas. »Aus ihrer Inselfestung konnte sie Soliman der Prächtige nur durch ein höchstes Aufgebot an Kriegsschiffen und Janitscharen vertreiben – und das dauerte Jahre! Du wirst sehen, sie werden auch Malta in eine waffenstarrende Bastion mit turmhohen Mauern und Kastellen verwandeln, die von niemandem mehr eingenommen werden kann.«

»Mag sein«, lenkte Karin ein. »Algeriens Küste ist zur Zeit jedenfalls ein verdammt heißes Pflaster. Du hättest mit deinem vielen Gold besser woanders hinfahren sollen!«

»Dort hätte ich niemanden von deinem Format und mit deinen Verbindungen, dem ich auch trauen kann.«

»Oh, du schmeichelst mir«, Karim grinste selbstgefällig, dann wurde er ernst. »Angesichts der Probleme mit deinen Männern, die sich schon zeigen, bevor sie noch das Gold haben, kann ich dir nur raten, sie frühzeitig loszuwerden!«

»Die Probleme oder die Männer?« Nicolas lehnte sich in die Kissen und beobachtete den Cousin, wie er sich drei Löffel Manna in den Tee rührte.

Karim sah auf. »Beides, du Dummkopf.« Er fuchtelte mit dem Löffel in Nicolas Richtung. »Keine Männer, keine Probleme. Niemand von denen taugt für solch einen Reichtum. Schick sie in die Neue Welt oder sieh zu, dass sie sich gegenseitig umbringen! Bedenke, sie kennen deinen Schlupfwinkel!«

Nicolas winkte ungeduldig ab.

»Nein«, der andere ließ sich nicht beirren, »du musst versuchen, ihnen weiszumachen, dass für Männer wie sie die Kolonien das Paradies bedeuten, wo sie sich mit Gold allein alles kaufen können. Hat der Mensch einmal so viel Geld, strebt er nach Macht und Ruhm, und dort gibt es beides zu kaufen – auch wenn die spanische Krone davon nichts wissen will.«

»Trefflich beobachtet«, hakte Nicolas ein. »Nein, im Ernst, genau daran habe ich gedacht und es auch schon mit Erik besprochen. Diese Verlockung wird viele überzeugen, mit ihrem Geld die Alte Welt zu verlassen.«

»Hoffen wir es! Und dann vergiss nicht, nüchtern betrachtet: Diejenigen, die nichts taugen, verstricken sich dort drüben in so viele Probleme, dass sie gewiss nicht mehr zurückkommen können, um dir lästig zu werden. Deinen Schilderungen nach muss es dort ja zugehen …«

Nicolas' Blick zur Decke war voller Ironie. »So ist es.«

Obwohl er hundertprozentig hinter seinen Männern stand und sich im Kampf voll und ganz auf sie verlassen konnte, besaß er realistischen Scharfsinn und genug Weitblick, um zu wissen, dass sie alle – mit Ausnahme von Erik, Baltasar und der Zwillingsbrüder vielleicht – bis an ihr Lebensende Piraten bleiben und den einzigen Beschäftigungen nachgehen würden, die sie beherrschten: Spielen, Saufen, Morden und Rauben. Dass sie ihn, den Marqués, als ihren unumstrittenen Anführer anerkannten, war nur die Gier nach Gold, nichts anderes. Einzig dieser Gier ordneten sie sich unter – bedingungslos, denn anders hätte er diese Rotte gar nicht beherrschen können. Nur unter seiner Führung funktionierten sie als Gruppe und eröffneten sich ihnen ungeahnte Möglichkeiten der Freibeuterei und Bereicherung. Im Gegenzug dafür akzeptierten sie seine für sie lächerlichen Vorstellungen von Ehre und Moral. Auch das wusste er.

Nicolas wechselte das Thema. »Übrigens, was spricht die Hochfinanz?«

»Oh, *sadiq-i*, ich kann dir noch nicht viel berichten! Zunächst hab ich einmal Erkundigungen eingezogen beziehungsweise die

Information, dass es günstig Goldbarren zu kaufen gibt, an bestimmten – obersten – Stellen deponiert. Die Saat muss jetzt keimen. So Allah will, bekomme ich bald Nachricht. Wie ich gestern schon sagte, wird es schwierig werden. Muley Hassan und Ar-Raschid, aber auch der Emir von Tlemcen, der sich gerade in Tunis aufhält, sind potente Männer, aber ich darf sie nicht drängen und nervös machen. Inschallah …« Als er die gefurchte Stirn des Freundes sah, lachte er, stand auf und holte das Schachbrett.

Einen Augenblick betrachtete Nicolas die kunstvoll geschnitzten Elfenbein- und Ebenholzfiguren gedankenvoll, dann hellte sich seine Miene auf. Karim war der einzige Gegner im Schachspiel, der ihm überlegen war, und so war es geradezu eine Herausforderung, gegen ihn anzutreten.

»Ich hab die Lösung für deine Männer«, meinte Karim, flink die Figuren auf dem Brett platzierend.

»Ja?«

Der andere grinste verschmitzt. »Ein paar willige Schwestern und die Sache ist geritzt.«

»Na bravo! Hast du denn ein Dutzend Taubstumme zur Hand?«

»Das nicht, aber …«

»*'Idan*, dann kannst du ebenso gut den Muezzin beim ersten Gebet über die Dächer schmettern lassen, dass wir Gold geladen haben!«

»Ich werde Jalil schicken, du wirst sehen! Er wird ein paar Hafenhuren herbringen, die erst kürzlich in Tunis eingetroffen sind. Sie kommen aus dem Landesinneren, sind vollkommen schwarz und verstehen weder Spanisch noch Küstenarabisch, noch was immer die Männer ihnen ins Ohr säuseln werden. Du musst nur dafür sorgen, dass sie ihnen das Gold nicht zeigen können.«

»Hm.« Nicolas drehte an seinem goldenen Ohrring, dann grinste er ebenfalls. »*Hasanan*! Vielleicht werden die Männer dann ruhiger.«

»Lämmchen, sage ich dir.« Karim eröffnete die Partie. »Und, als Schachlehrer irgendwelche Erfolge?«

»Aber ja!« Nicolas lachte. »Erik ist inzwischen immerhin so weit, gegen einen dressierten Affen zu gewinnen.« Vergnügt griff er nach einem Bauern. Vor seinem Cousin brauchte er kein Hehl aus den Spielkünsten seines Freundes zu machen.

»Am Niveau seiner Kumpels gemessen, macht ihn das zu einem geistreichen Kopf.« Karim zwinkerte und schickte ebenfalls einen Bauern ins Rennen.

»Das Problem liegt darin«, fühlte sich Nicolas bemüßigt hinzuzufügen, »dass sein Temperament überlegte Strategien nicht zulässt, *na'am*?« Als er sich vor Jahren daranmachte, Erik eine Idee vom jahrhundertealten Spiel der persischen Könige zu vermitteln, hatte er sich hinsichtlich seines zukünftigen Schachpartners durchaus keine Illusionen gemacht.

»Ah ja.« Karim lächelte stillvergnügt. Der Cousin stand zu seinen Freunden, das war bekannt.

Das darauf folgende Spiel zog sich bis in die Morgenstunden. Daneben kauten sie Qat. Zu vorgerückter Stunde häuften sich am Boden die Strünke und Stängel der schmalen, spitzen, dunkelgrünen Blätter. Es dämmerte bereits, als Nicolas mit glasigem Blick auf die »Aguila« zurückkehrte.

Erst gegen Mittag wachte er auf. Sein knurrender Magen veranlasste ihn, sofort nach Miguele zu schicken, der sich aufgrund der üblen Laune seines Herrn beeilte, allen Wünschen nachzukommen. Nachdem er in seinem Salon ausgiebig gespeist hatte, gesellte er sich – nun besser gelaunt – zu den Männern in den Aufenthaltsraum. Sofort bemerkte er, dass die Stimmung an Bord auf einen Tiefpunkt gesunken war.

»Heute Abend, Männer«, sagte er kurz und knapp, »kommen Mädchen auf das Schiff. Sie werden bis zum Morgen bleiben.«

Es gab keinen, der nicht johlte, den Kapitän hochleben ließ oder sich zumindest grinsend an den Sack fasste.

»Wie viele, Marqués?«

Nicolas wandte sich um. »Du wirst deine gesamte Munition verschießen können, William!«

Die Kumpels feixten und klopften sich auf die Schenkel.

»Aye, aye, *capitán*!«, rief der Blonde und lachte.

Armes Schwein, dachte Nicolas und sah in die Runde. Der Bursche würde bestimmt zu kurz kommen, wenn nicht genügend Frauenzimmer auftauchten. Dann blickte er von einem zum anderen und versicherte scharf: »Kommt es aus irgendeinem Grund wieder zu Streitigkeiten, steht euch das halbe Gefängnis von Tunis zur Verfügung. Und das ist nicht gemütlich.«

Dann beauftragte er die Kräftigsten unter den Piraten, das Gold in seiner Kajüte zu verstauen, die zusätzlich von zwei Männern der »Magam« bewacht werden würde. Die drei angebohrten Kisten mit Goldbarren wurden neben den Truhen mit den Pretiosen und denen mit den Ziergegenständen gestapelt. Für die dreißig Goldbarren der vierten Kiste stellte Nicolas eine Kleidertruhe aus Pinienholz zur Verfügung, da die Originalkiste zum Zwecke der Zählung der Barren beschädigt worden war. Diese schlicht verzierte, vom Kapitän vor aller Augen verschlossene Truhe stellten die Männer im Speiseraum auf, wo sie nicht weiter auffiel.

Bevor Nicolas den Aufenthaltsraum verließ, drehte er sich noch einmal um, rümpfte die Nase und meinte verschmitzt: »Wie gut, dass euch noch Zeit für die Toilette bleibt. Die Damen kommen aus dem Süden, aus streng islamischen Ländern, und haben empfindlichere Nasen als die Hafenhuren hier!«

Manch verlegenes Grinsen und manch Kratzen zwischen den Beinen gaben ihm Recht.

Am Nachmittag konnte Nicolas endlich seine Mutter in die Arme schließen. Die Jahre waren gnädig mit ihr umgegangen, Zaida war noch immer eine schöne Frau. Sie tranken Tee in Karims Salon und plauderten.

»Und wie geht es Selma und meiner Tante Jasmin? Ich hab sie schon eine Ewigkeit nicht mehr gesehen.« Nichts, was er wirklich bedauerte.

»Was soll ich dir sagen, Sohn? Selma kränkelt ein wenig, aber sie hat, Allah sei gepriesen, eine Aufgabe: Enkel – etwas, was ich nicht habe.«

Seine Mutter kam immer schnell zur Sache, direkt und ohne Umschweife. Er sah sie offen an. In ihren vorwurfsvollen Blick mischte sich wie so oft Besorgnis. Dann schüttelte sie den Kopf und fuhr mit einem Finger betrübt über die frische Narbe an seiner Wange.

»Warum willst du dich nicht endlich zur Ruhe setzen und eine Familie gründen? Ich weiß von Karim, dass du bei Gott fleißig gewesen bist. Aber die Freibeuterei wird immer gefährlicher. Komm mit uns nach Alexandria!«

»Ist es also beschlossene Sache?«

»Mir bleibt keine andere Wahl. Der Familienrat sieht Tunis' nahe Zukunft in keinem rosigen Licht. Karim, aber das wirst du ja selbst wissen, befürchtet, dass der Stadt – ähnlich wie vor einigen Jahren Algier – eine Übernahme durch die Osmanen bevorsteht. Und wenn dies gerade Barbarossa gelingen sollte, dann sei Allah den ehemals spanischen Mauren gnädig, denn er sieht in uns immer noch Spanier, die er bestehlen, versklaven und … umbringen kann.«

Unentschlossen schwebte Zaidas rundliche Hand über dem silbernen Teller, bis sie entschieden nach einer Mandelpraline griff.

»Aber unsere Familie hier ist eine arabische, wie jede andere auch«, entgegnete Nicolas, bemüht, die Gefahr durch Rotbart zu bagatellisieren. Dass er mit dem Aztekengold so schnell wie möglich verschwinden wollte, um es nicht diesem Türken in die Hände fallen zu lassen, war etwas anderes. Schon längst nagten Zweifel an der Richtigkeit seines Entschlusses, das Problem der Goldbarren hier in Tunis zu lösen. Gerade in der vergangenen Nacht hatte er über eine gänzlich andere Strategie nachgedacht. Weshalb nicht das Gold in der Schmiede seines Guts in Ajaccio schmelzen und danach in welcher Form auch immer verteilen?

Zaida strich sich über das streng zurückgekämmte, silbermelierte Haar. »Du vergisst, dass viele ehemals spanische Mauren immer noch teilweise ansehnliche Besitzungen in Südspanien haben. Barbarossa ist gierig und nimmt alles, was er kriegen kann – er muss ja eine stets einsatzbereite Kriegsflotte unterhalten. Wenn es stimmt, was die Leute sagen, rechnet er früher oder später mit einer Reaktion Spaniens, denn König Carlos ist keiner, der sich die Provokationen eines Piraten, hinter dem noch dazu sein Erzfeind steht, lange wird gefallen lassen.«

»Pirat ist gut! Er ist vom mächtigsten Sultan immerhin zum *beglerbey* erhoben worden.«

»Hm, Statthalter hin oder her … Es ist nicht das erste Mal, dass wir weggehen müssen, und wer weiß, vielleicht ist es nicht für immer.«

Nicolas bewunderte die Haltung seiner Mutter. Wieder erfasste ihn der uralte Hass auf seinen Vater, der ihn in Momenten wie diesem überkam. Zaida sah seinen finsteren Blick und legte ihre Hand auf seinen Arm.

»In diesen Zeiten muss man auf alles gefasst sein, mein Sohn. Es gibt Schlimmeres, als nur in eine andere Stadt zu ziehen.«

»Es gibt immer Schlimmeres, Mutter. Dennoch, es war nicht gerecht, dass der Marqués dich … so behandelt hat.«

»Er hat mich nicht schlecht behandelt, das weißt du genau.«

»Du könntest heute die Marquésa von Alicante sein«, beharrte Nicolas und griff nach dem Teekännchen auf dem kleinen Messingsamowar. In die Gläser füllte er ein Drittel Teesud, Zucker und zuletzt kochendes Wasser.

»Ich weiß nicht, ob ich das überhaupt wollte. Was hätte ich denn tun sollen? Warten?« Energisch rührte Zaida den Zucker um. »Damals war dein Vater verheiratet und wollte mich als seine Konkubine.«

»Sie war kränklich und eine böse Hexe. Mutter, er vergaß zwanzig Jahre lang ihre Suppe zu vergiften!« Ungeachtet des spöttischen Tonfalls war nicht zu überhören, dass er es ernst meinte.

»Sie war seine Frau.«

»Ich musste ihre Boshaftigkeit viele Jahre ertragen. Ich weiß, wovon ich spreche.«

»Und das wirfst du mir nun vor.« Wehmütig blickte Zaida auf ihre Hände, die sie ineinander schlang.

»Entschuldige, Mutter«, sagte er rasch, »so hab ich es nicht gemeint.« Er griff nach ihren Händen.

»Deinem Vater blieb keine Wahl, denn ich hatte es so beschlossen, Sohn.« Zaida senkte den Blick. »Ich war es, die mit ihm dieses Abkommen getroffen, nein, ihm aufgezwungen hatte, denn ich wollte dich für mich allein. Dich wenigstens die ersten Jahre bei mir haben. Ich habe nach deiner Geburt nicht gedacht, dass es mir auch nach zehn Jahren noch so schwer fallen würde, dich wegzugeben. Ich war damals jung und zehn Jahre erschienen mir eine halbe Ewigkeit.« Dann fügte sie kaum hörbar hinzu: »Es hat mir fast das Herz gebrochen.«

»Warum hast du es getan?«, fragte Nicolas leise. Den vorwurfsvollen Unterton in seiner Stimme konnte er nicht ganz verbergen.

»Ich hasste deinen Vater ... Aber nicht so, wie man einen Feind hasst. Unter anderen Umständen hätte ich ihn lieben können – das habe ich immer gespürt. Liebe und Hass sind die stärksten Gefühle, deren wir fähig sind, aber sie liegen so eng beieinander, dass man vielleicht nicht immer merkt, wenn das eine in das andere übergeht.« Sie seufzte. »Es hat nicht sollen sein, verstehst du? Trotzdem wollte ich den Marqués nicht um seinen Sohn betrügen, denn ich wusste, wie sehr er sich einen starken, gesunden Sohn von seinem Blute wünschte.« Zaidas Blick wanderte in die Ferne.

»Verzeih, Mutter«, murmelte Nicolas und legte ihr liebevoll den Arm um die Schultern.

»Lass mich eine Frau für dich suchen«, meinte Zaida plötzlich, und Leben kam wieder in die reglose Gestalt.

»Nein, Mutter, davon will ich nichts hören.« Er klang ruhig, aber entschieden. Nichts an seiner Miene verriet, dass er in diesem Moment nur ein Bild vor sich sah: funkelnde grüne Augen ...

»Du solltest dich irgendwo niederlassen. Du bist jetzt neunundzwanzig! Oder machst du dir Hoffnungen auf das Erbe?«

Nicolas rang die Hände. »Natürlich nicht! Ich will von dem Titel und dem Lehen nichts wissen, seit ich die Wahrheit darüber erfahren habe.«

»Das ist doch längst Vergangenheit. Die Araber waren bei der Eroberung auch nicht zimperlich«, sie winkte ungeduldig ab. »Du hast einen Bruder und einflussreiche Freunde bei Hof ...«

Nicolas seufzte. »Mutter, seit der Geschichte mit dem flämischen Grafen ...«

»Das war ein dummer Jungenstreich!«, ereiferte sich Zaida. »Sein Verhalten war dem eines königlichen Beraters und Vertrauten nicht würdig. Dich trifft keine Schuld!«

»Der König sieht das aber anders, und dass es dabei so bleibt, dafür werden die flämischen Günstlinge schon sorgen. Außerdem«, Nicolas blickte seiner Mutter tief in die Augen, »mein Vater würde mich so lange nicht als Erben einsetzen, solange es meinem Halbbruder Alfonso gelingt, ihn zu täuschen. Doch es geht mir nicht um das Erbe ...«

»Aber um deinen Vater, nicht wahr?«

»Was soll's, jetzt lebt ja schon mein Neffe, der legitime Sohn und Nachfolger meines Halbbruders, auf Vaters Hof und schmeichelt sich bei ihm ein!« Nicolas nahm einen Schluck Tee. »Mutter, ich betreibe die Freibeuterei – oder betrieb sie, denn ich habe vor, mich von ihr zurückziehen –, weil ich von der Krone unabhängig sein und mit meinem Bruder nichts zu tun haben will. Was in Westindien als ein Abenteuer zum Ruhme Kastiliens begann, hat sich mittlerweile in ein schmutziges Geschäft verwandelt, aus dem nur wenige Profit schlagen. Das gefällt mir nicht ...«

Kaum war ihr seine angedeutete Absicht, die Piraterie aufzugeben, ins Bewusstsein gedrungen, hatte sich Zaidas Miene schlagartig erhellt, wurde ihre Stimme sanftmütig. »Schlägst nicht auch du auf deine Weise Profit daraus, mein Sohn?«

»Gewiss kann man es so sehen – aber unter Einsatz meines Lebens! Jesus, ich bin Seemann und Krieger, keine Hofschranze und kein Hofintrigant! Der König blutet doch nur die neuen

Länder aus, um seinen Vorteil daran zu haben. Das Gold, das ich mir nehme, dient mit Sicherheit besseren Zwecken, wenn ich es unter meinen Männern verteile – das schwör ich dir. Und was mich angeht«, Nicolas' Mundwinkel wies nach unten, »ich bin kein Pirat wie Barbarossa, Mutter, der tötet, mordet, brandschatzt, Geiseln nimmt und Hunderte Gefangene auf seinen Beutezügen macht, die er dann für sich arbeiten lässt. Wenn ich Schiffe der spanischen Krone kapere, habe ich es auf die Ladung abgesehen. Das ist im Atlantik zwar schwieriger als im Mittelmeer, und wir sind auch schon ein paar Mal leer ausgegangen, doch oft war es sehr, sehr lohnend. Und die Kapitäne und Soldaten, die dabei ihr Leben ließen, ließen es, weil sie es verdammt noch mal nicht anders wollten!« Nicolas kam wieder in Fahrt.

Zaida schüttelte den Kopf. »Dennoch, es ist gemeiner Diebstahl, Sohn, es ist nicht recht.«

»Diebstahl an wem? *Caramba!*« Er sprang auf. Die Sturheit seiner Mutter konnte einem wirklich den letzten Nerv rauben! »Das Gold gehört doch weder dem Kapitän noch den Offizieren und Soldaten, die diese Karavelle zum Schutz begleiten, sondern unschuldigen Eingeborenen, die dafür mit ihrem Leben bezahlen mussten. Ich kann oder könnte es ihnen gar nicht zurückgeben, obwohl das zweifellos am gerechtesten wäre! Doch wir leben in keiner gerechten Zeit! Die spanische Krone raubt das Gold den Eingeborenen, und ich raube es der spanischen Krone. So einfach ist das. Ich habe keine Probleme damit, Mutter!«

»Hm«, versonnen fuhr Zaida mit einem Finger dem Rand ihrer Schale entlang. »Für viele ist der Kampf eine unwiderstehliche Droge«, sagte sie leise, beinahe vorsichtig und beobachtete Nicolas aus den Augenwinkeln.

»Das mag für viele so sein.«

Die Frau stöhnte vernehmlich und versuchte es auf andere Art: »Wenn dein Bruder davon erfährt, kommst du in größte Gefahr. Auch dein Vater wird dir dann nicht helfen können.« In ihrer Stimme schwang die gewohnte Besorgnis mit.

»Ich war immer sehr vorsichtig, Mutter. Keiner der beiden

ahnt etwas«, log er, »und beweisen können sie mir schon gar nichts. Außerdem, Titel und Nachlass gehen ohnehin an meinen Halbbruder, er ist und bleibt der Alleinerbe. Wenn Vater stirbt, stirbt für mich auch das Marquésado von Alicante, also alles, was in Spanien für mich von Wert war. Wertvoll deshalb, weil ich dort einen Teil meiner Jugend verbracht habe, und nicht, weil ich es erben wollte.«

»Alfonso ist kränklich und schwach wie seine Mutter, er wird nicht alt werden ...«

Eine knappe Handbewegung schnitt ihr das Wort ab. »Er ist aber ehrgeizig und zäh! Und vergiss nicht seinen Sohn, der ist ganz anders als sein Vater ... Nein, wenn ich es mir recht überlege, möchte ich mich überhaupt nicht mit Erbschaften und Ländereien herumschlagen – also lassen wir das Thema.«

»Ja, du verstehst es, das Leben zu genießen ... Vielleicht hast du Recht.«

Liebevoll drückte Nicolas seine Mutter an sich, eine Frau mittlerer Größe, die mit den Jahren etwas rundlich geworden war. Doch sie hatte kaum Falten in ihrem schönen, von großen mandelförmigen Augen beherrschten Gesicht. Wäre da nicht die eigenartige hellgrüne Sprenkelung in der braunen Iris gewesen, hätte man von klassischen arabischen Zügen sprechen können. Sie hatte hohe Wangenknochen, bronzene Haut und volles, ehemals tiefschwarzes Haar, in das sich nun viele silbrige Fäden mischten.

Nicolas sah ihr nachdenklich in die Augen.

»Von wem hab ich dieses Grün meiner Augen, Mutter?«, murmelte er. Diese Frage beschäftigte ihn wieder, seit er dieser Hebamme mit den smaragdgrünen Augen begegnet war. Und da er die Zigeunerin finden würde, ja musste, wollte er diesen Umstand geklärt wissen. Er musste nur das restliche Gold in seiner Höhle in Sicherheit bringen, dann wollte er sich auf die Suche nach ihr machen. Ja, er würde Tunis bald verlassen ...

»Ich weiß«, beeilte er sich zu sagen »du hast es mir schon einmal erklärt, aber damals ...«

»Einmal, Sohn?«, unterbrach ihn Zaida und lachte. »Als du

ein kleiner Junge warst, gab es drei Dinge, die dich besonders interessierten: die Piraten der Meere, allen voran der Türke Horuk, dem wir Gott sei Dank nie in die Hände gefallen sind; die Neue Welt, die du weiter entdecken und erobern wolltest; und der Stammbaum meiner Familie.«

»Nun ja, das ist schon viele Jahre her. In der Zwischenzeit hab ich dieses Detail wohl vergessen …«

Zaida lächelte. »Alle Mitglieder unseres Stammbaums sind muselmanischer Abstammung, mit einer Ausnahme: Der Vater meiner Mutter, dein Urgroßvater also, war ein christlicher Adliger aus Andalusien, der meine Großmutter Suleika heiratete. Beide stammten aus Cartagena und lernten sich auch dort kennen. Damals lebten Christen und Mauren noch friedlich nebeneinander, und Mischehen waren gar nicht so selten. Suleika starb aber bald nach der Geburt ihrer Tochter Fatima, und so wurde meine Mutter nach arabischer Sitte von ihrer Großmutter und Großfamilie aufgezogen. Ihr Vater León José verließ vor lauter Gram Cartagena, denn er hatte seine Frau sehr geliebt. Er begab sich auf See und wurde Abenteurer. Dieser Spross aus einem christlichen Lehensadel hatte dieselben grünen Augen wie du, mein Sohn. Das silberne Amulett, das ich dir um den Hals hängte, als ich dich deinem Vater übergab, und das du, wie ich sehe, immer noch trägst, zeigt das Wappen dieser Adelsfamilie.«

»Was für eine seltsame Geschichte, Mutter«, murmelte Nicolas und tastete nach dem Anhänger unter seinem Hemd.

Karim tauchte wie aus dem Nichts an Bord der »Magam« auf, sprang auf die Leiter zur »Aguila« und eilte auf Nicolas zu, der, müßig an den Großmast gelehnt, das Hafenszenario betrachtete. Der Ausdruck im Gesicht seines Cousins und seine Eile bedurften keiner prophetischen Gaben. Bevor er noch bei ihm war, riss Nicolas die Kajütentür auf und bedeutete ihm einzutreten.

Karim sprach leise und schnell. »Du musst sofort Segel setzen und von hier verschwinden! Mir ist soeben zugeflüstert worden, dass Barbarossa sich auf dem Weg hierher befindet. Ich glaub nicht an Zufälle. Irgendwas ist schief gelaufen, aber ich weiß nicht, wo die undichte Stelle ist – das macht die Sache so gefährlich!«

»Verdammt! Meinst du, Barbarossa hat die Seite gewechselt?«

»Bis zuletzt war dem nicht so, aber es könnte natürlich sein … Andererseits ist der Pirat hinter jedem Gold her, das er riecht. Er kommt von Djerba herauf.«

»Warte einen Moment«, unterbrach ihn Nicolas und riss die Kajütentür auf. Es war nicht nötig, nach den Burschen zu rufen. Erik und Baltasar waren sofort zur Stelle. Der Navigator schloss die Tür hinter sich, und Karim wiederholte mit ernster Miene: »Barbarossa segelt von Djerba herauf, er muss irgendwie von dem Gold Wind bekommen haben. Jetzt will er euch einen Besuch abstatten.«

»Oho! Wir werden ihm einen tollen Empfang bereiten, *carajo!*«, fluchte Erik, und seine Züge verfinsterten sich.

Baltasar, der einst mit Barbarossa gesegelt war und ganz und gar keine Lust hatte, mit ihm zusammenzutreffen, kratzte sich am Kopf. »Was können wir tun?«

»Gute Frage!« Karim zuckte die Schultern. »Entweder ihr lauft barfuß in die Wüste, jeder mit einem Goldbarren unter dem Arm«, er machte entsprechende Gesten, »oder, ihr versucht, das offene Meer zu erreichen, bevor er in den Golf von Tunis segelt.«

»Mann, wir sind Freibeuter der Meere, aber mit dem Sandmeer haben wir nichts im Sinn!«, fauchte Erik und stemmte beide Fäuste in die Hüften.

Karim warf dem Hünen einen respektvollen Blick von der Seite zu. Nichts konnte der gängigen Vorstellung eines blutrünstigen Piraten ferner sein als der Ire mit seinem blonden Lockenkopf, dem breiten Gesicht und den runden wasserblauen Augen. Solange er nicht wütend war. Jetzt wurde er wütend.

»Ausgezeichnet. Also an die Arbeit!«, lautete Nicolas' Befehl zum Ankerlichten. Erik und Baltasar stürzten aus der Kajüte.

»Die Kerle, die auf der »Magam« in Haft sind, schick ich dir besser, nicht wahr? Wenn du auf Barbarossa triffst, wirst du jeden Mann brauchen. Mich würde es nicht wundern, wenn er mit einer ganzen Flotte im Anmarsch wäre!«

»Das macht so richtig optimistisch, *sadiq-i.*« Ein säuerliches Lächeln umspielte Nicolas' Lippen. Er nickte. »Und du?«

»Ich habe Anweisungen gegeben, deine Mutter sofort an Bord zu holen. Sobald wir vollzählig sind, brechen wir auf. Ich hoffe ebenso wie du, die offene See zu erreichen, bevor der elende Hund im Golf von Tunis auftaucht. Danach werde ich diese Stadt wohl eine Weile meiden.«

»Und wenn er schneller da ist und du auf ihn triffst?«

»Gesetzt den Fall, dass du Rotbart durch die Lappen gehst, wird ihn niemand zur Räson bringen können. Da ist es für mich gleich gefährlich, ob ich ihm draußen vor den Bug kreuze oder ob er mich hier im Hafen findet, denn dann kann niemand sagen, was er in seiner Wut anstellen wird. Vielleicht brennt er alle Schiffe hier im Hafen nieder.« Karim zuckte die Schultern.

»*'Idan*, dann wünsche ich uns beiden viel Glück. Bring meine Mutter heil hier raus!« Nicolas drängte zum Aufbruch. Es galt, keine Zeit zu verlieren.

Karim legte ihm beide Hände auf die Schultern und küsste ihn auf die Wangen: »Wir sehen uns in Tagomago, *sadiq-i. Inschallah!*«

Ankerwinden ächzten und Segel rauschten von den Rahen, als Karim auf seine Dhau sprang. Alle Männer waren an den Brassen oder auf den Rahen. Der Wind fiel belebend in die Takelagen, und die »Aguila« setzte sich in Bewegung. In letzter Sekunde sprangen José und Luis auf die Karavelle und kletterten in die Wanten. Nicolas lud die Muskete, nahm sein Schwert an sich und trat aufs Zwischendeck vor seiner Kajüte.

»Männer«, rief er, »ich bin gerade gewarnt worden. Barbarossa ist im Anmarsch! Sieht nicht gut aus. Der Hurensohn ist jedenfalls ganz verrückt nach uns. Will wohl was einsacken!«

»Und woher weiß er davon?«, ertönte es von oben aus der Takelage.

»Der feine Cousin vielleicht«, kam es vom Fockmast her.

»Halt's Maul, Luis«, zischte Roman, der im Ausguck stand und voraus nach Norden spähte.

Doch der Kapitän hatte die Zwischenbemerkung gehört und rief: »Luis, du Haigesicht, sieh dich vor! Du bist nur als Kanonenfutter hier, aber du kannst auch jetzt gleich die Rahnock zieren!« Er spuckte aus. »Das Gold, Männer, haben wir uns hart erkämpft, das lassen wir uns nicht abjagen, zum Henker! Bewaffnet euch bis an die Zähne, mit den Schweinehunden ist nicht zu spaßen!«

»Aye, aye, *capitán,* uns juckt's schon in den Fingern«, johlte einer, und ein anderer brüllte: »*Joder!* Wir können die Arschgesichter kaum erwarten, Marqués.«

Anfeuernd stieß der Kapitän sein Schwert in den Himmel und schrie: »Schiff ahoi, und lasst mir keinen von den Hurensöhnen übrig!«

Die Männer in den Wanten und auf den Stengen über ihm jubelten. Nach der Zeit des Müßiggangs und der Langeweile war es leicht, ihren Kampfgeist zu wecken. Nicolas begab sich zur Luke über dem Steuermann, sodass auch Ramon in die Wanten klettern konnte – jeder Mann zählte, wenn es galt, so schnell wie möglich sämtliches Tuch zu setzen.

Alle Segel waren gehisst, als sie nach wenigen Meilen an La Goleta vorbei in den Golf von Tunis glitten. Die erste Hürde war geschafft. Die Lagune von Bahira mit dem Hafen stellte nicht nur eine geschützte Bucht dar, sondern konnte auch leicht zur Falle werden.

Eine stete Brise trieb sie schnell voran. Die helle Frühlingssonne stand hoch n ihrem Rücken und beleuchtete backbord die weiße Küstenlinie in der Ferne. Wenig später meldete Bozo aus dem Mastkorb: »Schiffe Steuerbord voraus!«

Nicolas stand auf dem Achterdeck und starrte angestrengt in nordöstliche Richtung, dorthin, wo sich die Küstenlinie des Golfs am Horizont verlor. Auch er konnte Steuerbord voraus helle Flecken erkennen, die sich von Kap Bon kommend näherten.

»*Capitán*, es sind drei Galeeren!«, schrie Bozo bald darauf vom Ausguck herunter.

Nicolas nickte. Auch ohne diese Information wusste er, dass es sich um Barbarossas Schiffe handelte. Bei allen Göttern, jetzt entschied die Zeit oder besser gesagt, der Wind. Auf offenem Meer und bei gutem Wind hätten die anderen keine Chance. Aber sie waren hier nicht auf offenem Meer – noch nicht …

»Hart backbord mit dem Ruder, Ramon, aber nicht umbrassen! Wir müssen ihnen ausweichen.«
Der Taumacher gab die Anordnungen des Kapitäns an Baltasar weiter. Die »Aguila« jagte über die spiegelglatte See dahin, dass es eine Freude war, vorbei am längst vergessenen Karthago der alten Punier. Nicolas wusste jedoch, dass dort, wo sich der Medjerda in den Golf von Tunis ergoss, Strömungen zu überwinden waren und der Wind meist drehte. Soeben fixierte er die drei Schiffe, um die Entfernung zu schätzen, als ihm Bozo aus dem Mastkorb zurief: »Sind zwei Galeeren und eine … Galeasse, *capitán*! Die Galeasse hat sich voll getakelt von den beiden Ruderschiffen abgesetzt!«

Ha!, schäumte Nicolas, der Hund will uns den Weg abschneiden! Er blickte nach oben. »Adlerauge, welchen verdammten Kurs segelt er?«

»Westsüdwest, *capitán*!«

»Alles klar«, überlegte Nicolas zu Ramon gewandt. »Der Hurensohn hat also fest damit gerechnet, uns in der Lagune zu überraschen, weshalb er mit zwei Galeeren und nur einer Galeasse losgezogen ist. Deren Vorteil sind neben dem langen, schlanken Schiffsrumpf mit geringem Tiefgang die drei Masten, die Lateinersegel tragen.« Er strich sich über das im Nacken zusammengebundene Haar. »Verstehst du?«

»Ja, idealer geht's hier gar nicht«, meinte Ramon trocken. »Äh … vorbereiten zum Gefecht, *capitán*?«

»Ja sicher, alles, was wir haben!«

Erik war zu Nicolas aufs Achterdeck gestiegen. »Rotbart geht auf Nummer sicher, will ich meinen.« Verächtlich spuckte er über die Reling, gen Osten. Er war überraschend wieder auf der »Aguila« aufgetaucht, nachdem er das Glück gehabt hatte, in Sevilla ein nach Sizilien auslaufendes Schiff zu erwischen. Die Zigeunerin hatte er in der kurzen Zeit nicht aufspüren können, ja, er hatte nicht einmal ihre Spur gefunden, da der Klan der Calé nie in Cordoba angekommen war.

»Tja, dieser venezianische Schiffsbauer hat mit der Galeasse das perfekte Kampfschiff entwickelt. Ist hinsichtlich Seetüchtigkeit, Manövrierbarkeit, Schnelligkeit und Kampfkraft jeder Galeere überlegen.«

»Im Mittelmeer vielleicht.« Erik ließ sich von Nicolas' Bewunderung nicht täuschen. Wie auch sein Freund verabscheute er diese Art Kriegsschiffe, denn er hatte wie er die Ruderpeitsche auf der eigenen Haut gespürt.

»Was heißt vielleicht«, fuhr Nicolas unbeirrt fort. »Mit ihrer Besegelung ist sie schnell, und mit den Riemen zur raschen Manövrierung im Gefecht ist sie wendig wie eine Schlange. Würde mich nicht wundern, wenn die mittschiffs kalibermäßig das schwerste Geschütz – einen 50- oder gar 80-Pfünder stehen hätten. Und du weißt, dass sie neben den Ruderern zweihundert Kämpfer mitführen. Das sind«, Nicolas nickte zum Segler, »diesmal keine königlichen Soldaten, sondern der letzte Abschaum dieser Gegend! Wenn wir Pech haben auch Janitscharen.«

»Hast du Schiss?«

»Um die »Aguila« schon.«

»In Ordnung«, meinte Erik schlicht und hob ratlos die Schultern, »dann ankern wir hier drüben, Partner, schwimmen mit den Goldbarren an Land und rennen um unser Leben. Oder wir lassen das Gold auf dem Schiff und sehen von den Klippen aus zu, wie sie damit davonsegeln.«

»Prima! Das mit dem Rennen ist die bessere Idee. Das Problem ist nur, keiner unserer Männer würde da mitmachen.«

»Eben. Die kämpfen lieber ein zweites Mal um das Gold, bis zum letzten Tropfen Blut.«

»Na dann!« Nicolas beugte sich über die Balustrade und hielt nach Aaron Ausschau, der sich mit ein paar Männern vor der Waffenausgabe stritt.

»Schafft die Wurfmaschine herauf und setzt sie zusammen!«, lautete sein erster Befehl. Die Stimmung unter der Mannschaft war angespannt, denn mittlerweile wussten alle um den Ernst der Lage. Diesmal waren es keine königlichen Soldaten und auch nicht irgendwelche Piraten, diesmal waren es Barbarossas Männer. Bis an die Zähne bewaffnet. Und wenn doch Janitscharen an Bord waren? Die wären seiner blutrünstigen Bande zumindest ebenbürtig, fürchtete Nicolas und ließ den Blick über die Köpfe seiner Männer schweifen. Mit Entermesser, Dolch, Schwert oder Krummsäbel, Streitaxt und Morgenstern bewaffnet, starrten sie abwechselnd in die gebauschten Segel und zur Galeasse hinüber und griffen sich an ihre Amulette und Talismane: Schwalbenflügel, Heringsschwänze, Haifischzähne, Schlangenhaut und Krokodilsaugen, Dinge, die sie angeblich vor dem Ertrinken bewahrten und im Gefecht beschützten ...

Das Mündungsdelta des Medjerda lag nur noch wenige Meilen Backbord voraus – etwa die halbe Strecke, welche die von Steuerbord nahende Galeasse bis zur Mündung zurückzulegen hatte –, da flaute der Wind ab. Nicolas fluchte, denn das ließ ihn befürchten, dass er im Mündungsbereich auch noch drehte. Weiter nach Backbord auszuweichen und noch dichter an der Küste entlangzusegeln war unmöglich. Er spähte zu der sich nahenden Galeasse, mit der flatternden grünen Flagge des Propheten an den Mastspitzen. Ihr Abstand verringerte sich zusehends. Bald würde die »Aguila« zwischen der Küste und dem gegnerischen Schiff eingekeilt sein. Zum Henker! Um in nördlicher Richtung geradewegs aufs offene Meer zu entfliehen, müsste jetzt schon ein starker Wind aufkommen ...

Er winkte Erik zu sich: »Der verdammte Wind wird da vorne drehen. Wie schätzt du die Entfernung zur Galeasse ein?«

»*Joder*, der Mistkerl kriegt uns voll dran, wenn wir stur Kurs nach Norden halten!«

»Weißt du was Besseres, *coño*?«

Erik zuckte die Schultern und spuckte verächtlich aus. »Ja, wir reißen ihnen den Arsch auf!«

»Hervorragend! Dann bekommt er unsere Breitseite zu spüren. Baltasar!«, schrie er, »wer steht am Kolderstab?«

»Sergio, *capitán*.«

»Ablösen, den Mann!« Der Kapitän trat an die Reling des Achterdecks und gab in knappen Worten Befehl: »Zwei Einviertelschlangen und ein Hagelschuss-Stück hier herauf, die Stückpforten öffnen und alle Kanonen einsatzbereit machen. Erik, teil an alle Musketen und Munition aus!«

Daraufhin wurde es auf dem Schiff wieder lebendig. Die Männer kletterten von den Wanten und Stengen und machten sich daran, die Befehle auszuführen. Keuchend und schiebend schafften Aaron und Pierre die zwei kleinen Bronzekanonen auf das Zwischendeck hinauf und brachten sie, wie auch die drei Geschütze auf dem Achterdeck, in Stellung. Dann liefen sie um Eisen- und Bleikugeln, Lunten und das Hagelschuss-Stück, das »Feuerbälle« verschoss. Erik verteilte an alle Musketen und Munition und an die Kanoniere Lunten, Pulverhörner und Pulverflaschen, die wegen der Feuchtigkeit unter Deck im Munitionsdepot neben der Kombüse aufbewahrt wurden.

Jede der zwanzig Port-pieces im unteren Kanonendeck wurde in Position gebracht und zehn von ihnen auf den massiven, verzierten Holzlafetten in die geöffneten Stückpforten geschoben. Auch an Deck standen die Kanoniere mit Eisenkugeln und Treibladungen bereit, lugten Kanonenrohre aus den Stückpforten im Bug, Heck und auf dem Hauptdeck. Alle Geschütze waren aus Bronze, alle aus demselben Guss des Emilio Bastolini aus Venedig. Ihre Rohre waren mit Schuppen und Schlangenmotiven verziert, und Feuer speiende Drachenköpfe spien die Kugeln aus.

»Nun soll die miese Ratte die vernichtende Feuerkraft einer vollen Breitseite kennen lernen, Männer!«, schrie Nicolas so laut, dass es der letzte Mann im Zwischendeck hören konnte.

»Aye, aye, *capitán*«, riefen die Piraten einstimmig, »den Arschgeigen werden wir's zeigen!«

»Klar doch«, lästerte Aaron in Nicolas' Nähe, »wir haben uns mit den Dingern nicht umsonst abgeschuftet! Die wiegen mehr als dem lieben Gott sein Hinterteil.«

Als sich die Galeasse auf Schussweite genähert hatte, gab Nicolas den Befehl: »Geschütze feuerbereit machen!« Zu Erik gewandt, der die Kanoniere unter Deck befehligte und jetzt in der geöffneten Ladeluke stand, rief er: »Ihr wartet!«

Die Kanoniere auf den oberen Decks schoben mit den Setzkolben die Treibladung ins Rohr, stießen die Kugeln ein und schütteten Pulver in das Zündloch.

»Lunte einlegen! Feuer!«

Die sieben Geschütze feuerten fast gleichzeitig. Es donnerte, rauchte und blitzte, es roch nach Feuer, Schwefel und Eisen. Fontänen stiegen vor der Galeasse auf, doch keine der Kugeln richtete Schaden an. Noch war das Kriegsschiff zu weit entfernt.

Barbarossa stand im Bug seines Schiffes, die Augen zu schmalen Schlitzen verengt, und kraulte seinen leuchtend roten Bart. »Der will sich den Weg natürlich freischießen«, überlegte er laut, »bei dem, was er zu verlieren hat!« Er grinste schäbig. Diesmal hat das Schwarzhemd wohl mehr im Sack! In Erinnerung daran, wie er von dem Fremden hereingelegt worden war, wie er für eine hübsche, aber dämliche Schlampe einen seiner besten Steuermänner geopfert hatte, erstarrte sein Gesicht zu einer Grimasse. Für ihn spielte es keine Rolle, dass er damals an diesem »ungleichen« Austausch selbst Schuld gehabt hatte. Heute würde er seine Rache bekommen, heute würde er die stolze Karavelle kapern und hinter das Geheimnis dieses Marqués' kommen. Dafür hatte er genug Piraten an Bord, deren Leben ihm nicht das Geringste bedeutete.

Während der Türke sich abwartend verhielt, musste Nicolas handeln. Sollte ihm die Flucht nicht gelingen, würde es unweigerlich zu einem erbitterten Kampf bis auf den letzten Mann kommen …

Dann trat ein, was er befürchtet hatte. Vor dem Mündungsdelta des Medjerda drehte der Wind. Ein Rahsegler konnte nicht jeden Wind aus beliebiger Richtung nutzen. Nun blies ein schwacher Nordwest vom offenen Meer her, und sie verloren an Fahrt. Aber es kam noch schlimmer: Als Nicolas auf die Brücke sprang, um erneut den Abstand zum Feind zu schätzen, legte sich der Wind ganz. Kurz darauf befanden sie sich in einer ab-soluten Flaute. Die herannahende Galeasse holte auf. Er-barmungslos trieb ihr Ruderführer die Gefangenen an, ihre blutrote Piratenflagge flatterte im Fahrtwind.

»Alle Geschütze feuerbereit machen!«

Diesmal gab Erik die Anweisungen des Kapitäns an die Kanoniere unter Deck weiter und ließ Steuerbord zehn Lunten einlegen.

Als sie Barbarossa in guter Schussdistanz ihre Breitseite boten, brüllte Nicolas: »Feuer!«

Mehr als ein Dutzend Kanonensalven zielten auf das Piratenschiff, und aus den Geschützen fuhren rauchige Blitze. Der Geruch nach Schwefel und heißem Metall verbreitete sich, Fontänen spritzten auf, das Meer kochte und brodelte, Holz splitterte. Noch bevor sich der Rauch verzog und sie den Schaden an der Galeasse begutachten konnten, hörten sie auf der »Aguila«, wie die Comitu vorn, mittschiffs und achtern nun schnellere, härtere Ruderschläge befahlen. Der dumpfe Ton der riesigen Trommel klang bedrohlich, die Luft roch nach Tod und Gefahr. Die Salve der »Aguila« hatte beträchtlichen Schaden angerichtet.

»Aus dem Takelwerk stoben die Fetzen wie Federn aus einem aufgeschlitzten Kissen«, grinste Ramon überzeugt, doch der Marqués schüttelte den Kopf. »Das hindert sie nur an einer Verfolgung, die es ohnehin nicht gibt.« Er kniff die Augen zusammen. Takelage, Rammsporn und Backbord gelegene Riemen waren restlos zerfetzt.

Nicolas trat an die Reling. »Feuern, was die Geschütze hergeben!«, donnerte er vom Achterdeck hinunter.

Während die Kanonen erneut gefüttert wurden, tauschte Barbarossa die Ruder von Steuerbord nach Backbord aus. Ihr Abstand verringerte sich weiter.

Die Kanoniere auf der »Aguila« hatten nun Befehl, pausenlos

zu feuern. Dichter, schwefeliger Rauch erschwerte das mühsame Unterfangen, die zentnerschweren Geschütze nach den gewaltigen Rückstößen mit den starken Tauen wieder zu den Stückpforten zu ziehen und neu auszurichten.

Auch Barbarossa setzte nun die drei Kanonen im Bug der Galeasse ein, denen die »Aguila« ihre volle Breitseite bot. Wollte Nicolas das gegnerische Schiff um jeden Preis versenken, so ließ der Türke höher zielen, um die Karavelle nicht zu verlieren. Bald dröhnte, donnerte und krachte es auf dem Deck der »Aguila«, mischten sich in den ohrenbetäubenden Lärm der eigenen Kanonen das Poltern herabstürzender Spieren und die Schreie der Verwundeten.

Erik kam zu Nicolas aufs Achterdeck, hielt sich die Ohren zu und spähte durch den Rauch zu den Schiffen. »Völlig manövrierunfähig, dein tolles Kampfschiff!«

»Das schon, aber letztendlich haben sie uns an den Eiern.«

»Du gibst auf?«

»Siehst du einen Ausweg?« Nicolas deutete zu den beiden Galeeren im Westen, die sich langsam, aber beständig näherten.

Da sprang plötzlich etwas Wind auf, und die zwei Freunde blickten sich an.

»Abdrehen!«, schrie Nicolas und deutete zur Küste. »Hart backbord mit dem Ruder!«

Der Ire, der die Ausweglosigkeit der Situation begriffen hatte, nickte und sprang zur Luke des Steuermanns. Mit dem aufkommenden Wind wollte der Freund das Schiff noch möglichst nahe an die Küste bringen, damit, wer immer von den Männern überlebte, sich schwimmend an Land retten konnte. Er gab Baltasar den Befehl zum sofortigen Wenden nach Backbord. Langsam drehte die »Aguila« bei.

Barbarossa befahl, noch einmal zu schießen, dann wurden Langboote zu Wasser gelassen. Ein dumpfer, dröhnender Knall, ein kurzes Beben im Bug der Karavelle, dann splitterte das Holz der Reling im folgenden Kugelhagel. Ein großes hässliches Loch klaffte an Steuerbord in der Kapitänskajüte. Eine dieser Kugeln musste die »Aguila« auch im Bug unter der Wasseroberfläche getroffen haben, denn Tomàs meldete Wasser im vorderen Teil des Schiffes, das schnell stieg. Dabei gestikulierte er wild mit einem Armstumpf, den er mit Lappen umwickelt hatte.

»Verdammt!«, fluchte Nicolas und winkte mit seiner Muskete. »Scharf drauflos, Männer!«

Alle griffen zu den Gewehren, die Kanoniere und Hilfskanoniere vom Zwischendeck stürmten an Deck und an die Reling.

Nicolas fuhr herum. »Aaron, das Byzantinische Feuer«, schrie er: »Jetzt!«

Der Wind stand günstig, und die zerbrechlichen Töpfe mit der brisanten flüssigen Mixtur hatten gute Aussichten, auch auf dem Schiffsdeck des Feindes zu landen. Und wirklich, eines der flüssigen Feuer, das eine unlöschbare Brandmasse darstellte, traf die Galeasse.

Nicolas stand mit seiner Muskete an der Reling im Heck der Karavelle und zielte auf die Langboote. Ein Dutzend Männer drängte sich um ihn auf dem Achterdeck, das der Galeasse zugewandt war.

Erik hatte ein Fass Schießpulver aus dem Depot geholt, eine Lunte in das Spundloch gesteckt, sie angezündet und das Fass in eines der näher kommenden Boote geschleudert. In der folgenden Explosion von Holzteilen und Wasser sahen sie zwischen den Rauchschwaden Treibholz und untergehende Leiber. Zwei weitere Boote mit Janitscharen an Bord kamen direkt auf sie zu.

»Marqués, *hijo de puta*!«, schrie Barbarossa vom Bug der Galeasse herüber, und sein Bart leuchtete in der Sonne kupferfarben. »Mach dich bereit, dass ich dir mein Schwert in den Arsch schiebe, bis es dir die Zunge spaltet!«

»Komm nur, *tio de mierda*, ich werde dir die Eier abschneiden und sie einzeln in dein dreckiges Maul stopfen!«

Die Rauchschwaden wurden dichter, obwohl keine Kanonen mehr abgefeuert wurden. Während die Ersten aus den Booten Enterhaken warfen und an den Seilen hochkletterten, kam die Galeasse langsam in Schussweite der Musketen. Nicolas fluchte. Beißender Rauch verhinderte ein genaues Zielen, Schiff und

Männer wurden vom immer stärker werdenden Qualm umhüllt. Im Wasser dagegen wimmelte es von Piraten, aber so viele gegnerische Kämpfer sie auch ausschalteten, es quollen noch Dutzende aus dem Schiffsbauch und sprangen über die Reling, um dem Kugelhagel zu entgehen und die kurze Distanz zum feindlichen Schiff schwimmend zu überwinden. Das Feuer sah man in all dem Qualm auf der »Aguila« zunächst nicht. Barbarossa zog sich auf ein Langboot zurück und wartete ruhig ab, seines Sieges sicher.

Schon erschienen die Ersten an Deck der »Aguila«. Immer mehr von Nicolas' Männern ließen die Musketen fallen und zogen *janbiah* oder Schifferdolch, Enterbeil oder Entersäbel. Auch der Marqués zog sein Schwert, steckte es aber wieder in die Scheide und griff nach seiner Muskete. Vom Achterdeck aus zielte er auf die wie auf Perlenschnüren aufgereihten Türken, die in einem wilden Gerangel nach oben drängten. Als er erneut die glimmende Lunte am Hahn einklemmte, spürte er plötzlich einen Ruck unter seinen Füßen. Der Bug der »Aguila« senkte sich langsam, und das Schiff kippte leicht. Das war das Ende, das klägliche Ende. So schnell ist das Wasser also eingedrungen, er hatte nicht einmal Zeit gehabt nachzusehen!

Vom Achterdeck stürzend, brüllte er: »Männer über Bord, rettet eure Ärsche!«

Auf der »Aguila« war die Hölle los. Ein blutiges Gemetzel war auf dem Hauptdeck in Gang, und immer noch schwangen sich Barbarossas Leute über die Reling. Und in wenigen Sekunden würde das Schiff auf den Meeresboden sinken!

»Erik!«, schrie Nicolas und bedeutete ihm, endlich zu springen.

Als der Ire sah, dass der Freund anderes im Sinn hatte, schleuderte er den Türken beiseite und rief zornig: »He, was soll das …?«

Doch Nicolas war bereits in der Kajüte verschwunden. Erik hatte verflucht Recht. Das Unternehmen war mehr als riskant, denn auch wenn er ein ausgezeichneter Taucher war, würde ihn der Sog des sinkenden Schiffes unbarmherzig in die Tiefe reißen. Allerdings kannte er die Tiefe an dieser Stelle genau. Als die Flaute eingetreten war, hatte er das Bleirohr mit den bunten Stoffstreifen am Seil ins Wasser geworfen. In dem Talg, mit dem das Rohr gefüllt war, waren Spuren von Sand haften geblieben, und so kannte er auch die Beschaffenheit des Meeresgrundes.

In seiner Kajüte angekommen, schob er sich die *janbiah* im Rücken unter die Leibbinde. Einer der Truhen entnahm er zwei Goldbarren und steckte auch sie, den Bauch einziehend, unter die breite, feste *faja*. In diesem Moment gab es einen weiteren Ruck, und das Schiff neigte sich stärker. Er stürzte hinaus und zur Reling, rutschte auf den blutverschmierten Planken aus. Im letzten Moment rappelte er sich hoch, stieg auf noch warme Körper und hechtete über die Reling. Da sackte das Schiff mit dem Bug voran ab.

Nicolas hatte sich weit abstoßen können, und dennoch wurde er mit dem Sog über dem Schiff, das wie ein wuchtiger Stein in die Tiefe sank, hinabgezogen. In dem Wasserstrudel, das mächtige Schiff wie ein gewaltiger dunkler Schatten neben und unter sich, fehlte ihm jegliche Orientierung. Verdammt! Er musste zu dem diffusen Licht kommen …

Alles war schnell vorbei gewesen. Er hatte genug Luft gehabt, um wieder aufzutauchen, als der Sog nachließ. Feiner Sand, in Massen von dem sich in den Meeresboden bohrenden Bug aufgewirbelt, hatte ihn da unten nicht das Geringste erkennen lassen. Er fischte sich ein dahintreibendes Holz und sah sich um. Rund um die Galeasse war die Hölle los. Das Schiff stand mittlerweile in Flammen, und der aufkommende Wind trieb eine dunkle Rauchwolke vor sich her. Erst jetzt bemerkte er, dass es ebenfalls ordentlich Schlagseite abbekommen hatte. Von den drei zu Wasser gelassenen Langbooten existierten nur noch zwei. Eines ruderte zielstrebig den beiden Galeeren entgegen – zweifellos mit Rotbart an Bord –, das andere schwankte heftig und kam nicht von der Stelle. Immer noch versuchten im Meer Treibende sich in das überladene Boot zu ziehen. Das dritte

Boot war spurlos verschwunden. Treibholz, Leichen, Ertrinkende und immer noch Piraten, die panikartig das lichterloh brennende Schiff verließen, tummelten sich im großen Umkreis der Galeasse im Wasser. Nur gute, unverletzte Schwimmer würden die Küste erreichen.

Nachdem Nicolas sich ausgeruht hatte und das Wasser wieder klarer war, füllte er seine Lungen, bis sie zu bersten drohten, und tauchte hinab. Durch die schweren Goldbarren tauchte er viel schneller ab als gewohnt. Zwar drehte er über der »Aguila« schnell wieder um, hatte aber dennoch beim Auftauchen Probleme. Er fand einen abgebrochenen Ruderschaft, legte sich aufs Wasser und zwang sich, ruhig und gleichmäßig zu atmen. Mehr als das Salzwasser brannte ihm der beißende Rauch und Qualm der brennenden Galeasse in den Augen. Aufgrund der Tiefenmessung und seines jahrelangen Tauchtrainings schätzte er, dass die Karavelle achtzig bis neunzig Fuß tief lag. Es war also noch nicht alles verloren! Nun schirmte er die Augen gegen die blendende Sonne über den Hügeln im Westen ab und betrachtete eingehend die Küste, die ihm mehr oder weniger vertraut war. Es war purer Zufall, dass der kürzeste Abstand zur Küste in südwestlicher Richtung lag, genau der Sonne entgegen. Dem Sonnenstand nach musste es später Nachmittag sein. Also brauchte er nur noch die Stelle, an der er an Land ging, markieren und den Abstand von seiner momentanen Position bis dorthin feststellen. Um diesen herauszufinden, wollte er im gleichmäßigen Tempo kraulen und dabei die Bewegungen zählen. Dann ließ er noch einmal den Blick um sich schweifen. Die Galeasse war ein Feuerball, der jeden Moment rauchend und zischend in den Fluten versinken würde, und trieb ihn zur Eile. Das Langboot mit ihrem Anführer hatte unterdessen den halben Weg zwischen ihm und den Galeeren zurückgelegt. Das zweite Boot war, wie vorauszusehen, gekentert. Um ihn herum trieben nur noch Leichen und auf einigen großen Stücken Treibholz die wenigen Piraten Barbarossas, die offensichtlich nicht schwimmen konnten.

Wieder visierte er die Küste an. Vom Ruder ablassend, wollte er gerade losschwimmen, als er etwas anderes sah: die unverkennbare Flosse eines Hais, die auf dem silbrig glänzenden Wasser auf ihn zuglitt. Verdammt, das hatte ihm gerade noch gefehlt! Leise wassertretend tastete er nach dem Ruder. Haie verfügten über ein exzellentes Gehör. Er glaubte den Behauptungen, sie könnten die Geräusche eines Schwimmers über sechshundert Fuß weit hören und Blut über noch weit größere Distanzen wittern. Nur ihr Sichtvermögen war angeblich gering. Das musste so sein, denn um ihn herum trieben Dutzende weit wehrlosere Leckerbissen. Aber es war seine einzige Chance. Mit beiden Händen das Ruderblatt fest umklammernd, hielt er den abgebrochenen spitzen Schaft auf den Hai gerichtet. Seine Atmung ging ganz flach. Bei allen Göttern, vielleicht hatte er Glück und der Räuber drehte ab und suchte seine Beute unter den zahlreichen Leichen, deren Blut ihn angelockt hatte. Aber die Flosse kam zielgerade näher. Wie eine Sichel durchschnitt sie das Wasser. Als sie keine zwei Manneslängen mehr von ihm entfernt war, spürte er Bewegung im Wasser und wusste, dass der Hai nun blitzschnell von der Seite kommend auf ihn zuschießen würde. Mit dem Kopf unter Wasser sah er gerade noch den geöffneten Rachen an seiner linken Seite und stieß zu. Die Spitze des Ruderschaftes bohrte sich in die Flanke des Tiers. In diesem Moment schnappte das Biest zu, biss auf Gold und Stahl. Da stieß er ihm die Faust ins Auge, und der Hai ließ von ihm ab. Spurlos verschwand er in der Tiefe.

Nicolas drehte seine linke Seite etwas aus dem Wasser und besah sich die Verletzungen. Seltsamerweise spürte er nicht viel. Die spitzen Haifischzähne hatten sich in die seitliche Rückenmuskulatur gegraben, aber keine Fleischfetzen herausgerissen. Doch die Wunden bluteten stark. Und genau das war jetzt sein Problem. Nichts wie weg! Bald würde es hier von Haien nur so wimmeln, würden die Biester im Streit um die Beute mit ihren Schwanzflossen die Gischt aufpeitschen.

Nicolas legte sich ins Wasser und kraulte, ohne sich umzusehen, immer der Sonne entgegen. Irgendwann hörte er hinter sich zischend und fauchend die Galeasse versinken. Vor sich aber sah er das Mädchen mit den stechend grünen Augen, das ein paar Tagesreisen von ihm entfernt auf dem spanischen Festland unterwegs war.

Allmählich merkte er, dass seine Kräfte schwanden. Dagegen ankämpfend, stellte er sich vor, eine ganze Meute von Haien verfolge ihn in einer geraden Linie, eine Flosse hinter der anderen. Er sah sich nicht um.

II.
SEVILLA, 1492

Wenn man nur ein Datum der spanischen Geschichte kennen sollte, dann dieses. Mit dem Fall Granadas im Januar jenes Jahres beendete die christliche Rückeroberung die achthundert Jahre dauernde maurische Herrschaft. Die Juden wurden vertrieben, der Spanier Rodrigo Borja wurde Papst Alexander der VI., und Christoph Kolumbus, der in Genua geborene Sohn eines Webers, dem es gelang, die Katholischen Könige von seinem Projekt zu überzeugen, entdeckte im Oktober Amerika.

Im Frühling jenes Jahres, ein paar Monate bevor Kolumbus mit seinen Karavellen aufbrach, um den kürzesten Seeweg nach Indien zu finden, lernte die Zigeunerheilerin Mara ebenfalls vor den Toren Sevillas einen jungen Adligen kennen, der außergewöhnlich grüne Augen hatte – dieselben Augen, denen ihre Enkelin Juana Jahrzehnte später in derselben Stadt begegnen sollte …

Der junge Conde de Nebrija, ein aufgeweckter, braun gelockter Mann, hatte außerhalb von Sevilla unweit des Zigeunerlagers sein Zelt aufgeschlagen und wartete. In dem gut geschnittenen Gesicht fesselten stechend grüne Augen, die schon geraume Zeit auf einen kaum ausgetretenen Pfad gerichtet waren. Je länger er so dasaß und in der mittäglichen Hitze in die Ferne starrte, desto fester glaubte er daran, dass das Mädchen auftauchte. Und plötzlich war sie da. Eine flüchtige Erscheinung am Ende des Weges, flirrend und unscharf. Fernando León schloss die brennenden Augen, und als er sie wieder öffnete, war der Spuk vorbei. Ein wehmütiges Lächeln legte sich um seine breiten Lippen. Warum sollte sie auch kommen, seufzte er, machte es sich unter der ausladenden Eiche bequem und begann zu träumen ...

Vor Tagen hatte er ganz besonderes Jagdglück gehabt. An seinem Sattelknauf hingen drei mit der Muskete erlegte Rebhühner und zwei Kaninchen. Als er, ein Liedchen summend, seinem Lagerplatz entgegentrabte, begegnete er einem wunderschönen dunkelhäutigen Mädchen, das in der Mitte des Weges auf dem Boden saß. Da stach ihn der Hafer und er galoppierte so scharf an die junge Frau heran, dass sie vor dem scheuenden Pferd zurückwich. Dabei verzog sie schmerzvoll das Gesicht und griff nach ihrem Bein. Mit einer elegant ausholenden Geste lüftete er seinen Hut und grüßte fröhlich.

Nun war Mara bestimmt kein Mädchen der schüchternen Art. Empört über die schlechten Manieren des Edelmannes, rief sie aufgebracht: »*Por Dios!* Ist das der Stil junger *caballeros*, auf *gitanas* Jagd zu machen?«

Der Conde sprang ab und verneigte sich. Er hatte keine Vorurteile gegenüber Menschen anderer Hautfarbe oder Religion, vermutete er doch die Herkunft seiner innig geliebten Mutter aus niedrigstem Stand. »*Capitán* Fernando León, Señorita. Ja, es würde mir Spaß machen, mein Fräulein, wenn die Jagd noch nicht zu Ende wäre, denn meine begehrenswerteste Beute sehe ich erst jetzt! Allerdings scheint sie mir etwas ramponiert.« Er warf einen fragenden Blick auf ihr Bein.

Mara sah keck zu ihm hoch. »Señor, wenn ich mich nicht täusche, suchen Männer wie Ihr immer nur das Vergnügen und wollen nichts dafür bezahlen.« Der große schlanke Edelmann gefiel ihr.

»Komm mit mir, und ich beweise dir das Gegenteil! Aber vorher lass mich dein Bein ansehen!«

Entsetzt wich Mara zurück. »Niemals!« Heftiges Kopfschütteln und lebhafte Gesten verrieten ihre Absicht, ein Nähertreten in jedem Fall zu verhindern. Niemals entblößte eine Zigeunerin ihr Bein! Bis über die Knöchel hielt sie beide Beine mit ihrem langen weiten Rock bedeckt.

»Bueno«, lachte Fernado León und richtete sich auf, gefolgt von erleichterten Blicken, »dann setze ich dich eben auf mein Pferd. Mein Zelt ist nicht weit von hier entfernt. Ich habe da«, er deutete auf seine Jagdbeute, »reichlich Wild. Wenn du mir das zubereiten hilfst, geb ich dir die Hälfte davon ab. Das alles kann ich ohnehin nicht alleine essen.«

Obwohl Mara bewusst war, dass seine joviale Art nichts als ein Versuch war, sie zu sich zu locken, erkundigte sie sich: »Habt Ihr kaltes Wasser dort?«

Fernando León nickte, und die Zigeunerin willigte ein. Zum einen wollte sie ihren schmerzenden, verstauchten Knöchel so schnell wie möglich in kaltes Wasser tauchen, bevor er noch weiter anschwoll, und zum anderen winkte ihr die halbe Jagdbeute. Was hätte sie auch sonst tun sollen? Der junge *capitán* machte einen sympathischen und aufrichtigen Eindruck, und sie konnte sich schließlich nicht von der Stelle rühren. Dabei war ihr durchaus klar, dass sie den Mann in Lebensgefahr brachte.

Als er dann das Pferd am Zügel führte, drehte sie sich andauernd um. Was, wenn ihre Brüder schon nach ihr suchten? Später, während sie die Vögel rupfte, erzählte sie den Hergang ihres Unfalls. Dabei hielt sie den rechten Fuß in einen Eimer mit frischem Wasser vom nahen Fluss.

»Ich bin keine geübte Reiterin, müsst Ihr wissen.« Mara sah kurz auf. Der Mann saß ihr gegenüber auf der Erde und beobachtete, wie sie mit flinken Fingern das Rebhuhn bearbeitete. »Aber um schneller zu sein, hab ich ein Pferd genommen und mich von meinem Bruder begleiten lassen. Risswunden, wie sie Stierhörner am Oberschenkel verursachen, bluten stark, und der arme Junge, den sein Vater um Hilfe geschickt hatte, war in großer Sorge.« Mara strich sich eine Locke aus dem fein modellierten Gesicht. »Na ja, ich hab die Wunde gesäubert und genäht und meinen Bruder nach Hause geschickt, weil ich noch abwarten wollte, ob sie sich entzündet oder der Mann Fieber bekäme. Aber dann bin ich doch gegangen, um morgen noch mal nach ihm zu sehen. Dort«, sie nickte den Weg entlang, »hat der dumme Gaul dann gescheut. Jetzt weiß ich nicht, ob er schon im Lager angekommen ist. Versteht Ihr?«

»Nein.«

Mara seufzte vernehmlich. »Na, weil dann meine Brüder schon nach mir suchen!«

»Ja und?«

Meine Güte!, dachte sie und warf dem Mann einen besorgten Blick zu. Nachdem sie das dritte Rebhuhn fertig gerupft hatte, legte sie es zur Seite und sah ihn Hilfe suchend an. »Bringt mich östlich von hier zum Fluss hinunter, dort sollen mich meine Brüder finden.«

Himmel, konnte sie keinen Schritt ohne die Burschen tun? »Wie alt bist du, Mara?«

»Das tut nichts zur Sache, Señor. Ihr kennt meine Brüder nicht.«

Nein, und er hatte auch kein großes Bedürfnis, das zu ändern. »*Vaya*, ich nehme es gerne mit ihnen auf! Wollen sie an meiner Ehre zweifeln, auch gut. Ich kann mit dem Degen trefflich umgehen.«

Mara schüttelte den Kopf. »Ihr kennt unsere Bräuche nicht. Hier geht es nicht um Eure Ehre oder um meine Brüder. Eine *gitana* darf sich nicht mit einem *payo* einlassen!«

»Zum Ausnehmen aber schon – und ich meine damit nicht die Hühner!« Fernando Leóns grüne Augen blitzten.

Die Frau ließ sich nicht beirren. »Wenn man uns zwei alleine vorfindet«, sagte sie nüchtern, »werde ich ausgepeitscht und Ihr höchstwahrscheinlich getötet. *So* sind unsere Gesetze.«

Der Conde pfiff leise, beinahe anerkennend. Er wand kein Auge von ihr. Mara senkte den Blick. Natürlich hatte sie übertrieben, was ihre Strafe betraf. Als Heilerin, als Wissende, der übersinnliche Kräfte nachgesagt wurden, stand sie außerhalb ihrer rigiden Gesellschaft und war deshalb auch keinem jungen Mann versprochen worden. Ja, sie durfte sich sogar von Zeit zu Zeit einen Liebhaber nehmen – einen nicht verheirateten aus einem anderen Klan, einen Witwer oder fahrenden *kaku*. Nur keinen *payo*.

Als die Hühner gerupft waren, stand Mara auf und hängte sich ihren Lederbeutel um den Hals, fest entschlossen, auch ohne seine Hilfe teils hüpfend, teils humpelnd Richtung Fluss davonzulaufen.

»Warte!«, rief Fernando León scharf, packte zwei Rebhühner und ein Kaninchen, die er geschickt mit einer Schnur zusammenband, und warf sich die Jagdbeute über die Schulter. Da sie sich unter keinen Umständen von ihm tragen lassen wollte, packte er sie unterm Arm. Klein und zierlich, wie sie war, überraschte ihn dennoch ihr geringes Gewicht.

»Wisst Ihr, meinen Brüdern ist es ganz egal, wer oder was Ihr seid. Sie respektieren Eure Gesetze nicht«, hakte sie nach, um dem Capitan bewusst zu machen, in welch heikler Situation er sich befand. Auch wenn sie das Klanoberhaupt Sampion Brojero von seiner »Unschuld« hätte überzeugen können, wusste sie tatsächlich nicht, wie ihre Brüder reagieren würden. »Die sind absolut unberechenbar«, murmelte sie und warf ihm einen Blick von der Seite zu.

Der junge Conde seufzte. Er hatte schon lange keine Frau mehr gehabt, und dieses zarte Geschöpf an seinem Arm irritierte ihn zutiefst. So auf Tuchfühlung konnte er sich der geheimnisvollen Aura, die sie umgab, nicht entziehen. Sein ganzer Körper vibrierte.

Zwischen Gariguenbüschen und wildem Thymian fand er eine Schneise, die breit genug war, um nebeneinander die kurze Böschung zum Flussbett hinunterzusteigen. Sobald es sich Mara auf den Kieseln bequem gemacht und den geschwollenen Knöchel ins Wasser gestreckt hatte, schickte sie den Capitan fort.

Kurz zögerte er, dann legte er das Wild neben die Zigeunerin. »Wir sehen uns wieder«, hauchte er, bevor er verschwand.

Wenig später fanden sie ihre Brüder, die schon die Gegend nach ihr absuchten. Lachend hielt sie ihnen das Wild entgegen, von dem jedermann annahm, es sei die Bezahlung ihrer Dienste. Den sympathischen jungen Christen verdrängte Mara aus ihrem Bewusstsein. Vor dem Einschlafen sah sie flüchtig braune

Locken und blitzende grüne Augen, doch niemals träumte sie von ihm.

Anders erging es dem jungen Conde. Mit jeder einsam verbrachten Nacht steigerte sich sein Verlangen nach der zierlichen Zigeunerin noch mehr. Am fünften Tag beschloss er, den Qualen ein Ende zu bereiten und sie heimlich zu treffen.

Als es dunkel wurde, verließ er das Lager. Bis seine Unteroffiziere zurückkehrten, würde es noch Tage dauern, und die wollte er mit Jagen und Fischen verbringen. Hineingeboren in die öde Landschaft Lanzarotes, wo sich sein Vater mit einer nordischen Schönheit niedergelassen hatte, liebte er die Weite und Stille, weshalb er die lärmende Großstadt mied, so gut es ging. Jahre später hatte sein Vater an mehreren Eroberungsversuchen auf Gran Canaria teilgenommen und, als diese Insel schließlich unterworfen war, unter dem Statthalter Juan Rejón ein großes Lehen als Señorió zugeteilt bekommen. So war der Sohn eines andalusischen Grafen, der Land und Besitz verlassen hatte und viele Jahre in der Welt umhergeirrt war, nach einem turbulenten Leben wieder zu Ehren, Titel und Besitz gekommen. Bei dem Versuch, in vorgerücktem Alter noch an De Lugos Eroberungszügen teilzunehmen, war er, vor kurzem erst, durch die Hand eines Guanchen gestorben. Fernando León hatte an seinem Sterbebett geschworen, Rache zu nehmen und dafür zu sorgen, dass alle Eingeborenen endgültig unterworfen wurden. Deshalb war er hierher gekommen. Hier, im Hinterland Córdobas und Sevillas, sollte er im Auftrag des Conquistadors De Lugo Freiwillige als Söldner rekrutieren, um die noch nicht unterworfenen Inseln des Archipels zu erobern. Als einziger Sohn übernahm er Titel und Lehen in Gran Canaria und aus den zitternden Händen seines Vaters das Kostbarste, das dieser besaß: das Amulett mit dem Wappen seiner andalusischen Familie, das sein Vater, solange er sich erinnern konnte, unter dem Hemd auf seiner Brust getragen hatte. »Dennoch, Sohn«, waren seine letzten Worte gewesen, »es hat mir Glück gebracht.«

Es war schon dunkel, als er das Zigeunerlager in großem Bogen umrundete. Näher an das Lager heranzukommen war schwierig, da rund um die äußere Reihe der Karren und Fuhrwerke dichtes Federgras wuchs, in dem vereinzelt Ginsterbüsche und Tomillares standen. Also zog er sich zurück, stieg zum Fluss hinunter und näherte sich dem Lager über das flache Flussbett des träge dahinfließenden Guadalquivirs. Bald entdeckte er zwei breite, in das dichte Buschwerk gehauene Wege. Einer führte zum Lager hinauf, der andere zu einer kleineren gerodeten Stelle, auf der die Pferde und Maultiere auf natürliche Weise eingefriedet waren. Da gerade niemand Wasser holte, schlich er sich hinauf zum Lager und drückte sich kurz vor der Lichtung ins hohe Gras. Er hatte Glück. Ein leichter Abendwind wehte in seine Richtung und trug ihm Rauch und den Duft frisch gebackener Fladen in die Nase, ließ aber keinen der Hunde seine Witterung aufnehmen. Von dort aus sondierte er die Lage.

In der Mitte des Lagers, im weiten Innenkreis, brannte ein großes Feuer, und auch zwischen den Karren wurden Kochfeuer entzündet. Himmel, stöhnte er, wie sollte er nur herausfinden, in welchem der zahlreichen Fuhrwerke Mara wohnte? Um bei so viel Feuerschein vor allem von den Dutzenden herumstreunenden Kindern und Hunden nicht entdeckt zu werden, konnte er sich nur an der Böschung aufhalten, wo dichtes Strauchwerk wuchs.

Bald erschien dem Conde die Lage jedoch hoffnungslos und die Aussicht, Mara wiederzusehen, nahezu ein Ding der Unmöglichkeit. Er musste sich etwas einfallen lassen, sonst konnte er genauso gut gleich umkehren! Nur das nicht, seufzte er in Gedanken an eine weitere schlaflose Nacht. Vor sich sah er das anmutige Gesicht mit den hohen Wangenknochen und den dunklen Augen. Unmissverständlich spürte er das vertraute Ziehen in seinen Lenden. Noch nie hatte er ein Mädchen so begehrt …

Lautlos schlich er zu der dunkelsten Stelle des Pfades, eine, die ganz im Schatten der Lagerfeuer lag. Dort trat er ins Gebüsch. Der Geruch des wilden Jasmins war selbst am Abend noch betörend. Hier mussten alle vorbei, die Wasser holen wollten. Fernando León hoffte nun auf die Solidarität der Frauen und darauf, nicht gerade auf die zukünftige Schwiegermutter zu stoßen. Die Vermutung, dass Mara noch unverheiratet war, lag nahe, da sie nur von ihren Brüdern und niemals von einem Ehemann oder Verlobten gesprochen hatte.

Es dauerte geraume Zeit, bis die erste Zigeunerin geräuschlos auf ihn zukam. Seine Augen hatten sich mittlerweile an die Dunkelheit gewöhnt, und er glaubte eine Frau mittleren Alters zu erkennen. Als sie dicht an ihm vorbeiging, flüsterte er aus dem Gebüsch heraus Maras Namen, war sich aber nicht sicher, ob die Frau ihn gehört hatte. Nach einer Ewigkeit kehrte sie zurück, und Fernando León rief erneut Maras Namen. Die Alte reagierte überhaupt nicht – war sie taub? Was, wenn sein Plan nicht aufging? Er zog sich weiter in das Gebüsch zurück und wartete. Nacheinander liefen nun Jugendliche mit Eimern und Kesseln zum Wasser. Nach einer Weile kam eine Frau eilig des Weges, und er versuchte es noch einmal. Aus ihrem Kichern schloss er auf eine sehr junge Calé. Als sie mit dem vollen Eimer zurückkam, flüsterte er erneut: »Mara!«

Das Mädchen kicherte wieder und eilte auf die Wagen zu. Doch unversehens stellte es seinen Kessel ab und schwenkte nach links. Fernando León verfolgte aufmerksam die dunkle Gestalt, bis er sie aus den Augen verlor. Bald darauf kamen aus derselben Richtung zwei Frauen. Eine nahm den abgestellten Kessel wieder auf und verschwand zwischen den Wagen, die andere ging zögernd den Pfad entlang. Jetzt musste er ruhig Blut bewahren! Betend, nein flehend, dass Mara den Weg entlang bis zum Jasminstrauch gehen möge, verharrte er reglos im Gebüsch. Wie konnten wenige Schritte so ewig lang dauern? Kurz vor dem Strauch blieb sie stehen und sah zum Lager zurück, ob ihr vielleicht jemand folgte. Da packten sie zwei lange Arme und zogen sie ins Gebüsch. Mara zappelte und wehrte sich, sie trat um sich und versuchte, die Hand von ihrem Mund zu zerren, die ihren Kopf unbarmherzig in den Nacken presste. Immer weiter wurde sie ins hohe Federgras gezogen. Dann lockerte sich Fernando Leóns Griff, und er raunte in ihr Ohr: »Keine Angst, Mädchen, ich bin's.«

Genau das hatte sie befürchtet. Der Mann drehte sie langsam um, beließ aber seine Hand noch auf ihrem Mund.

Verständnislos starrte sie ihn an. Er jedoch lächelte zärtlich und flüsterte immer wieder ihren Namen, bis sie davon ganz benommen wurde. Sanft zog er die Hand von ihrem Mund und fuhr dabei zart über ihre Lippen.

Die Berührung seiner langen Finger auf ihrer Haut war warm und angenehm. Mein Gott, sie wusste, wohin das führen würde, sie war schließlich keine Jungfrau mehr! Unwillkürlich versteifte sie sich. »Señor Capitan«, protestierte sie, »ich bin kein Mädchen, das Ihr einmal benutzen könnt und dann wegwerft!«

Der Mann wollte nicht hören und fuhr fort, sie zu streicheln und liebkosen. »Komm schon«, raunte er kehlig in ihr Ohr. Sein heißer Atem, der schwach nach Wein roch, streifte ihre Wange.

Er musste verrückt sein! »Ja, ich bin nur eine *gitana*, Señor! Aber ich bin nicht dumm«, rief sie, der Verzweiflung nahe. Doch Fernando León verschloss ihren Mund mit so weichen, zärtlichen Lippen, dass ihr Protest im Keim erstickte. Nein!, flehte sie, bevor sie in seinen sehnigen Armen zu Wachs wurde. Mit letzter Kraftanstrengung gelang es ihr, sich loszureißen. »Señor«, beteuerte sie flüsternd, beide Hände gegen seine Brust gestemmt, »ich weiß, dass die christlichen Adligen glauben, das Recht zu haben, Andersgläubigen ihren Willen aufzuzwingen und sie zu ihrem Vergnügen zu benutzen. Ich aber«, ihre Stimme nahm einen hysterischen Ton an, »ich werde das nicht zulassen! *Na maj!*«

Mit festem Griff zog Fernando León die junge Frau an sich und beugte sich über sie. Der betörende Duft von wildem Rosmarin und Ginster und des Capitans geschickte Hände ließen endgültig jeden Widerstand in ihr erlahmen. Während seine Lippen zärtlich an den ihren nagten, tastete er in den Ausschnitt ihres Leibchens und strich sanft über ihre Brustspitzen, bis sie hart wurden und reifen Beeren glichen, die er zart mit Daumen und Zeigefinger zupfte. Kleine, köstliche Schauer jagten über

Maras Rücken. Zögernd griff sie in sein volles Haar, streichelte seinen Nacken und zog ihn weiter zu sich hinab. Dem Drängen seiner Lippen gehorchend, öffnete sie die ihren und ließ seine Zunge ein, die fordernd nach der ihren suchte. Getrieben von seiner Leidenschaft, wurde der Conde immer kühner und verlangender. Wieder wurde Mara ganz benommen. Sie verlor das Gleichgewicht, doch noch bevor sie auf die Erde sank, fasste er sie fester um die Taille.

Der kurze Schwindel war schnell vorbei. In der Stille um sie herum hörten sie nur ihren hastigen Atem, dann drang Hundegebell zu ihnen, das rasch näher kam.

»Lauft!«, beschwor sie ihn und stieß den Mann von sich. Hastig ihre Bluse ordnend, bedeutete sie ihm, sich zu beeilen. Doch Fernando León rührte sich nicht von der Stelle.

»Nehmt Vernunft an, verschwindet! Wenn ein Hund euch gewittert hat, kommen auch die anderen und dann die Männer!«

Er grinste sie an: »Nur wenn du versprichst, mich morgen zu besuchen.«

»Devlam!«, fluchte Mara. Der musste wirklich verrückt sein! Und dennoch. Sein zerzaustes Haar, die feuchten, an der Stirn klebenden Locken und seine lachenden Augen ließen ihr Herz schneller schlagen. Sie zerrte ihn am Arm, doch er schüttelte nur den Kopf. »Versprich, morgen in mein Zelt zu kommen!«

Die Hunde waren nun schon sehr nahe. Sturer Bock!, schimpfte Mara und gab schließlich nach. Sie nickte kurz, dann lief sie den Hunden entgegen. Der Capitan verschwand in die andere Richtung, sich mühsam durch das hohe Gras kämpfend.

Den nächsten Tag verbrachte Fernando León rastlos und ungeduldig. Einerseits wollte er sich nicht von seinem Lagerplatz entfernen, andererseits hatte er nicht die Muße, sich im Schatten des Zeltes ins Heidekraut zu legen und vor sich hin zu dösen. So erledigte er vor Ort lauter Arbeiten, die er bis dahin aufgeschoben hatte. Zunächst kümmerte er sich um seine Waffen, zerlegte und säuberte die beiden Arkebusen, polierte seinen Degen und schliff seine Messer. Dann besserte er das Zelt aus und suchte sich neue, stärkere Weidenruten. Schließlich scheuerte er sämtliche Kochtöpfe mit Sand. Nachdem er sich vergewissert hatte, dass Mara sich aus keiner Richtung dem Lager näherte, lief er zum Fluss, wusch die Töpfe und holte frisches Wasser. Ihm machte es nichts aus, dabei auch Arbeiten seines Knappen Pascual zu verrichten, eines aufgeweckten Jungen, den er einem seiner Unteroffiziere mitgegeben hatte. Pascual war bis dahin noch nie über seine Insel hinausgekommen und hatte nun Gelegenheit, etwas vom Mutterland Spanien kennen zu lernen: die Weltstadt Sevilla und auch Córdoba, das in seinen Häusern noch den Flair der vergangenen Glanzzeit als arabische Metropole bewahrte. Er selbst kannte die Städte Andalusiens und das reizvolle Hinterland, aus dem die meisten Soldaten rekrutiert werden konnten: arme Landarbeiter ohne Grund und Boden, die scharenweise den Pflug niederlegten und auszogen, um im Namen der Krone für Gott und Vaterland das spanische Königreich zu vergrößern.

Mara kam nicht. Am Ende hatte Fernando León alle Arbeiten verrichtet, die ihm eingefallen waren, und danach eine köstliche Hasenkeule verspeist. Das knusprige, mit Knoblauch und Kräutern eingeriebene Fleisch, der herbe Rotwein aus seiner *bota* und die kräftige Mittagssonne lähmten alsbald jede weitere Tätigkeit, und so lehnte er sich an den Stamm einer mächtigen lusitanischen Eiche und setzte von Zeit zu Zeit den Weinschlauch an die Lippen. Schließlich nickte er ein. Er musste geraume Zeit im Schatten der Eiche vor sich hin gedöst haben, denn als er aufwachte, zusammengerollt zwischen zwei mächtigen Wurzeln des Baumes, warf die Sonne schon längere Schatten. Langsam erhob er sich. Im Moment konnte er nicht sagen, ob er wütend war oder nur enttäuscht oder beides. Während er sein Gesicht mit Wasser besprengte, überdachte er die Situation. Eine große Leere machte sich in ihm breit. Plötzlich wurde ihm klar, dass er ganz einfach nur traurig war. Traurig, dass Mara nicht gekommen war, traurig, dass sie ihm nicht vertraute. Seltsamerweise zürnte er ihr nicht. Das konnte er sich schon gar nicht erklären. Darüber grübelnd, was dies bedeutete, tränkte und sattelte er sein Pferd und ritt gen Süden, direkt auf das Zigeunerlager zu. Diesmal würde er sich nicht zum Narren machen! Die bloße Vorstellung, ein anderer könnte Mara in die Arme nehmen, trieb ihn zur Eile.

Unweit der Biegung des Flusses sah er Zigeunerjungen am sandigen Ufer spielen, und näher dem Lager vernahm er das vertraute Klatschen nasser Wäsche auf den Steinen. Sein Pferd zügelnd, rief er einen der Jungen zu sich. Er warf ihm einen Maravedi zu, den dieser geschickt auffing, und nickte zum Lager hinauf. »Man sagte mir, ich fände bei euch eine Heilkundige.«

»Welche, die alte oder die junge?« Der Knabe taxierte den Mann, der keine Uniform trug.

»Sie heißt Mara.«

»Aha«, meinte der Junge und grinste frech. Dann streckte er dem Fremden die offene Hand hin.

»Nun«, erklärte Fernando León gutmütig, »ich hab dir einen Maravedi für eine Auskunft gegeben. Wo ist deine Auskunft?«

Der Junge überlegte einen Augenblick und sagte dann: »Señor, Ihr wisst jetzt, dass es zwei Heilerinnen in meiner Sippe gibt. Ist das keine Auskunft?«

Daraufhin musste der Conde herzhaft lachen und warf dem Knaben ein weiteres Kupferstück zu.

»*Bueno*, die Sache ist die: Mara ist nicht im Lager. Ich sah sie wegreiten, weiß aber nicht, wohin. Ehrlich.«

»Hör mal zu, du gerissener Schurke. Wenn du dir noch ein paar Maravedis verdienen willst, dann erkundige dich auf der Stelle, wo ich diese Mara finden kann. Ich warte so lange hier. Beeil dich, meine Frau braucht die Heilerin dringend!«

Augenblicklich verschwand der Zigeunerjunge im Gebüsch. Als er bald darauf zurückkehrte, meldete er, Mara sei schon am Vormittag zu einem kranken Kind geholt worden. Dessen Vater, ein Peon von Don Francisco, habe seine Hütte bei den Stallungen des Gutshofs. Fernando León warf dem Jungen noch einige Maravedis zu, wendete sein Pferd und galoppierte in östlicher Richtung davon. Da er die Gegend mittlerweile gut kannte, fand er nach kurzem scharfen Ritt die Kate des Landarbeiters. Die

Tür zu dem einzigen Raum der aus luftgetrockneten Lehmziegeln errichteten Hütte stand offen. Entschlossenen Schrittes näherte er sich dem Eingang, blieb aber im Türrahmen abrupt stehen. In dem dämmrigen Halbdunkel der Kate sah er sie sofort.

Mara kniete mit dem Rücken zur Tür am Boden. Ihre langen dunklen Locken hatte sie im Nacken geknotet. Auf einem Strohsack vor ihr lag ein etwa siebenjähriger Junge, der bewusstlos zu sein schien. Während die Hände der Zigeunerin fortwährend über Stirn, Kopf und Körper des Jungen strichen, murmelte sie unverständliche Worte. Fernando León beobachtete sie fasziniert, wurde aber unterbrochen, als die Mutter des Knaben mit einem Zuber frischen Brunnenwassers an ihm vorbeiwollte. Ohne sich umzudrehen, schlug Mara die Decke über den Beinen des Knaben zurück und sammelte die groben, um Füße und Waden gewickelten Leinentücher ein. Die Tücher warf sie in den Kessel mit kaltem Wasser, wrang sie aus und band sie erneut um die Waden.

»So fährst du fort«, erklärte sie der Mutter »bis das Fieber deutlich gesunken ist. Ich komme morgen noch mal vorbei.«

Mara steckte noch die Decke fest um den schmalen Körper, dann stand sie langsam auf. Aus dem Gefühl heraus, beobachtet zu werden, drehte sie sich abrupt um. Ein flüchtiges Lächeln legte sich um ihre Lippen, bevor sie dem Conde mit dem Zeigefinger auf den Lippen ein Zeichen gab. Er verstand. Mit gesenktem Haupt schlüpfte sie aus der Tür und suchte draußen nach ihrem Bruder. Nach einem kurzen Wortwechsel verschwand dieser auf der Stelle.

Fernando León trat ins Freie. Die Frau, die sich um den Fremden mitten in ihrer Kate bis jetzt nicht gekümmert hatte, blickte ihm verständnislos nach. Nachdem er mit Mara ein paar Worte gewechselt hatte, lief diese in die Kate zurück, holte ihren Lederbeutel und flüsterte der Frau zu, dass sie doch abends noch vorbeischauen werde. Dann folgte sie dem Mann zu den Pferden.

Kaum waren sie außer Sichtweite, fand sich Mara in Fernando Leóns Armen wieder, und noch bevor sie protestieren konnte, verschloss er ihre Lippen mit den seinen. Irgendwie gelang es ihr, ihm verständlich zu machen, dass sie nicht gesehen werden wollte, denn er gab sie ohne Widerstand frei. Sie bestiegen ihre Pferde und galoppierten davon. Außerhalb des Gutes ließen sie die Tiere in leichten Trab fallen.

Mit einem lauernden, spitzbübischen Ausdruck sagte Mara: »Ich hab meinen Bruder nach Hause geschickt, denn ich fand es reizend, dass Ihr mich heimbegleiten wollt …«

»Ja, aber heim zu mir!«, unterbrach er sie, lenkte sein Pferd an die Seite ihrer Stute und fasste blitzschnell nach ihrem Zügel. Er war ein geschickter Reiter und solche Manöver durchaus gewöhnt. »Auch ich hab ein Lager und einen Fluss, an dem du dich waschen kannst. Ich hab den ganzen Tag auf dich gewartet!«

Mara sah die Entschlossenheit in seinem Blick. Mit einem Mal wich ihre Kraft und die Stärke, die sie hatte aufbringen müssen, um den Jungen zu retten. Jetzt wollte sie nicht mehr stark sein, wollte sie nicht mehr kämpfen. Der Knabe, der nach einem Schlangenbiss hohes Fieber bekommen hatte, würde wieder gesund werden. Das war das Wichtigste. Ein Ausdruck stiller Zufriedenheit legte sich auf ihr Gesicht, und als sie bei seinem Zelt ankamen, ließ sie zu, dass der *capitán* sie vom Pferd hob.

Die Sonne warf bereits die letzten Schatten, als sie gemeinsam zum Fluss liefen und in das kalte Wasser tauchten. Wie Perlen liefen die Wassertropfen über Maras bronzefarbene Haut und leuchteten golden in der Abendsonne. Fernando León küsste sie auf Nacken und Schultern, auf ihre Stirn und die kurze, schmale Nase. Mara lachte nur und entwand sich wieder seinen Armen. Als sie ihr Haar öffnete, fiel eine Flut schwarzer Locken über ihre Schultern. Ungestüm hob er sie hoch, trug sie aus dem Wasser und legte sie ins weiche Gras in der Nähe des Ufers.

»Mara, ich kann nicht mehr warten«, raunte er heiser.

»Dann tu's auch nicht«, kicherte sie. Mit einem Mal wurde sie weich, warm und offen. Nachdem er es verstanden hatte, ihre Barriere niederzureißen und ihre Leidenschaft zu wecken, übertraf sie in Spontaneität und Temperament seine kühnsten Träume. Bald stand sie in Flammen. Schwarz und steif hoben sich ihre Brustwarzen von den festen runden Brüsten ab. Er saugte zärtlich daran, dann zog er mit seiner heißen Zunge eine Spur zu ihrem Nabel. Da sie keine christlichen Moralvorstellungen kannte, gab sie sich der Liebe hin, entfesselt und ungehemmt, und genoss alles, was er mit ihr anstellte. Als er in sie eindrang, raubte ihm ihre köstliche Enge beinahe den Verstand.

»Bin ich zu … derb?«, fragte er beinahe schüchtern.

»Überhaupt nicht.« Sie lachte.

Langsam rieb er sich an ihr, und Mara fasste nach seinen Händen. Nach einer Weile gelang es ihnen, ihre Atmung und ihre Bewegungen in Einklang zu bringen. Nur mühsam konnte er den Höhepunkt hinauszögern, damit auch Mara die höchsten Wonnen genoss. Als sie sich in Zuckungen wand und kleine heisere Schreie ausstieß, steigerte er kurz das Tempo. Keuchend explodierte er mit solcher Wucht in ihr, dass er sich aufbäumte und stöhnend über ihr zusammenbrach.

Allmählich beruhigte sich Maras Atem wieder, während sie auf das dunkle Wasser blickte, dorthin, wo sich bereits der Mond gespenstisch spiegelte. Die Dämmerung war dabei, der hereinbrechenden Nacht zu weichen, und es blieb ihnen gerade noch Zeit, zu der Kate des Peons zu reiten. Sie gab dem Mann einen Schubs, damit er sie freigab, sprang auf und zog sich hastig Rock und Bluse an. Fernando León blieb nichts anderes übrig, als sich ebenfalls anzukleiden und ihr zu folgen. Nachdem er sie bis in die Nähe der Kate begleitet hatte, kehrte er um. Nur einen Augenblick später erschien ihr Bruder.

Mara wagte nicht, ihre Brüder einzuweihen. Zu gut kannte sie die jungen Hitzköpfe, die bei den *payos* weder Gnade noch Geduld zeigten, und fürchtete um das Leben des *capitán*. Sie selbst hatte als Heilerin schon manchem *gadscho* geholfen, hatte die Häuser von Christen, Mauren, Juden und Morisken betreten und fand, dass alle ihre Eigenheiten hatten, genau wie die Zigeuner auch.

Noch dreimal kam das Zigeunermädchen in den darauf folgenden Tagen in Fernando Leóns Lager. Jedes Mal liebten sie sich wild und leidenschaftlich, so, als wäre es das letzte Mal.

Eines Morgens ertappte er Mara dabei, wie sie eine unansehnliche Wurzel unter die Decke legte, auf der sie sich liebten. »Und was soll die bewirken?«, erkundigte er sich vorsichtig, denn er hielt nicht viel von abergläubischem Zeug.

»Oh, die Alraune ist der zuverlässigste Talisman für Liebende, müsst Ihr wissen.« Mara zweifelte keinen Augenblick an dem, was sie sagte. »Seht sie euch nur an! Was fällt euch auf?«

»Hm. Die sieht aus wie ein … Mensch, vielleicht.«

»*Takaj!* Die Alraune sieht immer so aus. Durch ihre menschenähnliche Form stößt sie Schreie aus, wenn man sie in der Erde stört, und treibt denjenigen, der sie hört, in den Tod.«

Dann kamen die ersten angeworbenen Soldaten. Mara und der Conde trafen sich morgens an einer Stelle am Fluss, die leicht zugänglich war und etwa auf halbem Wege zwischen dem Soldatencamp und dem Zigeunerlager lag.

»Alle meine Offiziere sind zurückgekehrt«, eröffnete er ihr. »Ich muss nun in die Stadt, um die Einschiffung zu organisieren. Sobald die Kapitäne bereit sind auszulaufen, werde ich mit fünf Schiffen und sechshundert Soldaten nach Teneriffa aufbrechen.«

Mara ließ ihren Blick in die Ferne schweifen. Sie hatte gewusst, dass es so kommen würde!

»Wenn die aufständischen Einheimischen geschlagen sind, kehre ich mit dem nächsten Schiff zurück und hole dich, Mara. Das verspreche ich dir.«

Ohne eine Miene zu verziehen, senkte sie den Kopf. Wie sollte sie ihm ihr Gefühl erklären, ihre Angst um ihn? Sie saß tief, diese Angst, aber sie war nicht greifbar. Sie hatte nur so etwas schrecklich Endgültiges an sich …

»Mara, du musst mir vertrauen!« Ihre Ruhe verwirrte ihn. »Ich besitze auf Gran Canaria eine große Zuckerrohrplantage. Dort sollen unsere Kinder aufwachsen.« Er küsste sie lange und innig und sah ihr dann flehend in die Augen. »Du glaubst mir doch, Liebes?«

Mara nickte und senkte die Lider. Er sollte nicht ihre Tränen schimmern sehen. Kurz kramte sie in der tiefen Rocktasche, dann holte sie die unansehnliche Wurzel hervor, die sie immer unter ihre Decke gelegt hatte.

Mit einem wehmütigen Lächeln nahm Fernando León die Alraune entgegen und betrachtete nachdenklich dieses Symbol ihrer gemeinsamen Liebe. Es war ein sehr kostbares Geschenk für ihn. Entschlossen zog er die silberne Kette, die längst Maras Aufmerksamkeit erregt hatte, aus seinem Ausschnitt und betrachtete sie kurz. Ihr Anhänger war eine Scheibe aus schwerem Silber, am Rand reich verziert und in der Mitte, innerhalb des Schildes, mit einem leuchtenden Smaragd geschmückt, der das stechende Grün seiner Augen widerspiegelte. Über dem Schild stand in einem halbrunden Bogen das Motto der Nebrija: »In hoc signo vincemus.« Auf der Rückseite waren die Jahreszahl 1460 und die beiden Wörter »Ad Dies« eingraviert.

Behutsam streifte er der Frau die Kette über den Kopf und legte seine rechte Hand auf den Anhänger zwischen ihren Brüsten. »Ich schwöre bei meinen Ahnen, dass ich dich holen und zu meinem Weib machen werde. Als Zeichen dafür, dass ich es ernst meine, vertraue ich dir diesen Anhänger mit dem Wappen meiner Familie an, den mir mein Vater vor seinem Tod übergeben hat.« Er hob ihr Kinn und zwang sie, ihm in die Augen zu sehen. »Ich liebe dich, Mara. Trag den Anhänger wie ein Amulett. Es wird dich beschützen, bis ich wiederkomme. Ich weiß nicht, wie lange ich fort sein werde, doch selbst, wenn ihr inzwischen weiterziehen solltet, werde ich dich finden. Hinterlass mir in jeder Kirche am Opferstock ein Zeichen.«

Ein letztes Mal zog der Conde das Zigeunermädchen in seine Arme.

Pascual machte Mara Monate später in Cádiz unter den Zuschauern einer *morisca* ausfindig. Sie stand in vorderster Reihe und verfolgte fasziniert die Vorstellung mehrerer Pantomimen, die, teils mit Masken, teils mit geschwärzten Gesichtern in unterschiedlichen Verkleidungen und mit Schellen an den Knöcheln tanzten. Es war Pascuals letzter Auftrag, der letzte Wunsch seines Herrn. Kurz bevor der Conde de Nebrija seinen schweren, von einem Guanchenspeer in die Schulter gerissenen Verwundungen erlegen war, hatte er ihm aufgetragen, seiner einzigen großen Liebe, dem Zigeunermädchen Mara, mitzuteilen, dass er seinen Schwur nicht würde einlösen können. Pascual brach es fast das Herz, als er Maras runden Bauch sah.

Dem Mädchen, das sie zu Beginn des neues Jahres auf halbem Weg zwischen Cádiz und Jerez de la Frontera gebar, gab sie den christlichen Namen Angela, den Namen von Fernando Leóns Mutter. Ein paar Jahre danach zog der Stamm der Calé nach Granada und ließ sich am Fuße des Berges Sacro Monte nieder. Später stießen weitere Roma aus dem Norden zu ihnen, und nach und nach wurden gewundene Wege in das Gariguengestrüpp des Berghanges geschlagen. Ein Teil der *gitanos* wurde vorübergehend sesshaft und nutzte die natürlichen Höhlen dieses Berges, die sie vereinzelt ausbauten und anbauten, bis sie den gesamten Berghang bewohnten. Dann verließen sie von einem Tag zum anderen ihre Höhlen wieder und zogen weiter.

Auch Mara wusste die günstige Wohnlage am Rande der Großstadt zu schätzen. Zu ihren Füßen lag das grüne Tal des Darro, der etwas weiter flussabwärts durch Granada floss. Die Stadt selbst berührten sie nicht. Ein Hügel, der schon seinerzeit den Mauren zur Verteidigung gedient hatte, trennte den Sacro Monte von den ersten Häusern der Innenstadt. Hier, auf dem Albaicin, wurde die erste maurische Festung Granadas errichtet, und hierher flüchteten nun die Mauren nach der Eroberung der Stadt durch die Christen. Hier fand auch Mara ein reiches Betätigungsfeld als Heilerin, da immer mehr verarmte Morisken und Marranen die wenigen verbliebenen arabischen Ärzte und Heiler nicht mehr bezahlen konnten. Jeden Morgen, wenn sie sich auf die Suche nach den taufrischen Kräutern machte, bot sich ihr von den kargen Anhöhen des Sacro Monte ein beeindruckender Ausblick auf die roten Mauern der Alhambra auf dem gegenüberliegenden bewaldeten Hügel. Und hinter den Zinnen dieses letzten maurischen Königspalastes erhoben sich die malerischen weißen Spitzen der Sierra Nevada …

Im Zeugungsjahr Angelas, dem Jahr, als Christoph Kolumbus die Karibikinsel Guanahani entdeckte, die er fortan San Salvador nannte, fiel auch die letzte Bastion der Mauren auf der Iberischen Halbinsel, und die *Reconquista* fand ihr blutiges Ende. Aber nicht nur das. Noch im selben Jahr wurden die Juden vertrieben, und Säuberungswellen und grausame Verfolgungen durch die Inquisition standen auf der Tagesordnung.

In dieser unsicheren Zeit verließ das Volk der Calé oft für Jahre seine Höhlenwohnungen und zog wie ehedem in bunten Holzwagen und einfachen Fuhrwerken über das Land. Selten begegneten sie anderen Sippen, denn erst wenige von ihnen waren über die Pyrenäen nach Süden vorgedrungen. Erst anlässlich einer Wallfahrt zu ihrer Königin Sara la Kali nach Saintes Maries de la Mer trafen sie in der Camargue auf einen mächtigen Stamm der Roma.

Seit den Zeiten ihrer Wanderschaft waren Wallfahrten und die damit einhergehenden Feste oft die einzigen Gelegenheiten für die jungen Leute, Bekanntschaften außerhalb ihres Klans zu machen. Saintes Maries de la Mer machte da keine Ausnahme. Und wie bei ihren Pferden – sie erzielten immer wieder viel versprechende Kreuzungen ihrer Tiere mit den edlen Camargue-Schimmeln – kam es auch bei ihrem Volk zu Vermischungen. Dennoch waren Ehen zwischen den verschiedenen Stämmen selten, während Mischehen mit *gadschos* von jeher verboten waren. Sehr wohl aber hinterließen die Zigeuner ihre Spuren, wo immer sie durchs Land zogen. Dabei waren sie nie wählerisch. Quer durch alle Bevölkerungsschichten ergriffen sie jede Gelegenheit, die sich ihnen bot, und wenn die Frau merkte, dass ihr vielleicht einmaliges Zusammensein nicht ohne Folgen geblieben war, war der Zigeuner schon längst weitergezogen.

III.
ALEXANDRIA, Juni 1530

Nicolas glaubte zu träumen. Er lag in seinem Alkoven, und die »Aguila« schaukelte sanft auf den Wellen, wiegte ihn in den Schlaf. Eine schöne Frau saß an seiner Seite und murmelte beruhigende Worte, als ob sie über ihn wachte. Er streckte eine Hand aus, und sanfte Finger griffen nach ihr. Irgendetwas an seiner linken Seite irritierte ihn, sodass er schließlich die Augen aufschlug. Die zärtlichen Finger gehörten niemand anderem als seiner Mutter, die ihn glücklich anstrahlte.

»Allah sei gepriesen, mein Sohn! Wie viele Stunden hab ich auf diesen Augenblick gewartet!« Zaida beugte sich zu ihm.

Er wollte seine Mutter umarmen, doch seine Arme gehorchten ihm nicht. Ja es schien, als würde ihm sein gesamter Körper nicht gehorchen. Was hatte das zu bedeuten?, fragte er sich müde und schloss wieder die Augen. Gerade noch nahm er Karims Alkoven wahr, in dem er sich vor Tagen – oder waren es Monate – mit einem anderen weiblichen Wesen vergnügt hatte.

Ein paar Stunden später wachte er erneut auf. Seine Mutter verharrte immer noch in der Nähe, beeilte sich aber sogleich, ihm eine Schale Fischbrühe an die Lippen zu setzen. Eine Grimasse schneidend, drehte er den Kopf weg, doch die Mutter blieb hartnäckig.

»Muss ich das mögen?« Seine Stimme war schwach, aber voller Protest.

Da ertönte vom Salon her ein fröhliches *»Salam!«*, und Karim erschien in dem bogenförmigen Durchgang. Nicolas nickte matt, ihn fröstelte. Unfähig, sich gegen die Fischsuppe zu wehren, trank er die widerliche Brühe. Daraufhin schlief er wieder ein.

Die schräg einfallenden Strahlen einer blutroten Abendsonne blinzelten durch die Holzgitter des kleinen Bogenfensters und fielen auf Nicolas' Gesicht. Er schlug die Augen auf und sah sich um. Diesmal war er allein. Obwohl er lange geschlafen haben musste, fühlte er sich müde und kraftlos. Wieder irritierte ihn dieses beklemmende Gefühl um den Leib. Er hob ein wenig den Kopf und sah an seiner linken Seite hinunter. Unter dem Hemd tastete er einen straff sitzenden Verband. Wenn er Druck ausübte, schmerzte es. Mit dem Schmerz kehrte auch die Erinnerung wieder: an den Hai, an seinen geöffneten Rachen, in den er kurz geblickt hatte, bevor er ihm die Spitze des Ruderschaftes in die Flanke gestoßen hatte. Ein kurzes Lächeln huschte über seine kantigen Züge.

In diesem Moment streckte Karim seinen Kopf in den Alkoven. »Ich hab für dich in Catania ein Fass Rotwein besorgt, Stierblut war nicht aufzutreiben. Willst du welchen?«

Nicolas nickte. Der Cousin verschwand und kam gleich darauf mit einem randvoll gefüllten Silberbecher zurück, den er ihm an die Lippen setzte. Mit ihm wehte ein Duft nach Rosenwasser, Sandelholz und Zitrus ans Bett. »Mit all deinem vergossenen blauen Blut«, Karim deutete auf den Verband, »musst du sämtliche Haie des Golfs rebellisch gemacht haben! Als wir kamen, sahen wir nur Flossen.« Über seinem säuberlich gestutzten Kinnbart ließ er zwei Reihen perlweißer Zähne blitzen.

»Und was geschah dann? Erzähl schon!«, drängte ihn Nicolas. Vor seinem geistigen Auge sah er die Küste, auf die er zugeschwommen war, hatte aber keine Erinnerung mehr daran, wie er an Land kam …

»'*Idan*, das war knapp, mein Lieber. Allah sei Dank, dass das Meer dort seicht ist und Erik Augen wie ein Luchs hat. Er ist dir entgegengewatet und hat dich an Land gezogen. Du warst kurz davor, so spurlos zu verschwinden wie dein Schiff.«

Nicolas' Mundwinkel zuckten. »Dann ist Erik also durchgekommen«, murmelte er und schloss die Augen. »Und die Goldbarren?«

»Sei unbesorgt, die liegen zu deinen Füßen.«

Vom schweren sizilianischen Wein benebelt, schlief er wieder ein. Als er das nächste Mal erwachte, war der Alkoven von einer einzigen, in einer bunten Glaslaterne gefangenen Flamme in ein schummriges Licht getaucht. Zaida saß mit ausgestreckten Beinen auf einem Teppich neben dem Lager, den Rücken an die Wand gelehnt und den Kopf zur Seite geneigt. Sie schlief. Lange betrachtete Nicolas das schöne Gesicht seiner Mutter. Im Schlaf, wenn ihre lebhaften Augen geschlossen waren, wirkte sie älter. Da öffnete Zaida die schweren Lider, und ihre Blicke kreuzten sich. Sie lächelte, dann stand sie etwas schwerfällig auf. Gleich darauf schwebte eine Schüssel dampfender Fleischsuppe in sein Blickfeld.

»Die wird dir Kraft geben«, sagte sie mit derselben Überzeugung, mit der Mütter ihren Kindern die verhasstesten Speisen aufzwangen. Die ganze Kajüte roch intensiv nach starker Fleischbrühe, die schon eine Weile auf dem Stövchen geköchelt haben musste.

»Der Hai hat dir ganz schön zugesetzt, du hast viel Blut verloren. Allah sei gepriesen, dass sich die Wunden nicht infiziert haben. Du hast Glück gehabt!«

Nachdem Nicolas die Schüssel geleert hatte, erneuerte Zaida den Verband. Auf die Wundnähte strich sie eine Pomade aus Bienenwachs, in das sie den pulverisierten Samen des Bockshornklee und Schwarzwurzwurzel gemischt hatte – wundheilende Pflanzen, die Karim in kleinen Tontöpfchen auf der »Magam« vorrätig hatte. Der Abdruck des Haigebisses bestand aus sechs Löchern am Rücken und fünf Löchern auf der Bauchseite, die unterschiedlich tief waren und allesamt ausgefranste, unregelmäßige Ränder hatten. Wegen der umgeschnallten Goldbarren und seiner umgegurteten *janbiah* hatten sich die spitzen Zähne nur in die stark durchblutete Rücken- und Bauchmuskulatur gegraben, aber keine inneren Verletzungen verursacht. Als

Erik die straff gebundenen Tücher vom Körper des bewusstlosen Freundes wickelte, hatte Zaida all ihren Mut zusammennehmen müssen. Ständig gegen das flaue Gefühl in ihrer Magengegend ankämpfend, hatte sie die tiefen Wunden, aus denen es immer noch blutete, mit Nadel und Faden genäht.

In den darauf folgenden Tagen stand Nicolas zum ersten Mal auf. Bald aß er mit Appetit und lag tagsüber im Salon auf dem bequemen Sofa. Statt Tee ließ er zu den Mahlzeiten den köstlich dunklen Rebensaft durch seine Kehle fließen, von dem selbst die Ulama behaupteten, dass er gut fürs Blut sei.

»Wo ist Erik, Karim?«, war das Erste, was er versuchte herauszufinden. »Und was geschah nach meiner glorreichen Rettung?«

»*Tamam*. Ich werde dir chronologisch berichten, was ich weiß«, erklärte Karim, tat Manna in seinen Minzetee und rührte eine Weile, bis sich die klebrige, harzige Substanz aufgelöst hatte. Der Cousin sah ihm amüsiert zu und nippte am sizilianischen Wein.

»Nachdem dich Erik an Land geschleppt oder gezogen hatte …«

»Sag, wo war das denn?«, fiel ihm Nicolas ins Wort. »Entschuldige, dass ich dich unterbreche, aber das ist sehr wichtig für mich. Nur so kann ich die »Aguila« je wieder finden, versteht ihr?«

Zaida blickte ihren Sohn überrascht an, während sich Karim über seinen säuberlich gestutzten Kinnbart strich. An seine Tante gewandt, bemerkte er: »Der Marqués beliebt heute mit uns zu scherzen!« Schmunzelnd verneigte er sich zu Nicolas hin. Dann wurde er ernst. »*'Idan*, die Stelle ist nicht schwer zu finden – die am Ufer, wohlgemerkt –, und außerdem kennt Erik sie genau. Erinnerst du dich an die Ruinen vor der Mündung des Medjerda, wo wir als Kinder manchmal spielten? Nun, im Schatten des Steinhaufens am Ende der Anlage, dort, wo sie sich unter Wasser fortzusetzen scheint – wir hielten sie damals für einen ehemaligen Pier, weißt du noch? –, saß Erik mit dir und versuchte notdürftig, deine Blutung zu stillen. Sämtliche Hemden und Tücher, deren er habhaft werden konnte, wickelte er straff um deinen Leib. Aber es gab kein Wasser, das er dir hätte einflößen können.« Karim nahm einen Schluck Tee. »Als wir Barbarossa in einem Beiboot in den Hafen rudern sahen, lichteten wir Anker. Hinter La Goleta kreuzten wir nördlich, ziemlich nahe der backbordseitigen Küste, und sahen schließlich deine Männer, die auf sich aufmerksam machten.«

»Wie viele?«

Karim räusperte sich und warf seiner Tante einen verstohlenen Blick zu. Es war offensichtlich, dass er die unangenehme Frage erwartet hatte. »Keine fünf Dutzend.«

Also nicht einmal die Hälfte … Nicolas starrte in den halb vollen Silberbecher in seinen Händen und sagte eine Weile gar nichts. Auch der Cousin schwieg. Unter langen schwarzen Wimpern beobachtete er, wie Nicolas' Finger sich fester um den Becher schlossen, und wartete ab. Zaida rührte sich ebenfalls nicht.

Schließlich stieß Nicolas, sein Gesicht zu einer Grimasse erstarrt, hervor: »*Hasanan!* – Das wird er mir büßen!«, setzte den Becher an die Lippen und leerte den Inhalt in einem Zug.

»Alles zu seiner Zeit, mein Sohn«, wagte Zaida, die Hände ineinander verschlingend, einzuwenden. Der aggressive und kaltblütige Ausdruck in seinem Gesicht, den sie zum ersten Mal an ihm sah, verunsicherte sie zutiefst.

»Als die Männer an Bord waren«, fuhr Karim unbeirrt fort, »setzten wir Segel. Erik wartete ab, ob deine Wunden zu eitern begannen, sich Fieber einstellte, oder sich innere Verletzungen erkennen ließen. Als nichts davon eintrat und er nicht mehr daran zweifelte, dass du durchkommen würdest, ließ er sich mit den Männern in Catania an Land setzen. Das war vielleicht ein paar Stunden, bevor du das erste Mal ansprechbar warst. Er wollte sich nach Ibiza durchschlagen und von dort nach Tagomago. Wenn du mich fragst, der schien es verdammt eilig zu haben … Was die übrigen Korsaren vorhaben, kann ich dir nicht sagen. Ich hab Erik Gold angeboten, doch er lehnte dankend ab und versicherte mir, er könne sich organisieren, was immer er brauche.«

Für einen Moment hellte sich Nicolas' Miene auf, worauf sich die Mutter sichtlich entspannte.

»Ach ja, eines noch: Erik bat mich, dir auszurichten, dass er eine gewisse Sache auf dem Festland nicht aus den Augen verlieren wolle – wer oder was immer das sein mag.«

Eine unverkennbare Querfalte auf Karims Stirn sagte Nicolas, dass er tatsächlich nicht die geringste Ahnung hatte. Da er vor seiner Mutter nicht auf die Geschichte mit der Zigeunerin eingehen wollte, machte er eine wegwerfende Handbewegung. »Nichts von Bedeutung«, bemerkte er wie nebenbei und füllte sich noch einen Becher Wein.

Eine Woche später meldete Jalil Steuerbord voraus »Al Iskandariyah« – Alexandria. Zum ersten Mal auf dieser Reise betrat Nicolas das Deck der Dhau. Seine Augen beschattend erkannte er im Osten die Umrisse der Stadt und den schlanken Turm ihres Ribats, einer mächtigen Wehrfestung, wie sie sich zur Verteidigung des Islam in allen Küstenstädten fanden. Die grelle Junisonne ließ die gezackte Silhouette der weißen Häuser und die helle steinige Umgebung in der Hitze flirren.

»Seit meiner Jugend hab ich die Stadt nicht mehr betreten«, meinte er zu Karim, der soeben an seine Seite getreten war. »Damals war sie noch Teil des riesigen Mamelukkenreiches.«

Der Cousin nickte. »Ich weiß. Da siehst du, wie schnell man unter osmanische Herrschaft gerät!«

»Nicht nur unter osmanische. Die da«, Nicolas deutete zur Küste, »hat schon mehr erlebt als die Türken. Ich hörte, sie hätten bei weitem nicht so viel zerstört wie einst die Ptolemäer und dann die Römer, welche Alexanders Gründung praktisch dem Erdboden gleichgemacht haben.«

»Nun, ganz so war das auch wieder nicht.« Karim schüttelte entschieden den Kopf. »Erzähl mir nichts über meine Stadt, mein Freund! Was Cäsar nicht vernichten konnte oder wollte – er zerstörte immerhin Tempel und Hafenanlagen –, erledigten unsere eigenen Leute, jawohl! Das waren nicht die Römer!«

»Wie bitte?«

Der Cousin senkte die Stimme. »Im Koran steht geschrieben: ›Bekämpfet die Ungläubigen, bis jeder Widerstand gebrochen ist.«

»Das ist mir bekannt.«

»Die Araber hielten sich an das Prophetenwort«, Karims elegant geschwungene Brauen schoben seine Stirn in Falten, »und als in ihrer Wüste alle bekehrt oder getötet waren, zogen sie unter Mohammeds Nachfolgern in die Nachbarländer …«

»Ich weiß, mit Feuer und Schwert, das ist ja nichts Neues.« Nicolas verzog das Gesicht.

»Natürlich nicht, aber warte. Mohammed war noch keine zehn Jahre tot, als sein Nachfolger Omar im Zuge der Eroberung Ägyptens bis hierher kam. Als die Medina zerstört und Alexandria in seine Hände gefallen war, soll er auf die Frage, was man mit dem Museion und seiner herrlichen Bibliothek griechischer Dichter und Philosophen machen soll, gesagt haben: ›Wenn das in den Büchern geschrieben ist, was auch im Koran steht, sind sie überflüssig, und steht was anderes drin, sind sie schädlich.‹ Keine der siebenhunderttausend Bücherrollen hat das überlebt.«

»Es waren Millionen.«

»Na, na …«

»Millionen Schriftrollen. Und angeblich haben das schon die Unsrigen erledigt. Christliche Kopten vernichteten, was weise und einzig war …«

»Wer sagt das?«

»Señor Peraltas, mein Lehrer. Ehrlich, ich frage mich immer wieder«, rief Nicolas mit reichlich Sarkasmus in der Stimme, »wie du bei all diesem Wissen immer noch Mohammedaner sein kannst …« Er stöhnte. »Mit Feuer und Schwert gelang dann Jahrhunderte später wohl auch den Türken – unter demselben Halbmond –, in wenigen Jahrzehnten niederzumachen, was immer sich ihnen in den Weg stellte.«

»So ist es. Alexandria hat dabei jeglichen Glanz vergangener großer Zeiten verloren.«

»Und warum bist du dann hier?«, fragte Nicolas unverblümt.

»Nun, die Stadt ist auch ohne nennenswerte strategische Bedeutung als Warenumschlagplatz der Hauptanlaufhafen Ägyptens geblieben.«

Dieser Wichtigkeit war sich Alexandria durchaus bewusst.

Karim streckte die Hand aus und deutete auf einen felsigen Vorsprung im Meer, eine Art Landzunge, die vor der eigentlichen Stadt lag, und sagte: »Die ehemalige Insel Pharos war durch einen Damm mit dem Festland verbunden. Dadurch waren zwei Häfen entstanden, die im Laufe der Zeit versandeten: der Haupthafen im Osten und der Kriegshafen im Westen. Auf der Ostspitze von Pharos, dort, wo heute das Fort Qaitbey steht, ließ Sostratos von Knidos einen Leuchtturm erbauen, der, so man antiken Geschichtsschreibern Glauben schenken will, 540 Fuß hoch gewesen sein soll. Zwei Erdbeben vernichteten den höchsten Leuchtturm aller Zeiten und ließen einen gewaltigen Steinhaufen zurück. Nicht einmal den siehst du heute mehr.«

Wenig später fuhr die »Magam« am Ribat vorbei in den »neuen« Hafen von Alexandria ein und legte am Handelskai an. In der mittäglichen Hitze schien jegliches Leben erlahmt. Auch Karim verzichtete auf das Entladen des Schiffes während der Mittagsstunden und übertrug Jalil die Verantwortung für die Dhau. Noch bevor der Segler ordentlich vertäut am Kai lag, war der Steuermann in einem der Hafengebäude verschwunden, um eine Sänfte und mehrere Lastenträger zu organisieren, die Zaidas in aller Eile zusammengerafftes persönliches Hab und Gut durch die Stadt befördern sollten.

Bald darauf brach der kleine Trupp zu Mahmud Harun al Mansibs Anwesen auf. Sie machten einen großen Bogen um die Medina mit ihren engen, verwinkelten Sackgassen und marschierten durch ausgestorbene leere Straßen der Vororte Eleusis und Nikopolis, in denen zu dieser Zeit nicht einmal die Kinder auf der Straße spielten. Im vornehmen Viertel Bab Musa hielt die Gruppe vor einem hohen Tor, das eine lange, weiß gekalkte Mauer durchbrach. Über dem gediegenen Holztor stand der Spruch: »Nur Allah ist mächtig!« Er sollte die Bewohner dieses Anwesens wohl daran erinnern, dass nicht das hölzerne Tor, sondern nur Gottes Allmacht sie schützte.

Nichts im Inneren des hektargroßen Besitzes hatte sich in dem letzten Jahrzehnt verändert. Diener in knöchellangen weißen *dischdaschas* unter schwarzen ärmellosen Westen, mit weißen *kofiahs* bedeckt, kamen ihnen den breiten blumengesäumten Weg entgegen, der Haus und Gartentor verband. Bevor sie den Lastenträgern das Gepäck abnahmen, verbeugten sie sich vor Karim, dem Besucher und der Sänfte. Die Träger, Mischlinge aus Arabern und Schwarzen, machten sich daraufhin sofort aus dem Staub.

In dem Moment, als Nicolas seiner Mutter behilflich war, der Sänfte zu entsteigen, öffnete sich die messingbeschlagene Eingangstür, und Mahmud und Ghada erschienen auf dem Absatz. Das Paar strahlte immer noch dieselbe tiefe Verbundenheit aus, die Nicolas schon in jungen Jahren beeindruckt hatte. Mahmud Harun al Mansibs erhobene, offene Hand hieß die Besucher willkommen, und Nicolas erwiderte diese Geste der Achtung. Den Onkel, der mittlerweile einen silbrig grauen Vollbart trug und unter der *kofiah* weiße Schläfen zeigte, hatte er trotz salopp geschneidertem Kaftan schlanker in Erinnerung. Die schöne Frau an seiner Seite hatte sich dagegen kaum verändert. Zierlich wie ehedem, überraschte sie jeden weit gereisten Besucher mit ihren klassischen ägyptischen Zügen.

»Willkommen in Alexandria!«, rief der Onkel, und schon lagen sich Zaida und ihr Bruder in den Armen.

Nachdem sich alle begrüßt hatten, wurde den Gästen *laban*, ein erfrischendes Buttermilchgetränk, gereicht. Man plauderte über die Reise und den überstürzten Aufbruch aus Tunis. Irgendwann klatschte der Haushaltsvorstand in die Hände und erteilte einem daraufhin herbeieilenden Sklaven einen kurzen Befehl. Ein junger, dunkelhäutiger Mann erschien und wurde Nicolas als sein persönlicher Diener vorgestellt.

»Solange du in meinem Hause weilst«, fügte der Onkel hinzu und zwinkerte.

Jesid war ein Halbblut, von schlanker Figur – beinahe untergewichtig – und leichtfüßig. Er grüßte Nicolas mit kurzer Verbeugung, wobei er rasend schnell Stirn, Herz und Lippen berührte und ein *»As-Salam aleikum«* murmelte. Dann bat er seinen neuen Herrn, ihm zu folgen. Durch einen langen schmalen Gang gelangten sie in Karims Haus, das an das Anwesen seines mittlerweile verstorbenen Großvaters Ibrahim Mehmet angebaut worden war, als er selbst eine Familie gegründet hatte. So blieb seine Frau Aischa in der Nähe von Karims Mutter Ghada, zu der sie sich wie zu einer eigenen Mutter hingezogen fühlte, und war während der langen Handelsfahrten ihres Mannes nicht alleine. Trotzdem war sie Herrin eines eigenen Haushaltes.

Der Gang mündete in einen Patio mit Springbrunnen und jungen Fächerpalmen, die in großen irdenen Gefäßen gezogen wurden. Hier war es angenehm kühl. Das lichte Palmendach spendete auch zur Mittagszeit genügend Schatten, ließ aber dennoch den kleinen Innenhof mit den glatten, weiß gekalkten Wänden hell und freundlich erscheinen. Nicolas hörte Kinderstimmen.

Der Diener öffnete eine von mehreren geschnitzten Türen des Patios und bat Nicolas einzutreten. Von einem schmalen Flur aus ging es ohne Tür weiter in einen länglichen Raum. Die Wände des hellen Zimmers waren im Gegensatz zu den stuckverzierten und mit Keramik überzogenen Wänden der Empfangshalle und des Salons vollkommen schmucklos. Die einzige architektonische Zierde waren zwei aneinander gereihte Fenster in Form von Spitzbögen, welche auf drei kleinen, mit Stuckkapitellen gekrönten Säulen ruhten. Die Fenster besaßen zudem geschnitzte Holzrahmen und Klappen für die Nacht. Auf dem mit Strohmatten ausgelegten Fußboden erstreckten sich Teppiche in Blau- und Braunschattierungen, die reiche Arabesken zierten. An einer der Längsseiten waren sie mit Matratzen unterpolstert und dienten gleichzeitig als Bett wie auch als Sitzgelegenheit.

Die Wand entlang reihten sich unzählige fest gestopfte Kissen aus buntem Seidenbrokat. An der den Fenstern gegenübergelegenen Schmalseite befand sich das einzige Möbelstück des Raumes, eine schwere, reich verzierte Truhe aus Zedernholz.

Der Diener verschwand wieder. Unter dem offenen Bogendurchgang zog sich Nicolas Karims Sandalen aus und ging über das dichte, feste Wollgewebe zum Fenster. Jesid erschien mit einem Kännchen und goss Öl in mehrere Keramiklämpchen, tat etwas Salz hinzu, um das Rußen zu verhindern, und schnitt die Leinendochte zurück. Dann huschte er wieder zur Tür hinaus.

Durch die halb geschlossenen Läden blickte Nicolas in einen blühenden Garten, in dessen Mitte ein von Myrtensträuchern umrahmtes Zierbecken stand. Oleander- und Rosensträucher säumten verschlungene Wege, und an der hohen Mauer, die den Garten und das Grundstück begrenzte, wuchsen Zypressen. Ohne dass er es bemerkt hatte, war der Diener hereingeschlüpft und hatte saubere Laken, Handtücher, ein langes weißes Hemd und einen Spiegel auf die Truhe gelegt. Einen großen Krug Wasser, eine flache irdene Schüssel und einen Nachttopf hatte er im Flur auf dem Steinboden abgestellt. Sofort verbreitete sich im Raum der Duft frisch parfümierter Wäsche. Es roch nach Oud. Das war etwas, was er sogleich abstellen wollte.

»Jesid«, bat er den jungen Mann, der ihn aus rot geäderten Augen ansah, »keine spezielle Duftbehandlung meiner Wäsche – wir verstehen uns?«

»Oh, *na'am, sayyid*!« Unter hundert Verbeugungen verschwand das Halbblut.

Nicolas erfrischte sich und zog das saubere, lange Hemd aus kühlem Batist über. Mit einem schnellen Schnitt trennte er die aufdringlich duftende Parfümquaste vom Halsausschnitt ab und warf sie lieblos in den Flur. Jesid hatte sie mit dem herb duftenden Öl des Oud-Holzes beträufelt, und das, obwohl die Kleider – wie in jedem ägyptischen Haushalt, der etwas auf sich hielt –

nicht bloß gewaschen und geglättet, sondern obendrein einer Art Beräucherung unterzogen worden waren. Auch das war unverwechselbar an ihrem Duft zu erkennen.

Dann legte er sich aufs Bett und starrte zur Decke. Er würde sich neue Kleidung und neue Stiefel anfertigen lassen und gleich morgen Jesid nach dem Schneider schicken. Außer seiner *janbiah*, dem kunstvoll ziselierten Schwert des Königs von Spanien, dem Chuckmuck-Feuerzeug an seinem Gürtel, das durch das Salzwasser zu rosten begonnen hatte und unbrauchbar geworden war, und den drei Goldbarren – den beiden, die er sich umgebunden, und jenem, den er Karim anvertraut hatte – war ihm nichts geblieben. Seine Muskete mit der Perlmutteinlegearbeit und seinem eingravierten Wappen lag am Grunde des tunesischen Golfes. Unwiederbringlich verloren waren wertvolle Seekarten, seltene Atlanten und ein Globus – eine Rarität aus feinstem Leder, das über eine große Kupferkugel gespannt war. Sein Lieblingsschachspiel aus eigenwillig geschnitzten Elfenbein- und Ebenholzfiguren und mehrere ihm teure Bücher und Büchlein mit ganz eindeutigen Illustrationen würde er ebenfalls vermissen.

Am meisten schmerzte ihn aber der Verlust seiner stolzen »Aguila«. Das Gold wäre ihm nicht wichtig gewesen, wenn er nur sein Schiff behalten hätte. Nun besaß er kein einziges mehr. Um jedoch ein neues, identisches Schiff in Auftrag geben zu können, musste er das Gold oder zumindest einen Teil davon bergen. Bereits nach dem einmaligen Abtauchen zur »Aguila« war ihm klar, dass er dies nicht selbst fertig bringen würde, denn so gut er auch tauchte, wäre er doch nicht imstande, in die Kajüte einzudringen, die Goldbarren aus den Truhen zu holen und wieder aufzutauchen. Nur, er kannte einfach niemanden, der tiefer tauchen konnte als er selbst … Achmed! Er musste Achmed finden! Der Perlenhändler kannte solche Taucher. Und dann Gnade Gott Barbarossa!

Am Abend gab es ein großes Festessen. Von den vierzehn anwesenden Familienmitgliedern kannte Nicolas alle außer Karims zweiter Frau Kasilda und ihren zwei Kindern. Aus den ehemals kleinen Mädchen der zweiten Ehefrau seines Onkels waren in den elf Jahren seit seinem letzten Besuch in Alexandria heranwachsende Frauen geworden, von denen eine bereits geheiratet hatte und weggezogen war. Auch Karims Großvater mütterlicherseits war in dieser Zeit verstorben. Nach Ibrahim Mehmets Tod war Mahmud als Familienoberhaupt nachgefolgt und hatte als solches die strengen islamischen Sitten im Hause gelockert, wollte und konnte er doch seine maurische Herkunft nie ganz leugnen. Unter anderem bestand er darauf, dass bei familieninternen Festen, zu denen keine Gäste geladen waren, alle Familienangehörigen teilnahmen, die Frauen und Zweitfrauen unverschleiert, mit sämtlichen Kindern.

Nicolas sah sich um. Der große Salon, der höher war als die übrigen Räume im Haus, besaß an einer Längswand zwei schmale, mit Holzgittern verschlossene Rundbogenfenster, die vom ersten Stock des Frauenhauses aus begehbar waren. Ob seine Mutter sich nun auch hinter diesen Spionen aufhalten würde wie die übrigen weiblichen Bewohnerinnen, die nur auf diese Weise ein wenig am gesellschaftlichen Leben ihrer Männer teilhaben konnten? Nein, entschied er sogleich, nicht seine Mutter.

Nach und nach füllte sich der Raum. Nicolas begrüßte der Reihe nach alle Familienmitglieder, wobei er sich zunächst an Ghadas Mutter, die älteste der Frauen, wandte und ihr seine Ehrerbietung erwies. Die größte Überraschung bereitete ihm Karims zweite Frau Kasilda.

Karims Ehe mit Aischa war von den Vätern arrangiert worden. Der ägyptische Händler As-Shihuh und der mit seiner Karracke das Mittelmeer befahrende Unternehmer aus Alicante versprachen sich von der Verbindung ihrer Kinder und somit ihrer Familien eine Besiegelung ihrer viel versprechenden Geschäftsverbindungen. Harun as-Shihuh befuhr mit seiner stattlichen Dhau nicht nur das Rote Meer und den Golf von Aden, sondern segelte um die Somali-Halbinsel herum gen Süden bis zu der reichen Inselstadt Kilwa an Tanganjikas Küste, dem Haupthandelszentrum Ostafrikas. Auf diesem Weg lief er die legendären Handelsstädte Sansibar, Mombasa und Mogadischu an, wo er Stoffe, Seide, Wein, Weihrauch, Myrrhe und Sandelholz gegen afrikanisches Gold, Elfenbein, Kokosnüsse, Straußenfedern und Felle tauschte.

Karim, der älteste Sohn und Nachfolger in Mahmuds Gewerbe, zahlte den Preis für diese nutzbringende Ausweitung der Handelsbeziehungen. Der Ästhet, in dessen Lebensstil sich seine Liebe zur Schönheit und zur Kunst niederschlug, war mit einer Frau gestraft worden, die fortan sein Auge beleidigte, wann immer er sich in Alexandria aufhielt. Aufgrund dieses Schicksalsschlages heiratete Karim bald darauf von neuem, diesmal ein Mädchen, das er sich selbst ausgesucht hatte. Das war ein Fehler gewesen, wie sich bald nach der Hochzeit herausstellen sollte. So atemberaubend schön Kasilda anzusehen war, sie war zänkisch und engherzig.

»*'Idan*«, flüsterte Nicolas seinem Cousin ins Ohr, damit es sein Onkel nebenan nicht hören konnte, »schreibt der Koran dem Mann nicht vor, alle seine Ehefrauen gleich zu behandeln und keine zu bevorzugen?« Nicolas' Gesicht blieb unbewegt, aber in seiner Stimme lachte leiser Spott.

Karim zuckte unglücklich eine Schulter, wusste er doch, worauf der Cousin anspielte. Er bemühte sich, dieses Gebot auch so gewissenhaft wie möglich zu befolgen, und verbrachte die Hälfte seiner Nächte in Alexandria mit Aischa, die ein gutes Herz und ein freundliches Wesen hatte. Nach Jahren gebar sie ihm Mansur, einen sanften Jungen von mittlerweile neun Jahren. Karim dankte Allah wiederholt, Aischa keine Mädchen geschenkt zu haben. Von Kasilda, die ihn trotz ihrer Launenhaftigkeit im Bett erfreute, bekam Karim zwei bildhübsche Töchterchen, die er abgöttisch liebte. Sie waren die Lieblinge im gesamten Frauenhaus und der Lebensinhalt von Großmutter und Urgroßmutter.

»Es ist dir gelungen, mich zu überraschen«, gestand Nicolas, geblendet von Kasildas Schönheit, und diesmal war nicht die leiseste Häme in seiner Stimme.

»Das Auge täuscht, mein Freund.« In den nüchternen Worten lag Karims ganzes Dilemma. Nicolas sah ihn an und verstand.

»Du kannst es ja nochmal versuchen – du bist reich genug.«

»Wozu?« Karim lachte bitter. »*Kafa*, mein Freund. Es reicht!« Nicolas wusste, dass er sich Abwechslung andernorts suchte.

Im geräumigen Salon des Haupthauses war unterdessen eine große runde Strohmatte auf den Boden gelegt worden, auf der Diener Berge von Reis in leuchtend blauen Keramikschüsseln verteilt hatten. Es gab weißen Reis, mit Safran gelb gefärbten und welchen mit Rosinen und Mandeln. Dazwischen wurden Teller mit feinem Zwiebel-Gurkensalat, Bohnen und *hummus*, dem beliebten Kichererbsen-Mus, platziert. Weiter in der Mitte standen Körbe mit *aisch*, den runden flachen Broten, die bei keinem Essen fehlten. Zu guter Letzt, als schon alle Familienmitglieder am Boden um die Strohmatte hockten, wurde das *haruf mahschi* von den Dienern aufgetragen: ein ganzes Lamm, mit Trockenfrüchten, Mandeln, Pinienkernen, Weizengries und Zwiebeln gefüllt, in Butter geschmort und mit Ingwer und Koriander gewürzt. Stundenlang in heißer Asche gebraten, war das Fleisch so zart, dass man es mit den Fingern zerpflücken und essen konnte.

Mahmud zog ein langes Messer aus dem Gürtel, schnitt das Fleisch vom Knochen und verteilte die großen Stücke auf den Tellern, die zwischen den Reisschüsseln standen. Nun machte sich jeder eine Kuhle in den Reisberg vor sich und tat Fleisch und Beilagen hinein. Der allgemeinen Sitte folgend, musste auch Nicolas auf sein gewohntes Messer verzichten und mit den Fingern vorlieb nehmen. Wie jederman aß er nur mit der rechten Hand und benutzte die linke, die nie an den Mund geführt wurde, nur zum Waschen. An der Tür zum Essraum standen auch zwei Diener mit einem Messingbecken und einer Messingkanne, aus der jedem eintretenden Familienmitglied Wasser über die rechte Hand gegossen wurde.

Gegen Ende des üppigen Mahls begann die Duftzeremonie.

Ein Rosenwassersprenkler machte die Runde, danach folgte ein Tablett mit verschiedenen Parfümölen, an denen sich jeder nach Belieben bediente. Schließlich wurde dem Hausherrn ein Räuchergefäß mit glühenden Kohlen gebracht, dazu mehrere Kupfergefäße mit Räucherharzmischungen. Davon legte Mahmud kleine Bröckchen auf die glühenden Kohlen und reichte das Gefäß der Reihe nach an alle weiter, damit sie sich den Rauch auf Kleidung, Haare und Bart fächelten. Die Frauen hoben, da sie nicht unter sich waren, statt ihrer Kleider die Schals und Kopftücher über das Räuchergefäß.

Noch bevor am nächsten Tag der Schneider mit seinem Gehilfen eintraf, erschien der Arzt der Familie Al Mansib. Zaida hatte ihren Bruder gebeten, den *hakim* ins Haus zu rufen, um nach der Wundheilung zu sehen und, wenn nötig, die Fäden zu ziehen.

»Gute Arbeit«, stellte der drahtige kleine Mann mittleren Alters mit dem aufgezwirbelten grauen Schnurrbart nüchtern fest. Mit flinken Händen zog er die Fäden so geschickt und behände, dass Nicolas lediglich meinte, feine Nadelstiche zu verspüren. Nach wenigen Minuten war alles vorüber.

»Ich muss euch noch dringend Schonung verordnen, *sayyid*«, erklärte er und schob ein Braue so tadelnd hoch, als hätte der Patient bereits zum Protest angesetzt. »Und weiterhin einen leichten Stützverband. Die eben erst verheilten Wunden haben wichtige Muskeln Eurer Rumpfmuskulatur beeinträchtigt.«

»Nur zu, Ihr habt gewiss etwas Geeignetes dabei.«

Daraufhin verpasste ihm der Mann eine gewirkte elastische Binde um den Leib, dass er sich kaum rühren konnte.

Nicolas' vordringlichstes Problem bestand zunächst darin, sich Geld zu verschaffen. Zum einen, weil er weder seinem Onkel noch seinem Cousin auf der Tasche liegen und auch für den Lebensunterhalt seiner Mutter aufkommen wollte, und zum anderen, weil er sich einiges anschaffen musste. Seine Absicht, zumindest einen der Goldbarren zu klingender Münze zu machen, teilte er Karim und seinem Onkel mit, als sie an einem der nächsten Tage gemeinsam Kaffee tranken.

Die drei saßen in Mahmuds schlichtem Salon, der ihm für geschäftliche Besprechungen und auch als Arbeitszimmer diente. Die Nüchternheit des Raums, von dem aus man nicht ins Freie sehen konnte, wurde noch von hohen weiß gekalkten Wänden unterstrichen, die mit Inschriften versehen waren. In eleganter Kursivschrift waren Zitate und Stellen aus dem Koran in großen Medaillons dargestellt. Die durchbrochenen hohen Fenster, aus feinem Stuck feucht geschnitten, wurden von Schattenbogen umrahmt. Den Boden zierten Keramikkacheln in geometrischen Mustern. In der Mitte der an drei Wänden entlanglaufenden, von persischen Läufern bedeckten Sitzgelegenheit stand ein niedriger Messingtisch mit Glasplatte.

»Wenigstens einen der Barren, versteht ihr?« Nicolas sah vom Onkel zum Cousin.

Mahmuds buschige Brauen hoben sich, und er machte eine wegwerfende Handbewegung, die wohl bedeuten sollte, für einen Gast in seinem Haus seien Geldsorgen überflüssig. Karim grinste nur. Ohne weiter auf das auf diese Weise bagatellisierte Problem einzugehen, griff der Onkel zu der Zinnkanne mit dickem Bauch und langem dünnen Hals und goss den stark duftenden und mit Ingwer gewürzten *qahwa* in zierliche Porzellantassen.

»Wenn man bedenkt«, zwinkerte er vergnügt und stellte die *dalla* auf den Messingtisch zurück, »dass wir dieses köstliche Gebräu angeblich einem äthiopischen Ziegenhirten verdanken ...« Genüsslich schlürfte er den heißen Aufguss aus Kaffeebohnen und Kaffeehülsen. Dazu reichte er Zucker und *halwa*, sehr süßes, mit Blütenblättern gewürztes Backwerk.

»Hal-i«, unternahm Nicolas einen neuerlichen und, wie ihm schien, keinesfalls aussichtsreicheren Versuch, auf sein Vorhaben zu sprechen zu kommen.

Der Onkel sah ihn aus gütigen Augen an. »*Ibn-i*, glaube mir, es gibt nichts, was dich beunruhigen sollte. Für alles wird sich eine Lösung finden. Zunächst einmal solltest du heiraten.«

Nicolas zuckte zusammen, dann starrte er seinen Onkel fassungslos an. Der meinte das doch nicht ernst! Aus den Augenwinkeln bemerkte er, wie sich auf Karims gut geschnittenem Gesicht ein unverschämtes Grinsen breit machte. Also doch, der Onkel meinte es tatsächlich ernst! Nicolas schäumte. So ging es nun wirklich nicht! Nicht mit ihm, empörte er sich, völlig überrumpelt, obwohl er die arabischen Sitten kannte und wusste, dass sich die Familie immer in diese Angelegenheiten einmischte. Es gehörte zu den Pflichten eines Moslems zu heiraten, und er war bei Gott über das übliche Heiratsalter hinaus. Das war das eine. Das andere war, dass er eben kein Moslem war und auch nicht vorhatte, einer zu werden. So gut sollten sie ihn doch kennen …

»Es tut mir Leid, *hal-i*«, sagte er, aber es lag kein Bedauern in seiner Stimme. Bedächtig schüttelte er den Kopf, wobei der Blick seiner stechend grünen Augen den Onkel nicht losließ. War da etwas im Blick des anderen, das ihn stutzig machen sollte? Bei allen Huri im Paradies! Nur mühsam fasste er sich in Geduld. Er kannte und schätzte seinen Onkel als besonnenen und schlauen Geschäftsmann, weshalb ihm durchaus zuzutrauen war, andere Interessen im Auge zu haben als lediglich die Befolgung der heiligen Gebote.

Mahmud Harun al Mansib seinerseits war tolerant genug, Nicolas' indifferente Haltung dem Islam gegenüber zu akzeptieren, ja selbst die zwiespältige Haltung des Neffen in früheren Jahren hatte ihm nicht das Geringste ausgemacht. Der Junge trug keine Schuld daran! Bei Allah, er hatte seine Schwester gewarnt! Damals, in Alicante, und auch zehn Jahre später. Wie oft hatte er beklagt, dass der intelligente und couragierte junge Mann seine Tatkraft mit Hofschranzen und Günstlingen verschwendete, anstatt in das Geschäft seines Großvaters einzusteigen. Bei seiner Abenteuerlust hätte ihm als Händler und Kaufmann die Welt offen gestanden! Großvater Suleiman hatte noch stärker darunter gelitten, hatte bis an das Ende seiner Tage gehofft und an Nicolas' Umkehr geglaubt. Gegen die Bestimmung des jungen Mannes war sein Vater jedoch ebenso machtlos gewesen wie er selbst.

Mit leicht zusammengekniffenen Augen musterte Nicolas

den Kaufmann, als ginge es um ein kniffliges Geschäft, in dem jeder seinen Vorteil wahren musste. »An wen denkst du, *hal-i*?«

Der ruhige, selbstbewusste Ausdruck im Gesicht des Neffen verwirrte Mahmud kurz, und er sah für einen Moment seine Felle davonschwimmen. Karims Miene dagegen verriet, dass er nicht im Mindesten Bescheid wusste.

Nach arabischer Sitte kümmerten sich zunächst die Mütter um das Zustandekommen einer von den Vätern vorgeschlagen oder beschlossenen Verbindung, indem sie Gespräche mit den anderen Müttern aufnahmen und sich gegenseitig Besuche abstatteten. In diesem Falle, hegte Nicolas allerdings den Verdacht, würde seine Mutter keine große Auswahl haben. Ein Blick in seines Onkels Gesicht genügte, um seine Vermutung zu bestätigen.

»*Tamam*. Wie schon mein Vater, dein gütiger Großvater Suliman – Allah sei ihm gnädig – zu sagen pflegte, liegt es in der menschlichen Natur, dass man die Sache geklärt wissen will, wenn erst einmal eine Frage aufgetaucht ist«, gestand Mahmud und strich sich mit theatralischer Geste durch seinen vollen, silbrig glänzenden Bart.

Nicolas mahnte sich zu Geduld. Der Onkel, dachte er, an seinem goldenen Ohrring drehend und sein Gegenüber taxierend, wurde mit den Jahren Suleiman immer ähnlicher.

Mahmud räusperte sich: »*'Idan*, es ist der Wunsch deiner Mutter – das ist dir ja bekannt – und natürlich auch meiner, dass du heiratest. Und wie sich die Dinge nun entwickelt haben …«

»Wie haben sich die Dinge entwickelt, *hal-i*?« Nicolas blieb höflich, ließ sich nicht die leiseste Verbitterung anmerken. Sein Onkel würde wohl nie aufgeben! Dachte er im Ernst, dass er jetzt in das Handelsgeschäft einsteigen würde?

»Ich wette, mein Vater hat wohl schon konkrete Kandidatinnen im Sinne«, mischte sich Karim ein, um eine Erörterung von Nicolas' augenblicklicher Situation abzuwenden. Peinlich berührt, zog er eine Augenbraue hoch, als wollte er sich für seines Vaters Mangel an Raffinement entschuldigen.

Auf die Bemerkung seines Sohnes eingehend, sagte Mahmud

mit einem verschmitzten Lächeln auf den Lippen: »Natürlich habe ich jemanden im Sinne …« Er zwinkerte Nicolas zu. »Eine Lotusblüte, Allah ist mein Zeuge. Zart und scheu und lieblich anzusehen …«

»Hal-i …«, beschwor Nicolas den Onkel, der es mit einem Mal eilig zu haben schien. So eine Lotusblüte war ganz und gar nicht das, was er sich an seiner Seite vorstellte. Nicht, dass ihm schmale Taillen und schlanke Fesseln nicht gefielen, aber angesichts seiner Körpermaße schien ihm eine allzu zerbrechliche Natur nicht ratsam. Nein, so eine zarte Blume passte nicht zu ihm. Nicht zu ihm und dem rauen Leben, das er führte. Nicht nach Tagomago und schon gar nicht auf ein Piratenschiff, verdammt!

Unwillkürlich schüttelte Nicolas den Kopf. Nun, so weit würde es nicht kommen! Nach dem Gespräch mit seinem Onkel war ihm indes klar, dass er sich nicht mit banaler Diplomatie aus der Schlinge würde ziehen können. So bald wie möglich musste er mit seiner Mutter über Mahmuds Pläne sprechen, damit diesen Einhalt geboten werden konnte, bevor sie Schaden anrichteten. Sein Vorhaben, die Goldbarren zu bergen, nahm langsam konkrete Formen an. Er musste nur noch Achmed aufsuchen. Außerdem hatte er schon vor Jahren von einem venezianischen Unternehmen gehört, das gesunkene Schiffe hob – auch diese Möglichkeit wollte er in Betracht ziehen und genauere Erkundigungen einholen. Doch welche Schritte er auch tun wollte, er musste dafür über Bargeld verfügen …

Am frühen Abend des nächsten Tages traf er sich mit Karim in dessen Arbeitszimmer zum Schachspiel und brachte das Thema wieder zur Sprache. Mit einem kleinen Silberlöffelchen braune, glasharte Zuckerstückchen in den Minzetee rührend, überlegte er laut: »Ich dachte zunächst daran, nur einen Goldbarren zu schmelzen und in kleine Gegenstände gießen zu lassen. In Tunis wäre dies einfach zu gefährlich gewesen. Kennst du eine geeignete Schmiede in der Gegend?«

Karim griff nach dem schwarzen Läufer. »Ich hab genau dasselbe gedacht«, sagte er, ohne vom Spielbrett aufzublicken.

»Noch einmal hätte ich dir nicht geraten, nach geeigneter Kundschaft zu suchen, um ganze Goldbarren zum Tausch gegen bare Münze anzubieten. Selbst hier in Ägypten gibt es nur wenige, die dazu in der Lage wären.« Er sah auf. Sein schwarzer Läufer bedrohte die weiße Dame.

Zischend sog Nicolas den Atem ein. Sein Cousin war einfach der bessere Spieler. Er tat mit dem verbliebenen Elfenbeinpferd einen Sprung.

Der andere nickte. »Wir reiten morgen nach Al-Karmun.« Karim streckte seine dunkel behaarte, beringte Hand nach dem Läufer aus. »Das Dorf liegt südlich von hier, ebenfalls am Westufer des Nils. Karawanen aus dem Westen wie aus dem Süden kommen durch das Dorf. Ich kenne es flüchtig, weil auch unsere Karawane zweimal im Jahr dort Rast macht. Es gibt mehrere Schmiede in dem Dorf, darunter auch einen Kupferschmied. Den wollen wir aufsuchen. Kannst du reiten?« Er warf einen Blick auf Nicolas' Stützverband.

»Na, wenn ich es in der Zwischenzeit nicht verlernt hab, müsste ich's hinkriegen! Wir könnten aber Kamele nehmen, die haben ohne Zweifel einen weicheren Gang.«

»Ausgezeichnet!«, rief Karim und rieb sich die Hände. Aus seinen Augen lachte der Schelm aus Jugendtagen, wenn sie gemeinsam einen Streich planten. »Wir mieten uns zwei Kamele, schlagen vor dem Dorf einen weiten Bogen und nähern uns Al-Karmun vom Westen her. Ich schicke Abadi sogleich in die Karawanserei. Er soll die Kamele über Nacht vor dem Pferdestall anbinden, so können wir bei Sonnenaufgang gleich von hier losreiten.«

»Und wenn man dich in Al-Karmun erkennt?«, gab Nicolas zu bedenken und grinste. »Dass wir auf Kamelen von Westen her geritten kommen, interessiert vielleicht niemanden.«

Doch Karim ließ sich nicht mehr bremsen. Er schob das Schachspiel beiseite, stand auf und ging im Zimmer auf und ab, was er immer tat, wenn er erregt war. Dabei strich er sich unentwegt über den kurzen Kinnbart. »Ich hab's«, meinte er schließlich und blieb vor Nicolas stehen. »Wir machen es ganz perfekt. Wir verkleiden uns als Beduinen und sprechen Spanisch!«

»Besser eine tunesische Mundart.«

»Auch gut. Wir brechen in einer Woche auf, bis dahin hat uns der Schneider einfache dunkelblaue Burnusse und ebensolche Turbane angefertigt.«

In Erwartung des Spaßes, den sich die beiden Cousins von ihrem Unternehmen versprachen, brachten sie an diesem Abend nicht mehr den nötigen Ernst auf, um die Schachpartie zu Ende zu spielen. Karim schob sie endgültig zur Seite, holte seine *nargileh* aus der Ecke und rief nach Abadi, um frisches Wasser für die bauchige, fast kugelrunde Flasche zu bringen. Sorgfältig stopfte er den tönernen Pfeifenkopf mit feuchtem Hanfkraut, tat etwas Glut aus dem Samowar hinein und ließ sich Nicolas gegenüber nieder. Mit einer einladenden Handbewegung forderte er ihn auf, näher zu rücken. Dann nahm er den ersten tiefen Zug. Auch Nicolas ergriff einen von mehreren Schläuchen, die in die Luftkammer des Gefäßes oberhalb des Wasserspiegels eingelassen waren, und setzte mit den Lippen am Elfenbeinmundstück an. Die Schläuche waren lang und beweglich und mit prächtigen Quasten besetzt. Ein Weilchen rauchten sie schweigend, und jeder hing seinen Gedanken nach. Der strenge, herbe Räuchergeruch aus dem kräftigen Kraut und dem parfümierten Wasser erfüllte bald den Raum.

Später klatschte Karim in die Hände und rief nach Fatma Abdul, damit sie zu den Klängen ihres Tamburins für sie tanzte. Die somalische Sklavin war weder wirklich hübsch noch liebreizend, doch sie verstand es, ihre Hüften kreisen und Bauch und Brust unter dem knappen Bolero aufreizend vibrieren zu lassen. Als ihr Schal zu Boden glitt, erhaschte sie von dem Respekt einflößenden Gast ein Lächeln, bei dem eine Reihe perlweißer Zähne unter dem schwarzen, kurz gestutzten Schnurrbart blitzten. Ihre Bewegungen wurden lasziver, einladender. Innerhalb kürzester Zeit verstand sie es, mit ihrem wohlgeformten Körper Begierde bei den beiden Männern zu wecken. Nicht nur bei Nicolas, dem beim Anblick der in durchsichtigen Pluderhosen tanzenden Sklavin die Lenden schmerzten, sondern auch bei ihrem Herrn, der, so mochte man meinen, gesättigt war, wo er doch jede Nacht bei einer seiner Frauen lag.

Karim löschte die Glut der Wasserpfeife, überließ seinem Cousin die Sklavin und suchte Kasilda auf. Nicolas verzog sich mit Fatma Abdul in sein Gemach und ließ sich von der jungen Frau verwöhnen. Die Sklavin, ein Geschenk Abdullahs an seinen Bruder, war nicht nur eine begnadete Bauchtänzerin, sondern auch eine erfahrene Liebhaberin. Fatma war kräftig und zeigte Ausdauer. Bald glänzte ihre dunkle Haut, spannte sich um geschmeidige Muskeln, wenn sie rittlings über ihm saß, aufgepfählt auf seiner Lanze. Anfangs bewegte sie sich langsam, das Becken geneigt, um eine beinahe unerträgliche Reibung zu erzeugen, und verschlang mit ihrer engen Spalte sein Glied. Dabei leckte sie über sein schwarzes Brusthaar und spielte an seinen Brustwarzen. Als sie ihre Finger an ihrer Grotte anfeuchtete und an seinem Ringmuskel zu spielen begann, packte Nicolas ihre Hüften und bestimmte das Tempo. Immer wilder ritt sie ihn. Später gelang es ihr, den Gast ihres Herrn noch einmal zum Höhepunkt zu bringen. Sie blieb die halbe Nacht, und als der *sayyid* endlich geräuschvoll schnarchte, schlich sie sich davon.

Am darauf folgenden Nachmittag machte sich Nicolas auf den Weg in den *suq*. Er ging ohne Eile. In den engen Gassen der Kasbah nahe dem Markt, in denen alte Frauen beim Wollespinnen vor den Eingängen hockten, sah er eine Weile den Kindern zu, wie sie mit bunt bemalten Holzkreiseln und durchsichtigen, aus Quarz und Asche geschmolzenen Glasmurmeln spielten. Auch er hatte mit Karim Murmeln gespielt, sie jedoch vornehmlich zum Schießen verwendet. Die Erinnerung daran zauberte ein leises Lächeln auf seine Lippen. Ihre Murmeln aus glänzend poliertem Jaspis und Achat waren ungleich kostbarer gewesen. Im gleichen Verhältnis standen die Strafen für die unausbleiblichen Verluste.

Alexandrias Markt befand sich auf einem großräumigen Areal im Zentrum der Medina und wurde von vielen Gassen von Ost nach West durchzogen. Die Stadt in der Stadt, zu der an ihrem Rande auch Kontore und Lagerhallen gehörten und eine Karawanserei für die reisenden Kaufleute und deren Tragtiere und Waren, hatte sich seit seinem letzten Besuch kaum verändert. In den Gassen reihten sich zu beiden Seiten Laden an Laden, kleine Buden aus Stein oder Holz, meist nur so groß, dass ein Mann zwischen seiner Ware auf dem Boden sitzen konnte. An den offenen Türen hingen Bündel farbenprächtiger Tücher oder bunt gestreifter syrischer Seiden, kleine Gebetsteppiche oder Satteldecken, Ledertaschen und Gürtel. In anderen Läden türmten sich irdene Gefäße und bauchige Tonflaschen, die in den umliegenden Dörfern hergestellt wurden, dünnhalsige zinnerne Kaffeekannen und Samoware aus Messing und Silber. Auf der Suche nach einem Lederer kam er an Gewürzkrämern und Händlern mit Butterfett, Kokos- und Olivenöl vorbei, an Kalligraphen, Geistheilern und Barbieren, die bei Bedarf auch Jungen beschnitten und Zähne zogen. In oft winzigen und düsteren Werkstätten – die größeren, etwa die der Dolchschmiede, Schlosser und Kesselschmiede, befanden sich in der angrenzenden Kasbah – waren Käppchen- und Kofiahschneider sowie Schleierfärber am Werk und fanden sich die Glutwächter, bei denen sich am frühen Morgen Bäcker und Schmiede glühende Kohle für ihr Feuer holten. So wie in allen arabischen *suqs*, die er kannte. In der Nähe des Brunnens sah er Obsthändler mit Feigen, Datteln, Aprikosen, Weintrauben, Rosinen und Nüssen. Zwischen einzelnen Läden kauerten dreimal am Tag die Brotweiber am Boden, dicht verhüllt in ihre schwarzen und roten Umschlagtücher, vor sich einen Korb mit den selbst gebackenen, flachen Broten. Und auch hier die *baldower*, die Kaufleute ausspionierten, dachte Nicolas. Die Juden waren einfach überall. Nur die Rebec-Klänge, die sich an manchen Straßenecken in das Summen all der Stimmen mischten, wenn bunt gekleidete Musiker den kleinen Streichinstrumenten schrille und traurige Töne zugleich entlockten, klangen für ihn fremdartig.

So die Gassen entlangschlendernd, fiel er zwischen Städtern, Landleuten, Janitscharen, einigen ganz in Weiß gekleideten Scheichs, Wasserverkäufern, Lastenträgern und den Matrosen fremdländischer Schiffe nicht weiter auf. Barhäuptig, die schulterlangen Haare im Nacken zusammengebunden, in Pluderhosen und Kasack aus kostbarer, schwarzblau gemusterter Seide und mit der *janbiah* im bestickten Gürtel, vermutete man in ihm wohl einen betuchten Kaufmann aus den östlichen Teilen des riesigen Osmanischen Reiches.

Als Nicolas das nächste Mal in den *suq* ging, suchte er als Erstes die Ladenzeile der Lederer auf, um von ihm in Auftrag gegebene Waren abzuholen. In der Gasse wimmelte es von Kindern. Esel und Kamele brachten neue Waren und versperrten den Weg. In all dem Gewühl hockten zerlumpte Jungen am Rand der Straße und boten auf großen Blechtellern Zuckerwerk und Gebäck an. Die Kaufleute und Händler dagegen, meist in knöchellangen weißen *dischdaschas*, mit bunten kurzen Westen darüber und bunten *kofiahs* auf den Köpfen, saßen in aller Ruhe auf den Stufen vor den Läden und kauten *qat*, das sie gesprächig und lustig machte. Man sah es ihnen an, dass sich ein Großteil ihres Lebens im *suq* abspielte. Den ganzen Tag verplauderten sie dort, erhandelten scheinbar nebenbei dieses oder jenes, schlossen das eine oder andere Geschäft ab und spielten zwischendurch *mancala*. Die Frauen, denen er im Basar begegnete, waren auch in dieser weltoffenen Handelsstadt schwarze, schweigsame, scheu zu Boden blickende Schattenwesen. Doch Nicolas wusste, dass dieser Eindruck täuschte und dass ein Fremder, der unverhofft in den privaten Teil eines Hauses geriet und die redseligen, ausgelassen lachenden Bewohnerinnen antraf, den Eindruck gewinnen müsste, in dieser Stadt gäbe es zwei völlig verschiedene Arten von Frauen.

Vor der Werkstätte des Lederers stand eine kleine Menge um einen Balladensänger, der auf einer bunt bemalten Trommel mit kurzen Schlägen seinen eintönigen Gesang unterstrich. Nicolas betrat die enge Werkstätte, in deren rückwärtigem Teil zwei dunkelhäutige Gesellen aus der Rückenhaut von Pferden, wilden Eseln und Kamelen das echte orientalische Chagrinleder herstellten. Am Türrahmen hingen mit diesem Leder überzogene Futterale, Barbierzeug, Dolch- und Säbelscheiden und Bucheinbände. Er liebte dieses überall mit Narben und Knötchen übersäte Leder und hatte daraus eine Scheide für seine *janbiah* und den Dolch bestellt, da beide durch das Salzwasser aufgequollen und unansehnlich geworden waren. Während er auf den Meister wartete, schaute er den Gesellen bei der Arbeit zu, wie sie schwarze harte Samenkerne auf die enthaarte und feuchte Haut auf der Narbenseite streuten und dann mit einer einfachen Presse in das Leder drückten. Dabei lachten und schwatzten sie in alexandrinischem Dialekt, den er nur mühsam verstand. Endlich trat der Meister ein und huschte unter mehrfachen Verbeugungen an ihm vorbei.

Die Dolch- und die *janbiah*-Scheiden waren erstklassige Arbeiten. Nicolas überlegte nicht lange, löste sein Chuckmuck-Feuerzeug und das Feuersteintäschchen vom Gürtel und gab eine Neuanfertigung in Auftrag. Auch diese beiden edlen Arbeiten aus Leder, Silber und Messing hatten unter dem Salzwasser gelitten. Der listige Lederer, der noch nie ein solches Taschenfeuerzeug gesehen, geschweige denn hergestellt hatte, packte die Gelegenheit beim Schopf und kopierte die beiden Ledertäschchen, die fortan einer Serie von Chuckmuck-Feuerzeugen Pate stehen sollten. Für seine Arbeit verlangte er nichts.

Der nächste Weg führte Nicolas zum Schuhmacher, bei dem er Sandalen und zwei Paar schwarze Stiefel aus Corduanleder hatte anfertigen lassen. In der engen Werkstätte roch es nach dieser unverkennbaren Mischung aus duftendem, würzigem Leder und penetrantem Schusterpech, jenem zähflüssigen Teer, welcher, ein wenig mit Wachs gemischt, das zum Ledernähen verwendete Flachsgarn konservierte. Nicolas nickte hocherfreut. Die Stiefel saßen perfekt. Das mit Sumach, den Blättern des Essigbaums, gegerbte und anschließend gekrispelte Ziegenfell schmiegte sich wie eine zweite Haut an den Fuß. Beide Stiefel hatten Absätze, bei einem Paar war der Absatz dem Wunsch des Kunden entsprechend mit Eisen beschlagen worden.

Kaum hatte Nicolas die Werkstätte des Schuhmachers verlassen, wurde zum Sonnenuntergang vom großen Tor das Horn geblasen. Auf dieses Zeichen hin musste der Markt für eine Stunde geschlossen werden. Die wenigen Frauen, die sich bis dahin in den Gassen und Läden aufgehalten hatten, eilten nach Hause, und die Männer und Jungen verschwanden in den nächstgelegenen Moscheen. Nicolas verließ den *suq* bei den *gorfas* nahe der Karawanserei. In wabenartig übereinander gebauten Tonnengewölben beherbergten diese »Speicherburgen« die Wohnungen und Vorratskammern jener Nomaden, die vom Karawanenhandel lebten. Gemächlich schlenderte er Richtung Bab Musa.

Dann kam der Tag ihres Ausflugs an den Rand der Wüste. Der Schneider hatte am Vorabend die dunklen Gewänder zustellen lassen, und Abadi hatte in der Karawanserei am Stadtrand zwei Kamele geliehen, die er vor Sonnenaufgang bereits gefüttert, getränkt und gesattelt hatte. Beim ersten Hahnenschrei zogen die beiden Cousins die Ganduras aus dunkelblauem Tuch über und wickelten sich die langen Schals um den Kopf, wobei sie ein Ende um Kinn und Hals schlangen und es mit einem Ring aus Kamelhaut befestigten. Bei Morgengrauen verließen sie das Haus. In den weiten wallenden Beduinengewändern und mit den ungewohnten, tief in die Stirn reichenden Turbanen, die nur die Augen freigaben, waren sie nicht zu erkennen. Sie sahen sehr stolz und Respekt einflößend aus, als gehörte die Wüste ihnen. Wie die Beduinen waren auch die beiden Reiter schwer bewaffnet: In den bunt gewebten Satteltaschen steckten Säbel und Muskete, unter ihrem Umhang trugen sie die *janbiah* und den Dolch. Hinter Nicolas' breitem Leibgurt, ähnlich einer *faja*, steckte der Goldbarren.

»*Inschallah*«, rief Karim und trieb sein Kamel an.

Ein kleiner Schwarm Silbermöwen kreiste über ihren Köpfen und begleitete sie ein Stück landeinwärts. Über jeden Felsstein und jede Mauer legte sich der blassrosa Schimmer der Morgendämmerung und tauchte das Land in zarte, friedliche Farben.

Die Luft war klar und rein. Bald hinter Alexandria verließen sie das westliche Nilufer des fruchtbaren Mündungsdeltas und ritten auf einer niedrigen Anhöhe auf steinigem Boden Richtung Süden, weit im Westen flankiert von der großen Libyschen Wüste. Die ersten hellen Strahlen überfluteten die karge Landschaft mit goldgelbem Licht. Der morgendlichen Kälte bei Sonnenaufgang folgte bald die Gluthitze eines ägyptischen Julitages. Trotzdem ritten Karim und Nicolas, als wäre der Teufel hinter ihnen her.

Auf den Terrassenfeldern zu ihren Füßen schufteten Fellachen auf den überschwemmten Feldern, ertrugen die unbarmherzige Hitze und Myriaden von Insekten. Neben der Instandhaltung der Kanäle hatten sie für das Setzen der Stecklinge nur eine kurze Zeitspanne zur Verfügung, denn die traditionelle Beckenbewässerung mit der Düngung durch den fruchtbaren Nilschlamm erlaubte nur eine Ernte im Jahr. Diese Bauern trugen ungefärbtes Tuch um die Hüften wie einen Rock und ein anderes Tuch um den Kopf gebunden. Ihre Frauen, unverschleiert und ebenso einfach gekleidet, verrichteten gleichfalls die Garten- und Feldarbeit und schleppten nebenbei die schweren Lasten, wie anderswo Esel und Kamele.

Ein Dutzend Dörfer lag zwischen der Wüste und dem Nil, mit Hütten aus Lehmziegeln und Stroh. Auf den zahlreichen Kanälen zwischen den Dörfern ritten Jungen auf Wasserbüffeln, denen das schlammige Wasser des Bewässerungskanals bis zum Hals reichte.

Nach einem mehrstündigen zügigen Ritt wandten sich die beiden nach Westen in Richtung des Kalksteinmassivs, welches das fruchtbare Niltal von der Libyschen Wüste trennte. Palmen, Tamarisken, Akazienbüsche und Johannisbrotbäume bewuchsen die Ebenen am Rande des Nildeltas. Als sie ein ausgetrocknetes Wadi mit tückischem Geröll erreichten, schlugen sie einen Bogen und folgten dem ehemaligen Flussbett gen Osten. Hier begegneten sie nur mehr spärlich begrünten Akazienbäumen mit knorrigen Stämmen und vielfach blattlosen, verdorrten Ästen. Die tief reichenden Wurzeln dieser selbst in der Wüste überlebenden Gattung suchten das Wasser noch unter Schichten von Sand und Geröll.

Von weitem schon sahen sie die weiß leuchtende Kuppel der Moschee von Al-Karmun inmitten niederer Lehmhäuser. In gemäßigtem Tempo näherten sie sich der Karawanserei. Vor einer lang gezogenen Lehmhütte im Schatten hoher Palmen hielten sie ihre Tiere an. Schnell war die Ankunft der beiden Respekt einflößenden »Beduinen« registriert worden. Karim und Nicolas stiegen ab, nahmen ihre Waffen an sich und übergaben die Kamele einem Halbblut, das sich gegen ein geringes Entgelt um die Fütterung und Tränke der Tiere zu kümmern versprach.

»Wir bleiben bis morgen früh«, unterrichtete Karim den Burschen.

Der Sklave nickte.

Die beiden Reiter klopften sich den Sand aus ihren Gewändern und betraten die größte der halb offenen Hütten am Rande der Karanwanserei. Nachdem sie knappe Begrüßungen ausgetauscht hatten, tranken sie durstig das kühle Wasser aus den bauchigen Tonflaschen. Um den Eindruck von Fremdlingen zu erwecken, erkundigten sie sich nach einem *mat'am*, wo man gut essen könne.

Die Sonne stand noch nicht im Zenit, als sie die Schenke betraten. Angenehme Kühle schlug ihnen aus dem Halbdunkel des niederen Gastraumes entgegen. Die einfache Gastwirtschaft in dem von hohen Palmen beschatteten Lehmbau war erst spärlich besucht. Karim und Nicolas bestellten, was alle aßen. Der Wirt, ein dickbäuchiger, sehr dunkelhäutiger Mann, erkundigte sich höflich, ob die zwei Fremden *nabidh* wünschten. Das kurze Aufblitzen der grünen Augen des Gastes bemerkend, senkte er die Stimme und raunte: »Ich hab zwei Sorten ausgezeichneten *nabidhs*, wenn Ihr versteht, was ich meine?«

Den beiden entging das viel sagende Zwinkern des Wirts keineswegs, eines freundlichen Mannes in tadellos weißem, knielangem Kittel, unter dem er eine wadenlange weiße Hose trug. Sein Hemd hielt eine Kette mit etlichen Schlüsseln zusammen, die unter dem dicken Wanst baumelten und mit jeder Bewegung drohten, die Kette weiter hinabzuziehen.

»Wir stellen ihn selbst her«, meinte er, zu einem bogenförmigen Durchgang am Ende des Raumes deutend.

In der dahinter befindlichen Kammer sahen sie zwei Sklaven bei der Arbeit – ein nur mit einem kurzen Rock und Trägern über den Brüsten bekleidetes Mädchen, wie es die Früchte zerstampfte, und einen Burschen, der soeben den Saft durch ein Filtertuch in einen Krug abseihte.

Nicolas schmunzelte. Zwar hatte Mohammed den Weingenuss nicht direkt untersagt, trotzdem war er in vielen arabischen Ländern in Misskredit geraten. Jeder kannte die Legende, der zufolge der Prophet selbst *nabidh* getrunken hatte, ein mildes gegorenes Getränk aus Rosinen und Datteln, die man mit Wasser ansetzte und in Tonkrügen abklären ließ. Dem Gesetz nach durfte *nabidh* nur zwei Tage alt sein. Illegaler *nabidh* war natürlich älter und erheblich stärker. Das Angebot des Wirts war für Nicolas eindeutig, und so bestellte er für sich von dem starken, für Karim von dem schwach vergorenen Getränk, da der Cousin Alkohol mied und ihn zu dieser frühen Stunde schon gar nicht gut vertrug.

Von allem brachte der freundliche Wirt reichlich: Linsen, *aisch*, gefüllte Kohlblätter in scharfer Pfeffersauce und *sfeeha*. Zu den mit Hammelfleisch pikant gefüllten Hefeteigtaschen wurde Joghurt gereicht. Nach dem üppigen Essen und gehörigem Genuss von *nabidh* blieben die beiden »Beduinen« noch ein Weilchen sitzen und ließen sich mehrmals den mit Kardamom aromatisierten *qahwa* kredenzen, bevor sie sich auf den Weg zur Kupferschmiede machten.

Der Schmied, ein mittelgroßer stämmiger Mann mit sehnigen Unterarmen und breiten Handgelenken, stand an der Esse im rückwärtigen Teil der Schmiede und beobachtete das Schmelzen des Kupfers. Zwei Sklaven betätigten den Blasebalg. Nahe der offenen Tür saß ein Geselle und stellte Lehmformen für den Messingguss her. In einem Eck hämmerte ein Arbeiter an einem Kupferblech, das schon die grobe Form einer Pfanne erkennen ließ, in einem anderen türmten sich auf dem Boden Gerätschaften aus Kupfer und Messing: Kessel und Zuber für Färber und Seifensieder, Wasserbehälter, Pfannen, Töpfe, Kannen, Trichter und Siebe, Öllampen und Leuchter.

Als sich der Schmied umwandte, gewahrte er die beiden Fremden in der Türöffnung. Seine schweißnassen Hände an der schweren Lederschürze abwischend, kam er langsam näher. Schließlich neigte er den Kopf und führte, ein *»As-Salam aleikum«* murmelnd, die rechte Hand an die Stirn.

»Salam«, erwiderte Karim und winkte dem rußverschmierten Meister, näher zu kommen, während er selbst vor das Haus trat. Der Schmied folgte ihm nach draußen. Als der Fremde ihm flüsterte, welches Anliegen sie zu ihm führte, machte der Mann zunächst ein abweisendes Gesicht. Doch Karim ließ nicht locker. Schließlich öffnete Nicolas seinen Umhang und zeigte dem Meister, worum es sich handelte.

Beim Anblick des Goldbarren, dessen Ausmaße seine Vorstellungen offensichtlich bei weitem übertrafen, fing der Mann zu jammern und zu klagen an, bis Nicolas ihm schmerzlich auf die Zehen stieg.

»Das bringt nur Schwierigkeiten, o *sayyid*«, stöhnte er unglücklich.

»Das kommt ganz auf dich an, *na'am*«, raunte ihm der größere der beiden Beduinen ins Ohr. »Wenn du den Mund hältst und niemand davon erfährt, bekommst du auch keine Schwierigkeiten. Morgen sind wir schon über alle Berge. Außerdem machst du es ja nicht umsonst. So viel verdienst du in zwei Jahren nicht!«

Der Schmied überlegte eine Weile, kratzte sich die kahle Stelle auf seinem Hinterkopf und meinte dann mit fordernder Stimme: »Drei Jahre!«

Wichser!, fluchte Nicolas, als er für einen Moment die Habgier in den Augen des Mannes aufblitzen sah. Dennoch ging er auf seine Bedingung ein. »*Hasanan*. Du sollst für deine Arbeit die Einkünfte von drei Jahren erhalten.«

Schlagartig hellte sich die verschlagene Miene des Meisters

auf. Er bat die beiden Fremden, vor der Schmiede zu warten, bis er ihnen ein Zeichen geben würde. Nicolas und Karim setzten sich in den Schatten einer Palme unweit der Werkstätte. Als der Mann seine Arbeiter weggeschickt hatte, winkte er die Beduinen herbei.

Während der Schmied den Schmelzofen befeuerte und kräftig den Blasebalg betätigte, suchten die beiden Lehmformen aus, in die das flüssige Gold gegossen werden sollte. Sie nahmen, was sich anbot und klein und zierlich war, und stellten die Formen der Reihe nach auf ein langes Kupferblech: Türklopfer, kleine Kerzenleuchter, Figuren, Schnallen, Becher, Kännchen, kleine Glocken. Als die schwarze gusseiserne Schmelzform ihre Farbe veränderte und der Goldbarren geschmolzen war, schwenkte der Schmied mit Nicolas' Hilfe die schwere bauchige Schmelzform mittels einer Eisenstange, die links und rechts an den Mauern des Ofens fixiert war. Das flüssige Gold gossen sie in die kleinen Formen, die Karim mit Hilfe des Kupferblechs vorbeizog.

Bis der Guss erkaltet war, vertrieben sich die ungewöhnlichen Kunden die Zeit mit Teetrinken. Dafür hatte der Schmied einen Samowar in die Werkstätte gebracht, vermied es aber, sich zu den beiden Fremden zu gesellen. Doch die einzelnen Gegenstände wollten nicht so schnell erstarren, und so ging Karim zur Dämmerstunde in die Schenke, um Essen zu beschaffen. Endlich war auch das massive Gold des Kerzenhalters fest, und die Lehmformen konnten zerschlagen werden. Um das Gold endgültig auszuhärten, fasste der Schmied die Figuren mit einer Zange und warf sie in einen großen Kupferkessel mit kühlem Brunnenwasser. Bald darauf packte Nicolas sie in zwei mit einem Gurt verbundene Ledertaschen und warf sich diese über die Schulter.

Lautlos bewegten sich die beiden durch die engen, dunklen Gassen. Ratten huschten gelegentlich über den Weg, gefolgt von fauchenden, kurzhaarigen Katzen. Von Zeit zu Zeit drehte Nicolas sich um, aus Gewohnheit und weil er dem Schmied nicht traute. Als er hinter sich in der Dunkelheit der Gasse ein

Geräusch vernahm, das er nicht einordnen konnte, nahm er die Ledertaschen, hängte sie sich unter der Gandura über die Schulter und fixierte sie mit seiner *faja*, damit er größere Bewegungsfreiheit hatte.

»Jetzt hast du Eriks Ausmaße erreicht«, lästerte Karim.

»Mag sein, aber sein Fett ist nicht halb so viel wert.« Nicolas grinste und klopfte sich auf die Tasche vor seinem Bauch.

Sie erreichten die Karawanserei lange nach Sonnenuntergang. Einige Kamele reckten ihre Nase hoch in die Luft, als die beiden Fremden vorbeikamen, und kauten dann weiter auf den dicken Strohhalmen, die ihnen ein Treiber nach und nach ins Maul schob. Viele waren so daran gewöhnt, dass sie nicht mehr alleine fraßen, selbst wenn der verlockendste Dornbusch vor ihnen stand, der doch einen Leckerbissen für Kamele darstellte. Karim und Nicolas betraten eine der halb offenen Hütten. Beim gedämpften Schein von Laternen und Öllämpchen saßen die Treiber auf Decken am Boden um das eine oder andere *mancala*-Brett versammelt und tranken Tee. Diejenigen, die noch vor Sonnenuntergang eingetroffen waren, tauschten immer noch Neuigkeiten aus und schwatzten, bevor sie sich für ein paar Stunden auf den Boden zum Schlafen zusammenrollten.

Die beiden Fremden suchten sich eine weniger belegte Hütte und streckten sich in der Nähe des Einganges, der keine Tür besaß, auf dem dürftig mit Stroh ausgelegten Boden aus. Außer ihnen waren nur zwei in Decken gehüllte Treiber in der Hütte. Nicolas versuchte zu schlafen. Karim übernahm die erste Wache, tat aber so, als würde er ebenfalls schlafen. Kurz darauf war in der Hütte nur noch das Schnarchen des Cousins und der zwei Kameltreiber zu hören.

Es war gerade Mitternacht vorüber, als Karim das Schnauben mehrerer Kamele vernahm. Stutzig geworden, weckte er Nicolas. Beide tasteten nach ihren Dolchen, rollten sich auf den Rücken und zogen langsam die Beine an. Unter ihren weiten Umhängen war dies in der nur spärlich vom Mondlicht erhellten Hütte nicht zu erkennen. Mit halbgeschlossenen Lidern verharrten sie reglos und schnarchten so laut wie die beiden Treiber im Hintergrund.

Zwei Schatten huschten lautlos durch die offene Tür. Ihre geduckten Bewegungen waren gegen die hellere Öffnung gut zu erkennen. Die erste, gedrungenere Gestalt war zweifellos der Schmied. Ohne lange zu fackeln, schlichen sie, die Messer gezückt, an die Seite der beiden Fremden und beugten sich zu ihnen hinab. Da schnellten zwei Beinpaare gegen die Kniescheiben der Angreifer. Überrumpelt verloren sie das Gleichgewicht und taumelten nach hinten. Nicolas und Karim sprangen auf und stürzten sich auf die beiden, noch bevor diese wieder Halt fanden. Ihre scharfen Klingen fraßen sich in die Leiber. Schwer wie Säcke sanken sie in die Knie. Die Körper gaben nach, kippten zur Seite, dann blieben sie reglos liegen. Nicolas und Karim griffen unter ihre Achseln und zerrten sie vor die Hütte. Im Licht des zunehmenden Mondes erkannten sie den Schmied und einen seiner Gesellen. Sie schleiften die leblosen Körper hinter die Hütten.

»Verflucht, der ist schwerer als die Zuchtsauen meines Vaters«, lästerte Nicolas und lehnte den Schmied bei einem Akazienbusch an die Wand, dass es aussah, als würde er schlafen.

Auch Karim stöhnte. »Warum Tote so schwer sein müssen!«

Dann verwischten sie die Blutspuren im Sand und legten sich wieder in die Hütte. Alles war sehr schnell gegangen. Nicht einmal die an der Decke hängenden Fledermäuse waren aufgeschreckt. Auch die beiden Treiber schienen von den hektischen Bewegungen und dem Rascheln des Strohs nicht geweckt worden zu sein. Obwohl Nicolas keine weitere Belästigung erwartete, blieb er wach.

Kurz vor Sonnenaufgang brachen sie auf. Zwar wählten sie für den Rückweg dieselbe Route, ließen sich diesmal aber Zeit. Innerhalb von wenigen Augenblicken ergoss sich die Sonne über das Land und tauchte den Sand in helles Gold. Als die Hitze unerträglich wurde, näherten sie sich einem Dorf am Rande des weitläufigen Mündungsdeltas. Unter den duftenden Zweigen eines Terebinthenstrauchs nahe einem schmalen Bewässerungskanal machten sie Rast. Vereinzelt kamen Bauern, füllten am Kanal große Krüge und hoben sie an einer Art Joch auf ihre Schultern. Weiter talabwärts drehte sich unermüdlich ein von Tieren betriebenes Wasserrad und schöpfte Wasser in einen höher gelegenen Kanal. Auch Nicolas und Karim füllten frisches Wasser in ihre Ziegenschläuche. Eine Weile beobachteten sie eine Fellachin, die trotz der mittäglichen Hitze neben ihrer Hütte Brot buk. Der Ofen war aus Nilschlamm gebaut, lief oben in einen Kegelstumpf aus und war innen waagrecht in mehrere Fächer unterteilt. Dort stapelten sich die länglichen, dunklen Laibe. Der verlockende Duft des frisch gebackenen, gesäuerten Brotes wehte ihnen so einladend um die Nase, dass Karim der Bäuerin einen knusprigen Laib abkaufte. Gierig aßen sie das frische Brot.

Über den kleinen Dorfplatz näherte sich eine weitere Fellachin, auf ihrem Kopf einen hohen Weidenkorb balancierend, den sie in der Nähe des Ofens vor einer Getreidemühle abstellte. Die nicht mehr junge Frau nahm das Palmblatt von der Mühle und breitete sauberen Stoff rund um den unteren der schweren Steine. Dann schüttete sie etwas Korn in das Loch des oberen beweglichen Steins und begann, ihn gemeinsam mit der anderen Frau zu drehen. Es war eine schweißtreibende Arbeit, so schweißtreibend wie das Schleppen des Brunnenwassers, das ebenfalls den Frauen überlassen wurde.

Karim drängte zum Aufbruch.

»Weshalb die Eile, *sadiq-i*?« Nicolas zuckte gelassen die Schulter. Für ihn gab es nicht den geringsten Grund zu solcher Hast.

Der andere seufzte vernehmlich. »Obwohl man nichts über uns Beduinen weiß«, meinte er doch nicht ganz unbesorgt, »halten sich Männer, an deren Händen Blut klebt, selten damit auf, Frauen beim Brotbacken zuzusehen!«

»Eher selten, da hast du Recht.« Nicolas grinste. »Ich denk auch nicht ans Brotbacken, sondern an ein Nickerchen. Und hier gibt es alles, nur keinen Gesetzeshüter.«

»Aber nicht weit von hier, nämlich in Al-Karmun. Und in der Karawanserei können sie bestimmt zwei und zwei zusammenzählen.«

»Bestimmt.« Nicolas gähnte, »Aber nicht an einem Tag.«

Sie verließen das Dorf. Neugierige Blicke von Kindern folgten ihnen, die mit Stöcken Schafe und Ziegen schmale Pfade entlangscheuchten. Dabei wirbelten sie so viel Staub auf, dass man meinte, sie liefen auf Wolken. Nachdem die beiden fernab des Dorfes unter einem einsamen Akazienbusch abwechselnd ein Nickerchen gehalten hatten, setzten sie ihre Reise fort und näherten sich kurz vor Sonnenuntergang dem Viertel von Bab Musa.

In den kommenden Tagen bat Nicolas seine Mutter um einen Besuch. Im *suq* besorgte er Mandel- und Pistazienkonfekt, chinesischen Tee und Zuckerkaramell.

»Die Sache ist die, Mutter. Ich muss nach Tunis ...«, begann er und goss starken weißen Tee in eine Tasse, die er ihr reichte.

»Du musst wohin?« Zaida starrte ihren Sohn ungläubig an. Dass der aromatische Tee aus den silbernen Blättern farblos war, wurde ihr gar nicht bewusst.

Als sie die zierliche Tasse auf das Ebenholztischchen stellte, sah Nicolas, dass ihre Hand leicht zitterte. Er hatte sich inzwischen im *suq* einen Samowar gekauft, persisches Porzellan und ein niederes Beistelltischchen.

»Nach Tunis. Ich will mich mit Achmed treffen.«

»Aber Achmed ist nicht mehr in Tunis.« Zaida entfuhr ein Seufzer der Erleichterung.

Nicolas sah auf. »Ist nicht mehr in Tunis? Wo soll der blinde Mann denn hin sein?« Enttäuschung stand in seinem Gesicht. Dann beschlichen ihn Schuldgefühle, da er den über die Jahre langsam erblindeten Alten während seines letzten Aufenthaltes in Tunis nicht besucht hatte. Verdammt! Großvater hatte seinem einstigen, über viele Jahre treu gedienten Steuermann angeboten, in seinem Haus zu leben. Obwohl er kein armer Mann und nicht auf das Gnadenbrot seines Herrn angewiesen war, hatte der einsame Seebär das Angebot dankend angenommen. Seinen Lebensunterhalt bestritt er mit den Ersparnissen aus seinen Perlengeschäften.

Die beiden alten Männer hatten in ihren letzten gemeinsamen Jahren viele Stunden bei Suleimans Lieblingsspiel verbracht, das Achmed dicht vor seiner Nase gerade noch zu sehen vermochte. So wurde Dame auch zum Lieblingsspiel des schweigsamen, zurückgezogen lebenden Navigators. Nicolas hatte Achmed in dieser Zeit einige Male besucht und mit ihm ebenfalls Dame gespielt, dabei aber stets verloren.

»Einige Zeit nach Großvaters Tod wollte Achmed nicht mehr länger bei uns bleiben«, erzählte Zaida und nahm bedächtig einen Schluck weißen Tee. Sie lächelte. »Schmeckt köstlich … Er bat Karim, ihn bei einer seiner Fahrten nach Alexandria mitzunehmen. Das hat er auch getan und den Mann hier abgesetzt. Mehr weiß ich nicht, mein Sohn.«

Nun gut, dachte Nicolas, alles Weitere würde er schon von Karim erfahren. Bevor er auf das Thema von Mahmuds Heiratsplänen zu sprechen kam, räusperte er sich. »Reden wir von etwas anderem, Mutter. Etwas, das für mich sehr wichtig ist.«

Unter dem stechenden Blick der grünen Augen fuhr sich Zaida über ihr immer noch dichtes Haar, das sie im Nacken zu einem Knoten geschlungen hatte. Die Geste verriet, dass sie ahnte, worauf er anspielte.

»Rede du mit deinem Bruder, mich scheint er offenbar nicht ernst zu nehmen, *na'am?*«

»Nun … äh … es gibt da etwas, das dein Onkel dir nicht gesagt hat«, begann Zaida zögernd.

Zum Kuckuck!, fluchte Nicolas. »Nur zu, Mutter! Ich will in diesem Punkt völlige Offenheit, sonst werde ich nämlich meine Zelte hier schnell abbrechen. Dass ich kein Schiff mehr besitze, heißt nicht, dass ich ewig hier festsitzen werde! Ich lasse mich nicht verschachern wie einen alten Ziegenbock!« Allmählich verlor er die Geduld.

Zaida musterte ihren Sohn. Offenheit schien ihr angebracht, doch sie war nicht so unvorsichtig, ihm alles, was sie wusste, anzuvertrauen. »Nun ja, was soll ich dir sagen? Da sind einmal die jüngsten Töchter meines Bruders, die haben sich, nun ja … unsterblich in dich verliebt und zanken sich bereits um dich. Ich weiß nicht, wer ihnen Hoffnung gemacht hat, Mahmud sicher nicht …«

»Sag das noch mal, Mutter! Die beiden hässlichen Gören Azuzena und Elmira? *Vaya*, ich bin doppelt so alt wie die! Das sind ja noch halbe Kinder!« Gelenkig sprang er auf die Füße und lief im Raum auf und ab, so, wie Karim es stets tat, wenn er aufgebracht war.

»Azuzena ist vierzehn und Elmira ist sechzehn Jahre alt. Sie wird jetzt verheiratet werden, so oder so …«, bemerkte Zaida, wenig beeindruckt.

»Ja, aber nicht mit mir!«, fuhr ihr Nicolas dazwischen. »Ich habe andere Pläne, Mutter! Keine Heiratspläne. *Por Dios*, du wirst noch staunen!« Er war vor der etwas fülligen Frau stehen geblieben und stemmte beide Hände in die Hüften. »Ich werde das Gold der »Aguila« bergen! Das sind meine Pläne!«

Zaida sah ihrem Sohn ruhig in die Augen, sagte aber nichts. Er wird seinem Vater immer ähnlicher, dachte sie. Wenn er wütend ist, nehmen seine Züge denselben harten Ausdruck an wie diejenigen des Marqués.

Nicolas setzte sich wieder und goss beiden Tee ein. Aus den Augenwinkeln beobachtete er die Mutter und ließ das eben Gesagte auf sie wirken.

Schließlich meinte Zaida: »Hast du nicht schon genug Gold?« Ihre Stimme verriet völliges Unverständnis.

Nicolas sah sie nachdenklich an. »Was ist genug? Genug ist immer relativ…«

»Lass das Philosophieren.«

»Wie du meinst … Hm … Ich will mir ein neues Schiff bauen lassen, eine exakte Kopie der »Aguila«. Außerdem brauche ich eine Menge Gold, wenn ich mich anschließend auf die faule Haut legen und mit der Piraterie Schluss machen will. So eine *alcazaba*, die Instandhaltung, das Gesinde, das Schiff und die Matrosen, all das verschlingt viel Geld …«

Zaidas Augen flammten auf. Was sie soeben gehört hatte – dass Nicolas die Piraterie aufgeben wollte –, wagte sie seit dem Gefecht mit Barbarossa nicht einmal mehr in ihren kühnsten Träumen zu hoffen. Nicht jetzt, wo er alles verloren hatte. Sogleich klammerte sie sich an diese Aussicht und versicherte unverzüglich: »Mach dir keine Sorgen mein Sohn, es wird nichts gegen deinen Willen geschehen.«

Sie würde dafür sorgen, dass die beiden Cousinen von Nicolas Abstand nahmen, und sie wollte das Mädchen, das Mahmud im Auge hatte, so schnell wie möglich begutachten.

Am selben Abend noch erfuhr Nicolas von Karim, dass er Achmed vor mehr als zwei Jahren mit nach Alexandria genommen und ihn hier auf seinen Wunsch hin in die Al-Azamatu-Moschee begleitet hatte. Dort wollte der einstige Steuermann einem Orden beitreten. Karim war ihm daraufhin nie wieder begegnet.

Als Nicolas die Al-Azamatu-Moschee besuchte und sich nach einem blinden Mann um die fünfzig erkundigte, der auf den Namen Achmed al-Yamaniyyu hörte, konnte ihm niemand Auskunft geben. Doch man verwies ihn in die As-Salamun-Moschee, in der ein Orden der Mewlewija-Sufijünger lebte. Achmed und die mystische Tradition des Islam? Nie im Leben wollte er glauben, dass sich der listige wortkarge Navigator dem Sufismus zugewandt hatte! Zwei Tage später suchte er die As-Salamun-Moschee auf.

Wie alle größeren Moscheen war auch diese in ihren Mauern nicht nur eine Stätte des Gebets, sondern beherbergte auch eine Koranschule, eine Seelsorgestelle und eine Armenküche. Zudem war sie der Ort, an dem die Obrigkeit Gericht hielt. Um den Imam selbst anzutreffen, begab sich Nicolas unmittelbar vor Sonnenuntergang zur Moschee, als der Muezzin zur festgelegten Zeit das Minarett bestieg und die Gläubigen zum vierten Gebet des Tages rief. Schon von weitem hörte er die vibrierende Stimme, die den Psalm über Alexandrias Dächer halb schmetterte, halb tremolierte.

»*Allahu akbar*«, erklang der Ruf im gesamten Viertel, »Gott ist der Allergrößte – ich bezeuge, dass es keinen Gott gibt, außer Allah – ich bezeuge, dass Mohammed der Prophet Allahs ist – kommt zum Gebet – kommt zur Erlösung. *Allahu akbar* – Gott ist der Allergrößte! Es gibt keinen Gott außer Allah!«

Mit einer Schar Gläubiger betrat Nicolas den Hof der Moschee. Diesmal trug er eine *ghutra* um den Kopf geschlungen und einen weiten weißen Mantel, denn er wollte kein Misstrauen erregen. Auf der Suche nach dem Imam durchwanderte er zunächst gemäßigten Schrittes das Sanktuar. Die Gebetshalle der As-Salamun-Moschee war von Dutzenden Säulen unterbrochen, die Schwebebogen aus Rotziegeln und weißem Marmor trugen. Der Boden des Sanktuars war mit einfachen langen Teppichläufern ausgelegt. Nicolas schritt die Bogengänge ab, durchquerte schließlich den Hof und umrundete den Brunnen in seiner Mitte. Dort war ein Kommen und Gehen. Die Gläubigen zogen sich für die rituelle Waschung als Vorbereitung für das Gebet die Sandalen aus, hockten sich auf die rundum laufende Bank und wuschen sich mit Hilfe von Krügen, mit denen sie das Wasser der Reinheit aus dem Brunnen schöpften. Sie säuberten ihr Gesicht, die Hände und Arme bis zu den Ellbogen und die Füße bis zu den Knöcheln. Um nicht aufzufallen, schlenderte er weiter. Er hatte wenig Lust, an diesen den Moslems einmal am Tag vorgeschriebenen Waschungen teilzunehmen.

Der Imam war nirgends zu entdecken. Einen Blick in das Sanktuar werfend, sah Nicolas, dass sich die Gläubigen bereits in mehreren Reihen aufgestellt hatten, die Schuhe auszogen und ihr Haupt bedeckten. Gleich würde der Imam den Minbar besteigen und die Gemeinde mit dem Gebet beginnen – Zeit für ihn zu verschwinden.

»Allahu akbar«, ertönte es aus der Halle, als Nicolas die Moschee verließ. Er betrat sie wieder, als die ersten Gläubigen durch ihre Pforten nach Hause eilten. In einem der von Fackeln erhellten Bogengänge, welche die Moschee zu drei Seiten umgaben, traf Nicolas auf den Imam. Unter den spitzbogigen Arkaden diskutierten auch zu später Stunde noch kleine Gruppen von Männern, Muftis, Mullahs, Hadschis und Ulema. Die Gläu-

bigen, die sich vor ihm dem Imam näherten, begrüßten ihn mit Handkuss, Kniekuss und selbst Fußkuss, je nachdem, wie hoch gestellt sie waren. Denn der Imam war ein »Seiyid«, ein Nachkomme des Propheten Mohammed, und deshalb von Arm und Reich höchst geachtet. Er war ganz in weiße, mit Silberfäden durchwebte Seide gekleidet, trug über der Schulter eine lichtblaue und gelbe Schärpe und einen mit Silber bestickten, leuchtendblauen Turban.

Nicolas begrüßte den Imam, der kaum älter war als er selbst, mit Handkuss. Sofort spürte er die feindselige Aura. Ob es nun Arroganz oder Vorsicht war, die den Mann so abweisend erscheinen ließen, konnte er nicht sagen. Trotzdem erkundigte er sich höflich nach einem gewissen Achmed al-Yamaniyyu, den er kurz beschrieb. Es war offensichtlich, dass der Imam Achmed kannte. Überzeugend fügte Nicolas hinzu: »Ich habe den Mann, der mir in meiner Jugend viel Gutes getan hat, aus den Augen verloren. Nun ist mir zu Ohren gekommen, dass er erblindet sei, und ich möchte sehen, ob ich ihm helfen kann.«

Der Imam wollte auch gar nicht verschleiern, sich an den Mann zu erinnern, und erklärte mit einer wegwerfenden Handbewegung, die alle Verachtung der Welt ausdrückte: »Der Blinde, *garib*, wandte sich mit dem ganzen Eifer des Bekehrten dem Sufismus zu. Ich würde mich nicht wundern, wenn er Hab und Gut veräußert hätte und ein wandernder Derwisch geworden wäre.« Mit einer weiteren, geradezu ungeduldigen Geste entließ er den Fremden.

Eine kurze Verbeugung andeutend machte Nicolas auf dem Absatz kehrt und steuerte zu einer der Pforten an der Längsseite des Hofes zu. Dicht hinter ihm schlüpfte jemand, ihn kurz am Umhang ziehend, durch den bogenförmigen Eingang. Nicolas sah sich um. In der Dunkelheit konnte er kaum die Gesichtszüge des Mannes ausmachen, der ihm zuflüsterte: »Suche Bruder Achmed in Damanhur.«

Schon war der Mann verschwunden.

Bruder, überlegte Nicolas, konnte nur bedeuten, dass er sich tatsächlich einer sufistischen Bruderschaft angeschlossen hatte.

Er selbst kannte die Sufis nur vom Hörensagen und wusste nur so viel, dass deren Mitglieder in Gemeinschaften lebten und einen mönchischen Lebensstil führten, zu dem vorgeschriebene Rituale, aber auch Musik gehörten. Das war doch nichts für Achmed, rätselte er. Andererseits passten wieder manche der Praktiken, mit denen sie eine Vereinigung mit Gott erreichen wollten – die Abkehr von der Welt, Abstinenz und Meditation –, zu dem introvertierten Alten. Der orthodoxe Imam jedenfalls war garantiert kein Freund der Sufijünger.

Die Sache begann Nicolas zu interessieren. Da ihn im Moment nichts mehr beschäftigte als die Bergung des Goldes, die mittlerweile zu einer fixen Idee geworden war, beschloss er, in den nächsten Tagen nach Damanhur zu reiten.

»Soso«, lästerte Karim, »in die altägyptische ›Stadt des Horus‹ zieht es dich. In pharaonischer Zeit ein bedeutendes politisches und religiöses Zentrum, wie du hoffentlich weißt. Heute ist da nichts mehr los. Nur, sie liegt einen ganzen Tagesritt von Alexandria entfernt im westlichen Nildelta …«

»Kein Problem, *sadiq-i*«, entgegnete Nicolas und lächelte unergründlich.

Früh am Morgen ließ Karim seinen prächtigen Araberhengst Narun satteln und verabschiedete den Cousin, unmissverständlich eine Braue hochziehend. »Da du im Moment offensichtlich keine anderen Pläne hast, als versunkenen Schätzen nachzujagen, bleibt dir bestimmt Zeit, in Damanhur das exquisite Badehaus zu besuchen.«

»Bestimmt. *Inschallah!*«, lachte Nicolas und gab die Zügel frei. Karims Empfehlungen waren nie zu verachten.

Das von einem breiten Palmengürtel umgebene Städtchen war enttäuschend. Tatsächlich hatte es längst jeglichen Glanz seiner eindrucksvollen Vergangenheit verloren. Ebenso enttäuschend war die Auskunft, die Nicolas in der größeren der beiden Moscheen des Ortes erhielt: Der blinde Achmed, hieß es dort, habe sich dem Suhrawardija-Orden angeschlossen und sei schon vor zwei Jahren nach Kairo gezogen.

Da er in Damanhur nichts mehr zu erledigen hatte, suchte er das Badehaus auf. Er war von Sonnenaufgang bis Sonnenuntergang geritten und sehnte sich nach einem entspannenden Bad. Karim hatte nicht zu viel versprochen. Im Badehaus und in dessen angeschlossener Schenke wurde er für den strapaziösen Ritt mehr als entschädigt. Die beiden Tänzerinnen, ein Halbblut und eine Mulattin vom oberen Nil, boten nicht nur den erotischsten Bauchtanz, den der Maure bis dahin gesehen hatte, sondern verstanden es auch, ihren Gast gemeinsam auf ungewöhnliche Art zu verwöhnen. Nicolas blieb drei Tage.

IV.
SAINTES-MARIES-DE-LA-MER, 1508 – 1525

Gerard Bernaux schreckte aus dem Schlaf. Der junge Mann war verwirrt, denn er hatte wild geträumt. Erst langsam fand er die Orientierung wieder und konnte die lauten Stimmen, die ihn geweckt hatten, einordnen. Sie kamen aus dem Nebenraum, der Kammer seiner Eltern. Aber warum stritten sie sich zu so später Stunde? Die Neugierde trieb ihn von seinem Strohsack zur Tür der winzigen Kammer. Hier hielt er inne und wartete eine Schimpftirade seiner Mutter ab, um die stets in den Angeln quietschende Tür beherzt zu öffnen. Die beiden fuhren unbeirrt in ihrem Zank fort.

»Weshalb nach all den Jahren?«, hörte er die Mutter zetern.

»Weshalb, weshalb! Ich muss es eben tun.«

»Das ist keine Antwort! Sag mir sofort, warum!« Die Stimme seiner Mutter nahm einen wohl bekannten hysterischen Ton an.

»Na gut«, sein Vater stöhnte. »Ich muss jeden Sonntag mit dir in die Kirche – in *deine* Kirche, seit gottverfluchten zwanzig Jahren! Um ja kein Misstrauen zu erregen … Jetzt hab ich diese Scheinheiligkeit satt, hörst du? Endgültig satt! Seit langem schon will ich in *meine* Kirche gehen. Und diesmal geh ich hin!«

»Darum geht's dir doch gar nicht!« Jetzt überschlug sich ihre Stimme auch noch. Dann war es einen Augenblick lang still. »Du willst die Deinen treffen, die dich wie einen Aussätzigen behandelt haben, die dich ausgestoßen haben – damals …«

»Nein, ich will nur in die Krypta. Ob du es glaubst oder nicht, ich hab das unbestimmte Gefühl, dass Sara mir etwas …

sagen will. Was ist daran so schlimm? Ich geh mit dir auch wieder jeden Sonntag in die Messe, Juliette!«

»Ich hab einfach Angst, dass du mich verlässt«, jammerte die Frau nun, offensichtlich zu dem Schluss gekommen, dass sie auf diese Weise nichts ausrichten würde. »So, wie du damals die Zigeuner verlassen hast.«

Ein tiefes Seufzen auf der anderen Seite der Tür kündete vom Ende des Zanks. »Ich hab nicht vor, mich in Sara la Kali zu verlieben«, brummte der Vater. »Ich hab überhaupt nicht vor, mich neu zu verlieben.«

Die Mutter weinte, und Gerard schlich zurück in seine Kammer, ließ die Tür aber einen Spaltbreit offen. Die weiteren Beschwörungen seiner schluchzenden Mutter und das unverständliche Gemurmel seines Vater brauchte er nicht weiter zu belauschen, er wusste Bescheid. Rückblickend wurde ihm jetzt vieles von dem klar, was seinem Vater in all den Jahren entschlüpft war. Der Umstand, dass er keine Familie hatte und keiner wusste, wo er herkam, erklärte sich ebenfalls. Gerard lag auf seinem Strohsack und starrte in die Finsternis. Neben sich hörte er die regelmäßigen Züge seines jüngeren Bruders. Zum Teufel, warum hatte ihm keiner was gesagt? Die Großeltern, die Familie mussten es doch gewusst haben! Oder vielleicht nicht? Keiner duldete einen Zigeuner in seiner Familie, es war alles ordentlich vertuscht worden … Kalte Wut kroch in ihm hoch, bis er glaubte, daran zu ersticken. Noch vor dem Morgengrauen sprang er von seinem Lager auf und lief hinter die Schmiede, wo sich die Stämme unzähliger Buchen und Eichen stapelten. Im Rhythmus, in dem er das Holz spaltete, hämmerte in seinem Kopf die Frage: »Wie konnte Vater nur seine – meine! – Herkunft vor mir geheim halten, ja verleugnen?«

Sein ganzes Leben hatte er in Aigues-Mortes verbracht, einem Dorf zwischen Arles und Saintes-Maries-de-la-Mer, wo sich jedes Jahr im Mai Zigeuner aus allen Landen zu Ehren ihrer Göttin Sara la Kali einfanden. Die vielen bunten Wagen, die mehrere Wochen lang überall in der Camargue zu sehen waren, hatten stets auch Gerards Aufmerksamkeit erregt und sein Blut in Wallung gebracht, ohne dass er wusste, warum. Seit Jahren schon verspürte er eine Wanderlust, die er sich nicht hatte erklären können. Nie sprach er mit seinen Eltern darüber, denn er wollte sie nicht kränken. Als ältester Sohn und Schmied wie sein Vater war er dazu bestimmt, die väterliche Werkstätte zu übernehmen, und niemals war ihm etwas anderes in den Sinn gekommen. Nur wenn er den bunten, von weit her gereisten Wagen, Fuhrwerken und Karren begegnete, wenn er auf den Dorfplätzen die Kinder und Frauen der Manouches und Calés beobachtete, wurde ihm schwer ums Herz. Niemals sah er nur das Elend und die Armut der Fahrenden, wie andere sie sahen. Einmal, vor Jahren, hatte er sich mit seinem Freund Pierre des Nachts an ein Lagerfeuer angeschlichen und gelauscht, wie andalusische und ungarische Spieler Gitarren zum Singen und Geigen zum Weinen gebracht hatten. Nun wusste er, dass er einer von ihnen war, dass Zigeunerblut in seinen Adern floss.

An diesem Tag war Gerard in der Schmiede sehr schweigsam. Dies fiel nicht weiter auf, da sein um ein Jahr jüngerer Bruder Philipp wie immer den Mund zu voll nahm und bei der anstrengenden Arbeit viel zu viel redete.

Am Nachmittag hörte der Vater schon früh zu arbeiten auf. Er nahm ein Bad, was höchst selten vorkam, und zog ein frisches Hemd, die Festtagshose und sein bestes Wams an – eines aus braunem Samt, das keine Flicken hatte. Auch Gerard hatte sich hinter der Schmiede heimlich gewaschen und die Sonntagstracht angelegt, denn sein Vater sollte sich nicht für ihn schämen müssen. Dann schlich er in den Stall, sattelte den alten Klepper und führte ihn zur Brücke, wo er das Pferd mit langer Leine an einen Baumstamm band.

Die Sonne stand schon tief im Westen, als Gilbert, ein Liedchen auf den Lippen, des Weges ritt. Wenige Schritte vor der Brücke trat Gerard aus dem Schatten der großen Linde und versperrte dem Schmied den Weg. »Ich komme mit dir, Vater!«

Gilbert Bernaux zügelte den schweren Braunen und räusperte sich: »Das geht nicht!«

Der junge Mann rührte sich nicht. Breitbeinig stand er vor seinem Vater, maß ihn mit Blicken und zeigte nicht die geringste Furcht. Das war nicht immer so gewesen, denn der Schmied neigte zum Jähzorn und hatte seine Söhne oft geschlagen. Gerard hatte seinen Vater all die Jahre respektiert, aber nie geliebt. Nun verstand er, warum der Mann, seit er sich erinnern konnte, so oft unbeherrscht und launisch gewesen war – seine fehlende Selbstbeherrschung und Willkür verzieh er ihm aber nicht.

Der Schmied stieg vom Pferd, und Vater und Sohn standen sich gegenüber. Zum Henker!, fluchte der Zigeuner, der unter seinesgleichen der Kräftigste gewesen war. Bis jetzt hatte er nicht anerkennen wollen, dass sein Sohn von größerer und beinahe noch kräftigerer Statur war als er selbst, dass sich die Handgelenke des Jungen unter der schweren Arbeit in der Schmiede so gewaltig wie die seinen entwickelt hatten und dass seine Arm- und Rückenmuskulatur beeindruckend war. Der wird sich nie mehr von mir schlagen lassen, schoss es ihm durch den Kopf. Instinktiv spürte er die Verwandlung, die in seinem Sohn vor sich gegangen war.

»Es wird Zeit, dass du mir die Wahrheit sagst!«

»Was soll das?« Jähzorn flammte in Gilbert auf.

»Du bist nicht der, der du vorgibst zu sein. Du bist kein Christ und auch kein maurischer Schmied, das hast du nur wegen deiner dunklen Hautfarbe erfunden.«

Der stämmige Mann mit dem fleischigen Stiernacken richtete sich zu seiner vollen Größe auf und überlegte einen Augenblick, wie der Junge hinter sein bestgehütetes Geheimnis hatte kommen können. Da fiel ihm der Streit mit seiner Frau ein. Verdammt! Jetzt war es freilich zu spät, weiter heile Welt zu spielen. Er konnte ihn nicht mehr täuschen, und wenn er sich noch etwas Achtung von seinem Sohn bewahren wollte, musste er endlich diese Lüge beenden und seine wahre Identität preisgeben. Die Vergangenheit hatte ihn eingeholt …

»Gehen wir!«, sagte er nur und bestieg seinen Braunen.

Es war weit bis Saintes-Maries-de-la-Mer, und als sie ankamen, kannte Gerard die ganze Geschichte seines Vaters. Vor mehr als zwanzig Jahren waren Kalaitsche vom Stamm der Kalderas aus der ungarischen Steppe aufgebrochen und bis in die Provence gewandert. Ihr Ziel war eine Wallfahrt nach Saintes-Maries-de-la-Mer, jenem Ort an der Küste, an welchem der Legende nach die Zigeunerin Sara und die zwei heiligen Marien an Land gegangen waren. Aber der Klan kam viele Wochen zu früh zu dem Treffpunkt.

»Das passierte deshalb«, erklärte der Schmied seinem Sohn, »weil wir Zigeuner seit den Zeiten unserer Wanderschaft nicht an jedem beliebigen Ort stehen bleiben. Für uns«, er beobachtete Gerard aus den Augenwinkeln, »hat nicht nur die Hand, sondern auch das Land ›Lebenslinien‹ und ›Todeslinien‹!«

»Todeslinien ...«, murmelte Gerard. Wie seltsam das alles klang!

Daneben erzählte der Vater auch von anderen Dingen. »In jenen Wochen, die die Kalderas in der Camargue mit Fischen und Jagen zubrachten, hatten wir Burschen des Nachts besondere Ziele vor Augen.« Ohne ein Blatt vor den Mund zu nehmen, mit glänzenden Augen, weihte er seinen Sohn in das Leben der jungen Zigeuner ein. Wie Gerard erfuhr, kam es ihnen nicht darauf an, wer oder was die Mädchen waren, ob hübsch oder hässlich, jung oder schon in der Mitte der Jahre. Sie benutzten die *gadscha* nur dazu, sich auszutoben, um mit der Zahl der Eroberungen zu prahlen und um sie anschließend mit Nichtbeachtung zu strafen.

»Dabei spielte es keine Rolle, ob die Burschen verheiratet waren, denn ihre Abenteuer mit den Mägden und Müllerinnen, Wirtinnen und Witwen wurden ohnehin nicht als Ehebruch betrachtet.«

»Nein?«

»Nein.« Der Vater schüttelte den Kopf und grinste. »Auch der junge Kesselflicker Dires«, er tippte sich auf die breite Brust, »stellte den *gadscha* nach und hatte ...äh ... so seine Erfolge.« Gilbert verstummte. Versonnen fuhr er sich seinen buschigen Schnurrbart entlang. »Dann traf ich deine Mutter«, sagte er, und sein Ton änderte sich. »Ich begegnete ihr, bald nachdem die Kalderas in die Gegend um Arles gekommen waren. Der Klan hatte es nicht eilig, und so suchte ich eine Schmiede, um einige größere Arbeiten durchführen zu können. Nabenringe und Beschläge der Deichseln zweier Wagen mussten repariert werden, und für ein neues Fuhrwerk mussten Bänder und schmiedeeisernes Zubehör angefertigt werden, außerdem fehlten Äxte und Spaten. Als Gegenleistung bot ich dem Besitzer der Schmiede an, einige Wochen bei ihm zu arbeiten.«

»Als fahrender maurischer Schmied.« Ein breites Grinsen überzog Gerards flaches Gesicht. In den letzten Sonnenstrahlen schimmerte sein dunkles nackenlanges Haar rot, und sein gestutzter Schnurrbart leuchtete in hellem Tizian.

Der Vater nickte. »Es kam, wie es kommen musste«, meinte er dann und zuckte die Schulter.

Die Tochter des Schmieds verliebte sich in den Kalderas und wurde schwanger. Sie bot dem Zigeuner alles, was sie hatte – Heim, Familie, die Schmiede ihres Vaters, denn sie war sein einziges Kind. Da er sie ständig sah und nicht wie die anderen Abenteuer sofort wieder vergessen konnte, geschah das Unglaubliche: Er verliebte sich in das hübsche rothaarige Mädchen mit den hellgrünen Augen.

»Ich erfuhr«, sagte der Vater, und es klang, als würde er sich heute noch darüber wundern, »dass die Schmiede keine ehrbaren Leute sind – zumindest bei der rechtgläubigen Christenheit nicht –, ja, dass diese Zunft als umstürzlerisch gilt und ihr Handwerk mit dem Werk des Teufels in Verbindung gebracht wird. So ein Schwachsinn!« Gilberts Stimme wurde schneidend.

Gerard nickte. Natürlich wusste er, dass die Tochter eines Schmieds nur wieder einen Schmied heiraten durfte. Insofern hatten Juliette und ihr Vater nicht viel zu verlieren gehabt. Dires dagegen umso mehr. Um sie zu bewegen, mit ihm zu kommen, nahm er das Mädchen mit in sein Lager, zeigte ihr seine Welt, die ihm so viel bedeutete. Aber Juliette schlug nur Hass und Verachtung entgegen. Sie ahnte, dass sie diese Intoleranz den *gadschos* gegenüber nie würde besiegen können. Lieber nahm sie das Los der Schande mit einem unehelichen Kind auf sich. Sie stellte Dires vor die Wahl – und der Kalderas entschied sich für sie. Daraufhin wurde er von seinem Volk ausgeschlossen und für alle Zeit als Verräter, Abtrünniger, ja, »Aussätziger« verstoßen. Die Verbindung hielt indes, und Juliette bekam noch weitere Kinder. Dann starb ihr Vater, und Dires, der »Maure«, der sich hatte taufen lassen und fortan den christlichen Namen Gilbert trug, übernahm die Schmiede. In all den Jahren mied er den Kontakt zu seinem Volk und hatte auch nie wieder die Krypta betreten, in welcher in der Nacht vom 24. zum 25. Mai Sara la Kali den Zigeunern zulächelte.

»Die einzige Erinnerung, die mir in all den Jahren an meinen Stamm geblieben ist«, sagte der Vater, und in seiner Stimme schwang Bitterkeit, »ist eine Figur …«

»… der Dreizack!«

Gilbert nickte. Der handgeschmiedete Dreizack über der Esse in der Schmiede! Schon immer hatte er dort gestanden, aber nie hatte Gerard nach seiner Bedeutung gefragt oder welche Bewandtnis es damit hatte. Mit dem mittleren Dorn, spitz und kürzer als die beiden äußeren, entsprach er in seiner Form einem aufrecht stehenden Menschen, der seine Arme gegen den Himmel erhob. Doch Gerard erinnerte die Figur an etwas anderes. »Es sind Stierhörner«, flüsterte er, »die Stiere der Camargue.«

Der Vater lächelte leise. Er war einer der Kalderas-Schmiede, die den Dreizack, dieses uralte Symbol seines Volkes, schmiedeten …

Inzwischen war die Dämmerung hereingebrochen, und Gerard ließ den alten Klepper mit langen Zügeln neben dem Braunen seines Vaters herlaufen. Pferd wie Reiter schienen sich in dem Gelände auszukennen. Doch Gerard wusste nichts vom Orientierungssinn der Zigeuner und dass der Schmied seit zwanzig Jahren nicht mehr in der Gegend gewesen war. An den Lippen seines Vaters hängend, maß er diesem Umstand auch nicht viel Bedeutung bei. Seine eigene Geschichte war weit spannender als alles bisher Gehörte, denn er erfuhr, dass er ein Gezeichneter, ein »Sohn der Wahrheit« war.

»Ein Gezeichneter«, Gilbert machte eine bedeutungsvolle Miene, »ist ein Mann, der bei der Geburt Stigmata von Körperverletzungen aufweist, die sich sein Vater einige Zeit vor seiner Geburt zugezogen hat. Damals, nach deiner Geburt«, ein säuerliches Lächeln umspielte seine Lippen, »hab ich das einzige Mal deine Mutter bedrängt, das Leben hier aufzugeben und mit mir zu den Kalderas zu ziehen. Denn die Mutter eines ›Sohnes der Wahrheit‹ wird ihr ganzes Leben verehrt und sogar mit der Jungfrau Maria der gotischen Kathedralen auf eine Stufe gestellt.«

Gerard warf seinem Vater einen ungläubigen Blick zu. Zweifellos meinte er, was er sagte.

Gilbert verstummte, und seine Augen nahmen einen eigenartigen Glanz an. »Ein gezeichnetes Kind, mein Sohn«, nach Worten suchend strich er sich über seinen muskulösen Nacken, »bedeutet für einen Zigeunerstamm ein Wunder, verstehst du? Und«, er räusperte sich, »die Hoffnung auf einen Klanchef mit außergewöhnlichen Fähigkeiten. Das ›Zeichen des Sterns‹ …«

»Du meinst doch nicht das Feuerstigma auf meinem linken Fuß?«

Gilbert nickte. »Genau das, mein Sohn. Als deine Mutter schwanger war, glitt die Greifzange von dem glühenden Rohling, den ich bearbeitete, und das Werkstück fiel mir auf den linken Fuß. Das versengte Fleisch ist schließlich vernarbt, aber man sieht heute noch, dass es eine Brandwunde war.«

Gerard starrte seinen Vater an. »Ich … ich wusste nicht …«, stammelte er.

»Hm. Wenn man bedenkt, wie selten ein solches Phänomen am Körper eines Neugeborenen ist … da muss schon was dran sein!« Der Vater lächelte bitter und auch wehmütig, und Gerard bedauerte, ihn all die Jahre nie verstanden zu haben.

Dieses bis an jenen Tag gehütete Geheimnis vertraute Gilbert noch in derselben Nacht dem Klanführer der Kalderas an und auch jenen Stammesältesten, die ihn damals kannten und geschätzt hatten. So kam es, dass Gerard von Anfang an nicht wie ein Fremder oder Außenseiter behandelt wurde, sondern wie ein besonderer junger Mann, dem sie fortan Achtung entgegenbrachten.

Als sie ankamen, war es bereits dunkel. Vor der festungsartigen romanischen Kirche herrschte ein buntes Treiben wie auf einem Jahrmarkt. Wallfahrer aus sämtlichen Teilen der Alten Welt drängten sich vor dem Eingang zur Krypta, denn nur ein Bruchteil von ihnen fand dort unten Platz. Gilbert traf viele Leute seines Volkes wieder, die ihn aufgrund seiner Statur sofort wiedererkannten, und stellte ihnen seinen Sohn vor. Alle schienen sich an den Vorfall vor zwanzig Jahren zu erinnern, doch niemanden kümmerte es, ob Gerard ein Bruder oder ein Mischling war. Er war Dires Sohn, das genügte. Und obendrein ein Gezeichneter, wie sich schnell herumsprach. Das damalige Klanoberhaupt, das den Bann ausgesprochen hatte, lebte nicht mehr, ebenso wenig die Ältesten in der Kriss, die ihn beschlossen hatten.

Als der junge Mann mit seinem Vater in die Krypta hinabstieg, war er einer der vielen Wallfahrer, fühlte er sich eins mit der Zigeunergemeinschaft. Hunderte bunter Kerzen erleuchteten das Grabgewölbe, in dem grünspäniger, feucht gewordener Verputz von den Mauern bröckelte. Dazwischen glänzte nackter Stein, beschlagen vom verhaltenen Atem Dutzender Menschen. Um zur Madonna der Zigeuner zu gelangen, mussten sich die beiden einen Weg durch die dichte Menschenmenge bahnen. Als Gilbert dann endlich vor der schwarzen Jungfrau stand, schien er die Umgebung um sich herum zu vergessen. Zwanzig Jahre seines Lebens passierten Revue.

Nun war es bei jedem Besuch in der Krypta Brauch, die Lippen der Statue zu berühren, auf ihr Lächeln zu warten und dann dem Nächsten in der Reihe Platz zu machen. Doch der Schmied stand nur da und starrte die Statue an. Er bemerkte nicht, wie die Menschen hinter ihm drängten und murrten. Die beiden vor Kraft strotzenden Männer zu stoßen oder gar wegzuschieben wagte niemand. Gerard blickte in das entrückte Gesicht neben ihm. Zögerlich berührte der Vater die Lippen der Statue. Da sah er Sara lächeln. Sie lächelte ihm zu in ihrer Weisheit und Güte. Als hätte ihn der Blitz durchzuckt, kam Leben in die reglose Gestalt. Gerard am Ärmel ziehend, eilte er hinaus aus der Krypta in die tiefschwarze Nacht.

Der Vater war wie ausgewechselt. Was immer ihm Sara la Kali mitgeteilt hatte, mit einem Mal schien er zufrieden mit sich und der Welt.

»Setzen wir uns bis zum Morgengrauen ans Lagerfeuer«, schlug er seinem Sohn vor und steuerte das Lager der Kalderas an. »Sie feiern die ganze Nacht durch. Alle Klans feiern heute Nacht.« Er deutete auf kleine, etwas abseits des Lagerfeuers stehende Gruppen. »Du siehst, es ist ein stetes Kommen und Gehen, man macht da und dort Besuche. Komm mit!«

Gerard lernte eine ihm fremde, andersartige Welt kennen. An unzähligen kleineren Feuern erfüllte ein Singen, Tanzen und Musizieren die Nacht und machte ihn glauben, sich in einem Märchen zu befinden. Doch mehr noch als die ungewöhnlichen Klänge fesselten ihn vom ersten Augenblick an die ungehemmte Lebenslust und Spontaneität – eine Spontaneität, die Außenstehende mitriss oder abstieß, je nachdem.

Das feine Geigenspiel der Kalderas ging ihm tiefer unter die Haut als der Csardas, der seinem Vater seine Jugend zurückbrachte und ihn für Momente alles vergessen ließ. Gerard lauschte den einfühlsamen Streichinstrumenten, als wären es Stimmen, die Geschichten erzählten. Im angrenzenden Lager der Calés faszinierte ihn der *cante jondo* und der eigenwillige Tanzstil der Frauen und Männer, der etwas Abruptes, Fremdartiges an sich hatte und sich von allen anderen Tänzen und Rhythmen in den Lagern unterschied. Begleiteten bei den Kalderas *gadulkas* und *cymbal* die Tänze, so waren es bei den *gitanos* aus dem Süden Gitarre, Kastagnetten und Rahmentrommeln.

Bei einer Gruppe von Alten, die dicht gedrängt am Lagerfeuer saßen und Karten spielten, erklärte der Vater ihm Faro. »Es ist das älteste Glücksspiel der Welt und stammt von uns Zigeunern.« Gilbert rieb sich seine mächtige Faust an dem über der

Brust auffällig spannenden braunen Wams. »In Spanien soll es schon überall beliebt sein.«

»Also kennen es dort auch die *gadschos*?«

Der Vater nickte. »Wir werden ja immer wieder für Ägypter gehalten«, sein Blick war voll Geringschätzung, »und so glaubten einige Spanier, die in den Besitz der Karten gelangt waren, dass das »Spiel der Könige« die Bilder der Pharaonen darstellt. Deshalb der Name Faro.«

Mein Gott!, dachte Gerard, so war es also, wenn sie unter sich waren. Immer wieder glaubte er zu träumen, hätte sein Vater ihn nicht hie und da angesprochen und ihm bestimmte Dinge erläutert. »Um das Leben von Nomaden zu verstehen«, raunte er ihm ins Ohr, »genügt es nicht, zuzusehen, wie sie vorbeiziehen. Man muss es erlebt haben, Gerard.« Er hatte seinen Vater noch nie so frohen Herzens gesehen. *Das* hier war seine Welt.

Der Schmied blieb bei seiner Familie, so wie er es Juliette versprochen hatte. Nicht aber sein Sohn. Dem Zauber der Lagerfeuerromantik erlegen, wollte er sich auf Wanderschaft begeben und etwas von der Welt sehen. So wie seine fahrenden Brüder träumte auch er, frei und ungebunden zu sein. Sein Vater hielt ihn nicht zurück. Beim Abschied weinte Juliette und gab ihrem Mann alle Schuld am Zerfall der Familie.

»Ich komme innerhalb eines Jahres zurück, Mutter«, versicherte Gerard.

Die Frau schluchzte wieder, und Gilbert fühlte sich verpflichtet, sie zu trösten: »Der kommt schon wieder, Juliette! Immerhin wartet hier eine Schmiede auf ihn.« In seinem Herzen aber wusste er, das allein würde zu wenig sein. *»Sastimos!«*, flüsterte er.

Auf eines der beiden Pferde des Schmieds, den klapprigen alten Gaul, band Gerard ein zusammengerolltes Schaffell, einen großen Lederbeutel mit einer Garnitur Werkzeug, einen Sack mit Vorräten, Hemd und Hose und ritt los. In Saintes-Maries schloss er sich den Kalderas an, um mit ihnen Richtung Italien zu ziehen, wo der Klan überwintern wollte, bevor er nach Ungarn und Polen zu seinen Stammesgenossen zurückkehrte.

Gerard nahm den früheren Namen seines Vaters an und nannte sich fortan Dires. Neben dem Romani lernte er mit der Zeit viele ihm gänzlich unbekannte Bräuche kennen, wie die Feuerprobe, Taufen und die Deutung der Zukunft, und wurde mit der Zeichen- und Symbolsprache und auch mit den oft von Stamm zu Stamm abweichenden Wegzeichen vertraut gemacht. Er lernte, solche Waffen herzustellen, die ihm – wie die Hühnerkralle – effizient erschienen, und diejenigen Gegenstände anzufertigen, die für seine Mitbrüder eine magische oder religiöse Bedeutung besaßen, wie Amulette, Talismane und andere Beschwörungsmittel. Allein sein wacher Geist und nicht die Tatsache, dass er christlich getauft und erzogen worden war, schützte ihn dabei vor allzu wildem Aberglauben und der Verführung zu heidnischen Praktiken.

Jenen Klan der Kalderas begleitete ein *kaku* der Roma namens Dinnah, der alsbald die inneren Fähigkeiten und Begabungen des in den Stamm aufgenommenen Mischlings erkannte. Umso mehr bedauerte er es, dass sein Bruder nicht auf traditionelle, den »gezeichneten« Kindern der Zigeuner vorbehaltene Weise aufgezogen worden war, und beschloss, seine gesamte Zeit und Kraft der Ausbildung und Einweihung dieses jungen Mannes zu widmen, bis sich ihre Wege wieder trennen sollten. Das war nicht ungewöhnlich. Zu den Aufgaben der Hexer und Zauberer gehörte es, sich um ihren Nachwuchs zu kümmern: den heranwachsenden *kakus* den Weg zu zeigen, wie sie durch Meditation und Askese zu ihrem erstaunlichen Wissen gelangen konnten, und was es mit den »Gärten«, diesen Orten der Meditation, die die Meister auf ihren lebenslangen Wanderungen begleiteten, auf sich hatte.

»Von all jenen, die dafür empfänglich sind, finden nur wenige die Erleuchtung, Dires. Doch der Weg ist das Ziel, und alle Mühe lohnt sich. Eines Tages wirst auch du in deinem Garten »auf Reisen« gehen – auf Reisen, die dich zur Sonnenscheibe der

Atthar, zu den Tempeln der Minotauren, in die Gärten des Zen und zur alten Legende von den Äpfeln auf Avalon führen werden.«

Mit solchen und ähnlichen Worten sprach der *kaku* zu Dires.

Das Besondere solcher Meister, wie Dinnah einer war, zeigte sich darin, dass sie ihr Instinkt bezüglich Menschen mit außergewöhnlichen Fähigkeiten nie täuschte.

»Du hast dich also entschlossen, deinen väterlichen Spuren zu folgen«, waren die ersten Worte, die der *kaku* an Dires richtete, als sie nach ihrem Aufbruch aus Saintes-Maries-de-la-Mer, der Fährte der Camargue-Pferde folgend, ihr Lager aufschlugen. Dires nickte.

»*Takaj*. Du bist christlich erzogen, also wird es ein steiniger Weg werden. Aber es ist nie zu spät, mit der Einweihung zu beginnen.«

Ein Jahr später kehrte Dires in sein Elternhaus nach Aigues-Mortes zurück. Mit neuen Kleidern ausstaffiert und erfahrener und selbstbewusster, als die Seinen ihn in Erinnerung hatten, begab er sich in der Nacht vom 24. zum 25. Mai des Jahres 1509 mit seinem Vater nach Saintes-Maries-de-la-Mer. Gemeinsam stiegen sie in die Krypta zu Sara la Kali, wie ein Jahr zuvor. Dem Sohn erschien es, als seien Jahre vergangen … Dort, im flackernden Schein Dutzender Kerzen und inmitten des Gedränges, erblickte er Angela. Sie war mit ihrem Stamm, dem Klan der Calé, anlässlich dieser Wallfahrt aus dem Süden der Iberischen Halbinsel bis nach Südfrankreich gezogen.

Angela war wie Dires ein Mischlingskind. Als kleines Mädchen schon war sie von Maras ältestem Bruder, Angelas Onkel und Vormund an Vaters statt, dem Sohn des Stammeshäuptlings Yotsa versprochen worden. Das war nicht ungewöhnlich, denn viele Verbindungen wurden im zarten Kindesalter arrangiert. Nur auf Maras Intervention und Drängen hin war die Hochzeit bis nach der Wallfahrt nach Saintes-Maries-de-la-Mer aufgeschoben worden, wusste die Heilerin nur zu gut, wie unglücklich Angela in dieser Ehe sein würde. Wie ihre Tochter erhoffte auch sie von »Sara la Kali« ein Wunder. Das Wunder geschah und trat in Angelas Leben in Form eines groß gewachsenen, kräftigen jungen Mannes mit dunkelrotem Haar, dunkler Haut und hellen grünlichen Augen. Angela verliebte sich auf den ersten Blick in diese ungewöhnliche Erscheinung. Ohne den Jüngling näher zu kennen, war sie mit der einzigen Lösung, die sich in einer solchen Situation bot, einverstanden: Dires musste das schon versprochene Mädchen entführen. Niemand unter den Zigeunern kannte sein Elternhaus, und so zog er mit Angela kurzerhand für ein paar Wochen zu seiner Familie. In dieser Zeit arbeitete er fleißig in der Schmiede.

Als Angela sicher wusste, dass sie schwanger war, trat Dires an seinen Vater heran: »Ich möchte dich um einen Gefallen bitten, *pére*.«

Der Schmied kannte den Brauch der Entführung, auf den junge Paare manchmal zurückgriffen, um gegen den Willen der Väter zu heiraten. Er kannte aber auch die Folgen. »Nur zu.«

Das klang alles andere als ermunternd, dachte Dires, dennoch ließ er sich nicht abhalten. »Würdest du uns zum Stamm der Calé begleiten, um den Vormund und die Mutter Angelas vor vollendete Tatsachen zu stellen?«

»Hm.« Der Vater nickte bedächtig, ließ sich aber mit der Antwort Zeit. »Du wirst Feinde haben, Gerard, schlimme Feinde«, warnte er stattdessen seinen Sohn, auf den er in Wahrheit sehr stolz war. »Ich biete dir daher an, hier zu bleiben und mit Angela in meinem Haus zu wohnen. Denk darüber nach!«

Wenn Dires die Schwierigkeiten, die auf ihn zukommen mussten, auch hätte meiden wollen, so ganz sicher nicht seine junge Frau. Als Gilbert mit Angela darüber sprach, war ihm sofort klar, dass dies ein aussichtsloses Unterfangen war. Zu Juliette, die von Frau zu Frau mit ihrer zukünftigen Schwiegertochter reden wollte, sagte er: »Vergiss es! Hier treffen zwei Welten aufeinander. Ich weiß, wovon ich rede.«

Juliette war gekränkt und zog sich zurück. Zum Teufel noch mal, fluchte Gilbert, wie sollte sie auch verstehen, dass sie in einer Welt mit christlichen Werten lebte, in der Besitz, Macht und die Moralvorstellungen der Kirche maßgeblich waren und in der der Einzelne zählte, während Angela nur ein Teil der Stammesgemeinschaft war, deren Wohlergehen und Überleben das Ziel und Interesse der ganzen Gruppe waren?

»Diese junge Calé«, erklärte er seiner Frau des Nachts mit mehr Geduld, »würde ohne ihre Sippe, losgelöst von der Familie, nicht leben wollen und vielleicht auch nicht können, Juliette.«

Angela selbst drückte es am nächsten Morgen so aus: »Für die Zigeuner ist die Frau wie die Erde. Die Erde ist ihre Mutter, und so ist die Frau. Das Geheimnis des Lebens entspringt dem Boden und entspringt auch mir. Wie kann ich also weggehen, gerade jetzt, und meinem Volk die Wurzeln rauben?«

Es war purer Zufall, dass Dires den Feuerschein sah. Er befand sich zu dieser nachtschlafenden Zeit, kurz nach Mitternacht, noch in der Schmiede, da er bis in die späten Abendstunden an den Beschlägen für seinen Wagen gearbeitet hatte. Nun legte er Holz nach, um das mächtige Feuer nicht ausgehen zu lassen, denn er wollte beim ersten Morgengrauen mit der Arbeit fortfahren. Es blieb ihm nicht mehr viel Zeit, den Wagen auch noch auszustatten, da die Calé bereits aufgebrochen waren.

Da – er hatte sich gerade gebückt, um einen schweren Buchenpflock in das Feuerloch zu schieben – streifte sein Blick beim Aufrichten flüchtig das Fenster, und es kam ihm vor, als hätte ihm jemand aus dem ersten Stock des Wohnhauses ein Lichtsignal gegeben. Er schloss die Ofenluke und schob den schweren eisernen Riegel vor, nahm den Feuerhaken und öffnete leise die Tür der Schmiede. Das Anwesen machte im hellen Mondlicht einen friedlichen Eindruck. Einen Augenblick dachte er an eine Sinnestäuschung, als eine Leiter vor einem der Schlafzimmerfenster seinen Verdacht erweckte. Die einzige Eingangstür des Wohnhauses befand sich gegenüber der Schmiede, nur durch den kleinen Hof vom Haus getrennt.

Von einem Moment zum anderen erhob sich im ersten Stock des Hauses ein aus allen Fenstern dringendes Geschrei und Gekreische, und noch bevor Dires verstand, dass seine Leute »Feuer« schrien, war er schon losgestürmt. Als er die Haustüre fast erreicht hatte, sah er für den Bruchteil einer Sekunde im Rhododendronstrauch neben dem Eingang etwas aufblitzen. Er schlug einen Bogen, duckte sich und holte mit dem langen Feuerhaken blindlings aus. Äste knackten und Blätter raschelten, er vernahm ein Stöhnen, dann fiel etwas Dumpfes zu Boden. Im selben Moment durchzuckte ein heftiger Stich seinen Oberschenkel. Es brannte höllisch. Anstatt ins Haus zu stürmen, schwang er den Feuerhaken ein zweites Mal, diesmal nicht horizontal, sondern gezielt auf die dunkle, gekrümmte Gestalt unter den Rhododendronzweigen. Der dumpfe Aufprall des Eisenhakens klang tödlich.

Inzwischen war im Haus die Hölle los, und alle Bewohner waren die Treppe in die Küche hinabgestürzt. Als Erstes erschien Gilbert in der Eingangstüre und wäre dort fast auf Dires geprallt, der den Feuerhaken noch immer fest in Händen hielt. In heillosem Durcheinander liefen die Ersten mit Eimern und Kesseln zum Bach, bis Dires die Leiter einfiel und er den Löschtrupp organisierte. Sämtliche Hausbewohner bildeten vom Bach bis zum Haus eine Kette und versuchten, das Feuer über die Leiter und die Fenster im ersten Stock unter Kontrolle zu bringen. Als der Morgen graute, war die Gefahr endlich gebannt. Die Strohsäcke waren verbrannt, die wenigen Truhen und Bettpfosten verkohlt und Balken und Bretterboden der Zwischendecke angesengt. Das Feuer musste mit Pechfackeln just in jenem Moment in den Schlafkammern gelegt worden sein, in dem Dires aus dem Fenster gesehen hatte.

Der junge Zigeuner wischte sich den Schweiß von der Stirn und humpelte aus dem Haus, wobei er seinem Vater bedeutete, ihm zu folgen. Unter dem Rhododendronstrauch zog er einen Mann hervor, der offensichtlich tot war. Gilbert holte eine Laterne und leuchtete dem Mann ins Gesicht. Sein Schädel war zertrümmert, das Gesicht blutüberströmt. Dires erschrak nicht wenig, als er in dem Toten Bourso erkannte, und Staunen und Ungläubigkeit mischten sich in seinen Blick.

Gilbert war sofort klar, dass sein Sohn wusste, wer der Feuerleger war. Schließlich kamen auch nicht viele in Frage. Brüderlich legte er ihm eine Hand auf die Schulter. »Das Gesetz der *gitanos* ist viel härter als dasjenige der *gadschos*«, sagte er müde. »Das Gefühl der Ehre und nur das bestimmt ihre Handlungsweise. Du hast seine Ehre verletzt. Wer ist das?«

»Angelas Onkel, ihr Vormund.«

»Dann war er es, der Angelas Verbindung vor Zeiten mit diesem Yotsa besiegelt und garantiert hat. Wie ich schon sagte, das Gesetz der Zigeuner ist hart, und der Kodex ist ihnen heilig. Für ihn war es offensichtlich besser zu sterben, als ohne Ehre zu leben …«

»Ha!« Dires schnaubte. »Davor hatte er aber gewisse Absichten …« Er warf einen Blick nach oben, dann schüttelte er den Kopf. »Wozu das Feuer? Was hat er damit bezwecken wollen?«

»Ganz sicher nicht, dir den Dolch nur in den Oberschenkel zu stoßen! Vielleicht wollte er dich mit dem Feuer aus dem Haus treiben und dann hier abpassen. Er konnte ja nicht wissen, dass du in der Schmiede warst. Du kannst von Glück reden …«

Ungehalten winkte Dires ab. »Ich nehme an, *père*, er ist allein gekommen.«

»Darauf kannst du deinen Arsch wetten.« Gilbert räusperte sich. »Mein Sohn, dir bleiben noch ein Feind und ein Rivale.«

»Ja. Vermutlich«, sagte Dires dumpf und kratzte sich am Kopf. »Was machen wir jetzt mit dem? Was sage ich Angela?«

Der Vater wurde bestimmt: »Nichts. Du lässt dich von den Frauen verbinden, und ich kümmere mich um den da. Wir haben ihn nie hier gesehen.«

Zwischen Arles und Avignon stießen sie am Rande eines blühenden Jasminfeldes auf das Lager der Calé. Da die Mitgift des Mädchens nicht ausgehandelt worden war, einigte man sich auf beiden Seiten auf Unterlassung jeglichen Heiratsgeldes. Stattdessen schenkte der Schmied, in dessen Familie das Mädchen ja nur symbolisch einheiratete, dem jungen Paar ein Pferd und einen Wagen, und Mara kam für die Hochzeitsfeierlichkeiten auf.

Wie von Gilbert richtig vorausgesagt, hatte sein Sohn von Anfang an drei erbitterte Feinde im Lager der Calé: Maras inzwischen verschwundenen Bruder Bourso, den Stammeshäuptling Yotsa und dessen Sohn Pipo, der die schöne Angela schon lange als seine zukünftige Braut betrachtet hatte. Ihnen gegenüber stand die Heilerin, deren Einfluss im Stamm nicht unerheblich war und die ihren soeben gewonnenen »Sohn« geradezu vergötterte.

Während Pipos Interesse an seiner einst Versprochenen in dem Maße schwand, in dem ihr Bauch sich rundete, sollte sein Vater Yotsa den Hass auf den jungen Kalaitscho, den er als Eindringling betrachtete, bis an sein Lebensende nicht verwinden und auch niemandem verheimlichen. Durch seine ruhige und überlegte Art, seine handwerklichen Fähigkeiten und nicht zuletzt durch die Tatsache, dass er das »Zeichen des Sterns« auf seinem Körper trug, gelang es Dires jedoch bald, nicht nur Respekt und Ansehen, sondern auch Freunde unter den Stammesbrüdern zu gewinnen.

Im Zeichen der Fische setzten nördlich von Avignon die Geburtswehen ein. Zwei Tage und zwei Nächte lag Angela in den Wehen, und ebenso lange schon zitterten Mara und Dires um Mutter und Kind. Immer feindseliger wurden die Blicke derer im Lager, die auf Yotsas Seite standen, immer deutlicher ihre versteckten Anschuldigungen, dass der Hüne die zierliche Frau zum Schluss noch auf dem Gewissen haben würde!

Nach der zweiten Nacht war die Heilerin am Ende mit ihrer Weisheit. Nichts hatte sie unversucht gelassen. Den Schambereich der Gebärenden hatte sie mit Fett eingesalbt, ihr Sitzbäder bereitet und mit Bedampfungen versucht, die Geburtswege geschmeidiger zu machen. Doch selbst die Einlagen und Räucherungen mit Harz, Kümmel und Kiefernrinde hatten bis jetzt keine Wirkung gezeigt. Nur Angela hatte noch nicht aufgegeben. Verbissen kämpfte sie weiter, dieses offensichtlich nach dem Vater geratene Kind zur Welt zu bringen. Um es ihrer Tochter überhaupt noch erträglich zu machen, wandte Mara Drogen an. Sie verbrannte Kristalle, deren Duft die Kreißende in Trance versetzte, und gab ihr den bei den wehenden Zigeunerinnen beliebten *sifrit* zu trinken, um die Schmerzen zu lindern. Den nicht unumstrittenen Kräuterwein hatte sie vor Wochen schon aus Weißwein, Schalen von Früchten und Getreidekörnern hergestellt.

Trotz anhaltender mäßiger Wehen gab es keinen Geburtsfortschritt. Unruhig lief Dires vor dem Wohnwagen, den er nicht betreten durfte, auf und ab. Angelas Stöhnen drang bis nach draußen. Irgendwann rief er nach der Heilerin und verlangte eine Erklärung.

»Äh … ihr Becken ist womöglich zu eng«, äußerte Mara dem Schwiegersohn gegenüber ihren schlimmsten Verdacht.

»Diese Befürchtung drängt sich selbst einem Laien auf, Mara! Das ganze Lager spricht von nichts anderem.«

»*Aj*, aber die sagen nicht, ihr Becken ist zu eng, sondern *dein* Kind ist zu groß …«

»Das läuft ja wohl auf dasselbe hinaus.« Dires sank auf das Trittbrett des Wagens, als wäre alle Kraft aus seinen Beinen gewichen.

»Nein, da ist ein großer Unterschied, mein Lieber! Mit einem Balg von diesem Pipo wär ihr das nicht passiert. *Das* denken sie.« Mara schnaufte verächtlich.

»Aber was kann man dagegen tun? *Du* bist die Heilerin!« Dires hieb die Faust auf das Holz. Seine Geduld war am Ende. »*Devlam!*, Wir können doch nicht tatenlos zusehen!« Er verbarg das Gesicht in den riesigen Händen.

Mara sah ihn offen an, sagte aber nichts. Was hätte sie ihm auch sagen sollen? Großzügig übersah sie den zynischen Unterton wie auch den fehlenden Respekt des jungen Mannes, den sie sehr schätzte.

Dann kam die dritte und längste Nacht. Angela war am Ende ihrer Kräfte, sie stöhnte und wimmerte in jeder Wehe. Seine junge Frau so leiden zu sehen, brach Dires fast das Herz. Gegen Morgengrauen ließen die Wehen nach, um kurz darauf heftiger und stärker als zuvor über den geschwächten Körper hereinzubrechen. Doch während dieses Wehensturms drehte sich das

Köpfchen in den Geburtskanal und erschien kurze Zeit später am Beckenboden. Mara tastete den spitzen langen Kopf, der sich doch noch an das mütterliche Becken angepasst hatte. Aber Angela besaß keine Kraft mehr zum Pressen. Kurz entschlossen rief Mara Dires zu Hilfe.

»Von oben, mach schon!«, drängte sie ihn und deutete auf den entblößten runden Bauch.

Zaghaft bohrte Dires seine mächtige Faust unterhalb des Brustbeins in den Leib seiner Frau. Angela hatte nicht einmal mehr die Kraft zu schreien.

»Was ist? Fester!«, herrschte Mara ihn an.

Dires legte jegliche Zurückhaltung ab und drückte das Kind förmlich aus dem Mutterleib. Die Schamlippen öffneten sich ein wenig, und dichtes schwarzes Kopfhaar kam zum Vorschein.

»Weiter, weiter!«, feuerte Mara ihn an. Angela hing da wie eine leblose Stoffpuppe. »Verflucht, nun mach schon!«

Dires presste weiter, gnadenlos, bis er dachte, schon auf die harte Unterlage des Bodens zu drücken. Schweißperlen bildeten sich auf seiner Stirn, tropften auf Angelas Bauch. Immer weiter öffneten sich nun die Schamlippen, klafften rot und geschwollen auseinander, und langsam schob sich das Köpfchen hindurch. Als das feuchte Nackenhaar unter Angelas Schambogen erschien, zischte Mara: »Halt!«

Erleichtert ließ Dires von seiner Frau ab. Die Hebamme wartete die Drehung des Kopfes ab, dann wies sie ihn ein letztes Mal an zu drücken. Nach dem Erscheinen der rundlichen Schultern folgte der Körper mit einem Schwung.

»Najis«, flüsterte er Angela ins Ohr und küsste sie auf die schweißnasse Stirn. Sie lächelte matt.

Dem großen, kräftigen Neugeborenen sah man die Geburtstorturen deutlich an. Die Stirn runzelnd, betrachtete Dires den birnenförmigen, spitzen Schädel.

»Das vergeht wieder«, meinte Mara. Sie klang zuversichtlich.

»Bevor sie ins heiratsfähige Alter kommt?«

»Schwachkopf!« Jetzt war er überzeugt.

An der Wegkreuzung, an der sie gelagert hatten, band Dires

an den Ast eines Weidenbaumes einen weißen Faden zum Zeichen dafür, dass ihm ein Mädchen geboren worden war.

Juana entwickelte sich zu einem bildhübschen, quirligen Mädchen, dem bald ihre Brüder Gerardo und Gil folgten. Als kleine Kinder waren sie frei wie die Vögel. Sie patschten im Dreck, streunten durch Wald und Feld, trieben sich in der Nähe der Dörfer herum und aßen und schliefen, wann es ihnen passte. Niemand beaufsichtigte sie, wenn sie herumalberten, sich gegenseitig neckten und überlisteten.

Nachdem Juana fünf Jahre alt geworden war, änderte sich dies. Eines Tages wurde sie von den eingeweihten Frauen des Stammes aufgefordert, mit den Händen Zeichen, die ihr gerade in den Sinn kamen, in die Luft zu machen. Diese Gesten wurden von den Alten gedeutet, und Juana erhielt daraufhin ihren »geheimen Namen«: Lovenita, die kleine Wölfin. Dieser Name sollte nur den Mitgliedern des Stammes bekannt bleiben.

»Von diesem Zeitpunkt an, *sejori*«, unterwies die Mutter sie später, »sollst du dich so verhalten wie das Tier, dessen Namen du trägst. Da du dein Vorbild nachahmen sollst, musst du alle seine Eigenschaften kennen lernen.«

Juana verzog das Gesicht. Nach der Vorstellung jener »erfahrenen« Frauen sollte sie auf diese Weise eine Erziehung erhalten, die vollkommen ihrer Persönlichkeit und ihrem Naturell entsprach.

»Der Wolf ist ein Tier, mit dem sich der Zigeuner gerne identifiziert, Kleines, denn wir bewundern seine Widerstandskraft und seinen Sinn für Ehre«, versicherte Angela, als sie in dem hübschen Gesicht ihrer Tochter nichts als puren Protest las. Der älteste Bruder Gerardo wurde als Löwe gedeutet und erhielt den geheimen Namen Levo, während Gil später Roca, der Fuchs genannt werden sollte. Zur selben Zeit begann auch Juanas Unterweisung in sämtlichen Arbeiten und Handfertigkeiten, die von einer *gitana* erwartet wurden.

Als Juana noch nicht richtig laufen konnte, war der Klan der Calé auf der Ruta de la Plata wieder südwärts gezogen, um die kommenden Winter in wärmeren Gefilden zu verbringen. Schließlich erreichten sie Granada, das sie wenige Jahre zuvor verlassen hatten, und begannen, die leer stehenden Höhlenwohnungen auf dem Sacro Monte instand zu setzen. Hier verbrachte Juana ihre Kindheit. Die Lage schien friedlich zu sein. Die Hetztiraden und Verfolgungsjagden gegen Andersgläubige, wie sie in den vergangenen Jahren stattgefunden und auch den Calés das Leben schwer gemacht hatten, waren unter den folgenden Statthaltern kaum spürbar. Doch trauten die Zigeuner der verräterischen Ruhe keineswegs, wussten sie nur zu gut, dass die Kirche ständig auf der Suche nach neuen Opfern und Schuldigen war.

Es war der Instinkt der Nomaden, der sie nach ein paar Jahren die Entscheidung treffen ließ, Granada erneut zu verlassen, ohne dass etwas Konkretes vorgefallen wäre. Nachdem ein auf Besuch weilender Vedavica der Roma Yotsa die Karten gelegt hatte, berief dieser die *kriss* ein. Vor dem Rat der Ältesten erklärte er: »Ich weiß aus sicherer Quelle, Brüder, dass von dem neuen König ein Gesetz erlassen worden ist, das uns Zigeunern vorschreiben soll, sesshaft zu werden, den Spaniern zu Diensten zu sein und vor allem, uns taufen zu lassen.«

Unter den Alten erhob sich ein aufgebrachtes Gemurmel. »Ho, ho«, ertönte es rund um das nächtliche Feuer der Erkenntnis, und schon wurden Stimmen laut, die das soeben Gesagte ins Lächerliche ziehen und bagatellisieren wollten.

Yotsa schüttelte den Kopf. »Bei Vergehen gegen diese Anordnungen«, behauptete er weiter, mit beschwörender Stimme, »droht uns beim ersten Aufgriff die Peitsche, beim zweiten das Abschneiden der Ohren und das Exil.«

»Exil, Exil«, äffte ein zahnloser Alter in die Runde. »Für uns Nomaden gibt es kein Exil, weil es für uns keine Grenzen gibt. Wir sind nicht wie diese lehmverschmierten Mauren und Morisken, die in weiten Landstrichen bereits die Einzigen sind, die das Land bebauen …«

»… und die auf ihrer Erde hocken wie die fette Henne überm Ei«, lästerte ein weißhaariger, dürrer Mann.

Der Älteste in der Versammlung verschaffte sich Gehör. »Ein neuer König, soso«, sagte er und starrte in die Flammen. »Die Geschichte unseres Volkes in diesem Land, meine Brüder, ist eine Geschichte der Flucht, der Verfolgungen, der Bedrohung und der Repressalien, und mit jedem Herrscher wiederholen sich die Dekrete und die darauf folgende Welle der Gewalt. Ist es nicht so?« Er ließ seinen Blick über die alten Gesichter schweifen. »Aber es stimmt, wir sind schon zu lange an einem Fleck.«

Die Alten nickten, und in der mondlosen Stille war nur das Knacken der trockenen Äste zu hören im nächtlichen Feuer der Erkenntnis.

Juana war sieben Jahre alt, als sie von einem Tag auf den anderen ihre Höhlenwohnungen verließen und mit ihren bunten Wagen und Karren gegen Norden zogen. In manchen größeren Städten wie Valencia, Zaragoza, Valladolid oder Salamanca, hielten sie sich bis zu mehreren Wochen auf, je nachdem, was sie von Schäfern, Schmieden, Webern und anderen Ehrlosen und aus der Gesellschaft Ausgeschlossenen zugesteckt bekamen. Andere Städte und Gegenden mieden sie überhaupt.

Im Jahre 1522 kehrten sie nach Granada zurück. Erneut nahmen sie den Sacro Monte in Besitz und zogen in die Höhlenwohnungen ein, als hätten sie diese nur für wenige Wochen verlassen. In den Jahren ihrer Wanderschaft hatte Juana das Nomadenleben kennen gelernt, das im Winter, wenn eisige Winde über die Meseta fegten, nichts Idyllisches an sich hatte. Wie allen Kindern machten ihr die Unbilden des Wetters nicht viel aus, doch hörte sie die Klagen ihrer Großmutter und die der anderen Alten. Mara vermisste ihren Kräutergarten und ihre sichere Kundschaft. Frauen, die zu nichts anderem imstande waren als zum Betteln, litten unter Rheuma und Schwindsucht, weil sie auf fremden, kalten Straßen kauern mussten. Daraus schloss Juana, dass viele von ihnen Granada vermissten.

Von Anfang an lernte Juana von ihrer Großmutter. Zunächst waren es die Kräuter, die sie gemeinsam im Kräutergarten zogen oder die sie wild wachsend, noch mit dem Morgentau behaftet, auf dem Sacro Monte sammelten. Dazu mussten sie früh aufbrechen, damit alle Gräser und Kräuter noch von den Tränen des Taus benetzt waren.

»Der Tautropfen, Lovenita, ist im Gegensatz zum Regenwasser ein sehr kostbares Ding: Er stirbt langsam bei Tagesanbruch, wenn die Strahlen der Sonne seine Kraft zerstören«, erklärte ihr die Großmutter, und sie sagte ihr auch, warum sie immer barfuß die Heilkräuter sammeln sollte. »Dank diesen Märschen im Tau, mein Kind, wirst du immer Kraft haben und nie müde werden. Es ist unser Geheimnis des Jungbrunnens, hörst du?«

Juana nickte. Es musste so sein, überlegte sie, denn die Großmutter schien nie müde zu werden. Doch dann fiel ihr etwas Sonderbares auf, und sie legte den Kopf mit den dunklen Locken schief. »Aber, *daci dej*«, meinte sie mit ernster Miene, »die Männer marschieren nie im Tau!«

Mara winkte ab. »Das stimmt. Die haben ihre Taubäder.« Sie lächelte. »Sieh mal: die *gadschos* benötigen zum Waschen ihrer Körper Zuber oder Schüsseln, wenn sie überhaupt Wasser an sich heranlassen, während wir Flüsse und Teiche benützen. Das Resultat, nämlich die Sauberkeit, ist überall dasselbe. Das Taubad hingegen …«, die rüstige kleine Frau fuhr sich über ihr graues, zu Zöpfen geflochtenes Haar. »Äh … Nun, der Körper, der sich im taufrischen Gras wälzt, nimmt über die Haut das Blut der Pflanzen auf, verstehst du, und es wird demjenigen zu Kraft und Nahrung, der danach zu suchen weiß.«

»Und das wissen nur die Männer, *daci dej*?« Die grünen Augen des Mädchens blitzten.

Mara sah ihre Enkelin nachdenklich an. »Hm, sieht so aus, Lovenita.« Dann meinte sie mit einem verschmitzten Lächeln auf den Lippen: »Nun, ich denke, dass die es nötiger haben, *aj?*«

Das schien Juana zufrieden zu stellen, und sie fragte nicht weiter.

Als nächsten Schritt lehrte Mara sie die Verarbeitung der Heilkräuter. Spielerisch hatte Juana schon von klein auf bei der Herstellung von Salben, Ölen, Essenzen und Pudern mitgeholfen und den Umgang mit diesen Elementen gelernt. Ungeachtet ihrer spontanen Begeisterungsfähigkeit für viele Dinge, glaubte die Großmutter zu erkennen, dass das Mädchen für die Heilkunde ein besonderes Interesse entwickelte und eine Ausdauer, wie sie Kinder in diesem Alter nur schwer für etwas aufbrachten. Allerdings, musste sich Mara eines schönen Sommertages eingestehen, fiel die Beurteilung ihrer Enkelin durch ihre Brüder weit weniger günstig aus. Juana wies keinerlei Stigmata auf, war also kein gezeichnetes Kind wie ihr Vater, und auch die Prüfung für den vier- bis fünfjährigen Nachwuchs, die über eine weitere Schulung entscheiden sollte, hatte sie nicht bestanden.

An jenem Tag hatten die älteren Kinder Körbe mit Pilzen angeschleppt, die danach zu einem Festessen verarbeitet werden sollten. Eine alte Frau, die zuvor unbemerkt giftige Pilze zwischen die essbaren gemischt hatte, legte nun eine Decke auf den Boden und schüttete die Körbe aus. Jeder der Prüflinge kniete nieder und begann die Ernte der Älteren auszusortieren, legte also Stück für Stück in seinen Korb zurück. Bald blieb nur noch ein kleines Häufchen in der Mitte der Decke übrig. Dieses Häufchen war der Tod. Nun ging es darum, welches der Kinder in seinen Korb keinen giftigen Pilz gelegt hatte, also das Essbare vom Giftigen rein instinktiv unterscheiden konnte.

Gewisse Zigeunerkinder waren dazu fähig. Sie erhielten in der Folge besondere Aufmerksamkeit, bis sich in der Pubertät zeigte, ob sich ihre Gaben und Anlagen verstärkten oder wieder verschwanden. In Juanas Korb hatte sich ein giftiger Pilz befunden. Mara musste folglich damit rechnen, dass das Mädchen nicht die Fähigkeiten zu einer echten Heilerin besaß wie sie selbst, also nicht durch rein instinktives Auflegen der Hände Schmerzen würde lindern können. Da half auch das Erlernen verschiedenster Techniken nichts, sagte sie sich traurig, denn die Hände mussten beim Handauflegen zu zwei entgegengesetzten Polen werden, mussten wie Sonne und Mond agieren und die Ströme im Körper des zu Behandelnden steuern …

»Der Körper ist wie die Erde, die dem Einfluss der Gestirne unterliegt«, lehrte sie ihre Enkelin, »denn ohne Mond gäbe es keine Flut und ohne Sonne keine Wärme. Verstehst du das?« Mara ließ sich ihre Enttäuschung nicht anmerken.

Juana nickte. Wenn die Großmutter zu ihr sprach, hing sie an ihren Lippen und an jedem ihrer Worte.

Mara strich über das dichte Haar mit dem roten Schimmer. Immer, wenn sie die Kleine ansah, fesselte sie das von dunklen Locken umrahmte Gesicht mit Augen so grün wie der Stein im Amulett an Angelas Brust ... Auf alle Fälle wollte sie ihrer Enkelin das Handwerk einer Kräuterkundigen beibringen und darüber hinaus alles, was sie von der Medizin wusste. Es würde eine gute Basis sein, aufgrund deren sie in der Lage sein sollte, viele Verletzungen und Erkrankungen zu heilen oder zu lindern.

Juana lernte schnell und gründlich. Ihr besonderes Interesse galt schon früh der Geburtshilfe, in der sie bald Geschick und Einfühlungsvermögen erkennen ließ. In Granada hatte Mara in den Jahren ihres Aufenthaltes Vertrauensleute unter den *payos* gewonnen, die ihre Künste vielfach weiterempfahlen. Wenn sich beim einfachen Volk, bei den Morisken, Mauren und Marranen eine Geburt ankündigte, wurde gerne die Zigeunerhebamme gerufen, die sich immer öfter von einem jungen Mädchen begleiten ließ. Später, als Juana erwachsen wurde, schickte Mara sie allein zu den Frauen. Das erstaunliche Gespür ihrer Enkelin konnte sie sich nicht erklären, akzeptierte aber mit den Jahren ihre Erfolge auf diesem Gebiet. Mara hoffte erneut. Vielleicht hatten sich die wissenden Alten getäuscht? Vielleicht war da etwas, was sich in der Pubertät verstärkt hatte? Oder war es nur ihr Wunsch als Großmutter, sie als Nachfolgerin heranzubilden?

Keine ihrer Töchter hatte Ambitionen in diese Richtung gezeigt. Angela, ihre Erstgeborene, schien keine besondere Gabe zu besitzen, die sie hätte fördern können, und Alina hatte sich ganz aufs Kartenlesen verlegt. Auf diesem Gebiet war sie jedoch eine wahre Meisterin und so manchem Vedavica ebenbürtig. Einige von ihnen zollten ihr große Achtung, wenn sie zu den geheimen Ritualen des Kartenlegens zusammentrafen. Auch unter den *payos* hatte sich mit der Zeit ihr Ruf als Wahrsagerin herumgesprochen, und neben Damen in Herzensangelegenheiten suchten selbst hochrangige Persönlichkeiten des öffentlichen Lebens vor wichtigen Entscheidungen bei ihr Rat.

Als der Klan Granada erneut verließ, bezogen Mara und die kinderlos gebliebene Alina ihren alten, innen und außen in den traditionellen Farben bemalten Wagen und nahmen auch Juana zu sich. So gesellte sich fortan zur Heilkunde die Magie der Karten. Am Tage ihrer ersten Menstruation schenkte Dires seiner Tochter den vollständigen Satz Tarotkarten seines alten Meisters, den er nie angerührt hatte. Im Gegensatz zu seinen Mitbrüdern, die die Tarotkarten offenbar als ihre eigenen Veden ansahen, und zu mancher Schwester, die mit dem Wahrsagen aus den Karten den Unterhalt für ihre Familie verdiente, hatte Dires für die Karten nie etwas übrig gehabt. Anders Juana. Zu den achtundsiebzig bunten Karten, unter denen ihr besonders die vier Ritter gefielen, hegte sie bald eine große Zuneigung. Von ihrer Tante Alina eingeführt, erschlossen sie ihr eine neue Welt.

»Die Karten, mein Kleines«, beschwörte sie Juana eines Tages, »sprechen in einer Symbolsprache zu uns.« Die Tante fuhr sich mit einem Finger über ihre ausgeprägte Hakennase. »Und wenn wir uns ihnen in der rechten Weise nähern, können sie uns Türen zu den geheimsten Bereichen der Seele öffnen.«

Das hatte Juana damals zwar nicht verstanden, aber Alinas Erklärungen der Bilder, vor allem jener der Großen Arkana – der großen Geheimnisse –, waren spannender als alle am Lagerfeuer erzählten Legenden und Geschichten.

Und dennoch. Trotz zeitweilig intensiver Beschäftigung mit den Karten und meisterlicher Lehrerin wollte es ihr auch mit den Jahren nicht gelingen, die in sie gesetzten Erwartungen zu erfüllen. Weder Alina noch Mara ließen sich von einem ernst zu nehmenden Talent überzeugen. Seltsamerweise gingen ihre düsteren Prophezeiungen aber gerne dann in Erfüllung, wenn es nahe stehende Menschen betraf. Das konnte sich niemand erklären. Die Tatsache, dass das Mädchen nur Kummer und Leid, aber kein Glück und nichts Erfreuliches voraussagen konnte, umgab sie allmählich mit der Aura des Geheimnisvollen, ja, Unheilvollen. Jeder im Lager hatte vor ihr Respekt und zollte ihr schon in jungen Jahren Achtung. Nur die draufgängerischen Burschen, die nichts und niemanden zu fürchten schienen, ließen sich von ihrer herben Schönheit und ihren Reizen blenden. Die Warnung ihrer Väter schlugen sie in den Wind.

Jedes Jahr zu Frühlingsbeginn fand im Lager der Calé die rituelle Zeremonie der »Aufnahme« statt. Wenn die jungen Zigeuner des Klans ihr vierzehntes Lebensjahr erreichten, leisteten sie ihrer Stammesmutter, der *Phuri Dai*, ihren Beschützerschwur. Dazu erhielt jeder Junge den Fuß eines Hahnes.

»Warum ein Hahnenfuß, *dada*?«, hatte Juana ihren Vater gefragt, als sie gerade fünf Jahre alt war.

»Vertreibt nicht sein Krähen in der Morgendämmerung die Mulanis, und befiehlt er nicht den Totengeistern, ins Schattenreich zurückzukehren?«

»Du glaubst doch gar nicht an Mulanis, Vater!«

»Nein, aber die«, Dires nickte zu einer kleinen Gruppe junger Burschen. »Es ist nur eines von vielen magischen Ritualen, Lovenita, die das Ei, das Küken und den Hahn beschwören, weil sie an die beschützende Macht dieses Tieres glauben. Ich tue das nicht. Du kannst es einmal ebenso halten. Aber darüber unterhalten wir uns, wenn du älter bist, einverstanden?«

»Einverstanden.« Dann kamen Juana ihre Brüder in den Sinn, und sie fragte voller Zweifel: »Werden Gerardo und Gil da einmal mitmachen, *dada*?«

»Aber ja! Sieh mal, für mich zeigt sich die Beschützerrolle des Hahnenfußes darin, dass wir aus den Krallen dieses Tieres eine teuflische Waffe herstellen. Die Kralle wird auf drei verschiedene Arten mit Feuer behandelt und ihr Sporn zusätzlich gehärtet. Damit, *sejori*, kann man wilde Hunde und Wölfe bekämpfen, und ein einziger Krallenschlag genügt, um jemandem den Bauch aufzuschlitzen.«

Im Frühjahr des Jahres 1525 bekam auch Juanas Bruder Gerardo, Levo genannt, nach einer solchen Aufnahmezeremonie von der *Phuri Dai* seinen zur Waffe umgearbeiteten Hahnenfuß ausgehändigt. Daraufhin musste er wie die übrigen Burschen seine Männlichkeit beweisen. Nachdem Gerardo die Feuerprobe für die Aufnahme in den Kreis der erwachsenen Männer bestanden hatte, bekam er vom Stammesoberhaupt eigenhändig seine »Sonne« als Zeichen dafür überreicht, dass er von nun an als Erwachsener galt und den Stamm mitverteidigen musste.

Dabei war die »Sonne« nicht irgendein Messer der Gemeinschaft, sondern etwas, das einzig und allein seinem Besitzer gehörte, der ihm Respekt entgegenzubringen hatte. Wer gegen Anordnungen und Stammesregeln verstieß, entehrte dadurch sein Messer, das symbolisch die Verantwortung für seine Handlungsweise trug.

Dem Brauch nach wurde nicht der Mann, der gegen den Stamm gesündigt hatte, verurteilt und bestraft, sondern sein Messer, was schlimmstenfalls dazu führen konnte, dass das Messer vom Stammesoberhaupt eingezogen, ins Feuer geworfen und anschließend im Wasser versenkt wurde. Denn es musste der im Feuer entstandene und im Wasser gehärtete Stahl der Mutter Erde zurückgegeben werden …

V.
ALEXANDRIA, August 1530

Im August begann der Ramadan. In diesem Monat, in dem der Koran dem Propheten zum ersten Mal offenbart worden war, wurde auch im Hause Mansib das Fasten während der Stunden des Tages gewissenhaft eingehalten. Als Mondmonat wanderte der Ramadan durch alle Jahreszeiten, und so kam es, dass es den Gläubigen mit Ausnahme der Kinder und der Kranken selbst in der glühenden Hitze des Sommers nicht erspart blieb, zu hungern und zu dursten. Von der Morgendämmerung an, wenn die Trommeln und der Ruf vom Minarett die Schlafenden zu einer letzten kurzen Mahlzeit weckten, bis zum Sonnenuntergang war es in Mahmuds Haus verboten zu essen, zu trinken und sich sexuell zu betätigen. Jedoch wurde während des Fastens gearbeitet wie sonst auch.

Zaida und ihr Sohn, die zwei einzigen Ungläubigen im Haus, zogen sich diskret in Nicolas' Gemach zurück, um *Mancala* zu spielen, Tee zu trinken und dazu Datteln und Kekse zu essen. Im Übrigen schlief Nicolas bis nach Mittag, denn die Einschränkungen des Tages wurden mit fröhlichen Festen am Abend wieder ausgeglichen. Dies war auch der Grund, warum der Ramadan trotz seiner vielen Vorschriften bei allen im Haus ein überaus beliebter Monat war. Sobald der Ruf des Muezzins verkündete, dass die Prüfung des Tages vorüber war, geriet alle Welt in Feststimmung. Man setzte sich zum Iftar, dem heiß ersehnten Mahl, zu dem meist mehrere Familien zusammenkamen.

Oft ging Nicolas mit Karim in die Stadt. Der einladende Geruch von brennendem Holz kleiner Öfen lag in der Luft, wenn der Tag in die Nacht überging. Überall in den Straßen stießen sie auf zahlreiche Belustigungen: Zauberer zeigten ihre Künste, Gruppen musizierten mit Lauten und kleinen Trommeln, Dichter und Balladensänger trugen Geschichten vor. Kinder liefen vergnügt durch die Dunkelheit, schwenkten kleine Laternen und erbettelten von den Erwachsenen Geld für Kerzen. Bis in die Morgenstunden drängten sich die Menschen auf den Plätzen und in den Gassen der Kasbah. Da und dort freundlich nickend, schlängelten sich Karim und Nicolas durch das Menschengewirr und verschwanden in der einen oder anderen Schenke, um zu rauchen und *nabidh* zu trinken. In diesem August trank Karim in Begleitung seines Cousins mehr *nabidh* als in seinem ganzen bisherigen Leben.

Dann kam das Ende des Ramadans, und man feierte es in Mahmuds Haus mit einem drei Tage dauernden Fest. Dem Brauch entsprechend, trug jeder neue Kleider, Freunde kamen zu Besuch, man umarmte sich und gratulierte sich gegenseitig. Ghada, die Vorsteherin des Haushalts, ließ zu diesem Anlass besondere Gerichte servieren, wie kleine in Puderzucker getauchte Pfannkuchen, kandiertes Obst und *Umm-Ali*, einen süßen Brotauflauf mit Rosinen, Zimt und Nüssen. Zu den Delikatessen, die sie zum Abschlussmahl auftragen ließ, gehörte Huhn und Kalbfleisch, mit Eigelb und Zwiebeln geschmort, dann in Granatapfelsaft aufgewellt und mit Kurkuma und Kardamom fein gewürzt.

Als Nicolas mit Karim die gemeinsame Reise nach Kairo besprach, erfuhr er, dass auch seine Mutter vorhatte, die größte der ägyptischen Städte zu besuchen. Zaidas Wunsch, bei dieser Gelegenheit die weitläufige Verwandtschaft in der Metropole kennen zu lernen, erregte bei ihrem Sohn keinerlei Verdacht.

Ende September segelten die drei, zusammen mit Jesid und einer Sklavin, auf einem Lastensegler, wie sie schon die alten Phönizier verwendeten, den westlichsten Nilarm hinauf. Als seine Mutter mit ihrer Dienerin an Bord ging, bemerkte Nicolas die heimlichen Gesten der Matrosen, dunkelhäutiger Kerle mit kurz geschorenen, eckigen Schädeln, und wie sie immer wieder fünf Finger der rechten Hand ausstreckten, um das Unglück an Bord abzuwehren.

Eine kühle Brise machte die Hitze einigermaßen erträglich. Wenn man den Worten des *coptan* Glauben schenken wollte, nannten sie schon die alten Ägypter »den süßen Atem des Nordwinds«. Am nächsten Tag hatte sich der Himmel früh mit Wolken überzogen, was zu dieser Jahreszeit ungewöhnlich war. Die drei saßen die meiste Zeit über im Heck beisammen und unterhielten sich oder betrachteten die vorbeiziehende Landschaft. Zu beiden Seiten des nun weit über seine Ufer getretenen Nilarms wogten Zuckerrohrfelder, und Wasserbüffel mühten sich in den schlammigen Wassern der Bewässerungskanäle.

Am dritten Tag sahen sie schon von weitem die maurische Zitadelle am Hang des hoch aufragenden Gabal al Mukkatam. Kairo lag etwas abseits des Stroms.

»Früher«, erklärte der *coptan*, »war hier, nahe der alten Stadt Al-Fusta, wo sich das Mündungsdelta des Nils auftut, von den Fatimiden das Militärlager Misr al-Qahirah unterhalten worden. In der Zwischenzeit besitzt Kairo mehrere Universitäten und zwei Dutzend Moscheen.«

Nicolas lachte. »Ich dachte mir schon, dass es nicht leicht werden würde, Achmed in diesem Ameisenhaufen zu finden.«

In Kairo lebten Karims jüngerer Bruder Abdullah mit seinen zwei Frauen und deren Kindern sowie die Familie von Harun as-Shihuh, dem Vater von Karims erster Frau Aischa. Der Cousin entschied, im Hause seines Bruders einzukehren, mit dem sie im Herbst nach Alexandria zurückkehren wollten, wenn Abdullah wie jedes Jahr seine Dhau belud, um Karim die Waren aus dem ägyptischen Hinterland zu liefern. Im Haus von Karims Schwiegervater Harun sollten sie gern gesehene Gäste werden. Während Nicolas und Jesid die Moscheen auf der Suche nach dem Suhrawardija-Orden abklapperten, ging Zaida zielstrebig dem Zweck ihres Aufenthaltes in Kairo nach: Sie wollte noch vor dem offiziellen Besuch im Hause As-Shihuh das

Mädchen begutachten, das Mahmud für ihren Sohn ausgesucht hatte.

Harun as-Shihuh und sein ebenfalls im Ostafrikahandel tätiger Bruder Salah bewohnten je zur Hälfte ein großes Haus am Stadtrand in der Nähe des Nilufers. Dort befanden sich auch die Lagerhallen, von denen aus sie einmal im Jahr mit einer Kamelkarawane aufbrachen, um ihre Waren nach Suez zu transportieren, wo ihre beiden Dhaus vertäut lagen. Jeden Winter fuhren sie mit den Monsunwinden das Rote Meer entlang und die ostafrikanische Küste hinab, um mit den reichsten Küstenstädten entlang der Route Handel zu treiben. Im Frühsommer, wenn die Winde drehten, segelten sie wieder zurück, packten die Fracht auf Kamele und übergaben in Kairo einen Teil der exotischen Waren Abdullah. Karims Bruder transportierte die Handelsgüter gemeinsam mit seinen, aus dem ägyptischen Hinterland den Nil hinabgeschifften Waren weiter zu Mahmud und Karim nach Alexandria, die daran interessiert waren, so viele Waren wie möglich zu einem guten Preis zu übernehmen. Die Portugiesen, die mittlerweile Afrika um die Südspitze herum umsegelten und in wachsender Zahl dieselben Häfen an der Ostseite anfuhren, wurden zu einer ernsten Konkurrenz im Handel mit Mittel- und Westeuropa. Mahmud war also viel daran gelegen, die Familienbande zu den As-Shihuh zu vertiefen.

Schon am zweiten Tag ihres Aufenthaltes in Kairo stattete Zaida den Frauen der As-Shihuh-Brüder einen Besuch ab. Dabei lernte sie Suheila kennen. In den Augen des Mädchens leuchteten dieselbe Sanftmut und derselbe Edelsinn, wie sie auch Aischa eigen waren, die Zaida unterdessen schätzen und lieben gelernt hatte. Doch im Unterschied zu ihrer Cousine war die älteste von Salahs Töchtern wie ihre Mutter Ghazalia von außergewöhnlicher Schönheit. Dennoch besaß die Achtzehnjährige eine beeindruckend natürliche Grazie, ihr Auftreten und ihre Gestik wirkten ungezwungen, ja zurückhaltend. Dabei war sie nicht schüchtern.

Gleich bei Zaidas erstem Besuch weihte Suheila die weit gereiste Verwandte in ihre große Leidenschaft, die Malerei, ein.

Sie malte Blumen und entwarf Stoffmuster von so märchenhafter Phantasie und Farbenpracht, dass die ohnehin kunstsinnige Frau überwältigt war.

»Das also ist dein Steckenpferd«, meinte Zaida bewundernd, nachdem sie alle ihr gezeigten Entwürfe begutachtet hatte.

Suheila nickte mit glühenden Wangen.

»Ich kann mir vorstellen, dass dich das voll und ganz ausfüllt, nicht wahr?« Zaida sah in große, mandelförmige Augen.

»O ja, Tante, es ist mein Leben!«, flüsterte Suheila.

Zaida verstand. Sofort fasste sie eine tiefe Zuneigung zu dem Mädchen. Wenn sie sich ein Geschöpf an der Seite ihres Sohnes vorstellen konnte, dann dieses. Aber wie würde Nicolas darüber denken? Es war bekannt, dass der Geschmack der jungen Männer von dem ihrer Mütter erheblich abzuweichen pflegte. Noch dazu musste sie sich eingestehen, ihren Sohn in diesem Punkt überhaupt nicht einschätzen zu können. Und da Nicolas bestimmt keiner war, den man in einer Sache wie dieser übergehen konnte, verhielt sie sich sehr vorsichtig und ging äußerst diplomatisch vor. Dem Brauch, dem zufolge zunächst die Väter den Wunsch einer Verbindung äußern und die Mütter daraufhin den Kontakt aufnehmen, hatte sie mit ihrem Besuch Genüge getan. Dabei wollte sie es erst einmal belassen. Mit den gegenseitigen Besuchen der Frauen, um schließlich die Hochzeitsfeier zu besprechen, hatte es noch Zeit. Zaida schmunzelte. Das untrügliche Gefühl, dass Ghazalia es eiliger hatte, ließ sie nicht mehr los. Zu unumwunden erkundigten sich die beiden äußerst zuvorkommenden Frauen nach ihrem Sohn, seiner Erziehung und Religionszugehörigkeit. In Ägypten, meinte Ghazalia wie nebenbei, lebten viele Kopten …

In der Ibn-Tulun-Moschee wurde Jesid fündig. Die große altehrwürdige Moschee inmitten von Kairo beherbergte neben dem Suhrawardija-Orden auch noch ein Spital und ein Obdachlosenheim, und eine theologische und rechtswissenschaftliche Universität waren ihr angeschlossen.

Nach Sonnenuntergang, zum Ende des vierten Gebets, suchte Nicolas die Moschee auf. Selbst bei der spärlichen Beleuchtung mit Fackeln und Öllampen beeindruckte jene Verbindung von Zartheit und Kraft, die für das Gebäude so bezeichnend war. Breite Spitzbögen ruhten auf mächtigen Ziegelpfeilern, wobei sowohl Bögen als auch Pfeiler mit Stuck überzogen und mit anmutig geschnitzten Ornamenten verziert waren. An drei Seiten waren die spitzbogigen Arkaden nur schmal, während sie an der Mekka zugewandten Seite viele Säulenreihen tief waren und das Sanktuar bildeten, in dem die Gemeinde zu beten pflegte. Selbst der Brunnen in der Mitte von Ibn-Tulun war beachtlich und von einer mehrfach gestuften Kuppel überbaut. Im Arkadenhof entdeckte Nicolas unmittelbar unter dem massiven Deckenbalken eine Inschrift in Holz, die rings um die Moschee lief und in schönster arabischer Kalligraphie anscheinend ganze Suren des Korans wiedergab. Die den Hof zu allen vier Seiten umgebenden Bogengänge boten Schutz vor der glühenden Sonne. In ihrem Schatten lehrten tagsüber die *ulema* und diskutierten nun bei Fackel- und Laternenschein die Gläubigen.

Schon von weitem hörte Nicolas die Trommelklänge des persischen Ordens. Im angrenzenden Bogengang fand er die Sufibrüderschaft. Mit sich bauschenden Gewändern tanzten wirbelnde Derwische um ihren Meister und imitierten auf diese Weise die Rotation der Planeten um die Sonne. Achmed saß etwas abseits und unterhielt sich mit einem Bruder. Als Nicolas sich näherte, horchte er in seine Richtung. Trotz des Singens, Tanzens und der Trommelklänge nahm der blinde Mann seine Schritte wahr. Der Ordensbruder verabschiedete sich unverzüglich, und der Besucher nahm seinen Platz auf der Matte ein.

»*As-Salam aleikum*, Achmed«, grüßte Nicolas, die eine Hand am Herzen, den Kopf leicht gebeugt.

Überrascht und verwundert wandte sich der Alte dem Sprecher zu und riss seine glasigen Augen auf. Sein langes schütteres Haar war grau und stumpf. »*Wa aleikum as Salam*. Nicolas? Bist du es, mein Junge?«

»*Na'am*, Achmed. Ich hab dich also gefunden. Es war nicht leicht.«

Ein breites Grinsen hieß ihn willkommen und war durch die Tatsache, dass ihm die meisten Zähne fehlten, nicht weniger herzlich. »Du hast nach mir gesucht? Warum das?«

»Davon will ich dir später erzählen, Achmed.« Nicolas wechselte vom Arabischen ins Spanische. »Zunächst möchte ich dir Grüße von meiner Mutter und von Karim überbringen …«

»Sag bloß, die sind auch hier!«, fiel ihm der Alte ins Wort und tastete nach Nicolas' Arm. »Warum seid ihr in Kairo? Erzähl schon, mein Junge!«

»Der Reihe nach, Achmed. Ich werde dir alles erzählen.« Nicolas schmunzelte. Der Navigator schien mit den Jahren ungeduldig geworden zu sein, ein Zug, den er früher nie an ihm bemerkt hatte. »Bist du heute nicht schon müde?«, fragte er. »Wir können uns morgen wieder treffen, ich bleibe noch einige Zeit in der Stadt.«

»Von wegen müde! Wovon denn? Zum Teufel, bei mir ist schon lange nichts mehr los, mein Junge! Hier erfreue ich mich wenigstens am Singen und an den Trommeln, denen ich oft andächtig lausche. Hör nur hin! Jetzt ist's ein richtiger Trommelwirbel!«

Achmed saß aufrecht, gerade, den glasigen Blick den Musikern zugewandt. Auch Nicolas wandte den Kopf und beobachtete die rhythmischen, alles umfassenden Körperbewegungen der Tänzer.

»Die Suhrawardija, musst du wissen, benutzen den Tanz, um in Trance zu gelangen und dadurch die Vereinigung mit Gott zu erreichen. Sieh nur hin!«

»Ich sehe ja hin! Äh … der Imam von der As-Salamun-Moschee hält allerdings nicht viel von dir und deinen Brüdern«, lachte Nicolas.

Achmed machte eine wegwerfende Geste. »*Vaya*, der hasst alle Sufis, das ist bekannt. Und erst unsere Riten! Zu den unverwechselbaren, im Laufe von Jahrhunderten entwickelten Zeremonien gehören nun mal Singen, Tanzen und Trommeln. Ha, das lassen wir uns nicht nehmen! Wie du weißt, missbilligt der orthodoxe Islam jegliche musikalische Begleitung bei religiösen

Ritualen. Was soll's«, der Alte zuckte eine schmale Schulter. »Aber reden wir nicht von mir, einem alten blinden Mann, der zu nichts mehr taugt. Zum Teufel, ich kann nicht einmal mehr als wandernder Derwisch durch die Lande ziehen! Erzähl mir, was dich hierher geführt hat.«

»Hm«, räusperte sich Nicolas. Aus Achmeds Worten war kein bisschen Verbitterung über sein hartes Schicksal herauszuhören. Das nötigte ihm Respekt ab. »An dir hat sich das Schicksal erfüllt, vor dem du mich stets gewarnt hast, *coño*. Warum?«

»Na, ganz einfach: weil es alle Navigatoren trifft, die solange zur See gefahren sind wie ich und nicht das Glück hatten, vorher von Haien gefressen oder von Piraten erschlagen worden zu sein.«

Nicolas lächelte. »Nun, ich bin deinem Rat gefolgt und hatte stets einen Navigator an Bord, und auch meinem Freund Erik hab ich einen zur Seite gestellt.«

»Ich weiß, mein Junge. Aber wieso hatte? Fährst du nicht mehr zur See?«

»Äh ... im Moment unfreiwilligerweise nicht. Ich besitze gerade noch ein Ruderboot. Hör zu, die Geschichte ist die ...«

Daraufhin erzählte der einstige Schützling dem alten Seebären von der Kaperung der Goldkaravelle, der Flucht aus Tunis, dem Gefecht mit Barbarossa und von seiner Rettung. »Ich brauch deine Hilfe, alter Mann«, schloss er seinen Bericht.

»Wobei kann ich dir schon helfen, mein Junge? Du hattest wirklich ausgesprochenes Pech ...« Achmed hob die dünnen Arme und ließ sie langsam sinken. »*Bueno*, du kannst in meine Bruderschaft eintreten, aber ich glaube nicht, dass es das ist, was du willst.« Er lächelte traurig.

»Verdammt, ich will das Gold bergen, Achmed! Für ein neues Schiff – ich hab noch eine Rechnung zu begleichen.« Nicolas ballte die Fäuste, dass die Knöchel weiß hervortraten, dann flüsterte er: »Rotbart wird sich wünschen, nie geboren worden zu sein!« Er starrte an Achmed vorbei. »Das Gold liegt nicht tief, vielleicht siebzig bis achtzig Fuß, verstehst du? Ich bin sogar zur ›Aguila‹ hinuntergetaucht, nachdem sich ihr Bug in den Meeresboden gebohrt hatte. Ich tauche gut, musst du wissen. Aber die Sicht ist verdammt schlecht da unten, und es geht darum, die Goldbarren aus den Truhen in meiner Kajüte zu bergen. Das schaff ich einfach nicht! Du hast mir als Jugendlicher erstaunliche Geschichten von Perlentauchern erzählt, erinnerst du dich?«

»Natürlich erinnere ich mich«, versicherte Achmed ungeduldig. »Lass mich nachdenken ...«

Beharrlich strich er sich über den dünnen grauen Bart, wieder und immer wieder, während er mit seinem Oberkörper leicht vor- und zurückschwankte. Die Sufijünger hatten ihr Ritual inzwischen beendet und sich zerstreut oder in andere Winkel zurückgezogen. Es war sehr still um die beiden Gestalten geworden, die im Schein der letzten brennenden Öllämpchen am Boden hockten. Die Fackeln an den Arkadensäulen waren gelöscht worden, und allmählich schwand die dumpfe Schwüle dieses Sommerabends.

Schließlich sagte Achmed: »Du fährst zu den Dahlakinseln im Roten Meer und fragst nach einem gewissen Nasir Abu Nusaydin. Von ihm kaufte ich meine Ware, er kennt alle Perlentaucher an der Küste Abessiniens. Du kannst ihm vollends vertrauen, ich bin in all den Jahren nie von ihm übervorteilt worden ...«

»Bei einem Experten wie dir wäre das auch gar nicht möglich gewesen«, wandte Nicolas ein.

»Vielleicht, vielleicht auch nicht. Hm ... Perlen sind eine sehr heikle Ware, mein Junge«, gab Achmed zu bedenken, zwang sich aber, beim Thema zu bleiben. »Nun, du willst ja keine kaufen. Sollte Nasir aus irgendeinem Grunde nicht zur Verfügung stehen, wende dich an Mengistu Säläma. Auch der kennt seine Schäfchen. Aber Vorsicht! Geh in Abessinien, im Reich von Amhara, nicht an Land. Seit ein paar Jahren wird das Gebiet durch die Einfälle des moslemischen Emirs Granj schwer getroffen. Es herrschen dort unruhige Zeiten. Die schönsten Perlen bezog ich übrigens aus Indien und vom Persischen Golf, aber darum geht es dir ja nicht ...« Achmed rieb sich die mageren Oberarme. »Bring mich jetzt nach Hause, mein Junge!«

Der Alte erhob sich leichtfüßiger, als Nicolas erwartet hatte. Die Hand auf den Arm des Jüngeren gelegt, schritt er erhobenen Hauptes durch die Dunkelheit. Nicolas sah auf den grauen Scheitel des einst sehnigen Mannes herab. So klein hatte er ihn nicht in Erinnerung gehabt. Sie verließen die Ibn-Tulun-Moschee durch das Haupttor und gingen schweigend ein Stück des Weges. Die Unterkünfte der Ordensbrüder befanden sich auf dem angrenzenden Grundstück.

»Sehen wir uns noch einmal?«

Der Jüngere nickte: »Ganz bestimmt.«

»Dann ist es gut. Der Segen des Erhabenen sei mit dir, mein Sohn.«

Nicolas half dem blinden Mann über die Schwelle und sah ihm noch nach, bis er im Hausinneren verschwunden war. Achmed verdankte er viele nautische Kenntnisse und navigatorische Kniffe. In Erinnerung an seine Jugendzeit auf See sah er schwarze Augen und einen stolzen Blick. Und den siegessicheren Ausdruck in dem von Sonne und Wind gegerbten Gesicht, damals, in jenem höllischen Sturm auf See. Stolz war er immer noch … Gedankenverloren drehte sich Nicolas um und machte sich auf den Heimweg. Vor seiner Abreise wollte er den ehemaligen Steuermann der »Violeta« noch einmal aufsuchen und von seinen detaillierten Plänen unterrichten.

Dann kam die offizielle Einladung in das Haus der As-Shihuh-Brüder. Obwohl nur Karim als naher Familienangehöriger galt und Nicolas als weitläufig verwandter Gast behandelt werden musste, bestand Zaida darauf, das Essen in intimer familiärer Atmosphäre stattfinden zu lassen, mit sämtlichen Familienmitgliedern um den Tisch. Der Umstand, dass Nicolas selbst kein Moslem war und die Brüder als weit gereiste Kaufleute mit vielen fremden Kulturen und Sitten Bekanntschaft gemacht hatten, lockerte die althergebrachte Tradition. Die Frauen und Mädchen der beiden Familien, die ihren Tätigkeiten im Haus meist unverschleiert nachgingen, erschienen mit farbigen Tüchern, lose um Kopf und Schultern gelegt, ihre glänzenden schwarzen Haare zu Knoten im Nacken frisiert oder zu Zöpfen geflochten.

Nach der Vorstellung und herzlichen Begrüßung – zuerst der Männer in der Reihenfolge ihres Alters, dann der Frauen – setzte man sich um die große runde Strohmatte, die mit einem gelb und blau bestickten Baumwolltuch belegt war. Darauf ordneten flinke Diener viele gelb glasierte Teller und Schüsseln an, auf denen sich Mohrenhirse und Safranreis türmten, frische Rettichblätter und Gurkengemüse, Bohnen, gegrillte Leber, Herz und Nieren eines Schafes. Zuallerletzt brachten die Diener das in Streifen geschnittene, gegrillte Schaffleisch und in einer großen Schüssel, als besondere Delikatesse, den ganzen Kopf des Schafes gekocht und mit der Brühe serviert. Dazu trank man *laban*. Als Nachspeise trug eine Dienerin Sesamkrokant, Datteln und Wassermelone auf. Nach dem Essen wurden exquisite ätherische Öle und beliebte Duftmischungen rundum gereicht, und zum Schluss folgte das Beräuchern der Kleider mit Weihrauch.

Ghazalia hatte es so eingerichtet, dass Nicolas Suheila genau gegenübersaß und sein Blick das Mädchen immer wieder streifte. Außerdem hatte sie Suheila an Salahs Seite platziert, damit sie unwillkürlich im Blickfeld des Gastes verweilte, wenn dieser mit dem Hausherrn sprach. Dass Salah ein äußerst charmanter und unterhaltsamer Mann sein musste, hatte Nicolas schon erahnt, als er ihn in der geräumigen, gewölbten Halle begrüßt hatte, die beide Häuser verband.

Nach dem gemeinsamen Essen, das sich über den ganzen Nachmittag erstreckte, zogen sich die vier Männer in Haruns Salon zurück und tranken Kaffee. Man unterhielt sich über Geschäfte und ein wenig über Politik. Mit keinem einzigen Wort wurde Suheila oder eines der drei anderen Mädchen erwähnt.

Da weitere Besuche auf der Tagesordnung standen und die engste Verwandtschaft von Abdullahs beiden Frauen ebenfalls ins Haus geladen wurde, schöpfte Nicolas keinen Verdacht. Sich gegenseitig zu besuchen war eine Lieblingsbeschäftigung der

Araber, die er zwar nicht teilte, aber Karim zuliebe kurzzeitig respektierte. Immerhin verstand er, dass die teils orthodoxen Familien auf den entfernt verwandten, reichen *nazarani* aus dem fernen Spanien mehr als neugierig waren. Irgendwann ging seine Geduld jedoch zu Ende, und er sehnte die Abreise herbei. Diese verzögerte sich aber noch, da Abdullah nicht alle für seinen Vater bestimmten Waren beisammenhatte.

Als Salah zwei Wochen später mit seiner Familie einen Gegenbesuch ankündigte, freute sich Nicolas geradezu auf diesen Besuch. Den sympathischen Kaufmann wiederzusehen kam ihm sehr gelegen, wollte er doch mit ihm noch vor seiner Abreise über die nächste Fahrt ins Rote Meer sprechen. Über seine wahren Motive und wen er dort zu finden hoffte, wollte er ihn zunächst im Unklaren lassen.

Als Nicolas Suheila erblickte, wurde ihm schlagartig bewusst, wie sehr er dieses Mädchen in den zwei Wochen aus seinem Bewusstsein verdrängt hatte. Vorsichtshalber hatte er jedes weibliche Wesen aus der weitverzweigten Verwandtschaft verdrängt, um nur ja keinen Anlass für irgendwelche familiären Spekulationen zu bieten. Himmel, er war einzig und allein nach Kairo gereist, um Achmed aufzusuchen – den verwandtschaftlichen Konventionen beugte er sich nur seiner Mutter zuliebe und um Karim beziehungsweise Abdullah nicht vor den Kopf zu stoßen.

Bei Suheila war alles anders. Kaum hatte das bezaubernde Geschöpf das Haus betreten, fühlte er ihre Nähe, noch bevor er sie sah, und als er sie begrüßte und dabei flüchtig berührte, reagierte nicht sein Verstand, sondern seine Lenden. Nein, nicht hier und nicht jetzt!, entschied er, gereizt und beinahe ungehalten über dieses untrügliche Zeichen seiner Begierde. Schnell hatte er sich wieder unter Kontrolle. Er wollte den unterhaltsamen, humorvollen Salah nicht vergrämen, schließlich war er ja derjenige, der von dem Mann etwas wollte. Und dennoch. Aller Wille half wenig. Wie von ungefähr streifte sein Blick während des Essens Dutzende Male das Mädchen, und jedes Mal spürte er das vertraute Ziehen in seinen Lenden. Suheila erwiderte seine Blicke, ihre dunklen, mandelförmigen Augen waren voller

Wärme und Klugheit. Doch Nicolas führte seine erwachende Begierde weniger auf ihre makellose Schönheit oder ihr gewinnendes Wesen zurück, als vielmehr darauf, dass er schon wochenlang ohne Frau gewesen war. Noch am selben Abend beschloss er, eine Schenke aufzusuchen.

Als die Männer in Abdullahs Arbeitszimmer Kaffee tranken und *nargileh* rauchten, kam Nicolas auf sein Begehr zu sprechen. Salah schien sofort begeistert und bat ihn, doch vor seiner Abreise nach Alexandria seinem Haus noch einen Besuch abzustatten und mit ihm alles Nötige zu besprechen.

Die Nacht verbrachte Nicolas in einer Herberge, in der er für die Dienste ein Sklavenmädchen bezahlte. Seltsamerweise konnte die Befriedigung seiner Bedürfnisse die Gedanken an Suheila nicht vertreiben. Schon bald trieb es ihn in Salahs Haus. Diesmal ging er allein. Von Abdullahs Haus bis zum Anwesen der As-Shihuh Brüder beim Osttor galt es, einen guten Teil der Medina zu durchqueren. Die schräg einfallenden Sonnenstrahlen tauchten die engen Gassen der Kasbah in dämmriges Licht. Rosig braun leuchteten die Lehmziegelfassaden, weiß schimmerten Stuckornamente und Minarettkuppeln. An manchen vier- bis fünfstöckigen Häusern wurden die aufwendigen Fassadenverzierungen von kleinen, für die Frauen bestimmte Erkern aus Holz unterbrochen, hinter denen er zu dieser Stunde Dutzende von Augenpaaren vermutete. So sah er von Zeit zu Zeit empor und warf den Damen ein verführerisches Lächeln entgegen.

Die Begrüßung war herzlich und vertraut. Bei starkem süßem Kaffee verstand es der Kaufmann, von den fernen Ländern und Städten, die sie anlaufen würden, so unterhaltsam und mitreißend zu erzählen, dass Nicolas auf der Stelle mit ihm ans Ende der Welt gesegelt wäre. Dann erschien Suheila, um dem Vater ihre neueste Stoffkollektion vorzulegen. Als sie den Gast sah, entschuldigte sie sich sogleich für die Störung und wollte sich mit der Mappe unterm Arm wieder zurückziehen. Salah gebot ihr zu warten. Nachdem er Nicolas' Zustimmung zu einer Unterbrechung ihres Gesprächs eingeholt hatte, bat er seine Tochter, ihre Muster zu zeigen. Zunächst etwas schüchtern, entrollte Suheila auf dem teppichbelegten Boden des kleinen Salons die dicke Rolle, die aus vielen Bögen Papierentwürfen bestand, zwischen denen bemalte Seiden- und Baumwollstoffe eingelegt waren. Ihre Wangen glühten, und ihre Augen leuchteten, als sie ihre Arbeiten erklärte. Dann rollte sie mit anmutigen Bewegungen alles wieder zusammen und verschwand.

Zwei Grübchen erschienen auf Salahs Wangen unmittelbar über dem Ansatz seines Backenbartes. »Ihre außerordentliche Begabung ist es, die mich bis jetzt zögern ließ, sie zu verheiraten«, gestand er, ohne seinen Stolz zu verbergen. »Ihr kennt die Moslems. Welcher Mann würde ihr diese Freiheiten zugestehen? Einmal unter seinem Dach – auch wenn sie die erste Frau sein sollte –, wäre sie nur noch dazu da, Kinder in die Welt zu setzen und sich um das leibliche Wohl ihres Gebieters zu kümmern. Der Islam behandelt seine Frauen nicht gerecht.« Er schob ein paar Finger unter seine *kofiah* und kratzte sich.

Nicolas nickte nur, enthielt sich aber jeder Bemerkung.

»Islam«, bekannte Salah leise, »bedeutet, wie Ihr wisst, Ergebung – Ergebung in Gottes Willen. Die armen Geschöpfe aber«, er deutete zur Tür, »müssen sich nicht in Gottes Willen ergeben, sondern in den ihres Mannes!« In seiner Stimme lag Bitterkeit.

Nicolas sah den Kaufmann überrascht an.

»Wie haltet Ihr es mit Euren Frauen, *sadiq-i*?« Er schien an dieser Frage aufrichtig interessiert zu sein, denn er sah seinen Gast unverhohlen an.

»'*Idan*, Ihr nehmt wahrscheinlich an, dass ich Christ bin, und das kann ich euch nicht verdenken. Ich bin zwar mit zehn Jahren auf der väterlichen Burg getauft worden, nachdem ich, wie Ihr wisst, im tunesischen Haus meines Großvaters aufgewachsen bin, doch ich bin kein praktizierender Christ. Und schon gar kein Anhänger der katholischen Kirche! Ich bin aber auch kein Moslem, wenn Ihr versteht, was ich meine?«

»Ihr geht sozusagen weder mit der einen noch mit der anderen Religion konform. Was ist es dann, was Ihr empfindet? Seid Ihr überhaupt nicht gläubig?«

Nicolas warf dem agilen Mann, der sich ratlos seinen Bart kraulte, einen nachdenklichen Blick zu. Schließlich sagte er: »Ich hatte eine Freundin aus Westindien, den neuen Kolonien jenseits des Atlantiks. Die Indios besaßen – weiß Gott! – eine hoch stehende Kultur mit Palästen, Pyramiden, einem mustergültigen Kalender und einer Art Schrift – besaßen, sage ich, denn dank der Christen wird bald nicht mehr viel davon übrig sein. Christen wie Moslems verbreiten ihren Glauben an den einzigen, wahren Gott mit Feuer und Schwert. Nun, die Indios dagegen glauben an viele Götter, sie haben Haupt- und Nebengötter. Warum soll das schlecht sein? Wer sind wir, zum Henker, dass wir beurteilen können, was richtig und was falsch ist?«

Nicolas hatte sich in Salah nicht geirrt. Der kluge Kaufmann reagierte, trotz seines temperamentvollen Naturells, auch in Fragen des Glaubens überlegt und gelassen. Dass er ein gläubiger Moslem war, daran ließ er keinen Zweifel.

»Nun, auch ich habe auf meinen Reisen viele Religionen kennen gelernt. Die animistischen Niloten zum Beispiel glauben an die Beseeltheit der Natur und unbelebter Gegenstände. Trotzdem … ich kann mir nicht vorstellen, dass man an gar nichts glaubt – dazu habe ich eindeutig zu wenig Phantasie. Letztendlich geht es doch darum, dass der Mensch einen Maßstab für seine Handlungen, seine Wertungen braucht! Götter oder was auch immer, an denen er sich messen kann, die ihm Regeln aufstellen.«

So ernst und philosophisch das Thema war, so locker, ja unbefangen konnte der kluge Salah darüber plaudern. Wenn man bedachte, dass er keinerlei philosophische oder theologische Bildung besaß, überlegte Nicolas, was dann hatte seinen Horizont erweitert? Sein Bruder schien ihm längst nicht so tolerant zu sein.

Dennoch wählte er seine Worte mir Sorgfalt. »*Hasanan*, da habt Ihr vollkommen Recht«, entgegnete er, »aber dieses Etwas muss nicht Gott oder Allah sein. Ich messe meine Handlungen nicht an dem, was im Koran oder in der Bibel steht. Obwohl die meisten Gebote und Verbote ohnehin übereinstimmen, wenn man es genau nimmt. So, wie sie auch mit dem Judentum übereinstimmen. Diese ganzen fanatischen Glaubenskämpfe sind doch völliger Schwachsinn, darauf kommt es im Leben doch nicht an! Nein, ich messe meine Handlungen an meinem Gewissen – so einfach ist das. Dieses Gewissen ist das Produkt einer sorgfältigen Erziehung durch rechtschaffene Menschen, die mich liebten, und selbst gemachter Erfahrungen, die ich mir nicht aussuchen konnte. Bittere Erfahrungen, wie ich sie schon in meiner Jugend machen musste, prägen sicherlich stärker als angenehme, glückliche.« Nicolas maß sein Gegenüber für einen Augenblick, dann sagte er: »Letzten Endes, glaube ich, kommt es darauf an, mit sich selbst keine Kompromisse zu schließen.«

»Ihr seid ein junger Mann, aber Ihr redet weise wie ein Gelehrter.«

»Übertreibt nicht!« Nicolas lachte. »Ich bin kein Jüngling mehr und noch lange nicht weise! Sagen wir so: Ich hatte im Großen und Ganzen Glück. Zuerst erhielt ich eine profunde Ausbildung, und danach schaute ich den Leuten aufs Maul. Einfachen Menschen wie Bauern, Hirten, Tagelöhnern, Piraten. Von ihnen lernt man mehr, als unsereiner glaubt – vorausgesetzt, man verachtet sie nicht und verschließt sich nicht vor ihrer Welt. Ich habe an königlichen Höfen mit den mächtigsten Männern des Abendlandes an einem Tisch gesessen, aber bei Allah, ich ziehe die Gesellschaft von Piraten vor! Die haben zumindest Mumm in den Knochen, und man weiß, woran man ist – das ist schon viel wert. Je besser und feiner die Kreise, desto intriganter und falscher ihr Spiel. Hier wird das nicht anders sein, vermute ich.«

»Da vermutet Ihr richtig.« Salahs dunkle Augen waren von einem Kranz spöttischer Fältchen umgeben. »Ihr seid ein gebranntes Kind, und ich schätze Eure Aufrichtigkeit, de Monterrey«, gestand der Kaufmann, und Nicolas wusste, dass er es auch so meinte. »Ich freue mich auf unsere gemeinsame Fahrt. Ihr werdet nicht enttäuscht sein!« Dann räusperte er sich und senkte die Stimme: »Obwohl Ihr Bescheid wisst, lasst mich Euch noch eines ans Herz legen: Bekennt nicht immer so offen Eure Gedanken. Was Ihr heute gesagt habt, will nicht jeder Moslem hören, selbst in der … hm … engsten Verwandtschaft …«

Salah strich sich über seinen kurz gestutzten Schnurrbart, den er auf die gleiche Weise wie Nicolas trug. Auf dem gewellten kurzen Kopfhaar saß eine graue *kofiah*. Sein dünner Bart bedeckte kaum die Backen, dafür einen guten Teil seines Halses und war wirklich dicht nur unter dem fleischigen runden Kinn.

»Auch ich weiß Eure Offenheit zu schätzen, und ich danke euch, Salah as-Shihuh. Doch nie im Traum würde mir jenen gegenüber ein Wort über die Lippen kommen.« Nicolas kannte die Herzen der Moslems gut genug, um zu wissen, dass er sich nie und nimmer als Atheist bekennen durfte.

Zum Abschied umarmten sie sich und küssten sich links und rechts auf die Wangen.

»*Salam!* In zwei Monden sehen wir uns wieder, *sadiq-i*«, versicherte Nicolas, und der andere, der ihm gerade bis ans Kinn reichte, flüsterte verschwörerisch: »Der Araber ist vorsichtig, aber wenn er einem anderen Menschen vertraut, dann tut er es ganz. Ein Wort ist ein Wort. Ich erwarte euch! *Inschallah!*«

Mit dem berauschenden Gefühl, nicht nur einen Freund, sondern einen Vertrauten gewonnen zu haben, eilte Nicolas durch die engen Gassen von Kairo. Fackeln an den Hauseingängen warfen gespenstische Schatten, die hier und da von Katzen und Ratten durchkreuzt wurden. In der Kasbah, deren Fassadenverzierungen im Schein der Laternen so fein ziseliert anmuteten wie die Henna-Muster auf den Handrücken der Frauen, sog er den Duft der arabischen Welt ein. Noch hatte sich nicht die nächtliche Stille über die Stadt gelegt. Jaulende Hunde, weinende Kinder und das Klappern von Geschirr tönten von allen Seiten. Nur die Erker würden zu dieser Stunde wohl leer sein, dachte er, hob den Blick und lächelte. Über den Dächern am nächtlichen Gewölbe strahlten samtene Schwärze und funkelnde Sterne.

Drei Tage später fuhren sie mit Abdullahs Dhau stromabwärts. In einer Woche war die Ladung gelöscht, und Abdullah kehrte allein wieder nach Kairo zurück. In Mahmuds großen Lagerräumen im Hafen von Alexandria türmten sich Dutzende klebrige Säcke mit Datteln, Säcke mit Sesam und Kaffee, die kleine Dhaus aus Nubien und Abessinien den Nil bis Kairo hinabbefördert hatten. Daneben stapelten sich die Waren, die Harun und Salah von der ostafrikanischen Küste über viertausend Seemeilen in den Norden transportiert hatten. Von diesem reichhaltigen Warenangebot würde Mahmud in den nächsten Wochen einen Teil an alexandrinische Händler im *suq* verkaufen und einen Teil an ausländische Handelsschiffe, die gerade vor Anker lagen. Mit den schönsten und kostbarsten Stücken, vor allem dem Elfenbein und Schildpatt, den Fellen, Teppichen und Gewürzen, würde Karim im zeitigen Frühjahr die »Magam« beladen und, wenn die winterlichen Regenfälle zu Ende gingen, gen Westen segeln.

Für diese Fahrt händigte Nicolas seinem Cousin das gesamte zu Zierrat geschmolzene Gold aus und bat ihn, in Lissabon, in der Werft des Vicente Peixinho, ein Schiff in Auftrag zu geben, das exakt der »Aguila« gleichen sollte.

»Du spielst einfach wieder den Strohmann für den Emir aus dem Hause Al-Umanu – Peixinho stellt schon keine Fragen.«

Karim grinste. »Und wenn doch, wird mir bestimmt was einfallen.« Er hatte längst mit diesem Auftrag gerechnet.

»Davon bin ich überzeugt. Nur eines«, Nicolas wurde ernst, »identisch mit der »Aguila«, darauf legt der Emir höchsten Wert. Es muss das perfekte Kriegsschiff werden – du verstehst ...«

Ja, er verstand, und er würde den Ausdruck in Nicolas' Gesicht nicht vergessen, als er Barbarossa Rache schwor.

»Und keine ... Extras, *na'am*?«

»Oh, nun werde nicht kleinlich! Aber wie erhabener Emir befehlen.« Der Ältere verneigte sich belustigt. »Würde mir ohnehin nicht im Traum einfallen, ehrlich, kostet auch so schon genug, dein Schiff.«

»Mach dir darüber mal keine Sorgen«, lachte Nicolas.

»Mach ich aber.«

»Ach!«, rief Nicolas, als er Karims Miene sah, und winkte verächtlich ab. Schließlich seufzte er und deutete auf den Zierrat. »Als Anzahlung wird das Gold wohl reichen.«

»Als Anzahlung schon.«

»Sagte ich doch. Ich trete dann wieder als Gesandter des Emirs auf und hol das Schiff ab.«

»Und womit, wenn man fragen darf?«

»Oh, darfst du natürlich.« Ohne die Goldbarren zu erwähnen, versicherte er: »Ich hab noch Schmuck und Edelsteine und die Insel. Der Palast ...«

»Palast, ha! Wer würde den Adlerhorst auf dem Felsen schon haben wollen?« Karim zog eine gepflegte Braue hoch.

»Barbarossa vielleicht?«, entgegnete Nicolas prompt.

»Ein gelungener Scherz, fürwahr, mein Freund!« Karim lachte, und zwischen perlweißen Zähnen blitzten zwei Goldkronen über dem schwarzen Kinnbart auf.

Nicolas musterte seinen Cousin. Wenn er lachte, sah er um viele Jahre jünger aus. Er dachte an den in der Höhle verbliebenen Schatz und dass Karim natürlich Recht hatte...

Als hätte der Cousin seine Gedanken erraten, klopfte er ihm auf die Schulter. »Allahs Wege sind oft verschlungen und rätselhaft und einem einfachen Geist unbegreiflich.« Mit einem spitzbübischen Lächeln fügte er hinzu: »Mit einfachem Geist meine ich selbstverständlich mich, mein Freund! Du wirst schon wissen, was du tust.«

Nicolas stellte Zaida und seinen Onkel vor vollendete Tatsachen. Die Wochen, die ihm bis zur neuerlichen Fahrt nach Kairo blieben, nutzte er, um Vorbereitungen für die Reise zu treffen und Briefe nach Venedig zu schreiben. Bis zu seiner Rückkehr würden seine Erkundigungen nach dem venezianischen Unternehmen, das gesunkene Schiffe barg, hoffentlich schon beantwortet sein. Die Gelegenheit, mit den As-Shihuh-Brüdern zunächst die ostafrikanische Küste entlang in den Süden zu fahren, wollte er sich nicht entgehen lassen. Im Frühsommer, wenn die Winde drehten, würde er mit ihnen wieder zurücksegeln, sich bei den Dahlakinseln absetzen lassen und einen Perlentaucher suchen, der bereit wäre, ihn zu begleiten.

Von seinem Plan mit dem Perlentaucher erfuhr niemand außer Karim. Während er seinen Onkel in dem Glauben ließ, ein plötzlich entflammtes Interesse an Handelsreisen oder zumindest eine gewisse Neugierde in diese Richtung führe ihn auf Salahs Schiff, vermutete seine Mutter hinter dieser Reise Abenteuerlust und Langeweile. In Wahrheit traf von allem ein wenig zu.

Niemand erwähnte Suheila. Trotzdem dachte Nicolas oft an sie, bis er sich endlich auf einer der zahlreichen Feluken einschiffte und den Nil stromaufwärts segelte. Geradezu lautlos glitt der wendige Segler über den Fluss.

Das Mädchen schien ihm so außergewöhnlich zu sein wie ihr Vater. Ihrer äußeren Erscheinung nach war sie indes das Ebenbild ihrer Mutter. Auch die Fülle gekräuselten schwarzen Haares trug sie wie jene entweder mit großen Zierkämmen auf den Hinterkopf gesteckt, von wo es, solcherart gebändigt, fast bis zu den Hüften reichte, oder mit bunten Bändern zu einem breiten langen Zopf geflochten. Nur die Augenbrauen hatte Suheila anders als Ghazalia der Mode entsprechend zu einem fein geschwungenen Bogen gezupft, den sie mit Kajalschwarz nachzog. Ihr Gesicht wirkte wie zart modelliert, aber nicht zerbrechlich. Sie hatte eine dunkle, bronzefarbene Haut und mandelförmige, von einem dichten Wimpernkranz umrahmte schwarze Augen. Wie ihre Mutter besaß sie eine makellose, schmale, etwas lange Nase und hatte nicht, wie die übrigen Geschwister, den breiten, derben Zinken ihres Vaters geerbt. Suheila reichte Nicolas nur bis zur Brust. Durfte man aber ihrem Vater glauben, besaß sie eine Energie und Ausdauer, die ihrer Körpermaße spotteten. Wie sie Nicolas bereits demonstriert hatte, stand diese Kraft ganz im Dienste ihres künstlerischen Schaffens. Nach außen hin wirkte das Mädchen erstaunlich ruhig und ausgeglichen.

Als Nicolas Suheila wiedersah, reagierte sein Körper heftiger als je zuvor. Daraufhin ging er Salahs Tochter aus dem Weg. Er schlief zwar unter demselben Dach, verbrachte die Tage aber auswärts. Die Vorbereitungen für die Abreise waren in vollem Gang, und so begleitete er die Kaufmannsbrüder hierhin und dahin. Dann suchte er Achmed auf und unterrichtete ihn von seinen Plänen.

»Sehen wir uns davor noch einmal, mein Junge?«

»Warum nicht, alter Mann.« Irgendetwas in der Stimme des Alten sagte ihm, dass ihm eine Menge daran lag. Was immer das war, er würde auf dem Rückweg mit dem Perlentaucher ohne dies durch Kairo kommen. »Du bist neben Karim, der mir wie ein Bruder ist, der Einzige, der von meinen Plänen weiß, weil du der Einzige bist, der es für möglich hält«, verriet er ihm beim Abschied.

»Ja, möglich, wie du richtig sagst.«

»Hm …«

Achmed zögerte. »Ich sehe die Schwierigkeit, so wie du mir die Sache geschildert hast, nicht in der Tiefe oder im Tauchvermögen des Perlentauchers. Auch nicht in der womöglich schlechten Sicht. Ich fürchte, das Problem wird das … Auffinden des Schiffes sein«, meinte er und strich sich über seinen dünnen Bart.

Nicolas seufzte und drehte nachdenklich an seinem Ring im rechten Ohr. Achmed traf die Sache auf den Punkt – genau das war das Problem.

Als der blinde Mann merkte, dass der andere dieselben Bedenken hegte, legte er ihm die knochigen Hände auf die Schultern. »Höre, mein Junge: Der Verstand baut sein Haus auf dem Fels des Glaubens. Denke immer daran, und du wirst zu gegebener Zeit das Richtige tun. *Allah-u ma'a-k.*«

Nach dem christlichen Kalender war Weihnachten. Auch im Hause der As-Shihuh feierte man die moslemische Version der Christgeburt, verehrten doch alle Christus an zweiter Stelle nach dem Propheten. Nicolas erinnerte sich an seine Kindheit und an die Überlieferung, wie Maria für ihren Sohn die Wüste zum Blühen gebracht hatte. Sie berührte eine verdorrte Dattelpalme, und ihre Zweige trugen Früchte, ihre Wurzeln spendeten Wasser. Und statt einem Heiligenschein drückte eine Flammenaura die Heiligkeit des Jesuskindes aus, das in einer Oase und nicht im Stall von Bethlehem geboren worden war …

Anlässlich des Festessens zu Christi Geburt gelang es Nicolas nicht, Suheilas Nähe zu entfliehen. Salah tat sein Übriges, fädelte geschickt eine Begegnung im Garten ein und ließ sich von seinem Diener unter dem Vorwand eines dringenden Besuches in den Empfangssalon rufen. Wollte Nicolas nicht unhöflich erscheinen, musste er bleiben und den Spaziergang fortsetzen. Aus den Augenwinkeln beobachtete er die junge Frau, zog sie mit seinen Blicken aus, sah sie nackt wie in seinen Träumen. Die roten Lippen feucht, die Wangen glühend, das Haar zerzaust … Das war es, was er wollte, verdammt, und doch blieb ihm nichts anderes übrig, als geistreiche Konversation zu betreiben!

Nicolas blickte sich um: In dem liebevoll angelegten Garten dufteten Rosen und Jasminbüsche, blühten gelbe und rote Zinnien und Granatapfelbäume. Zwischen blühenden Rosenhecken entdeckte er eine Steinbank. Dort parlierte er, begleitet vom Summen unzähliger Bienen, über die Königin der Blumen, von der er dank der väterlichen Passion eine Menge wusste, was Suheila sichtlich beeindruckte. Sie hörte aufmerksam zu.

»Als Aphrodite sich an den Dornen stach, die sie von Adonis trennten, färbte ihr Blut die weißen Blüten rot. Als Zeichen der Liebe behielten sie fortan ihre rote Färbung.«

Seine Bemühungen, sie geistreich zu unterhalten, quittierte Suheila mit einem bezaubernden Lächeln. Als er jedoch kurz schwieg, sagte sie bestimmt: »Ich mag die Rosen nicht. Selbst die bescheidene Schwertlilie ist mir lieber. Euch ist sicherlich entgangen, dass auf meinen Bildern und Stoffentwürfen keine einzige Rose vorkommt …«

»Nun … äh … und das bei der sprichwörtlichen Leidenschaft, die der Araber der Rose entgegenbringt! Gab es nicht eine Zeit, in der die Männer vor dem Mahl ihre Bärte mit Rosenwasser parfümierten?« Nicolas meinte, sich elegant aus der Schlinge gezogen zu haben, denn natürlich war ihm diese Tatsache auf ihren Entwürfen völlig entgangen. Himmel, schon damals waren es nicht ihre Bilder gewesen, die seine Aufmerksamkeit erregt hatten!

Suheila ließ den Blick in die Ferne schweifen. Heftig schlang sie ihre Hände ineinander. »Ich will keine Araberin sein!«, flüsterte sie unversehens, drehte sich zu dem Mann neben ihr auf der Bank und sah ihm geradewegs in die Augen. »Ich meine, ich will keine Muselmanin sein.«

»Wie?«, fragte Nicolas konsterniert.

Suheila nickte nur.

Das war ja … unglaublich! Die Kleine hatte Mut, das musste ihr der Neid lassen. Er kannte keine Araberin, die Kritik an ihrer Religion übte, und konnte sich schon gar nicht vorstellen, dass sie das einem fremden Mann gegenüber tat. Seine Mutter war aus ebendiesen Gründen nie zum Islam übergetreten, da sie vieles an ihm kritisierte. Aber seine Mutter war in einem christlichen Spanien aufgewachsen. Allerdings, wenn er recht überlegte, hatte Suheila niemanden, dem sie so etwas anvertrauen konnte – niemanden, außer vielleicht *ihm!* Sie musste ihm also vertrauen …

Er rückte etwas näher zu ihr, nahm ihre zierliche Hand in die seine und hielt sie fest. Suheila entzog sie ihm nicht. Ihre schlanken Finger waren anschmiegsam und warm. »Und Euer Vater, weiß er von Euren Gedanken?« Offenbar nicht, sagte er sich.

Traurig schüttelte sie den Kopf. »Er will mich jetzt eilends verheiraten, er hat mir zuliebe lange gewartet.« Sie sah Nicolas inbrünstig an. »Ich liebe meinen Vater, aber … Es wäre die Hölle für mich!«, sagte sie schließlich verzweifelt, dann blickte sie zu Boden.

»Das käme darauf an …« Nicolas bemühte sich, aufmunternd zu klingen. Den Versuch gab er auf, als er ihre herabgezogenen Mundwinkel sah.

Suheila hob den Kopf. »Ich glaube kaum, dass Ihr das Leben der Frauen im Harem so kennt, wie ich es kenne. Die Sklavinnen und Konkubinen sind noch besser dran als die Ehefrauen, denn sie dürfen den Harem verlassen, um den Gästen aufzuwarten. Außer … gewissen Stunden, die man gemeinsam verbringt, hat das Leben der Frauen und das der Männer nichts gemein. Wie konnte Mohammed nur so ungerechte Gebote und Gesetze erlassen!«

»*'Idan*, Eure Mutter macht nicht den Eindruck, unglücklich zu sein«, fiel Nicolas ein.

Die junge Frau ließ sich nicht beirren. »In der Schöpfungsgeschichte des Koran heißt es, dass Allah den Menschen aus fließendem Blut machte. Aber diese Schöpfungsgeschichte entstand aus einem weiblich orientierten Schöpfungsmythos heraus: Im präislamischen Arabien war Allah die Göttin der Schöpfung und hieß Al-Lat.«

»Oh … Und woher wisst Ihr das alles?« Nicolas' Staunen war echt. Von Al-lat hatte er noch nie gehört.

Suheila zuckte nur bedeutungsvoll die Schultern. »Meine Mutter hatte keine Leidenschaft, die sie aufzugeben brauchte, außerdem hat mein Vater keine weitere Frau genommen. Das ist ungewöhnlich bei den finanziellen Möglichkeiten, die er hat. Ich glaube … äh … sie lieben sich.« Als er ihren unsicheren Blick aus den Augenwinkeln heraus auffing, kicherte sie. »Das ist noch ungewöhnlicher.«

Noch immer hielt Nicolas Suheilas zarte Finger in seiner Hand. Andächtig hob er sie an seine Lippen und berührte sie zärtlich. Ein ersticktes Stöhnen und seine schwellende Männlichkeit brachten ihn auf den Gedanken, dass es ein Fehler gewesen war, mit ihr auf der Gartenbank intim zu werden. »Ich werde ein halbes Jahr fort sein«, sagte er und drückte noch einen Kuss auf ihren schmalen Handrücken. Wie aus der Ferne hörte er seine Stimme: »Wenn Ihr mich bis dahin nicht vergessen habt …«

An ihrer plötzlichen Versteifung merkte er, dass sie nicht mehr allein im Garten waren. Suheila hatte ihren Vater, der nun vergnügt auf sie zueilte, zuerst gesehen.

»Wir werden heute beim *efendi* vorsprechen, Nicolas«, rief Salah schon von weitem, so, als wäre er soeben benachrichtigt worden.

Der erste Weg nach seiner Ankunft in Kairo hatte Nicolas vom Hafen direkt zu den As-Shihuh in die Lagerhallen geführt.

»*Salam!*«, begrüßten ihn beide Brüder und küssten ihn auf die Wangen. »Wie steht dein Befinden?«

»Gott sei gepriesen!«, erwiderte Nicolas. »Und wie ist es um eure Gesundheit bestellt?«

»Durch die Gnade Allahs bestens.« Harun richtete den Blick empor und bedeutete dem Gast einzutreten. In einer abgeteilten Ecke des Depots, die peinlichst sauber gehalten wurde, kredenzten sie ihm starken schwarzen Tee und Datteln. Irgendwann erhob sich Nicolas von den fest gewebten Matten und zauberte einen Goldbarren aus seinem Mantel hervor. Hier, in der größten Stadt Ägyptens, wollte er ihn mit Hilfe der einflussreichen Kaufleute zu Geld machen. Die beiden starrten den Barren offenen Mundes an. Zögerlich griffen sie nach ihm und wogen ihn abschätzend in den Händen.

Salah machte als Erster den Mund wieder zu. »Verdammt viel Gold«, meinte er.

»Ich hab hart dafür gearbeitet.« Um einen ernsten Ton bemüht, konnte Nicolas ein Schmunzeln nicht verkneifen.

»Offenbar«, bemerkte Harun, die Stirn fragend gerunzelt.

In Salahs Gesicht trat ein ähnlicher Ausdruck.

Wie es schien, hatten die beiden keine Ahnung von seinen Geschäften. »Na, es müsste doch möglich sein, den Goldbarren ganz offiziell in der Münzprägeanstalt einzulösen.«

Die Brüder lachten. »Oh, natürlich offiziell! Beim Barte des Propheten, wir können ja gar nichts illegal machen. Da würden wir unsere Lizenz riskieren … Und wir wollen nicht vor den *qadi*! Nein, das Komplizierte daran ist der Instanzenweg«, erklärte Harun und fügte hinzu: »Uns bleibt ja nur mehr wenig Zeit, bis wir aufbrechen.«

»*Sahib*, Bruder. Hm … Wie sollten wir dem *efendi* die Geschichte verkaufen?«, überlegte Salah laut, während er rundum Tee nachschenkte. Es war offensichtlich, dass die beiden jedes Problem gemeinsam lösten.

Eine Weile war nur das Schlürfen des heißen Tees zu hören.

Dann stellte Harun seine Tonschale auf das Kupferblech zu seinen Füßen, richtete sich auf und verkündete: »Der Haddsch kommt uns zu Hilfe. Ein Emir aus Kanem-Bornu, der sich auf Pilgerreise nach Mekka befindet, hat uns das Gold zusammen mit seiner Bestellung übergeben. In einem Jahr wird er eine Karawane nach Kairo schicken, die die Waren abholen soll. Was meinst du?«

»Genial, mein Bruder!« Salah nickte mehrmals und wandte sich zu Nicolas. »Das ist durchaus glaubwürdig. Noch heute erzählt man sich von Mansa Musa, dem größten aller Mali-Herrscher. Vor vielleicht ein- oder zweihundert Jahren zog er anlässlich seiner Pilgerreise nach Mekka auch durch Ägypten und führte uns den Reichtum und den Glanz der Reiche am südwestlichen Rand der Sahara vor Augen. Musa reiste mit einem Gefolge von sechzigtausend Mann, darunter fünfhundert Sklaven, von denen jeder einen Goldbarren im Gewicht von fünfhundert Miskals trug!«

Nicolas pfiff leise. »Na bitte, dagegen bin ich ja der reinste Bettler!«, grinste er.

»Ja, aber in Kairo sank damals durch die Freigebigkeit Musas mit seinem sudanesischen Gold der Wert des Dinar für die Dauer von zwölf Jahren.«

»Oh, ich hab nicht vor, mit meinem Gold freigebig zu sein.«

Daraufhin hatten sich die beiden Kaufleute einen hoffnungsvollen Blick zugeworfen, der Nicolas keinesfalls entgangen war.

Harun, der ältere Bruder, hatte alles in die Wege geleitet. Während im Osten des ausgedehnten islamischen Reichs der persische Silberdirhem in Gebrauch war, waren im Westen byzantinische Golddinare im Umlauf. Ihr Wert schwankte je nach dem Preis des Metalls, erreichte aber nie den Wert eines spanischen Ducados. Die Genehmigung, aus dem Goldbarren byzantinische Golddinare prägen zu lassen, musste sogar vom obersten Minister des *khedive* eingeholt werden.

Nachdem ein ihm bekannter Scheich eine rasche Audienz bei dem für Handelsfragen zuständigen *efendi* erwirkt hatte, begaben sich die drei in die Handelsbörse von Kairo. Dort wimmelte es wie jeden Morgen von Kaufleuten, niederen Beamten, Bankiers und Bittstellern jeder Art. Die kleine Gruppe wartete in der weiten, hohen Halle, die von Dutzenden mit Weinrankenmotiven geschmückten Stuckfenstern in ein sanftes Licht getaucht wurde. Keramikkacheln bedeckten in geometrischen Mustern die Wände unterhalb der Fenster, und bunte keramische Sterne aus verschlungenen Linien belebten den Fußboden des Saals.

Endlich wurden sie von zwei Dienern vorgelassen. Nicolas wurde dem *efendi* als Verwandter und Teilhaber des Handelshauses As-Shihuh vorgestellt. Dann ergriff der ältere der beiden Brüder das Wort. »*Efendim*«, sagte er mit einer gekonnten Mischung aus Bestimmtheit, Ehrerbietung und Speichelleckerei, »wir sind Euch dankbar, in Euren Schatten treten zu dürfen, gebeugten Hauptes, denn das Gewicht der uns gewährten Ehre ist groß …«

Himmel, dachte Nicolas, kein Wunder, dass wir hier so lange warten! Offensichtlich gefiel dem Laffen mit der mächtigen Zwiebel auf dem Kopf dieses lausige Schauspiel. Auch Harun erging sich noch weiter in schwelgender, blumenreicher Rede, bevor er endlich zur Sache kam. »*Efendim*, mit Allahs Güte hoffen wir auf eine schnelle Erledigung der Formalitäten. Ihr wisst über den Hergang der Angelegenheit Bescheid und versteht sicherlich, warum sie größte Eile hat. Unsere Schiffe liegen bereit, und die Kamele warten auf den Abtransport der Waren. Allah ist unser Zeuge, wir benötigen die Münzen, da wir sonst dem Auftrag nicht nachkommen und die Bestellung des Emirs nicht erfüllen können.«

Der hohe türkische Beamte saß mit untergeschlagenen Beinen auf einem Podest an der Stirnseite des großen Saales. Schweigend hörte er sich die Worte des Kaufmanns an, während er andauernd zwanghaft zwinkerte. Nicolas schien er indes an der Angelegenheit uninteressiert zu sein. Als ihm der Schreiber an seiner Seite etwas ins Ohr flüstern wollte und er sein Haupt neigte, stieß sein mächtiger, tadellos geschlungener weißer Turban mit dem nur wenig kleineren des Schreibers zusammen.

Der *efendi* richtete sich wieder auf, warf noch einen flüchtigen Blick auf die drei Bittsteller und winkte um das vorbereitete Blatt. Ein Diener hielt ihm das Kissen mit der roten Samtunterlage entgegen. Der Schreiber hantierte mit dem Wachs, und der *efendi* drückte seinen goldenen Siegelring auf das Papier.

Eine Woche später hielt Nicolas eine Schatulle Golddinare in Händen. Dem Aufbruch mit den zweihundert Kamelen stand nun nichts mehr im Wege, doch warteten die Brüder noch das »große Fest« ab, um es gemeinsam mit ihren Familien zu begehen.

In der gesamten islamischen Welt wurde der Abschluss der alljährlichen Pilgerfahrten nach Mekka gefeiert. Während die Pilger im fernen Arabien an diesem Tag Allah ein Opfer darbrachten, indem sie in Mina auf halbem Wege zwischen Mekka und Arafa die Kehle einer Ziege, eines Schafes oder eines Kamels durchschnitten, beging man im Hause der As-Shihuh den großen Anlass, indem man Geschenke tauschte und neue Kleider anzog.

Nicolas brachte Achmed besondere Leckerbissen und einen neuen Mantel aus ungefärbter Wolle. Suheila überreichte er ein zierliches, mit Lilienöl gefülltes Tonkännchen. Das Kobalt, das dem Kännchen den blauen Glanz gab, wurde mit Gold aufgewogen. Unter verlegenem Lächeln schenkte Suheila ihm ein Selbstporträt, eine Miniatur, die kleiner als seine Handfläche war. Ihr erstes Porträt, gestand sie. Für Nicolas war es eine weitere Bestätigung ihrer außergewöhnlichen Begabung.

Die vier Tage des Schlemmens und Beschenkens boten indes keine Gelegenheit zu weiteren Intimitäten. Man verbrachte die Tage bei Festessen, mit Besuchen bei Verwandten und Freunden oder auf der Straße. Alle großen Plätze und breiten Straßen Kairos waren festlich geschmückt. Pferdetänzer der Swelim und anderer Beduinenstämme überboten sich auf den öffentlichen Plätzen in der Darbietung ausgefallenster Tanzfiguren, eine Kunst, die über Generationen weitergegeben wurde. Berittene Musikanten rüsteten sich da und dort zu Festzügen. Sie schwenkten bunte Fahnen, ihre Trompeten schmetterten einen Tusch nach dem anderen, ihre Pauken dröhnten. Auf zwei Bannern im Hintergrund las Nicolas: »Es gibt keinen Gott außer Allah.«

Mitte Januar 1531 brach die Karawane in aller Frühe auf. Von einem erfahrenen Kameltreiber geführt, sollten sie im gleichmäßigen Schritt täglich zwölf Wegstunden hinter sich bringen und nach drei Tagen Suez erreichen. Ungeachtet der kurzen Strecke gab der Anführer der Karawane, ein drahtiger Mann mit scharfer Adlernase und geierartigem Kopf, vor den versammelten Reisenden Anweisungen. Muhammad sprach in der gemächlichen, betonten Art, wie sie den Wüstenbewohnern eigen war.

»Die Wüste ist wie eine launische Alte«, warnte er sie, »unberechenbar und oft hinterhältig. Durch den ewigen Wind verändert sie ständig ihre Form, und man muss immer auf der Hut sein – wie bei einer Frau.«

Salah lächelte schief. »Diese Bemerkungen erlaubt er sich nur, weil es keine Frauen in der Karawane gibt.«

»Das will ich auch hoffen!«, lachte Nicolas. Gott, er war von seinen Männern ganz andere Zoten gewöhnt!

Unter lautem Zurufen und Anfeuern der Treiber setzte sich die Karawane in Bewegung. Bis dahin hatte es viele Stunden gedauert, die zweihundert Kamele vor den Lagerhallen der As-Shihuh zu beladen. Jeden Winter transportierte die Karawane Waren, welche die Brüder für den Handel mit den ostafrikanischen Metropolen zusammenstellten. Waren, die sie von Abdullah aus Ober- und Unterägypten und von Karim und Mahmud aus weiten Teilen Europas bezogen. Im Frühsommer, wenn die beiden Dhaus mit den Handelsgütern aus dem ostafrikanischen Hinterland, dem Persischen Golf, Ostindien und sogar dem fernen China in das Rote Meer und den Golf von Suez zurückkehrten, übernahmen die Kamele wieder die Fracht und transportierten sie quer durch den Ausläufer der arabischen Wüste nach Kairo.

»Das war nicht immer so, *sadiq-i*«, erklärte Salah und lenkte sein Kamel an Nicolas' Seite. »Schon im Alten Reich trieben ägyptische Kaufleute Seehandel mit den Persern und Indern. Damals gab es einen Kanal, der den Golf von Suez mit dem Nil verband.«

»Tatsächlich?« Keine Schaukelei – sehr schlau. »Und was ist aus ihm geworden?«

Salah zuckte die Schultern. »Nördlich der Route, die wir jetzt nehmen, sieht man noch seine Spur. Der Kanal diente angeblich bis vor wenigen Jahrhunderten. Was dann geschah, weiß ich nicht. Noch heute stehen an der alten Trasse die Gedenksteine des Perserkönigs Dareios, der auf einem von ihnen folgende Inschrift einmeißeln ließ: ›Ich, Dareios der Perser, habe Ägypten erobert. Ich ließ diesen Kanal von dem Flusse, den man Nil nennt und der durch Ägypten fließt, bis hin zu dem Meere bauen, das Persien umströmt.‹«

»Dann hat der Kanal weit über tausend Jahre existiert und anscheinend funktioniert!«

Salah nickte. »Herodot zufolge betrug seine Länge vier Tagesreisen per Schiff, und seine Breite gestattete zwei Trieren nebeneinander Platz. Er führte vom Hafen Suez durch den kleinen und großen Bittersee, bog nördlich der Seen scharf nach Westen ab und schloss sich einem der Nilarme bei Heliopolis an.«

Nicolas pfiff durch die Zähne. »Was für eine Leistung!«, murmelte er.

»*Na'am*«, stellte Harun trocken fest, »die haben auf diese Viecher verzichten können.« Er hatte sich ihnen genähert und das Ende der Unterhaltung mitbekommen.

Salah schmunzelte und schob sich eine Kaffeebohne in den Mund. »Um mich bei der Schaukelei wach zu halten«, sagte er zu Nicolas, die Bohne zerkauend. Er hatte immer Kaffeebohnen eingesteckt. »Weißt du«, versicherte er, um einen objektiven Ton bemüht, »eines sind Kamele auf alle Fälle: unberechenbar. Sie gehen meilenweit, ohne das geringste Zeichen der Erschöpfung, während Pferd oder Esel allmählich ermüden und dir anzeigen, wann es mit ihnen zu Ende geht. Das Kamel dagegen kniet sich hin und stirbt.«

»Bei allen Tugenden Mohammeds!«, ereiferte sich Harun,

den schmallippigen Mund zu einem Strich gepresst. »Kamele sind rachsüchtig und sie haben ein gutes Gedächtnis«, wusste er. »Schlägt man sie, so warten sie auf eine Gelegenheit zur Rache. Nachts sehen sie gut, die Viecher. Ihr Fleisch aber ist zäh und schwer verdaulich. Ihr Knochenmark, sagt man, viermal mit Dattelwein eingenommen, hilft gegen die Fallsucht, und den Speichel mit Essig gibt man einem Wahnsinnigen, der so tobsüchtig ist wie ein wütendes Kamel.« Alle lachten, denn Harun imitierte ein ebensolches in Wut geratenes Tier.

Einmal ritt Nicolas ein Stück des Weges an der Spitze des Zuges und plauderte mit dem Karawanenführer. Ihm war aufgefallen, dass die Tiere nur mit wenigen Ziegenhäuten beladen waren.

»Na, die Viecher brauchen eine Woche lang kein Wasser, *sayyid.* Dann aber kann so eines schon mal hundert Liter saufen!« Der Mann legte den Geierkopf prüfend in den Nacken, warf einen Blick zur Sonne und ließ ihn dann rundum schweifen – diesen besonderen Blick jener in den unbegrenzten Weiten der Wüste lebenden Menschen. Schließlich nickte er und gab das Zeichen zum Anhalten.

»Teezeit«, lachte er und sprang von seinem Reittier. Mit einem kräftigen Ruck zog er den Maulstrick nach unten und zwang das Leitkamel der Karawane in die Knie. Für die übrigen Tiere gab es kein müßiges Lümmeln im heißen Wüstensand.

»Tagsüber müssen auch die schwer beladenen Kamele stets in Bewegung bleiben«, erklärte Muhammad, »sonst gerät die Karawane in Unordnung, und die Viecher beißen einander. Erst am Abend wird gerastet. Äh … *sayyid*?«

»Ja?«

»Gebt Acht! Unter den Felsbrocken und Steinen lauern Skorpione.«

»Danke.« Nicolas verneigte sich kurz. »Nun, ich sehe wohl aus, als wäre ich das erste Mal in der Wüste!«

»Das nicht gerade, immerhin habt Ihr einige Übung im Kamelreiten, wie ich sehe. Dennoch seid Ihr ein … Unkundiger. Ihr seid doch ein *nazarani*?«

»Ihr irrt euch schon wieder, mein Lieber. Ich bin kein Christ. Allerdings auch kein Moslem.«

Der Karawanenführer sah ihm verdutzt nach.

Nach starkem, süßem Tee, zu dem Korinthen und Datteln die Runde machten, saßen die Kaufleute und die sie begleitende Schutztruppe wieder auf.

Vor ihnen lagen nichts als Wüstensteppe, Sand und hier und da Felsbrocken, groß wie Kamelleiber. Ein steifer Wind kam auf und blies Staubwolken vor die Sonne, färbte ihr Licht milchig gelb.

Wenn sie sich nicht unterhielten und einer hinter dem anderen herritt, in dem schaukelnden, wiegenden Gang, lauschte Nicolas einzig den Geräuschen des Windes und dem Hufschlag der Tiere. Ansonsten war ringsum nur die Stille der Wüste, und sein Auge sah nichts als flimmernde Luft und Sand und Fels bis an den Horizont. In diesen Augenblicken überwältigte ihn das Gefühl vollkommener Bedeutungslosigkeit, und große Ehrfurcht erfüllte ihn.

Des Nachts gruben die Treiber Vertiefungen in den Sand und entzündeten darin Feuer mit dem mitgebrachten Reisig. Manchmal stießen sie auch auf eine Stelle, an der zuvor bereits eine Karawane gehalten hatte. Dann sammelten sie den trockenen Kameldung ein, denn die runden, nussgroßen Bällchen hielten lange die Glut. Jeden Abend buken sie Brot, indem sie Steine im Feuer erhitzten und sie mit Teig ummantelten. Die Tiere bildeten dabei einen äußeren Ring, um die Menschen in ihrer Mitte vor der Kälte zu schützen.

Gleich bei Einbruch der Nacht, der in diesen Breiten rasch erfolgte, wurden *askari* ausgeschickt und im Umkreis des Lagers aufgestellt. Nicolas hatte sich in Kairo über die große Anzahl der bis an die Zähne bewaffneten Krieger gewundert, bis er erfuhr, dass gerade auf dem kurzen Wüstenabschnitt die Reisetrupps häufig überfallen und ausgeraubt wurden.

»Sie kommen leise und immer des Nachts«, versicherte der Karawanenführer mit dem Geierkopf. Es klang, als hätte er Angst.

Der Anführer der *askari*, ein sehniger Mann mit vernarbtem Gesicht, nickte wichtigtuerisch. »Bei Allah, sie tauchen aus dem Nichts auf. Plötzlich sind sie da, greifen mit ihren schnellen weißen Pferden an und mit ihren Dolchen, die gekrümmter sind als unsere *janbiahs* und ganz besondere Horngriffe besitzen. Wenn man einmal gegen sie gekämpft hat, vergisst man sie nie.« Der *askari* hatte gegen sie gekämpft, darüber ließ er niemanden im Zweifel.

Nicolas wandte sich an den Karawanenführer. »Warum macht Ihr das dann?« Er deutete ringsum.

»Oh, *sayyid*, ich hab nichts anderes gelernt«, beteuerte er und zog die eckigen Schultern hoch. »Außerdem liebe ich die Wüste, versteht Ihr?« Er senkte die Stimme. »Nur dem Unkundigen ist die Wüste ortlos und gefährlich. Die Wüste, betone ich.« Der bedeutungsvolle Blick, den er dem Anführer der *askari* zuwarf, entging Nicolas nicht.

»Ha!«, rief das vernarbte Gesicht selbstgefällig, und seine Augen funkelten böse. »Lasst sie nur kommen! Sprach nicht der Prophet: ›Das Paradies liegt im Schatten der Schwerter?‹«

»Schon möglich, aber der Sieg mit dem Schwert ist nicht der höchste.« Nicolas' herablassender Ton war durchaus beabsichtigt. Er mochte den *askari* nicht. Eigentlich wollte er aber weder Partei ergreifen noch die offensichtliche Rivalität zwischen den beiden verstärken.

»Der feine Herr hat wohl Angst? … Wir kommen alle früher oder später dran.«

»Sicher, aber ich hätte es gern später.«

Muhammad lachte, und der *askari* drehte sich abrupt um und stapfte von dannen.

Nachdenklich trat Nicolas beiseite, um sich zu erleichtern. An diesem Abend hatte er ein unangenehmes Gefühl. Es war ihre zweite Übernachtung in der Wüste, und in der Nacht davor hatte er zwischen den As-Shihuh und den Treibern in seiner Wolldecke mehr gefroren als geschlafen.

Als er wenig später mit den Brüdern und dem Karawanenführer um das Feuer saß und zum frischen Brot heißen Tee schlürfte, erklärte er kurz entschlossen: »Ich seh mich heute Nacht draußen um.«

»Ihr fühlt euch unsicher, *sayyid*, das kann ich verstehen«, meinte Muhammad. »So ist die Wüste nun mal des Nachts, wenn die Schakale heulen und Seth, der alte Gott des Chaos und des Unfriedens, regiert. Die Nacht ist aber auch die Zeit der Geister …« Er rollte die Augen in dem knochigen Gesicht, und das Weiß seiner Augäpfel glänzte im Feuerschein. »Kurz vor dem Morgengrauen sind die Dschinns aber den Menschen gewogen, wie Ihr wisst, heilen Kranke, geben den Dichtern die Sprache, beschützen die Schwachen – auch hier in der Wüste …« Sein Blick verlor sich in der Ferne zwischen den funkelnden Sternen.

Auch Nicolas hob seinen Blick zum Firmament. Am Tag die flimmernde Luft und in der Nacht diese Klarheit, als ob die Sterne zum Greifen nahe wären …

»Hm, wenn du meinst«, Salah zuckte die Schultern. »Jeder Mann mehr da draußen ist im Fall des Falles …«

»Was soll das, Bruder? Dazu haben wir doch die da, die kosten uns eine Stange Geld«, lästerte Harun kopfschüttelnd, beließ es aber dabei und erhob sich, um sein Nachtlager zu bereiten.

Der Karawanenführer kümmerte sich um das Geschirr und das Feuer, die Brüder rollten Strohmatten und Wolldecken aus, und Nicolas verließ den dichten Ring der Kamele, denen von den Treibern immer noch dicke Strohhalme ins Maul geschoben wurden. Einige Tiere reckten ihre Nase hoch in die Luft.

Obwohl Nicolas den Anführer der *askari* nicht mochte, wollte er ihn nicht zum Gegner haben. Das war keiner, der lange fackelte, wie die Narben an Gesicht und Armen verrieten. Mit zusätzlich umgegürtetem Schwert gesellte er sich zu einer kleinen Gruppe Bewaffneter und hockte sich wie diese in den Sand. Hier, außerhalb des Lagers, wurden keine Feuer gemacht.

»Gebt Acht, *sayyid*«, flüsterte einer mit einem langen, zerfurchten Gesicht, »unter den Felsbrocken und Steinen lauern Skorpione.«

»*Hasanan.*« Nicolas verneigte sich knapp. Das hatte er heute schon mal gehört. »Die gibt es anderswo auch.«

»Oh, Verzeihung, *sayyid*!«, murmelte der *askari*.

Nicolas winkte ab. Eine Weile versuchte er, den Gesprächen der Männer in ihrem fremden Jargon zu folgen, gab es aber schließlich auf und ließ seine Gedanken schweifen. Mandelförmige Augen in einem schmalen Gesicht ... Später erhob er sich, um die vom kalten Sand steifen Glieder zu bewegen und sich zu wärmen. Auch die Luft war inzwischen bitterkalt geworden. Auf einer etwas entfernten Anhöhe sah er einen der Wachtposten die Runde machen, schwarz hob sich die Gestalt gegen das kalte Mondlicht ab. Mit kräftigen Schritten steuerte Nicolas auf ihn zu. Plötzlich war der Mann wie vom Erdboden verschwunden. Es herrschte Totenstille. Kein Knirschen auf dem harten Schwemmsand, keinerlei Bewegung. In der Ferne heulte ein Schakal. Unwillkürlich zog Nicolas sein Schwert und ließ sich auf den Boden nieder. Er blickte sich um, konnte aber keinen *askari* in der Nähe entdecken. Da vernahm er hinter der Anhöhe ein Rascheln und Knirschen. Auf allen vieren robbte er über den harten Sand zur Kuppe. Dann sah er sie. Es waren nur vier Männer. Vier vermummte Gestalten, die nur zwei Längen entfernt auf ihn zukrochen. Ein fünfter lag reglos abseits, wohl der tote *askari*. Nicolas schrie. Gleichzeitig sprang er auf und wich zurück. Wie aus dem Nichts tauchte auf dem Abhang unter ihm ein *askari* auf, es war der Anführer mit dem vernarbten Gesicht. Im letzten Augenblick sprang er Nicolas, nach Verstärkung pfeifend, zu Hilfe. Mit Schwert und Säbel gelang es ihnen zunächst, die vier Beduinen zurückzudrängen. Doch einer der Gegner hatte ebenfalls einen Säbel. Der war verdammt schnell, dachte Nicolas. Es würde nicht leicht werden, ihn zu erledigen. Die dunklen Gestalten tänzelten im Sand. Seite an Seite mit dem *askari* drängte er vor, ließ das Schwert des Königs kreisen. Einem Gegner spaltete er die Schulter, einem anderen hieb er den unbewehrten Arm ab, als er einen jungen Beduinen schützen wollte. Blut spritzte aus der Wunde des unterhalb des Ellbogens abgetrennten Arms. Dem *askari* gelang es, den jüngeren außer Gefecht zu setzen. Sein Säbel drang durch Stoff und Fleisch, dann sackte der Junge zu Boden, und der *askari* fiel über den Einarmigen her. Der mit dem Säbel sprang auf Nicolas zu. Nicolas wich zurück. Beide näherten sich dem steileren Abhang jenseits der Kuppe, rutschten aus, fingen sich wieder. Zischend zerschnitten die Klingen die Luft. Nicolas wich zurück, die vermummte Gestalt setzte nach. Auf dem lockeren Geröll des Abhangs verloren beide für einen Augenblick das Gleichgewicht. Nicolas fand Halt. Er umklammerte das Schwert mit beiden Händen, um den letzten tödlichen Hieb zu führen, holte aus und spaltete dem Beduinen den Schädel. Die Wucht des Aufpralls war so gewaltig, dass er vor Schmerzen den Griff lockern musste.

Mittlerweile waren noch mehr Angreifer aus der Senke heraufgekommen, nun auch zu Pferde, und auch die *askari* hatten inzwischen die Kuppe erreicht. Säbel klirrten und *janbiahs* blitzten im schwachen Mondlicht. Unerwartet, so schnell, wie sie aufgetaucht waren, verschwanden die Reiter wieder, die wenigen zu Fuß Kämpfenden zu sich auf die Pferde ziehend.

Die *askari* zogen sich, ihre verwundeten Kameraden stützend, ebenfalls zum Lager zurück. Niemand konnte sagen, wie viele tote Feinde im Sand lagen oder den Abhang hinuntergerollt waren. Auch Nicolas sah sich nicht um.

Auf halbem Wege kam ihnen der Karawanenführer entgegen. Erleichterung schwang in seiner Stimme, als er das Wort an den voraneilenden Anführer richtete. »Wurde jemand getötet?«

»Nur einer«, sagte der *askari* mit dem vernarbten Gesicht, und es klang, als bedauerte er es.

Vielleicht konnte er für mehr Tote in seinen eigenen Reihen das nächste Mal mehr verlangen, überlegte Nicolas und warf dem sich entfernenden Mann einen geringschätzigen Blick nach.

Auch diese Nacht tat er kein Auge zu.

Im ersten Morgenlicht zog Harun Furchen in den Sand, ein Quadrat drei mal drei Schritte groß, mit einem ostseitigen Anbau, in den er sich dann hineinkniete. Ehrfürchtig drückte der Kaufmann vor Gott die Stirn in den Sand. Die übrigen Araber nahmen es mit dem Moscheebau nicht so genau, richteten sich aber, innerhalb wie außerhalb des Kamelringes verstreut, ebenso nach Mekka aus.

Nach dem gemeinsamen Gebet ließ der Karawanenführer den Kamelmist einsammeln und machte sich ans Brotbacken. Auf ein großes Kupferblech häufte er Mehl aus einem Sack, mischte es mit Salz, goss aus einem Schlauch nach und nach Wasser zu und knetete mehrere Fladen. Die glühenden Kameldungbällchen schob er beiseite, legte einen Fladen auf den heißen Sand und schob die Bällchen wieder darüber. Nach einer Weile drehte er einmal den Fladen um. Dann klopfte er Sand und Asche ab und reichte das knusprige Brot rundum.

Am vierten Tag erreichten sie Suez. Mit Hilfe aller Treiber und der Matrosen, die schon auf den beiden Dhaus versammelt waren, entluden sie die Kamele und stapelten die Waren am Kai. Die letzte Nacht vor der wochenlangen Reise verbrachten Harun, Salah und Nicolas in der gut ausgebauten Karawanserei, die über Küche, Bad und Schlafkammern für die reisenden Kaufleute verfügte.

Es war schon hell, als Nicolas am Kai erschien. Der Saum der Hügelkette im Westen leuchtete in der aufgehenden Sonne wie eine weit in die Ferne gerückte Theaterkulisse. Ein Dutzend Sklaven, die nicht mehr trugen als ein um die Hüften geschlungenes Tuch, hatten schon einen guten Teil der Fracht auf die beiden Dhaus verteilt. Dort verstauten die Matrosen Fässer und Körbe, Packen, Bündel und Leinensäcke unter Anweisung zweier dunkelgewandeter Männer.

Am Rande des Piers, inmitten der noch zu verschiffenden Fracht, entdeckte Nicolas die beiden Brüder im Gespräch mit zwei Männern, die ebenfalls Turbane aus dunkler Baumwolle und knielange, dunkle, wie Überwürfe an der Schulter geraffte Kleider trugen. Die beiden wurden ihm als die Lotsen der Schiffe vorgestellt. Kurz darauf mischten sie sich wieder in das emsige Treiben auf den knapp hintereinander am Pier vertäuten Dhaus.

Salah deutete auf das zweite Schiff, das sich äußerlich auf den ersten Blick nicht vom anderen unterschied, und erklärte mit ausholender Geste: »Unsere »Riyah«!«

Nicolas nickte anerkennend. Der Kaufmann konnte mit Recht stolz sein auf seine Dhau: Das zweimastige Segelschiff maß gut fünfundsiebzig Fuß in der Länge und zwanzig Fuß in der Breite und besaß einen Heckaufbau, der vielleicht ein Viertel der gesamten Länge einnahm.

»Hm, Zedernholz. Hervorragend.« Die »Riyah« schien durchgehend aus jenem rötlich braunen duftenden Holz gefügt, das niemals von Insekten zerfressen wurde.

»Ja, ausschließlich«, versicherte Salah. »Neben dem extrem harten Holz der Dumpalme das beste. Ein Dutzend Schiffbauer hat ein gutes Jahr für ihren Bau benötigt, und nach Art ihrer Ausführung kann sie über hundert Jahre halten.«

»Für die Urenkel also.« Nicolas grinste.

»Mindestens.« Der andere kraulte sich vergnügt seinen Bart. Längst hatte ihn das Fernweh gepackt, und er konnte nur mehr mühsam den Aufbruch erwarten.

Am hochgezogenen Bug war die »Riyah« mit geschnitzten Ornamenten verziert, die sich dezent vom dunklen Holz abhoben. Sie war Karims erster »Magam« nicht unähnlich, dachte Nicolas, wurden doch die arabischen Dhaus überall nach dem gleichen bewährten Muster gebaut. Mit den schrägen, langen Rahen und den großen, dreieckigen Lateinersegeln waren sie sehr wendig und speziell für die Küstenschifffahrt bestens geeignet.

»Ich besaß die verschiedensten Schiffe, in der Tat«, sagte Nicolas, »doch niemals eine Dhau. Dabei kann sie mit ihren in alle Richtungen beweglichen Segeln härter am Wind segeln als andere Schiffe. Ihre Schwäche sind einfach die Pflanzenfaserseile, mit denen ihre Planken zusammengebunden sind. Die machen sie nun mal nicht übermäßig hochseetüchtig.« Jedenfalls weit weniger als die zusammengenagelten und geschraubten Karavellen, Karacken und Galeonen«, dachte Nicolas. Schiffe, mit denen die Portugiesen und Spanier im Begriff standen, die Welt zu erobern.

Bald war die Fracht an Bord, und die Träger zogen sich zurück. Harun und Salah erledigten die Formalitäten bei der Hafenbehörde und bezahlten die Arbeiter, während die Matrosen die Ladung so verstauten, dass weder Seegang noch Wellen ihr etwas anhaben konnten. Dann ging es endlich los. Hinter den Brüdern sprangen die dunkelblau gewandeten Lotsen auf die Schiffe, die Seile wurden von den Pollern gelöst, und die »Riyah« und die »Awdat« stachen in See. Voll blähten sich die mächtigen Segel im Wind und trieben die Schiffe über die türkisblaue See. Tief über der Wasserfläche zogen Schwärme leuchtend weißer Möwen. Die Sonne stand im Osten und tauchte die Felsen und Dünen zu beiden Seiten des Golfs in grelles Morgenlicht.

Nicolas sah sich um. Jedes Schiff begleiteten ein Steuermann und ein Lotse, beide absolute Vertrauensmänner der *coptans*, denen sie schon mehrere Jahre dienten. Trotzdem schliefen und aßen die dunkel gewandeten Männer mit der übrigen Mannschaft. Die drei Hand voll nun über die Dhau verteilten Matrosen schienen aus vielen verschiedenen Ländern entlang der Reiseroute zu stammen.

»In der Mehrzahl sind das Mischlinge«, raunte Salah, zu den braunen kräftigen Gestalten in rockartigem Lendenschurz nickend. »In ihren Adern fließt das Blut hoch gewachsener Nubier, Chadendoas, Bischarins, Jemeniten und schwarzhäutiger Stämme Tansaniens. Viele, die in ihrer Heimat womöglich an Hunger, Cholera, Ruhr, Malaria oder dem gelbem Fieber sterben würden, nehmen die harte Arbeit und den geringen Lohn eines Matrosen auf sich, um in der einen oder anderen Form am Reichtum der Handelsstädte, in die sie kommen, teilzuhaben.«

Am darauf folgenden Tag passierten sie die Straße von Gubal, umschifften die Keisuminseln an der Südspitze der Halbinsel Sinai und fuhren ins Rote Meer. Nicolas stand am Achterdeck und beschirmte die Augen. Blaue Weite, so weit das Auge reichte. Die öden, steinigen, wenig abwechslungsreichen Küstenlinien zu beiden Seiten strebten auseinander, rückten in immer weitere Ferne. Hier war das Rote Meer über hundert Seemeilen breit. Die stets dicht beieinander fahrenden Dhaus hielten sich nun

Steuerbord und segelten in Sichtweite der kargen, teils gebirgigen Küste der arabischen Wüste Richtung Südosten.

Nicolas und Salah verbrachten auf engstem Raum zwangsläufig viel Zeit miteinander. Dabei verstanden sie es, sich in der engen Kajüte gemütlich einzurichten und einander genügend Freiraum zu lassen. Nicolas hatte Glück. Salah war humorvoll und amüsant, ganz anders als sein Bruder. Vermutlich bildeten sie deshalb ein so erfolgreiches Gespann, überlegte Nicolas, weil sie sich in vielem ergänzten.

Fünfmal am Tag rollte Salah seinen Gebetsteppich aus. Was immer Nicolas daneben tat, der Freund zog seine Sandalen aus und vollführte eine Reihe festgelegter Bewegungen, Rakas genannt, ohne die seine Gebete ungültig gewesen wären. Dann wandte er sich gegen Mekka und begann sein Gebet. Aufrecht stehend, die Hände in Höhe des Kopfes mit nach vorn gerichteten Handflächen abgewinkelt, murmelte er: *»Allahu akbar…«* Dann verneigte er sich erneut, fiel auf die Knie und rezitierte Passagen aus dem Koran. Das Gebet beendete er in sitzender oder hockender Position, in der er die Schamada sprach. Zuletzt wandte er sein Gesicht nach rechts und dann nach links und sagte dabei jedes Mal: »Friede sei mit dir und die Gnade Gottes.« Seinem Glauben nach ruhte auf jeder seiner Schultern ein Engel, und er grüßte mit jenen Worten diese Zeugen seiner Frömmigkeit.

Viel Zeit widmeten die beiden dem Schachspielen und Teetrinken, wobei der Kaufmann von seinen ausgedehnten Reisen erzählte und der Freibeuter von seinen nicht minder spannenden Kaperfahrten. Nun wusste Salah, worauf sich Nicolas' sagenhafter Reichtum gründete, über den in der Familie hinter vorgehaltener Hand getuschelt wurde. Oft saßen die Freunde an Deck auf einem der Stoffballen oder Leinensäcke mit Weizen und Reis und betrachteten den Sonnenuntergang. Die Nacht brach in diesen Breiten sehr rasch herein. Dann brannte das Meer am Himmelssaum für kurze Zeit in einem leuchtenden Rot, das in der Höhe schnell verblasste, in zartes Blau überging und schließlich in Violett. Bevor der milde Abendwind, der angenehm kühlte, bitterkalt wurde, beobachteten sie das Firmament. Der Sternenhimmel war klar und tief, der Mond fast voll. Die See lag ruhig, und in der Ferne waren die finsteren Umrisse der Küste auszunehmen.

Auf dem Achterdeck über der Kapitänskajüte hielten sich auch die Matrosen auf, die gerade keine Arbeiten zu verrichten hatten. Des Tags fanden sie dort unter dem quer über das Heck gespannten Segeltuch Schutz vor der sengenden Sonne und kauten *qat*, die Backen gebläht, den Blick ein wenig gläsern. Des Nachts bereiteten sie sich auf den Säcken, Ballen und Körben ein einigermaßen bequemes Lager. Im Bug des Schiffes befand sich die große Sandkiste mit der Feuerstelle und einem Rost, auf dem Brotfladen gebacken und frische Fische gebraten wurden. Es hing kein Kessel über dem Feuer wie auf Nicolas' Schiffen, und es gab keine Suppen oder Eintöpfe. Jeden Tag wurden in einer großen Pfanne Bohnen oder Linsen geröstet und anschließend mit Wasser zu einem fad schmeckenden Brei vermischt. Abwechslung von dem eintönigen Essen gab es nur in den Hafenstädten.

Auf dem Hauptdeck standen dicht gereiht große tönerne Krüge und Amphoren, und unter Deck lagerten die schweren Fässer. Hierhin zog sich auch die Mannschaft zurück, wenn es stürmte. Vor allem im Winter wurden die Dhaus auf ihrer Fahrt in den Süden immer wieder von schweren Regenfällen und Stürmen im Indischen Ozean heimgesucht, und trotzdem brachten die Monsune so große Vorteile, dass alle Seehändler mit den günstigen Winden segelten.

Die Sonne stand nicht mehr im Zenit, als Backbord voraus die weißen Häuser einer größeren Küstenstadt Gestalt annahmen. Eine Woche nach ihrem Aufbruch in Suez gingen sie im gepflegten Hafen von Djidda vor Anker. An die weitläufige Promenade reihten sich vornehme Häuser aus Korallenkalk mit blauen und grünen Holzerkern, die nicht nur diskreten Ausblick ermöglichten, sondern auch die Wasserkrüge in ihrem Luftzug kühlten. Djidda war anders. Hier, so nahe an Mohammeds heiligster Stätte, lärmten keine bettelnden Kinder, und nur wenige von Kopf bis Fuß in schwarze *abayas* gehüllte Gestalten eilten wie Schatten an den Hauswänden entlang.

Nachdem die »Riyah« und die »Awdat« vertäut waren, trat Harun auf die beiden zu. »Hier läuft nichts ohne Bestechung«, bemerkte er zu Nicolas gewandt auf dem Weg zur Hafenbehörde.

»Dafür, dass es sich um das Einfallstor der Mekka-Pilger mit einem wahren Vielvölkergemisch handelt«, wand Salah ein, »wird sie aber äußerst diskret gehandhabt, Bruder.«

Harun zog die Mundwinkel herab. »Meinst du?«

»Ja, meine ich. Einmal im Jahr«, erklärte er Nicolas, »zur Zeit des Pilgerzugs, legen hier die prächtigen Dhaus wohlhabender Moslems an – mein lieber Schwan! Daneben unzählige Passagierschiffe, die Gläubige aus Ostindien, Persien, dem Hadramaut und Ostafrika nach Mekka bringen.«

»Und wie weit ist es bis dorthin?«, wollte Nicolas wissen.

Harun deutete mit einer knappen Handbewegung gen Osten. »Die heilige Stadt liegt eine gute Tagesreise im Landesinneren.«

Nun traf es sich vorzüglich, dass Mekkas Kornkammern leer waren und die Brüder die Hälfte des ägyptischen Weizens und Reis mit großem Gewinn verkaufen konnten. An ihrer Stelle luden sie Kaffee. Dass nur geröstete Bohnen das Land verließen, darüber wachten selbst im Hafen von Djidda die Janitscharen, obwohl Kaffee offiziell nur vom Nachbarland Jemen aus exportiert werden sollte, wo die Türken das Monopol für den Handel besaßen. Auf ihrer Rückreise, erklärte Salah, würden sie dann auch im Jemen oder in Zeila an der abessinischen Küste, dem Hauptanbaugebiet, Säcke voll Kaffee für Kairo, Alexandria und den Maghreb laden. Ihre Geschäfte betrieben die Brüder dabei ausschließlich gemeinsam.

Jeden Abend suchten die drei zur Dämmerstunde ein Badehaus auf und ließen sich in einer Schenke verwöhnen. Die Mannschaft trank *laban* und aß *hummus*, einen Brei aus Kichererbsen, in den sie Pita-Brot stippten.

Die ersten Sonnenstrahlen schossen wie Blitze über die ferne Hügelkette des Asir, als sie am fünften Tag die Segel hissten. Überall auf den Felsvorsprüngen saßen Möwen, aufgereiht wie auf Perlenschnüren, nur vereinzelte Vögel glitten tief über die Wasserfläche. Später, ein Teil der Mannschaft war wie jeden Morgen dabei, mit Salzwasser und Steinen die Holzböden zu scheuern, kam Harun, sein *mancala*-Brett unter den Arm geklemmt, auf die »Riyah« zu Besuch. Gemeinsam tranken sie Tee und plauderten. Als der Ältere Nicolas' Interesse für den fremdartigen, exotischen Süden bemerkte, konnte er nicht umhin, ihn zu warnen. Als ebensolch brillanter Geschichtenerzähler wie sein Bruder wusste er Salahs Reiseberichte auszuschmücken und auch vom gänzlich unbekannten Inneren Afrikas zu erzählen.

»Afrika ist mir zu gegensätzlich, die Natur zu feindselig, *sadiq-i*«, schickte er einleitend voraus und machte es sich auf den grob gewebten Wollkissen bequem. Vor vielen Jahren, als er in das Handelsunternehmen seiner Väter einstieg und noch ohne seinen Bruder unterwegs war, segelte er einmal bis weit gen Süden, verließ die Küste und befuhr einen Fluss namens Sambesi, der bis zu einer Stadt namens Tete schiffbar war. Nach all den Jahren schilderte er dieses Abenteuer, als hätte er es gestern erlebt. »Die breiten Ströme wälzen sich endlos in trägem Mäander dahin, um plötzlich in steilen Katarakten abzufallen, als wollten sie die Erde spalten …«

Während Harun von beeindruckenden Wasserfällen erzählte, bereitete Salah eine Nargileh. »Über weite Strecken sind die Ströme nicht schiffbar, müsst ihr wissen. Es gibt keinen fruchtbaren Acker- und Weideboden, denn die Grasländer sind Savannen, die ein halbes Jahr von unbarmherziger Sonne ausgedörrt und ebenso lange von schweren Regenfällen ausgelaugt werden, sodass die Bodenschicht keine Nährstoffe enthält. Die Berge, die sich über den verödeten Ebenen erheben, sind trügerisch begrünt mit Gestrüpp und Dornbüschen, selten mit Gras. Aber, Allah ist mein Zeuge, das ist noch nicht alles.« Nicolas sah auf. Er knabberte Korinthen, Zibeben und die kugeligen Früchte der Dumpalme. Kein Zweifel, ein weiterer Ausbruch belehrender Mitteilsamkeit stand bevor.

Harun tat etwas von dem Teekonzentrat in die Porzellantasse, fügte Zucker hinzu und goss mit heißem Wasser aus dem Buchari auf. Nach ein paar Schlucken des süßen, sandelholzfarbenen Tees fuhr er fort: »Das Innere Afrikas wird seit eh und je von der Tsetsefliege heimgesucht, die bei Menschen die Schlafkrankheit und beim Vieh ein ähnliches Fieber hervorruft. Alle Flussufer und Niederungen sind von der Malariamücke verseucht, und außerdem grassiert das gelbe Fieber. Die einheimische Bevölkerung, allesamt schwarz wie die Nacht, leidet aber noch an anderen ekelhaften Krankheiten, und ich wundere mich noch heute, dass ich überhaupt lebend dieser Hölle entkommen bin. Nur Allah weiß, wie dieses Wunder geschah!«

»Dass Afrika überhaupt noch besiedelt ist!«, warf Nicolas schmunzelnd ein und tat seinen ersten tiefen Zug.

Harun nickte mehrmals. »Wie wahr, wie wahr. Und neben all diesen Widrigkeiten gibt es noch die Wanderheuschrecken, die alle zehn Jahre binnen Minuten die gesamte Ernte vernichten.«

»Na bravo!« Nicolas verzog das Gesicht. Jetzt war es dem Burschen endgültig gelungen, sein Interesse zu dämpfen. Er schlug ihm eine Partie *mancala* vor. Erfreut willigte der Kaufmann ein. Sein Spielbrett aus poliertem Ebenholz mit Silbereinlegearbeit war ungleich kostbarer als herkömmliche Bretter und zeugte von der Spielleidenschaft seines Besitzers.

Schon bald nach der Eröffnung bot das Spiel für die beiden ebenbürtigen Gegner eine Fülle von taktischen Feinheiten. Wie immer stellte Harun knifflige mathematische Berechnungen an, während Nicolas ihm listige Fallen stellte. Der Reihe nach plünderte er die Mulden seines Gegners, bis Harun keine Steine mehr darin hatte. Binnen einer Stunde blickte der Maure triumphierend vom Spielbrett auf und sagte in beinahe entschuldigendem Ton: »Das war's.«

Der Bruder kehrte wieder auf die »Awdat« zurück. Sie näherten sich einem Abschnitt des Roten Meeres, in dem es galt, neben Dutzenden von Inseln auch unzähligen Korallenriffen und

Muschelbänken auszuweichen. Auf diesem Abschnitt umschifften die beiden Dhaus die Dahlakinseln, die Nicolas auf der Rückfahrt aufsuchen wollte, und schlüpften drei Wochen nach ihrem Aufbruch durch die Meerenge Bab al Mandab in den Golf von Aden. Tags darauf segelten sie an der Küste Abessiniens entlang und setzten in Zeila Anker. In diesem Warenumschlagplatz für das Reich von Schoa und die alten Städte Roha und Lalibela tauschten die As-Shihuh venezianische Stoffe, ägyptisches Leinen, Weizen und Reis gegen Kaffee, Sesam, Palmwein und etliche Strünke Ensete-Bananen, die sie noch grün geerntet als Verpflegung für die Mannschaft an Bord nahmen. Denn ihr nächstes Ziel war Mogadischu, und die Umsegelung der Somali-Halbinsel konnte mehrere Wochen dauern.

Während die Brüder ihre Geschäfte tätigten, lernte Nicolas wohlschmeckende Gerichte aus *tef* kennen, einer Hirseart aus dem abessinischen Hochland, sowie starken somalischen Palmwein, der die Wirkung des *nabidhs* bei weitem übertraf. Dann lichteten sie Anker.

VI.
GRANADA, 1525 – 1528

Am heiligen Festtag der Calé, am Tag der »rituellen Aufnahme«, wollte Dires endgültig die alte Feindschaft zwischen seiner und Yotsas Familie beenden. Schon sechzehn Jahre schwelte diese Fehde zwischen den beiden Familien, beeinträchtigte das Stammesleben und spaltete den Klan. Viele Calé hatten den einstigen »Eindringling« längst schätzen gelernt und ihm mehr als einmal Vorschläge unterbreitet, sich von den Familien auf Seiten des alten Klanoberhauptes zu trennen. Aber der Schmied wollte davon nichts hören, obwohl ihm dieser Gedanke zugegebenermaßen schmeichelte. Mehrmals befragte er Alina und ihre Karten zu dieser Angelegenheit, und auch sie riet ihm zu warten, bis die Zeit gekommen sei.

Als Gerardo seine »Sonne« überreicht bekam, gab Dires dem Klanoberhaupt zu verstehen, dass er bereit sei, über eine Verheiratung seiner Tochter Juana mit dessen Enkel Nono zu verhandeln. Yotsa nickte nur und setzte sich zu den Alten ans Feuer. Nur seine Haltung und Gestik verrieten, dass er eine gewisse Genugtuung nicht verbergen konnte.

Den ganzen Tag über wurde gefeiert, gegessen, getrunken und getanzt. Süßer Aniswein, Kräuterwein und in Fässern herangekarrter Rotwein flossen in Strömen, und gegen Morgengrauen war keiner der Erwachsenen und gefeierten Jungmänner mehr nüchtern.

Da alle Fleischvorräte aufgezehrt und den Calé nur mehr ihre Hühner und wenige Kaninchen geblieben waren, machte sich wenige Tage nach dem Fest ein Trupp auf den Weg, um frisches

Wild zu erlegen. Eine Gruppe erfahrener Jäger und Fallensteller begleitete die jüngst in den Kreis der Erwachsenen aufgenommenen Burschen. Nach drei Wochen in den wildreichen Gebieten der Sierra Harana kehrten sie mit reicher Beute zurück. In ihre Fallen waren neben Füchsen, Kaninchen und Dachsen auch eine Bergziege, ein verirrtes Schaf und ein Wildschwein gegangen.

Während die Frauen sich gleich an die Verarbeitung des Fleisches machten, stiegen die Männer zum Fluss hinunter, wuschen sich und kehrten mit vollen Wassereimern zurück. Bald kochten die Frauen Markknochen aus und schmolzen das in Streifen von den Tieren geschnittene Fett aus. Die körnig feste, gelbliche Masse verwenden sie für Lampen und zum Lederfetten, obwohl der Talg von Wildtieren unangenehm roch. Doch er eignete sich besser zur Beleuchtung der schaukelnden Wagen als das billige, stark rußende Öl. Schon die kleinen Mädchen beteiligten sich an der Herstellung und füllten den Talg in flache irdene Töpfe, in denen sie zuvor Dochte aus Tierdärmen fixiert hatten. Von allen Tieren verarbeiteten die Frauen Felle und Haut sowie Krallen, Zähne und Fänge. Mara bekam einen Dachs ausgehändigt, den sie vor allem des Fettes wegen schätzte. Das rare Dachsfett war eine ideale Salbengrundlage, die nicht so schnell ranzig wurde wie das reichlich vorhandene Gänsefett. Sie war zufrieden und sah über das Missgeschick ihres Enkels großzügig hinweg.

Nicht so Dires. Die Jagd hatte für alle glücklich geendet, außer für seinen Sohn Gerardo. Drei Wochen nach Erhalt seiner »Sonne« hatte er sein Messer entehrt. Dires war enttäuscht und zeigte es auch. Nun blieb ihm nichts anderes übrig, als die durch allzu sorgloses Verhalten entehrte Sonne seines Sohnes einige Zeit in Verwahrung zu nehmen. Weil Gerardo sich nicht an die Anweisungen des Anführers gehalten hatte, war der Jagdtrupp in größte Gefahr geraten. Das Wildern so nahe der großen Städte war für einen Trupp immer gefährlich und wurde im Allgemeinen mit dem Tode bestraft. Nur erfahrene Fallensteller wie Pepe und Paco zogen jeden Tag vor dem Morgengrauen los, um im nahen Umkreis von einer Meile ihre Fallen zu inspizieren. Sie kannten das Gebiet um den Sacro Monte wie ihre Westentasche.

Als Gerardo seinem Vater gegenübertrat und ihm sein Messer reichte, sagte dieser: »Alles hat eben einen Anfang, mein Sohn. Der erste Tag in deinem Leben als Erwachsener stand im Zeichen der Sonne. Nun kommen Tage, die nicht in diesem Zeichen stehen, die lange dauern werden. Aber auch sie werden vorübergehen, Levo. Widme dein Herz voll und ganz deinen Arbeiten, die du in dieser Zeit verrichtest. Erweise dich deines Messers würdig, um das zu sein, was wir sind: gute Handwerker, gute Schmiede, Roma, Wölfe oder Löwen, die für ihre Herde, ihren Klan Verantwortung tragen.«

Der hitzige, temperamentvolle Gerardo hatte verstanden. Seine traurige Miene hellte sich etwas auf, und für einen Augenblick huschte ein Lächeln über sein anmutiges Gesicht, das dem seines Vaters ungemein ähnelte.

»Takaj, dada.« Er würde seinen Vater nie wieder enttäuschen.

Wenn Mara auch über dieses Missgeschick hinwegsah, so gab es etwas anderes, womit sie ganz und gar nicht zufrieden war und damit Angelas und Juanas Partei ergriff: Dires' Plan, seine Tochter mit Yotsas Familie zu verheiraten. Dabei spielte es keine Rolle, dass der siebzehnjährige Nono ein ganz akzeptabler Bursche war, ihr genügte die Tatsache, dass Juana ihn nicht wollte. Sie sah auch nicht die geringste Notwendigkeit für ihre Familie, mit Yotsas Familie Frieden zu schließen. Da aber Fehden, Versöhnungen und die Verheiratung der Töchter reine Männerangelegenheiten waren, blieb es allein Dires' Entscheidung. Doch die Unzufriedenheit der Frauen, allen voran die seiner Ehefrau, belastete Dires mehr, als er sich eingestehen wollte. Schließlich bat er Alina, die Karten zu legen. Als er dann ihren Wohnwagen betrat, prophezeite die Schwägerin eine glückliche Juana an der Seite eines starken, sie verehrenden Mannes. Dires atmete auf.

»Allerdings …«, Alina zögerte, »gibt es da gewisse Schwierigkeiten am Anfang, Dires.«

»Welche Schwierigkeiten, Alina?«

»Das weiß ich nicht, aber sie stehen mit dem Stamm in Verbindung. Möglicherweise«, sie wählte ihre Worte sorgsam, »wird das Paar eine Zeit lang getrennt, wenn der Klan Granada verlässt.« Sie sah auf.

»So, so, der Klan verlässt also Granada.«

»*Aj.*«

Nachdenklich strich er sich über den struppigen, tizianroten Schnurrbart. »Wann soll das sein?«, drangte er. Die Zukunft des Paares war für den Moment vergessen.

Alina blickte wieder auf ihre Tarotkarten. Dann stellte sie die Karten um, legte die zwei Ringe der Wiederkehr und betrachtete sie erneut. Endlich sagte sie: »In ein oder zwei Sommern, Dires, werden wir von hier aufbrechen und lange nicht zurückkehren.«

Dires nickte bedächtig. »*Takaj*«, seufzte er, drehte auf dem Absatz um und verließ Maras Wohnwagen.

Er traf eine Entscheidung und teilte sie zunächst seiner Frau mit. Wie zu erwarten, war Angela damit nicht einverstanden. Sie fand Juanas größte Sorge, neben Mann und Kindern ihrem Beruf nicht mehr nachgehen zu können, nur allzu berechtigt. Nono war stark und selbstbewusst und bestimmt nicht der Mann, der ihr Freiheiten einräumen würde.

»Juana tut mir Leid«, sagte Angela und meinte es auch so. »Sie wäre so gern unverheiratet geblieben, um einzig und allein ihrer wahren Leidenschaft nachzugehen.«

»Wie kannst du das sagen?« Gereizt schüttelte Dires den Kopf. »Sie kennt die wahre Leidenschaft ja noch gar nicht! Nono wird schon dafür sorgen. Er ist ein starker, fähiger Bursche, der eine Frau glücklich machen kann.«

»Aber nicht Juana! Versteh doch!« Angela sah ihm in die hellen Augen. Nein, dachte sie, er verstand nicht. Himmel! Sie rang die Hände. »Wäre es so, Dires, dann wäre deine Tochter zumindest nicht abgeneigt. Dann könnte was daraus werden. Aber sie empfindet nichts, nichts außer Zorn und Hass auf jeden, der sie von ihrer Aufgabe abhält.«

»Hm, Hass ist nicht schlecht. Besser als gar nichts, denn er kann … in Liebe umschlagen. Nono wird das schon machen.«

»Nono hin, Nono her! Man könnte meinen, er wäre dein Sohn, so vernarrt bist du in ihn!« Angelas Geduld war zu Ende. Wollte er sie nicht verstehen? Sie liebte ihren Mann immer noch, verzieh ihm immer noch seine oft ungerechte, herrische Art. Nun ging es aber um Juanas Zukunft, um das Leben ihrer Tochter. Das erste Mal in ihrer Ehe lehnte sie sich offen gegen ihn auf.

Diese Tatsache zunächst ignorierend, ließ sich Dires nicht beirren. »Was gefällt dir nicht an ihm, eh?« Die mächtigen Fäuste in die Hüften gestemmt, nahm er eine bedrohliche Haltung an.

»Dass er unsere Tochter heiraten soll, Herr Gott nochmal!«, sagte sie schließlich verzweifelt.

»Das ist schon entschieden.« Verdammt! Noch nie hatte er seine Frau so erlebt.

Angela ließ nicht locker: »Du hast nichts verstanden! Was glaubst du, warum meine Mutter nie geheiratet hat? Sie war hübsch, und an Anträgen hat es nicht gemangelt. Eine Frau kann nicht beides sein, Heilerin und Mutter zugleich und bestimmt nicht Heilerin und Ehefrau dieses Nono, der ganz gewiss nicht bereit wäre, Juana ziehen zu lassen, wann immer nach ihr gerufen würde.«

»Bah!« Dires raufte sich die Haare. Aus den Augenwinkeln schielte er zu seiner Frau. Was, wenn sie Recht hätte?

»Devlam!«, seufzte Angela, als sie sah, dass sie auf diese Weise nichts erreichte. Sie lenkte ein und zwang sich zu einer sanften Stimme: »Lass sie selbst entscheiden, Dires! Vielleicht kommt irgendwann der Richtige, in den sie sich verliebt, und das Problem löst sich von selbst. Erinnere dich: Ich hätte seinerzeit längst verheiratet werden sollen, aber zum Glück …«

Liebevoll strich sie über ihren runden Bauch und lächelte ihren Mann an. Er mochte seine zierliche Frau in der Schwangerschaft ganz besonders, liebte die weichen Rundungen, den immer praller werdenden Bauch und die vollen Brüste. Ihr schwarzes Haar war glatt und weich, und nur am Haaransatz, am Scheitel und an den Schläfen mischten sich einige Vorboten des Alters in die dunkle Fülle. Offen und entwaffnend lächelten ihn die großen braunen Augen an. Dires legte beide Hände auf ihren Bauch, in dem ihr fünftes Kind heranwuchs, ließ sie weiterwandern und streichelte ihre Brüste. Angela stöhnte leise.

Dires seufzte. »Was machst du nur mit mir, Liebling?«, murmelte er, nahm sie bei den Schultern und drehte sie herum, sodass sie ihm den Rücken zeigte. Verlangend schmiegte er sich an den weichen Körper, küsste ihren Hals und ihren Nacken und knabberte an ihren Ohrläppchen, während er mit beiden Händen zärtlich ihre Brüste knetete. Hart richteten sich die Brustwarzen auf. Dires beugte sich herum, schob das Leibchen beiseite und begann, an ihnen zu saugen. Milch trat aus den prallen Beeren. Er ließ ab und lachte. Seine Hände verloren sich in dem dunklen, wollenen Dreieck zwischen ihren Schenkeln. Wie immer in der Schwangerschaft waren ihre Schamlippen geschwollen und feucht. Sanft streichelte er mit der Fingerkuppe über ihre empfindlichste Stelle, während sein pochendes Glied immer fordernder an ihrem weichen Hinterteil rieb. Als er ihren Rock hochheben wollte, legte sie ihre Hände auf die seinen. Dires verstand sofort.

Ohne davon abzulassen, sich an ihr zu reiben, raunte er seufzend in ihr Ohr: »Also gut, ich gebe Juana ein Jahr. Ich werde die Hochzeit für das nächste Jahr vereinbaren …«

Angelas Lächeln sah er nicht.

Sein roter, mächtiger Schnurrbart zitterte vor Erregung. »Komm, Liebes, lass mich jetzt rein.«

Auch Juana befragte die Karten. Seit ihr klar geworden war, dass die von ihr aus den Karten gelesenen Schicksale sie nur belasteten, legte sie die Tarotkarten immer seltener. Aber hier handelte es sich um diesen Nono, und ihr zukünftiger Ehemann war keiner, dem sie nachtrauern würde. So war sie in der Dämmerstunde zu ihrem gemütlichen kleinen Wagen hinuntergestiegen, der am Fuße des Sacro Monte unterhalb der Höhlenwohnungen abgestellt war. Dicht gedrängt standen dort die Fuhrwerke und Karren der Klans, einer hinter dem anderen, denn hier endete der breite, gerade noch befahrbare Weg. Zu den verzweigten Höhlenwohnungen des lang gezogenen Berghanges führten von dort an Steige und Pfade. Nur wenige der Wagen waren bewohnt.

Eine Weile stand sie vor Maras Wohnwagen und betrachtete das bemalte Schnitzwerk an der Längsseite, das sie schon als Kind fasziniert hatte. In der Mitte saß die Göttin Malduna, mit einer Schlange in der einen und einem säugenden Kind in der anderen Hand. Ihr Kopf war der Mond. Die Figur war in den traditionellen Farben bemalt, in Erdbraun, Ockergelb und Türkis, in denen Gelb und Rot spärliche Akzente setzten. Eine Zeit lang fixierte Juana den Blick der Göttin, wie sie es oftmals tat, starrte in ihre mandelförmigen Augen und wartete. Als sie sicher war, dass das kugelrunde Mondgesicht lächelte, stieg sie in den Wagen.

Seine Wände waren auch im Inneren bemalt. Zwischen farbenfrohen Decken, Umhängen und Kleinkram auf Regalen lächelte ihr dieselbe Göttin entgegen. Auf der gegenüberliegenden Längsseite wand sich eine Schlange um einen nach oben gerichteten Dreizack, daneben leuchtete silbern ein zunehmender Mond. An allen freien Stellen, auch an den zwei schweren Holztruhen, wanden sich Schlangen, die Symbole des Lebens, der Weiblichkeit und der Weisheit, in den verschiedensten Mustern und Farben. Der rückwärtige Teil des Wagens war in gedecktem Violett bemalt, in dem viele goldene Sterne funkelten. Auf dem Boden lag über Grasmatten ein abgewetztes, mit bunt gemusterten Kissen belegtes Fell und diente als Schlafstelle.

Liebevoll strich Juana über Dutzende von Kräutergebinden, die vom Inneren des Wagengerüstes hingen und einen betörenden Duft verbreiteten. Darüber war ein Baldachin aus ebenfalls bemalter Ochsenhaut gespannt, der allenfalls ihrer Großmutter erlaubte, gerade zu stehen. Mit dem mitgebrachten Kienspan entzündete sie einige Talglämpchen und stellte die kleinen Steinguttöpfe in einem Halbkreis auf den Boden. Das Licht der kleinen Flammen flackerte in dem zugigen Wagen unstet über die bemalten Wände und hauchte den Gestalten Leben ein.

Juana zog die Karten aus ihrer Rocktasche und setzte sich mit untergeschlagenen Beinen auf ein fest gestopftes Kissen. Vornübergebeugt begann sie mit dem kreisförmigen fortlaufenden Auslegen. Durch die Nummerierung der Karten ergab sich im Tarot neben bestimmten Elementen auch ein Zeitrahmen. So wie sie an das Karma und die Reinkarnation glaubte, nahm Juana auch an, dass die Vorsehung sie und jeden *vedavica* zum Legen einer Kombination anleiten würde. Diese Kombination sollte sich, richtig interpretiert, auf zukünftige Geschehnisse beziehen, die aus der Mischung der Elemente, eben ihrer Karten, entstanden waren. So hatte sie es von Alina gelernt.

Aufgrund ihrer Erfahrungen achtete sie darauf, nur Nonos Person ins Spiel zu bringen, sich selbst und ihre Familie aber nicht hineinzuziehen. Besonderes Augenmerk legte sie auf den Kelch, eines der vier Symbole, handelte doch die Tarotreihe der Kelche von Liebe, Gefühlen, Ehe, Familie und Kindern. Nach einer Weile hielt sie inne, runzelte die Stirn und richtete sich auf. Die Vermischung der Elemente, also jene Kombination, die sie gelegt hatte, ergab überhaupt keinen Sinn! Jedenfalls keinen Sinn, den *sie* hätte interpretieren können. »Zum Henker!«, entfuhr es ihr laut in der nächtlichen Stille. Es gab für Nono keine Zukunft in den Karten! Sie versuchte es anders. Nach der beliebten Methode der sich vereinigenden Kreise legte Juana die zwei Ringe der Wiederkehr und bildete eine liegende Acht, das vedische Zeichen der Unendlichkeit. Im Uhrzeigersinn, also den »Sonnenpfad« entlang, ordnete sie Karten an, die für den Bereich des Bewussten, für die Materie und die männliche Stärke standen. Den »Mondpfad« entlang, gegen den Uhrzeigersinn, legte sie Karten, die das Unbewusste, das Weibliche und das Reich der Mysterien symbolisieren sollten. Auf die Kreuzungspunkte beider Kreise setzte sie die zwei »Mandala«-Karten: das Glücksrad und die Welt. In einer solchen Anordnung passte jede Karte der solaren zu einer Karte der lunaren Sphäre. Eine Zeit lang betrachtete sie die Kartenpaare.

»Devlam!«, seufzte sie schließlich und ließ ratlos die Schultern sinken. In der ersten Lesung folgte der Mondkarte, die im Tarot die Zahl Achtzehn trug und für einen Zeitraum von achtzehn Jahren stand, die Karte des Gehängten, nun entsprach ihr die Göttin der Stärke, und die Karte des Ritters, der Nonos Platz einnahm, trug ein Schwert – die Tarotreihe der Schwerter war jedoch mit furchteinflößenden Geschehnissen verknüpft: mit schweren Unfällen, Krankheiten und dem Tod …

Juana überlegte kurz, ob sie die Elemente mischen und noch einmal legen sollte, entschied sich aber anders. Die Bedeutung der Kartenpaare verunsicherte sie, und sie schwor erneut, die Karten nie wieder anzurühren. Entschlossen blies sie die Lampen aus und trat aus dem Wohnwagen.

Mittlerweile war es zwischen den Wagen stockdunkel geworden, und ihre große schlanke Gestalt war im Schatten der Fuhrwerke nicht zu sehen. Die klare Nachtluft war kalt, und sie fröstelte. Eilig stieg sie den Steig hinauf. Die munteren Stimmen der Frauen um die Kochfeuer waren bis zu den Wagen zu hören, und die vielen kleinen Feuer beleuchteten den Hang über ihr wie Fackeln. Weiter oben lief sie barfuß über trockene Wurzeln und scharfe Steine und achtete nicht, worauf sie trat, denn sie hatte es immer eiliger. Sie wollte das einzige Ergebnis, zu dem sie gekommen war – dass nämlich Nono keine Zukunft hatte –, so schnell wie möglich Mara und Alina mitteilen. Warum sie dabei diese innere Unruhe, ja Panik, verspürte, konnte sie nicht sagen.

Plötzlich durchzuckte sie ein stechender, rasender Schmerz. »So ein Mist!«, fluchte Juana. In der Dunkelheit konnte sie nicht das Geringste sehen. Vorsichtig tastete sie über ihren rechten Fußballen und fand einen Dorn oder Stachel, den sie sich eingetreten haben musste. Sie entfernte ihn ärgerlich und lief hinkend die letzte Kehre des Pfades entlang und über den terrassenförmigen Vorplatz, der sich vor den untersten Höhlenwohnungen des Hanges erstreckte.

Im Schein des Feuers, an dem Mara und Alina saßen, untersuchte sie fluchend ihre Fußsohle. Der Ballen begann schon anzuschwellen, und sie konnte bei dem Schmutz nicht erkennen, ob noch ein Rest im Fleisch steckte. Wütend humpelte sie in die Wohnung. Aus einem Eimer goss sie kaltes Wasser in eine Schüssel und stellte ihren Fuß hinein. In diesem Moment betrat Dires den Raum.

»Hast du dich verletzt?«

»*Aj*. Ein verdammter Stich. Tut höllisch weh.«

Der Vater beugte sich zu ihr hin. Im schwachen Schein des Talglämpchens leuchtete sein dichter Schnurrbart feuerrot. »Hm. Dumme Sache.« Er verzog das Gesicht.

Die schmale Nase gerümpft, betrachtete Juana kritisch ihren Fuß.

»Na, du bist hier ja in guten Händen«, sagte er und setzte sich seiner Tochter gegenüber auf einen Schemel. In seinen hellen Augen spiegelte sich die kleine Flamme. »Ich hab dich kommen sehen, *sejori*. Ich möchte mit dir was besprechen.«

»Bitte, *dada*, höre erst mich an!« Sie warf ihrem Vater einen beschwörenden Blick zu. Seine Miene verhieß nichts Gutes, was ihre Aussichten betraf, von diesem Nono freizukommen.

Gereizt winkte Dires ab.

»*Dada!*«, rief Juana beinahe empört. »Ich weiß, du hast Alina befragt, und sie ist die beste Kartenlegerin, die ich kenne. Aber diesmal irrt sie sich! Auch ich habe die Karten gelegt und schlimme Dinge gesehen …«

»Weil du sie sehen wolltest, Lovenita. Außerdem weiß jeder, dass du dich oft irrst.«

Juana schnaufte. »Wenn es um Leid und Unglück geht, aber nicht!« Vehement richtete sie sich auf und stemmte ihre Arme in die Hüften. »Auch das weiß jeder!« Dann holte sie Luft und sagte mit fester Stimme: »Ich habe auch den Tod gesehen, *dada*.«

»Egal, was du mir jetzt erzählst, *sejori*, hör mich bitte an. Ich hab folgende Entscheidung getroffen, und die will ich dir mitteilen, bevor ich sie Pipo und Yotsa bekannt gebe: Wenn wir uns am Feuer der Gerechtigkeit einig werden, bist du Nono versprochen. Aber ihr werdet erst in einem Jahr heiraten. Sollte bis dahin der Richtige für dich kommen … äh … müsst ihr es machen wie Mutter und ich. Es gibt für alles eine Lösung! Du siehst, mein Kleines, es ist nicht so schlimm.«

»Es ist schlimm, *dada*!«

Doch der Vater wollte nicht hören. Langsam ging er zur schmalen Öffnung und hob den Vorhang hoch, der ihnen als Tür diente.

»Ich habe dich gewarnt«, rief Juana leise, doch so, dass er es hörte. Dires zögerte, drehte sich aber nicht um. Für einen Augenblick war seine Silhouette vor dem flackernden Feuerschein zu sehen, dann fiel der Vorhang wieder zu.

Als Dires die Lebensweise der Zigeuner kennen lernte, hatte er verblüfft feststellen müssen, dass es eine Gesellschaft gab, die noch patriarchalischer war als seine eigene. Sie gehorchte einer strengen Hierarchie des Alters, während Beruf und Titel keine Rolle zu spielen schienen. Doch wie patriarchalisch diese Gesellschaft auch war, die Zigeuner achteten und verehrten ihre Frauen zutiefst. Das hatte ihn von Anfang an beeindruckt. Als einfacher Sohn eines Schmieds hatten ihn die Situation und die Belange seiner Mutter und seiner Schwester nicht gekümmert, niemanden hatten sie gekümmert.

»Das muss man miterleben, Mutter«, hatte er ihr anlässlich seines Besuches versichert, damals nach seiner Reise mit dem alten Dinnah. »Man sieht es an vielen Kleinigkeiten im täglichen Leben. Ehrlich, Mutter, die Gesellschaft der Kalderas und der Roma ist bei weitem nicht so frauenfeindlich wie deine christliche.« Doch seine Mutter hatte ihm nicht geglaubt.

Eine Woche später ging er zu Yotsa. Er hatte ein paar Tage abwarten wollen, ob ihm irgendwelche Zweifel kamen, ob ihm in seinem tiefsten Inneren eine Stimme sagte, Juana könnte Recht haben. Andererseits war ihm freilich klar, dass seine Tochter die Heirat mit allen Mitteln verhindern wollte. Er hörte weder Stimmen, noch sah er ungünstige Vorzeichen.

Der Heiratsantrag fand nach Einbruch der Dämmerung am Feuer der Gerechtigkeit statt. Nachdem sich die männlichen Familienmitglieder nach genauen Vorschriften um das Feuer platziert hatten, begannen um die Flammen herum die Gespräche. Schnell kam heraus, dass Yotsa nicht Nono, seinen ältesten Enkel, sondern Solies, den Erstgeborenen seines Sohnes Pipo, mit Juana verheiraten wollte. Nonos Vater war vor einigen Jahren auf einer Diebstour verschwunden, und keiner wusste, was mit ihm geschehen war. Seitdem war sein Onkel Pipo für ihn verantwortlich. Aber auch dieser wollte als Heiratskandidaten einzig und allein seinen Sohn Solies akzeptieren. Solies war ein Jahr jünger als Juana, er hatte gemeinsam mit Gerardo eben erst seine »Sonne« überreicht bekommen.

»Das, das ist … ungeheuerlich«, murmelte Dires und starrte in die Runde.

Für eine Weile war es still um das Feuer der Gerechtigkeit, jenes magische Feuer, das entzündet worden war, um die Gespräche der Väter zu erleuchten. Dires sah in die Runde. Die Männer aus Yotsas Familie verhielten sich abwartend. Klar, die sind ganz wild auf Juana als Schwiegertochter, dachte er, denn sie ist nicht nur hübsch, sondern bringt auch Geld nach Hause … Ihn konnten sie nicht täuschen! Elendes Pack!

Wie erwartet, bekam er Hilfe von Maras Bruder Bosco, der aussprach, was manch einer in der Runde dachte: »Juana braucht keinen Knaben, sondern einen Mann!«

Dires brach die Heiratsverhandlungen ab. Mit dieser Familie wollte er nichts mehr zu tun haben. Das Klanoberhaupt versuchte ihn wegen einer Sache der Ehre, die schon sechzehn Jahre zurücklag, in die Knie zu zwingen, und seine Tochter sollte es ausbaden. Nicht mit ihm! Wütend verließ er das Feuer der Gerechtigkeit.

Schon dachte er über die ernsthafte Konsequenz nach, mit seiner Familie den Klan zu verlassen, als Pipo ihm am folgenden Tag zu verstehen gab, dass sie mit Nono einverstanden wären. Nun war er an der Reihe einzulenken. Wenn er keinen endgültigen Bruch provozieren wollte, musste er sich mit ihnen ans Feuer setzen. Doch Dires war nicht wohl dabei. Er bemühte sich auch gar nicht um einen positiven Ausgang der Gespräche, sondern nannte gleich zu Beginn seine Bedingungen: Die Heirat sollte zur Sommersonnenwende in einem Jahr stattfinden, nicht früher.

Pipo war einverstanden. Erneut trafen sie sich am Feuer der Gerechtigkeit, forderten sich heraus, machten Vorschläge und einigten sich schließlich auf Brautpreis und Mitgift. Für den Kalderas sprang ein Pferd für seine Zucht und gutes Roheisen für seine Schmiede heraus.

Und dennoch. Dires war nicht glücklich, seine Tochter an diese Familie zu verheiraten, und jeder im Lager ahnte dies. Die zähen Verhandlungen, der Abbruch der Gespräche und der Zugzwang, in dem sich der Schmied schließlich befunden hatte, waren niemandem verborgen geblieben. Während die übrigen Familien des Klans die Sache jedoch bald vergessen hatten, beschlich Dires Juana gegenüber ein schlechtes Gewissen. Bald verdrängte er die Angelegenheit aber, da bis zur Hochzeit noch viel Zeit war und er sie ohne sein Gesicht zu verlieren doch nicht mehr hätte ändern können.

Auch Pipo und Yotsa waren mit dem Handel nicht zufrieden. In den Augen des Klanführers war weder Pipos Ehre Genüge getan worden noch die Feindschaft zwischen ihm und Dires beseitigt. Doch um das groß gewachsene, fleißige Mädchen in ihre Familie zu bekommen, hatten sie dem sturen Dires letztendlich nachgeben müssen. Pipo dagegen nahm es mit der Wiederherstellung seiner Ehre nicht so genau, wollte aber seinen einzigen Sohn, einen verschlagenen, schwächlichen Jungen, schon aus purem Egoismus mit der Hebamme verheiraten. Es war kein Geheimnis, dass Mara die reichste Frau im Lager war, und ihre Enkelin wäre ebenso imstande, den Familienunterhalt alleine zu bestreiten. Der starke, selbstbewusste Nono war der Sohn seines Bruders, er hatte ihn nie sonderlich gemocht. Der kam nur zu gut allein zurecht und brauchte weder eine Familie, die ihm Halt gab, noch eine starke Frau, die ihn ernährte. Außerdem war Pipo klar, dass er im Alter nicht auf Nonos Unterstützung würde zählen können. Und wer sollte sich dann im Alter um ihn kümmern?

Yotsa schwieg. Da sich seine beiden Enkel Solies und Nono

nicht verstanden, wollte er die Angelegenheit zunächst auf sich beruhen lassen. Pipo war nicht so klug. Bald nach dem Heiratsantrag bemerkte er seinem enttäuschten Sohn gegenüber, dass die Sache noch nicht endgültig sei.

Nun fühlte sich Solies jedoch von Kindheit an seinem älteren, stärkeren Cousin unterlegen, woran sein Vater mit seinen Hänseleien nicht ganz unschuldig war. Jetzt, als er das erste Mal in seinem Leben glaubte, eine verwundbare Stelle beim anderen gefunden zu haben, kam der ganze schwelende Hass des Knaben zum Ausbruch. Nur um den Cousin zu provozieren, täuschte Solies ihm Gefühle vor, die er Juana gegenüber gar nicht empfand. An seinen Reaktionen merkte er schnell, dass Nono ernstlich an dem Mädchen interessiert war. Umso besser, dachte er eines Sommertages und grinste in sich hinein. Vielleicht war er gar schon in die Schlampe verliebt! Das erleichterte die Sache ungemein …

Als der Herbst in den Winter überging und es oft tagelang regnete, wusste Solies seine Zeit nicht sinnvoller zu verbringen, als Juana nachzuspionieren. Bald war er nur noch damit beschäftigt, der Hebamme auf allen ihren Wegen in die Stadt und zu den Krankenbesuchen heimlich zu folgen. Dabei stellte er sich erstaunlich geschickt an. Bei Gelegenheit ließ er dann den Cousin wissen, wann und wo er seine Versprochene gerade gesehen hatte und in welchen Häusern sie verschwunden war, bis Nono ihm eines Tages verbot, Juana weiter nachzugehen.

»Erstens lass ich mir von dir nichts verbieten, und zweitens kannst du mir nicht verbieten, was dir noch gar nicht gehört«, gab Solies überlegen von sich.

»Aber bald, du kleine Laus«, entgegnete Nono gereizt. »Ich fühl mich für sie verantwortlich, *takaj*!«

»Sei dir da nicht so sicher.«

»Was soll das, verdammt?« Wieder dieser überlegene Ausdruck. Nono geriet in Wut. Der verschlagene Blick in dem sonst leidenschaftslosen Gesicht des Cousins war ihm unerträglich. Er machte einen Schritt auf Solies zu, und ehe der sich aus dem Staub machen konnte, hatte er ihn an seiner Jacke gepackt und zog ihn ganz nahe zu sich. Seine schwarzen Augen funkelten, als er zischte: »Hör endlich auf mit deinem Spiel, Solies. Treib es nicht zu weit!«

Der schmalbrüstige Junge zitterte wie Espenlaub, und es war ihm einerlei, ob Nono es merkte. Er hatte seinen Cousin auf dem Pfad zu dessen Höhle abgepasst, die etwas abseits lag. Keiner würde sie hören. Wenn Nono wütend war, wirkte er noch bedrohlicher.

Solies nahm seinen gesamten Mut zusammen und entgegnete flüsternd, damit seine Stimme ihm keinen Streich spielte: »Es ist kein Spiel.«

»Was?«

»Ich will Juana heiraten, und ich kauf nicht die Katze im Sack. Darum geh ich ihr nach.«

»Du spinnst!«, entfuhr es Nono, und er stieß Solies von sich. Der Cousin stolperte und landete auf seinem Hinterteil. Blitzschnell stellte Nono ihm den Fuß auf die Brust. Seine Stimme bebte vor Zorn. »Juana ist mir versprochen, und dabei bleibt es! Dires ist ja kein Trottel, seine Tochter einer Niete wie dir zu geben, die Weiberröcken nachspioniert!«

Klugerweise wehrte Solies sich nicht. »Er kann seine Meinung ändern«, erwiderte er kleinlaut.

Nono sog scharf die Luft ein und verstärkte den Druck seines Fußes: »Soso. Und warum sollte er das, eh? Es gibt einen Heiratsvertrag, und Dires ist kein Mann, der wortbrüchig wird …«

Der Jüngere stöhnte. Ihm blieb keine Luft mehr, und doch musste er die Gelegenheit nutzen: »Du vergisst die Vergangenheit«, krächzte er. »Vater und Großvater sind mit der Lösung nicht zufrieden.«

Nonos Geduld war am Ende. Er presste die Hände zusammen, bis er den Drang, Solies zu erwürgen, überwunden hatte. Dann bückte er sich und sagte gefährlich leise: »Vertrag ist Vertrag, ob es dir gefällt oder nicht, du Scheißer. Und nun verschwinde!« Er trat zurück und sah zu, wie der Junge eiligst das Weite suchte. »Ich rate dir, Juana in Ruhe zu lassen!«, rief er ihm nach. »Das nächste Mal kommst du nicht so billig davon!«

In einer federnden, kraftvollen Bewegung ließ Nono sich auf den schmalen Absatz vor seiner Behausung nieder und blickte ins Tal. Noch nie hatte er solche Gefühle empfungen. Und dennoch. Er durfte nicht zulassen, dass Juana ihm den letzten Verstand raubte! »Bleib ruhig, Nono«, ermahnte er sich. Seine Finger tasteten über den Boden, und als sie einen Stein fanden, nahmen sie ihn auf und spielten mit ihm. Es waren lange, wohlgeformte Finger. Mit der mechanischen, fast rhythmischen Bewegung fiel es ihm leichter, sich in den Griff zu bekommen. Nein, er wollte sich von Solies nicht beirren und verrückt machen lassen! Schließlich bereute er, überhaupt mit ihm gesprochen zu haben.

Eine Weile starrte der junge Calé zum schwarzen Firmament, dann suchte sein Blick den Polarstern. Dabei merkte er, dass dennoch Zweifel ob der sicheren Hochzeit in ihm nagten, denn bis zum Sommer war es noch lang. Was sollte er tun? Mit Dires sprechen, Juana entführen oder einfach nur warten? Jeder im Lager wusste, dass das Mädchen nicht heiraten wollte – weder ihn noch irgendeinen anderen. Das war auch so eine Sache, die er nicht verstand. Die niemand verstand. Böse Zungen behaupteten sogar, sie sei völlig verdreht durch ihre alberne Quacksalberei ... Deshalb wollte er ihrem Vater nicht vorgreifen, wollte abwarten, bis diesem im Sommer nichts anderes übrig bleiben würde, als ihren Gehorsam einzufordern. Andererseits würde auch sie bis dahin versuchen, ihren Vater umzustimmen. Ihre Chancen, Dires von seinem Heiratsversprechen abzubringen, dürften aber gering sein. Der Schmied war ein Mann, der zu seinem Wort stand. Selbst den *payos* gegenüber, die er stets anders behandelte, als es die übrigen Calé taten. Und Pipo und Yotsa? Er schüttelte den Gedanken an sie ab und merkte, dass ihm kalt geworden war.

Die vielen kleinen Kochfeuer unter ihm erinnerten ihn an die mitgebrachte Glut. Mit etwas Reisig und trockenen Ästen entzündete er ein kleines Feuer vor der Steinwand, das ihn wärmen sollte. Nono hielt die Hände über die Glut und dachte an Juana. Jede Nacht sah er sie in der Stille seiner Höhle, sah er ihren stolzen Schritt, die katzenhaften grünen Augen, ihre festen Brüste und ihre schmale Taille …

Er seufzte. Sie war ihm gegenüber weder zugänglich noch abweisend. Nein, das kluge Mädchen verhielt sich verdammt neutral – zu neutral, fand er. Dabei wurmte ihn mehr als der Umstand, dass sie ihn nicht begehrte, ihr untadliges, ja beinahe höfliches Desinteresse. Hass wäre ihm lieber gewesen, damit konnte er umgehen. Aber dazu gab er wiederum keinen Anlass. Geradezu schüchtern, sobald er ihr begegnete, mied er solche Situationen von vornherein. Sicherlich konnte man meinen, er ginge ihr aus dem Weg, was manche im Lager veranlasste, sein Verhalten falsch zu interpretieren. Nur dieser verfluchte Solies wusste Bescheid, da der Hundesohn nichts anderes zu tun hatte, als sie beide zu beobachten. Dass Juanas Hebammentätigkeit in fremden Häusern einen Rom brüskieren musste, gefiel seinem Cousin, und dass er darunter litt, gefiel ihm noch mehr.

Energisch stocherte er mit einem Ast in der Glut. Was sollte er tun? Den Kopf in den Nacken gelegt, fuhr er sich mehrmals durch sein dichtes, schulterlanges Haar und strich es zurück. Die Bewegung der langen, gespreizten Finger war beherrscht und dennoch leidenschaftlich, beinahe sinnlich. Nono war nicht hübsch, nicht einmal gut aussehend. Aber er war groß gewachsen und kräftig, hatte dunkle Haut und ausdrucksvolle, schwarze Augen. Selbst im Land der Mauren und Morisken wirkte er exotisch, und die Tatsache, dass er Zigeuner war, öffnete ihm bei den Frauen Tür und Tor. Wenn er mit seiner vollen, tönenden Baritonstimme die Weisen des *Cante jondo* sang, gingen sie unter die Haut. Die aufreizenden Klänge, die er seiner viersaitigen *guitarra* entlockte, einmal wehmütig, einmal wild, taten ihr Übriges und eroberten die Herzen der Damen im Sturm. Wenn er sie nahm, die Mädchen, Dirnen, Witwen und Ehefrauen, dachte er nur an Juana, stellte sich vor, sie sei es, die er in den Händen hielt, die er küsste, in die er eindrang …

Nono löschte das Feuer. Seine Höhle lag über allen anderen hoch oben am Sacro Monte, und alles, besonders das Wasser, musste weit hinaufgeschleppt werden. Doch er liebte es, sich auf den Absatz vor seiner Behausung zu setzen und das Lagerleben unter sich zu beobachten oder den Blick in die Ferne schweifen zu lassen, von der in der Abendsonne rot glühenden Alhambra zu den schneebedeckten Spitzen der Sierra Nevada. Nachdenklich betrat er den finsteren, kalten Raum, der ihm nur zum Schlafen diente und der außer einer spartanischen Schlafstelle auf dem nackten Felsboden nur noch seine Gitarre beherbergte. In Wahrheit war seine Höhle nichts anderes als ein kreisrundes Loch im Fels, dessen Öffnung er mit Brettern, Grasmatten und Weidenruten dicht gemacht und innen mit alten Pferdedecken verhängt hatte. Nichts, worauf er wirklich stolz sein konnte. Aber schließlich war dies nicht Dires' Beweggrund gewesen, seine Tochter mit ihm zu verheiraten. Bis zum Sommer war außerdem noch Zeit, er würde sich was einfallen lassen …

Juana schob das Problem ihrer zukünftigen Ehe erst einmal auf die lange Bank. Sie hatte viel zu tun, und das lenkte sie ab. In dem Maße, in dem nicht nur Ärzte, sondern auch maurische und jüdische Heilkundige das Land verließen, stieg die Zahl ihrer Aufträge. Immer öfter ging sie allein, ohne ihre Großmutter. Dass sie oft nur gerufen wurde, wenn es Komplikationen gab und keine christliche Hebamme gefunden wurde, stimmte sie traurig. Manchmal arbeitete sie für Gotteslohn, meist aber wurde sie in Naturalien entlohnt und bekam nicht selten unsinnigstes Zeug aufgedrängt. In Maras Höhlenwohnung fand sich schon ein Sammelsurium der seltsamsten Dinge, Kuriositäten, mit denen niemand etwas anfangen konnte, aber die Kinder ihre Freude hatten. Jüngst wanderten in die Truhe eine Pfeffermühle, eine Sanduhr, eine Federquaste aus Kranichfedern, eine Kollektion unterschiedlichster Korken. Es waren ihre Geschwister gewesen, die auf die Idee gekommen waren, die Korken mit Ruß zu beschmieren und die kahlen weißen Wände in Maras Höhle zu bedrucken, was sehr lustig aussah, fand Juana. Großmutter war die Einzige, die ihre Behausung innen und außen mit weißer Kalkmilch tünchte. Nicht, weil es hübsch war, sondern weil sie wusste, dass sie Ungeziefer fern hielt.

Im Laufe der Zeit füllte sich aber noch eine weitere Truhe mit Dingen, die einst wohlhabende und nun verarmte Morisken und Marranen als Zahlungsmittel benutzten: feine Nadeln und Zwirne, handliche Scheren, schillernde Knöpfe aus Perlmutt, Beinkämme, Porzellanschalen und Ledersandalen – kleine Kostbarkeiten, über die die übrigen Familien nicht verfügten. Nur die wenigen Einsätze in besseren Häusern wurden mit Silbermünzen entlohnt, und manchmal schenkten ihnen die Frauen, die ihre ärmliche Herkunft sahen, feine Sachen wie Spitzen, Seiden und glänzende Bänder.

Im ausgehenden Winter des Jahres 1526 half Juana ihrem jüngsten Bruder Angelito auf die Welt. Als die Wehen einsetzten, bereitete sie *sifrit* für ihre Mutter, doch noch bevor die schmerzlindernde Wirkung eintrat, war Angelito bereits geboren. Dires band einen roten Faden an die schwere Pferdedecke vor ihrem Türloch, so wie er unterwegs die Geburt an Büschen oder Weiden angezeigt hätte.

Zum ersten Mal in ihrem Leben verspürte Juana ein eigenartig berührendes Gefühl, als sie nach der Geburt das Neugeborene im Arm hielt. Ein Gefühl, das sie nicht einordnen konnte. Immerhin ihr Brüderchen, sagte sie sich. Aber das war es nicht. Unwillkürlich schweiften ihre Gedanken zu Nono. Er war ihr nicht unsympathisch … aber mehr auch nicht. Nein, sie hatte keine Sehnsucht nach ihm. Weder nach ihm noch nach Kindern oder Familie. »Das hat alles noch Zeit«, murmelte sie Angelito ans Ohr und starrte, den Kleinen im Arm wiegend, auf einen unentschlossen um eine Flamme tanzenden Nachtfalter.

Juana wusste, dass sie sich belog. Alle Mädchen in ihrem Alter waren bereits verheiratet, ob sie nun in den Versprochenen verliebt gewesen waren oder nicht. Sie dachte an ihren Vater und welche Familienfehde er mit der Entführung ihrer Mutter hervorgerufen hatte. Der gekränkten männlichen Eitelkeit und verletzten Ehre der jungen Zigeuner konnte oft nicht so einfach Genüge getan werden. Und dennoch hatte er es nie bereut …

Juana betrachtete ihre Mutter, die wieder die Augen geschlossen hatte und sich wohlig entspannte. »Ehe man sich's versieht, hat man ein Dutzend Bälger am Hals«, lästerte sie zu ihrer ebenfalls kinderlos gebliebenen Tante hin und drückte ihr den Säugling in die Arme. »Die sind doch nichts anderes als eine wohlweisliche Versorgung im Alter!«

Es bedurfte keines besonders scharfen Blickes, um zu sehen, dass es keinem Zigeuner besser ging als einem alten Zigeuner, sofern er rüstig und bei Gesundheit war.

Nun, auf diese Altersversicherung konnte sie gut und gerne verzichten, dachte Juana. Aber sie durfte nicht auf diese Ausnahmeregelung, wie sie der Großmutter gewährt worden war, hoffen und unverheiratet bleiben. Selbst Alina hatte Dires gegenüber beteuert: »Sie ist keine echte Heilerin wie Mara. Sie kann nicht durch simples Handauflegen heilen. Die Kleine mag viele andere Dinge beherrschen, nur das eben nicht.«

Juana warf ihrer Tante einen missmutigen Blick zu. Natürlich hatte Alina Recht, sie besaß diese Gabe nicht. Aber das wollte sie nicht hören.

Der Frühling kam und mit ihm das große »Fest der Aufnahme« am Tag der Tagundnachtgleiche. Rund um Granada blühten in zartrosa Farbtönen die Mandelbäume, und in der Ferne leuchtete die weiße Spitze des Mulhacén.

Juana saß am Morgen nach dem Fest auf der lang gestreckten Terrasse, einem Vorplatz, von dem man zu einer Reihe von Höhlenwohnungen Zugang hatte, und blickte in den azurblauen Himmel. Gegen das strahlende Blau hoben sich die schneebedeckte Sierra und das zarte Frühlingsgrün der nahen Hügel wie eine Theaterkulisse ab. Versonnen ließ sie ihren Blick nach Westen schweifen zu den orangeroten Mauern der Alhambra und des Generalife, ließ sich von diesem Anblick berauschen und begann zu träumen. Von maurischen Prinzen und Prinzessinen in herrlichen Roben inmitten ihres prunkvollen Hofstaates. Als Kinder hatten sie dort gespielt, und sie erinnerte sich noch gut an die kalten verlassenen Gemächer und an ihre einstige Pracht. Vor wenigen Jahrzehnten noch waren die roten Mauern von Leben erfüllt gewesen, von Liebe und Hass, von Glück und Leid … Juana kniff die Augen zusammen. Doch von hier aus konnte sie nicht erkennen, ob dort drüben schon irgendwelche Vorbereitungen im Gange waren. Man munkelte, dass in diesem Jahr noch Pedro Machuca im Auftrag des Königs mit dem Umbau der ehemaligen maurischen Residenz beginnen sollte.

Mit halbgeschlossenen Lidern an die weiß getünchte Felswand gelehnt, hörte sie jemanden ihren Namen rufen. Kurz darauf erschien Dino winkend und wild gestikulierend auf der Anhöhe. Um ihn abzufangen, erhob sie sich und lief ihm entgegen. Auch sie hatte bis in die Morgenstunden gefeiert und getanzt und kam nicht so leicht wie sonst auf die Beine. Mit einem Finger an den Lippen bedeutete sie dem zur Wache eingeteilten Jungen, keinen Lärm zu machen. Alle außer den Alten und Kindern im Lager schliefen noch.

»Was ist los?«

Dino war aufgeregt. »Bei den Wagen unten wartet ein vornehm gekleideter Page, Juana, um die Hebamme abzuholen. Es sei sehr dringend, sagt er.«

Es war immer dringend. Juana nickte. Ihr Vater hatte ihr eingeschärft, niemals ohne Begleitung einer ihrer Büder mitzugehen, wenn ein *payo* aus der Stadt sie abholen wollte.

»Weißt du, von wo er kommt?«

Dino schüttelte den Kopf. »Er hat ein Pferd für dich mitgebracht. Er sagt, er darf ohne dich nicht zurückkehren.«

Juana überlegte. Ihre beiden Brüder lagen irgendwo in den Büschen und schliefen ihren Rausch aus. Wie sollte sie die finden? Versoffenes Pack! Also musste sie ihren Vater wecken, wenn sie der Frau helfen wollte. Vorsichtig schlich sie an die Schlafstelle ihrer Eltern.

»Dada!«, flüsterte sie.

Schlaftrunken öffnete Dires ein Auge. Als er in Juanas besorgtes Gesicht sah, rappelte er sich auf und trat ins Freie. Das wenige, das sie wusste, war rasch erklärt. Er winkte Dino zu sich und raunte ihm etwas ins Ohr. Sogleich verschwand der Junge zwischen Feigengestrüpp auf einem steil nach oben führenden Pfad.

Dires rieb sich verschlafen den Nacken. »Der Bursche wird dich begleiten«, murmelte er, drehte sich um und verschwand wieder.

Um Alina und Mara nicht zu wecken, tastete Juana im Dunkel ihrer Höhle nach ihrem Beutel und verließ sie auf Zehenspitzen. Draußen band sie sich ihre Sandalen um, hängte sich den Lederbeutel um die Schultern und stieg den gewundenen Weg zu den Wagen hinab. Wenn keiner käme, würde sie alleine mit dem Pagen reiten. Zu den Besuchen im nahen Mauren- und Judenviertel ging sie auch meist allein.

Der Page war wirklich vornehm gekleidet, in rotem Samt mit goldenen Borten und Paspeln an den Aufschlägen. Die beiden edlen Pferde hatten Zaumzeug und Satteldecken in denselben Farben wie die Livree. Nach einem kurzen Blick den Berghang hinauf raffte Juana entschlossen ihre Röcke und griff nach dem reich verzierten Sattelknauf. Der hohe Sattel war ungewohnt. Als sie die Zügel aus der Hand des Pagen nahm, tauchte Nono über ihnen auf. Also doch. Das Vertrauen ihres Vaters in diesen Kerl musste grenzenlos sein! Die Nervosität des Pagen hatte sich mittlerweile auf die beiden Andalusier übertragen, sie tänzelten ungeduldig auf der Stelle und schüttelten ihre Mähnen. Nono schien nicht ausgeschlafen, ja nicht einmal nüchtern zu sein, außerdem schlecht gelaunt und keinesfalls bereit, sich zu beeilen.

»Mach schon, Nono, sonst reite ich allein los. Es ist dringend!« Sie gab in den Zügeln nach und das Tier sprang nach vorne.

Nono fasste es am Zaumzeug und murmelte beruhigende Worte. Sofort versammelte sich die Stute und scharrte mit einem Vorderhuf auf der harten Erde.

»Warum du?«, drängte Juana gereizt.

»Warum nicht?«

»Nun, man hätte meinen können, es spräche einiges dagegen. Wir zwei allein …«

»Siehst du uns schon allein?« Nono nickte zum Pagen. In seinem verschwollenen Gesicht spiegelte sich die Geringschätzung wider, die er dem Laffen in dem albernen Kostüm entgegenbrachte. Dann begann ein Mundwinkel zu zucken. »Klingt ja viel versprechend«, grunzte er und stieg zur Pferdekoppel hinunter, unterhalb der Wagen. Die Tiere hatten seinen Pfiff längst vernommen und kamen ihm entgegen. Obwohl er sich nicht sicher war, ob sein beleidigter Magen mitspielen würde, sprang er auf einen Schimmel mit grausilberner Mähne und galoppierte den beiden nach. Juana drehte sich kein einziges Mal um.

Die Geburt war langwierig und schwierig, denn das Kind lag verkehrt herum und wurde auch so geboren. Weder die lange vor Juana eingetroffene maurische Hebamme noch sie selbst hatten versucht, das Kind zu wenden. Beiden schien das Becken der erstgebärenden jungen Maurin breit genug zu sein, um eine Steißlage spontan zu entbinden. Nur die Großmutter und eine Tante der Kreißenden waren nicht dieser Ansicht gewesen. Der im Nebenraum wartende arabische Arzt hatte die Frauengemächer nicht betreten.

Am späten Nachmittag verließ Juana mit einem Ducado in der Tasche das Gebäude durch den Dienstboteneingang, durch den sie es auch betreten hatte. Sie sah sich flüchtig um, und da Nono nirgends zu entdecken war, schlug sie den Weg zur Alcaiceria ein, dem bunten orientalischen Basar mit dem Seidenmarkt in seiner Mitte, den sie bei Gelegenheit gerne besuchte. Vielleicht war Nono ja sofort wieder umgekehrt. Diese Hoffnung gab sie auf, als sie eine Straßenecke weiter das Hufgeklapper eines einzelnen Pferdes auf den Pflastersteinen hörte. Ohne ihren Schritt zu verlangsamen, drehte sie sich um. Als Nono dicht an sie herangeritten war, meinte sie beinahe vorwurfsvoll: »He, du bist noch hier?«

»Das war ja wohl mein Auftrag«, sagte er knapp.

Juana warf ihm einen flüchtigen Blick zu. Seine Laune hatte sich in den letzten Stunden offensichtlich nicht gebessert. »Bah! Keiner hat dir befohlen, auf mich aufzupassen.« Trotzig beschleunigte sie ihren Schritt.

Da verlagerte Nono sein Gewicht, beugte sich mit Schwung hinab und fasste Juana um die Taille. Ehe sie es sich versah, saß sie vor ihm auf dem Schimmel. »Glaubst du, ich will es mir mit meinem zukünftigen Schwiegervater wegen so was verscherzen!?«

»Ha, ich glaube kaum, dass Vater das mit aufpassen gemeint hat!« Selbst für Vaters Vertrauen würde diese Tuchfühlung wohl zu weit gehen.

Nono zuckte nur die Schultern. Beide sprachen kein Wort. Steif und verkrampft saß sie vor ihm, bemüht, ihm nicht zu nahe zu kommen. Doch wie sehr sie sich auch bemühte, konnte sie nicht verhindern, dass sie sich immer wieder berührten. Das Tier schaukelte in gemächlichem Trott, und auf dem glatten Fell stieß sie bei jedem Schritt an Nonos Schenkel.

Nach einer Weile bemerkte Nono amüsiert: »Komm, sei locker, sonst kannst du morgen wegen Muskelkater nicht laufen.«

»Dann musst du mich eben wieder aufs Pferd nehmen, dir scheint es ja zu gefallen!« Juana schnitt eine Grimasse. »Du könntest deinen Gaul aber auch etwas antreiben, dann wären wir schneller zu Hause.«

»Wie du willst«, meinte Nono lakonisch und setzte den Schimmel in Trab. Spontan legte er einen Arm um Juanas Taille und zog sie an sich. Um nicht ständig gegen sein Kinn zu stoßen, blieb ihr nichts anderes übrig, als ihre Steifheit aufzugeben und sich dem Rhythmus des Tieres anzupassen. Dabei spürte sie Nonos festen Brustkorb und seinen flachen Bauch und hörte, wie er mehrmals scharf die Luft einsog.

In seinem Dilemma ließ er das Tier wieder in Schritt fallen, ohne den Griff seines Armes zu lockern. Heilige Jungfrau, stöhnte er, das war ja nicht auszuhalten! Aber noch hatte er alles unter Kontrolle.

Der sehnige Unterarm über ihrem Bauch trug dagegen ganz und gar nicht dazu bei, Juana in Sicherheit zu wiegen. Sie wurde immer nervöser. Nono merkte es und fühlte sich langsam wohler. Seine Schüchternheit vor diesem stolzen Mädchen, das heilkundiges Wissen besaß, fiel von ihm ab, und selbstbewusst flüsterte er ihr ins Ohr: »Ich bin jetzt ebenso berauscht wie heute Morgen, nur nicht vom Alkohol …«

Juana sagte nichts.

»Wenn wir noch lange so reiten«, raunte er heiser, »garantier ich dir, dass wir nicht am Fuß des Sacro Monte ankommen.« Sein Atem streifte ihre Wange. Er war heiß und verlangend. Nono stöhnte.

Hätte sie Zweifel an seinen Absichten gehabt, dieser Laut hätte genügt, sie zu zerstreuen. »Wenn du an eine Entführung denkst, steig ich lieber ab«, beeilte sie sich zu sagen.

Nono lachte. Er fühlte sich immer wohler. »*Takaj*. Da siehst du, was ich alles für dich mache!«, rief er, sprang vom Pferd, nahm die Zügel in die Hand und lief nebenher. Verdammt, das war reine Notwehr gewesen! Längst hatte er nicht mehr alles unter Kontrolle. Nur kurz noch und die Berührungen ihrer Körper hätten ihm die Beherrschung geraubt. Und wie das ausgegangen wäre, wollte er sich gar nicht ausmalen. Zudem war er sich bei Juana nicht sicher, ob sie sich ohne weiteres hätte herumkriegen lassen. Aber auf diese Weise sollte ihre Beziehung nicht beginnen …

Sie hatten die innere Stadt hinter sich gelassen und wanderten am rechten Ufer des Darro unterhalb der Aljama und des Albaicin entlang. Die Luft war geschwängert vom Duft weißer Zitronen- und blauer Artischockenblüten. Ein Gefühl der Leere, das sichtlich nach Enttäuschung schmeckte, machte sich in Juana breit, auch wenn sie es sich nicht eingestehen wollte. Stur geradeaus blickend, dachte sie an den gestrigen Abend. Nono hatte auf ihrer Terrasse Zambras gesungen und sich dazu auf der Gitarre begleitet. Dabei war es weniger seine verführerische volle Stimme gewesen, die sie betört hatte, als seine Hände, deren lange Finger einmal wild und energisch, dann zärtlich, ja träumerisch über das Instrument gehuscht waren. Diese kräftigen, dynamischen Hände, die gar nicht zu seiner melancholischen Stimme passten, hatten sie bezaubert und ihr eine Ahnung davon gegeben, wozu sie fähig waren. Schon immer hatte sie eine Schwäche für schöne Hände gehabt, und je länger sie ihrem Spiel zugesehen hatte, desto stärker war sie ihrer Faszination erlegen.

Solies hatte die beiden den gestrigen Tag bis in die Nachtstunden beobachtet, was im allgemeinen Tumult und Feiern nicht weiter aufgefallen war. Auch wenn das Mädchen sich nichts anmerken lassen wollte, hatte er bemerkt, dass Nono mit seinem Singen und Spielen mehr als Interesse und Aufmerksamkeit bei ihr wecken konnte. Mittlerweile reagierte er so empfindlich, dass er jede von Nonos Bemerkungen und Gesten in Juanas Gegenwart für Anbändelei hielt, bis er glaubte, es nicht mehr länger ertragen zu können. Am darauf folgenden Abend setzte er sich zu seinem Vater ans Feuer.

»Äh ... hast du Nono und Juana gestern Abend beobachtet, *dada*?«

»Sollte ich?« Pipo warf seinem Sohn einen missgelaunten Blick zu. Er kannte seinen Neid und Hass auf den Cousin.

»*Aj*. Und heute sind sie den ganzen Tag gemeinsam weg gewesen – mit nur einem Pferd.«

Der schmalbrüstige Mann, der dasselbe leidenschaftslose Gesicht besaß wie sein Sohn, zuckte gelangweilt die Schultern und tat das eben Gehörte mit einer wegwerfenden Handbewegung ab. »Was soll das, Junge? Hast du keine eindeutigeren Details?«

Solies ließ sich von dem unterschwelligen Zynismus nicht beirren und bemerkte eisig, während er mit einer Weidenrute im Feuer stocherte: »Wenn sie keine Jungfrau mehr ist, brauchst du das vereinbarte Heiratsgeld nicht zahlen, *dada*.«

»Hm«, meinte Pipo und starrte nachdenklich in die Flammen. Sein Sohn hatte natürlich Recht, überlegte er. Der Gedanke war zugegeben verlockend. Wenn aber der versprochene Bräutigam, also Nono selbst, sie entjungfert hatte, würde es keine Bedeutung haben ... Nach einer Weile sagte er: »Wir werden das vor der Hochzeit von Susa prüfen lassen.« Pipo hoffte, sein Sohn würde sich damit zufrieden geben, aber er irrte.

»Wenn Juana keine Jungfrau mehr ist, *dada*, wenn dieser Dires also seinen Teil des Vertrages nicht eingehalten hat, kannst du den Heiratsvertrag lösen …«

»Und warum sollte ich das? Was willst du überhaupt, Junge?« Pipo verlor allmählich die Geduld mit seinem Sohn. Er hob den Kopf, und diesmal sahen seine Augen die zornigen Gefühle hinter der fliehenden, von dichten Locken bedeckten Stirn.

»Ich will nicht, dass der Hundesohn sie bekommt«, flüsterte Solies gepresst, nahm die Weidenrute, mit der er in der glosenden Asche gestochert hatte, und drückte sich die glühende Spitze in den Handteller. Dabei starrte er seinen Vater mit glänzenden, irren Augen an. Pipo reagierte blitzartig und riss ihm die Rute aus der Hand, noch bevor sie sich tiefer ins Fleisch brennen konnte. Solies schrie auf, stieß seinen Vater um und stürzte zum Wassereimer. Dann verschwand er in der Dunkelheit, begleitet von einem der Hunde.

Pipo wusste nicht, was er davon halten sollte. Er überlegte, dann ging er zu Dires. Er wollte ihm nichts von dem, was vorhin vorgefallen war oder wovon er erfahren hatte, erzählen, sondern nur herausfinden, wie Dires beinahe ein Jahr nach der Abmachung über die Heirat dachte. Das war schwierig anzustellen, denn der Kalderas war ein schlauer Fuchs, der die Menschen schnell durchschaute. Zuerst plauderten sie über den gestrigen Tag. Dires füllte Rotwein in zwei Becher und ließ sich vor dem Feuer nieder. An Pipos Unsicherheit erkannte er, dass jener nicht gekommen war, um sich über den Festtag zu unterhalten. Er verhielt sich abwartend und freundlich. Dann, mit einem Mal erwähnte Pipo den gestrigen langen »Ausflug« der jungen Leute.

»Was meinst du mit Ausflug, Pipo, eh? Juana wurde zu einer Geburt geholt, und ich schickte Nono hinterdrein, denn er schien mir der Einzige zu sein, der dazu in der Lage war. Meine Söhne waren es jedenfalls nicht.« Grinsend fügte er hinzu: »Nono war viel zu … beschäftigt, um sich so niederzugießen wie die anderen.«

»Eben, eben«, beeilte sich Pipo, ihm beizupflichten. »Damit hat es ja angefangen!«

Dires ahnte, worauf der andere hinauswollte, und drehte den Spieß um. »Ach! Kann ich deinem Nono etwa nicht trauen?« Mit scharfer Stimme täuschte er Argwohn und Misstrauen vor.

Pipo machte einen Rückzieher: »Nein, nein, ich dachte nur ... Viele Leute haben sie kommen sehen ...«

»Ja und? Auch ich hab die beiden kommen sehen. Juana ritt auf dem Pferd, und Nono lief neben ihr her. Was zum Teufel willst du, Pipo?« Dires' lauernder Blick ließ sein Gegenüber nicht los.

Der Calé versuchte, das Beste aus der Situation zu machen, die im Begriff stand, ihm zu entgleiten, und sagte in versöhnlichem Ton: »Wenn es dir Recht ist, soll Susa vor der Hochzeit die Zukunft des Paares voraussagen.«

»Um festzustellen, ob Juana noch Jungfrau ist?«

»Und wenn sie es nicht ist?« Pipos spitzes Gesicht bekam den Ausdruck einer Ratte, und seine eng stehenden kleinen Augen leuchteten schwarz. Ein so zügelloses Treiben würde große Schande über Dires' Familie bringen.

»Dann mach ich Nono dafür verantwortlich.« Dires senkte unmissverständlich seine Stimme. »Du weißt, wie Vergewaltigung von Stammesmitgliedern geahndet wird ...«

Pipo sprang auf und starrte ihn an. »Was?«, zischte er. »Von wegen Vergewaltigung, ha!« Er blickte drein, als wäre er versucht, sich auf ihn zu stürzen, nahm aber einem sicheren Instinkt zufolge Abstand davon.

Doch Dires ließ sich nicht beirren. »Tja, für deine Familie wäre das ein großer Verlust der Ehre, mein lieber Pipo, und ich würde den Spross einer anderen Familie wählen oder Juana unverheiratet lassen. Aber«, allmählich geriet er richtig in Fahrt, »damit du es weißt: Ich jedenfalls halte von dieser Wahrsagemethode einen feuchten Dreck und werde sie Juana ganz sicher ersparen. Schlag dir das aus dem Kopf, Pipo!«

Abrupt stand Dires auf, zum Zeichen, dass ihr Gespräch beendet war. »Wir werden das ausgehängte Leintuch am Morgen nach der Hochzeitsnacht begutachten und sehen, ob alles seine Richtigkeit hatte. Bis dahin stehe ich zu meinem Wort. Wenn du irgendwas ändern willst, Pipo, bring es verdammt nochmal bei einem *divano* am Feuer der Gerechtigkeit vor!«

Ohne den anderen eines Blickes zu würdigen, drehte sich Dires um und ging. Er wusste, dass der Mann nicht den Mumm hatte, solche Anschuldigungen in der Versammlung vorzubringen, weil sich sonst auch andere fragen könnten, welche Motive er dafür hätte. Angewidert verzog er das Gesicht. Zumindest hatte der Saftsack es doch nicht gewagt, diese Weissagung seinen Vater selbst ausführen zu lassen, wie früher, in längst verflossenen Zeiten. Dafür sollte nun die *Phuri Dai* seine Tochter mit dem gefaltenen Tuch entjungfern und die Blutflecken deuten … Dires schnaufte verächtlich. Das ging ihm nun wirklich zu weit! Von dem bitteren Hass zwischen den beiden Cousins, der Solies innerlich zu zerfressen schien, wusste der Schmied allerdings nichts.

Granada wurde für die Calé immer gefährlicher. Zu lange hielten sie sich schon an ein und demselben Ort auf, zu viele Diebstähle kamen dem Statthalter zu Ohren und zu offensichtlich war ihr Widerstand gegen jegliche Autorität. Diese Situation verschärfte sich noch, als im Mai 1526 das jungvermählte Kaiserpaar in die blühende Stadt übersiedelte, nachdem es im März desselben Jahres zu der lang erstrebten Verbindung mit Portugal gekommen war.

Der Einzug der zierlichen Isabella und des jungen Kaisers gestaltete sich ungemein prunkvoll. Feierlich bewegte sich der endlos lange Zug durch die von Menschen gesäumten Straßen, vorbei an festlich geschmückten Palais und mit Teppichen und kostbaren Seidenstoffen behängten Häusern.

Auch Juana und viele ihres Klans ließen sich dieses Schauspiel nicht entgehen, wussten sie doch solche Gelegenheiten bestens für Diebereien zu nutzen. Zwischen schwitzenden Leibern von Schaulustigen, Soldaten und Konstablern bahnte sie sich mit ihrer Schwester einen Weg an den Straßenrand. Kinder reckten gaffend ihre Hälse, als die Musik lauter wurde und bald darauf der Zug mit der Kapelle voran um die Ecke bog. Auf das sich nähernde Kaiserpaar deutend, flüsterte Laika: »He, Vater macht doch Ernst, eh?«

»Wie?«

»Na mit euch beiden, mit dir und Nono.« Sie kicherte.

Juana seufzte. Längst hatte sie sich mit der Tatsache abgefunden. Einmal an den Gedanken gewöhnt, hatte das Unausweichliche sogar seinen Schrecken verloren – zumindest wollte sie das glauben.

Die prunkvolle Kutsche kam näher. »Mensch, sieh nur die prächtige Kleidung und diese Frisur!«, schwärmte die Jüngere, in die erste Reihe der Zuschauer drängend. Die Augen zusammengekniffen, betrachtete sie die vielen zierlichen Zöpfe, die die Kaiserin um den Kopf geschlungen und mit kostbarem Schmuck festgesteckt trug.

Juana puffte die Schwester in die Schulter. »Du sollst nicht dastehen und nur glotzen«, zischte sie ihr ins Ohr und machte eine bedeutungsvolle Miene. Nie war die Gelegenheit für eine Halskette oder Geldkatze günstiger. »Die Reichen tragen doch alle solchen Fummel«, lästerte sie. Dann reckte auch sie den Hals, um mehr von dem Herrscherpaar zu erhaschen. Das anmutige, blasse Antlitz der Kaiserin mit den ausdrucksvollen großen Augen und ihre majestätische Haltung beeindruckten sie sehr. Sogleich empfand sie Sympathie für die zerbrechlich wirkende Frau, deren Schönheit überall gerühmt wurde. Für den Kaiser dagegen empfand sie nichts. Selbst nach einem nur flüchtigen Blick machte der junge Mann auf sie trotz seiner melancholischen Augen einen unnahbaren, ja hochmütigen Eindruck. Was weder Juana noch die übrigen Zuschauer ahnten, war die Tatsache, dass der Kaiser gerade in diesen Momenten außerordentlich glücklich war.

»Von der Alhambra«, raunte sie Laika zu, »soll er so beeindruckt sein, dass er ungeachtet seiner Finanznot sofort den Auftrag gab, neben dem Palast seine Residenz zu errichten.«

»Versteh ich nicht. Wieso wohnt er nicht in ihr, wenn er von ihr so beeindruckt ist?«

»Vermutlich, weil er kein Maure ist.« Juana zuckte die Schulter. »Du kennst das Schloss, das ist nur was für arabische Märchenprinzen.«

War einmal der prächtige Einzug mit großem Gepränge vorüber, bedeutete die Verlegung des Hofs nach Granada für die Zigeuner eine zusätzliche Gefahr. Es tummelten sich nicht nur mehr Würdenträger, die es auszunehmen galt, in den Straßen, sondern auch mehr Schergen und Büttel der Krone. Die Zahl der Nachtwächter wurde verdreifacht, und auch tagsüber patrouillierten Soldaten auf der steil zur Alhambra ansteigenden Allee, im Basar und an den Ausfallstraßen und Brücken der Stadt. Es dauerte auch nicht lange, und der junge Kaiser nahm sich an seinen Großeltern, den Katholischen Königen, ein Beispiel und erließ neue Dekrete gegen das Nomadenvolk. Gegen dasselbe Volk, das ein Jahrhundert zuvor in Aragon von König Alfons V. großzügig, freundschaftlich, ja sogar ehrerbietig empfangen und aufgenommen worden war …

Eines Tages im Frühsommer tauchte Milos in Granada auf. Der in die Jahre gekommene *kaku* eines fränkischen Romastammes zog schon geraume Zeit auf der Iberischen Halbinsel umher, besuchte ehemals blühende maurische Städte und die verschiedenen Klans der Gitanos. Zwei Tage vor der Sommersonnenwende, an der die Hochzeit von Juana und Nono stattfinden sollte, trafen sich Dires und Pipo in Milos' Beisein und besprachen die Vorbereitungen. Viel hatten die beiden nicht zu bereden und so trennten sie sich bald wieder.

Kurz darauf trat Solies auf seinen Vater zu: »Also, wann redet ihr mit Susa, *dada*?«

»Was geht dich das an, zum Teufel?«, fragte Pipo gereizt und dachte an die Szene mit der glühenden Weidenrute.

»Oh, sehr viel! Denn wenn sich herausstellt, dass Juana keine Jungfrau mehr ist und Nono sie nicht berührte, will der sie, so stolz, wie er ist, sicher nicht haben … Schließlich geht sie bei den *payos* ein und aus.«

»Und dann nimmst du sie?«

»Warum nicht?« Solies rieb sich unwillkürlich die Hände.

Wie eigensinnig und verbohrt der Junge doch war, dachte Pipo und beobachtete ihn aus den Augenwinkeln. Dennoch nahm er sich Zeit. Er legte eine knochige Hand auf die Schulter seines Sohnes, der erst fünfzehn Jahre alt war, und sagte in beschwörendem Ton: »Hör zu, Sohn: Ich bin davon überzeugt, dass Juana ihren Diklo noch nicht verloren hat – die hat ja nur ihre Heilkunde im Kopf. Was, wenn Susa ihre Jungfräulichkeit feststellen würde? Was dann, du Narr?«

Solies grinste verschlagen. »Dann …«, er verstummte und zuckte nur die Schultern. Ja, dann musste er sich was anderes einfallen lassen …

Am Tag vor dem Fest suchte Milos drei Hähne für das rituelle Festessen aus und drehte ihnen den Hals um. Das Rezept für dieses Gericht wurde von Mara eifersüchtig geheim gehalten, denn die dabei verwendeten Kräuter und Zutaten waren mit magischen Ritualen verbunden. Als reichste Frau im Klan scheute sie keine Kosten, um ihrer Enkelin ein prächtiges Hochzeitsfest auszurichten. Auch Dires, Yotsa und Pipo ließen sich nicht lumpen. Angela nähte aus der glänzenden, in allen Farben schimmernden Seide aus Maras Schatztruhe Rock und Leibchen und aus feiner, mit Silberfäden durchwirkter Gaze eine Stola.

Gegen Mittag wurde Juana von ihrer Mutter eingekleidet, mit Henna und Färberdistel bemalt und mit Holzkohle, die sie gut kaute und mit Speichel vermischte, geschminkt. Alina kämmte ihre Locken und band ihr ein Stirnband aus Goldfäden um, das sie unter den Haaren am Hinterkopf verknotete. An Goldfäden aufgereihte kleine Münzen hingen ihr unter dem hohen Haaransatz in die Stirn. Zuletzt legte ihr die Tante eine Kette aus den magischen, von den *kakus* gegen Behexung und Zauberei verwendeten Türkisen um den Hals.

Als die Braut noch mit unzähligen Ringen, Gold- und Silberreifen geschmückt ins Freie trat, hatte diese Erscheinung nichts mehr mit dem einfachen Zigeunermädchen zu tun, das vor einer Weile die dürftige Behausung betreten hatte. Im Gegenteil, sie schien ein Traum aus Tausendundeiner Nacht, schöner und anmutiger als die indischen Prinzessinnen auf ihren Tarotkarten. Jeder, der Juana begegnete, riss staunend die Augen auf, und auch in den Gesichtern der jungen Mädchen und Frauen war nichts als Bewunderung zu lesen. Selbst die *Phuri Dai* konnte sich an keine so bezaubernde Braut weder in ihrem noch in einem anderen Klan erinnern.

Dezent aufgetragene Schminke betonte Juanas klare Gesichtzüge, die hohen Wangenknochen, die schlanke gerade Nase. Als Mischlingskind besaß sie weder die breite, niedrige Stirn, noch die vorgewölbten Brauen ihrer Stammesgenossinnen, und auch nicht deren Statur, denn sie war größer als alle Frauen im Lager. Ihre mandelförmigen Augen, so grün wie jene ihres Großvaters Fernando León, verliehen ihr in dem bronzefarbenen, von schwarzen Haaren umrahmten Gesicht ein raubkatzenartiges Aussehen und erinnerten diejenigen an eine Wildkatze, die ein solches exotisches Tier schon gesehen hatten. Diese animalische Ausstrahlung in fließender Seide und ihre ebenmäßigen Züge bildeten einen reizvollen Kontrast. Wahrscheinlich war es dieser Kontrast, der jedermann so tief beeindruckte, denn Juana selbst war den meisten Gitanos zu groß und zu schlank, zu direkt und zu selbstbewusst. Außerdem lag etwas Geheimnisvolles, Unergründbares in dem wachsamen Blick ihrer grünen Raubtieraugen, der die abergläubischen Zigeuner wie auch die *payos* glauben ließ, die Hebamme verfüge über hellseherische Kräfte – all ihren falschen Weissagungen aus den Karten zum Trotz. Das konnte gefährlich werden, und Dires wurde nicht müde, Juana zu warnen.

Dem Brauch zufolge besuchte die geschmückte Braut der Reihe nach alle Familien des Klans. Juana betrat jede Höhlenwohnung und jeden der bewohnten Wagen am Fuße des Hanges. Dabei plauderte sie mit den einzelnen Mitgliedern der Sippen und trank mit jedem eine fingerhutgroße *copa*. Noch bevor das eigentliche Hochzeitsfest begann, drehte sich alles vor ihren Augen.

Von jeder Familie bekam sie ein kleines Geschenk von symbolischem Wert überreicht: schöne Steine und Muscheln, eine seltene Vogelfeder, ein Stück Bernstein aus der Nordsee, einen kleinen Türkis in Form des zunehmenden Mondes, den Stamm einer wilden Heckenrose mit Wurzeln, einen Strauß Hahnenfedern, der das Paar beschützen sollte, und vieles mehr.

Bosco, der mit seinen geschickten Händen die feinen Holzarbeiten für den Klan ausführte, überreichte Juana eine geschnitzte Statue, die Sara la Kali darstellte. »Für dein neues Heim«, sagte er.

Es war ein sehr kostbares Geschenk, denn ein Standbild der Göttin durfte in keinem Wohnwagen fehlen. Die schlichte, einfache Figur war aus dunklem Holz gefertigt und nur die Augen, die Stola und die Hände waren mit Goldlack bemalt.

Nachdem Juana in Maras Begleitung die Runde gemacht hatte und von allen geküsst und beschenkt worden war, kehrte sie unsicheren Schrittes in die Wohnung zurück, um sich zu erfrischen. Vom Wein benebelt, setzte sie sich zunächst zu ihrer Großmutter auf einen Berg bunter Kissen. Der alten Frau rann der Schweiß von der Stirn, denn zur Hitze des Tages kam noch der Alkohol, den sie zu dieser Stunde gar nicht gut vertrug. Eine Weile fächelte sich Mara Luft zu, dann kramte sie in ihrer Rocktasche. Als sie gefunden hatte, wonach sie suchte, hielt sie Juana eine kleine Figur aus Karneol entgegen.

»Kalika.« Mara wischte sich mit dem Handrücken über die Stirn. »Sie soll dir Glück bringen!« Zu der Figur in den schön bemalten Händen ihrer Enkelin nickend, setzte sie eine wichtige Miene auf. »Kalika offenbart sich in Alter, Krankheit und Tod, Lovenita – Situationen, mit denen du dauernd zu tun hast und mit denen du deinen Lebensunterhalt verdienst.«

Juana wusste, dass die Großmutter die Krankheit stiftende Göttin, eine der drei Erscheinungen von »Sara la Kali«, immer bei sich trug. Nachdenklich drehte sie die daumengroße rote Figur zwischen den Fingern. Der Stein fühlte sich befremdend kalt an. Rot war die Trauerfarbe ihres Volkes … Ich weiß nicht, ob diese da mir Glück bringen wird, dachte sie, sagte aber nichts.

Alina, wie Angela mit den Vorbereitungen für das Festessen beschäftigt, huschte einen Moment in die angenehme Kühle des halbdunklen Raumes und drückte der Braut einen Kuss auf die Stirn. In der ausgestreckten Hand hielt sie ihr eine kleine Silberdose hin. Behutsam öffnete Juana die reich verzierte und mit Türkisen belegte Dose und fand darin ein Häufchen Erde. Sie lächelte die Tante an. Glück und Geld, wer wünschte sich das nicht?

Das wertvollste Hochzeitsgeschenk aber war Juana an diesem Morgen von ihrer Mutter überreicht worden, als sie mit dem Seidenkleid und dem Schmuck in Maras Wohnung erschienen war. So wie Angela an ihrem Hochzeitstag den Anhänger aus Maras Händen erhalten hatte, wurde er nun von der Mutter an ihre Erstgeborene weitergegeben.

»Denn du bist aus seinem Blute – auf dass er dich und deine Nachkommen beschütze«, murmelte Angela und legte die silberne Kette um den Hals ihrer Tochter. Das einstige Schmuckstück war längst zu einem Amulett geworden.

»Seit deiner schweren Geburt, mein Kind, sind Großmutter, Alina und ich uns einig, dass der Anhänger die Trägerinnen beschützt«, versicherte sie, und die Tante erklärte im selben Brustton der Überzeugung: »Hätte deine Mutter sich die Kette damals eher umgehängt, wär uns viel erspart geblieben.«

»Uns? Ich kann mich nicht erinnern, dass *du* dabei gelitten hättest«, entgegnete Angela trocken. »Wie auch immer«, lenkte sie unverzüglich ein, trat einen Schritt zurück und begutachtete ihr Werk. »Hübsch siehst du aus. Nun ja, es stimmt, ich hab mir den Anhänger einer Eingebung zufolge plötzlich umgelegt. In der dritten Nacht, weißt du, und das hat den Geburtsverlauf entscheidend beeinflusst.«

»Ich weiß, *dajajka*.« Juana kannte den silbernen Anhänger, den der Edelmann von den fernen Inseln einst ihrer Großmutter geschenkt hatte, und wusste auch, welche Bewandtnis es mit ihm hatte. Nun war sie an der Reihe. Bei dem Gedanken an die nahe Hochzeitsnacht lief ihr ein Schauer über den Rücken, und trotz der Kühle im Raum stieg Hitze in ihre Wangen. Sie dachte an Nonos Hände und wie seine Finger das Instrument berührten, wie er die Saiten streichelte oder wild zupfte oder mit dem Daumen aufreizend spannte. Wie er rhythmisch mit der flachen Hand auf den Hohlkörper klopfte und dann wieder mit den Knöcheln energisch gegen das Holz trommelte … Wie würde er sie berühren, liebkosen? »O Gott«, stöhnte sie, gleich würde sie bis unter die Haarwurzeln erröten! Nonos Geduld und scheinbare Gelassenheit ihr gegenüber hatten im Laufe der Monate nur ihre Neugierde geweckt. Schließlich hatte sie sich in ihr Schicksal gefügt, bei ihrem Vater nicht mehr protestiert und auch keinen weiteren Versuch unternommen, Mara und ihre Mutter aufzuwiegeln. Sie hatte sich selbst ihr Kopftuch genäht, das sie in Zukunft im Nacken geknotet tragen würde, zum Zeichen, dass sie nicht mehr frei war.

Am Nachmittag waren alle Frauen des Klans mit den Vorbereitungen des Festmahls beschäftigt. In den großen Kesseln schmorten Hasenragout mit Pilzen, Wildente mit Kräutern und köchelten Wurzelgemüse, das die Mädchen in der Umgebung gesammelt und ausgegraben hatten. Perlhühner, Rebhühner und Fasane, von den geschicktesten unter den jungen Burschen mit Steinschleudern und viel Geduld gejagt, brutzelten auf Rosmarinspießen und wurden von den Kindern eifrig gedreht. Auf flachen Rosten wurden Weizenkuchen gebacken und die Fladen in großen Körben gestapelt. Angela hatte die drei Hähne für das Mahl der Brautleute gerupft und mit geweihten Kräutern eingerieben. Am Vortag war der Lavendelwein aus Weißwein und den blauen Blüten angesetzt worden und in aller Frühe der Orangenwein aus Rotwein, Orangen, Limonen und Honig.

Als es dämmerte, entzündete der *kaku* das rituelle Feuer. Den ganzen Tag über waren die Kinder auf Holzsuche gewesen und hatten für das besondere Feuer trockene Äste und Zweige von Macchiensträuchern, Oliven-, Lorbeer- und Mandelbäumen, Kastanien und Akazien zusammengetragen. Die Alten hatten das Holz in der Mitte des einzigen größeren Platzes unterhalb der Wagen aufgeschichtet.

Als das mächtige Lagerfeuer am Fuße des Sacro Monte

brannte, versammelten sich alle Calé in einem weiten Kreis rund um das Feuer. Der feierliche Augenblick war gekommen, an dem sich Juana und Nono gegenübertraten, die Hand gaben und auf die *Phuri Dai* zugingen. Susa saß auf einem Schemel, das Feuer zu ihrer Linken. So festlich gekleidet und mit schwerem Schmuck behängt, wirkte die füllige kleine Frau sehr würdevoll. In ihren ausgestreckten Händen hielt sie mehrere rituelle Gegenstände, Symbole, die für die Ehe des Paares Bedeutung hatten: In ihrer Rechten lag ein Häufchen Erde, darin steckten ein Strauß Hahnenfedern, ein Weißdorn und ein Stechginsterzweig. In ihrer Linken hielt die Stammesmutter ein Ei und eine weiße Wachskerze.

Nonos Finger fühlten sich kräftig und warm an und hielten Juanas Hand, die leicht zitterte, fest umschlossen.

»Ihr werdet unzerstörbar sein«, sprach Susa, »und trotzdem wird man euch zerstören wollen. Ihr werdet Kraft sein, weil ihr Liebe seid. Die *gadschos*, die euch nahe kommen, werden die Ausstrahlung eurer Aura verspüren, und was sie im Herzen tragen, wird ihnen zurückgegeben werden: Liebe oder Hass, je nachdem. Dennoch werden eure Lippen für euch zwei Schranken sein, denn wisset: Das Herz der Menschen gleicht einem Garten, und sehr oft hängt die Ernte vom Gärtner ab. Deshalb sei die Vorsicht ab heute euer Gesetz. Jedes Eurer Worte soll Liebe und Weisheit in sich tragen – muss man nicht denjenigen ehren, der Leben in sich trägt und Leben schenkt? Die Zigeuner müssen sich vermehren. Ein Wolfsrudel wird umso stärker, je mehr Wölfe da sind, und die Nomaden können sich umso besser verteidigen, je zahlreicher sie sind. Nono, zeuge starke Söhne und fruchtbare Töchter, die nachfolgen und den Stamm stärker machen!« Zum Zeichen, dass sie ihre Rede beendet hatte, nickte die Stammesmutter der Braut auffordernd zu.

Juana entnahm einem kleinen Körbchen an ihrem Arm einen Apfel und reichte ihn Nono. Sie sagte: »*Dzanav, kaj aves baxtalo* – Ich weiß, dass du glücklich wirst.«

Nono nahm den Apfel an sich und sagte: »*Kamav, te aves baxtalo* – Ich will, dass du glücklich wirst.« Der Blick seiner großen schwarzen Augen war ernst und aufrichtig.«Ich bin dir Nahrung, du bist mir Nahrung, wir sind uns Lebenskraft.« Dann legte er den Apfel zurück in den Korb.

Feierlich wandte sich die *Phuri Dai* an Juana. »Nun nimm die Symbole.«

Die Braut griff nach dem Weißdorn und dem Stechginsterzweig, und Susa sprach: »Das sind die Blumen, die sich verteidigen, wenn man sie pflückt.« Dann nahm Juana den Strauß Hahnenfedern, und Susa sagte: »Er sei euer Schutz vor Behexung.« Als Juana das Häufchen Erde in ihr Körbchen leerte, lächelte die kleine, füllige Frau: »Es bringe euch Glück und Geld.«

Zuletzt griff die Braut nach dem Ei, dem Symbol des Lebens, und der weißen Wachskerze. »Seine Flamme«, sagte Susa, »genährt von reinem neuem Wachs, soll euch Licht bringen.« Langsam erhob sie sich und nahm die Brautleute bei der Hand.

Die kleine Frau in die Mitte genommen, umschritten die drei gemeinsam das Lagerfeuer innerhalb des Kreises, den die Calé bildeten. Während die *Phuri Dai* unverständliche Worte murmelte, hob die Menge zu einem Lied an, eine uralte Weise, die von der Hochzeit Pchuvus erzählte, einem Geist der Mutter Erde. Mit der Umrundung des Feuers endete auch Susas Zauberspruch. Sie übergab das Brautpaar dem *kaku*, und die Menge teilte sich, um die drei durchzulassen.

Auf dieselbe Weise, aber in entgegengesetzter Richtung, umschritten sie mit Milos in der Mitte den Kreis ihrer Mitbrüder. Während das junge Paar mit diesen symbolischen Handlungen andeutete, den Klan der Calé zu jeder Zeit und mit allen Mitteln und Kräften zu verteidigen und zu beschützen, murmelte der *kaku* in ihrer Mitte weitere Zaubersprüche. Als sie zum Ausgangspunkt zurückkehrten, hob Milos je eine Hand von Juana und Nono zum Himmel empor, blickte zu Mond und Polarstern und legte dann die Hand der Braut in die des Bräutigams. Zwei Jungen kamen und hielten knapp über den Boden einen Besenstiel, über den die Brautleute Hand in Hand sprangen. Die Zeremonie war beendet, und Nono und Juana waren ein Paar. So ernst und feierlich sich die Gemeinschaft während des Hochzeitsrituals verhalten hatte, so ausgelassen und laut feierten sie im Anschluss.

Während die jungen Burschen den Tag über die anfallenden Arbeiten erledigen mussten, hatten die Männer des Klans mit den Patriarchen, den Vätern des Brautpaares und natürlich Nono zusammengesessen und geplaudert, gesungen und vor allem getrunken. Nono war zum Zeitpunkt der Zeremonie längst nicht mehr nüchtern, bekam aber noch Juanas ärgerliche Reaktion mit, als sie seinen Zustand bemerkte.

Was sollte er jetzt verdammt nochmal tun? In seinem Dilemma lächelte er schief. Juana war nicht irgendein Mädchen, und er wollte sie nicht in ihrer Hochzeitsnacht schon enttäuschen. So nahm er sich vor, noch einige Zeit zu warten und so gut es ging auszunüchtern, bevor sie zu seiner Höhle hinaufstiegen. In seinem Zustand konnte er nicht einmal einen passablen Seguidilla tanzen, ohne sich vor ihr zu blamieren! Und er wusste, wie gerne sie tanzte … Um seine Betrunkenheit zu überspielen, langte er beim Essen tüchtig zu und nahm dankbar alles, was Juana ihm anbot. Dennoch konnte er den Alkohol schwer ablehnen, ohne unhöflich zu erscheinen. Besonders hartnäckig schien ihm Solies in seinen Bestrebungen, ihn zum Trinken zu animieren. Wenn er seinem Cousin auch aus dem Weg gehen konnte und ihn schließlich vollständig ignorierte, so fädelte dieser geschickt Situationen in Gegenwart anderer ein, denen Nono sich nicht entziehen konnte. Immerhin war er es, auf den heute alle Männer des Klans anstießen.

Dem heißen Junitag folgte eine warme schwüle Nacht. Nono war glücklich. Nachdem die drei Hähne verzehrt waren, holte er sich noch ein Perlhuhn vom Spieß und aß einen Fladen Weizenbrot dazu. Danach fühlte er sich besser. Von da an trank er nichts mehr. Zu vorgerückter Stunde nahm er seine Gitarre und begleitete Pepe und Paco, der das Cymbal schlug. Mehrere Burschen wechselten sich mit dem Tamburin ab, und einer fiedelte eine Gadulka. Wenn Nono mit Juana die Sevillanas und Seguidillas tanzte, sprang Gil ein und zupfte seine Gitarre. Zwischendurch sang und spielte er Zambras andalusischer Morisken, die so eindeutig waren, dass sie Juana mehrmals die Schamesröte ins Gesicht trieben – wusste doch jeder an diesem Tag, wem sie gewidmet waren. Unter anderen Umständen waren solche Liebesbekundungen verpönt. Kein Mann wagte es, in der Öffentlichkeit Anzügliches über Romnis zu sagen, und nur dem Brautpaar war es an ihrem Fest gestattet, seine Gefühle vor anderen zu zeigen. So wollte es der Ehrenkodex ihres Volkes …

Auch Juana war glücklich. Sie tanzte, bis ihr die Fußsohlen brannten, und machte nur Pausen, um zu trinken oder neue Kräfte zu sammeln. Beim Tanzen konnte sie alles um sie herum vergessen, selbst Nono löste sich zeitweise in Luft auf, obwohl sein fester Griff und seine zufälligen Berührungen sie mit jedem Tanz sensibler werden ließen.

Irgendwann um Mitternacht kehrte Nono nicht mehr zu seiner Gitarre zurück, und auch Juana gesellte sich nicht wieder zu den Tanzenden. Unbemerkt hatte Nono seine Frau bei der Hand gepackt und mit ihr das Gewühl auf dem kleinen Platz verlassen. Als hätten sie besondere Eile, liefen sie den gewundenen Pfad entlang, stiegen den steilen, schmalen Steig hinauf, den die Fackel in Nonos Händen gespenstisch beleuchtete, und erreichten außer Atem seine Höhle. Der Steig war Juana vertraut, da sie von hier aus oft auf Kräutersuche ging, doch hatte sie noch niemals Nonos Höhle betreten.

Auf dem kleinen Absatz vor dem Eingang, der nicht viel breiter war als der vorbeiführende Pfad, hielt Nono an, steckte die Fackel in eine Spalte in der Wand und drehte sich langsam zu Juana um. Im silbernen Licht des Mondes funkelten ihre Augen wie Diamanten. Sie lächelte schüchtern. Ihre Haut, die von der Anstrengung feucht war, schimmerte seidig, und ihr Kleid schien aus purem Silber. Sie war so schön, dass Nono kein Wort über die Lippen brachte.

Sanft zog er sie an sich. Juanas Herz klopfte wie wild, und ihre Lider flatterten. Himmel, was sollte er nur von ihr denken!, schalt sie sich aufgeregt. Als er dann zärtlich eine Hand an ihren

Nacken legte und begann, mit ihrem Haar zu spielen, wurden ihr die Knie weich. *Devlam!* Mit dem Zeigefinger der anderen Hand fuhr er die Konturen ihres Kinns entlang, umkreiste versonnen ihren Mund und ließ den Finger auf der Unterlippe verweilen. Juana öffnete die Lippen ein wenig und schloss die Augen. Wenn das so weiterging, fürchtete sie, würde sie nicht mehr lange ihrer Sinne mächtig sein!

Obwohl Nono ihr Zeit ließ und äußerst behutsam vorging – hoffte er doch, dass sie noch ganz und gar unberührt war –, ging Juana alles viel zu schnell. Sie war in ihrem Leben ja noch nicht einmal geküsst worden, und heute sollte sie alles auf einmal erleben! Mit einem Mal machte ihr diese Vorstellung Angst. Sie versteifte sich unbewusst und öffnete die Augen. Nono erkannte den Anflug von Panik in ihrem Blick. Einen Moment überlegte er, ob er sich zurückziehen sollte, entschied sich dann aber anders.

Während seine Finger kaum die Haut berührend über Kinn und Hals abwärts wanderten, drückte er seinen Mund sanft auf den ihren. Seine vollen Lippen waren weich und warm und ruhten still auf den ihren, als er mit der Hand in ihren Ausschnitt glitt und nach der Brustwarze tastete. Er zupfte und drehte sie leicht, bis er merkte, dass Juana darauf ansprach. Dann hielt er inne. Nun wurde er wieder mit seinen Lippen aktiv. Er saugte, knabberte und leckte an den ihren, und als sie aufstöhnte, drang er mit seiner Zunge in sie ein. Juana war überrascht und zuckte zurück. Nono schlüpfte aus ihrem Mund und schob seine Hand zur anderen Brust, deren Spitze er mit Daumen und Zeigefinger ebenso sanft knetete, bis sie sich prall und fest unter dem dünnen Stoff abzeichnete. Juana atmete schwer. Er hielt wieder inne und drang erneut mit seiner Zunge in sie. Wie eine Schlange kroch sie in ihre Mundhöhle, warm und fleischig, und begann sie zu erforschen. Benommen von diesem Wechselspiel der Erregungen, klammerte sie sich mit einer Hand an seinem Hals fest, mit der anderen hielt sie das Körbchen mit Susas Geschenken. Ihre Knie gaben nach, und wäre sie nicht zwischen der Wand und seinem kräftigen Körper eingeklemmt gewesen, wäre sie Nono zu Füßen gesunken. So etwas hatte sie noch nie in ihrem Leben empfunden.

Als Nono spürte, dass Juana erregt und bereit für die Liebe war, zog er sich aus ihrem Mund zurück und schob sie leicht von sich. »Das ist erst der Anfang, Liebes. Komm!«

Er öffnete den schweren Vorhang und führte sie in ihr neues Zuhause. Unter dem schwarzen Stoff seiner Hose pochte schmerzend sein hartes Glied. Nach außen hin wirkte er beherrscht, nur seine Augen leuchteten ganz eigenartig und verrieten ihr seine qualvolle Begierde. Während er an der Fackel mehrere Talglichter entzündete, sah sich Juana in dem Raum um. Es gab nicht viel, an dem ihr Blick hängen blieb. Hausrat besaß Nono offensichtlich keinen, aber er hatte in die hellen Kalksteinwände mehrere Nischen für die wenigen Habseligkeiten geschlagen, die ihnen von nun an gemeinsam gehörten. Der Boden war weder mit Grasmatten ausgelegt, noch gab es einen Teppich auf dem kalten Stein oder bunte Kissen auf dem spartanischen Schlafplatz aus mehreren übereinander geschichteten Decken. Dafür hatte Nono vor kurzem eine neue Wolldecke »organisiert« und sie über die dicken Decken aus geflochtenem Rosshaar gelegt. Und über die Wolldecke lag das große Leintuch gebreitet, das Pipos Familie ihm vor einigen Tagen geschenkt hatte. In den lindgrünen Stoff waren viele zarte Blumen gewebt, und auf dieser Blumenwiese wollten sie sich heute lieben.

Juana stellte das Körbchen in eine der Nischen, nahm den Apfel und die Kerze heraus, die die heutige Nacht erleuchten sollte, und legte beides auf den Boden neben der Schlafstelle. Dann sah sie sich um. Nono hielt ihr lächelnd seine »Sonne« entgegen. Juana legte auch das Messer auf den Boden. Etwas verlegen richtete sie sich auf. »Nono …«

»Ich weiß, Liebes. Wir tun nur, was du willst. Aber du musst dich ausziehen. Mit all diesem Fummel kannst du ohnehin nicht schlafen gehen.«

»Ich wollte dir was anderes erklären, Nono. Also …«, stammelte sie »durch meine Arbeit bin ich … äh … empfindlich geworden, ich meine, was Gerüche anbelangt. Ich … möchte mich waschen.«

»Siehst du, ebendeshalb musst du dich ausziehen. Ich hab daran gedacht. Dort im Eck steht der Wassereimer, eine Schüssel und sogar Seife«, erklärte er stolz. Noch nie in seinem Leben hatte er Seife besessen, er war einfach Maras Rat gefolgt. »Allerdings hab ich nichts, womit du dich abtrocknen könntest.« Dann fügte er leise hinzu: »Aber das macht nichts, ich werd jeden einzelnen Wassertropfen von dir wegküssen.«

Die kehlige Stimme und der durchdringende Blick seiner schwarzen Augen trieben ihr das Blut in die Wangen. Wieder verspürte sie dieses Flattern um ihren Bauchnabel.

Ihrem Mann den Rücken zudrehend, begann Juana langsam und bedächtig, den Schmuck abzulegen. Dabei fragte sie wie beiläufig: »Gehst du dazu nicht … hinaus?«

»Möchtest du das?«

»Aj.«

»Takaj.« Nonos Stimme klang enttäuscht.

»Zumindest, während ich mich wasche.«

»Ist schon gut«, murmelte er und setzte sich steif auf den Stapel Decken. »Ich möchte dir nur beim Ausziehen zusehen.« Heiser flüsterte er: »Mach es langsam.«

Gequält von dem Verlangen, sie mit all seiner Leidenschaft zu nehmen und endlich in sie einzudringen, sah er Juana mit verhaltenem Atem zu, wie sie zuerst den Schmuck ablegte und dann ihre Kleidung. Als das letzte Kleidungsstück zu Boden fiel, drehte sie sich zögernd um. Sie stand nur da und versuchte, ihr rasendes Herzklopfen zu bekämpfen. Nono starrte sie an, dann sprang er auf und lief hinaus. Vor dem Eingang lehnte er sich an die kühle Mauer und atmete tief durch. Er hörte, wie sie sich drinnen wusch. In Wahrheit stand der Eimer mit Trinkwasser immer in der Ecke, und es wäre ihm völlig gleichgültig gewesen, ob sie sich gewaschen hätte oder nicht. Doch er begriff, dass er sich nun auch waschen musste. Himmel, er war ja nicht dumm! Oder war es am Ende das, was sie ihm zu verstehen geben wollte? Ein kleines Rinnsal suchte sich seinen Weg nach draußen, rann unter dem Vorhang ins Freie und versickerte in einer Erdspalte.

Als er kein Wasserplätschern mehr vernahm, betrat er den Raum. Juana kniete am Boden und war gerade dabei, die weiße Wachskerze zu entzünden. Nono streifte seine Kleider ab und beugte sich mit dem Rücken zu seiner Frau über den Wassereimer. Er wusch sich Gesicht, Oberkörper und Unterleib und richtete sich dann auf. Langsam drehte er sich um. Juana saß auf dem Bett, hielt den Apfel und das Messer in den Händen und starrte auf sein mächtig erigiertes Glied. Die Wassertropfen auf seiner dunklen heißen Haut schienen förmlich zu verdampfen, die Haut glänzte und schimmerte wie schwarzes Gold. Ohne den Blick von ihm zu wenden, begann sie mit zitternden Händen den Apfel zu bearbeiten. Dem Brauch nach musste dieses Symbol der Liebe in der Hochzeitsnacht gemeinsam verspeist werden, um sich auf diese Weise gegenseitig sein Herz und seine Seele zu schenken.

Lächelnd nahm ihr Nono den Apfel und das Messer aus der Hand und setzte sich neben sie auf die Decke. Einem bestimmten Muster folgend, schnitt er kleine Stückchen ab, wobei er abwechselnd Juana und sich selbst ein Stück in den Mund schob. Er tat dies langsam und bedächtig, und jedes Mal, wenn er ein Apfelstück auf ihre Lippen gesetzt hatte, spielte er liebkosend mit seinen Fingern in ihrem Gesicht, fuhr ihre Nase entlang, über ihr eigenwilliges Kinn, ihren schlanken Hals. Als Juana am letzten Apfelstück kaute, streichelte er mit beiden Händen ihre Brüste, spielte mit den Brustwarzen und hauchte ihr seinen heißen Atem ins Ohr.

Wieder spürte sie das Flattern um ihren Nabel, als tanzten Hunderte von Schmetterlingen in ihrem Bauch. Da entrang sich ihrer Kehle ein tiefes Stöhnen. Sie verschluckte sich und begann heftig zu husten. Nono nahm sie in die Arme und klopfte liebevoll auf ihren Rücken. Dabei vergrub er sein Gesicht in ihrem Haar, küsste sie auf den Nacken und auf die Schulter und wanderte, eine feuchte Spur mit seiner Zunge ziehend, zu einer Brustwarze, die er zärtlich mit seinen Lippen umschloss. Juana stöhnte auf. Hitzewellen durchströmten ihren Körper. Alles, was Nono tat, löste bei ihr ein nie gekanntes Gefühl zwischen den Beinen aus.

Unterdessen hatte er sie sanft auf die Decken gedrückt. Lächelnd beugte er sich über sie. Seine Lippen waren weich und warm. Fordernd drang seine Zunge in ihren Mund und diesmal zuckte sie nicht zurück. Zugleich bemerkte sie, wie an den zarten Innenseiten ihrer Schenkel etwas Fremdartiges, Hartes pochte, das sich immer zielstrebiger ihrem intimsten Zentrum näherte. Dort spürte sie eine Nässe, die aus ihr sickerte wie in den Tagen der Menstruation. Nono schob ein Knie zwischen ihre Beine, zog es langsam an und spreizte ihre Schenkel, bis ihr letzter Widerstand erlahmte. Sich mit einer Hand abstützend, führte er mit der anderen sein Glied. Juana wartete auf den Schmerz. Als er spürte, wie sie sich unter ihm verkrampfte, raunte er: »Hab keine Angst, komm entspann dich, dann tut es weniger weh.« Seine Stimme war so rau, dass sie ihn kaum verstand.

»Nono ...« Sie sah ihrem Mann in die Augen, hielt seinen Blick fest. Nono erkannte die Angst darin.

Sein hartes Glied an ihre geschwollene Weiblichkeit gesetzt, drang er mit der Spitze etwas ein und dehnte das Hymen. Dann zerriss er es mit einem einzigen gezielten Stoß. Juana durchzuckte ein kurzer stechender Schmerz, doch kam kein Laut über ihre Lippen. Sie hielt den Atem an, wartete. Da waren nur noch pulsierende Härte und brennende Hitze, aber kein Schmerz mehr.

Nachdem Nono tief in sie eingedrungen war, verhielt er sich ruhig. »Ist es sehr schlimm?«, flüsterte er. Sein Atem, der schwach nach Wein roch, hauchte ihr warm ins Gesicht. »Es gibt Schlimeres«, kicherte sie, froh darüber, dass es wirklich nicht wehtat. Unter sanften Küssen streichelte er über Juanas Haar, strich ihr die Locken aus dem Gesicht und drückte sie an sich. Juana entspannte sich wieder. Seine Zunge fuhr über ihre Wangen, ihre Lider, ihre Lippen, leckte über die Armbeugen und um ihre Brustwarzen. Auf diese Zärtlichkeiten hin wurde sie von so heftiger Erregung gepackt, dass sie sich unter ihm regte und seine Liebkosungen zu erwidern begann. Nono fing an, sich langsam in ihr zu bewegen. Instinktiv passte sie sich seinem Rhythmus an, hob und senkte ihr Becken und schlang ihre Beine um seine Hüften. Nono stöhnte gepresst. So behutsam er konnte, stieß er zu. Ein salziges Rinnsal rann zwischen ihren Brüsten nach unten. Als er mit seinen Fingern in dem dichten Schamhaar nach ihrem empfindlichsten Punkt suchte, presste sie sich aufstöhnend gegen ihn. »Oh«, seufzte sie, als er die Stelle streichelte, und »*Aj* …«, und dann sagte sie eine ganze Zeit lang gar nichts mehr. Nur heftiges Atmen war zu hören. Nono lächelte. »Komm, mach es selber«, raunte er und schob ihre Hand nach unten. Bald entlockte ihr das Spiel ihrer Finger gutturale Laute, die Nono jede Beherrschung vergessen ließen. Mit all seiner Kraft stieß er zu, heftig und immer schneller. Der Höhepunkt kam für Juana plötzlich und überwältigend. Sie schrie seinen Namen, dann ließ sie sich von der alles überrollenden Woge mittreiben. Ihr Unterleib zuckte und eine Träne rann über ihre Wange. Die Hitze der Berührungen löste ihr Bewusstsein in Nebel auf, der davonzuschweben drohte. In diesem Augenblick waren sie vereint mit der ewigen Kraft und der göttlichen Liebe, die den Mystikern manchmal als goldenes Licht erschien.

Nono steigerte das Tempo. Juana hatte die Augen geschlossen und spürte, wie sich wieder Spannung in ihr aufbaute. Auch Nonos Stöhnen wurde lauter, und aus seiner Kehle drangen heisere, animalische Laute. Dann ein gellender Schrei. Im selben Augenblick fiel sein Körper auf den ihren mit einer Wucht, dass es ihr die Luft aus der Lunge presste. Juana riss die Augen auf.

Solies stieß einen weiteren Schrei aus und stach wieder zu. Mit blutigem Messer stand er über Nono gebeugt, sein Gesicht zu einer hässlichen Fratze verzogen, in der sich unendlicher Hass widerspiegelte. Juana verstand nichts. Mit übermenschlichen Kräften, wie sie die Panik manchmal verleiht, stieß sie Nonos schweren Körper von sich, rollte zur Seite und tastete nach dem Messer auf dem Boden, der voller Blut war. Sie fand es sofort, umklammerte es und schnellte hoch. Während Solies noch immer auf den Cousin einstach, wieder und wieder, rammte sie ihm Nonos »Sonne« in die Seite, unterhalb der Rippen. Ohne das Messer wieder herauszuziehen oder einen Blick auf den zusammensackenden Körper zu werfen, sprang sie zur Tür. Auf dem vom Blut schlüpfrigen Boden glitt sie aus. Panik. Sie fing sich wieder und rannte schreiend aus der Höhle. Es war wie ein Alptraum. Sie lief und lief und lief. Ohne sich umzudrehen, stürzte sie den Pfad hinab bis zum großen Lagerfeuer.

Als sie den Platz erreichte, auf dem noch viele ihrer Mitbrüder sangen und tanzten, kamen ihr die ersten bereits entgegen. Ihre Nacktheit war ihr nicht bewusst. Auch nicht, dass die Männer alle nicht mehr nüchtern waren. Sie starrten sie an, ohne das Blut zu bemerken, das an ihrem Körper klebte. Einige Frauen kreisten Juana ein, um sie den Blicken der Männer zu entziehen, banden ihr Tücher um und redeten auf sie ein, bis sie merkten, dass sie unter Schock stand. Man schickte nach Dires.

Juana schluchzte immer noch, als ihr Vater erschien und sie in die Arme nahm. *»Dada!«*

Allmählich ging ihr krächzendes, heiseres Schluchzen in Wimmern über. Dires hob sie hoch und trug sie wie einen Säugling den gewundenen Pfad hinauf bis in Maras Wohnung. Während Angela und Großmutter sie mit kaltem Wasser wuschen, hielt er sich im Hintergrund. Nach der Prozedur wurde sie zähneklappernd in eine Decke gewickelt und zum Schlafplatz gebracht.

»Juana«, bat Dires. Er kniete sich zu seiner Tochter, die sich wimmernd auf den Kissen zusammenrollte, streichelte ihr Gesicht und murmelte beruhigende Worte. Tränen rannen ununterbrochen über ihre Wangen, und sie zitterte heftig. Da sie auf seine Fragen und Bitten nicht reagierte, schrie er sie an.

Mit einem Mal verstummte Juana, richtete sich auf und berichtete mit klarer Stimme, den Blick starr in die Ferne gerichtet: »Er hat ununterbrochen auf Nono eingestochen. Nono war über und über voll Blut. Ich musste zustechen, damit er aufhört …«

»Wer, Lovenita?«

»Alles war voller Blut.«

»Wer? Wer hat das getan, *sejori*?«, rief Dires nun drohend.

Juana sah ihren Vater mit großen Augen verständnislos an, so, als fragte sie sich, was er hier an ihrem Bett suchte. Sie verstand nicht, warum er böse geworden war, schüttelte den Kopf und sagte traurig: »Solies, *dada*.«

Niemand hatte es gewagt, ohne Dires zu Nonos Höhle hinaufzusteigen, nicht einmal Pipo und Yotsa. Als der Schmied wieder erschien, stiegen sie mit Pechfackeln den steilen Pfad hinauf, begleitet von den Männern, die noch halbwegs nüchtern waren. Nur Dires war auf das Bild gefasst, das sie erwartete. Nonos nackter lebloser Körper lag mit dem Gesicht nach unten in einer riesigen Blutlache, sein Rücken war übersät von unzähligen Stichwunden. Die Wunden waren nicht groß und sahen aus wie aufgebrochene Pusteln, aus denen Blut gequollen war, das inzwischen verkrustet war. Unweit von Nono kauerte Solies auf dem Boden. Aus seiner Wunde sickerte helles Blut. Er war noch nicht tot. Der junge Calé starb zwei Tage später. Die Tatsache, dass ihn Juana und nicht Nono – wie alle annahmen –, getötet hatte, nahm er mit ins Grab.

Nach reiflicher Überlegung berief Dires die *kriss* ein, um bei einem Schlichtungsgespräch die Fronten zwischen den beiden Sippen zu klären. Dabei gab er Pipo und Yotsa Mitschuld an dem Vorfall.

»Du hast deinem Sohn«, wandte er sich an Pipo, »Hoffnungen auf Juana gemacht, oder zumindest diese Hoffnungen nicht zunichte gemacht.«

An den Reaktionen der beiden merkten Dires wie auch Milos und der Rat der Ältesten, dass er mit seinem Verdacht ins Schwarze getroffen hatte. Während Pipo den Schwanz einzog, drehte Yotsa den Spieß um und ging zum Angriff über.

»Von Anfang an«, beschuldigte er Dires, »hast du nur Zwietracht, Streit und Neid unter meinen Mitbrüdern gesät, sodass der Stamm der Calé heute wie damals, als du ungebeten bei uns aufgetaucht bist, uneins und gespalten ist und die Familien zerrissen sind. Das wird es eines Tages den *payos* noch ermöglichen, uns zu vernichten. Diesen verdammten *gadschos*, die du nur verschonst, weil ihr Blut in deinen Adern rinnt! Vielleicht hast du es ja darauf abgesehen!«

In der nächtlichen Stille hörte man nur das Knacken der Zweige und das Knistern trockenen Laubes im Feuer der Gerechtigkeit. Alle sahen Dires an. Die Vorwürfe des Klanführers waren ungeheuerlich und konnten nicht übergangen werden. Auch Milos musterte ihn aufmerksam – und verstand.

In Dires' Inneren tobte ein wilder, erbitterter Kampf. »Zur Hölle!«, fluchte er, noch nie war ihm in den letzten siebzehn Jahren das Niederringen seines eigenen Zornes so schwer gefallen. Dabei gedachte er der Worte seines alten Meisters: »Wenn du im Zorn sprichst«, hatte Dinnah mehr als ein Mal beteuert, »wirst du zu einem reißenden Wildbach, der seinen Lauf nicht mehr unter Kontrolle halten kann, oder zu einem tödlichen Strudel, der alles in die Tiefe reißt. Besiegst du dagegen den Zorn, siehst du in den Ausbrüchen deiner Mitmenschen nur noch ein trauriges Schauspiel. Wenn sich dein Mund dem Zorn zu verschließen weiß, dein Körper dem Zorn in Ruhe standzuhalten vermag, so wird dein Herz zu einem gewaltigen Strom, an dessen Ufern dich die Gelassenheit umfängt. Doch Vorsicht, die innere Ruhe kann mitunter gefährlicher sein als echter Zorn.«

Beherrschten Schrittes ging der Schmied zu Yotsa und richtete sich dicht vor ihm zu seiner vollen Größe auf. Dabei überragte er ihn um mehr als einen Kopf. Der Klanführer blickte Hilfe suchend in den Kreis der Männer, während er nach seinem Messer tastete.

»Lass das Messer, Yotsa! Ich tu' dir nichts.« Um Dires' Mundwinkel legte sich ein spöttischer Zug. »Seit siebzehn Jahren lasse ich keinen Zorn mehr in mir aufkommen, seit ein weiser *kaku* der Roma mich Dinge gelehrt hat, die du nie begreifen wirst. Vielleicht könnte mich ein ebenbürtiger Gegner, einer, den ich schätze und respektiere, herausfordern. Ein solcher ist mir im Zorn aber nie begegnet. Ganz sicher aber lasse ich mich nicht von *dir* provozieren! Alles, was du ab jetzt tust oder sagst, kannst du dir sonst wohin stecken.«

Yotsa riss die Augen auf. Sobald er den Sinn der Worte, in denen so viel Verachtung und Abscheu lagen, erfasste, blieb niemandem der glühende Hass und die Todesdrohung in seinen Blicken verborgen. Schweißperlen standen auf seiner Stirn, als er einen Schritt zurücktrat und zu einer Hasstirade ansetzte. Da erhoben sich die Alten geschlossen zum Zeichen, dass die Sitzung des Rates beendet war. Yotsa starrte in die Runde. Er war bis auf die Knochen blamiert. Der Ältestenrat wollte ihn, den Klanführer, nicht weiter anhören!

Milos trat auf den Anführer zu und legte ihm eine Hand auf die Schulter, die der andere ärgerlich abschüttelte. Den Alten bedeutete der *kaku*, sich wieder zu setzen, und zu Dires gewandt sagte er: »Da ich kein Klanmitglied bin, kann ich keinen Schiedsrichter spielen – außerdem gibt es hier nichts zu entscheiden. Was Solies betrifft, möchte ich es so ausdrücken: Ständig mit Nichtbeachtung gestraft zu werden, kann ein Motiv für alles Mögliche sein. Ich glaube, Dires, du musst einen anderen Weg suchen.«

»Den hab ich schon gefunden«, erwiderte Dires prompt und sah in die Runde der Alten. »In zwei Wochen breche ich mit meiner Familie auf. Wer sich für mich entscheidet, kann mitkommen.« Dann fügte er hinzu, als wäre es eine überflüssige Feststellung: »In den Weiten Andalusiens ist genug Platz für zwei Klans der Calé. Ich hoffe, wir begegnen uns nie, solange ihr Anführer noch lebt.«

Dires drehte Yotsa den Rücken zu und ging. Den durchbohrenden, hasserfüllten Blick in seinen glänzenden Augen sah er noch bis spät in die Nacht hinein, in der er keinen Schlaf fand.

Zwei Wochen später brachen sieben Familien unter Dires' Führung von Granada auf. An die hundert Personen setzten sich mit ihren Wagen und Karren, Pferden, Mauleseln und anderem Vieh nach Norden hin in Bewegung. Im Spätherbst trafen sie in Galicien auf einen anderen Klan der Roma, mit dem sie gemeinsam an der Atlantikküste überwinterten. Scharfe Winde, eiskalter Regen und klamme Wohnwagen setzten den Jüngsten und den Ältesten im Lager zu. Viele dachten an die trockenen Winter in Granada, aber niemand beklagte sich oder bereute es, mit Dires fortgezogen zu sein. Eines Tages sprach es der Anführer selbst aus, denn auch er fror in dem feuchten, kalten Klima Galiciens: »Wir werden zumindest die Winter nur noch im Süden verbringen, das verspreche ich euch. Es ist genug Platz dort für uns alle.«

In diesem Winter gab es drei Hochzeiten zwischen den Klans, die die kalte Zeit etwas verkürzten, und jede feierten sie an einem anderen Ort. Dann trennten sich die beiden Klans wieder. Im Frühjahr zogen die Calé die portugiesische Küste entlang bis Coimbra und verbrachten den Sommer in Lissabon. Angela war wieder in anderen Umständen und erwartete ihr sechstes Kind.

An einem bitterkalten Dezembertag setzten in einem namenlosen Ort in der Grafschaft von Huelva die Wehen ein. Das Wetter hatte die letzten Tage verrückt gespielt, Wassermassen überfluteten das ganze Land. Nicht enden wollende Regenfälle verwandelten kleine Flüsse in Sturzbäche und ließen die großen, sonst träge dahinfließenden Ströme über die Ufer treten. In Lebrija erinnerte man sich nicht, den Guadalquivir jemals so breit gesehen zu haben, und stromabwärts war im Umkreis von vielen Meilen das Land überschwemmt. Wo sie hinsahen, gab es Elend und Leid, und wenn keine Angehörigen vermisst wurden, so waren die Häuser beschädigt, die Hütten mit den Vorräten zerstört und das Vieh ertrunken.

Den in alle Richtungen ausgeschwärmten Kundschaftern der Calé gelang es schließlich, eine maurische Alcazaba ausfindig zu machen, in der sie alle mitsamt den Wagen und dem Vieh Unterschlupf fanden. Die Ruine, ihrer Anlage nach ehemals eine stattliche Burg, stand auf einem Hügel und verfügte über einen nutzbaren Brunnen. Hier waren sie vor den Wassermassen weitgehend sicher, wenn sich auch mehrere Familien ein Dach über dem Kopf teilen mussten. Die bittere, feuchte Kälte, die in die

Glieder der Alten wie auch der Jungen kroch, ließ ohnehin alle dicht zusammenrücken. Doch die Burg lag einsam und abgeschieden, und die Leute hatten keine Einnahmen. Im näheren Umkreis fanden sie lediglich ein kleines Kloster des Franziskanerordens und ein paar Meilen weiter das kleine Dörfchen Jlibla, das aus nicht mehr als ein paar Bauernkaten bestand.

Die wenigen intakten Räume der Alcazaba, in die es nicht hineinregnete, waren ehemals feudale Zimmer, in denen noch leuchtend blaue Azulejos die Wände und weißer Stuck die Decken zierten. Die lebhaften Mosaikfußböden aus Steinfliesen waren an vielen Stellen ausgebrochen und außerdem so kalt, dass die aufgelegten Decken als Isolierung nicht ausreichten. Juana und Laika schleppten alle Grasmatten, mit denen ihr Wohnwagen ausgelegt war, in den Raum und stapelten sie zu Schlafstellen auf. Darauf legten sie die Decken. Mit Tüchern und bunten Stoffen verhängten sie die offenen Fenster- und Türöffnungen.

Nach und nach sammelten die neuen Bewohner der Alcazaba das letzte Bauholz der Burg und entzündeten in allen bewohnten Räumen kleine Feuer, die des Tags als Kochfeuer dienten und des Nachts ein wenig wärmten und die Feuchtigkeit vertrieben. Als das Bauholz zur Neige ging, verfärbten sich bald die zarten weißen Stuckarbeiten der hohen Räume schwarz vom qualmenden feuchten Holz, das die Kinder trotz der anhaltenden Regenfälle in den umliegenden Wäldern sammelten. Aber das störte niemanden, solange ein Feuer prasselte.

Auch die Tiere litten unter der ständigen Nässe. Nur die Hunde streiften einsam durch das Gelände der Burg auf der Suche nach etwas Essbarem und einem trockenen Plätzchen. Das Vieh in den Gitterkäfigen unter den Wagen und die wenigen Schweine verdreckten allmählich den Innenhof der Alcazaba. Ihr Kot und Mist und die Erde der ehemaligen Blumenbeete rund um den Brunnen vermischten sich mit dem Regen zu stinkendem Schlamm, der in alle Ecken gespült wurde, in alle Ritzen drang und bald knöchelhoch auf den Steinplatten lag. Auch das störte niemanden.

Die Geburt begann spät in der Nacht. Angela marschierte während der Wehen unaufhörlich um das Feuer in der Mitte des Raumes, und als sie Pressdrang verspürte, hockte sie sich über ein Tuch am Boden. Sie nickte. Juana schob den Rock ihrer Mutter bis über die Hüften, und Mara, die sich als Stütze hinter Angela kniete, verknotete die Rockzipfel in ihrem Rücken. Juana ließ sich gleichfalls auf den Boden nieder und tastete zwischen den Beinen nach dem Kopf, der in der Wehe deutlich tiefer trat.

»Es ist bald vorüber, *dajajka*«, murmelte sie beruhigend.

Angela entspannte sich wieder und lächelte. Die Wehen kamen jetzt in größeren Abständen, aber Juana wusste, dass das manchmal so war und kein Grund zur Beunruhigung sein würde. Sie lächelte ebenfalls. Die Mutter schloss die Augen und lehnte sich an Mara. Alina hockte sich neben die Großmutter und strich ihrer Schwester eine Locke aus der Stirn. Von Zeit zu Zeit legte sie Holz nach und hielt das Feuer in Gang, das eine gleichmäßige Wärme verströmte. In dem großen, leeren Raum herrschte eine geradezu heimelige Stimmung. Nur ab und zu stob eine Windböe durch die beiden unzureichend abgedichteten Fensteröffnungen, ließ das Feuer wild aufflackern und zornige Funken versprühen.

Zwischen den Wehen massierte Mara den Rücken ihrer Tochter in kreisenden Bewegungen, knetete ihre Schultern im selben Rhythmus und summte dabei eine alte Weise. In einer der nächsten Wehen presste Angela aus Leibeskräften, das Köpfchen trat tiefer, und Juana sah im flackernden Licht das feuchte, schwarze Kopfhaar des Kindes.

»Eine Wehe noch und der Kopf ist da«, ermunterte sie ihre Mutter, die sich wieder entspannte. Die nächste Wehe kam, und mit ihr schob sich langsam das Köpfchen in die kalte Nacht. Anstatt der faltigen Nackenhaut kam die Stirn zum Vorschein.

So, so, dachte Juana, du wolltest also verkehrt herum in die Welt schauen, deshalb hast du so lange gebraucht. Und dick und rund bist du auch! »Warte, Mutter!« Aus irgendeinem Grunde wollte sich der Kopf nicht drehen.

Auf Angelas schmerzverzerrtem Gesicht bildeten sich neue Schweißperlen. Juana wartete ab. Angela hechelte, stöhnte. Da drehte sich das Köpfchen zur Seite, und Juana wies die Mutter an: »Jetzt!«

Die vordere Schulter erschien und gleich darauf die hintere, gefolgt vom Rest des Körpers, der mit einem Schwung herausglitt.

Juana bettete das Mädchen auf das weiche Tuch und wischte mit einem Zipfel Schleim und Fruchtwasser aus dem kleinen Mund. Sofort begann es zu schreien. Gemeinsam betrachteten die vier Frauen das brüllende, zappelnde Kind. Es war größer als alle ihre bisherigen Kinder. Während Angela sich an Mara lehnte, holte Juana Faden und Messer, um das Kind abzunabeln, und eine Schüssel mit warmen Wasser. Darin wusch sie das Blut aus dem dichten schwarzen Kopfhaar und wickelte den kleinen Körper straff in ein warmes Tuch. Dann reichte sie das wimmernde Bündel ihrer Mutter, die den Säugling an die Brust legte. Das Kind beruhigte sich sogleich. Sein winziger Mund öffnete und schloss sich, und als es Angelas große schwarze Brustwarze fand, begann es zu saugen.

»Ich hab Durst«, murmelte die Mutter und betrachtete weiter das Kind in ihren Armen.

»Ich geh schon«, sagte Mara und richtete sich langsam auf. Ihre schmerzenden Glieder streckend, schlurfte sie zu einer Ecke des Raumes und goss Wein in einen Becher. Dann sah sie Dires den Vorhang der Türöffnung beiseite schieben und nickte. »Ein Mädchen hast du, ein prächtiges, gesundes Mädchen. Aber wir sind noch nicht fertig.«

Sie deutete mit dem Kinn zu Angela, die an Alina gelehnt unverändert auf dem Boden saß. Da bemerkte sie Juanas besorgten Gesichtsausdruck. Das Mädchen starrte auf die Blutlache zwischen den Beinen ihrer Mutter, hellrotes Blut, das in einem dünnen Rinnsal aus Angelas Schoß sickerte. Das Tuch unter ihr war inzwischen vollkommen durchtränkt.

Dires ließ den Vorhang wieder fallen, und Mara eilte zu ihrer Tochter, der sie den Becher Rotwein an die Lippen setzte. Es blutete weiter. Juana begann die Gebärmutter zu massieren, die hoch stand und groß und schwamming war. Es dauerte nicht lange, da verkrampften sich Angelas Muskeln. Sie sog Luft ein und presste die Nachgeburt heraus. Mara und Juana begutachteten sie. Stirnrunzelnd hockten sie über die Nachgeburt gebeugt, die aussah, als wäre sie von den Fängen eines Hundes zerfetzt worden. Sie sprachen kein Wort. Beide hatten sie denselben bösen Verdacht. Schließlich schüttelte Juana den Kopf, zog das Tuch unter Angelas Schoß hervor und schlug es über der Nachgeburt zusammen, die sie beiseite schob. Sie holte ein weiteres großes Tuch, das sie mehrmals faltete und unter Angelas Pobacken breitete. Dabei sah sie deutlich, dass ihre Mutter nach wie vor zu stark blutete.

»Alina, hol eine Matte!«, bat sie die Tante und wischte sich die blutigen Hände an einem Lappen ab.

Gemeinsam betteten sie die Entbundene flach auf den Boden. Dabei verlor das Kind die Brustwarze und begann zu greinen. Während Alina es hochhob und sanft in den Armen wiegte, streifte Juana Angelas Rock bis zum Brustansatz hinauf und betastete den Bauch. Sie schüttelte abermals den Kopf.

»Zu weich und zu hoch oben«, flüsterte sie der Großmutter ins Ohr, die sich neben sie hingekniet hatte.

Mara befühlte ebenfalls den Bauch, tastete die Gebärmutter aber nicht. Beherzt griff sie in die weiche, schwammige Masse unterhalb des Rippenbogens und drückte sie zwischen Daumen und den übrigen Fingern zusammen. Ein Strahl hellroten Blutes schoss aus Angelas Unterleib. Sie merkte es und fragte verwundert: »Warum so viel Blut?«

»Von der Nachgeburt ist was drinnen geblieben, Kleines. Ich muss nochmal drücken, es ist gleich vorbei.« Mara lächelte ihr zu. »Mach du es«, wies sie Juana an und stand auf.

Aus einer Truhe holte sie mehrere mit Korken verschlossene Steinguttöpfe und zwei Leinensäckchen und schüttete aus jedem Behälter etwas Kraut in einen kupfernen Krug. Darüber goss sie mit einer Kelle das siedende Wasser aus dem Wasserkessel über dem Feuer. Nach wenigen Minuten roch es in dem

Raum intensiv nach Salbei, Schafgarbe, Wacholder und anderen Wurzeln.

Juana drückte fester als ihre Großmutter, und diesmal quollen dunkle Blutkoagel aus Angelas Schoß. Aber es war nur Blut, keine Reste der Nachgeburt. Juana sprang auf, schnappte einen Eimer und rannte zur Tür. Auffordernd hielt sie ihn Dires hin und bat ihn, sich zu beeilen.

»Was ist los?«, fragte der Vater besorgt. Er merkte, dass etwas nicht stimmte.

»Sie blutet zu stark«, murmelte Juana, ehe sie zu ihrer Mutter zurücklief. Das Tuch zwischen den Beinen war wieder voll gesogen. Sie drückte noch einmal. Wieder spritzte hellrotes Blut heraus – das war ein schlimmes Zeichen. Sie kniete sich neben die Mutter und presste so gut sie konnte Bauch und Gebärmutter zusammen. Sie presste lange und fest. Schweißperlen bildeten sich auf ihrer Stirn. Es war kalter Schweiß. Angstschweiß. In der friedlichen Stille des alten Gemäuers waren nur das Pfeifen des Windes und das Prasseln des Feuers zu hören. Unbeirrbar nuckelte das Kind an Angelas Brust. Alina holte Feuerholz und legte nach. Funken sprühten auf, und ein harziger Geruch wehte durch den Raum.

»Deck mich zu«, flüsterte Angela, »ich bin so … müde.«

Dires streckte den Kopf zur Tür herein und betrat zögerlich den Raum. Als er das gespenstisch bleiche Gesicht seiner Frau sah, kam er unsicheren Schrittes näher. Noch nie hatte er sie in solch einem Zustand gesehen, nie war Angela krank gewesen. Und überall Blut …

»Was ist mit ihr?« Sein fragender Blick wanderte von Juana zu Mara. Es bedurfte keiner großen Menschenkenntnis, um zu sehen, dass die beiden um die lebensbedrohende Gefahr wussten. Dires stellte den Wassereimer ab.

Während Mara ihrer Tochter den heißen Kräutersud einflößte, machte sich Juana sofort daran, zusammengefaltete Tücher in das kalte Wasser zu tauchen, sie auszuwringen und fest um Angelas Leib zu wickeln. Obendrauf legte sie warme Decken, die sie beiderseits feststeckte. Trotzdem begann die Mutter immer stärker zu zittern. Die Heilerin und die Hebamme waren ratlos.

»Wir müssen stärker drücken!«, zischte Juana der Großmutter ans Ohr.

»Nein! Das kalte Wasser ist besser.«

Verzweiflung stieg in Juana hoch. O Gott, wir können doch nicht einfach zusehen, wie sie verblutet! Sie kannte dieses hässliche Gefühl, das langsam hochkroch, das wie eine dicke Kröte in ihrem Hals saß, immer dann, wenn sie machtlos mitansehen musste, wie das Schicksal seinen unabänderlichen, unbarmherzigen Lauf nahm. Sie kannte den plötzlichen und den langsamen Tod, den ungerechten und den erlösenden und den über viele Jahre schleichenden, berechnenden Tod der Aussätzigen. Aber das hier war etwas anderes: Noch nie hatte sie auf diese Weise ein geliebtes Wesen verloren! Bei dem Gedanken an den Tod ihrer Mutter stieg Panik in ihr hoch. Sie warf die Decken zurück, entfernte die kalten Kompressen und tastete nach der Gebärmutter. Ihr Vater, der mit dem schlafenden Säugling im Arm neben seiner Frau kniete, sah sie erschrocken an.

Juana ließ sich nicht beirren. »Wir können nicht länger warten!«, fauchte sie zwischen Angelas Beine deutend, wo sich wieder Blut gesammelt hatte. »Wenn der Rest der Nachgeburt jetzt nicht herauskommt, muss ich ihn holen!«

»Du willst … was?« In Maras Blick lag Entsetzen.

Dires wandte sich ab und streichelte Angelas Wangen, die sich trotz der Decken und der Nähe des Feuers kalt und schlaff anfühlten. Sie war inzwischen eingenickt.

Bei gespreizten Beinen und angezogenen Knien fuhr Juana mit ihrer rechten Hand in die Vagina. Sie tastete den Muttermund, der sich wieder halb geschlossen hatte, schob ihre Hand behutsam hindurch und weiter nach oben.

Angela stöhnte auf und öffnete die Augen. »Was tust du, Kind?«, fragte sie matt und sah ihren Mann an. »Dires, sag ihr, sie soll aufhören.«

Der Vater räusperte sich.

»Dires«, flüsterte sie, kaum die Lippen bewegend. »Es hat

doch … keinen Sinn. Sieh mich an.« Die schweren Lider schlossen sich für einen Moment. »Erinnerst du dich an den Tag, an dem du mich entführt hast?«

Dires nickte. Er legte das Kind beiseite und nahm Angela in die Arme. Ihre weiche bronzefarbene Haut war blass und fahl, und ihre lebhaften Augen wirkten stumpf und lagen in tiefen Höhlen. Verzweifelt vergrub er sein Gesicht in ihrem dichten Haar. »Verlass mich nicht, Weib«, flehte er, »ich könnte es nicht ertragen!«

»Ich hab es nie bereut«, hauchte Angela und schloss wieder die Augen.

Mara versuchte vergeblich, ihr etwas von dem Kräutersud einzuflößen. Trotz der großen Schmerzen, die Juana ihr verursachen musste, schlief Angela wieder ein. Dires spürte, wie sich ihr Körper zunehmend entspannte und immer tiefer in den Schlaf sank.

Juana hatte die Reste der Nachgeburt von der Innenwand der Gebärmutter ablösen können und komprimierte nun das große schwammige Organ von innen und von außen gleichzeitig, damit es endlich aufhörte zu bluten. Mit aller Kraft pressend, kniete sie so eine Weile über ihre Mutter gebeugt, während ihr der Schweiß in Strömen von der Stirn lief und auf Angelas Bauch tropfte, bis sie nicht mehr konnte. Vorsichtig zog sie ihre Hand heraus – die Gebärmutter hatte aufgehört zu bluten. Juana atmete auf, obwohl sie wusste, dass die Gefahr noch nicht vorbei war. Vor Anstrengung zitternd stand sie auf. Bevor sie hinausging, um sich am Brunnen zu waschen, bat sie Alina, der Mutter ein ausgewrungenes kaltes Tuch umzuwickeln und sie warm zuzudecken. Dann trat sie in die kühle Nacht.

Mara nahm den wimmernden Säugling auf, wiegte ihn in den Armen und ging mit ihm vor dem Feuer auf und ab. Nebenbei erhitzte sie Wein, den sie stark mit Honig süßte, dem Honig, den Gil im Sommer aus wilden Bienenwaben gesammelt hatte. Davon reichte sie Dires einen Becher voll. Er saß mit ausgestreckten Beinen neben Angela auf dem Boden, einen Arm unter ihren Kopf und ihre Schulter gelegt. Gerade als er sich streckte und nach dem Becher greifen wollte, schlug Angela die Augen auf. Ihr Blick war unheimlich und fremd. Dann lächelte sie, aber das Lächeln erreichte nicht ihre Augen. Ausdruckslos und leer starrten sie geradeaus ins Nichts. Ihre Lieder schlossen sich nicht mehr, und Dires spürte, wie ihr Körper ganz schlaff wurde. Er schob seine Hand unter ihr Leibchen zwischen ihre Brüste, aber er fühlte keinen Herzschlag mehr. Ungestüm presste er den leblosen Körper an sich, berührte sein Mund ihre kalten Lippen. »Ich liebe dich!«, flüsterte er. Sie konnte es nicht mehr hören.

Angelas Kopf sank in dem Moment zur Seite, in dem Juana den Raum betrat. Sie wusste, dass es vorbei war – ihre Mutter hatte zu stark geblutet. All ihr Bitten und Flehen, ihre Beschwörungen und Versprechungen hatten nichts geholfen – Kalika hatte keine Gnade gezeigt. Die Göttin kleidet sich nicht in Rot, dachte Juana voll Bitterkeit und Grauen, sie suhlt sich darin! Suhlt sich im Blut derer, die sie zu sich holt. An der Göttin klebte Blut! Nun auch das Blut ihrer Mutter … Juana betrachtete ihren Vater, und unendliche Traurigkeit erfasste sie.

Das Mädchen wurde auf den Namen Tahani getauft, was so viel bedeutete wie »kostbarer, teurer Gegenstand«, in Erinnerung daran, dass ihre Mutter mit dem Kostbarsten, das sie besaß, nämlich mit ihrem Leben, für sie bezahlt hatte. Da ihrem Glauben nach die Göttin Sara la Kali in Gestalt dreier mystischer Frauen an die Wiege jedes Neugeborenen trat, wurden ihr auch an Tahanis Bettchen drei Opfer gebracht, eines für jede Schicksalsgöttin. Aber niemand wusste, ob das Neugeborene überleben würde. Im Klan gab es zur Zeit keine stillende Frau, und sie führten auch keine Muttertiere mit sich, die Milch gaben. Deshalb sandte Dires am Tag nach Tahanis Geburt Gerardo und Juana in die Umgebung aus, um einem Bauern oder Hirten eine Milch gebende Ziege abzukaufen. Den Säugling, der mit Honigwasser nicht mehr zu beruhigen war, nahmen sie mit, denn niemand wusste, wie lange sie ausbleiben würden.

Beim ersten Morgenlicht band sich Juana Tahani vor die

Brust und streifte sich den weiten, bis zu den Knöcheln reichenden Wollumhang ihres Vaters über. Sie besaß nur ihre Sandalen und wusste, dass sie frieren würde. Die Kapuze tief in die Stirn gezogen, vergrub sie ihre Füße im langen Winterfell der Stute, die hinter Gerardos Tier hertrottete. Durch den wiegenden Schritt des Maultieres beruhigte sich das Kind und schlief ein. Es war windstill und regnete nicht, und der Atem vor ihren Gesichtern und den Nüstern der Tiere bildete in der kalten Luft weiße Wölkchen.

Die Alcazaba auf der kleinen Anhöhe war ihren Blicken noch nicht entschwunden, als sie zu einer Weggabelung kamen, an der nicht ersichtlich war, welcher der beiden Pfade sie schneller zu einer Ansiedlung oder einem Gehöft bringen würde.

»He …!«, rief Juana leise und deutete die Ebene entlang.

Gerardo zögerte. Ohne lange zu überlegen, warf er eine Münze. Dann lenkte er sein Maultier auf den morastigen Pfad, der sich irgendwo in der Ebene verlor. Die Tiere sanken tief in den Schlamm und kamen nur mühsam vorwärts. Nach einer knappen Stunde tauchten zwischen sanften Hügeln mehrere Hütten auf. Tahani hatte Glück. Bei den maurischen Bewohnern fanden sie nicht nur eine Ziege, die man ihnen bereitwillig verkaufte, sondern auch eine besonders herzliche, rundliche Frau, die Mitleid mit dem Kind hatte und es an ihre Brust nahm. Da der Vater der Frau an einem offenen Geschwür litt, versprach Juana, am nächsten Tag mit Medizin und dem Säugling wiederzukommen. So entwickelte sich durch den Austausch an Gefälligkeiten in den darauf folgenden Wochen eine Freundschaft zwischen den beiden jungen Frauen, von der Tahani freilich am meisten profitierte.

Monate später lagerten die Calé vor den Toren Córdobas und beschlossen, dort auch zu überwintern. In der ehemaligen Kalifenstadt der Omaijaden und Abbasiden begegneten sie nicht nur auf Schritt und Tritt Zeugnissen aus ihrer langjährigen Glanzzeit, sondern auch mehr Mauren und Morisken als in Sevilla und jeder anderen größeren Stadt. Dies wollte Juana für ihre Zwecke nutzen und beschloss, den besten unter den arabischen Ärzten aufzusuchen. Bald war ihr klar, dass sie dazu die Hilfe ihrer Großmutter benötigte. Als sie Mara darum bat, machte diese ein bedenkliches Gesicht.

»Der Hebammenberuf ist nicht nur meine Existenzgrundlage, sondern mein Lebensinhalt«, beteuerte Juana, »und ich kann und will Mutters Tod nicht einfach hinnehmen, ohne vorher allen Quellen medizinischen Wissens nachgegangen zu sein!« Mara war einverstanden.

Diese Quelle fand sich in Córdoba in Gestalt des arabischen Arztes Ali Abu Jezir al-Ghor. Viel Wundersames hatte sie über diesen *hakim* gehört, doch war es nicht leicht, an ihn heranzukommen. Der misstrauische und äußerst vorsichtige Mann wurde, wie andere maurische Persönlichkeiten im nun christlichen Spanien, von seinen Dienern perfekt abgeschirmt.

Nach langwierigen Beobachtungen durch Juanas Brüder gelang es Mara schließlich, mit der Heilung eines seiner Patienten seine Aufmerksamkeit zu erregen. Bei dem hoffnungslos scheinenden Fall vermochte sie durch konzentriertes Handauflegen auf eine bestimmte Stelle des Rückgrats nach wenigen Behandlungen die Lähmungserscheinungen in den Beinen rückgängig zu machen. Da der Arzt den honorigen Patienten nicht verlieren wollte, stand er in Maras Schuld und musste mit ihr verhandeln. Als Wunsch nannte ihm die Zigeunerin, die im Übrigen von der Familie des Kranken reichlich entlohnt worden war, nur eines: ihr sein wirksamstes Mittel preiszugeben, um Nachgeburtsblutungen zum Stillstand zu bringen.

»Mutterkorn«, verriet Abu Jezir al-Ghor der kleinen, agilen Alten. »Die pilzbefallenen Getreidekörner lösen Krämpfe der Gebärmutter aus. Die können so stark sein, dass ungewollte Kinder abgetrieben beziehungsweise Blutungen aus einer weichen, schwammigen Gebärmutter gestillt werden. Sie wird buchstäblich zu einem festen Klumpen zusammengezogen.« Er verstummte und legte den Kopf leicht schief.

Mara und Juana sahen ihn erwartungsvoll an.

Abu Jezir al-Gor musterte die beiden Zigeunerinnen. In den

herben Zügen der jungen fesselten ungewöhnliche Augen, und ihre tiefe Stimme verriet einen wachsamen Geist. »Ihr kennt das Mutterkorn?«

»Nun ja …« Die beiden nickten. Alle kannten das zollgroße, schwarzviolette Gebilde, das gelegentlich bei der Kornreife von Roggen und Weizen hornartig aus der Ähre hervorragte.

»Es ist neben dem Sadebaum das geeignetste Mittel für Schwangerschaftsabbrüche. Was nehmt denn ihr dafür?«

»Wir machen keine Abtreibungen«, erklärte Mara schlicht und sah dem *hakim* geradewegs in die Augen.

»Wie auch immer. Mutterkorn kommt auch im geernteten Korn vor – und selbst im gemahlenen! Dort hat sein unbedachter Verzehr immer wieder großen Schaden in der Bevölkerung angerichtet – ich erinnere nur an das schwarzfleckige Brot.« Der Arzt warf den zwei Frauen einen prüfenden Blick zu und kam zu der Ansicht, dass er ausführlicher werden musste. »Der giftige Pilz wird am besten zu Pulver zerrieben, aber er hat viele schädliche Nebenwirkungen. Erbrechen, Durchfall, Benommenheit und Krämpfe – bis hin zu absterbenden Zehen. Die Christen nennen es *Antoniusfeuer*. Nun, bei Überdosierung«, Ali Abu Jezir al-Ghor schob einen Finger unter seine *kofiah*, »führt es zum Tod.«

»*Na'am*, *sayyid*, wir werden vorsichtig damit umzugehen wissen.« Ungeachtet seiner Arroganz und herablassenden Art flößte der in die Jahre gekommene *hakim* Juana größten Respekt ein.

Nachdem er ihnen noch Einzelheiten über die Dosierung anvertraut hatte, verabschiedeten sie sich. Juana hatte, was sie wollte. Neben den einfachen Maßnahmen, die Mara sie gelehrt hatte, und den Handgriffen, die sie selbst herausgefunden und perfektioniert hatte, besaß sie nun ein wirksames Mittel, mit dem sie in Zukunft allen anderen Geburtshelferinnen überlegen sein würde. Doch Triumph verspürte sie keinen. Auch ein Jahr danach konnte ihr der Tod ihrer Mutter noch die Freude trüben.

Zu ihrer Großmutter sagte sie nach dem Treffen: »Mutter

wäre mit diesem Wissen jetzt noch am Leben.« Es klang wie ein Vorwurf.

»Wäre sie nicht. Ich hab ihre Lebenslinie gesehen, Lovenita.«

Juana warf ihr einen zweifelnden Blick zu. »Du hast mir nie davon erzählt.«

»Wozu? Um dir deine Selbstvorwürfe zu ersparen?«

»Warum nicht!«

Mara lächelte bitter. »In diesem Beruf kannst du nur überleben, wenn du hart genug bist. Lerne das!«

»Sie war meine Mutter!«

»Und meine Tochter.«

VII.
OSTAFRIKA, 1531

Nach zwei Wochen auf ruhiger See näherten sich die beiden Schiffe wieder der Küste, und Nicolas spürte die frohe Erwartung der Mannschaft. Auf offener See hatten die Brüder oft tagelang keinen Kontakt, die Führung der Dhaus war das Einzige, was die beiden *coptans* individuell handhabten.

Ende Februar liefen sie Mogadischu an, die erste große Handelsstadt an der ostafrikanischen Küste. Der imposante Ribat und die zahlreichen weißen Minarette der alten Seefahrerstadt leuchteten in der untergehenden Sonne.

In dem gut ausgebauten Hafen entdeckte Nicolas in der hereinbrechenden Dämmerung eine chinesische Dschunke unter mehreren Dutzend arabischer Dhaus und anderer Segler. Voller Neugier sprang er an Land und näherte sich dem prächtigen Schiff. Seine Größe überraschte ihn. Es war doppelt so lang wie die meisten Dhaus und größer als die »Aguila«.

Ein Lotse kam des Weges, und als er den bewundernden Blick des stattlichen Mannes sah, hielt er an. »Ja, ja, die kann mehr als tausend Tonnen Fracht aufnehmen, das macht ihr hier keine nach!« Der Blaugewandete nickte den Kai entlang. Dann zeigte er auf ein riesiges Auge am Bug und senkte die Stimme. »Trotz Kompass pflegen die chinesischen Dschunken am Bug mit zwei Augen bemalt zu sein – wisst Ihr, weshalb?«

»Ich kann's mir denken.« Nicolas lachte.

»Damit das Schiff selbst seinen Weg findet. Früher kamen ganze Flotten hierher, heute ist so eine schon ein exotischer Vogel!« Der Lotse nickte kurz und setzte seinen Weg fort.

Niemand zeigte sich auf dem Schiff. Den Kai im Schatten des hochbordigen Seglers entlangspazierend, nahm er die Dschunke aus nächster Nähe in Augenschein. Ihr Bug lief nicht in einer Galionsfigur aus, sondern in einem eleganten Schwanenhals, der sich nach vorne wölbte und dann wieder nach hinten bog, sodass sich der kleine weiße Kopf auf das Hauptdeck hinabneigte. Die mächtige und doch schneidig wirkende Dschunke erinnerte Nicolas an einen riesigen Wasservogel, der sich nun dunkel und majestätisch gegen den blutrot verfärbten Himmel abhob. Unter dem Ansatz des Schwanenhalses hing, wie ein Nest in steiler Felswand, eine Art Plattform mit zeltartigem Aufbau als Aussichtsposten. Im rückwärtigen Teil des Schiffes stand auf dem Hauptdeck ein regelrechtes Haus mit steilem Dach, an dem man offenbar links und rechts vorbeigehen konnte. Hinten, am Spiegel, entdeckte er eine Aufschrift in chinesischen Zeichen, vermutlich der Name des Schiffes. Es war mit reichem, fremdartigem Segelwerk ausgestattet, das an fünf stengenlosen Mastbäumen aus länglichen, mittels Bambusleisten versteiften Bahnen bestand.

In aller Früh machte sich Nicolas mit den Brüdern und den Körbe, Krüge und Säcke schleppenden Matrosen zum Markt auf. Gleichzeitig mit den Waren der »Riyah« und der »Awdat« waren die Handelsgüter vieler anderer Schiffe eingetroffen und auch jene Erzeugnisse, die aus dem Landesinneren herantransportiert worden waren. Um welche Produkte es sich auch handelte und wie immer sie befördert wurden, das letzte Ziel der Händler war der Marktplatz. Dort legte er seine besten, während der Reise verpackten Kleider an und bereitete sich darauf vor, um seinen Gewinn zu handeln. Die As-Shihuh machten da keine Ausnahme.

Mit dem ersten Tageslicht nahmen die Brüder gemeinsam mit den übrigen Händlern ihre zugewiesenen Plätze ein. In Kürze hallte der Markt von ihren schrillen Rufen wider. Händler und Bauern feilschten über Kornpreise und Preise von Kaffee und Öl. Ihre Sprache und Gesten, Gebräuche und Tauschverfahren kannte Nicolas nicht, aber es war offensichtlich, dass

Debattieren und Feilschen bestimmten Traditionen gehorchten. Die Bauern saßen dabei gemütlich auf ihrem Stapel von Kornsäcken, hatten Palmzweige als Sonnenschutz in den Boden gepflanzt und kauten Kolanüsse. Vor ihnen auf dem Boden lagen große runde Strohmatten von vier Fuß Durchmesser, auf denen jeweils der Inhalt eines Sackes Korn aufgehäuft war. In langen Reihen wechselten sich Berge von Hirse, Sesam, Weizen, Kaffee und Reis ab, und auf den frei bleibenden Wegen zwischen diesen Reihen liefen aufgeregt die Händler auf und ab, palavernd und wild gestikulierend, je nachdem.

Gemächlich schlenderte Nicolas über den großen Platz. Er hatte Zeit. Wie andernorts das *qat* wurden hier von den Einheimischen genüsslich die anregenden Kolanüsse gekaut und an manch schattigem Ort Gabate gespielt. Nicolas sah Brettspiele aus gebranntem Ton, aus kostbarem Holz, oder die unterschiedlich großen Mulden für die Bohnen oder Kieselsteine einfach in den Sand gedrückt. Am Rande des Marktes gab es Garküchen, in denen die arabischen Händler ihren Hunger mit *sfeeha*, gebratenen Heuschrecken oder Fettbrühen stillten. Nur wenige Marktaufseher fielen ihm auf, dafür an jeder Ecke Geldwechsler, die den Austausch der vielen Währungen erleichtern sollten.

Inmitten all des bunten Angebotes priesen die beiden Brüder Parfüms aus Arabien, ägyptisches Leinen, syrische Seide, Weizen und Reis sowie Leder und Wein aus Spanien an. Am meisten Aufmerksamkeit erregten jedoch ihre Stoffballen blauen und kardinalroten venezianischen Samtes.

Nach dem Genuss einer kräftigen Fleischbrühe mit Hirseeinlage verließ Nicolas den Marktplatz und wanderte auf den Viehmarkt am Rande der Stadt. Mogadischus Straßenbild unterschied sich von dem nordägyptischer Städte weniger durch die Bauweise ihrer Häuser, als durch ihre Bewohner, deren Hautfarbe dunkler war, ihre Kleidung aber um vieles bunter. Es waren kräftige, leuchtende Farben. Und auf den Köpfen dieser dunkelhäutigen Männer und Frauen balancierten die unterschiedlichsten Lasten.

Schon in aller Früh zu der Viehauktion angereiste Hirten und

Kaufleute bevölkerten die weite ebene Fläche vor der Stadt. Karawanenführer ersteigerten Kamele, während andere ihre Herden mit Ziegen und Schafen auffüllten. Abseits der Kamele befand sich der Pferdemarkt, und zwischen Pferden und Kamelen, die von Natur aus nicht eben Freunde waren, wurden Esel als die in Küstennähe beliebtesten Lastentiere versteigert. Der Pferdemarkt, dem Nicolas' hauptsächliches Interesse galt, war jedoch enttäuschend. Nur die wenigen aus Arabien importierten Vollblüter erzielten wirklich gute Preise. Zu ihren interessiertesten Käufern zählten die Beduinen.

Das Nomadenvolk lagerte am Rande der Ebene unweit des Brunnens. Als Sonnenschutz hatten sie bei ihren Feuerstellen Tamariskenzweige in den Boden gepflanzt. Auch ihre Frauen waren dabei, unverschleiert, in indigoblauem Gewand mit schweren Silberketten um Hals und Hüften, an denen Schellen hingen. Viele der Beduinenfrauen, fand Nicolas, hatten gut geschnittene Gesichter. Manche davon waren bemalt, die Augenbrauen zu feinen Linien gezupft. Was für ein Jammer, sagte er sich. Aber in Kasack, Hose und Stiefel wie ein osmanischer Janitschar, die Janbiah am Gürtel, hütete er sich, den Frauen zu nahe zu kommen oder sie gar anzustarren.

Bei Anbruch der Abenddämmerung hatte sich die weite Ebene geleert, die Kaufleute waren verschwunden, und die Hirten aus der Umgebung hatten sich nach Hause begeben. Dunkle Beduinengestalten in wollenen Burnussen näherten sich inmitten ihrer Ziegenherden, die sie nun zum Wasser führten. Um den Brunnen, dort wo die Beduinen lagerten, brannten kleine Lagerfeuer. Nachdem die Ziegen meckernd und lärmend wieder abgezogen waren, erhoben sich, wie auf ein geheimes Zeichen hin, mehrere Männer von den Lagerfeuern und bildeten ein großes Rechteck. Einige von ihnen stellten sich in die Mitte.

Nicolas unterhielt sich etwas abseits bei den Pferden mit einem jungen Händler aus Mukalla, einem fidelen, geselligen Burschen, der vier Atlasschimmel aus dem Hadramaut nach Mogadischu überführt hatte. Zwei davon hatte er soeben an die Nomaden verkauft. Der Käufer, ein Mann von Nicolas' Größe mit scharfen Zügen, kam nun auf die beiden zu und lud sie zum Tee an sein Lagerfeuer. In dem wallenden dunklen Gewand, den Schal des blauen Turbans um Hals und Kinn geschlungen, war seine Gestalt nur schwer zu erkennen. Stolz schritt er voran, und Nicolas und der arabische Händler folgten ihm. An einem der Lagerfeuer, an dem auch Frauen saßen, ließen sie sich nieder.

Während sie starken heißen Tee schlürften, sangen die Männer in der Mitte des großen Rechtecks monotone Kehrreime auf einen ihrer Propheten in einer Sprache, die Nicolas nicht verstand. Begleitet wurden sie von einem Bläser auf einem langen, dünnen Bambusrohr. In diesem eintönigen Rhythmus bewegten sich die Männer nur wenige Schritte vor und zurück, deuteten einen Knicks an und drehten sich gemeinsam im Uhrzeigersinn. Als sie ihren monotonen Gesang endlich beendeten, mischten sich Frauen unter die Tanzenden, und Trommeln ertönten an mehreren Lagerfeuern. Bald bildeten Männer und Frauen einen Kreis, sangen und klatschten in die Hände, während eine der Frauen mit raschen kleinen Schritten rückwärts tanzte, gefolgt von einem Mann, der nach wenigen Runden vom nächsten abgelöst wurde. Die schnellen leichten Bewegungen reizten zum Mittanzen, der Rhythmus der Trommeln brachte das Blut in Wallung.

Die Lager der kriegerischen Beduinen wurden ab Sonnenuntergang von jedermann gemieden, da sich die Männer beim Tanzen gerne erregten und dann Streit anfingen. Auch Nicolas war von den reizvollen Bewegungen und animierenden Trommelklängen angetan. Der Heißsporn aus Mukalla jedoch sprang auf und gesellte sich just an die Seite der jungen Frau, die zuvor an ihrem Lagerfeuer gesessen hatte. Da sie keinen *scharschaf* trug wie die Frauen in seiner jemenitischen Heimat, sah er, dass sie sehr schön war. Immer wieder hatte er ihr verstohlene Blicke zugeworfen, die weder dem hoch gewachsenen Beduinen noch Nicolas entgangen waren. Der Gastfreundschaft wegen hatte der Nomade sie indes ignoriert, aus demselben Grund, aus dem er sich auch nicht unter die Tanzenden gereiht hatte. Nun ließ er den Händler nicht mehr aus den Augen. Obwohl er sich nicht bewegte und selbst sein Gesicht reglos blieb, spürte Nicolas förmlich, wie sich in der dunklen Gestalt neben ihm eine Spannung aufbaute, die nichts Gutes verhieß.

Der Kreis der Tanzenden öffnete sich und schloss sich dann um den Brunnen, um den sie nun schneller und immer schneller tanzten. Die Füße gingen in kleinen rhythmischen Schritten, die Bewegungen der Körper waren sparsam und beherrscht. Die Tänzer, Männer und Frauen bunt gemischt, stiegen vor und zurück, drängten sich eng um den Brunnen zusammen und wichen dann wieder auseinander, wobei sie einen weiten Kreis bildeten und sich die Hände gaben. Der Araber lachte die hübsche Frau an. Verunsichert warf sie einen Blick Richtung Lagerfeuer. Als der Pferdehändler sie dicht am Brunnen um die Taille fasste und an sich zog, schnellte der Beduine hoch. Im Widerschein des Feuers blitzte eine Klinge.

Nicolas war darauf gefasst gewesen und sprang ebenfalls hoch. In ein paar Sätzen war er bei dem Araber, den der Beduine an der reich bestickten Weste gepackt hatte und nun aus dem Kreis der Tanzenden zerrte. Kurz den Blick des Nomaden kreuzend, las Nicolas nicht die Absicht zu töten in seinen schwarzen Augen und verhielt sich abwartend. Dem jungen Araber aber schlug das Herz bis zum Hals. Der Beduine ließ ihn los. In diesem Augenblick machte der Narr, aus Angst oder Panik, einen entscheidenden Fehler. Anstatt davonzulaufen, wie es der Nomade gerne gesehen hätte, griff er nach der *janbiah* an seinem Gürtel. Was eine Lektion hätte sein sollen, wurde nun blutiger Ernst. Die Haltung des Beduinen änderte sich, seine vormalige Drohgebärde wich tödlicher Entschlossenheit.

Verdammt, fluchte Nicolas, der den Burschen nicht unsympathisch fand, denn es war offensichtlich, dass es dem anderen jetzt um die Verteidigung seiner Ehre ging, ja gehen musste. Die Trommeln schwiegen, und die Tänzer wichen zurück. In langsamen Schritten umkreisten sich der Nomade, gelassen und selbstsicher, und der Araber, den Dolch in seiner nervösen Hand.

Inmitten all der Beduinen tat nun Nicolas etwas, mit dem

niemand gerechnet hatte, am wenigsten die beiden Gegner, die einander fixierten und mit Blicken maßen. Plötzlich, wie aus dem Boden gewachsen, stand er zwischen den beiden, den Araber in seinem Rücken, ihm Deckung gebend.

»*Kafa! Insarif*, Idiot!«, zischte er ihm über die Schulter zu, ließ den Beduinen aber nicht aus den Augen. Wollte dieser dem Händler nachsetzen, musste er zuerst ihn aus dem Weg räumen.

Der Nomade machte jedoch keine Anstalten. Die Augen rollend und vor Zorn sprühend stand er mit gezücktem Dolch dem neuen Gegner gegenüber.

Nicolas hielt beide Hände gehoben zum Zeichen, dass er keine Waffe benutzen wollte. Im Tone der Entschuldigung, aber mit erhobenem Haupt sagte er: »Verzeih, aber ich will noch seine zwei Pferde kaufen – solange musst du ihn am Leben lassen, *na'am*? Danach kannst du mit ihm machen, was du willst.«

Der Mann begriff sofort. Wie alle Nomaden schätzte er den Mut über alles. Weil er dem Fremden ob seiner Kühnheit Respekt zollte, ergriff er die Gelegenheit, die Sache ohne Gesichtsverlust zu überstehen, auf der Stelle. Er nickte, seinen Dolch in den Gürtel steckend, und rief lachend: »Dann nimm sie am besten gleich mit, der Hurenbock wird sich nicht mehr hierher wagen!«

Den Ausgang der Angelegenheit konnte der Pferdehändler freilich nicht mehr hören, da er sich längst aus dem Staub gemacht hatte.

Die Samtstoffe und die gute Qualität des spanischen Leders sprachen sich herum, und in wenigen Tagen fanden sich genügend Käufer. Im Allgemeinen, so die Brüder, dauerte es eine Woche, bis man sich bei größeren Mengen oder teuren Waren über den Preis geeinigt hatte.

»Nun verkaufen wir teuer, *sadiq-i*«, erklärte Salah. »Auf der Rückfahrt müssen wir's dann billiger machen, manchmal die Sachen sogar verhökern, wollen wir nicht unsere Waren wieder mit nach Hause nehmen. Die Schwierigkeit besteht darin, dass wir niemals vorhersehen können, welche Waren wir zu welchem

Preis in den weiter südlich gelegenen Handelszentren absetzen können. Zu unberechenbar ist die chinesische, ostindische und persische Konkurrenz, die ebenfalls mit Luxusartikeln, Stoffen, Seiden und Leder handelt.«

»Vergiss nicht die Portugiesen«, mischte sich Harun ein, »die in den großen Umschlagplätzen Kilwa und Lamu schon kräftig mitmischen. Gerade uns, die wir europäische Waren im Sortiment haben, pfuschen sie dabei arg ins Handwerk. Allah, der Barmherzige, stehe uns bei!«

Salah nickte bestätigend. Nach einem gemeinsamen Aufenthalt im Badehaus, um sich, wie es der Koran befahl, für den Freitagsgottesdienst zu läutern, saßen die drei am frühen Abend in dem zum Dampfbad gehörigen Teeraum und rauchten eine *nargileh*. Nicolas nippte zwischendurch am Palmwein.

»Als ich vor fünfundzwanzig Jahren in das Handelsgeschäft meiner Familie mit Ostafrika einstieg«, Harun tat einen tiefen Zug und lehnte sich in die fest gestopften Kissen, »war dort die Hölle los. Zwischen 1503 und 1506 eroberten die Portugiesen einige unserer wichtigsten Handelsstützpunkte: Stadtstaaten, die seit über siebenhundert Jahren unter arabisch-persischem Einfluss und Administration standen und die ebenso lange schon mit Ostindien Handel trieben. Allah möge ihnen die gerechte Strafe zukommen lassen! Du kennst die Portugiesen und weißt, dass sie – ebenso wie die Spanier – in ihrer Gier ohne Maß und Ziel sind und mit diesen um Macht und Einfluss wetteifern, als ginge es darum, in wenigen Jahrzehnten die gesamte Welt unter sich aufzuteilen!« Erregt fuhr er sich durch seinen lockigen silbrigen Bart, der ungleich voller war als der seines Bruders.

»Hm«, nickte Salah bedeutungsvoll, die Stirn über den langhaarigen Brauen in Falten gelegt. Aus der Kanne zu seinen Füßen goss er Tee ein.

Nicolas sagte nichts. Was hätte er auch sagen sollen? Das mit der Aufteilung der Welt stimmte haargenau, obwohl der Kaufmann mit Sicherheit nie etwas von der Bulle »Inter caetera divinal« gehört hatte, in der Rodrigo de Borja als Papst Alexander mit einer Linie hundert Meilen westlich der Azoren die Welt bereits in eine spanische und eine portugiesische aufgeteilt hatte … Es war jedenfalls offensichtlich, dass die Portugiesen ihnen zunehmend das Geschäft verdarben. Bestimmt kam es nicht oft vor, dass sich der stets überlegt argumentierende Zyniker von seinem Temperament derart mitreißen ließ.

Um sich wieder in den Griff zu bekommen, widmete sich Harun intensiv seiner Pfeife und machte einige tiefe Züge. Dann räusperte er sich und fuhr fort: »Nun gaben sich die Portugiesen mit Ostafrika nicht zufrieden, wie ihr wisst, und suchten ihr Glück zunächst an der indischen Westküste. Erst wenige Jahre zuvor war der erste Portugiese in Kalikut gelandet, dem großen Warenumschlagplatz Westindiens. Hierher brachten Dschunken aus China und Ostindien Gewürze, Porzellan, Seide und Edelsteine. Zusammen mit indischem Pfeffer, Gewürznelken und Ingwer von der Malabarküste wurden diese kostbaren Güter dann zum Persischen Golf und hierher nach Ostafrika verschifft. Zunächst hatten die Portugiesen kein Glück, denn die Araber, Perser und Inder, die den Markt in Kalikut beherrschten, sperrten die Portugiesen aus.« Eine Weile schwieg er, trank Tee und ließ das eben Gesagte nicht ohne Genugtuung auf den jüngeren Begleiter wirken.

Nicolas wusste nicht viel über diesen Winkel der Erde, doch kam ihm die Geschichte paradox vor. Wie kam es, fragte er sich, dass nur eine Hand voll Seefahrer diese angeblich so wichtigen Handelsstützpunkte einnehmen konnten? Aber er schwieg und wollte die Ausführungen des Ältesten zunächst zu Ende hören.

»Doch es kamen mehr von ihnen, angelockt von den Gewürzen, mit denen sie in ihrem Heimatland ein Vermögen verdienen konnten.« In Haruns Stimme lag Bitterkeit. »Es gelang ihnen sogar mehrmals, die Araber, Perser und Inder gegeneinander auszuspielen. Ihre wahren Gegner in Indien, müsst ihr wissen, waren ja nicht die Hindus, sondern die Moslems. Heute«, schweifte er ab, »nur drei Jahrzehnte später, ist der Handel versaut. Schaut euch das Ergebnis nur an! Oder seht ihr noch Flotten chinesischer Kauffahrteischiffe in den ostafrikanischen

Häfen?« Harun tat einen hastigen Zug und erzählte weiter, ohne eine Antwort abzuwarten: »Es kam zu einer gewaltigen Seeschlacht vor Malabar, ein wahres Desaster, wie ich von Augenzeugen weiß. Doch erst als sie die arabische Flotte vernichtend geschlagen hatten, war die portugiesische Vorherrschaft auf diesem Teil des Indischen Ozeans besiegelt …«

»Und ist es heute noch.« Salah nickte bedächtig.

»Ja, aber nur entlang ihrer Route«, wand Harun unverzüglich ein. »Wie alle segeln auch sie mit dem Südwestmonsun, der sie in gut drei Wochen von Kalikut nach Mombasa führt. Dort haben sie einen gewaltigen Stützpunkt errichtet, du wirst sehen. Das ›Fort Jesus‹!« Ein zynisches Lächeln umspielte seine Mundwinkel.

Während Nicolas abwechselnd rauchte und sich mit Palmwein die Kehle befeuchtete, überlegte er. Das, was er bis jetzt gesehen hatte, ließ nicht gerade auf eine abendländische Präsenz oder gar Überlegenheit schließen. Im Gegenteil, die Portugiesen schienen noch sehr sporadische Besucher zu sein. »Wie kam es eigentlich«, sprach er das heikle Thema vorsichtig an, »dass die Portugiesen, so fern von ihrem Mutterland, mit wenigen Schiffen in kürzester Zeit derart wichtige Handelszentren in Besitz nehmen konnten?«

»*Sahib*, das ist eine berechtigte Frage, und auch ich habe sie meinem Bruder gestellt«, mischte sich Salah ins Gespräch, sichtlich bemüht, den Freund so objektiv wie möglich aufzuklären. »Die Städte waren Handelsbasen, *sadiq-i*, Warenumschlagplätze, die aufgrund unserer Handelsbeziehungen zu großem Wohlstand gekommen waren. Die von den Schiffen verlangten Abgaben brachten seinen Herrschern Reichtum und Ansehen. Wir kontrollierten den Handel – was wir ja auch heute noch tun – und über den Handel die Machtverhältnisse. Aber wir eroberten die Städte nicht und brachten sie nicht gewaltsam in unsere Abhängigkeit.«

Harun kraulte sich seinen lockigen Bart. »Es war eine friedliche Koexistenz vieler Interessen«, versicherte er, »ein Handel, der sich an den Bedürfnissen und Möglichkeiten der Beteiligten orientierte. Bevor die Portugiesen kamen, gab es in diesen Städten keinen Raub und keinen Diebstahl, das Leben war so sicher wie im Harem. Deshalb hasse ich diese Christen, weil sie, wo sie den Fuß hinsetzen, von allem Besitz ergreifen wollen und nur ihren Glauben als den einzigen wahren gelten lassen. Allah, der Gerechte, möge sie in der Hölle schmoren lassen!«

Nicolas unterließ jeglichen Kommentar und bestellte stattdessen weiteren Palmwein. Es war schlicht undenkbar, mit Harun ein sachliches Streitgespräch über Religion zu führen. Das würde nichts einbringen außer Ärger und Verdruss. Nicht nur die Christen, auch die Moslems verbreiteten ihren Glauben mit Feuer und Schwert, und dies sogar auf Befehl des Propheten. Christus dagegen hatte immerhin gepredigt: Du sollst deinen Nächsten lieben wie dich selbst …

Aber Harun, berauscht von dem wenigen *nabidh*, den er im Laufe des Abends getrunken hatte, wollte es nicht dabei bewenden lassen. »Wartet nur ab«, verkündete er, »auf der anderen Seite, an der Westküste, wo sie schon einige Jahrzehnte Handel treiben, hat der ausländische Abschaum alles fest im Griff. Beim Barte des Propheten, eines ist gewiss: Die werden sich auch hier noch weiter vermehren und uns das Wasser abgraben! Seht nur: Unser venezianischer Samt, den niemand hier herzustellen vermag, und Luxusartikel wie Spiegel und Gefäße aus Muranoglas, also Güter, die selbst die Chinesen nicht lieferten, fanden reißenden Absatz, und die Gewinnspannen waren astronomisch. Heute liefern es die Portugiesen mit ihren großen Karavellen in rauen Mengen und billiger.«

Das war zwar übertrieben, fand Nicolas, aber aus seiner Sicht der Dinge hatte der As-Shihuh, was den Handel anging, freilich Recht.

Nach einem einwöchigen Aufenthalt setzten sie Segel. Mit der Morgendämmerung kam eine leichte Brise auf, die immer stärker wurde und den Dunst nach und nach auflöste. Allmählich entschwanden die flachen, vielfach sumpfigen Küstenebenen mit ihren spärlichen Reis-, Baumwoll- und Bambuspflanzungen in der Ferne. Die Brüder waren mit den in Mogadischu getätigten Geschäften mehr als zufrieden. Mit den Stoffen und dem spanischen Rotwein hatten sie lukrative Profite erzielt, beim venezianischen Samt lag die Gewinnspanne sogar bei fünfhundert Prozent. Ihr nächstes Ziel war der reiche Inselstaat Lamu. Die Insel war einer fruchtbaren Küste vorgelagert, die wiederum am Fuße eines hohen Bergmassivs lag, dessen schneebedeckte Spitzen von den Einheimischen Kilimandscharo genannt wurden. Aus vielen kleinen Küstenorten schafften Dhaus die wertvollen Ladungen nach Lamu und weiter im Süden nach Kilwa, den wichtigsten Umschlagplätzen für den Ostafrikahandel.

Von weitem schon leuchtete das auf einer Anhöhe stehende weiße Minarett wie eine Küstenwache. In Lamus weitläufigem Hafengelände, an das sich auch eine Werft anschloss, lagen viele Dutzend Dhaus jeglicher Größe und Ausführung, indische Segler und eine Hand voll nordischer Schiffe, darunter eine holländische Fleute. Nicolas kannte diesen Schiffstyp aus seiner Zeit im Gefolge des Königs in den Niederlanden. Die Wahrscheinlichkeit, eine Fleute im Atlantik oder Pazifik anzutreffen, war allerdings gering. Noch ahnte niemand, dass ihre kaufmännisch tüchtigen Kapitäne hinaus auf die Weltmeere drängten und in wenigen Jahrzehnten schon einen beträchtlichen Anteil am Welthandel kontrollieren sollten.

Zwar hatte Nicolas im Nordmeer zahlreiche Fleuten aus der Nähe gesehen, aber nie hatte sich die Gelegenheit ergeben, an Bord eines dieser Schiffe zu gelangen. Genau das wurde ihm bald nach ihrer Ankunft vom Kapitän der »Zeemeeuw« angeboten, der den vermeintlichen Araber in einer der Schenken von Lamu kennen gelernt hatte, wo sein erster Maat in einen Streit mit arabischen Matrosen geraten war. Nicolas hatte den Streit geschlichtet und war mit Harmen Ryckberg ins Gespräch gekommen. Der holländische Kapitän lud ihn für den nächsten Tag auf seine Fleute.

Ließen die Fleuten an und für sich schon ob ihrer Größe manchen portugiesischen oder spanischen Reeder vor Neid erblassen, so hatte die »Zeemeeuw« Dimensionen, von denen Karavellenkapitäne nur träumen konnten. Neugierig näherte sich Nicolas dem Segler.

Harmen Ryckberg stand an der Reling des Hauptdecks und schwenkte seinen breitkrempigen schwarzen Hut. Trotz der nachmittäglichen Hitze spannte sich fester schwarzer Stoff über Brust und ausladenden Bauch des stämmigen Mannes. Nicolas ergriff das kurze Fallreep und kletterte hoch.

»Herzlich willkommen, mein Freund!« Ohne sich um Konventionen zu kümmern, nahm ihn der Holländer mit festem Griff um die Schultern. Dann tat er eine ausholende Bewegung und präsentierte: »Die ›Zeemeeuw‹!«

»Überaus erfreut.« Nicolas verneigte sich. Noch hielt er sich etwas distanziert, die burschikose, kumpelhafte Art des Kapitäns kam ihm allzu überraschend.

Des Französischen einigermaßen mächtig und unter Einsatz beider Arme schwadronierte Harmen Ryckberg drauflos, dass die Enden seines aufgezwirbelten, rotblonden Schnurrbarts zitterten. »Bei seiner Länge wurden vier Masten über das Schiff verteilt, wie Ihr seht, mein Freund, und es konnte mit Mars- und Untersegel schneller gemacht werden.« Klare, wasserblaue Augen blickten ihn beinahe herausfordernd an.

»Hm. Die in Trapezform geschnittenen Marssegel können den Wind wohl auch in größerer Höhe fangen«, erkannte Nicolas sofort, denn die guten alten Pfahlmasten aus einem Stück waren durch Masten aus zusammengefügten Hölzern verlängert und mit zusätzlichen Stengen versehen worden.

Der Kapitän nickte. Das Schiff wirkte vergleichsweise schmal, da sich die Bordwände über dem immer noch recht beachtlichen Bauch zum Deck hin verjüngten.

»Kommt!« Einladend pfiff er auf der an einem Lederband umgehängten Bootsmannspfeife und wies Nicolas den Weg. »Ist aus einem ›Einhorn‹, dem Horn eines Narwals«, meinte er und grinste, als er den amüsierten Blick seines Gastes zur Pfeife sah. »Ein Vorrecht der Seeoffiziere.«

»Na dann!«, lachte Nicolas. Er selbst kam gut ohne so etwas aus.

»Die »Zeemeeuw« ist keine waschechte Fleute«, gestand Harmen Ryckberg später in seiner Kajüte und füllte Genever in kleine Zinnbecher, nachdem Nicolas ihn hatte wissen lassen, dass er zwar Maure, aber kein Moslem und dem Alkohol durchaus nicht abgeneigt war.

»Nein?«

Der Kapitän schüttelte grinsend den Kopf. Er goss starkes dunkles Bier in große Zinnbecher, deutete auf den Genever und beteuerte: »Dieses Lebenselixier will verdünnt werden, *mon ami.*« Beide hoben die Becher. Das trübe, schwach schäumende Bier schmeckte bitter.

»Die Fleute ist flachbodig«, verriet Harmen Ryckberg und strich sich die fleischige, knollige Nase entlang, »und deshalb beliebt bei Niederländern, Deutschen und anderen Nordseeanrainern mit flachen Küsten. Aber sie taugt nicht für den Atlantik.«

Jedes Mal, wenn er den kleinen Zinnbecher an die Lippen gesetzt und den Genever mit einer ruckartigen Bewegung hinuntergekippt hatte, trank er bitteres Bier nach. Nicolas hielt es umgekehrt. Den milden, öligen Schnaps trank er wie Bier und knabberte Schiffszwieback dazu.

»Also baute man ein Handelsschiff mit mehr Tiefgang – mein Mädchen hier!« Harmen Ryckbergs Brust schwoll an, und er streichelte über das dunkel gemaserte Holz des Tisches. Die gesamte Einrichtung der Kapitänskajüte war von gediegener vornehmer Eleganz. Bedächtig füllte er die beiden Schnapsbecher aufs Neue, hielt seinen Zinnbecher hoch und sah sein Gegenüber aus geröteten Augen an. »Auf die »Zeemeeuw«, auf mein Mädchen!«, rief er.

Nicolas ergriff ebenfalls seinen Becher und prostete ihm zu. »Auf die ›Zeemeeuw‹! *Bon voyage, mon ami!*«

Der rotbärtige stämmige Mann in mittleren Jahren lachte, dass sein aufgezwirbelter Schnurrbart bebte. »*Goede reis*, sagen wir Holländer.« Er stürzte den Inhalt des Bechers hinunter, dann beugte er sich über den Tisch. »Wir schaffen das schon«, versicherte er seinem Gast im Brustton der Überzeugung.

»Was denn?«, erkundigte sich Nicolas vorsichtig, denn er meinte, etwas überhört zu haben. Was ihn keineswegs wunderte. Ihm mundete der Wacholderbranntwein recht gut, und je mehr er davon trank, desto besser schmeckte er ihm. Er dachte, dass er lieber bald damit aufhören sollte.

»Na, wir werden die Portugiesen aus ihren Monopolstellungen zurückdrängen!«, gelobte Harmen Ryckberg, und es klang wie eine Kriegserklärung.

Wie Nicolas im Laufe der Reise noch erfahren sollte, hatten die Niederländer in Lamu und Kilwa bereits ein Handelskontor eingerichtet, und weitere sollten in anderen Handelszentren folgen. Von Anfang an fühlte er sich in der Gesellschaft des weit gereisten, weltoffenen Kapitäns wohl, und mit zunehmendem Schnapsgenuss fand er dessen ausgeprägten Sinn für Selbstironie immer witziger. Irgendwann kamen sie auf Mädchen zu sprechen, und der Holländer verriet ihm die entscheidenden Unterschiede zwischen den weißen und den gelben Frauen.

»Nicht wahr!«, lallte Nicolas und schüttelte den Kopf.

»Doch, doch«, behauptete der Kapitän, »die haben den Schlitz quer.«

»Schwachsinn. Wie soll das denn gehen? So können sie ja nicht laufen!«

»Äh … wozu auch? Reicht, wenn sie die Läufe hinterm Kopf verschränken …« Umständlich kreuzte er die Hände hinter dem Kopf, schlang die Finger ineinander und bemühte sich mit roter Nase und glasigen Augen um eine verführerische Miene.

Beim Anblick des runden knollennasigen Gesichtes brüllte Nicolas vor Lachen, da es eher an einen Kobold erinnerte als an eine einladende Sirene. »Ich hatte eine Rothäutige, die konnte das, im Ernst.«

»Was?«

»Na, die Beine hinterm Kopf verschränken. War geschmeidig wie ein Raubtier und biegsam wie eine … Schlange. Eine Mixtekin aus den Neuen Kolonien.« Er dachte an Yalanlingua und rieb sich die roten Augen.

»*Zwakzinnigheid!* Das können nur Akrobaten.«

»Dann war meine eben eine rothäutige, mixtekische Akrobatin.« Ihm war alles recht.

»Und sonst?«

»Oh …!« Nicolas seufzte.

»Hab ich was versäumt?« Vielleicht sollte ich mal die Reiseroute ändern, überlegte Harmen Ryckberg. »He!« Er warf seinem Gast einen kritischen Blick zu. Der Maure schien ihm ganz schön bedient zu sein.

Nicolas stöhnte. »Morgen, mein Freund, morgen.« Einen letzten Blick auf die andere Seite des Tisches werfend, wo er zwei völlig idente holländische Kapitäne ins Auge fasste, kam ihm die Idee, dass es ein Fehler gewesen war, vom Schnaps mehr zu trinken als von dem bitteren Bier. Mit einem kurzen Grunzen sank er vornüber auf die Tischplatte.

Fluchend und gefährlich schwankend zog Harmen Ryckberg den Freund auf die Beine. »Ihr seid ziemlich betrunken«, bemerkte er überflüssigerweise.

»Das glaub ich auch«, stimmte Nicolas ihm zu und visierte das Bett an, das der Kapitän gemeint haben könnte, als er in die Richtung mehrerer bedenklich belebter Möbelstücke zeigte. Er brauchte einige Anläufe, um die Koje zu erreichen. Dann sank er darauf und rührte sich nicht mehr.

Als sie sich am darauf folgenden Tag verabschiedeten, klopfte der Kapitän der Fleute seinem Gast auf die Schulter: *»Veel geluk!«*

»Das wünsche ich Euch, mein Freund!«, erwiderte Nicolas. Der Niederländer würde es brauchen, denn ihm stand eine beschwerliche Seefahrt bevor. Im Winter, ohne die hilfreichen Passate, würde eine Überquerung des Indischen Ozeans bis Kalikut zwei Monate dauern. Zwei Monate bei rauer See.

Harmen Ryckberg begleitete Nicolas bis zur Reling und rief ihm nach, als dieser schon das Fallreep hinabkletterte: »Das nächste Mal müsst Ihr den Branntwein mit mehr Bier verdünnen, Monsieur. Gleichwohl, Ihr habt ein gutes Gefälle!«

Nicolas lachte, doch sein Kopf dröhnte.

Die Geschäfte der As-Shihuh-Brüder ließen sich sehr vielversprechend an. Jeden Tag begleitete Nicolas die beiden in aller Frühe auf den Marktplatz. Auf Lamu befand sich der wichtigste Elfenbeinmarkt der Küste und ein großer Umschlagplatz für Mangrovenholz. Hier deckten sich die Brüder mit Elfenbein ein, hier kauften sie Perlen und Porzellan vom Persischen Golf, lupenreine Rubine aus Indien und Säcke mit Gewürzen. Ihre kleine Auswahl unter den Dutzenden Gewürzen fiel auf vier Kardamomarten, Ingwer, Kurkuma, Kalamus und Muskat, Zimt aus Ceylon und Pfeffer und Gewürznelken aus Madagaskar. Auch seltenes Hadernpapier und feinstes Porzellan, von chinesischen Dschunken aus dem Fernen Osten hierher befördert, kauften sie jetzt ein, da sie Lamu auf ihrer Rückfahrt nicht mehr anliefen. Sie selbst boten neben Luxusgütern wie Spiegel, Muranoglaswaren, Parfüm aus Arabien und kostbaren Stoffen auch Wein und Leder aus Spanien sowie Weihrauch und Myrrhe aus Dhofar zum Kauf an.

Als alle Geschäfte zur vollsten Zufriedenheit der Brüder getätigt waren, stachen sie wieder in See. Ein Schwarm Silbermöwen, auf die Reste von Brot und Hirse hoffend, begleitete das Kielwasser. Bald nach Sonnenaufgang kam ein kräftiger Wind auf, und die Schiffe nutzten ihn. Nicolas stand an der Reling und blickte in die blutrote aufsteigende Sonne. Noch wärmten ihre Strahlen nicht, noch war es bitterkalt an Deck. Um die Passatwinde zu nutzen, entfernten sie sich schnell von der Küste, und die von Kokos- und Dattelpalmpflanzungen umgebenen Dörfer mit den ärmlichen Hütten waren in dem üppig wuchernden Grün bald nicht mehr auszunehmen.

Am Mittag des achten Tages erreichten sie Kilwa, den südlichsten Punkt ihrer Reise. Die abendländisch anmutende Festung auf einer Anhöhe nahe dem Hafen gemahnte schon von weitem an die Vorherrschaft der Portugiesen auf dieser, der Küste Tanganjikas vorgelagerten Insel. Kilwa war die reichste Stadt an der gesamten Küste. In ihrem Hafen herrschte reges Treiben, hundert Kauffahrteischiffe aus aller Herren Länder grüßten mit ihren Wimpeln. Neben Dutzenden von Dhaus, indischen Seglern und chinesischen Dschunken lagen hier auch Segler aus dem fernen Abendland: portugiesische Sklaven- und Gewürzschiffe, eine Galeone aus Lyon, eine genuesische Karavelle, niederländische Karracken. Die großen Segelschiffe, die Indien und China ansteuerten, warteten auf die günstigen Passatwinde im Sommer, um neben ihren Waren aus dem Norden afrikanisches Gold, Elfenbein, Schildpatt und Leopardenfelle in die östlichen Länder zu befördern. Beladen mit chinesischem Porzellan, Gewürzen, Seiden, Silber, Perlen und Farben würden sie wieder zurückkehren.

Die »Riyah« und die »Awdat« legten am nördlichen Ende des langen, halbkreisförmigen Kais an, nicht weit von der Festung der neuen Statthalter. Als die Portugiesen kamen, bot Kilwas geräumiger Hafen den größten Seglern der Welt Platz, und die Abgaben, die man von den Schiffen verlangte, hatten seine Herrscher zu großem Wohlstand gebracht. Wohl aus Habgier und Neid wüteten die arroganten Fremden in Kilwa ganz besonders arg: Sie plünderten die Stadt aus, mordeten und brandschatzten. Solcherart bereichert, errichteten sie in den ersten Jahren des neuen Jahrhunderts auf einem Küstenvorsprung das Gereza-Fort, das die Stadt, auf die es blickte, von nun an »beschützen« sollte. Um den ertragreichen Handel auf dem Indischen Ozean an sich zu reißen, zerstörten sie sogar die persisch-arabischen Einrichtungen am Hafen. Ihr eigentliches Ziel aber war es, die Ostküste Afrikas – der Westküste gleich – in eine profitable Provinz zu verwandeln, deren wertvollster Exportartikel bald aus Sklaven bestehen sollte.

Als Nicolas Kilwa zum ersten Mal betrat, lag die von mächtigen Sultanen erbaute große Moschee schon achtundzwanzig Jahre lang in Trümmern. Doch entging ihm nicht ihre einstige Pracht.

»Hm … die erinnert mich an eine andere Moschee«, murmelte er, das eingestürzte mächtige Kuppelgewölbe, die Säulen aus Korallenstein und die einst imposanten Bögen betrachtend. Salah sah ihn erwartungsvoll an. »Ja, an die Mesquita von Córdoba.«

Bei ihrem Rundgang durch die Stadt kamen die drei noch an weiteren zerstörten, in der Zwischenzeit aber wieder aufgebauten Moscheen vorbei. Als Zeitzeuge wusste Harun erstaunliche Dinge zu erzählen. Der bittere Unterton in seiner Stimme war ihm nicht zu verdenken.

»Als die portugiesischen Entdecker entlang der afrikanischen Küste nach Indien segelten, waren sie voller Staunen über so glänzende Häfen wie Kilwa, Mombasa und Sansibar. Diese Handelszentren, diese islamischen Stadtstaaten zwischen Lamu und Kilwa, verbanden und verbinden die binnenländischen Königreiche mit dem Osten. Ihre Kultur besteht, wie du siehst, aus afrikanischen und moslemischen Elementen, und ihre Sprache, das Swahili, was eigentlich nur »Küstensprache« bedeutet, hat sich aus Arabisch und Bantuelementen herausgebildet. In der großen Moschee«, er nickte über seine Schulter, »knieten damals Kolonisten und Kaufleute aus Arabien und Indien neben Swahili sprechenden Bantus und Tussis. Stellt euch vor, Kilwa besaß eine eigene Währung, und auf der Höhe seines Wohlstandes ließen seine Sultane Münzen von sechs verschiedenen Werten prägen! Die goldene hatte ein Gewicht von zweiundsiebzig Gerstenkörnern. Ich kann mich noch an sie erinnern.«

»Verzeih, warum Gerstenkörner?«, unterbrach ihn Nicolas, da er dieses Getreide so weit im Süden gar nicht vermutete hätte.

»Oh, keine Ahnung«, sagte Harun und wischte sich den Schweiß von der Stirn. »Vielleicht, weil sie sehr regelmäßig sind. Bei uns wurden früher von den Goldschmieden und Apothekern die Samen des Johannisbrotbaums als Feingewichte beim Wiegen verwendet.« Harun seufzte und deutete auf eine Bank im Schatten einer großen Palme. Die Hitze wurde allmählich unerträglich. »Stellt euch mal vor, Kilwas Lebensstandard war so anspruchsvoll und wohlfundiert, dass die portugiesischen Kaufleute, die den Entdeckern auf dem Fuß folgten, keine nennenswerteren Beiträge dazu leisten konnten, außer einigen hier unbekannten Feldfrüchten, wie Avocados, Erdnüsse und den auch von dir geschätzten Tabak.« Sein launiges Gesicht blieb unbewegt, nur um seine Mundwinkel legte sich ein spöttischer Zug.

»*Na'am*, aber die Portugiesen unterschätzten die dynamische Kraft eines florierenden Handels«, mischte sich Salah ein und wischte sich mit dem Ärmel seiner *dischdascha* über die Stirn. »Gut, es wurden einige Paläste und Moscheen zerstört, die führende Dynastie ausgerottet und hohe Adelsfamilien in die Sklaverei verschleppt. Dennoch konnten die wenigen portugiesischen Karavellen, die fortan die Häfen anliefen, weder den Handel kontrollieren noch unterdrücken – und können es bis heute nicht.«

Harun nickte mehrmals.

»Die Auswirkungen ihrer Einmischung«, fuhr Salah fort, »sind tatsächlich in Ostindien und Westindien zu spüren, denn was bis dahin die chinesischen Dschunken und indischen Segler verschifft hatten, transportieren nun zum Teil portugiesische Karavellen. Für unser Unternehmen und das anderer Ägypter und Araber sind sie natürlich zur Konkurrenz geworden, was die abendländischen Waren betrifft.«

»Verständlich«, meinte Nicolas, an seinem Ohrring drehend, enthielt sich aber jeder weiteren Bemerkung. Natürlich konnte er Haruns Hass auf die Portugiesen nachvollziehen, jedem war sein eigener Rock näher. Dabei waren Heinrichs Seefahrer noch nicht einmal die schlimmsten, verdammt! Die Brüder hatten wirklich keine Ahnung! Die müssten erst mal seine eigenen Landsleute in der Neuen Welt sehen!

Harun seufzte. Ob der Hitze oder seiner Gedanken wegen wusste Nicolas nicht. »Die Wege des Propheten sind undurchschaubar«, sagte er und erhob sich. In dem gen Himmel gerichteten Blick des gläubigen Mannes lag Demut.

Den Rest des Tages streifte Nicolas ziellos durch die Stadt. In den Parks und königlichen Gärten stieß er auf Springbrunnen, Papayabäume und auf Hennabäume, die so groß wie Olivenbäume waren. Der ehemalige königliche Palast Husuni Kubwa überraschte ihn mit seiner riesigen Anlage, besaß er allein über einhundert Räume mit Säulengängen, Höfen, sorgfältig angelegten Waschräumen und einem Süßwasserbadebecken. Nicht alle Prachtbauten Kilwas waren zerstört worden. Die Stadt, welche die arabischen und indischen Händler unerbittlich durch hohe Zölle und Abgaben geschröpft hatte und weiterhin schröpfte – mit dem Unterschied, dass nun die Portugiesen an den Einkünften teilhatten –, verwandte von jeher einen guten Teil ihrer Einnahmen zur Verschönerung ihres Stadtbildes und Alltagslebens. So bestaunte Nicolas prächtige Häuser aus Korallenstein, drei bis vier Stockwerke hoch, wie die Häuser in Spanien. Die Einwohner Kilwas fand er allerdings besser gekleidet als seine Landsleute. Sie trugen Gewänder aus feiner Baumwolle, Seide und viel Geschmeide. Auf den breit angelegten Straßen begegnete er verschleierten und unverschleierten Frauen, die sich allesamt gern schmückten. Je größer die Anzahl ihrer Ketten, Armreifen und Ringe, desto entschlossener blickte die breitbrüstige Begleitung an ihrer Seite, die ein eifersüchtiger Ehemann angeordnet hatte.

Noch vor Sonnenaufgang trugen die Matrosen die Waren von der »Riyah« und der »Awdat« auf den Markt. Dort ging es zu wie auf anderen afrikanischen Märkten, nur dass der Marktplatz so groß war wie ein Dorf und keine Bauern zu erblicken waren.

»Die haben ihre Ware entlang der Küste an Händler verkauft«, sagte Salah, »die sie nun auf Kilwas Markt feilbieten.«

Neben großen schlanken Indern und gelbhäutigen kleinwüchsigen Männern in bunt gemusterten Hosenanzügen liefen ebenholzschwarze Niloten, Araber in weiten wollenen *dschellabas* oder in wallenden, vorne offenen Kaftans, Portugiesen in dunklen Hosen und Röcken und rotbärtige, schwarz gekleidete und behütete Holländer auf den schmalen Wegen zwischen der ausgebreiteten Ware hin und her und handelten und feilschten.

Rechts von den Kaufmannsbrüdern bot ein bleichgesichtiger Nordländer Ballen feinen Tuches, Schmiedearbeiten und Kerzen an. Zur linken Hand pries ein dunkler Bantu vom Stamm der Kikuyu, dessen Gesicht mit seltsamen rituellen Zeichnungen bemalt war, Kokosnüsse, Kolanüsse und Gewürznelken an.

Vor ihnen hockte ein Perser auf der nackten Erde, umgeben von mehreren Säcken Safran. Seine Finger waren ganz gelb vom ewigen Rühren und Anpreisen der Narben.

»Der Safran blüht nur ein Mal im Jahr und nur für einen Tag. An diesem Tag muss er geerntet werden«, erklärte er Nicolas. Er nahm seine schmalen Schultern zurück und richtete sich auf. »Es gibt ihn nur aus Persien«, sagte er. *»Al-hamdulillah!«*

»Lass Allah aus dem Spiel, du irrst dich nämlich. Seit eh und je kommt die spanische Küche nicht ohne Safran aus.«

Der Händler grinste. »Ja, aber reichen die spanischen Mengen auch für den Export?«

Darauf wusste Nicolas keine Antwort. Er zuckte die Schultern und wandte sich anderen Händlern und Waren zu. Einige Reihen vor ihnen waren auf dem Boden auf einer Länge von zwanzig Schritt Rhinozeroshörner ausgebreitet, die vor allem von den Chinesen als Aphrodisiakum begehrt wurden. Anschließend daran sah er zum ersten Mal ganze Schildkrötenschalen. In einer Ecke des Marktes befanden sich die Zweigstellen der arabischen Banken mit den verschiedensten Währungen und ihrem ausgeklügelten System von Schecks und Kreditbriefen, in einer anderen wurde das afrikanische Gold gehandelt. Portugiesische Soldaten, mit Degen und Musketen bewaffnet, patrouillierten und demonstrierten die Dominanz des Abendlandes.

Die Verbitterung der Brüder über die Zerstörung der Stadt Kilwa und die spürbare Präsenz der neuen Eindringlinge war der Grund, weshalb Harun und Salah zum Aufbruch drängten, sobald sie die erhofften Geschäfte abgeschlossen hatten. Da weiter südlich, vor Moçambique, die wilden Strömungen begannen, wählten die beiden Kaufleute Kilwa als den südlichsten Punkt ihrer Handelsroute. Nun wandten sie sich wieder nach Norden in der Absicht, die zwischen Kilwa und Lamu gelegenen Handelsstädte Sansibar, Mombasa und Malindi anzulaufen. Die Anker wurden eingeholt, und die schweren Segel rauschten herab. Noch hatten sie die günstigen Passatwinde nicht in ihrem Rücken, aber sie hatten Glück. Mit der frischen Brise nahmen die Schiffe schnell Fahrt auf, und die Umrisse der Insel verschwammen im kühlen Morgendunst allmählich mit dem Festland.

Eine kräftige Mittagssonne schien in die weißen, weithin leuchtenden Segel, als sie Mitte April die korallenumsäumte Insel vor der Küste Usambaras anliefen. Sansibar war anders. Die Stadt strahlte eine Gleichgültigkeit aus, die jeden Besucher sofort umfing. Auf Nicolas wirkte sie unberührbar, beinahe erhaben. Auch Sansibar war vor achtundzwanzig Jahren von den Portugiesen heimgesucht worden, doch konnten sie der Stadt nicht viel anhaben. Das Stadtbild mit seinen aus Riffkorallen gebauten Häusern blieb gänzlich arabisch geprägt, und die Swahilikultur behauptete sich weiterhin. Fast die gesamte nutzbare Inselfläche war Ackerland, und die Bauern versorgten zur Gänze die einwohnerreiche Stadt. Dennoch bildete die Küstenfischerei in den seichten, fischreichen Lagunen zwischen den Korallenriffen ihre Lebensgrundlage. Hier fühlten sich die As-Shihuh wohl, hier wollten sie bis Ende Mai bleiben, um dann mit den Passatwinden nordwärts zu segeln.

In einer vornehmen Herberge im Zentrum der Stadt, in der sich die Brüder schon in den vergangenen Jahren eingemietet hatten, bezogen die drei Quartier. Der Gasthof mit dem klingenden Namen *Bayt-i bayt-ak* verfügte über einen geschmackvoll eingerichteten Speisesaal, einen mit Palmen beschatteten Innenhof mit Diwans, Samowaren, Wasserpfeifen und Brettspielen und ein Badehaus. Die Zimmer, mit weiß gekalkten Wänden und Decken, und die Betten waren sauber. Die orientalische Küche war persisch gewürzt und scharf. Sowohl Harun als auch Salah und Nicolas verzichteten auf einen persönlichen Sklavenjungen, der den Gästen des Hauses für die Dauer ihres Besuches zur Verfügung gestellt wurde. Jedoch bedienten sich die drei gerne und oft hübscher Sklavinnen, die sich zur Unterhaltung und zum Vergnügen der Gäste im Hause befanden.

Die Herberge betrieb ein Swahili sprechender Perser namens Sirus Bahschahr. Wie viele Einwohner Sansibars trug er mit

Vorliebe bauschige persische Hosen unter einem einfarbigen, mit bunt bestickten Litzen besetzten langen Hemd. Über den Gürtel quoll ein imposanter Weinbauch. Der behäbige, in die Jahre gekommene Wirt war Nicolas vom ersten Augenblick an unsympathisch. Mit seinem unsteten Blick und dem schlaffen, wackelnden Kinn schien er ihm falsch und speichelleckerisch. Und Nicolas hasste Personal, das vor ihm auf dem Bauch rutschte, obwohl er wusste, dass dies, je weiter östlich man kam, umso erwünschter war. Aber nicht nur das. Ganz und gar nicht weichherzig und gütig ging Sirus nämlich mit seinen Untergebenen um, in der Mehrheit Mischlinge aus Niloten, Hamiten, Massai und Tussi. Der sonst so verschlagene Perser bemühte sich nicht einmal, seine Züchtigungen vor den Gästen zu verbergen. Während die As-Shihuh dies nicht weiter beachteten, stieß sich Nicolas wiederholt an den strengen Maßregelungen der Sklaven.

Die anmutige Sklavin Ngoomi entstammte jener schlanken, hochwüchsigen und dunkelhäutigen Rasse der Niloten, welche die Insel schon seit Jahrhunderten bevölkerten. Ngoomi war für eine Schwarzafrikanerin ausgesprochen hübsch. Ihre Züge waren weniger derb als die ihrer Stammesgenossinnen, die Nasenflügel nicht so breit, und ihre Stirn war weniger fliehend. Wulstige dunkle Lippen bedeckten perlweiße Zähne, die etwas vorstanden, und feine flaumige Löckchen kräuselten sich auf der schwarzen Kopfhaut. Ngoomis Stirn und Wangen zierte ein Muster feiner Narben, und die Ohrläppchen wiesen am Rand Einkerbungen auf, die sie wie ausgefranst aussehen ließen. Ihr auffälligster Schmuck aber war ein silberner Lippenring, der durch den unteren Rand der Unterlippe gezogen war und eine kleine leuchtendrote Korallenscheibe aufgefädelt hatte. Das Mädchen sprach Swahili und hatte außerdem im Laufe der Zeit viele arabische Ausdrücke aufgeschnappt.

Seit fünf Jahren arbeitete Ngoomi für den Perser, an den sie von ihrem Mann verkauft worden war. Zum Zeitpunkt ihrer ersten Menstruation sei sie verheiratet worden und zwei Jahre später wieder »geschieden«, weil sie kinderlos geblieben war, erzählte sie Nicolas in der ersten Nacht, in der sie bei ihm lag.

»In den Jahren hier hab ich zwei Kinder geboren …«, sagte sie leise, dicht an sein Ohr. Er konnte ihren Gesichtsausdruck nicht sehen, aber in ihrer melodischen Stimme schwang jener so unverkennbare Unterton.

»Du hast Angst …«

»Ja, immer. Hier ist keiner sicher.«

»Hm …«, gestand er und konnte sich gut vorstellen, dass all die Sklavenjungen auch zum Spionieren herhalten mussten. Die schöne Fassade hier stank zum Himmel! »Und?«, drängte er, als sie keine Anstalten machte, sich ihm weiter anzuvertrauen. »Was wurde aus den Kindern?« Er fasste sie sanft am Nacken und sagte: »Du hast doch schon bemerkt, dass ich deinen Herrn nicht mag. Du kannst ganz offen zu mir sein.«

Ngoomi nickte. »Er hat mich gezwungen, sie auszusetzen.« Sie schwieg und rieb sich den immer brennenden Ring an ihrem Knöchel. Dann flüsterte sie: »Ich hab sie heimlich in unser Dorf gebracht, und manchmal besuch ich sie dort. Meine Familie kümmert sich um sie.« Ihre großen schwarzen Augen ruhten still auf seinem Gesicht.

Es war Nicolas, als lege sie ihr Leben in seine Hände. Das rührte ihn. Er erwiderte ihren Blick mit jener Mischung aus Gelassenheit und Selbstsicherheit, die Stärke und Geborgenheit versprach.

»Na ja«, sie zögerte, »es könnten gut Sirus' Kinder sein. Äh … vielleicht ist ja eines von ihm. Er lässt mich hie und da zu sich rufen …«

Nicolas runzelte die Stirn, und Ngoomi lachte. »Es ist nur halb so angenehm wie mit Euch, *sayyid*!«

»Nur halb so angenehm?« Seine Entrüstung war echt. Etwas unsanft kniff er sie in eine schwarze Brustwarze, durch die derselbe Silberring wie an der Unterlippe gezogen war. Ngoomi entwand sich ihm und warf ihm einen abschätzenden Blick zu. Sie kannte den Gast noch zu wenig und riskierte viel, wenn ihr solch lose Reden über die Lippen kamen. Dann stach sie der Hafer. Immerhin hatte sie von zwei Kolleginnen, die schon zu dem Fremden befohlen worden waren, ebenfalls gehört, dass er nett sei. »Oh, *sayyid-i*«, klagte sie, »ihr Männer wollt immer nur Lob hören, und dabei sind wir es, die die ganze Arbeit leisten!«

Nicolas überlegte und grinste dann. Die Schwarze wusste also genau Bescheid, wie er sich von zwei Kolleginnen hatte verwöhnen lassen, und zwar von beiden gleichzeitig. Das war äußerst angenehm gewesen. »*'Idan*, ich bezahle schließlich dafür! Und nicht wenig«, rechtfertigte er sich. »Oder wofür, denkst du, schieben wir dem Fettwanst so viel Geld in den Arsch? Für seine Currykrabben und seinen gebratenen Eierreis sicher nicht. Obwohl ich zugeben muss, dass seine Küche exzellent ist.«

Ngoomi hatte sich in dem Mann nicht getäuscht. Da sie aus sicherer Quelle wusste, dass die Kaufleute auch diesmal beabsichtigten, länger zu bleiben, wollte sie sich um diesen Gast besonders bemühen. Das war längst nicht so anstrengend, als jede Nacht bei einem anderen Fremden zu liegen, der sie schlagen, schikanieren und mit Füßen treten konnte, wie er wollte, als sei sie ein Gegenstand ohne Seele und Geist. Von Sirus war weder Verständnis noch Hilfe zu erwarten, ihn interessierte nur das Geschäft. Wenn ein Sklave – der für ihn weniger zählte als die Hühner in seinem Stall – nicht funktionierte, ließ er ihn auspeitschen und den Mädchen Stockhiebe auf die Fußsohlen austeilen, damit sie trotz der Prügelstrafe keinen Tag ausfielen.

Auch Ngoomi hatte den Stock schon mehrmals zu spüren bekommen, und zwar immer dann, wenn sie für ein paar Tage ausgerückt war. Vor den Schlägen ließ Sirus ein mit einer besonderen Flüssigkeit getränktes Tuch um die Fußsohlen wickeln. Die Mixtur verstärkte die Schmerzen derart, dass man meinte, mit jedem Hieb das Bewusstsein zu verlieren. Die Schläge aber hinterließen keine Spuren. Dafür hassten alle den Perser. Doch Sirus war schlau: Neben zwei alten Köchinnen hielt er sich nur Knaben, Mädchen und junge Frauen. Der einzige erwachsene männliche Sklave war Tuat, und der war genauso schlecht und grausam wie sein Herr. Indem Sirus ihm gewisse Rechte einräumte, machte er ihn zu seinem Komplizen, und der einfältige, selbstgefällige Schwarze ließ sich von dem Perser blenden.

Nicolas lag auf dem Rücken, die Arme hinter dem Kopf verschränkt, und betrachtete Ngoomi. Ihre schwarze Haut glänzte im flackernden Licht mehrerer Öllämpchen. Wenn sie mit dem Sprechen, das sich bisweilen wie ein Gurren ausnahm, innehielt, war nur das Zischen der Dochte in ihrem Mandelölbad zu hören. Er liebte es, die Schwarze beim Liebesspiel zu beobachten. Welche Körperöffnungen sich bei ihr auch auftaten, sie blitzten rosa, und selbst die Hand- und Fußsohlen leuchteten hell inmitten von Ebenholzschwarz. Ngoomi rollte die weißen Augäpfel und begann, sich leicht in den Hüften zu wiegen. Sie saß aufgepfählt auf Nicolas' Lanze, die langen Beine angewinkelt neben seinem Körper. In den Händen hielt sie eine kleine Trommel, ein kurzes Stück ausgehöhlten Baumstammes mit darüber gespannten Häuten, auf die sie in eigentümlichem langsamem Rhythmus schlug.

Eine Zeit lang tat sie nichts weiter als das, ließ ihre Trommel sprechen und entführte Nicolas in die Grassteppen Afrikas, die ihr Volk in uralter Zeit bewohnte. Nach einer Weile begann sie zu summen und mit ihrem Becken zu kreisen. Der tief gestimmten Trommel entlockte sie wundersame Klänge, und die Steinchen, mit denen ihr Rand besetzt war, fügten eine Vielzahl schnarrender Töne hinzu. Das Erregendste an ihrem Trommeln war aber der Rhythmus, ein Rhythmus, der Nicolas mehr als alles andere unter die Haut ging.

Ngoomis Summen wechselte über zu leisem Singen, wobei sie gleichzeitig das Tempo ihrer kreisenden Bewegungen steigerte. Immer stärker geriet sein Blut in Wallung. Bald sang und tremolierte sie zu dem ausgefallenen bizarren Rhythmus ihrer Trommel, der an Nicolas' Urinstinkte rührte, während sie mit ihrem Körper diesen Rhythmen folgte. So dauerte es nicht lange, und sie versetzte den *sayyid* in eine Art Trance, die seine Leidenschaft ins Unermessliche steigerte.

Nicolas stöhnte unter der Qual seiner Lust. Denn der Rhythmus zielte nicht nur auf seine Sinne, sondern sprach auch etwas anderes tief in seinem Inneren an, etwas, dessen er sich nicht bewusst wurde. Dafür zogen Bilder all jener Frauen an seinem geistigen Auge vorbei, die ihm in seinem Leben etwas bedeutet hatten: Elvira, die Zigeunerin, die Mixtekin, Suheila …

Er griff nach Ngoomis Brüsten und spielte mit ihnen. Ohne den Rhythmus der Trommel zu ändern, hob und senkte sie nun ihr Becken und rieb sich an dem harten Schaft. Nicolas' Stöhnen wurde lauter, seine Erregung unerträglich. Die Schwarze drehte sich auf seiner Lanze um, sodass sie ihm den Rücken zukehrte, legte die Trommel beiseite und begann mit seinen Nüssen zu spielen. Nicolas stellte seine Beine auf und spreizte sie. Während sie weiter mit ihrem Schoß an seinem Schaft auf und ab fuhr, langte sie nach einem Ölkännchen, tauchte ihre Finger hinein und salbte ihn. Dabei spürte sie, wie sich die Hoden in der samtigen faltigen Hülle unter dem Ansturm der Lust zusammenzogen. Sie tastete weiter. Behutsam schob sie ihm einen geölten Finger durch den angespannten Ringmuskel. Nicolas bäumte sich auf, hob sein Becken an. Ngoomi dehnte die Rosette auf, schob einen zweiten Finger nach. Dann beugte sie sich hinab.

Ihre zärtlichen Berührungen ließen ihn beinahe den Verstand verlieren. Er stöhnte, wimmerte heiser. Wenig später hatte er sich nicht mehr unter Kontrolle. In einem Ansturm animalischer Leidenschaft packte er ihre Hüften und drückte sie vor sich auf den Boden. Sogleich hob sie ihm ihr Hinterteil entgegen. Mit geschickten Fingern teilte er das zartrosa Fleisch ihrer Weiblichkeit, fuhr mit seiner warmen Zunge die Spalte entlang, hinauf und hinunter, bis Ngoomi stöhnte. Dann richtete er sich auf, setzte seine mächtige Lanze an und drang mit einem Stoß in sie. Im uralten Rhythmus schob er sie schneller und immer schneller. Das Mädchen keuchte und seufzte, bis es am Höhepunkt kurze heisere Schreie ausstieß und sich zuckend wand. Nicolas bäumte sich auf und beugte sich zurück, die Muskeln und Sehnen an Genick und Hals wie Drahtseile gespannt, die Züge verzerrt in einer Art Schmerz, der erst langsam der Erfüllung wich.

Wie sehr die schwarze Sklavin sich bemühte, ihm zu gefallen, entging dem Mauren keineswegs. Noch besser als ihre Bemühungen gefiel ihm aber ihre spontane Art und ihre Mitteilsamkeit. Ngoomi war klug und beobachtete gut. Nachdem sich die kaufmännische Tätigkeit der beiden Brüder nach zwei Wochen mehr oder weniger erschöpft hatte, sah auch Nicolas keine Veranlassung mehr, weiterhin morgens früh aufzustehen. Nach den Besuchen in Sansibars Schenken und Teehäusern ging er spät zu Bett und ließ nach Ngoomi rufen, damit sie ihm Gesellschaft leistete. Dabei kam ihm gar nicht in den Sinn, dass die Bevorzugung des Mädchens ihr zum Nachteil gereichen könnte.

Manchmal traf er sich mit Harun und Salah nach ihrem Gebet zur Dämmerstunde, um gemeinsam einen Abendspaziergang durch die Stadt zu unternehmen und dann in eine der zahlreichen Schenken einzukehren, gebratenes Hammelfleisch und *sfeeha* zu essen und anschließend *nargileh* zu rauchen. Manchmal streunte er auch alleine durch die Stadt und besuchte den *suq*. Sansibar war eine gepflegte Stadt mit Rosen- und Jasminrondeaus und Palmen an jeder Ecke. Menschen eilten geschäftig durch die Straßen, farbenprächtige Vögel zwitscherten in den Rinnsteinen und halbverschleierte Frauen füllten ihre Wasserkrüge an den Brunnen. Im *suq* ging es noch lebhafter zu als in den Basaren der nördlichen arabischen Städte. In das bunte Stimmengewirr mischten sich an allen Ecken schrille Klänge der *rebabs* und immer wieder jene eigenartigen Trillerlaute der Frauen.

Vor Sonnenuntergang wurde vom großen Tor das Horn geblasen. Auf dieses Zeichen hin mussten für eine Stunde die Läden geschlossen und der Markt verlassen werden. Sämtliche Frauen verschwanden in den Häusern, die Männer gingen in eine der Moscheen oder zogen sich sonstwohin zurück. Nur die Kinder spielten weiter in den Straßen. So manche Tätigkeit im Hafen oder in der Werft kam zum Erliegen, bis die Gebete beendet waren. Noch bevor der Markt wieder geöffnet wurde, ließen sich fliegende Händler mit kleinen Öllämpchen nahe dem Eingang nieder und verkauften gebratene Krabben, gekochte Eier und Tee. Bald darauf wurde wieder das Horn geblasen, und der *suq* wurde für die Nacht geschlossen. Alle Bewohner mussten sich bis zum Morgengrauen in ihre Häuser zurückziehen. Mit Degen und Musketen bewaffnete portugiesische Wachsoldaten fanden sich vor dem Markt und in allen Vierteln ein, um die Stadt vor Raub und Diebstahl zu schützen. Für Nicolas waren sie der einzige sichtbare Beweis dafür, dass die Portugiesen im Zuge ihres Vorstoßes an der ostafrikanischen Küste vor Jahren auch das Sultanat von Sansibar in ihre Gewalt gebracht hatten.

Bevor Nicolas eines Abends nach einem solchen späten Besuch im *suq* weiterzog, kaufte er sich gebratene Meeresfrüchte, die er auf einen flachen Brotfladen häufte, und Tee. Davor hatte er eine kleine handliche Trommel aus Gnuhäuten erstanden, die mit Muscheln als Rasseln besetzt war. In derselben Nacht noch weihte Ngoomi die Trommel ein.

Eines Tages kam die junge Schwarze und stellte in seiner Kammer einen Besen aus Palmfasern in ein Eck und ein Federbüschel in ein anderes. Nicolas war mit Salah in ein Schachspiel vertieft und widmete ihr daher keine Aufmerksamkeit. Noch nie war sie unaufgefordert zu ihm gekommen. Am Abend ließ er nach ihr rufen und bat sie um Aufklärung.

Ngoomi spielte hingebungsvoll auf ihrer neuen Trommel und wollte Nicolas zunächst nicht antworten. Schließlich rückte sie mit der Erklärung heraus. »Oh, *sayyid*«, gestand sie, »das hier sind Zaubermittel meines Volkes, die auch wirken, wenn Ihr nicht daran glaubt …«

»Hervorragend.« Ihm hatte so etwas schon geschwant.

»Der Raffiabesen«, versicherte sie unverzüglich, »hält in jedem Fall Einbrecher ab, das Federbüschel behütet die Bewohner dieses Raumes, und der Ziegenlederbeutel«, sie deutete auf den am Abend mitgebrachten Beutel in der dritten Ecke, »wehrt Krankheiten ab.«

Nicolas versprach, alle diese Dinge mit auf das Schiff zu nehmen, wenn er abreiste. Himmel, dachte er, sicherlich hatte sie die Zaubermittel von dem Geld gekauft, das er ihr immer wieder zusteckte.

»Siehst du, meine Medizin ist das hier«, lachte er und winkte Ngoomi mit seinem Weinbecher zu sich. Genüsslich ließ er den dunklen Rebensaft durch seine Kehle fließen. »Portwein aus der portugiesischen Stadt Porto«, schwärmte er. »Nur ein Wein, aber bei den Schweinepreisen hier teuer wie die beste Medizin. Dabei ist das Handelskontor der Portugiesen voll davon …«

»Ich weiß, *sayyid*«, unterbrach sie ihn und rieb sich den Knöchel unter dem Ring, »viele Ausländer im *Bayt-i bayt-ak* verlangen nach ihm. Es gibt wenig anderen abendländischen Wein hier.«

»Oh, mir wär auch der persische recht, aber dieser ist zufällig einer meiner Lieblingsweine. Weißt du, warum?« Ngoomi schüttelte den Kopf. »Weil er einzigartig ist, sowohl in seinem Geschmack als auch in seiner Gewinnung. Wie anderer Rotwein wird er aus zertretenen Trauben hergestellt.« Von einer silbernen Platte mit Datteln und Kubeben wählte er eine der mit Zucker überzogenen Pfefferfrüchte. »Seine typische Süße gibt ihm zu Sirup eingekochter Most, obwohl ich die weniger süßen unter ihnen bevorzuge.«

Ngoomi lauschte und nickte andächtig, obwohl sie die Herstellung von Wein nicht im Mindesten interessierte. Aber das war nicht wichtig. Es war auch nicht wichtig, dass sie die meisten der Worte gar nicht verstand.

»Eigentlich heißt er Duorowein«, fuhr Nicolas unbeirrt fort, »und der war schon den Römern bekannt. Er wird ausschließlich in Fässern aus Kastanienholz ausgebaut und erhält dadurch sein kräftiges und volles Aroma.«

Als Ngoomi sah, dass der Mann geendet hatte, meinte sie, an einem ausgefransten Ohrläppchen zupfend: »Oh, *sayyid*, was ist das für eine Medizin, die so streitsüchtig macht?«

Nicolas warf ihr einen unergründlichen Blick zu, blieb ihr aber die Antwort schuldig. Stattdessen lehnte er sich in die Kissen zurück, hielt den Becher nachdenklich gegen das Licht der Öllampe und ließ den Wein im Glas kreisen.

Zwischen dem Mauren und der Sklavin wuchs ein zartes Band der Freundschaft, eine Zuneigung, die über ihre erotische Beziehung hinausging und trotzdem nicht Liebe war. Eines Abends machte Ngoomi ihm den Vorschlag, sie zu ihrem Volk zu begleiten. Nicolas war einverstanden, musste Sirus jedoch melden, dass er wünschte, mit einem der Mädchen das Haus zu verlassen.

Nach einem dreistündigen Fußmarsch über schmale Wege und Pfade in den Norden der Insel deutete Ngoomi von einer Anhöhe auf eine mit Kokos- und Dattelpalmen bestandene Niederung. Zwischen dem üppigen Grün waren nur die Dächer einer Ansammlung armseliger Hütten zu sehen. Auf die Terrassenfelder rund um das Dorf weisend, erklärte sie: »Hirse, Yamswurzeln, Kürbisse und Zuckerrohr …«

»Und viele Kolabäume«, lachte Nicolas.

Wenig später schloss die Frau zwei kleine Knaben in die Arme, von denen zumindest einer eine viel hellere Haut besaß als die übrigen Kinder des Dorfes. Ihrem betagten Vater überreichte sie den wuchtigen Sisalsack, den Nicolas den gesamten Weg auf dem Rücken getragen hatte. Die seltenen Male, die Ngoomi aus der Herberge geschlichen war, hatte sie ihrer Familie nützliche Dinge aus dem *suq* mitgebracht, die sie von den wenigen hie und da zugesteckten Münzen kaufte. Diesmal war der Sack randvoll und besonders schwer. Nicolas selbst hatte mit ihr den Markt durchstreift, bevor sie die Stadt verlassen hatten.

Sämtliche Familienmitglieder fanden sich in Kürze vor der Hütte ein, und Ngoomi verteilte glücklich ihre Geschenke. In ihrem gelben, knielangen Kleid aus fadenscheiniger Baumwolle sah sie aus wie eine Königin. Sie hatte an alle gedacht. Voller Stolz, dass ihr Sack die Blicke Dutzender Augenpaare auf sich zog, lächelte sie Nicolas an. Er saß etwas abseits auf einem Baumstumpf und beobachtete die Szene. Von dem, was gesprochen wurde, verstand er kein Wort, aber das war auch nicht nötig. Zögerlich näherten sich bald die Bewohner der Nachbarhütten, bis sämtliche Dorfbewohner versammelt waren. Diese wurden von den Beschenkten nicht etwa als Zaungäste ausgeschlossen, sondern sogleich in die Gabenverteilung mit einbezogen. Die bestaunten und begutachteten Gegenstände wurden weitergereicht, bis sie durch die Hände aller gegangen waren. Dann nahm ein reges Tauschen, Handeln und Feilschen seinen Anfang.

Ngoomi aber lief auf eines der Terrassenfelder, woraufhin sie mit einem Arm voll Wurzeln in der Hütte verschwand. Nach einer Weile trat sie lächelnd wieder heraus und bedeutete ihm, ihr zu folgen. In der Hand hielt sie eine Kürbisschale. Nicolas sah neugierig und wohl auch hungrig hinein, aber die Schwarze schüttelte den Kopf. Die Kürbisschale enthielt zerquetschte Yamswurzeln, mit Milch und Honig gemischt.

»Das ist etwas Besonderes«, erklärte sie, »und allein für die Priesterin bestimmt.«

Nicolas zog überrascht die Brauen hoch. Das mit der Priesterin war ihm neu. Aber Ngoomi legte einen Finger an ihre Lippen, nahm ihn bei der Hand und flüsterte: »Kommt!«

Als sie sich zur Priesterin auf den Weg machten, warf die Sonne bereits ihre längsten Schatten. Sie liefen einen Waldpfad entlang, bis das Dorf außer Sichtweite war. Dann verlangsamte Ngoomi ihren Schritt, ihre unbekümmerte Haltung wich einer Achtsamkeit, wie sie allen Tieren in freier Wildbahn eigen war. Plötzlich blieb sie stehen, wandte sich um.

»Oh, *sayyid*«, flüsterte sie, eine Hand auf die Schulter des Mannes gelegt. Mit der anderen deutete sie auf einen Euphorbiastamm wenige Schritte vor ihnen, oder besser gesagt auf das, was aus dem Stamm herausquoll. »Schon ein Tropfen ist tödlich, *sayyid*!«

Dort hingen viele Tropfen, dachte Nicolas. Man sah es dem gelblichen, zähen Milchsaft nicht an, wie giftig er war. »Muss ideal für die Jagd sein.« Er grinste.

»Nur«, Ngoomi blieb ernst, »es gibt kein Gegenmittel dafür.«

»Na, die Hasen sollen auch nicht wieder davonhoppeln, oder?«

Sie lachte und boxte Nicolas in die Schulter. Die große

schlanke Frau reichte ihm bis an die Nasenwurzel. Bevor sie weiterging, hob sie ihren Blick. Der Himmel nahm eine eigentümliche Färbung an, und sie betrachtete ihn verwundert. Ein Weilchen stand sie mit der Aufmerksamkeit eines Kindes da, das ein neues Spielzeug in Händen hält, dann zuckte sie die Schultern. Die seltsame Färbung von Grün- und Orangetönen als ein günstiges Zeichen deutend, setzte sie den Weg fort. Vor ihnen tat sich etwas tiefer eine gerodete Ebene auf, in deren Mitte sich eine kreisrunde Mauer erhob. Über die gesamte Ebene verstreut standen hohe Bäume – Mangroven, Palmen und Maniots. Der mächtigste jedoch, ein riesiger Kapokbaum, stand innerhalb des ummauerten Bezirkes.

Ngoomi machte vor einem schmalen Toreingang in der Lehmmauer Halt. Sie deutete auf Nicolas' Waffen.

»Muss das sein?«

Sie sah ihn unglücklich an. Widerwillig entledigte er sich der *janbiah* und seines venezianischen Dolches, bestand aber darauf, sie nicht außerhalb der Umfriedung zu lassen. Ngoomi seufzte, nahm ihm die Waffen ab und lehnte sie respektvoll im Inneren des heiligen Bezirkes an die Mauer.

Die junge Frau war gekommen, um die Schlangenpriesterin zu befragen. Ihre Schüssel enthielt eine Opfergabe, die warm geworden war von ihren nervösen Händen, denn ein Besuch bei der Priesterin konnte eine heikle Sache sein. Freilich nicht schlimmer als das, was sie hierher geführt hatte. Seit Tagen quälte sie eine unbestimmte Angst, und ihr Instinkt sagte ihr, dass nach der Abreise des *sayyids* nichts mehr sein würde wie zuvor.

Vor zwei Tagen war Tuat zur Zeit der Siesta auf das Dach der Herberge gestiegen, das die Sklavinnen bewohnten, und hatte sich über sie hermachen wollen. Es war ihr Pech gewesen, dass außer ihr nur Gambele auf dem Dach gewesen war, mit der sie gerade Laken aufhängte, denn diese konnte Tuat nicht ausstehen. Ngoomi war ihm eindeutig lieber, und es hatte ihm nichts ausgemacht, dass er sie dazu zwingen musste. Als Tuat sich unmissverständlich an sie heranmachte, hatte sie den Fehler gemacht und sich gewehrt.

»Du mieses Stück Scheiße«, hatte sie ihn angezischt, »du kannst dir dein kleines, dreckiges Ding sonst wohin stecken!« Daraufhin hatte sie Tuat so heftig in die Eier getreten, dass er sich am Boden gekrümmt und sie verflucht hatte. Als er davongehumpelt war, hatte er geschworen, sich an ihr zu rächen.

»Wart nur, ich werd dir dein loses Maul schon stopfen!«

Sie erinnerte sich noch gut an sein verzerrtes Gesicht. Tuat war ein Sklave wie sie, doch hatte er unvergleichlich mehr Macht: Auf ihn hörte der Perser. Zumindest was die Mädchen und die Knaben betraf, die ihn gleichfalls fürchteten. Kaum war der Schwarze ihren Blicken entschwunden, bereute sie ihre tollkühne Tat. Wie sollte sie das wieder hinkriegen? In ihrem Dilemma hatte sie eine schlaflose Nacht lang überlegt, ob sie sich dem *sayyid* anvertrauen oder doch mit Tuat reden sollte. Da der Hurensohn aber von Grund auf niederträchtig war und sie das Geschehene nicht rückgängig machen konnte, hatte sie entschieden, nicht ein Wort an Tuat zu verschwenden. Und der *sayyid* würde wieder abreisen, ihr Problem mit diesem Arschkriecher ihres Herrn also auch nicht lösen können. Da hatte sie gebetet und alles Erdenkliche geschworen, um bald das Haus des Persers verlassen und zu ihrem Stamm zurückkehren zu können. Das Geld, das Sirus von ihrem früheren Mann zurückverlangen konnte, würde sie dank der großzügigen Zuwendungen des *sayyids* bald selbst zurückzahlen. Um sich dafür erkenntlich zu zeigen, wollte sie die große Wahrsagerin ihres Volkes nach dem Schicksal ihres Begleiters befragen. Deshalb sollte er sie hierher begleiten.

Sie fanden die Priesterin der Kya im Inneren des schneckenartig angelegten Labyrinths mit seinen löchrigen Wänden aus Schilf- und Bambusrohren. Dort hockte sie am Boden vor einer stark rauchenden Glut, die einen intensiv harzigen, ihm unbekannten Geruch verströmte, und machte keinerlei Anstalten, von ihrem Besuch Notiz zu nehmen. Eine ganze Weile sah ihr Nicolas dabei zu. Dann entwand er seiner Begleiterin die Kürbisschale und stellte sie mitten in die kleine Glut in der Sandmulde. Ngoomi riss entsetzt die Augen auf, aber die Alte drehte sich nicht einmal um. Mit einer knappen Geste lud sie die beiden ein, sich zu ihr zu setzen.

Als Ngoomi der weisen Frau den Vorfall mit Tuat schilderte, wurde sie sehr aufgeregt. Die Priesterin jedoch blieb gelassen. Ab und zu warf sie ein paar Körner oder eine Hand voll Kraut in die Glut, und wundersamer Duft verbreitete sich. Sie stellte zahlreiche Fragen, sagte aber nichts. Während Ngoomi antwortete, beobachtete die Alte unauffällig den Mann an ihrer Seite. Ihren wachen Augen entging nichts. Manchmal trafen sich ihre Blicke. Die des Fremden wurden immer gereizter. Offensichtlich wusste er von alledem nichts, dachte die Priesterin, doch was er da zu hören bekam, gefiel ihm wohl nicht.

Dessen ungeachtet musterte auch Nicolas sein Gegenüber. Die Priesterin, die unbestimmten Alters war, hatte kaum Falten im Gesicht, aber schlaffe hängende Brüste und graues Kräuselhaar auf dem Hinterkopf, das wie die Stacheln des Morgensterns aufgezwirbelt und wirr nach allen Seiten stand. Das dichte Narbenmuster auf Rücken und Oberarmen erinnerte an eine Chagrinarbeit. Ihren Hals, ihre Ohren und ihre Arme zierten unzählige Reifen aus den unterschiedlichsten Materialien, und er wollte sich lieber nicht vorstellen, wie man damit schlafen konnte.

Nachdem die Priesterin die Befragung beendet hatte, stand sie auf. Gemeinsam verließen sie das Labyrinth. Im Freien war es mondhell. Nicht einmal die Krone des Kapokbaumes über ihnen beschattete den großen Innenhof. Sie wandte sich zu den silbergrauen Wurzeln des hohen Baumes, beugte sich nieder und hob etwas auf. Es war eine schöne, geschmeidige, im Mondlicht schimmernde Schlange. Behutsam legte sie das Tier vor einem Altar aus verzauberten Steinen nieder. Die Pythonschlange gab kein Lebenszeichen von sich, außer einem schwachen Pulsschlag unter der goldenen Haut ihrer Kehle. Die Priesterin entzündete eine Fackel. Lange Zeit verstrich. Endlich erwachte die Python aus ihrer Lethargie und streckte ihren dreieckigen Kopf vor. Züngelnd erkundete sie die Luft und musterte die Besucher aus ihren geschlitzten Augen. Nicolas beäugte seinerseits das

Tier. Wissend, dass sich hastige Bewegungen in Gegenwart einer Schlange als folgenschwer erweisen konnten, bewegte er sich sehr bedächtig.

Schließlich wandte sich die Priesterin Ngoomi mit ihrer Antwort zu. »Du hast deine Vorfahren beleidigt«, raunte sie mit eindringlicher, beschwörender Stimme, »denn du lässt dich ständig von fremden Männern besteigen. Das ist nicht gut. Außerdem sollst du nicht nach Früchten greifen, die zu hoch hängen«, sagte sie leise und sah dabei zu Nicolas. Ngoomi verstand und senkte den Kopf.

Die Alte nickte. »Ich werde den Schlangengott und den Skorpiongott beschwören, Tuat unschädlich zu machen«, versicherte sie. »Wenn du dich in Zukunft selbst um deine Kinder kümmern willst, werden dich deine Vorfahren weiter beschützen.«

Ngoomi lauschte den Worten der Priesterin, und langsam fielen ihre Sorgen von ihr ab. Dann bat sie die Wahrsagerin noch um einen Blick in die Zukunft des *sayyid*. Die Alte verhielt sich abweisend, sagte jedoch schließlich: »Es wird kein Jahr vergangen sein und du wirst Nachwuchs erwarten. Aber deine Suche ist damit noch nicht zu Ende. Du wirst ein reicher Mann sein, *garib*, noch bevor du dein wahres Glück findest.«

Auf dem Weg ins Dorf, den ihnen ein voller Mond und ein klarer Sternenhimmel wiesen, dachte Nicolas über die Priesterin nach. Er war weniger beeindruckt von dem, was sie gesagt hatte, als von der Art, wie sie es tat. Der Aura, die sie ausstrahlte, hatte auch er sich nicht entziehen können. Wie groß erst musste ihre Macht über diese Menschen sein, welche die Autorität einer Priesterin ohnehin nie infrage stellten!

»Zum Henker! Warum bist du nicht zu mir gekommen, nachdem Tuat dich zwingen wollte?«, stellte Nicolas das Mädchen zur Rede, kaum dass sie den heiligen Bezirk verlassen hatten.

Sein vorwurfsvoller, schneidender Ton brachte ihr zu Bewusstsein, dass sie ihn doch hätte einweihen sollen. Den Blick auf den Boden geheftet, beteuerte sie hinter ihm herlaufend:

»Das hätte so oder so nichts geändert, *sayyid*, denn da hatte ich ihm ja schon in die Eier getreten. Oh, *sayyid*, Ihr versteht nicht! Ich bin nur eine Sklavin, ich habe keine Rechte …«

»Er auch nicht! Und solche schon gar nicht!«

»Ha! Zwischen mir und dem da gibt's einen Unterschied …!«

»Na, das will ich wohl meinen!« Nicolas grinste, obwohl ihm gar nicht danach zumute war.

Ngoomi schnaufte in seinem Rücken. »Ja, aber er ist nicht nur ein Mann, er ist *sein* Mann!«

Nicolas wusste, dass sie Recht hatte, Sklave hin oder her. Die einzige Möglichkeit, ihr nun zu helfen, sah er darin, sie von dort wegzuholen. Bei nächster Gelegenheit wollte er das regeln. Er blieb stehen und wandte sich um. »Und die Priesterin, konnte sie was für dich tun?«

»*Na'am.* Sie hat mich beruhigt.« In ihren Zügen las er, dass ihr Vertrauen in die Alte keine Grenzen kannte.

Nicolas nickte nur. Schweigend gingen sie hintereinanderher, bis Ngoomi die Frage formulierte, die ihr seit Verlassen des heiligen Bezirkes auf der Zunge lag: »Oh, *sayyid*, sagt mir, was haltet Ihr von der Priesterin?«

»Hm … nun … zwischen Himmel und Erde ist vieles, was wir nicht wissen …« Er hob einen Ast hoch, unter dem Ngoomi durchschlüpfte. »Vielleicht gibt es nicht nur einen Gott, vielleicht gibt es ja viele Götter, wie bei euch. Oder die Reinkarnation …«

»Die was?«

»Das Weiterleben nach dem Tod in anderer Form oder in anderer Gestalt.«

»Oh, wie unsere Pythonschlangen!« Ngoomi nickte ernst zu dem breiten Rücken vor ihr. »Die Pythonschlangen sind eigentlich unsere Vorfahren. Sie werden sehr respektiert.«

»Verständlich.« Er dachte an das imposante Tier von vorhin.

Von weitem schon waren die Trommeln des Dorfes zu hören. Die Männer hatten sich die Gesichter rot und die Frauen die ihren gelb bemalt. Einige bildeten eine kleine Gruppe am Rande und gaben Trillerlaute von sich, schrill und durchdringend.

Alle Burschen des Stammes trugen buschige Raffiastrohkragen, die sie beim Tanzen wie Strohpuppen aussehen ließen.

»Sie feiern den Vollmond«, erklärte Ngoomi, »und den Umstand, dass sie so reichlich beschenkt worden sind.«

Die Musik war ganz anders als diejenige, die Nicolas von seiner Freundin kannte. Es waren so viele sich verschlingende Rhythmen, dass er ihnen unmöglich folgen konnte. Neben einfachen Trommeln mit Rasseln sah er Schlitztrommeln aus Rinde mit sorgfältig geschnittenen Öffnungen für die Resonanz, Kürbisrasseln und die aus dem *suq* mitgebrachten Glocken.

Die beiden huschten am Rande des Dorfes entlang zur Hütte von Ngoomis Eltern. Vor dem Haus saß ihr Vater auf einem Ballen Stroh und kaute Kolanüsse.

»Salam.« Nicolas beugte vor ihm das rechte Knie und berührte mit der rechten Hand den Boden, wie seine Freundin es ihm zuvor geraten hatte.

Der Alte erwiderte den Gruß. Er sprach kein Swahili, nur die alte Sprache seines Volkes. Zu seinen Füßen saßen zwei Knaben auf der Erde, zwischen sich einen dicken, grob behauenen Holzblock, in den vierzehn kleine Mulden eingeritzt waren. Darin befanden sich, unregelmäßig verteilt, kleine Steine. Während der Alte sich, auf einer Kolanuss kauend, immer wieder ins Spiel einmischte, beobachtete Nicolas die beiden Knaben eine Weile, wie sie abwechselnd im Uhrzeigersinn die Mulden leerten und Stein um Stein weiter verteilten – bis er die Spielregeln kannte.

»Hus«, sagte der Vater und deutete auf den Holzblock.

Das Hus schien dem *mancala*-Brettspiel ähnlich, nur dass es mehr Mulden gab und alle Steine im Spiel blieben. Bald hatte der kleinere der beiden Knaben alle Steine des Gegners erobert, und sein Gewinn galt doppelt. Er sprang auf und hüpfte lachend davon.

In der Absicht, mit dem enttäuschten Verlierer eine Partie zu spielen, nahm Nicolas den frei gewordenen Platz ein und machte eine einladende Geste. Er wusste ohnehin nichts Besseres anzufangen, zudem hatte das Spiel den Vorteil, dass es wortlos ablaufen konnte. Mit einer Wendigkeit, die er dem Alten nicht zugetraut hatte, gab Ngoomis Vater dem Knaben einen Stoß und schwang sich vom Strohballen auf den Boden. Seine Augen blitzten vor Vergnügen. Beide griffen nach den Steinen, und das Spiel begann. Ungeachtet seiner fehlenden Übung erkannte Nicolas bald die listigen Fallen seines erfahrenen Gegners und auch viele der interessanten Chancen, die er nicht nutzen konnte, weil der Alte immer wieder überraschende Wendungen herbeiführte. Das Spiel wurde immer kniffliger. Unter halbgesenkten Lidern beobachtete Nicolas den Alten. Seine Hängebacken bewegten sich in monotonem Rhythmus, nur die tief liegenden Augen verrieten seine Konzentration. Irgendwann hatte Nicolas nur noch Einzelsteine im Spiel und gab sich geschlagen. Mit einem offenen Lächeln verbeugte er sich tief vor dem Alten, dem er große Achtung zollte.

Ngoomi schlüpfte aus der Hütte und brachte Kürbisschalen mit Hirsebrei und zerquetschten Yamswurzeln. Als Festschmaus gab es auf Spießen gegrillte Maden. »Wir züchten sie in ausgehöhlten Baumstämmen«, erklärte sie und warf ihrem Begleiter einen unsicheren Blick zu. Das war etwas anderes, als sie den Gästen in der Herberge servierten.

Nicolas lächelte schief. »Na ja, solange ihr mich nicht zwingt, sie lebendig zu essen …« Das Dumme war, er hatte einen Mordshunger, und der Hirsebrei und die Wurzeln waren auch nicht das Gelbe vom Ei. Als er die Maden dann vor sich sah, befürchtete er, dass sie sich doch nicht mit dem Brei und den Wurzeln vertragen würden, und er beschloss, sie in Unmengen von Palmwein zu ertränken. Der schmeckte zwar ebenso scheußlich, rief aber nach einiger Zeit eine wohlige Benommenheit hervor. Später, des Nachts, als Hunderte Leuchtkäfer ihre Botschaften in den Himmel schrieben und die surrenden Moskitoschwärme unerträglich wurden, drängten sich die letzten Hartnäckigen dicht um den Rauch der erlöschenden Feuer. Die beiden Besucher waren nicht mehr unter ihnen.

Gegen Morgen erwachte Nicolas mit höllischen Kopfschmerzen. Ngoomi schlich sich in der beginnenden Dämmerung davon, und es schien ihm eine Ewigkeit, bis sie wiederkehrte. Endlich kniete sie vor ihm nieder und hielt ihm eine Holzschale mit einer lauwarmen Flüssigkeit hin. Er schlürfte etwas von dem bitteren Sud, doch sie zwang ihn, die Schale zu leeren.

Dann legte sie sich wieder zu ihm auf die Strohmatte. »Die Priesterin«, flüsterte sie, »kennt die Anwendung der Kräuter. Sie weiß, welche Blätter sie an den Knöcheln einmassieren muss, um sie für den Tanz zu stärken, und sie weiß, mit welchen sie die Augen salben muss, um ihren Gott zu erblicken. Oder welche ihr dazu dienen, sich in den Zustand der Besessenheit zu bringen …« Ngoomi ließ sich Zeit. »Sie weiß auch, welche Kräuter den bösen Gott des Sturmes besänftigen, der nun in Eurem Kopf tobt, *sayyid-i*.«

Kaum hatte die Schwarze diese Worte gesprochen, hatte sich der Sturm gelegt, und die Kopfschmerzen waren wundersamerweise verschwunden. Nicolas schloss das Mädchen in seine Arme und drückte es an sich.

»Die Priesterin hat mir aufgetragen, vorsichtig zu sein«, raunte Ngoomi und schmiegte sich enger an seinen starken Körper.

»Das kann nie schaden«, brummte Nicolas halb im Schlaf.

»Oh, *sayyid-i*, es kann so viel geschehen …«

Die Besorgnis in ihrer Stimme nahm er nicht mehr wahr. »Nichts von alldem wird geschehen«, murmelte er und war im nächsten Moment eingeschlafen.

Am späten Nachmittag brachen sie auf und erreichten die Herberge kurz nach Sonnenuntergang. Nicolas bot der Schwarzen an, sie nochmals in ihr Dorf zu begleiten, solange er noch in Sansibar weilte. Ihre Abreise würde in knapp zwei Wochen bevorstehen. Ngoomi nahm den Vorschlag freudestrahlend an. Sie wusste nichts von Nicolas' Plan, sie noch vor seiner Abreise von dem Perser freizukaufen. Das nächste Mal sollte sie nicht mehr als Sklavin, sondern als freie Frau in ihr Dorf zurückkehren.

Den Nachmittag des darauf folgenden Tages verbrachte Nicolas in Salahs Kammer. Beim süßen Aufguss belebender Minzeblätter erzählte er von seinem Ausflug in das Dorf, den Bräuchen und Essgewohnheiten und der beeindruckenden Musik, erwähnte aber die Priesterin nicht. Wohl aber informierte er den Freund von seinem Vorhaben, die Sklavin freizukaufen.

»Nur sie?«, erkundigte er sich vorsichtig.

»Ja, warum?«

»Willst du sie mitnehmen?« Es sollte wie nebenbei klingen. Salah schob sich eine Kaffeebohne zwischen die Zähne.

»Wo denkst du hin!« Nicolas musterte ihn etwas erstaunt. Nie im Leben wäre ihm dieser Gedanke gekommen.

Salah nickte zufrieden. Zu vorgerückter Stunde schlug er eine Schachpartie vor. Nicolas willigte gerne ein, obwohl der Kaufmann für ihn keine Herausforderung darstellte. Doch an diesem Abend war er unaufmerksam. Mehrmals ertappte er sich dabei, wie er mit den Gedanken abschweifte. Er dachte an die Worte der Priesterin und daran, was sie mit »vorsichtig sein« gemeint haben mochte. In Spanien, zweifelte er keinen Augenblick, wäre ihr Schicksal das einer Hexe gewesen und als solches längst besiegelt …

Ungeachtet seiner taktischen Überlegenheit nahm der Spielverlauf schon bald eine für ihn ungünstige Wendung.

Zur selben Zeit wurde Ngoomi in die Küche der Herberge gerufen, die zu dieser Stunde leer war. In dem Augenblick, in dem Salah entzückt *»As-shah mat«* rief, glitt die Schneide von Sirus' Dolch haarscharf an ihren Lippen entlang. Die geschliffene Klinge durchtrennte das weiche Fleisch im Nu. Ihr gellender Schrei wandelte sich in ersticktes Stöhnen. Mit der Linken hielt Tuat Ngoomis Zunge aufgespießt, ein kleiner Klumpen blutigen Fleisches, der sich auf dem rostigen Nagel aufrollte. Blut quoll aus ihrem Mund, das Weiß der Augäpfel aus ihren Höhlen. Der Schwarze wischte den Dolch an ihrem Hemd ab und reichte ihn seinem Herrn. Sirus ließ den Kopf der an Händen und Füßen gefesselten Frau los, und Ngoomi sank auf den Boden.

Nach dem Schachspiel war Nicolas gereizt, aber es hatte nichts mit seiner Niederlage zu tun. Er aß wenig und ließ schon früh nach Ngoomi läuten, die ihn mit ihrer Musik so wunderbar ablenken konnte.

Tuat erschien und teilte ihm mit, dass die Sklavin unpässlich sei. Dabei verneigte er sich tief, um dem Respekt einflößenden Gast nicht mitten ins Gesicht zu lügen. »Solltet Ihr ein anderes Mädchen wünschen, Herr, müsst Ihr euch ein wenig gedulden.« Tuat blickte auf. »Ich kann mich auch sofort außer Haus umsehen.«

Nicolas winkte ab und bedeutete dem Schwarzen zu verschwinden. Er verbrachte eine unruhige Nacht.

Zeitig in der Früh verließ er die Herberge und ging zum Hafen. Auf eine alte Einladung einiger Fischer hin fuhr er mit ihnen aufs Meer hinaus. Nicht weit, denn mit ihren kleinen Booten wagten sie sich nicht über die Korallenriffe hinaus oder dachten gar daran, die vierzig Seemeilen zum Festland überzusetzen. Der Gezeitenstrom um Sansibar konnte stark und die See rau sein. Doch sie umrundeten die halbe Insel, nur um ihm ein Exemplar der großen Schildkröten zu zeigen, die immer seltener auf der Insel an Land krochen und deren Schildpatt von den Fremden so sehr geschätzt wurde. Nach ihrer Rückkehr kochten sie im Hafen Fischsuppe im Rückenpanzer einer dieser Riesenschildkröten. Nicolas entlohnte sie für ihre Mühen und begab sich in die Kasbah, um im Badehaus den penetranten Geruch nach Fisch loszuwerden.

Als er gegen Abend nach Ngoomi rufen ließ, erschien abermals Tuat mit derselben Entschuldigung. Nicolas wurde misstrauisch, denn das Mädchen hatte erst vor kurzem ihre Monatsblutung gehabt. Auf seine eingehende Erkundigung, was der Sklavin fehlte, stellte sich der Schwarze unwissend.

»Ich will, dass sie auf der Stelle erscheint!«, fuhr er ihn an, und es war ihm anzusehen, dass er dem anderen kein Wort glaubte.

Kurz darauf betrat eine fremde Sklavin seine Kammer, die Nicolas noch nie in der Herberge gesehen hatte. Da verlor er endgültig die Beherrschung. Er stürzte zur Tür, aber Tuat war spurlos verschwunden. Wenn er etwas auf den Tod nicht ausstehen konnte, verflucht nochmal, dann den Versuch, ihn zu verhöhnen! Beim Anblick des Mädchens verfinsterte sich seine Miene so sehr, dass es schreckensbleich die Flucht ergriff. Nicolas stürmte hinterher. In dem kleinen Patio stellte sich ihm Sirus, von Tuat flankiert, in den Weg. Als der Perser den Jähzorn in Nicolas' Augen las, brach ihm der Angstschweiß aus.

»Wo ist sie?«, herrschte er den Wirt an. Seine Stimme bebte.

Sirus' Kehle war wie zugeschnürt. »Sie ist nicht hier«, log er. »Sie ist weg.« Dann plusterte er sich auf, ein genialer Gedanke schien ihm gekommen zu sein. »Das Luder ist einfach abgehauen!«

»Du lügst!« Nicolas kam ihm gefährlich nahe. Der Wirt wich zurück und stieß ihm seinen schlechten Atem ins Gesicht. Nicolas wandte sich angeekelt ab. So schnell, dass keiner begriff, was geschah, wirbelte er herum, zog dabei seinen Dolch und setzte ihn Tuat an die Kehle. Der Schwarze riss die Augen auf, und Schweißperlen traten auf seine dunkle Stirn.

»Dich kann ich abstechen wie ein Schwein, und dein Herr wird nicht mal mit der Wimper zucken – stimmt's? Also, wo ist sie!«

Tuat wagte kaum zu sprechen, aus Angst, sich mit der Dolchspitze zu verletzen. Langsam, aber sehr entschlossen drang die schlanke Klinge ins weiche Fleisch. Auf der schwarzen Haut war das dünne rote Rinnsal kaum zu bemerken.

»Ich hol sie euch«, wisperte Tuat, die weißen Augäpfel ungewöhnlich groß. Er musste sich unbedingt Gelegenheit schaffen zu verschwinden, bevor sich dieser rasende Irre und die Sklavin gegenüberstanden. Ngoomi war auf dem Dach eingesperrt.

Als Nicolas den Schwarzen losließ und ihm einen Stoß versetzte, dass er stolperte, hatte sich Sirus schon aus dem Staub gemacht. Die Augen unheildrohend zusammengekniffen, folgte er Tuat mit misstrauischem Blick, denn er dachte immer noch, dass Ngoomi in einer der Kammern bei einem anderen Gast lag. Doch der Sklave stieg aufs Dach. Nicolas begab sich in seine

Kammer und wartete. Allmählich legte sich sein Zorn. Das Mädchen würde ihn aufheitern und ihn mit ihrer Musik und ihrer wunderbaren Stimme erfreuen.

Als Ngoomi kam, brachte sie ihre Trommel mit. Sie wirkte irgendwie verändert. Zunächst hockte sie sich auf den Boden und rührte sich nicht, wie ein verstocktes Kind. Dann hob sie ihr Gesicht. Die roten, verquollenen Augen sahen ihn traurig an, als sie langsam den Mund öffnete. Nicolas zuckte zusammen, ein kalter Schauer lief über seinen Rücken. Er sprang auf. Er packte Ngoomi an den Schultern, schüttelte sie, hilflos und ohne Gefühl. Warum, hämmerte es in ihm, warum? Da erfassten ihn ein Schmerz und eine Hilflosigkeit, wie er sie noch nie verspürt hatte.

Sein Entsetzen und seine Qual rührten Ngoomi so sehr, dass Tränen in ihr Gesicht stiegen, obwohl keine Tränen mehr da waren, so lange hatte sie geweint. Sie hob die schweren Lider. Der Mann stand nur da und starrte auf sie hinunter, starrte auf ihre grauenhafte Verstümmelung. Unendliche Verzweiflung spiegelte sich in dem schwarzen Gesicht. Wie konnte sie ihm mitteilen, was sie empfand, ihm sagen, was sich zugetragen hatte?

Als Nicolas dies in ihren Augen las, wich die Fassungslosigkeit, die ihn lähmte, und seine Fäuste ballten sich. Die Sehnen seiner Nackenmuskeln strafften sich, schwollen an, zogen die Schultern nach vorn. Sein kantiger Unterkiefer schob sich immer weiter vor. Eine tödliche Wut ergriff von ihm Besitz. In seinen Zügen aber stand kaltblütige, gnadenlose Entschlossenheit.

Nur seine Hände zitterten, als er sich auf sein Lager setzte und das Mädchen auf seine Knie zog. Eine Zeit lang wiegte er sie in den Armen, nahm ihren Kopf in seine großen Hände und drückte ihn an seine Brust. Immer wieder strich er über das feine Kraushaar. Ohne es erklären zu können, fühlte er sich schuldig. Dieses Gefühl machte ihn verrückt. Auch dafür würde die verdammte Hurenbande bezahlen!

Leise und mit gezielten Fragen, die ihm Ngoomi mit Nicken oder Kopfschütteln beantwortete, versuchte er herauszubekommen, was geschehen war. Nach einiger Zeit hatte er sich ein Bild gemacht, dessen Richtigkeit das Mädchen bestätigte. Demnach hatte sich Tuat an Ngoomi rächen wollen und ihrem Herrn das Versteck mit den Münzen verraten, die sie für ihren Freikauf aufgespart hatte.

»Warum die Zunge?«, wollte Nicolas wissen. Wenn Sirus sie deshalb bestrafen wollte, weil er annahm, sie hätte das Geld gestohlen, hätte er ihr nach islamischem Gesetz die Hand abhacken lassen. »Die Zunge schneidet man ab, wenn gelogen wurde. Hast du gelogen?«

Ngoomi verneinte. Sie stöhnte, rang mit den Händen und ließ schließlich resigniert die Schultern sinken.

Nicolas begnügte sich vorerst mit dem, was er wusste. Den Rest würde er aus Tuat herauspressen. Die Tatsache, dass sie Ngoomi unschuldig verstümmelt hatten, nur weil sie eine Sklavin war, die den beiden Bestien zwar ausgeliefert, aber nicht zu Willen war, konnte er nicht hinnehmen. Erst jetzt erkannte er, dass auch er Schuld an dem Geschehenen hatte – durch seine Zuwendungen und seine Großzügigkeit, die den anderen nicht verborgen geblieben waren. Elende, beschissene Hurensöhne!, schäumte er, und mit belegter Stimme schwor er: »Ich werde die Schweine, die dir das angetan haben, bestrafen, Ngoomi!« Aber seine Rache würde nichts daran ändern. Nie wieder würde er Ngoomi singen hören …

Die Augen der Schwarzen weiteten sich, und Nicolas las nichts als nackte Angst darin – Angst vor weiteren Repressalien. Verständlich, fluchte er, dieser Abschaum war wohl zu allem fähig! Er schüttelte den Kopf. »Du brauchst keine Angst mehr zu haben, Kleines, sie werden dir nie wieder etwas tun.«

Sie entspannte sich wieder.

»Wo ist das Geld jetzt, Ngoomi?«, flüsterte er, und die Frau beschrieb den Perser mit den Händen in der Luft. »Hat Sirus es dir weggenommen?«

Sie nickte.

Nicolas löschte die Öllampen und nahm Ngoomi in seine Arme. Auf seinem Gesicht spiegelte sich immer noch Zorn, gemischt mit Schmerz und Schuldgefühlen. Lange fand er keinen

Schlaf. Während er an der Wand die Muster betrachtete, die das Mondlicht durch das Gitterwerk der Fenster warf, reifte in ihm sein Plan.

Noch bevor Nicolas erwachte, war Ngoomi aus dem Zimmer geschlüpft und aufs Dach gestiegen. Niemand kam, um sie einzusperren. Auf den Boden gekauert, starrte sie in die Ferne. Sie fror, aber das machte ihr nichts aus. Die unterschiedlichsten Gedanken kamen ihr in den Sinn. War es zu viel verlangt, sich die Freiheit zurückzuholen? Sie hatte nicht nach Reichtum, sondern nach Unabhängigkeit gestrebt, doch sie war nicht vorsichtig genug gewesen. Die Worte der Priesterin hatten sich erfüllt. Der *sayyid* aus dem Norden würde ihr das Geld geben, damit sie sich von Sirus loskaufen konnte. Oder ihn zwingen, sie freizugeben. Und Tuat? Wie wollte er Tuat bestrafen? Was auch immer er unternehmen mochte, sie würde zu ihren Kindern ins Dorf ziehen, so wie es die Priesterin ihr nahe gelegt hatte. Fröstelnd zog sie ihre Knie an und schlang ihre langen Arme um sie. Weshalb nur, grübelte sie, hatte der *sayyid* sie so eindringlich gefragt: »Warum die Zunge und nicht die Hand?« Eine stumme Dienerin war doch viel bequemer! Mit abgeschlagener Hand würde man sie zudem als Diebin meiden, und dem fetten Perser ging es nur ums Geschäft. Tuat musste alles auf dem Dach umgedreht haben, während sie mit dem *sayyid* in ihrem Dorf war. Nach ihrer Rückkehr hatte Sirus sie zu sich gerufen und sie gefragt, ob sie die Gäste bestohlen hätte. Auf ihre entrüstete Verneinung hin hatte der Herr ihr das Ersparte unter die Nase gehalten und sie als Lügnerin bezeichnet. Das war alles gewesen. Am Nachmittag hatte Tuat sie abgeholt und ihr geflüstert, dass ihre lose Zunge ihn bald nicht mehr beleidigen könne. Aber da waren sie schon in der Küche gewesen. Der besondere Glanz in seinen Augen hatte ihr das Blut in den Adern gefrieren lassen.

Den folgenden Tag verbrachte Nicolas wie viele andere und aß sowohl mittags als auch abends in der Herberge. Sirus ging ihm aus dem Weg, und Tuat war, wie vorauszusehen war, verschwunden. Den ganzen Tag über bemühte sich Nicolas den Eindruck zu erwecken, als messe er dem Vorfall keine größere Bedeutung bei, und spätestens nach dem Abendmahl im gemütlichen Speiseraum wog der Wirt sich in Sicherheit. Nur die *rebab*-Weisen des Tischmusikanten klangen für Nicolas an diesem Abend um vieles trauriger als sonst. Die As-Shihuh hatte er nicht eingeweiht. Wenn sie auch zur Familie gehörten, so waren sie doch ungeübt in jeder kämpferischen Auseinandersetzung und im Grunde ihrer Herzen Kaufleute, Händler und Feilscher, die alles, was sie taten, nach Nutzen und Vorteil abwogen. Der alte Perser dagegen war ein durchtriebener Fuchs. Zu ungeheuerlich war sein Vorgehen gewesen, und zu ungeheuerlich würde Nicolas' Antwort sein, als dass die Brüder ihn mit Gleichgültigkeit und Ungerührtheit hätten täuschen können.

Nach dem Abendmahl bat Nicolas die beiden Kaufleute in seine Kammer und erklärte ihnen in knappen Worten, was vorgefallen war.

»Hm. Was geschehen ist«, versicherte Harun in ruhigem Ton, »ist ein Affront dir gegenüber, keine Frage, Nicolas. Man muss indes kein Zyniker sein, um auch in Erwägung zu ziehen, dass das Mädchen Gründe dafür geliefert haben könnte.«

»Und das Tatmotiv?«, gab Nicolas eisig zurück. »Neid, Eifersucht, gekränkter männlicher Stolz?«

»Möglich«, murmelte Salah und hob unglücklich die Arme.

»Was wirst du tun?« Harun schob zwei Finger unter die knappe *kofiah* in das dichte silbrige Haar.

An seinem ausweichenden Blick erkannte Nicolas, dass ihm nicht viel an Rache lag. Die brachte schließlich auch nichts ein, dachte er voller Häme. Er wurde ernst. »Sie werden beide nicht ungeschoren davonkommen.«

Die Brüder warfen sich unbehagliche Blicke zu, aber keiner der beiden wagte es, sich weiter einzumischen.

Schließlich räusperte sich Harun und sagte nüchtern: »*Tamam.* Wir stechen bei Morgengrauen in See.« Dann beeilte er sich, um zum fünften und letzten Gebet des Tages rechtzeitig in die Moschee zu kommen. Anschließend ging er zum Hafen, regelte alles für den Aufbruch und suchte den Steuermann auf, damit dieser wiederum die Mannschaft zusammentrommelte.

Nicolas hatte von Ngoomi alle nötigen Informationen. Er wusste, wo Tuat gewöhnlich schlief und wo er ihn abpassen konnte. Jetzt brauchte er nur noch abzuwarten, bis in der Herberge die Nachtruhe eingekehrt war. Nach Mitternacht, als sich nichts mehr rührte, schlich er zur Schlafkammer des Persers. Die Tür war wie erwartet versperrt. So, wie die Kammer lag, musste sie eine der großen hohen Fensteröffnungen besitzen, die auf den Innenhof gingen, doch hatte dieser Patio im Erdgeschoss, in dem Sirus' Zimmer lag, keinen Zugang. Im ersten Stock jedoch lief eine schmale Galerie rundum, von der aus die Sklaven die vor den Fenstern hängenden Strohmatten bewässerten. Mehrmals in der Nacht liefen die Knaben an den Galerien entlang und gossen mit Rohren Wasser auf die luftdurchlässig gewebten Matten zu ihren Füßen. Das so befeuchtete Stroh kühlte die Luft durch Verdunstung ab, und angenehm frische Luft strich in die Räume.

Nicolas schwang sich auf den schmalen Sims des ersten Stockes und kletterte am Abflussschacht der beiden Stockwerke hinab. Der Patio lag im Dunkeln. Kurz lauschend hob er die nasse Strohmatte an und stieg durch die Fensteröffnung in Sirus' Kammer. Der Fettwanst schnarchte, dass keine portugiesische Feldschlange ihn aus dem Schlaf gerissen hätte. Nachdem er den Perser geknebelt und an den Händen gefesselt hatte, schob er ihn ohne großen Widerstand vor sich her in die Küche. Die schlanke Klinge an seinem Hals wirkte auf Sirus überzeugend, aber noch las Nicolas nicht jene nackte Angst in seinen Augen, die alle übrigen menschlichen Regungen verblassen ließ. Noch nicht.

In der Küche band er ihn an den Stuhl, auf dem auch Ngoomi gesessen haben musste, denn es war die einzige Sitzgelegenheit im Raum. Als er die Küchenlampe an einer der Ölfunzeln im Gang entzündete und neben Sirus auf den Boden stellte, meinte er, im hellen Schein noch Blut an den Stuhlbeinen zu erkennen. Scharf sog er die Luft ein. Ohne den Mann eines Blickes zu würdigen, stürzte er aus der Küche und machte sich auf die Suche nach Tuat.

Der Schwarze besaß eine eigene Kammer, ein winziges Loch, das gerade so groß war wie die Strohmatte, auf der er schlief. Aber dort war er nicht. Dass er auf dem Dach bei einem der Mädchen lag, war ebenfalls unwahrscheinlich, denn Ngoomi würde dafür sorgen, dass diese Nacht keine die Beine für ihn breit machte. Das Haus war groß. Tuat konnte überall sein. Wollte er ihn rasch finden, musste er sich an die Knaben wenden. Zunächst schlich er an der Kammer vorbei den engen Gang entlang, der immer dunkler wurde und sich dann teilte. An der Gabelung blieb er stehen und horchte. Die Knaben, die hier irgendwo hausten, mussten sich beim Mattenbefeuchten ablösen, und wenn einer von seiner Runde kam, ging der nächste. Nicolas entschied sich für den rechten Gang und tastete sich bald nur noch in Dunkelheit dahin. Es roch modrig und faulig. Einige Schritte weiter machte der Gang eine Biegung, dann hörte er keuchende, unmissverständliche Geräusche. Durch einen schmalen Türspalt fiel ein schwacher Lichtstrahl auf den groben Steinboden. Lautlos näherte er sich dem Spalt. Im spärlichen Schein einer Ölfunzel glänzte Tuats schwarze Haut unter seinen rhythmischen Bewegungen. Er stöhnte. Vor ihm auf dem Boden kniete ein Knabe, den Rücken durchgestreckt, das Hinterteil nach oben gereckt. Die Hände des Mannes hielten die schmalen Hüften des Jungen gepackt, den es unter den harten Stößen erbärmlich schüttelte. Er wimmerte, aber Nicolas konnte sein schmerzverzerrtes Gesicht nicht sehen. Tuats Stöhnen wurde lauter. Seine Finger krallten sich in die zarte Haut, sein hartes Glied riss die rosige, feine Rosette auf, immer weiter, mit jedem gottverfluchten Stoß, den er bis zum Heft in den jungen Körper trieb. Neben den beiden kniete ein weiterer Knabe, in aufrechter Haltung und mit flinken Fingern an seinem dünnen, gebogenen Glied reibend. Die anderen Kinder schliefen in der hinteren Ecke des Raumes.

Tuats Bewegungen wurden nun schneller, das Wimmern des Jungen wurde lauter. Unter großem Stöhnen bäumte sich der

Schwarze auf, seine Gesäßmuskeln spannten sich in der allerletzten Anstrengung. Plötzlich, noch während sein Becken zuckte, fasste er den zweiten Knaben im Nacken und drückte sein Gesicht auf seine kot- und blutverschmierte Lanze, die er soeben genüsslich aus dem zerissenen After zog. Der Junge wusste wohl, was zu tun war, und dass die auf Ungehorsam stehenden Schläge um vieles grausamer wären, denn augenblicklich riss er den Mund auf und leckte Tuats Glied rein.

Angewidert trat Nicolas zurück. Er hatte in seinem Leben schon die ekligsten Sauereien gesehen, aber wenn Kinder im Spiel waren, gingen sie ihm besonders gegen den Strich. Während er wartete, denn er wollte von keinem der Sklaven gesehen werden, kamen ihm Ngoomis Worte in den Sinn. Manchmal, hatte sie ihm einmal gesagt, war es besser, als Sklave im Haus eines reichen Mannes zu leben, als niedere Dienste zu leisten, die fragwürdig entlohnt wurden. Tja, eben nur manchmal, dachte er verbittert. Sehr selten eigentlich.

Als der Schwarze aus dem Lichtkegel der offenen Tür in die Dunkelheit trat, packte ihn Nicolas von hinten. Die Rechte auf Tuats Mund gepresst, bog er ihm den Kopf in den Nacken, während er mit seiner Linken Arme und Oberkörper umfasste. So stieß und zerrte er ihn den dunklen Gang entlang bis zur Gabelung, die von der unruhigen Ölflamme am anderen Ende dürftig erhellt wurde. Tuat war ein kräftiger junger Bursche, der sich, anders als sein Herr, zäh zur Wehr setzte. Um ihn zu entwaffnen, zwängte ihn Nicolas an die Wand, presste seinen Leib gegen die Mauer und drückte ihm sein Knie in den Rücken. Das Messer schleuderte er in eine Ecke. Mit seiner kurzen, schmalen Klinge musste es sich als Tatwaffe vorzüglich geeignet haben, schoss es ihm durch den Kopf ... Tuat gab nicht auf. Sein Körper wand sich, seine kräftigen Beine traten und schlugen aus. Er war geschickter, als Nicolas gedacht hatte. Noch bevor er beide Hände zu fassen bekam, um ihn zu fesseln, entwand er sich. Er kam nicht weit. Nicolas stieß ihm den Ellbogen tief in die weiche Magengrube, dass ihm blutiger Schleim aus dem Mund quoll. Tuat ging in die Knie. Zügig schnürte er ihm die Handgelenke auf dem Rücken zusammen, knebelte ihn und stieß ihn vorwärts bis in die Küche, wo er ihn an die Feuerstelle band.

Es war nicht zu sagen, welchem Schweinehund beim Anblick des anderen schneller das Herz in die Hose gerutscht war. Beide hatten sogleich das untrügliche Gefühl, dass die Anwesenheit des anderen von Nachteil sein würde.

Nicolas wandte sich an den Perser und entfernte den Knebel. Die schlaffen Wangen und sein wackelndes Kinn glänzten im Schein der Öllampe. »Warum die Zunge?«, stieß er zwischen den Zähnen hervor.

»Was geht euch das an?«, erdreistete sich der Alte. Obwohl es in der Küche kalt war, standen ihm Schweißperlen auf der Stirn. »Sie ist eine Sklavin, meine Sklavin, und ich kann mit ihr machen, was ich will …«

»Nicht, solange sie meine Gespielin ist!«

»Ihr müsst verrückt sein!«, zischte Sirus. »Dafür werdet Ihr ausgepeitscht werden oder …«

»Wie war das?«

Der Perser schnaufte, öffnete erneut den Mund.

»Kafa!«, donnerte Nicolas, dem die Dreistigkeit des Alten langsam die Geduld raubte. Wutschäumend griff er in das spärliche Haar und riss den Kopf zurück. »Reden wir lieber von Euch, Meister Bahschahr.« Er ließ den Kopf abrupt los, einen wilden Blick zu Tuat werfend. »Warum die Zunge, ihr Hurensöhne? Ich wiederhole mich nicht gern!«

Nicolas' Stimme war so eisig, dass es Sirus kalt über den Rücken lief. Allmählich gewann er die Überzeugung, dass er es mit einem Verrückten zu tun hatte, der zu allem fähig war. Nur ein Verrückter konnte sich für eine dreckige Sklavin rächen! »Weil das Biest gelogen hat, darum! Es war mein gutes Recht. Und jetzt bindet mich hier los!«

Nicolas lachte. Es war ein grausames, böses Lachen.

»Bismillah! Im Namen Gottes!«, schrie Sirus, an allen Stricken zerrend, doch der Verrückte war schon weiter.

»Lass Gott aus dem Spiel«, sagte Nicolas beinahe freundlich, und nahm Tuat den Knebel ab. »Dein Herr ist nicht sehr gesprächig, vielleicht hab ich mit dir mehr Glück! Du weißt, dass ich dich auf der Stelle töten kann, wie immer es mir beliebt. Ist es nicht so?«

Der Schwarze setzte eine trotzige Miene auf, nickte aber widerwillig. Er war verunsichert. Mit Unmut oder einem Wutanfall des Kaufmanns hatte er gerechnet. Aber nicht damit. Die Hure war die rechtmäßige Sklavin seines Herrn, und dieser hatte den Unheil bringenden Befehl gegeben, den auszuführen er ihm eigenhändig geholfen hatte.

»Also, keine falsche Bescheidenheit! Warum diese Verstümmelung? Wusstest du, dass Ngoomi eine wunderbare Stimme hatte und bezaubernd singen konnte?«

»Diese Dreckschleuder?«, zischte Tuat. »Die hatte nichts als ein lästerliches Maul, eine lose Zunge …«

Nicolas holte aus und schlug ihm mit dem Handrücken ins Gesicht. Ein feines Rinnsal Blut suchte seinen Weg von der aufgeplatzten Lippe bis zum Kinn, tropfte auf die schwarze Brust und vermischte sich dort mit Schweiß, bevor es verdünnt in kleinen Bächen über den Bauch lief.

»Und deshalb musstest du sie abschneiden?«

Tuat bekam es nun mit der gleichen Angst zu tun wie der Perser. Die schweißnasse Stirn und das Weiß seiner Augäpfel glänzten im Schein der Öllampe. Der Schwarze hatte einen ausnehmend kleinen runden Kopf, an seinem sehnigen Körper klebte der dünne Stoff eines ärmellosen Hemdes über einem kurzen Lendenschurz. Tuat überlegte fieberhaft und warf seinem Herrn einen Blick zu. In Sirus' Augen las er nichts als Berechnung und Selbstsucht und die Absicht, ihn, den Sklaven, zu opfern. Um seinen eigenen Hintern zu retten, behauptete er schließlich höchst überzeugend: »Die Sklavin hatte Geld gestohlen, und ich meldete das.« Er nickte zu Sirus. »Mein Herr befragte Ngoomi, und sie belog ihn. Daraufhin zwang er mich, ihre Zunge abzuschneiden, die er eigenhändig festhielt. Er war … zu feige, es selbst zu tun!«

»Du verfluchter …«, setzte Sirus zu einer Tirade an, die Nicolas augenblicklich unterbrach, indem er ihm einen Knebel in den Mund schob. Dicht vor dem schwammigen Gesicht bohrte er seinen Blick in die kleinen rot unterlaufenen Äuglein. »Du hast deine Chance zu sprechen gehabt!«, bemerkte er kalt.

An den Fesseln zerrend, rüttelte der Alte am Stuhl und polterte damit auf den Steinfliesen. Die Küche lag jedoch abseits, und niemand würde sie hören. Das wusste auch Sirus.

Nicolas wandte sich wieder dem Schwarzen zu, der neue Hoffnung schöpfte. »Also ist dein Herr der Anstifter und Schuldige für diese Züchtigung?«

»Na'am«, rief Tuat heftig nickend, in der Überzeugung, so seine Haut zu retten.

»Hasanan.« Nicolas ließ sich Zeit. »Und welche Züchtigung schlägst du für ihn vor?«

Angesichts dieser Frage geriet der Sklave nun völlig in Panik. Er brachte kein Wort heraus.

»Hm. Wir wollen nichts Unbedachtes tun! Überlege gut, denn du wirst die Bestrafung ausführen.«

Dem Mann rann der kalte Schweiß über Stirn und Körper, seine schwarze Haut glänzte wie geölt. »Den Tod!«, stieß er hervor und seine Stimme klang kehlig und heiser vor Hass und Angst.

Sirus riss die Augen auf. Er wimmerte und stöhnte, um sich Gehör zu verschaffen, das Gesicht zu einer hässlichen Fratze verzerrt.

Den Alten ignorierend, sagte Nicolas gedehnt: »Aber heißt es nicht Auge um Auge, Zahn um Zahn?«

»Ich bin kein Moslem!«, fauchte Tuat.

»Aber dein Herr, und um den geht es jetzt!«, erwiderte Nicolas scharf.

Der Schwarze wusste nicht ein noch aus, schließlich jammerte er: »Dann werd ich auch ihm die Zunge abschneiden!«

Um Nicolas' Mundwinkel legte sich ein spöttischer Zug. »Das scheint mir ein gerechter Vorschlag«, nickte er und band dem Burschen die Beine zusammen. Dann befreite er ihn von der Säule und bedeutete ihm, ein kleines Messer zu suchen. Er selbst hatte seinen Dolch gezogen und verfolgte jede von Tuats

Bewegungen. Zu Sirus, der sich trotz Knebel und straffer Fesseln wie wild gebärdete, sagte er mit Häme in der Stimme, als redete er zu einem ungezogenen Kind: »Ich bin ein kultivierter und einigermaßen gebildeter Mann, Sirus – meine Eltern haben sich zumindest bemüht –, und ich hatte große Nachsicht mir dir. Aber du bist zu weit gegangen! Der da wird dir nun antun, was du dem Sklavenmädchen hast antun lassen. Ich weiß nicht, ob Ngoomi je in ihrem Leben gelogen hat, aber du hast es ganz gewiss!«

Nicolas stellte sich hinter Sirus, der sich, den Kopf wild herumwerfend, wie tollwütig aufführte. Weil er Tuat aber nicht traute, konnte er den Kopf des Mannes nicht festhalten, und so wies er den Schwarzen auf einen Vorrat Stricke hin, die er zuvor neben der Feuerstelle deponiert hatte. »Binde deinen Herrn samt Stuhl an die Säule, und zwar so, dass sein Kopf gut fixiert ist.« Die Angst des Persers steigerte sich ins Unermessliche.

Bald war das rote Gesicht des immer noch tobenden Wirts aufgedunsen, selbst die Augen waren blutunterlaufen und stierten glasig. Tuat fand ein kleines, äußerst scharfes Messer und einen dünnen Fleischspieß und machte sich an die Arbeit.

Als Sirus das Messer sah, packte ihn, der sich bereits am Rande des Wahnsinns befand, das blanke Entsetzen. Sich verbissen zur Wehr setzend, konzentrierte er alle Kraft, die er noch hatte, auf seinen Ober- und Unterkiefer.

»Du verdammter Hurensohn«, flüsterte Nicolas, denn er war gezwungen, mit Zeige- und Mittelfinger seiner Linken in Sirus' Nasenlöcher zu fahren und sie nach oben zu ziehen. In seiner Rechten hielt er den Dolch und bedrohte Tuat. Der Schwarze musste nun den Unterkiefer gegen den verzweifelten Widerstand seines Herrn hinunterdrücken, aber Sirus presste mit schier unmenschlicher Kraft seine Kiefer aufeinander. Tuat fluchte.

»Sei ein bisschen nett zu ihm, und er wird freudig erregt die Stimme erheben.«

Der Schwarze sah den *sayyid* verständnislos an. Der war tatsächlich verrückt.

»Verdammt, du bist doch sonst nicht so schwer von Begriff! Drück ein Auge ein, so geht es am schnellsten. Und hol zwei Keile!«

Schließlich gelang es Tuat, einen Daumen in Sirus' Auge drehend, während eines gellenden Schreis den Mund mit seinem Messer genügend weit aufzuhebeln und zwei Hölzchen einzulegen. Blut spritzte, Sirus schrie außer sich. Im blutigen Mund fischte er mit dem Fleischspieß geschickt nach der eingerollten Zunge, spießte sie auf und zerrte sie heraus. Hinter dem Draht schnitt er sie ab. Sirus' Augen quollen aus den Höhlen, Blut quoll aus seinem Mund und färbte im Nu seinen weißen Kittel rot. Einen Augenblick später sackte der Perser zusammen.

Kaum hatte das kurze scharfe Messer den kleinen Klumpen Fleisch abgetrennt, landete es auf den Fliesen. Nicolas zog seinen Dolch zwischen Tuats Rippen hervor und der Schwarze sank zu Boden. Um sicherzugehen, schnitt er auch dem Perser die Kehle durch. Der Schlangen- und der Skorpiongott hatten ihre Schuldigkeit getan.

Nicolas sah sich um. Das Blut war in Fontänen gespritzt und hatte die halbe Küche versaut. Er machte sich gar nicht die Mühe, ihre Körper wegzuschaffen, sondern entfernte lediglich die Fesseln, sodass man glauben konnte, nur die beiden wären aufeinander losgegangen.

Blutbesudelt, wie er war, lief er auf das Dach und rief nach Ngoomi. Sie hatte nicht geschlafen. Bevor er sie aus dem Haus begleitete, steckte er ihr alle Golddinare zu, die er besaß. Ein zum Greifen naher Mond stand weiß und mächtig über ihnen, als sie sich zum letzten Mal umarmten.

Ohne Eile ging Nicolas in sein Zimmer, wusch sich und zog frische Kleider an. Das Verbrechen an der Frau war gerächt, aber er empfand keine Befriedigung. Zumindest konnte Ngoomi nun unbehelligt in ihr Dorf zurückkehren, sagte er sich, stopfte seine Habe in den Reisebeutel und wartete. Bevor sich der Himmel zu lichten begann, klemmte er sich das Bündel blutigen Gewandes, das er unterwegs loswerden wollte, unter den Arm, und weckte Salah und Harun. Gemeinsam verließen sie die Herberge. Als sie im ersten Grau des Tages mit einer kräftigen Brise aus dem Hafen segelten, war Ngoomi schon auf dem halben Weg zu ihrem Dorf. Sie würde nun ganz für ihre Kinder da sein.

Nicolas stand an der Reling und sog den frischen Duft der See ein, der seine Lungen füllte und weiter in jede Zelle seines Körpers drang. Die kühle Meeresluft wirkte immer schon befreiend auf ihn und gab ihm ein Gefühl von Macht und Stärke. Obwohl der kalte Morgenwind durch seine Kleider fuhr und sein Haar zerzauste, fror er nicht. Sein Blick schweifte zu den dunklen Schatten der Insel, hinter der allmählich die Sonne aufging, und er dachte an die schlanke schwarzhäutige Frau, die dort drüben durch die Wälder streifte.

»Gott würfelt nicht und gibt jedem nur ein Mal seine Talente«, hätte sein Großvater gesagt. Bei Ngoomi war es ihre Stimme gewesen. Er hatte ihr kein Glück gebracht, verdammt! Das war bitter und mit all seinem Geld nicht wieder gutzumachen.

Nicht einmal Haruns Bemerkung, als sie die Schiffe bestiegen, konnte ihm etwas anhaben und ihn aus seiner stoischen Ruhe bringen. »Sie ist nur eine Sklavin«, hatte er beteuert. Es sollten tröstende Worte sein. Auch das war bitter.

Die »Riyah« und die »Awdat« liefen Mombasa an und danach Mogadischu. In der alten Seefahrerstadt setzten sie, wie Harun angekündigt hatte, die letzten Waren ab, die sie nicht wieder nach Hause mitführen wollten. Den so geschaffenen Laderaum füllten sie mit Mangrovenholz, Kokosnüssen und Sandelholz aus Indien auf. Die gesamte Ladung Mangrovenholz war ausschließlich für Djidda bestimmt, da in Mekka ständig Bauholz benötigt wurde und der Jemen im Süden, wie auch der Asir und Hedschas im Norden der Stadt nur über das feste Holz der Ilb-Bäume verfügten. Das stachelige Geäst der Christusdornen prägte zwar deren Wadis oft bis in große Höhen, war aber als Bauholz ungeeignet.

Mitte Juni rüsteten die Dhaus etwas frühzeitiger als sonst für die Umschiffung der Somali-Halbinsel. Wenige Tage nach ihrem Aufbruch aus Mogadischu änderte sich plötzlich die Wetterlage. Am Morgen begrüßten starke Winde die beiden Dhaus. Gegen Mittag waren im allgemeinen Dunst und dem alles verschlingenden Grau leise, dumpfe Töne zu hören. Ungeachtet des noch ruhig daliegenden Wasserspiegels erschollen die Töne stärker, und bald bewegte stürmisches Rauschen die Luftmassen. Woher die Bewegung kam, war nicht auszunehmen. Da folgte auch schon das Zischen und Heulen des Sturmes und entferntes Donnergrollen, das schnell näher kam. In Windeseile verwandelten sich die Monsunwinde aus dem Süden in orkanartige Stürme, die die See aufpeitschten und haushohe Wellen auslösten, auf denen die Dhaus wie Nussschalen tanzten. Nun erst setzten Regengüsse ein und vermengten sich mit der Gischt, die der Orkan wie tosenden milchweißen Schaum über das Meer trieb. Die schäumende Gischt drang in jede Ritze des Schiffes und durchnässte die gesamte Fracht. Der Sturm wütete die halbe Nacht. Der Steuermann der »Riyah« hatte sich beim Ruder an die Reling gebunden, und Nicolas und Salah blieb nichts anderes übrig, als in der schwankenden Kajüte bei vollkommener Dunkelheit auf den Boden gepresst auszuharren.

»Jedes Meer hat so seine Stürme, was?«, rief Nicolas in Salahs Richtung und dachte, dass der Pazifische Ozean auch nicht ohne war. Jedenfalls hätte er diese unheilvollen Stunden lieber auf der weit hochseetüchtigeren »Aguila« zugebracht.

Es war noch dunkel, als das Heulen des Sturmes allmählich abnahm und die schäumenden Meereswellen sich zurückzogen. Am Morgen, im ersten milden Sonnenlicht herrschte friedliche Stille. Geradezu unheimlich breitete sich die See vor ihnen aus, als die beiden auf das Deck traten, um die Verluste zu begutachten.

»Al-hamdulillah!«, rief der *coptan*, ließ sich auf den Boden nieder und verneigte sich, bis seine Stirn die Planken berührte. Wie durch ein Wunder waren die Masten nicht geknickt worden. Salah lachte. »Weil wir die Segel rechtzeitig vor dem Sturm eingeholt haben.«

Auch Nicolas lachte. Harun hätte in dieser Situation allein Allah in seiner Güte dafür verantwortlich gemacht …

Die Gewürze aus Ostindien, aus China und Kilwa waren wasserdicht verpackt, den Hölzern und den Kokosnüssen fügte das Wasser keinen Schaden zu. Nur die in Sisalsäcken verpackten Datteln mussten getrocknet werden. Dazu wurde Segeltuch ausgelegt und die Datteln darauf ausgebreitet.

Möwen umkreisten die »Riyah« und zeigten die nahe Küste an. Nicolas saß auf einem Stapel Perserteppiche, die sie in Mogadischu geladen hatten und die an den nächsten Tagen in der Sonne ausgelegt werden sollten, und sah den Matrosen zu, wie sie von Zeit zu Zeit die Datteln wendeten.

»Sie lässt sich auf hundert verschiedene Weisen verwenden«, strahlte Omar, aufs Achterdeck springend.

Als Nicolas seine Absicht, sich zu ihm zu gesellen, gewahrte, sah er ihn gedankenversunken an. »Wer, Omar?«

»Na, die Dattelpalme, *sayyid*«, meinte der Steuermann der »Riyah«, setzte sich auf einen Korb und zeigte mit einer ausholenden Bewegung auf all die ausgebreiteten Datteln.

»Das scheint mir reichlich übertrieben, mein Freund.« Nicolas zog seinen Dolch aus der Scheide und begann, sich die Fingernägel zu säubern.

Wortreich, wie es seine Art war, erklärte Omar: »Allah, der Gütige, hat uns Arabern die Dattelpalme gegeben, er hat uns damit sogar reich gesegnet. Oh, wie weise ist Mohammed, sein Prophet, der uns alle ihre Vorzüge gelehrt hat.«

»Hm.« Nicolas sah in lauschender Pose aufs Meer und überlegte, dass sie bis jetzt weder die Küste noch die »Awdat« gesichtet hatten.

»Also, *sayyid*, die frischen oder gedörrten Früchte werden als Nahrung verwendet, der Fruchtsaft zur Herstellung von Honig, der Saft des Stammes zur Herstellung von Wein, die getrockneten Kerne dienen als Brennstoff und die gequollenen Kerne zur Fütterung des Viehs …«

»Das ist mir alles bekannt, Omar!«

Aber Omar ließ sich nicht beirren. »Aus dem Bast werden Stricke und Matten gefertigt, aus den Blättern Flechtwerk und Körbe. Das Holz des Baumstammes findet als Baumaterial Verwendung. Auch als Schattenspender werden die Dattelpalmen genutzt: Im Schutze ihres Schattens lassen sich andere Bäume züchten oder Gemüse anbauen …«

»*Hasanan!* Und nun zähl mir die neunzig Verwendungsmöglichkeiten auf, die ich noch nicht kenne, Omar!«, rief Nicolas gut gelaunt.

Der zähe, drahtige Mann hielt die Hände wie zum Gebet und hob den Blick gen Himmel. Es war ein schlauer Blick. »Allah kennt sie alle, und wenn sie vonnöten sind, lässt er sie uns wissen.« Daraufhin schaute Omar, Dattelkerne spuckend, über die Reling in die unendliche glitzernde Weite. Er sah in die Ferne wie jemand, der etwas Wichtiges zu überlegen hatte.

Die Zeit war gekommen, um mit Salah über die Dahlakinseln zu sprechen. In Kürze würden sie Zeila anlaufen, wo die Brüder Hirse, Weihrauch, Myrrhe und vor allem Sesam und Kaffee für den Westen laden wollten, und nicht weit von Zeila entfernt lagen die Inseln. Da er dem Freund reinen Wein einschenken wollte, wartete er einen günstigen Augenblick ab. Einen solchen sah er gekommen, als beide einen Tag vor ihrer Ankunft in Zeila gemeinsam Kaffee tranken.

Unabhängig davon hatte auch der Kaufmann eine Gelegenheit zu einem Gespräch gesucht, und als diese sich ergab, kam er Nicolas zuvor. »Du hast dich vielleicht schon gefragt, mein Freund, warum ich kein weiteres Mal geheiratet habe. Gehe ich richtig in dieser Annahme?«

»So ist es, *sadiq-i*, man macht sich so seine Gedanken«, entgegnete der andere wahrheitsgemäß.

»Nun, das ist einfach zu erklären«, sagte Salah und goss aus einer bauchigen Kanne mit langem dünnem Schnabel Kaffee in beide Tassen. »Ich liebe Ghazalia auch heute noch, und sie liebt mich. Darum möchte sie mich in dem halben Jahr, das ich in Kairo bin, mit keiner anderen teilen.«

Verständlich, dachte Nicolas und nickte. Er spürte, wie sehr dem anderen die Angelegenheit am Herzen lag.

»Ich bin ein sehr glücklicher Mann, musst du wissen – durch

diese Frau und durch diese Liebe zu ihr …« Er sah Nicolas direkt an. »Aber ich möchte nicht von mir sprechen und auch nicht von Ghazalia. Was uns beiden am Herzen liegt, ist unsere Tochter Suheila. Sie hat die Schönheit und Sanftmut ihrer Mutter geerbt, und dennoch ist sie anders … Nun, schon bei unserer ersten Begegnung bist du mir aufgefallen, und jetzt, wo ich dich besser kenne, bin ich mir ganz sicher. Du bist der einzige Mann, der für sie infrage kommt …« Salah schob ein paar Finger unter seine *kofiah* und kratzte sich.

»Sadiq-i«, fiel ihm Nicolas ins Wort, beide Brauen hochgezogen. »Du willst mir deine Tochter zur Frau anbieten? Ist es das, was du mir mitteilen willst?« Ehrerbietig legte er eine Hand aufs Herz und verneigte sich leicht. Es war seltsam, in all der Zeit, in der er mit Ngoomi zusammen gewesen war, hatte er nicht ein Mal an Suheila gedacht. Jetzt, nach Salahs Erwähnung, sah er sie wieder deutlich vor sich – engelhaft und lieblich, wie ihr Vater sie soeben bezeichnet hatte. Dabei glaubte er, selbst neben ihrer Sanftmut und künstlerischen Begabung noch andere, nicht minder beeindruckende Eigenschaften entdeckt zu haben.

»Na'am. Ich will sie dir zu Füßen legen. *Bismillah!*«, gestand Salah mit einladender Geste und flüsterte: »Sie ist das Kostbarste, was ich habe. Ghazalia und ich, wir haben uns viele Bewerber angesehen – Männer aus wohlhabenden Familien, mit glänzenden beruflichen Aussichten. Immerhin ist Suheila schon achtzehn Jahre alt, und an Anträgen hat es nicht gemangelt. Doch ein Leben an der Seite jedes Einzelnen von ihnen wäre für Suheila wie der langsame Tod.«

»Seltsam«, überlegte Nicolas laut, »ich hätte nicht gedacht, dass du das auch so siehst.«

Salah sah ihn überrascht an. »Hast du in ihr Herz gesehen?«

Nicolas lachte. »Das ist übertrieben, aber ich vermute, worunter deine Tochter leidet. Allerdings«, er drehte an seinem Ohrring, »weiß ich nicht, ob ich einfühlsam und tolerant genug bin, um es einerseits einer Künstlerseele und andererseits einer intelligenten und eigenwilligen Frau recht zu machen.«

»Oh … hm …« Salah hatte offenbar ein Zögern nicht in Betracht gezogen, denn er wirkte etwas aus der Fassung geraten. Nicolas entschied, sein eigenes Anliegen vorerst nicht zur Sprache zu bringen. Für das Angebot des Kaufmanns erbat er sich ein paar Tage Bedenkzeit.

Zeila war keine altehrwürdige Handelsstadt mit dem Flair von Städten wie Lamu, Mogadischu oder Sansibar. Die Stadt war ein lärmendes Handelszentrum, ein überbordender Warenumschlagplatz, an dem das abessinische Hinterland und auch persische und jemenitische Händler von den Küsten des nahen Arabiens ihre Waren abluden und gegen Produkte eintauschten, die Dhaus über das Rote Meer bis zur Meeresenge von Bab al Mandab beförderten. Die Piers waren schmal und quollen über vor Waren. Dazwischen polterte der Zollbeamte, ein unsympathischer Mann, der stets in Eile war.

»Aber nicht nur das«, klagte Salah. »Die Zölle sind horrend, und dennoch erlegt die Stadt zusätzlich allen Besuchern eine Wasser-, Salz- und Prostitutionssteuer auf.« Er schüttelte den Kopf.

»Oh, oh«, grinste Nicolas. »Sie schröpft die Reisenden wieder mal bei den wesentlichsten Dingen.«

Das Essen in den Schenken war einfallslos, die Badehäuser bescheiden und die Herbergen ohne Komfort. Vor den Fenstern hingen weder kühlende Matten noch feine Netze gegen die Stechmücken. Dabei wimmelte es zur Zeit von diesen lästigen Saugern, die sich nach dem letzten Unwetter reichlich vermehrt hatten. Besonders bei Nacht summte es ununterbrochen, und viele, die am Fieber starben, waren Kinder.

Wahrlich eine wenig einladende Stadt, fand Nicolas.

Schwer beladen stachen die beiden Dhaus Anfang Juli in See. Nicolas sah es den Brüdern an, wie glücklich sie waren, mit zwei voll beladenen Schiffen den Indischen Ozean zu verlassen und ins Rote Meer zu segeln, um den letzten Abschnitt ihrer Reise anzutreten. Als sie durch die Meeresenge von Bab al Mandab glitten, saßen sich Salah und sein Gast beim Tee gegenüber. Nicolas erzählte von seinem Vorhaben und dem Wunsch, auf den Dahlakinseln abgesetzt zu werden.

Ohne sich den Erfolg eines solchen Unternehmens vorstellen zu können, verstand Salah, dass der so überzeugt scheinende Freund zumindest einen Versuch wagen wollte. Was es bedeutete, wenn Nicolas jemandem Rache geschworen hatte, wusste er unterdessen. *»Inschallah«*, meinte er schulterzuckend, da er vom Tauchen nicht das Geringste verstand. »Und mein Angebot Suheila betreffend, *sadiq-i*?«, fragte er ohne Umschweife.

»'Idan«, Nicolas zögerte. »Wegen der Bergearbeiten am Schiff werde ich lange fort sein«, gab er zu bedenken. »Meine momentane finanzielle Situation sieht auch nicht eben verheißungsvoll aus. Und dann habe ich da noch eine Rechnung zu begleichen …« Er verzog das Gesicht. »Nicht gerade der Zeitpunkt zum Heiraten.«

Salah winkte unmissverständlich ab und goss beiden Tee nach.

Nicolas sah den Freund nachdenklich an. »Ich habe«, gestand er, »mit Karims Hilfe ein Kriegsschiff in Auftrag gegeben, das ich mit dem versunkenen Gold bezahlen will … äh … muss.«

»Beim Barte des Propheten!«, rief Salah angetan. »Du bist vielleicht ein Kerl! Lässt dir wohl nie was durch die Lappen gehen.« Ein wenig beneidete er den Freund um seinen kühnen, ja verwegenen Geist. Dennoch wollte er sich nicht damit begnügen. Nach mehreren Runden Tee einigten sie sich schließlich darauf, die Verlobung bekannt zu geben und im Übrigen auf das Ende der Taucherarbeiten im Tunesischen Golf zu warten. Ein Hochzeitstermin sollte noch nicht festgesetzt werden.

Gut so, dachte Nicolas, froh, endlich eine Entscheidung getroffen zu haben. Im Grunde seines Herzens hatte er ja schon damals, in Kairo, mit diesem Gedanken gespielt, sich aber nicht erlaubt, ernsthaft über eine Hochzeit nachzudenken. Nun war es entschieden. Mutter würde sich freuen.

Mit hochrotem Kopf, der nun gar nichts mit Suheila oder seinen Zukunftsplänen zu tun hatte, ging er an Deck und ließ sich den Fahrtwind ins Gesicht wehen. Der heiße Tee hatte ihm die Hitze in die Wangen getrieben, und er wollte sich Abkühlung verschaffen. Aber selbst der kräftige Wind bei einer schon tief im Westen stehenden Sonne brachte ihm keine Erleichterung. Immer neue Schweißperlen bildeten sich auf seiner Stirn. In der Nacht fand er keinen Schlaf, und gegen Morgen plagten ihn Kopf- und Gliederschmerzen. Am darauf folgenden Tag wurden die Beschwerden schlimmer. Gegen Abend fiel er in einen unruhigen Schlaf, und als er am Morgen schweißgebadet erwachte, war selbst ihm klar, dass er von dem verhassten Fieber geplagt wurde. Er wusste, was dies bedeutete. Als sie an den Dahlakinseln vorbeifuhren, teilte Salah ihm dies mit. Er nickte nur.

Das Fieber stieg rasch und erreichte am dritten Tag seinen Höhepunkt. Der Kaufmann sorgte sich rührend um seinen Gast, der nicht fähig war, das Bett zu verlassen. Doch außer der Verabreichung von Flüssigkeit und kühlenden Umschlägen, die dem schlaffen Körper helfen sollten, mit dem Fieber fertig zu werden, konnte Salah nichts für ihn tun. Umso inniger betete er, dass sie Djidda bald erreichten, um nach einem guten Arzt zu schicken. Der zweite Fieberschub kam, und er war heftiger als der erste. Mitten in der Nacht wachte Nicolas aus tiefer Bewusstlosigkeit auf und erkannte nur langsam den Freund, der nasse Tücher um seine Beine wickelte. Kurz bevor er erneut das Bewusstsein verlor, liefen sie in den Hafen von Djidda ein. Wenig später betrat der beste Arzt der Stadt die »Riyah«. Seine Verordnung, den Fiebernden immer wieder ins Wasser zu tauchen, um ihn abzukühlen, war aufgrund seines Körpergewichtes und seiner Schwäche kein leichtes Unterfangen. Daneben trug er dem Kaufmann auf, aus Fliederblättern einen fiebersenkenden Tee zuzubereiten und dem Kranken in kurzen Abständen einzuflößen. Für die qualvollen Kopfschmerzen zwischen den Fieberschüben überließ er ihm Bilsenkraut und etwas Opium. Salah kannte das getrocknete Pulver und seine Nebenwirkungen und machte keinen Gebrauch davon.

Mehrere Tage lag Nicolas mit dem Fieber, das anstieg und wieder abklang, darnieder, bis er nach einer Woche endlich sein

Lager verlassen konnte. Schwach und zitternd stand er an der Reling, als die beiden Dhaus die Keisuminseln an der Südspitze der Sinaihalbinsel umsegelnd in die Straße von Gubal fuhren, die das Rote Meer und den Golf von Suez verband. In der Folge besserte sich sein Zustand zusehends, und der mehrtägige Kamelritt, vor dem Salah Bedenken gehabt hatte, konnte ihm nichts mehr anhaben.

VIII.
GRANADA, 1530

Unter Dires' Führung brach der Klan der Calé von Sevilla auf und folgte der alten Römerstraße Richtung Córdoba, vorbei an Ortschaften wie Cantillana und Lora, durch weite Kornfelder und Olivenhaine der Guadalquivirebene.

Die einträgliche, aus allen Nähten platzende Hafenstadt am Guadalquivir hatten sie nicht freiwillig verlassen. Wäre nicht dieser rätselhafte, von seinen Männern »Marqués« genannte Fremde in ihrem Lager aufgetaucht, mit der Behauptung, seine Banditen hätten die Ladung eines zu löschenden Schiffes gestohlen, was nun den Zigeunern in die Schuhe geschoben werden sollte, wären sie nicht über Nacht aus der Gegend verschwunden.

Der kräftige, hoch gewachsene Klanführer mit den rötlichen Haaren und dem tizianroten Schnauzbart schüttelte den Kopf. Wieder dachte er an den stattlichen Fremden mit den markanten, beinahe arroganten Zügen und an sein bestimmtes Auftreten, das ihn mehr, als er es sich eingestehen wollte, beeindruckt hatte. Nie und nimmer war der ein gemeiner Bandit, wie er sie glauben machen wollte! Aber was war er dann? Ein reicher Sarazene aus dem Maghreb? Ein verwegener maurischer Marqués? So einer läuft schon gar nicht herum und warnt die Zigeuner – das war klar wie seine Pisse. Niemand warnte einen Zigeuner! Dires lenkte den Rotfuchs vom Weg ab. Was hatte ihn dann dazu bewogen? Darüber grübelnd, stieg er vom Pferd und erleichterte sich. Vielleicht, weil er zuvor Juanas Hilfe in Anspruch genommen hatte? Vielleicht aus einem Anflug von Anständigkeit heraus? Anständigkeit, ha! Gereizt schüttelte Dires den Kopf und kratzte sich. Er hatte ihn ja nicht nur gewarnt, sondern ihm überdies als Entschädigung ein Pferd abgekauft, das nie im Leben den Preis wert war, den er dafür bezahlt hatte – selbst wenn man bedachte, dass es seine edelste Stute und obendrein das Lieblingspferd seiner Tochter gewesen war, die ihm deswegen immer noch grollte. Bei den Arschbacken des Allmächtigen, er konnte sich keinen Reim darauf machen!

Einen Tag nach ihrem Aufbruch war der Tross wieder in sein gewohntes Reisetempo verfallen. Sie hatten keine Eile. Viele Zigeuner gingen zu Fuß, sie besaßen weder Wagen noch Reittier. Auch jene, die nur holpernde Karren hatten, zogen es vor, neben ihren Gefährten herzulaufen, anstatt sich die Rippen quetschen zu lassen. Dennoch baumelten viele nackte Kinderfüße über die Ränder der mit Gepäckkörben überquellenden Karren. Einmal ließen sie die Wagen und das Vieh unter Bewachung in einem Wäldchen zurück und stiegen zu einem Plateau hinauf, an dessen Rand sich die alten römischen Mauern von Carmona hoch über dem Guadalquivirbecken erhoben. Die Frauen drängten als Erste durch das wehrhafte Tor mit seinem doppelten Bogen und maurischen Dekor. Innerhalb der Befestigungsmauer zogen sie musizierend durch die engen Straßen, die von weißen Fassaden und Steinportalen alter Adelspalais und Klöster gesäumt wurden. Barfüßig und bunt gewandet verstreuten sie sich über die Plaza San Fernando, den Hof der ehemaligen Moschee und in den Seitenstraßen, in denen sie musizierten, tanzten, aus der Hand lasen und den einen oder anderen Bürger um seine Geldkatze erleichterten.

In Palma del Rio, einer von den Mauren gegründeten Siedlung, herrschten in jenem Mai schon so hohe Temperaturen, dass Mensch und Vieh unter der Hitze stöhnten. Überall war die Erde bedeckt von einer dicken Staubschicht und nur auf regelmäßig bewässerten Anlagen gediehen Feldfrüchte und Obst.

Seit ein paar Tagen lagerten die Calé am Rande eines Birkenwäldchens. Am Abend, bevor sie nach Córdoba weiterziehen wollten, näherten sich Gerardo und Gil in Begleitung mehrerer Fremder dem Lager. Es handelte sich um eine Gauklertruppe, die aus einem schmuddeligen Spielmann, einem Akrobaten und einem Seiltänzer in zerrissenem Hemd bestand. Drei Frauen unterschiedlichen Alters, ein Scherenschleifer und ein Bärenfänger mit einem mächtigen Braunbären hatten sich ihnen angeschlossen. Die jüngere der Frauen trug einen Bauchladen vor sich her, den sie nun zugeklappt hatte, und tuschelte aufgeregt mit ihren Begleiterinnen. Alle drei bewegten sich mit schwingenden Hüften und einladenden Bewegungen ihres Hinterteils zu den munteren Klängen der Okarina-Flöte des Scherenschleifers. Wem, wenn nicht den Vagabunden der Landstraße, war der Ruf der jungen Roma bekannt, und man wollte nichts unversucht lassen. Der hagere große Mann mittleren Alters bildete den Abschluss des bunten, aber ärmlichen Zuges. Weit hinter der Gruppe blieb der Dompteur mit seinem Bären zurück und lagerte abseits des Zigeunerlagers. Sie hatten keine Kinder bei sich, nur zwei Hunde.

Gerardo war mit dem Spielmann vor der Dorfkirche des heiligen Santiago ins Gespräch gekommen und informierte nun seinen Vater, der die acht Leute einlud zu bleiben. Dires war neugierig geworden, denn die auf dem Weg nach Sevilla befindliche Gauklertruppe kam geradewegs aus Granada, wo sie sich mehrere Wochen aufgehalten hatte. Im Laufe des Abends erzählten die Vagabunden am Lagerfeuer, was es dort Neues gab. Für Wein und Wildbret gesellte sich auch der Dompteur mit seinem Bären zu ihnen und ließ das Tier tanzen. Der Braunbär wackelte mit seinem mächtigen Kopf und tanzte auf seinen Hinterbeinen zum Rhythmus eines Tamburins. Kinderaugen glänzten. Es war das erste Mal, dass die Kinder des Klans einen Bären zu Gesicht bekamen.

»*Jek, duj, trin …*«, zählte Tahani und wiegte sich im Takt, ohne das beeindruckende Tier aus den Augen zu lassen.

Ihrem ungehaltenen Bruder, der den Bären ewig so weiter tanzen sehen wollte, erklärte Dires nach der Vorstellung: »Die Dressur ist eine lange Arbeit, Angelito, und recht grausam für das Tier, musst du wissen. Man fängt die Bären, wenn sie ganz jung sind, und zieht ihnen einen Ring durch die Nase. Ihr seht die dicke Kette, mit der der Bär jetzt an einen starken Baum gekettet wird. Dann beginnt die Dressur. Der Meister lässt das Jungtier auf einer sehr heißen Platte laufen, schwingt einen Stock und spielt das Tamburin. Der Bär möchte sich nicht verbrennen, deshalb hebt er eine Tatze nach der anderen. Auf diese Weise lernt er das Tanzen.«

Angelito staunte. »Hast du das selbst gesehen, Dada?«

»Das hat mir ein alter *kaku* erzählt, ein sehr weiser Mann, mit dem ich vor langer Zeit durch Italien gezogen bin. Dort sind wir ebenfalls einem Bärenfänger begegnet.«

Die drei Gaukler berichteten über die wachsende Unzufriedenheit unter den Morisken und den wenigen offiziell geduldeten Mauren, denen eine zusätzliche Steuer auferlegt worden war, um – wie böse Zungen behaupteten – den Palast des Königs mitzufinanzieren. Die Bautätigkeit unter Pedro Machuca sei auch schon in regem Gange, erzählte der Spielmann, der während ihres Aufenthaltes in der Stadt einmal zur Roten Burg hinaufgestiegen war. Er hatte sich das seltsame Unterfangen des Königs, innerhalb einer maurischen Alcazaba einen Renaissancepalast zu errichten, aus der Nähe ansehen wollen. Die Frauen aus dem Norden schwärmten vom orientalischen Basar und Granadas Alcaiceria als dem farbenfrohsten Seidenmarkt auf der Iberischen Halbinsel. Immerhin seien sie schon weit herumgekommen.

»Das Tollste aber ist das neue Hospiz, kann ich euch sagen«, schilderte der Akrobat begeistert die Stiftung der Katholischen Könige. »Für uns Fahrende ein wahrer Lichtblick auf der schwarzen Landkarte des ach so christlichen Spaniens mit seiner Nächstenliebe«, lästerte er. Vor ein paar Monden erst hatte er seinen unter Schwindsucht leidenden Bruder, mit dem es langsam zu Ende ging, dorthin gebracht, und sie hatten ihn aufgenommen und bis zum Schluss gepflegt. »Nun weiß ich«, sagte er, »dass er ordentlich begraben wurde, auch wenn ich das Grab niemals besuchen werde. Na ja …« Der Akrobat zuckte die Schultern.

Dires lächelte. Er verstand wohl als Einziger, dass dem Joglar der Gedanke, den Bruder irgendwo unterwegs am Rande der Landstraße zu verscharren, nicht behagte, hatte er selbst doch zwanzig Jahre seines Lebens unter Christen zugebracht. Mittlerweile dachte er anders.

»Von wegen Nächstenliebe, *vaya hombre*!«, rief der Seiltänzer und beugte sich vor, »wenn wir jung und gesund sind, geben wir alles und bekommen wenig dafür – ein paar Maravedis und das Lachen der Kinder. Die Menschen freuen sich, wenn wir in ihre Stadt kommen und sie unterhalten. Wenn wir aber alt und gebrechlich sind und zu keinen Späßen mehr taugen, behandeln sie uns wie Schmeißfliegen und treiben uns aus der Stadt hinaus! Schon eine Sauerei, was?«

Der Seiltänzer, den sie Loco nannten, weil er lauter verrückte Sachen aufführte, biss herzhaft in einen Brotfladen. Was er da eben gesagt hatte, war für ihn eine unverrückbare Tatsache, eine, die nicht zu ändern war. So war das Leben der Vagabunden.

»Euch geht es ähnlich, nicht wahr?«, mischte sich der Scherenschleifer ein und steckte seine tönerne Flöte in einen Lederbeutel. Sie war nicht viel größer als ein Gänseei und hatte einen eigenartig geformten Schnabel als Mundstück. »Ich komme aus der Toskana, bin die *Ruta de la Plata* hinuntergezogen, dann nach Granada, wo ich diese Kerle traf. Dabei bin ich weit herumgekommen und hab viel gesehen. Allen Fahrenden geht es dreckig.« Er hielt Gerardo seinen Becher hin.

»Was redest du für einen Stuss!«, ereiferte sich der Akrobat. »Siehst du nicht, dass die es besser haben? Da halten alle Familien zusammen und die Alten werden nicht im Stich gelassen und verrecken irgendwo im Straßengraben.«

»Ach, halt's Maul, *golfo*.«

Dires hasste Streitereien am Lagerfeuer, zudem lag ihm herzlich wenig an der ganzen Truppe. In unmissverständlich autoritärem Ton wandte er sich an Loco: »Was wisst ihr über meine Mitbrüder?«

»*Bueno*, nicht viel. Die Kinder betteln und klauen, was das

Zeug hält.« Loco überlegte, während er den dunklen Rebensaft genüsslich durch die Kehle rinnen ließ. »Drei oder vier hübsche Mädels und ein paar ältere Frauen sieht man häufig im Zentrum der Stadt. Ich glaube, es sind immer dieselben. Sie lesen aus der Hand und verkaufen Amulette und Talismane.« Er nahm einen weiteren Schluck.

»Eine eurer Wahrsagerinnen, die die Zukunft mit den Karten voraussagt, sitzt in einem Bogengang der Medrese …«

»Wo?«, fiel Gil dem Seiltänzer ins Wort.

»Na, die alte islamische Universität gegenüber der Lonja. Aber die Hübscheste von allen hat einen kleinen Stand im Basar neben dem Seidenmarkt.«

Loco rollte mit den Augen und wackelte mit dem Kopf so heftig, dass er einen Rüffel vom Scherenschleifer riskierte, der sich an die Stirn tippte. »Der ist wirklich *loco*«, stellte er lakonisch fest, »einmal zu oft vom Seil gefallen. Hat sich glatt in das Mädel verliebt, in eine Zigeunerin!« In abbittender Geste zog er den lockigen Kopf zwischen die Schultern.

»Ay, que tonto soy!«, fing Loco zu jammern an, als er an das Mädchen erinnert wurde.

»Lass das Gewinsel, das kratzt doch keinen!«, brummte der Spielmann, und eine der Frauen rief herüber: »Wisst ihr, der hatte wohl Sackratten damals, war nicht auszuhalten mit ihm! Und Sachen hat er aufgeführt auf dem Seil, noch halsbrecherischer und verrückter als sonst!«

»Wie heißt das Mädchen?«, fragte Dires.

»Delia.«

Delia, überlegte Dires, dachte aber nicht länger darüber nach. Die meisten Stammesmitglieder kannte er nur bei ihren Zigeunernamen, und diesen *payo*-Namen hatte er früher nie im Lager gehört.

»Na ja, was soll's.« Loco zuckte die Schultern. »Sie war nett und hat mir einmal die Karten gelegt. Wie ihr euch denken könnt, kam sie darin nicht vor. Doch sie tröstete mich, indem sie mir erzählte, dass auch bei ihnen große Unsicherheit herrsche …«

»Wie meinst du das?« Von Locos Geschwätz längst gelangweilt, horchte Dires auf.

»Sie sagte, ihr Fürst sei gerade gestorben. Wohl überraschend.«

»Soso, der alte Yotsa ist nicht mehr«, murmelte Dires. Das war nun wirklich etwas, was ihn interessierte. Bestimmt hatten sie noch keinen neuen Anführer – wen auch? Wie nebenbei erkundigte er sich: »Wie lange ist das jetzt her?«

Loco bemerkte das plötzliche Interesse des Klanführers. Voller Stolz, weil die Dringlichkeit seiner Antwort nun die Blicke aller auf ihn zog, rutschte er auf seinem Hinterteil hin und her. Endlich sagte er: »Nun ja, Delia legte mir die Karten, kurz bevor wir Granada verließen. Hm, zwei oder drei Tage, bevor wir aufbrachen. Wir sind direkt hierher gezogen, nicht wahr, *putero?*« Er stieß seinem Kumpel in die Seite.

»Willst du es genau wissen?«, erkundigte sich der Akrobat, und als Dires nickte, gestand er: »Das kann ich dir nicht sagen. Wir sind marschiert, immer am Ufer des Genil entlang, da gibt es ja nicht viel, was einen Aufenthalt lohnt. Nur in Loja und Écija haben wir unsere Kunststücke gezeigt.« Eine Weile wiegte er seinen Oberkörper, die Augen zusammengekniffen, dann meinte er im Brustton der Überzeugung: »Wir sind noch keinen Mond unterwegs.«

Dires nickte. *Takaj!* So schnell wählten die Alten keinen Nachfolger. Er erhob sich und steuerte auf nahe gelegenes Buschwerk zu, um sich zu erleichtern. Für ihn war die Unterhaltung beendet.

Wie gerne hätte er sich diese Nacht mit Angela beraten! Seit er sie nicht mehr bei sich hatte, waren seine Nächte einsam und kalt. Jetzt führte ihm ihre Schwester Alina den Haushalt. Also klopfte er am darauf folgenden Morgen an Maras Wohnwagen. Er hatte die Sache einmal überschlafen und war sich ganz sicher, dass er es wollte. Aber wollten die anderen es auch? Um das herauszufinden, suchte er den Rat der beiden Frauen. Wie Mara war auch Alina der Meinung, dass die Zeit reif wäre, sich wieder mit dem Bruderklan zusammenzuschließen. Die Karten rieten dasselbe. Dires kehrte in seinen Wagen zurück. An diesem Tag entnahm er einer kleinen Holzschatulle, in der er eine dunkle Locke von Angela aufbewahrte, ein feines Goldstäbchen. In seiner Hosentasche kramte er nach einem Hufnagel, wickelte das Stäbchen um den Nagel und pfiff nach Angelito. Seit Angelas Tod hatte er keinen Goldring mehr getragen. Angelito kam und half ihm, den Ring durch das beinahe zugewachsene Loch in seinem Ohr zu stecken. Nun bot sein Gesicht wieder den gewohnten Anblick.

Am Abend berief er die *kriss* ein, und die Alten beratschlagten über eine Rückkehr nach Granada. Es war eine gewichtige Entscheidung, die die Zukunft mehrerer Sippen betraf, und niemand nahm sie auf die leichte Schulter. Da die Karten eindeutig gesprochen hatten, wurde weder der Vogelflug gedeutet noch Zinn ins Flussbett gegossen. Nach Abwiegen aller Für und Wider – alle waren sich einig, nur Dires als Anführer zu akzeptieren –, entschieden sich die Alten einstimmig, nicht in nördlicher Richtung nach Córdoba weiterzuziehen, sondern nach Südosten, nach Granada.

Am nächsten Tag brachen sie auf. Juana mit sehr gemischten Gefühlen, denn zu viele Erinnerungen verbanden sie mit Granada und im Besonderen mit Yotsas Sippe. Dieses Pack hatte sie eigentlich nie wiedersehen wollen. Ungeachtet ihres alten Schwurs, das Schicksal nie mehr herauszufordern, musste sie etwas über ihre eigene Zukunft erfahren. Heimlich legte sie die Karten. Am Ende war sie um nichts schlauer. Wie jedes Mal taten sich zu viele Widersprüche und Ungereimtheiten auf. Ärgerlich versuchte sie, das Ganze zu vergessen. Doch nicht alle Karten wollten aus ihrem Gedächtnis verschwinden: Eine Trumpfkarte mit einem der vier Ritter und die Karte des Teufels geisterten weiter in ihrem Kopf herum. Dabei hatte der Ritter immer wieder ihr Leben gekreuzt, ohne sie wirklich zu treffen. Der Teufel, zu dessen Füßen sich zwei Verehrer befanden, hatte sich mit Feuer und Schwert zu ihr gesellt und sie schließlich durchbohrt, bevor er in den Flammen seiner eigenen Hölle umgekommen war …

In der Nacht fand sie keinen Schlaf, und so ließ sie die Karten noch einmal Revue passieren. Dass sie starb und wiedergeboren wurde, hatte keine Bedeutung, war doch die Religion des Tarots nichts anderes als eine Religion der zyklischen Reinkarnation. Nur diese Christen redeten dauernd von Himmel und Hölle und hielten nichts von der Wiedergeburt, an die ihre Brüder alle glaubten. So führte das Aufdecken der letzten Trumpfkarte, die die Welt genannt wurde, beim fortlaufenden Auslegen der Karten, wie sie es bevorzugte, automatisch zur nächsten Karte, dem Narren, dem Symbol des neugeborenen Kindes, das seine Lebensreise antritt. Nur, dass der Kreislauf der Wiederkehr im Wasser begann! Immer mehr Wasser. Was konnte das bedeuten? Sie wusste es nicht. Laut ihrer Karten musste sie im Wasser weiterleben. Dort begegnete ihr der Ritter in Gestalt eines schwarzen Wales, der sie verschluckte und mit dem sie sich vermehrte. Eine Weile dachte sie darüber nach, dann tastete sie nach den Karten und schlich sich hinaus.

Ein voller heller Mond genügte ihr, und sie versuchte es noch einmal. Diesmal legte sie die einundzwanzig bezifferten Tarottrümpfe in Form des Yantras, des Zeichens der Göttin: sieben Karten auf jede Seite des Dreiecks, der unnummerierte Narr als Bindu oder »Funke des Lebens« in seiner Mitte. Die drei Seiten des Dreiecks standen für die drei Lebensdrittel. Jedes Lebensdrittel erstreckte sich über einundzwanzig Jahre, die Multiplikation der heiligen Zahlen drei und sieben. So konnten Vergangenheit, Gegenwart und Zukunft berücksichtigt werden … Juana kehrte an ihre Schlafstelle zurück. Lange starrte sie in die Dunkelheit. Neben sich vernahm sie den ruhig fließenden Atem der Schlafenden und das gelegentliche Röcheln ihrer Großmutter. Sosehr sie sich auch bemühte, sie fand keine Antwort und konnte nicht die vageste Voraussage treffen.

Enttäuscht und unzufrieden mit ihren Kartenlesekünsten, beschloss sie, die Tarotkarten ein für alle Mal wegzuschließen und all die ungelösten Rätsel zu vergessen. Da ertappte sie sich dabei, dass sie der Ritter der Trumpfkarte an den Mann erinnerte, den sie den »Marqués« nannten – diesen geheimnisvollen

Fremden, der sie vor ein paar Wochen mitten aus ihrem Lager zu einer Geburt hatte entführen lassen und der anschließend selbst in ihr Lager eingedrungen war und ihrem Vater ihr Lieblingspferd abgekauft hatte – zu einem Preis, dem dieser nicht hatte widerstehen können. Er musste sehr reich sein, grübelte Juana, oder verrückt. Oder beides. Und danach hatte er sie im schwachen Schein des Lagerfeuers geküsst …

Die Calé verließen den Guadalquivir und zogen den Rio Genil hinauf, der noch Schmelzwasser vom Mulhacén führte. Vom Sacro Monte aus hatten sie seine Bergspitze oft bis in den Sommer hinein weiß leuchten sehen. Mehr als einen Monat lang waren sie unterwegs. Einzig in Écija, einer alten, von den Römern gegründeten Siedlung, hielten sie sich mehrere Tage auf. Aufgrund der ungewöhnlichen Hitze marschierten sie nur in den frühen Vormittags- und späten Nachmittagsstunden bis in die Dämmerung hinein und hielten unter Kastanienbäumen oder Buchen lange Siestas. Viele zogen es auch vor, sich in den Schatten unter die Wagen zu verkriechen, die große Bodenfreiheit besaßen. Wenn auf den schlechten Wegen bisweilen eines der großen Räder in die Brüche ging, wurde das Lager aufgeschlagen, und Bosco machte sich auf Holzsuche. Aus dem von den jungen Burschen gefällten Baum zimmerte er ein primitives, rumpelndes Rad, das in der Hauptsache von Dires' Bändern zusammengehalten wurde. Auf einen Radmacher trafen sie oft wochenlang nicht. Einfacher war ein Achsbruch zu reparieren oder an der Deichsel zu flicken, aber selbst dafür stand ihnen nur grünes frisches Holz zur Verfügung, das sich beim Trocknen zusammenzog und in allen Fugen ächzte und krachte.

Als die bunten Wagen die fruchtbare Vega mit ihren *huertas* erreichten, sahen sie in der Ferne die schneebedeckten Spitzen der Sierra Nevada. Allmählich zeichneten sich vor den grünen Hügelketten an den Ausläufern der Ebene die Alhambra und die Umrisse der Stadt ab. So weit das Auge reichte, stand hier alles in reifster Blüte. Vor der Stadt überquerten sie die breite, mächtige Pinienbrücke und betraten von Westen kommend Granada.

Es war gerade Pfingsten und von überallher strömten die Menschen in die Stadt. Eine große Zuschauermenge hatte sich seit den Morgenstunden um die noch in Bau befindliche Kathedrale versammelt und wartete auf einen uralten Brauch.

»Es gehört seit unbekannten Zeiten zu den Aufgaben des Baumeisters eines Tempels, am Pfingsttag brennendes Werg vom Gewölbe zu werfen«, erklärte Dires. Der alte Dinnah hatte so wundersame Geschichten gewusst. »Die Kirche, bemüht, das Ganze durch einen christlichen Ritus zu ersetzen, hatte kurzerhand erklärt, dass es sich dabei um die Flammen des Heiligen Geistes handelt.«

»Des was?« Ungläubig riss Angelito die Augen auf.

»Vergiss es!«, lachte Dires.

Den Stadtkern meidend, folgten die Calé dem Darro, jenem Fluss, der vor Urzeiten das Tal zwischen dem Alhambrahügel und dem Sacro Monte gegraben hatte und der flussabwärts in den Genil mündete. Da es ihnen durch die besondere Lage Granadas nicht möglich war, die Stadt weitläufig zu umgehen, blieb ihre Ankunft nicht unbemerkt. Als sie am Fuß des Sacro Monte ankamen, wurden sie von den Alten der Sippen schon erwartet. Das Wiedersehen war herzlich.

Wie erwartet, wurde Dires vom Ältestenrat zum Anführer des wiedervereinten Stammes gewählt. Yotsas Sippschaft hatte damit jeden Einfluss im Klan verloren. Pipo akzeptierte den neuen Anführer ohne Vorbehalte, und so herrschten von Anbeginn an wieder Eintracht und Einigkeit unter den Calé.

Juana und Mara nahmen ihre medizinische Tätigkeit in Granada wieder auf, wenn auch die Großmutter nur in eingeschränktem Umfang. Während man sich an die Zigeunerin, die durch Handauflegen heilen konnte, noch erinnerte, hatte man die Hebamme in den vier Jahren ihrer Abwesenheit vergessen. Dies sollte sich bald ändern. Juanas Erfahrung, ihr selbstbewusstes Auftreten und nicht zuletzt die Mittel, über die sie verfügte, brachten ihr schnell den Ruf einer verlässlichen Geburtshelferin ein, die sich jedermann leisten konnte. Die Zigeunerin verlangte kein Geld, sie ließ sich beschenken und arbeitete für Naturalien genauso wie für Gotteslohn – das sprach sich bald herum. Aus ihrer Erfahrung wusste sie indes, dass nach einer glücklich verlaufenen Geburt eines ersehnten Erben die Familien zufrieden und die Väter und Großväter spendabel waren und oft mehr gaben, als sie sich leisten konnten. Selbst die jüdischen Geizkrägen sprangen dann über ihren Schatten.

Wenn Juana auch anderswo bei ihrer Arbeit gute Gelegenheiten zu nutzen verstanden hatte, hütete sie sich in Granada vor Diebereien. Ein einziger Diebstahl, und ihr Ruf wäre dahin. Ganz abgesehen von der Inquisition, die nur darauf lauerte, den Zigeunern eins auszuwischen.

Im Allgemeinen wollte niemand mit Zigeunern etwas zu tun haben. Die Reichen der Stadt, ob Christen oder Konvertiten, riefen nach ihren eigenen Ärzten und Hebammen. Nur die einfachen Morisken und Marranen, die ehemals einflussreichen und nun verarmten Mauren und Juden, die ihre Ärzte und die wenigen maurischen *qabilas*, die es noch gab, nicht bezahlen konnten, riefen nach der Zigeunerin. Die letzte jüdische Hebamme war vor kurzem verstorben.

Jehuda Ben Mose, der sich jetzt Jesús Benítez nannte, hatte Angst. Seit Monaten graute ihm vor dem, was da kommen würde. Es war Anfang Oktober, sie feierten den *Rosch ha-Schana*, und kein jüdischer Arzt wollte an ihrem höchsten Feiertag in das Haus eines verarmten Juden gerufen werden, noch dazu zu einer so langwierigen Sache wie einer Geburt. Auch kein christlicher Arzt würde sich dafür ins Judenviertel begeben.

So hatte der einstige Tuchhändler nach dem Springen der Fruchtblase einen Nachbarsjungen zum Sacro Monte gesandt, da er von einer heilkundigen Zigeunerin gehört hatte, die eine geschickte Hand bei Geburten bewiesen habe. Denn entgegen der üblichen Statur seiner Landsleute war er groß und kräftig gebaut, seine Frau Sarah dagegen klein und zierlich. Das machte ihm Angst.

Die Wehen waren bereits gut in Gang, als Juana eintraf. Es

bedurfte allerdings keiner eingehenden Untersuchung, um zu erkennen, dass eine Querlage bestand, und sie wusste auch, warum. Eine äußere Wendung erschien ihr daher nicht sinnvoll, da sie das Problem nicht lösen würde. Sarah gebar das erste Mal, und trotz guter Wehen war kein Geburtsfortschritt zu erkennen.

Juana war sich zwar sicher, doch sie wusste keinen Rat. Schließlich verließ sie das Schlafzimmer, um mit Jehuda zu sprechen und ihm die Wahrheit zu sagen. Was konnte sie schon anderes tun? Etwas verlegen sah sie den stattlichen Mann an, der dieselben Befürchtungen zu haben schien wie sie selbst.

»Dein Kind, *reb*, hat sich nicht mit dem Köpfchen ins Becken geschoben, weil es für das Becken deiner Frau zu groß ist«, erklärte sie, und sagte ihm auch, dass sie in diesem Falle nicht helfen könne. »Ich werde deiner Frau etwas Laudanum zur Beruhigung und zur Dämpfung der Wehen geben; für den Moment kann man nichts anderes tun als warten. Du kannst einen *rebbenu* holen, wenn du möchtest. Es liegt jetzt in Gottes Hand …«

»Sarah kann dieses Kind nicht gebären, nicht wahr?«

»Nein.«

»Was … was geschieht in so einem Fall?« Jehuda fuhr sich durch sein dichtes nackenlanges Haar. Die flache Schebbes trug er nicht.

»Nun, ein Arzt«, Juana wählte ihre Worte mit Sorgfalt, »könnte das Kind im Leib der Mutter … zerstückeln. Aber das Risiko für die Frau, die ganze Prozedur ohne Fieber und Blutungen zu überstehen, ist sehr hoch.«

»Und wenn man das nicht macht? Ich meine, wenn man einfach nur wartet?«

Juana zupfte an einem Ohrläppchen. »Dann«, sagte sie dumpf, »würde das Kind nach endlosen Wehen absterben und nach Tagen, falls die Frau dann noch leben sollte, geschrumpft geboren werden.«

»Bist du sicher?«, bedrängte er sie, wusste aber die Antwort selbst. »Oh, Jahwe, womit hab ich das verdient?« Der Mann sah Juana offen an. In seinem Blick lag abgrundtiefe Verzweiflung. »Zuerst hat man mich enteignet, ich wurde bis aufs Hemd beraubt«, flüsterte er. »Aber jetzt … jetzt soll ich auch noch das Liebste, das ich besitze, verlieren?«

Ja, so würde es kommen, dachte Juana. Er würde wohl alles verlieren. Der Mann tat ihr Leid. Nachdenklich blickte sie den grobschlächtigen Juden von der Statur ihres Vaters an, der ihr doch so zartbesaitet und gefühlvoll schien, bevor sie zögernd zu sprechen begann: »Es gibt da eine Möglichkeit, das Kind durch einen Schnitt in den Bauch der Mutter zu entbinden. Ich hab von solchen Operationen gehört, weiß aber nicht, inwieweit sie erfolgreich verlaufen sind. Zumindest sollen die … Kinder überlebt haben. Ich kann dir aber nicht sagen, ob es in Granada einen Arzt gibt, dem so was zuzutrauen wäre. Ehrlich, ich kann's mir nicht vorstellen.« Juana verzog das Gesicht. »Sprich mit deiner Frau … Falls sich so ein Arzt findet, müsst ihr rasch nach ihm rufen lassen, sonst …« Sie zuckte die Schultern.

Jehuda kannte keinen der Ärzte der ehemals vornehmen Familien, wusste aber von einem arabischen Gelehrten im angrenzenden Albaicín, den er einst beliefert und ausgestattet hatte. An diesen wollte er sich wenden. Gemeinsam mit der Hebamme eilte er an das Bett seiner Frau.

Mühsam, denn das Beruhigungsmittel tat schon seine Wirkung, raffte Sarah sich auf. Sie legte ihre Hand in die seine, sah ihm tief in die Augen und nickte: »Hol ihn!« Dann krümmte sie sich vor Schmerz zusammen, denn die kommende Wehe war stärker als alle bisherigen.

»Ruf schnell den Jungen, ich geh mit ihm! Bleib du bei deiner Frau«, drängte Juana und half Sarah ins Bett.

Eine dunkle Nacht umfing die beiden, als sie aus dem kleinen Haus traten. An der frischen, kalten Luft überkamen Juana sogleich die schlimmsten Zweifel. Welch ein Schwachsinn!, fluchte sie. Warum hatte sie nicht den Mund gehalten? Dass das Unterfangen so gut wie aussichtslos war, hatte sie von Anfang an gewusst. Jetzt war es für eine Umkehr zu spät. Fieberhaft überlegte sie, während sie im Laufschritt zum Haus des *hakims* eilten, was sie dem Mauren sagen sollte.

Ein Knabe öffnete die schwere, mit punzierten Messingblechen beschlagene Tür und bat sie, draußen zu warten. Juana trat unruhig von einem Fuß auf den anderen, denn es dauerte eine Weile, bis der *hakim* erschien. Wortlos blieb er auf dem Treppenabsatz stehen und blickte auf den unwillkommenen Besuch hinab. Im Schatten des gedämpften Lichtes, das aus dem Hausinneren drang, erschien ihr die hagere Gestalt des nicht mehr jungen Mannes übergroß, schwarz und bedrohlich. Seine Gesichtszüge konnte sie nicht erkennen.

Juana fasste sich ein Herz. »*As-Salam aleikum*«, grüßte sie laut.

»*Wa aleikum as-Salam*«, erwiderte der Arzt knapp.

Heilige Maria, flehte Juana verunsichert und wäre am liebsten im Boden versunken. Da glaubte sie eine Schuhspitze ungeduldig auf die Steinfliesen tippen zu sehen und gab sich einen Ruck. Nun sprudelten ihr die Worte nur so von den Lippen. Als sie geendet hatte, winkte sie der *hakim* zu sich. Zögerlich stieg sie die wenigen Stufen bis zum Treppenabsatz empor und blieb ein paar Schritte vor dem Mann stehen, dessen Gesicht sie noch immer nicht sehen konnte. Auf ein Schnippen hin reichte ihm ein blonder Page eine Laterne. Er hielt sie hoch und leuchtete ihr ins Gesicht. Im Schein des gelben Lichts sah Juana den unnahbaren Ausdruck in den kalten Zügen des Mannes. Sofort standen ihr alle Haare einzeln zu Berge. Schon seine Gegenwart genügte, und sie kam sich linkisch und töricht vor. Das hatte sie wieder nötig gehabt, Himmel! Plötzlich fror sie.

Hamid Abu Bakr Ibn as-Saladin musterte die *qabila*. Was er da sah und hörte, beeindruckte ihn. In dem interessanten Gesicht der jungen Frau, die sehr aufgeregt schien, las er wie in einem Buch. Und dennoch. Das Ganze war einfach unerhört, nein ... unglaublich! Was dachte sie, wen sie vor sich hatte! Sein unfreundliches Gesicht zeigte keine Regung. Stumm und abweisend stand er da und wand kein Auge von ihr. Da fasste diese Zigeunerin doch tatsächlich den Mut, von neuem anzusetzen! Entweder war sie verrückt, oder es musste ihr viel an dieser Angelegenheit liegen. Nun, wenn er es genau bedachte, schien sie nicht verrückt zu sein, nicht verrückter als er selbst jedenfalls ...

»… *Sayyid*, Ihr müsst einen Schnitt bei der Frau versuchen, um wenigstens das Kind zu retten. Nur Ihr könnt es wagen!«

Sieh an, sieh an, auch noch eine kleine Demagogin! Erstaunt zog er eine Braue hoch und sah sie einen langen Augenblick durchdringend an. Verwirrt und entmutigt verstummte Juana.

Plötzlich kam Leben in die dunkle Gestalt. »*Inschallah*«, rief der Mann mit kehliger Stimme und machte auf dem Absatz kehrt.

Juana wusste nicht, was dies bedeuten sollte. Sie wartete noch eine gute Weile, dann beschloss sie umzukehren. In diesem Moment erschien der *hakim* im Vestibül und winkte den Nachbarsjungen zu sich. Ohne weitere Zeit zu verlieren, überreichte er ihm eine geschnitzte Truhe, deren messingpolierte Beschläge im Schein der Laterne golden glänzten. Dann legte er einen schwarzen Mantel um und trat aus dem Haus. Wäre inzwischen nicht die tiefschwarze Nacht hereingebrochen, hätte das ungleiche Trio sicherlich Aufsehen erregt.

Hamid Abu Bakr Ibn as-Saladin hatte sich rein intuitiv entschieden, den heiklen Eingriff zu wagen. Als Mann von raschem und sicherem Entschluss erkannte er die Möglichkeit, sich auf einem Gebiet zu profilieren, das von der Medizin im Allgemeinen sträflich vernachlässigt wurde, und das alles ohne großes Risiko, kümmerte doch niemanden das Schicksal einer Jüdin. Die nun in Granada vorherrschenden christlichen Ärzte konnten davon nur träumen. Ihnen war es von der Kirche auferlegt worden, die Kinder von gerade verstorbenen Schwangeren herauszuschneiden, auch wenn sie noch gar nicht lebensfähig waren. Einzig der Nottaufe wegen. Hamid schüttelte den Kopf. In den deutschen Landen, hatte er gehört, mussten das sogar die Hebammen durchführen – jedes Schäfchen zählte.

Den Umstand, dass die *qabila* die geburtsunmögliche Situation zu einem so frühen Zeitpunkt erkannt, die Wehen daraufhin gebremst und schnellstens Hilfe geholt hatte – günstige Umstände, die bei allen von ihm studierten Kaiserschnitten kaum zutrafen, woraus sich die hohe Sterberate erklärte –, würdigte er ebenso wie ihre Courage, zu vorgerückter Stunde unangemeldet bei ihm zu erscheinen. Noch dazu mit dem Anliegen, eine Operation durchzuführen, die gefährlich und ungewöhnlich, ja eigentlich unmöglich war.

Als er die Hebamme auf dem Weg in die Aljama daraufhin ansprach, bestätigte sich sein Verdacht, dass die Gute keinen Schimmer von der *sectio caesarea* hatte – unglaublich! Mit einem spöttischen Zug um die Mundwinkel bemerkte er: »Kaiserschnitte werden, wenn überhaupt, nur von christlichen Stümpern an toten Frauen ausgeführt, um das noch lebende Kind für die Kirche zu retten.«

»Mit Verlaub, *sayyid*«, bemerkte Juana vorsichtig, »ich glaube kaum, dass es diesen Kindern dann noch gut geht.«

»Natürlich nicht.« Hamid Abu Bakr nickte. »Wie schon der Name besagt, soll Caesar auf diese Weise das Licht der Welt erblickt haben – wohl einer der seltenen Überlebenden.« Ein kurzer Seitenblick sagte ihm, dass sie auch mit Caesar nichts anfangen konnte. Etwas versöhnlicher meinte er: »*'Idan*, Kaiserschnitte wurden ausschließlich bei hochwohlgeborenen Familien und nur von einigen wenigen Hofärzten durchgeführt, verstehst du?«

Die Frau nickte.

Und heute, dachte er, sollte er im Haus eines Marranen stattfinden! Einfach lächerlich, wenn man es genau nahm … Zwar wusste er, dass orthodoxe Juden auf Sauberkeit viel größeren Wert legten als Christen – und der Ausgang des Unternehmens auch davon abhängen konnte –, dennoch war der Eingriff für ihn nichts weiter als ein medizinisches Experiment. Der persönlichen Gefahr, in die ihn eine solche Operation – gerade, wenn sie glücklich verlaufen sollte – bringen könnte, war er sich bewusst. Er würde vorsichtig vorgehen müssen …

Der in maurischen Kreisen angesehene Arzt und Gelehrte war, wie sich schnell herausstellte, Perfektionist. In der Truhe mit den Messingbeschlägen verwahrte er Operationsbesteck, Instrumente für Amputationen, einen Kupferkessel, eine spezielle

Öllampe, saubere Leinentücher und Leinenstreifen, hochprozentigen Alkohol und Seife. In der Truhe mit den Silberbeschlägen, mit der ihnen der blonde Page gefolgt war, befanden sich die feinen Instrumente, die Nadeln und Klingen, das Nahtmaterial und die Medikamente. Immer wieder äugte Juana hinein. Alles schien seine Ordnung zu haben und war säuberlich beschriftet. So etwas hatte sie noch nie gesehen.

Einige seiner Arzneien hatte der Hakim stets vorrätig und griffbereit: Laudanum, Opium, Alkahest, Myrrhe, einjährige Zweiglein der Silberweide und Theriak. Bei diesem auch Juana bekannten Universalheilmittel, dessen wichtigster Bestandteil zweifelsohne Opium war, setzte er auch auf Vipernfleisch, Honig und Harze neben einem Dutzend weiteren Ingredienzen, die er nach Wissen und Phantasie zusammenstellte. Ferner führte er einen Tiegel Salbengrundlage, Lehm und pulverisierte Tonerde mit sich sowie etliche Leinensäckchen verschiedenster getrockneter Pflanzen und Mineralien, aus denen er die benötigten Salben, Umschläge oder Tees vor Ort zubereiten konnte. Dazu zählten Roßkastanienrinde und Schwarzwurzeln zur Wundheilung, Aloe bei Geschwüren, Schwefelmilch bei Ekzemen und Krätze, Brennnesselkraut und Hagebuttenfrüchte bei Rheuma und vieles mehr. Spezielle, von ihm selbst hergestellte Medizin verwahrte er dagegen in Tongefäßen in seinem Labor.

Gefolgt von Juana und dem blonden Pagen betrat der *hakim* das Schlafzimmer des jüdischen Ehepaares. Die junge Frau, der die Wehen nun in regelmäßigen Abständen zusetzten, lag im Ehebett, und Jehuda saß an der Seite und hielt ihre Hand. Sosehr sich der stattliche Mann auch bemühte, stand ihm dennoch die Verzweiflung ins Gesicht geschrieben. Beim Anblick des Arztes sprang er auf.

»*Shalom, reb*«, murmelte er hastig und machte in tiefer Verbeugung dem *hakim* Platz, der den Mann nicht weiter beachtete.

Unter Tränen schob die Jüdin die Bettdecke beiseite. Schamesröte schoss ihr ins Gesicht. Hamid setzte sich an die Bettkante und tastete konzentriert, beinahe andächtig, durch das dünne *tsitsit* ihren Bauch ab. Einen langen Moment sah er ohne eine Miene zu verziehen in Sarahs nasse Augen, dann erhob er sich und wandte sich an die Hebamme. Ein kurzes Nicken bedeutete sowohl die Bestätigung ihrer Diagnose als auch den Beginn der Vorbereitungen.

Hamid Abu Bakrs Befehle kamen klar und präzise, er war ruhig und ernst. In seinem schmalen, glatt rasierten Gesicht, das gänzlich von seinen durchdringenden schwarzen Augen beherrscht wurde, die in gewisser Rivalität zu der scharfkantigen Hakennase standen, zuckte nur hie und da ein Muskel am rechten Mundwinkel und verriet höchste Konzentration. Seine Hände zitterten nicht. Wenn er überlegte, zog er seine Stirn in tiefe Falten. Diese Furchen und die schlaffe Haut des Halses bildeten einen eigenartigen Kontrast zu der straff über die spitzen Wangenknochen spannenden Haut. Das schwarze Haar unter der knappen *kofiah* war stark gewellt, von zahlreichen weißen Strähnen durchsetzt und an den Schläfen silbrig grau. Sein Äußeres und seine agilen und präzisen Bewegungen machten es unmöglich, sein Alter zu schätzen.

Zunächst hieß er Juana das Bett frisch beziehen und die Frau waschen. Von Jehuda erbat er einen Ofen zum Wassererhitzen, einen großen sauberen Kessel, frisches Wasser, weiche Tücher und Öllampen, so viele er beschaffen konnte. An mehreren Stellen im Raum, der bald gut beleuchtet war, ließ er Myrrhe verglimmen, bis der harzige Duft schwer in der Luft hing. Sarah schien angesichts der geringen Chancen, die selbst ihr klar waren, sehr gefasst. Wie aufgebahrt lag sie auf ihrem großen Esstisch, den Jehuda mithilfe des Pagen hereingeschleppt hatte, Hände, Füße und Oberschenkel mit breiten Stoffbändern an den Tisch gebunden. Während der Hakim die Vorbereitungen traf, hatte sie Gelegenheit, sich von ihrem Mann zu verabschieden.

»*Masel-tow*«, flüsterte Jehuda mit erstickter Stimme in die Runde und schlüpfte zur Tür hinaus. Den großen kräftigen Mann so aufgeregt zu sehen, hatte etwas Berührendes an sich. Auch Sarah zitterte jetzt, und Tränen liefen über ihre Wangen.

Das Zittern wurde stärker, hielt auch während der Wehen an. Da schob ihr der *hakim* eine klebrige braune Masse in den Mund und befahl ihr, diese langsam zu kauen, aber nicht zu schlucken. Rasch wurde die Frau ruhiger und entspannter und empfand die Wehen, deren Abstände sich vergrößerten, weniger schmerzhaft.

Hamid Abu Bakr hatte sich inzwischen die Hände gewaschen, und Juana kümmerte sich um genügend heißes Wasser. Auf einem Beistelltisch ordnete er auf einem mitgebrachten weißen Tuch bedächtig und präzise alle Utensilien, die er zu verwenden gedachte. Während seine langen knochigen Finger über die Instrumente huschten, verriet er Juana, dass Sarah ein Gemisch aus Honig, Harzen und Opium kaute.

»Sieh sie dir an!« Er wies auf das Gesicht der Frau, die bei geschlossenen Augen leise lächelte. »Der Milchsaft des Schlafmohns ist nicht nur schmerzlindernd, beruhigend und entkrampfend, sondern macht auch euphorisch. Die Wirkung der Kaumasse ist für die Operation allerdings zu gering. Du wirst ihr daher das hier verabreichen«, er deutete auf den Schwamm, den er gerade in Arbeit nahm.

»Pass auf«, sagte er in eindringlichem Ton, zog die Korken aus mehreren Fläschchen und mischte etwas von deren Inhalt in einer kleinen Schale. Dann tauchte er den Schwamm hinein. »Du musst dafür sorgen, dass die Frau ständig den Geruch vor der Nase hat und die Dämpfe einatmet. Aber Vorsicht! Sie darf nicht zu viel von dem Opium abbekommen, sonst – Allah sei uns gnädig! – fällt sie ins Koma oder … entschläft uns für immer. Eine Überdosierung merkst du an der Pupillenverengung, die du ständig kontrollieren musst, und daran, dass die Atemzüge seltener werden. Sieh dir einmal ihre Pupille jetzt an.«

Juana näherte sich dem Gesicht der Frau. Der *sayyid*, stellte sie erleichtert fest, sprach zu ihr belehrend und mit Nachdruck, aber nicht herablassend. Doch selbst das hätte ihr nicht das Geringste ausgemacht. Oh, was würde Großmutter dazu sagen!

»Sollte die Operation länger dauern«, fuhr er fort, »ist also mit einer Opiumvergiftung zu rechnen, musst du ihr die Gallen der Sommereiche in der Tasse dort als Gegenmittel geben. Daneben liegt ein Weckschwamm für einen Narkoseabbruch. Noch Fragen?«

Auf ihren ratlosen Blick hin erklärte er: »Wenn die Frau tief schläft und ruhig ist, hältst du den Schwamm weiter weg. Aber gib Acht, dass du selbst nichts von den Dämpfen abbekommst! Am besten bindest du dir ein feuchtes Tuch vor die Nase, eine berauschte Assistentin kann ich nämlich nicht gebrauchen! Alles verstanden?«

»Na'am.« Sie konnte es ohnehin nur darauf ankommen lassen.

»Möge Allah uns beschützen!«

Für einen Moment verschwand das Rot seiner Augäpfel, und Juana sah nur das glänzende Schwarz der Pupillen. Sie hatten etwas Zwingendes an sich. Dann huschte über sein dunkles Gesicht ein kurzes Lächeln, das nicht seine Augen erreichte. Ihre Angst vor dem hageren Mauren mit der tiefen, belegten Stimme schwand ein wenig, und mit einem Mal merkte sie, wie aufgeregt sie bis dahin gewesen war. Da erfasste sie, zunächst zögerlich, dann immer stärker, ein Glücksgefühl, dass sie meinte, verrückt zu werden. Verrückt vor Glück, hier dabei zu sein. Wie immer es ausgehen würde …

Dem *hakim* freilich entging Juanas Nervosität nicht. Nachdem er ihr den Schwamm ausgehändigt und zugesehen hatte, wie sie die Frau zum Inhalieren bewog, fügte er noch hinzu: »Wenn sie würgt oder erbricht, musst du ihren Kopf und die Schultern sofort hochheben und möglichst zur Seite drehen und ihr nötigenfalls den Mund auswischen, damit sie nicht daran erstickt.«

Juana nickte.

Nun wandte sich der *hakim* seinen Instrumenten zu. Er fasste einen großen, flachen Bronzeteller mit einer Zange und drehte ihn geschickt mit der Oberseite nach unten über der großen Flamme seiner Öllampe. Der Reihe nach hielt er alle Instrumente eine Zeit lang in die Flamme und legte sie nebeneinander auf den Teller. Dann goss er genügend Alkohol über Sarahs

Bauch. Bevor er zur Klinge griff, warf er der schlafenden Frau einen halb prüfenden, halb nachdenklichen Blick zu. *»Inschallah«*, murmelte er und begann mit der Operation.

Äußerst konzentriert führte er den ersten Schnitt. Die feine, scharfe Schneide glitt von unten nach oben, vom Ansatz der Schamhaare bis zum Nabel über die runde Wölbung. Gut fünf Zoll, schätzte Juana die Länge des Schnitts. Zunächst ritzte er aber nicht viel mehr als die Haut, da er unter der dünnen Bauchdecke deutlich das Kind tasten konnte und behutsam vorgehen wollte. Die Frau hielt still. Schweißperlen standen ihm auf der Stirn, als er zwischen den aufgeplatzten Hauträndern tiefer schnitt. Sarah begann sich in der Folge zu bewegen.

Sie würde sich unter den Schmerzen bald aufbäumen, überlegte Juana und nahm den Schwamm aus dem Schälchen. Ihre Linke auf Sarahs Mund gepresst, fixierte sie den Kopf, und mit der anderen hielt sie ihr den Schwamm dicht vor die Nase. Dazwischen warf sie kurze, ängstliche Blicke in das angespannte Gesicht des Mauren, doch las sie darin nichts als Konzentration. Nach einigen tiefen Zügen, während der die Frau hustete, wurde ihre Abwehrreaktion schwächer, dann war sie wieder ruhig. Nach weiterem Einatmen war Sarah so apathisch, dass der *hakim* die Operation fortsetzen konnte. Schweiß rann Juana von der Stirn, den sie immer wieder mit ihrem Ärmel abwischte. Ständig huschte ihr Blick zwischen dem Gesicht des Mannes, in dem sie seine Gedanken zu erraten suchte, seinen Händen und Sarahs Gesicht hin und her.

Bald stellte sie fest, dass sich Sarahs Pupillen gefährlich verengten. Sofort zog sie den Schwamm zurück. Dennoch sank die Atemfrequenz. Verdammt – was sollte sie tun? Sie wartete. Ihre Knie wurden weich, ihre gesamte Kleidung klebte inzwischen an ihrem Körper. Ein Seitenblick zum *hakim* sagte ihr, dass er Bescheid wusste. Er sprach kein einziges Wort, auch seine Gesichtszüge waren ausdruckslos. Einzig auf seine Arbeit konzentriert, nutzte er die Apathie der Frau, indem er schnelle und gezielte Schnitte setzte. Die Atemfrequenz sank bedrohlich, die Atmung schien auszusetzen. Juana griff nach dem Weckschwamm, zwang die Frau zu inhalieren. Wenig später rührte sie sich.

Sarah erbrach zwar nie, doch sollte sich ein ständiges Auf und Ab der Betäubung während der gesamten Operation wiederholen. Immer wieder musste Juana zwischen benommener Wahrnehmung und gefährlichem Tiefschlaf, der leicht ins Koma abgleiten konnte, jonglieren. Nur zweimal im Laufe der Operation bewegte sich Sarah mit schmerzverzerrtem Gesicht so wild, dass der *hakim* gezwungen war, die Operation zu unterbrechen, bis die Frau wieder in Bewusstlosigkeit versank. Mit Juanas Anästhesierung war er mehr als zufrieden.

Nach einer kaum vorhandenen Fettschicht durchtrennte er eine dünne Bindegewebs- und Muskelschicht, aus deren Rändern es nur zögerlich blutete. Zügig schnitt er das zähe helle Bauchfell auf und zuletzt die gut durchblutete und stark geäderte Gebärmutter, die sich ihnen prall und kugelförmig entgegenwölbte. Hier ging er besonders behutsam ans Werk, schien ihm doch die Uteruswand aufgrund der stundenlangen Wehentätigkeit bereits dünn und überdehnt.

Auch dem *hakim* liefen Schweißperlen über die Stirn, verfingen sich in seinen grauen Augenbrauen und liefen die Schläfen hinab. Als er einen Moment lang innehielt, nutzte Juana die Gelegenheit und tupfte ihm mit einem Leinenstreifen über die Stirn, denn sie hatte beobachtet, wie Schweißperlen von der Nasenspitze in die Operationswunde tropften. Hamid nickte. Dann setzte er an und ritzte die Fruchtblase auf – wie die Gebärmutter gerade eine Handspanne breit. Juana sah ihn fragend an. Warum machte er keinen größeren Schnitt? Grünliches Wasser ergoss sich aus dem Sack. Er aber griff behände hinein, suchte, packte das Kind an den Beinen und zog es, mit der anderen Hand von außen schiebend, heraus. Mit dem Kopf nach unten hielt er Juana den zappelnden Jungen hin, den sie mit einem warmen Tuch in Empfang nahm. Während er noch die Nabelschnur abband und durchtrennte, deutete er zur Tür und befahl: »Bring das Kind Jehuda!«

Mit einem Zipfel des Tuchs dem Kleinen Schleim und Blut

aus dem Mund wischend, schlüpfte Juana zur Tür hinaus. Wortlos drückte sie dem völlig überrumpelten Mann den nun kräftig schreienden Sohn in die Arme und bedeutete ihm, ihn warm zu halten.

Für weitere Anweisungen blieb keine Zeit, denn Sarah war wieder unruhig geworden. Sie blutete heftig und begann laut zu stöhnen.

»Die Klötze!«, befahl Hamid und nickte zu den vorbereiteten Pflöcken nach unten.

Ungeachtet der bald wild an den Schleifen zerrenden Frau, mühte sich Juana, die zwei unter den Tischbeinen des Fußendes befindlichen Holzklötze zu entfernen. Laut krachte der untere Teil des Tisches zu Boden. Sarah lag nun mit dem Kopfende erhöht. Dennoch strömte blutvermischtes Fruchtwasser aus der riesigen Wunde, rann zu beiden Seiten auf den Tisch und weiter auf den Boden, anstatt durch die Schräglage aus der Vagina abzulaufen, wie der Hakim es sich gewünscht hätte.

Sogleich hielt Juana der Frau das Schwämmchen an die Nase, eine Hand auf ihren Mund gepresst. Unterdessen hatte Hamid die Nachgeburt beinahe gelöst. Ein Blick von ihm genügte, und sie verstand, dass er wegen des großen Blutverlustes nicht warten könne. Sehen konnte er dabei herzlich wenig. Mit blutverschmierten Händen wühlte er in der Tiefe der Gebärmutter, bis er sicher war, dass nichts mehr zurückgeblieben war. Das musste Sarah besonders große Schmerzen verursachen, denn sie wehrte sich heftig. Halbherzig wischte er sich an einem Lappen ab, dann streute er ein übel riechendes braunes Pulver in die Wunde. Bevor er mit dem Nähen begann, zog er den Uterus aus der Bauchhöhle und durch den Schnitt nach draußen. Wieder sah ihn Juana fragend an. Diesmal äußerte er sich dazu. Es war seine einzige Erklärung während der gesamten Operation.

»Um ein Eindringen von noch mehr Fruchtwasser und Blut in die Bauchhöhle zu vermeiden«, murmelte er, ohne aufzusehen.

Juana sah auf das schwammige, malvenfarbige Organ, das er

Richtung Scheide zusammendrückte, wagte aber nicht zu bemerken, dass ohnehin schon reichlich blutvermischtes Fruchtwasser in die Bauchhöhle gelangt war.

Nun wusch er sich seine Hände mit warmem Wasser, trocknete sie sorgfältig ab und griff nach einem dünnen Silberdraht. Er setzte nur wenige lockere Knoten in die weiche Masse rund um den Schnitt in der Gebärmutterwand. Die Ränder bluteten stark und waren schwer zu erkennen. Mit Tüchern versuchte er zwischendurch immer wieder das Blut aufzusaugen, doch es blutete weiter. Da richtete er sich ärgerlich murrend auf, tastete mit seiner Linken zwischen Sarahs Beine und schob die Hand hoch, immer weiter. Seine Lippen waren zu einem schmalen Strich zusammengepresst, seine Stirn in Falten gelegt. Mit Gefühl und wohldosiertem Druck legte er seine flache äußere Hand eine Weile über der zusammengehefteten Schnittwunde auf seine Faust im Inneren der Gebärmutter. Als die Blutung stoppte, nahm er Nadel und Faden und begann mit dem Zusammennähen des darauf befindlichen Bauchfells. Nach außen hin wollte er die einzelnen Schichten so verschließen, wie er sie geöffnet hatte. Als Sarah wieder still lag, übernahm Juana das Austupfen der Wunde, und der *hakim* konnte zügig weiternähen. Aus den Rändern der übrigen Bauchschichten blutete es nur mäßig.

Schließlich richtete sich Hamid auf, streckte seinen Rücken durch und begutachtete sein Werk. Für das Bauchfell, dessen Fäden nicht entfernt werden konnten, verwendete er präpariertes Baumwollgarn, das ihm allerdings nicht so zuverlässig erschien wie Seide. Aber durch zahlreiche Experimente mit diesem Nahtmaterial war er dahinter gekommen, dass es vom Körper meist resorbiert wurde, was ihn auch jetzt hoffen ließ, einer Entzündung oder Abstoßreaktion zu entgehen. Sorgsam den Nahtrand mit einem in Alkohol getränkten Tuch entlangtupfend, nickte er zufrieden. Wieder schüttete er das übel riechende Pulver in die verbleibende Wunde, die zu beiden Seiten des Schnittes aus langen Hauttaschen bestand. Geschickt, in einer Art Kreuzstich, begann er, die Wundränder der nun faltigen und teigigen Bauchdecke mit einem Seidenfaden zu verschließen. Den Wundrand bestrich er mit einem alkoholgetränkten Tuch und ließ dieses längs auf der Naht liegen.

Juana säuberte die Frau gründlich, zog ihr ein frisches Nachthemd an und rief dann Jehuda herein. Gemeinsam hoben sie Sarah so behutsam und waagrecht wie möglich ins Bett. Dem großen, kräftigen Mann zitterten die Hände vor Aufregung. Als Sarah bequem gebettet war, entfernte der *hakim* das Tuch und bestrich die Naht mit dem frischen Saft der Aloe. Juana trug er auf, dafür zu sorgen, dass die Naht an der frischen Luft trocknete und nicht bedeckt würde. Die Frau insgesamt, schärfte er ihr ein, müsse aber sehr warm gehalten werden.

»Und die Wundsalbe, *sayyid*?« Juana wollte nichts falsch machen und dachte zunächst, der Arzt habe sie vergessen zu erwähnen. Bei tief gehenden Wunden, wie sie schon manche genäht hatte, trug sie stets eine Salbe mit verschiedenen Kräuter- und Wurzelextrakten auf, wie Rosskastanienrinde, Schafgarbe, Salbei, Arnika oder Fetthenne.

»Aus dieser Wunde«, erklärte der Hakim geduldig, »wird es herausbluten und nässen, und das soll es auch. Sie reinigt sich von selbst. Deshalb habe ich zwischen den einzelnen Kreuzstichen größere Abstände gelassen, wie du vielleicht bemerkt hast. Jedenfalls habe ich festgestellt, dass sich eine dick mit Salbe beschmierte Wunde, aus der Gewebsflüssigkeit abrinnen soll, leichter entzündet und brandig wird.«

Das leuchtete Juana ein. Verlegen senkte sie den Blick. Es erforderte keine besondere Intelligenz, um zu erkennen, dass alles, was dieser Mann sagte und tat, unwiderlegbar sein würde. Sie war gerade erst dabei, das Wissen dieses Gelehrten zu erahnen … Obwohl oder gerade weil er sie in vollkommen sachlichem Ton belehrte und sie in seiner Stimme keinerlei Häme entdecken konnte, zollte sie ihm allergrößten Respekt. Dennoch kam sie sich in seiner Gegenwart linkisch und laienhaft vor. Sie hob ihren Blick. Was soll's, dachte sie, niemand konnte ihr das soeben Erlebte je wieder wegnehmen! Und anstatt beschämt ihr dilettantisches Wissen vor diesem Mann der Wissenschaft zu verbergen, ergriff sie auf der Stelle die Gelegenheit, ihre Kenntnisse zu erweitern.

»Darf ich Euch eine Frage stellen, *sayyid*?«

»Nur zu«, forderte er sie auf und wandte sich seinen Instrumenten zu.

»Das Pulver …«

»Das roch ekelhaft, ja. Es ist der Sporenstaub vom Flaschenbovist, den ich zum Blutstillen verwende. Zu demselben Zweck kann man den Pilz auch in Scheiben schneiden und auf die Wunden legen. Nun ja …«

»Und das … Wunderwasser?« Juana sah ihn offen an.

»Alkohol«, sagte er.

»Aguardiente?«

Die Andeutung eines Lächelns huschte über die strengen Züge des Mauren. »So ähnlich. Hochprozentiger, farbloser Weingeist, den man nicht trinken kann. Es war Avicenna, der seine desinfizierende Wirkung vor langem erkannt hatte.« Die Frau konnte offensichtlich nicht das Geringste damit anfangen. »Nun«, er schwieg und warf einen nachdenklichen Blick auf die Jüdin, »wir werden uns in der Folge um Erbrechen, Blähungen, chronische Verstopfung und eventuell eingeklemmte Dünndarmschlingen kümmern müssen. Die wirklich große Gefahr ist jedoch, dass sich in der Gebärmutter oder im Bauchfell eine Entzündung ausbreitet. Morgen werden wir eine Spülung mit Alkohol vornehmen, um den sich ansammelnden Eiter herauszuspülen. Der Rest liegt in Allahs Hand. *Inschallah!*«

Überrascht sah Juana auf. Eine Spülung der Gebärmutter – meine Güte! Sein autoritärer Ton ließ sie allerdings von weiteren Fragen Abstand nehmen. Wie geheißen, deckte sie Sarah rund um die frei gelassene Naht warm zu und kümmerte sich anschließend um das friedlich in Jehudas Armen schlummernde Kind.

Währenddessen reinigte der Hakim notdürftig seine Instrumente, schlug sie in ein großes Tuch und verstaute alles in der Truhe. Von den Kräutern, die er daraufhin aussuchte, wies er Juana an, einen Tee zuzubereiten. »Die schwarzen Holunderblüten, die Baldrianwurzel, Blutwurz, Kamille und den Salbei lässt du etwas ziehen und gibst diesem Kräutertee dann dies hier bei.« Er deutete auf eine Schale, die er unterdessen vorbereitet hatte und in die er nun dunkles Pulver schüttete. »Etwas Opiumpulver, etwas zerstoßenes Mutterkorn und die pulverisierte Rinde der Silberweide. Kennst du das Mutterkorn?« Ohne Juanas Antwort abzuwarten oder auch nur aufzublicken, fuhr er fort: »Ist dir schon aufgefallen, dass in den meisten Fällen seiner Einnahme Hautausschläge auftreten?«

»Nein, aber Erbrechen, Durchfälle, Krämpfe, bis hin zu absterbenden Zehen.« In ihrer Stimme lag ein wenig Stolz, aber auch Genugtuung.

»Ich sprach nicht von Überdosierung!«

Wieder senkte Juana den Blick. Bis vor kurzem hatte sie noch nicht einmal die Anwendung des Mutterkorns gekannt …

Unglaublich, dachte Hamid, wenn die mit dem Mutterkorn nicht umgehen konnte, wie wollte sie dann Blutungen stillen? *»Idan«*, meinte er wie nebenbei, »beobachte die Frau ebenso daraufhin, denn auch dagegen ist ein Kraut gewachsen – und zwar das Katzenpfötchen. Vergiss es nicht!« Laut schnappten die beiden Schlösser der Truhen zu.

Jehuda bat er, der *qabila* eine Sanduhr zu bringen, damit sie Sarah regelmäßig in halbstündigen Abständen den Tee verabreichen könne. Sie sollte dies achtmal wiederholen und dann die Abstände vergrößern.

»Siebenmal«, flüsterte Juana.

Überrascht wandte sich der Hakim um: »Weshalb?«

»Weil die Sieben in unserem Volk eine heilige Zahl ist, *sayyid*, deshalb. Sie wird ihr Glück bringen.«

Hamid Abu Bakr lächelte und strich sich über sein Kinn. »Meinetwegen. Dazwischen vergiss nicht, die Naht immer wieder mit Aloesaft zu bestreichen.«

»Na'am«, versicherte Juana. »Ich werde mich um alles kümmern.«

Der *hakim* nickte, warf Sarah einen letzten Blick zu und wandte sich zur Tür. »Für mich gibt es hier nichts mehr zu tun«, murmelte er.

Jehuda geleitete ihn zur Tür. Unter tiefer Verbeugung zog er einen kleinen Beutel hinter seiner *faja* hervor, der seine gesamten Ersparnisse enthielt.

Der Maure schüttelte den Kopf: »Nein. Dafür ist es noch zu früh, mein Freund. Wenn deine Frau gesund wird, so Allah will, werde ich mich gerne von dir bezahlen lassen! *Salam.*«

Er entfernte sich schnellen Schrittes. Kurz darauf verlor sich seine hagere, von dem langen schwarzen Mantel umwehte Gestalt in der Dunkelheit. Ein untrügliches Gefühl, diese Operation könnte gut ausgehen, überkam ihn, ließ ihn nicht mehr los und beflügelte seine Schritte. Er verspürte weder Müdigkeit noch Erschöpfung, im Gegenteil. Auch die kalte Nachtluft bemerkte er nicht. Im Geiste ging er die Operation nochmals durch. Der gefährlichste Abschnitt dieses Eingriffes, die Wundheilung, stand der Frau allerdings noch bevor. Nur allzu leicht konnten sich die Gebärmutter oder die Bauchhöhle infizieren, konnte das gefürchtete Kindbettfieber die junge Mutter hinwegraffen.

Hamid Abu Bakr Ibn as-Saladin hatte in seinem Leben nicht viele Operationen durchgeführt, denn dazu hatte es nur wenige Gelegenheiten gegeben. Schon bald nach der Eroberung Granadas durch die Katholischen Könige war der junge moslemische Arzt und Alchimist in den Untergrund gegangen, während er offiziell das angesehene Gewerbe der Parfümherstellung ausübte.

Ausgebildet in der letzten arabischen *medrese* Spaniens, waren dem angehenden Medikus – anders als an abendländischen Universitäten – auch Alchimiestudien vorgeschrieben gewesen, obwohl viele Ärzte es darin nicht weit brachten. Nicht so Hamid. Schon während seines Studiums liebte er die Forschung und die Alchimie. Danach waren es seine Experimentierfreudigkeit und sein Forscherdrang auf allen Gebieten der Medizin und der Alchimie, die sein Wissen ebenso sehr erweiterten wie sämtliche verfügbaren arabischen Werke berühmter Ärzte und Philosophen. Wenn er auch nur wenige Patienten behandelte, so dienten sie ihm oft genug zum Studium. An ihnen erprobte er neue Methoden, Medikamente und Mischungen, übte er sich in Eingriffen wie Leistenbruchoperationen, Entfernen von Überbein oder das Starstechen in jüngeren Jahren. Einen Kaiserschnitt hatte der Arzt in seiner beinahe vierzigjährigen medizinischen Tätigkeit noch niemals versucht.

Juana verbrachte die restliche Nacht an Sarahs Bett. Gegen Morgen bekam die Frau leichtes Fieber, ein untrügliches Anzeichen für eine beginnende Entzündung. Die äußere Naht war unauffällig, sie war nicht geschwollen und wies keine roten Wundränder auf. Auch blutete es aus der Wunde nicht, und nur wenig Gewebsflüssigkeit sickerte noch zwischen den Nähten hindurch.

»Devlam«, flehte sie, »nicht nach all den Mühen!« Sie wusste, dass auch der *hakim* dieser Infektion machtlos gegenüberstehen würde. Nur zu gut kannte sie das gefürchtete Kindbettfieber, wenn nach einer Geburt – oft erst Tage später – das Fieber stieg und stieg und die Blutung einen Ekel erregenden Geruch annahm …

In diesen Stunden unterrichtete sie Jehuda in allem. Sie zeigte ihm, wie er das Kind füttern und versorgen sollte, bis eine Amme gefunden war, erklärte ihm die Wundpflege und wie er mit kalten Essigwickeln um die Waden das Fieber senken könnte. Es half alles nichts. Sarah bekam Schüttelfrost, und das Fieber stieg weiter. Als es schon hell war, gab Juana ihr etwas Laudanum und trug dem Mann auf, mit den Wadenwickeln und der Wundpflege fortzufahren, bis sie wiederkomme, da sie sich für ein paar Stunden ausruhen wollte. Außerdem musste sie Großmutter von allem erzählen. Doch Jehuda bat die Hebamme zu bleiben und führte sie in den angrenzenden Raum, den er vollständig verdunkelte. Dankbar sank sie auf dem Sofa augenblicklich in tiefen Schlaf.

Als Juana in dem stockdunklen Zimmer erwachte, wusste sie nicht, wo sie sich befand. Weit weg hörte sie Stimmengemurmel. Undeutlich zunächst, dann immer klarer die tiefe Stimme

Jehudas und die leisere, raue Stimme des *hakim*. Panik ergriff sie. O Gott, wie lange hatte sie geschlafen? Mit beinahe kindlicher Angst, etwas versäumt zu haben, sprang sie auf. Vorsichtig tastete sie sich auf den Lichtspalt zu, durch den die Stimmen drangen, und öffnete beherzt die Tür. Wie versteinert blieb sie auf der Schwelle stehen. Der Anblick, der sich ihr bot, war überwältigend: Sarah hielt ihr Kind in den Armen und lächelte es selig an! Angesichts dieser ergreifenden Szene war ihr schlechtes Gewissen sogleich verflogen.

»*Salam*«, grüßte sie ehrerbietig und eilte zu der jungen Mutter. Sie drückte ihr den Arm und strich ihr über die Stirn. Ihre Haut war feucht und heiß.

Der *hakim* fing ihren besorgten Blick auf und winkte sie zu sich. »Der Schein trügt«, flüsterte er, »die Gefahr ist noch lange nicht gebannt, wie du weißt. Sie hat Fieber, aber bis jetzt riecht der Ausfluss nicht schlimm. *Inschallah*, vielleicht ist es nur eine örtliche Entzündung, und sie bleibt davon verschont. Es wäre umso bitterer für den Mann, da er jetzt große Hoffnung geschöpft hat.«

»Könnt Ihr denn gar nichts tun, *sayyid*?« Er wusste doch so viel! Ein Zug echten Mitleids legte sich auf ihr Gesicht und mischte sich mit der Bereitschaft, jeglichen Anordnungen umgehend nachzukommen.

»Nun«, Hamid kratzte sich am unbedeckten Kopf, »wir werden ihr einen Auszug von Veilchenblättern und Flieder verabreichen, die beide fiebersenkend sind. Zusätzlich soll sie die pulverisierte Rinde der Silberweide mehrmals täglich teelöffelweise einnehmen, da sie außerdem schmerzstillend ist. Ich hab übrigens die Arzneien mitgebracht und Jehuda schon unterwiesen.«

Hamid Abu Bakr war Juanas aufregender Anblick keineswegs entgangen, als sie verwirrt, mit ungeordnetem Haar und roten Wangen in der Türöffnung erschienen war. Obwohl sie weder zierlich war noch knabenhaft wirkte – eine Eigenschaft, die er besonders schätzte –, fand er sie reizvoll. Vor allem aber gefiel ihm die Art, wie sie ihren Verstand gebrauchte. In seinem Leben hatte es nur wenige Frauen gegeben, die er anziehend gefunden hatte, und er war noch keiner begegnet, für die er so etwas wie Achtung oder Respekt empfunden hätte. Da sich seine einzige Erfahrung mit Zigeunerinnen auf die wenigen barfüßigen dunklen Gestalten beschränkte, die in der Nähe von Kathedrale und Basar bettelnd auf der Straße hockten, war es nur allzu verständlich, dass er in dieser jungen Frau eine Ausnahmeerscheinung sah. Und weil jede Abweichung von der Norm seine Neugierde weckte und seinen ruhelosen Geist beschäftigte, trieb es ihn regelrecht dazu, hinter das Geheimnis dieser *gitana* zu kommen.

Ohne die Patientin oder deren Mann weiter zu beachten, legte er Juana die Hand auf die Schulter und führte sie aus dem Zimmer. An der Türschwelle drehte er sich zu Jehuda um und schnippte mit dem Finger. Der Konvertit sprang auf und näherte sich unterwürfig.

»Wir wollen uns zurückziehen und ein bisschen plaudern. Zeig uns, wo wir ungestört sein können. Und bring der *qabila* was zu essen.«

Doch Juana hatte keinen Hunger. Wie konnte sie jetzt nur an Essen denken und Zeit damit vergeuden! So aufgeregt, wie sie war, würde sie keinen Bissen hinunterbringen.

In dem angrenzenden Raum öffnete Jehuda die Fensterläden, und die beiden setzten sich an den Tisch. Ohne das Wort an sie zu richten, musterte der Gelehrte die junge Frau, als sei sie eine säumige Schülerin, als wolle er ihr Gewissen durchforschen.

Den durchdringenden Blicken hielt Juana nicht stand. Ihre feuchten Finger ineinander schlingend, brach sie das Schweigen. »*Sayyid*, darf ich Euch eine Frage stellen?«

»Nur zu.« Er wandte seine schwarzen Augen nicht von den ihren. »Deshalb sind wir hier.«

»Wann«, begann sie zögerlich, »darf das Kind der Mutter an die Brust gelegt werden? Die verdünnte Ziegenmilch ist ja nur eine Notlösung, und die Amme …« Sie verzog das Gesicht.

Etwas überrascht über ihre erste Frage, nickte er leicht. »Nun, jedenfalls nicht, solange noch Opium in der Muttermilch sein könnte. Warte damit noch ein Weilchen, das Kind hält das schon aus … Wegen des Opiums, das leider stopfend wirkt«, er verfiel regelrecht ins Dozieren, »müssen wir der Frau bald ein Abführmittel verabreichen. Sie darf so lange wie möglich keinen Druck auf die Bauchdecke ausüben. Ich denke da an die Rinde des Faulbaumes, der hat sich in seiner abführenden Wirkung als sehr nützlich erwiesen ... Ja, und dann ist da die Sache mit der Verhütung.« Sein durchdringender Blick bohrte sich in sie, drang ihr bis in die Seele. Das Gefühl, dass dieser Mann ihr bis in die Tiefe ihres Herzens blickte, verunsicherte sie zutiefst.

»Wenn sie zu bluten aufgehört hat, bittest du Jehuda um eine gut gereinigte Perle. Am besten machst du es wie die arabischen Kameltreiber, bevor sie eine lange Reise antreten.«

»Ich ... Nun, ich weiß nicht, was die arabischen Kameltreiber mit ihren Stuten machen.« Sie errötete und wurde immer nervöser.

Auch das entging dem Hakim nicht. Er las in ihr wie in einem offenen Buch. »Sie schieben ihnen eine Perle in den Uterus«, sagte er gleichmütig. »Nein, ganz im Ernst.« Er nickte geduldig wie ein Lehrer, der einen begriffsstutzigen Schüler vor sich hatte. »Eine Perle in der Gebärmutter könnte auch bei Sarah verhindern, dass der *homunculus* aus der Samenflüssigkeit ihres Mannes bei ihr heranwächst. Aus diesem Grunde verschloss ich den Uterus auch mit Silberdraht. Die Knoten werden einen ständigen Reiz ausüben, wobei Silber keine Entzündungen oder Infektionen hervorruft – wie du sicher weißt.«

Sie wusste es nicht.

Nachsichtig hob er eine graue Braue, »du kannst ihr freilich auch empfehlen, ihre Vagina vor dem Geschlechtsverkehr mit einer Mischung aus Krokodilsmist und Honig zu präparieren, was die Ägypterinnen schon seit der Zeit der Pharaonen tun.«

So begannen in dieser sternenlosen Nacht, am Rosch ha-Schana-Fest der Juden, die interessantesten Stunden in Juanas bisherigem Leben. Jeden Abend trafen sich der arabische Gelehrte und die Zigeunerin an Sarahs Bett, bis diese in den folgenden Wochen wundersamerweise genas. Zu einer Zeit, in der es den christlichen Königen schon gelungen war, die Mehrheit der arabischen und jüdischen Intelligenz aus dem Lande zu vertreiben, sollte dieser außergewöhnliche Arzt und Alchimist in Juana eine Schülerin, Verehrerin und schließlich Vertraute finden.

Das erste Geheimnis, das sie dem *hakim* entriss, war die Zusammensetzung der Droge für den Wunderschwamm.

»Opium, Bilsenkraut, Schierling, Mandragora und Efeu«, vertraute er der gespannt lauschenden Frau an, »werden in dieser Zusammensetzung schon seit Jahrhunderten für Amputationen verwendet. Du hast gesehen, sie stillen den Schmerz sehr zuverlässig. Diese Kräuter«, seine hohe Stirn legte sich in Falten, »enthalten jedoch Gifte, die bei Überdosierung töten. Deshalb vermische ich das Opium mit dem stinkenden weißen Milchsaft vom giftigen Lattich, da dieser nicht annähernd so toxisch ist – freilich auch weniger schmerzstillend«, gab er zu.

»Und der Weckschwamm?«

»Der Weckschwamm für den Narkoseabbruch«, er fuhr sich mit dem Zeigefinger über den scharfkantigen Rücken seiner Hakennase, »besteht in der Hauptsache aus Fenchelextrakten.«

»Aus Fenchelextrakten …«, murmelte Juana.

Der Arzt lehnte sich zurück. An den stechenden Blick seiner dunklen Augen hatte sie sich immer noch nicht gewöhnt. Seine Pupillen waren vom Schwarz der Iris nicht zu unterscheiden. Auch die Miene des knochigen, schmalen Gesichts verriet keinen seiner Gedanken. Wieder wurde sie nervös.

»Übrigens«, bemerkte er wie nebenbei, »soll ein auf diese Weise präparierter Schwamm von den Chinesen erfunden und von uns Arabern in den Westen gebracht worden sein.« Er verstummte, als wollte er abwägen, ob er weitersprechen sollte. Dann schob sich eine buschige Braue voller Häme nach oben. »Vorsicht, *qabila*! Seit einigen Jahren weckt seine Verwendung den Verdacht auf Hexerei. Ja, das heilige Tribunal der noch heiligeren Inquisition meint, dass das Narkosekraut, mit dem Fett ungetaufter Kinder zu einer Salbe vermischt, das Besenreiten durch die Luft ermöglicht.«

»Nicht wahr!« Juanas Augen wurden groß und rund wie Haselnüsse. »Also tatsächlich Hexerei.« Warum, fragte sie sich, wusste er darüber Bescheid?

»Na'am.« Der spöttische Zug um seine Mundwinkel verstärkte sich. »Du wirst sehen«, er trommelte mit den Fingerkuppen auf die Tischplatte, »bald wird der Narkoseschwamm in Vergessenheit geraten. Dann werden Operationen ohne jegliche Anästhesie durchgeführt werden, und das verdanken die Menschen diesen christlichen, nächstenliebenden Männern der Kirche.«

Hamid Abu Bakr Ibn as-Saladin war groß und hager, und obwohl er hässlich war, verehrte ihn Juana, betete ihn an und hing an seinen Lippen und an jedem seiner Worte. Er war ihr Lehrer, ihr Vorbild, ihr Idol. Von Beginn an wusste sie um Hamids Vorliebe für junge Knaben, was seiner Anziehungskraft jedoch keinen Abbruch tat. Im Gegenteil. Ihre Verehrung wurde immer götzenhafter. Seiner gefährlich wachsenden Macht über sie wurde sich Juana nicht bewusst. Was der *hakim* sagte, besaß für sie uneingeschränkte Gültigkeit, war wie ein Gesetz, das sie niemals in Zweifel zog.

Nach außen hin lebte der Gelehrte bescheiden und zurückgezogen, und selbst unter der maurischen Bevölkerung war er kaum bekannt. Um kein Aufsehen zu erregen, bewohnte er eine der vielen Villen im abgelegenen Viertel Albaicín. Hier wurde die erste maurische Festung Granadas errichtet, und hierhin flüchteten die Mauren nach der Eroberung der Stadt durch die Christen. Seine Gassen waren von weißen Häusern und langen Mauern gesäumt, und hinter einer solchen hohen und weiß getünchten Mauer in der Nähe der *banõs árabes* verbargen sich der Garten und die Villa des Arztes.

Als junger *hakim* war Hamid Abu Bakr in angesehenen Herrschaftshäusern maurischer, jüdischer und christlicher Familien ein und aus gegangen, er mit jüdischen und arabischen Gelehrten – Astronomen, Mathematikern, Ärzten und Alchimisten – über die *medrese* Granadas in Verbindung gestanden. Ebendort blühte die maurisch-jüdische Wissenschaft, fand der kulturelle Austausch arabischer und jüdischer Traditionen statt. Kurz bevor der letzte Maurenkönig Boabdil den Katholischen Königen nach langer Belagerung die Schlüssel der Stadt übergab, war ihr hoffnungsvollster Jungmediziner von seinem Lehrer in die Alhambra mitgenommen und dort eingeführt worden.

Nach der christlichen Eroberung wurde die *medrese* geschlossen, und die Juden wurden vertrieben. Der *hakim* zog sich aus dem öffentlichen Leben zurück und gab vor, sich nur noch auf seine neue große Leidenschaft, die Parfümherstellung, zu konzentrieren. Mit der Destillation schwieriger Stoffe gelang es ihm auch schon bald, sich einen hervorragenden Namen auf diesem Gebiet zu machen. Dennoch fuhr er fort, in seinem Labor nicht nur Parfüms herzustellen. Wissbegierig und draufgängerisch, wie er war, hatte er sich in jungen Jahren nicht nur an toten Tieren versucht. Als Student schon lebte er in ständiger Gefahr, aufgedeckt zu werden, verstieß er doch gegen sämtliche islamische Vorschriften, denen zufolge das Öffnen von Leichen absolut verboten war. Später dann, im christlichen Granada, war es für ihn nicht weniger gefährlich. Die Inquisition sah in allem Teufelswerk und war hinter jedem Gelehrten her, dem nur die Fama eines Alchimisten anhaftete.

War der aus einer orthodoxen islamischen Familie stammende Maure zunächst praktizierender Moslem, so wurde er im Laufe seines Medizinstudiums zum Fanatiker, der einzig und allein von dem Wunsch besessen war, mehr über den menschlichen Körper zu erfahren. Mit Mohammeds Lehre war das irgendwann nicht mehr vereinbar, und so distanzierte er sich mit den Jahren immer weiter von ihr.

Nie hatte er Probleme damit, dass in anderen Teilen des riesigen Reiches für alle blutigen Eingriffe die in weitaus größerer Zahl vorhandenen Wundärzte, Bader, Barbiere und Chirurgen zuständig waren, da Operationen für christliche Ärzte schon vor Jahrhunderten verboten worden waren. Ja, er hatte sogar gehört, dass vor wenigen Jahren ein Arzt in Hamburg öffentlich verbrannt worden sein sollte, weil er sich als Geburtshelfer hergegeben hatte.

Nach dieser Begegnung mit der Zigeunerin, die ihm Rätsel aufgab, entdeckte auch der Gelehrte bei sich ein ungewöhnliches

Interesse. Dass das Mädchen weder lesen noch schreiben konnte und auch von der Medizin nichts verstand, beeinflusste seine Beurteilung wenig und stand in krassem Gegensatz zu ihrer schnellen Auffassung, ihrem Gespür und ihrem Erkennen von Gefahren. Sie besaß Kräuterwissen, wie er anerkennend bemerkte, und war keine dieser christlichen Betschwestern, die tatsächlich glaubten, mit ihren abergläubischen Reimen eine leichtere Geburt herbeibeten zu können. Dennoch dauerte es eine ganze Weile, bis er ihr vertraute und erlaubte, seine heiligsten Räumlichkeiten zu betreten: das Laboratorium, das Gift- und Medikamentendepot und den Sezierraum.

»Ich hab da was, das dich ganz bestimmt interessieren wird«, murmelte Hamid eines Tages, an einem wuchtigen Schloss am Ende der Kellertreppe hantierend. Knarrend öffnete sich die mit Eisenbändern beschlagene Tür. Als der schwere Flügel hinter ihnen wieder ins Schloss fiel, stieg für einen Moment ein beklemmendes Gefühl in Juana hoch. Niemand weiß, dass ich hier bin, schoss es ihr durch den Kopf. Niemand kommt je da herunter …

Juana sah sich um. Überall standen auf langen Arbeitstischen Glasphiolen, kupferne Kännchen, Steinguttöpfe, Flaschen und Filtertücher, die ein heilloses Durcheinander stifteten. Von einer kleinen steinernen Feuerstelle stieg Rauch zu den verrußten Deckenbalken auf. Es roch nach Sulfur und Natron. Juana rümpfte die Nase. Da hallte in dem großen Kellergewölbe die tiefe Stimme des *hakim*.

»Komm!«, sagte er knapp.

In einer angrenzenden Kammer nahm er ein Tuch von einem Ständer, der sich als ein natürliches Gerippe entpuppte. Es hatte in etwa dieselbe Größe wie sie. Er nickte zu einem anderen verhüllten Gebilde und zog ebenfalls das Tuch ab. »Sieh her, das ist was für dich. Ich hab die beiden aus der *medrese* gerettet, bevor sie geschlossen wurde.

Als Juana den auf einem Tischchen befestigten knöchernen Unterkörper einer Frau sah, wäre sie beinahe in Entzücken ausgebrochen. Das Modell, von dem die Wirbelsäule, das Becken und die halben Oberschenkelknochen vorhanden waren, war innen und außen kunstvoll mit Leder bezogen und besaß einen ledernen, aufklappbaren Uterus, worin sich eine Puppe in naturgetreuer Nachbildung eines Neugeborenen befand.

»Du kannst nach Lust und Laune probieren«, forderte Hamid sie auf und zog sich zurück.

Eine Weile war Juana nur damit beschäftigt, die Stoffpuppe in allen möglichen Stellungen von unten durch die lederne Vagina zu ziehen. Sarah hat wohl Glück gehabt, freute sie sich erneut, als ihr bewusst wurde, wie wenig Spielraum so ein Köpfchen im mütterlichen Becken wirklich hat.

»Willst du es mitnehmen?«

»Oh, *sayyid*!« Juana wandte sich erschrocken um. »Ich weiß Euer Angebot durchaus zu schätzen, Herr«, erklärte sie schnell, »aber ich denke, hier ist es besser aufgehoben. Es ist bestimmt sehr wertvoll. Das kann nur ein … Künstler fertig gebracht haben.«

»Sagen wir, es ist eine Rarität. Aber wenn es dir nützt – ich hab keine Verwendung dafür. Sieh mal, auch das sind Raritäten aus der Universität.« Er öffnete einen hohen Schrank mit vielen Regalen. »Seltene anatomische Präparate.« Mit unergründlicher Miene beobachtete er die Zigeunerin, wie sie die in Weingeist eingelegten Feten, Embryos, Gebärmütter, aber auch Augen, Herzen und Nieren bestaunte.

Neben seinen eigenen privaten Studien und Experimenten verschlang Hamid sämtliche Schriften anerkannter Mediziner, von den Griechen über die Römer, die schon Jahrhunderte zuvor ins Arabische übersetzt worden waren. So kam es, dass sich der junge Medikus schon bald als Nachfolger zweier bedeutender arabischer Ärzte sah, denen er nacheiferte: Abul Kasim Chalaf Ibn Abbas as Sahrawi, im Westen als Abulkasis bekannt, und Abd al Lativ.

»Der hat, soviel ich weiß«, erklärte er Juana eines Tages, als sie ihn wieder in sein Laboratorium hinabbegleitete, »als einziger arabischer Mediziner menschliche Skelette untersucht und dabei Galen einige Irrtümer nachgewiesen – wie ich selbst übrigens auch.« Er sagte dies ohne jede falsche Bescheidenheit. »Du musst wissen, Juana, dass die Anatomie an den islamischen Fakultäten in allen Zügen Galen folgt, da selbständige Forschungen eben aus religiösen Gründen verpönt sind. Schau!« Er zeigte auf eine präparierte Hand in einem Glas. Auf dem Boden eines anderen Glases schwamm ein nackter Augapfel, der sie mit gläsernem Blick anstarrte.

»Ein Haiauge.«

»Oh …«

»Sieh mal«, gab der Gelehrte Juana gegenüber unumwunden zu, »die medizinischen Kenntnisse der Araber beruhen im Wesentlichen auf griechischen beziehungsweise byzantinischen Quellen – Hippokrates, Aristoteles und eben Galen. Die große Errungenschaft der arabischen Ärzte sehe ich vor allem in der Pflanzen- und Augenheilkunde, der Hygiene und der Ernährung. Aber auch in der Chirurgie.«

»Der Chirurgie, *'Ustad*?« Hatte er nicht eben gesagt, die Religion verbot jegliche Eingriffe?

Hamid nickte. »Ja, der Chirurgie.« Er schwieg und warf der jungen Frau einen langen Blick zu. »Wie überall«, sagte er leise, »bedarf es oft nur einiger weniger guter Männer, um etwas zu bewirken, *gitana*. Manchmal sogar nur *eines* hervorragenden Mannes.« Er räusperte sich. »Leider besitze ich das dreißigbändige Chirurgielehrbuch des Abulkasis nicht vollständig – es ist bis zum heutigen Tage das bedeutendste und umfangreichste Werk auf diesem Gebiet. Der Mann behandelte sogar die in meiner Kultur so sträflich tabuisierte Geburtshilfe und Frauenheilkunde – stell dir das einmal vor!« Das schmale, knochige Gesicht wirkte geradezu heiter. »Übrigens war er Maure, so wie ich. Er lebte zur Blütezeit Córdobas in jener Stadt.«

»Oh«, hauchte sie und senkte den Blick. Wann war die Blütezeit jener Stadt? Sie wusste es nicht. Was wusste sie überhaupt? Jedes Mal, wenn solche oder ähnliche Gedanken sie zu entmutigen drohten, sagte sie sich, dass der *hakim* einen Grund haben musste, gerade sie als Schülerin zu unterrichten. Welchen, interessierte sie nicht. Sie wollte lernen, von ihm wie von seinen Vorbildern und Lehrmeistern. Aus seinen schlauen Büchern, aber auch aus seinen Aufzeichnungen und Entdeckungen – einfach nur lernen, lernen, lernen.

Als sie ein Glas mit einem wenige Wochen alten Embryo mit nachdenklichem Blick gegen das Licht hielt, sah Hamid auf und erkundigte sich: »Was habt ihr in eurem Volk für abtreibungsfördernde Mischungen, *talibt-i*, die von Generation zu Generation weitergegeben werden?« Sein Interesse klang echt.

»Da muss ich Euch enttäuschen, *sayyid*«, lachte Juana. »Bei uns wird kein Kind abgetrieben. Nur wenn ein Krüppel zur Welt kommt, wird er getötet.«

»Und bei Schwachsinn? Der ist nicht sofort sichtbar.«

Juana zuckte eine Schulter. »Dann eben später. Wir dulden keine Behinderungen … Wir waren immer ein Nomadenvolk, vielleicht deshalb.« Dann lächelte sie verschmitzt und flüsterte: »*Sayyid*, wir töten bisweilen sogar den Ehemann, wenn er nichts taugt und keine Kinder zeugen kann.«

»Bei allen Tugenden Mohammeds, das ist ja … ungeheuerlich! Allah, der Barmherzige, stehe uns Männern bei!« Den Kopf schüttelnd widmete er sich wieder dem vor sich liegenden Buch. Die Neuigkeit hatte er schnell vergessen, und bedächtig strich er über die aufgeschlagene Seite.

Juana warf einen Blick darauf. »*'Ustad*, mir ist das Mutterkorn bekannt und vom Namen her auch der Sadebaum. Den kennt wohl jede Kräuterhexe«, sie machte eine geringschätzige Miene, »obwohl ich ihn noch nie verwendet habe.«

»Gut. Sprechen wir über diese beiden für eine Hebamme besonders hilfreichen und – bei falscher Dosierung – zugleich lebensgefährlichen Abtreibungsmittel. Die Wirkung von Mutterkorn kennst du also. Destilliertes Sevenbaumwasser, wie der Volksmund den Sadebaum oder die Jungfernpalme nennt, ist keinesfalls harmloser, aber unbedingt Arsenikgemischen oder Schwefelsäure vorzuziehen, wie sie manche Scharlatane verwenden. Hörst du? Damit bringst du nämlich die Mutter gleich mit ins Grab.«

»Sayyid …«

»Ja?« Hamid hob den Blick und sah, wie ernst es war.

»Ich bin Hebamme und keine Engelmacherin, *sayyid.* Wenn es über die beiden Mittel noch etwas geben sollte, was ich nicht weiß, so will ich es gern erfahren. Doch ich werde sie nur anwenden, um gefährliche Nachblutungen zu stillen.«

»Wie du meinst. Aber du kannst deine Meinung ändern.«

»Warum sollte ich?«

»*'Idan*, für Gold zum Beispiel. Gold war schon immer ein gutes Argument für alles Mögliche. Vor allem für Sauereien.«

»Dann seht Ihr das auch so?«

»Ich, meine kleine *talibt-i*, bin Wissenschaftler, und als solcher handle ich wertfrei. Außerdem, als Arzt und Gelehrter interessiert mich jeder Fall.« Hamid senkte seine Stimme. »Im Unterschied zu dir hab ich keine Skrupel, Juana.«

Zwei hübsche schlanke Knaben, der eine hellhäutig, blond und blauäugig, der andere schwarz wie die Nacht, wohnten in Hamids Haus, sorgten für sein Wohlbefinden und erfüllten ihm alle erdenklichen Wünsche. Eine taubstumme Köchin, eine Wäscherin und eine Frau, die sich um die Einkäufe kümmerte, hatte er als Zugehfrauen behalten, und im Nebengebäude versorgte ein alter Stallknecht seine zwei prächtigen Araber, die Kaninchen, Hühner und die Zibetkatzen. Keiner der Knaben, die er alle drei, vier Jahre austauschte, war je in das sorgsam abgeschlossene Kellergewölbe hinabgestiegen. Mit dieser Umsicht konnte der *hakim* über die Jahre seine Arbeiten und Studien unbehelligt fortführen.

Als man ihn zu der Geburt in seiner unmittelbaren Nachbarschaft rufen ließ, hatte er einzig und alleine deswegen eingewilligt, weil ihn der Fall interessierte und er dabei nichts zu verlieren hatte. Als Arzt und Alchimist aus Leidenschaft war er dankbar für jede neue Möglichkeit, zu experimentieren und seine Erkenntnisse umzusetzen. Die Menschen, die er behandelte, bedeuteten ihm dabei herzlich wenig. Dank seiner exklusiven Parfüms, der wohlhabenden Mauren und Morisken unter seinen wenigen Patienten und der Ausnutzung der schwefelhaltigen, ehemals römischen Heilquelle in Alhama de Granada, an der er geschäftlich beteiligt war, konnte er sich einen gar nicht so bescheidenen Luxus leisten.

Obwohl die Zigeunerin weder lesen noch schreiben konnte, wurde sie Hamids gelehrige Schülerin. Bald regte sich in Juana jedoch der Wunsch, all das erworbene Wissen irgendwie festzuhalten. Ein alter Moriske, der einstige Verwalter in der *medrese* von Granada, dessen Enkelin sie entbunden hatte, brachte ihr fortan in vielen mühsamen Stunden die arabische Schrift bei. Mit dem Schreiben verbesserte sich auch ihre Ausdrucksweise, kannte sie doch wie ihre Mitbrüder nur das Gassenarabisch der unteren Schichten. Juana war somit das einzige Mitglied ihres Stammes, das lesen und schreiben konnte.

Eines Tages überraschte sie den Gelehrten in seinem unterirdischen Refugium mit einer Kostprobe. Der *hakim* hatte gerade die magenregulierenden und harntreibenden Eigenschaften eines Krauts aufgezählt, das die Araber unter dem Namen »talkh-chakok« kannten, was so viel wie »bittere Wurzel« bedeutete, als er in der Haltung seiner Schülerin eine ungewöhnliche Spannung wahrzunehmen glaubte. Während er ihr verriet, dass diese in den Schriften der Salerner Schule *dens leonis* – Löwenzahn – genannte Pflanze früher den Namen Mönchskopf getragen hatte, weil die Blütenkörbchen nach dem Verwelken eine Ähnlichkeit mit dem kahl geschorenen Kopf eines Mönchs hatten, malte Juana »talkh-chakok« in grazilen arabischen Buchstaben auf ein vor ihnen liegendes Blatt Papier. Hamid war sprachlos.

Er starrte auf das weiße Blatt Papier und flüsterte: »*›Talkh-chakok‹* – bittere Wurzel …« Alle Achtung! Seine kleine Freundin war nicht nur unterhaltend und spontan, sie verhielt sich auch noch loyal ihm gegenüber und erlernte die arabische und nicht die nun offizielle lateinische Schrift!

Juanas erwartungsvolle Haltung entging ihm keineswegs. Langsam ließ er die Pflanzenfibel sinken, sah sie an und lächelte. Zum ersten Mal erreichte sein Lächeln die schwarzen Augen. Hamid Abu Bakr, der sich im Allgemeinen wenig aus seinen

Mitmenschen machte, war gerührt. Um seine Gefühle zu verbergen, lenkte er ab. »Gefallen dir solche Geschichten, *taliba*?« Als sie nickte, sah er kurz ein Leuchten in den ungewöhnlich grünen Augen.

»Davon gibt es viele«, meinte er. »Da man sich Einstudiertes besser merkt, wenn man es mit einer Geschichte verbinden kann, werde ich dir noch von anderen Heilkräutern erzählen. Die Mariendistel zum Beispiel: Einer Legende nach wuchs die Pflanze zum ersten Mal an jener Stelle, wo die Jungfrau Maria einige Tropfen Milch zu Boden fallen ließ. Die Ärzte der Antike gebrauchten sie vor allem als Brechmittel, während ich gute Erfahrungen bei Gelbsucht und Seitenstechen machen konnte, was darauf hinweist, dass sie auf Leber und Galle wirkt …«

Ab diesem Tag nahm der Arzt die Hebamme mit zu seinen Patienten. Nach den Besuchen oder Behandlungen besprachen sie die Fälle in seinem Haus, unterhielten sich und tranken Tee. Stets hielt der bauchige silberne Samowar Wasser am Kochen. Jedes Mal, wenn Juana über die Schwelle trat, versetzte sie der großräumige Salon voll erlesener Kostbarkeiten in das Märchen aus Tausendundeiner Nacht. In sämtlichen Rotschattierungen leuchteten golddurchwirkte Seidenkissen über karmesinroten Teppichen, auf Mobiliar und Ebenholztischchen blitzten hochpolierte Messingschalen, Leuchter und vergoldeter Nippes. An den Wänden hingen mit Reliefs verzierte, bemalte und vergoldete Lederarbeiten neben kostbar bestickten, gefütterten Seidengobelins, die an manch empfindlich kalten Wintertagen die Wände isolierten. Anfangs dachte Juana in der Fülle dieser Herrlichkeiten zu ersticken, doch mit der Zeit fühlte sie sich immer wohler. Zu wohl vielleicht, wenn sie an den Hass ihrer Mitbrüder den *gadschos* gegenüber dachte oder an die Stimmen, die im Lager schon laut wurden. Hier, innerhalb dieser Mauern, existierte eine andere Welt, zu der sie nun wundersamerweise Zugang hatte, und niemals empfand sie krasser den Unterschied zwischen dem Wohnsitz eines *payos* und ihrer bescheidenen Behausung.

Das erste Mal, als sie zum Tee blieb, bedeutete ihr der *hakim*, dass ihr ein arabisches Haus, in dem ihr Tee gereicht wurde, immer offen stand. Die beiden saßen mit untergeschlagenen Beinen auf Medaillonteppichen mit dicken seidenen Kissen im Rücken, und der junge schwarze Diener bereitete den Tee. Auf einer Kupferplatte vor ihm auf dem Boden stand der silberne Samowar, in den er aus einem kleinen Kohlenbecken glühende Holzkohle nachlegte. Ab und zu blies er in den Hals des Samowars, um das Feuer im Inneren anzufachen, bis das Wasser kochte. Aus einem Porzellanbehälter füllte er Teeblätter in ein silbernes Kännchen, goss von dem kochenden Wasser darauf und stellte es auf den Samowar, um den Tee ziehen zu lassen. Währenddessen spülte er in einer Schale die kleinen Teegläser und Silberlöffelchen und trocknete sie sorgsam ab. In die Gläser füllte er ein Drittel Zucker, ein weiteres Drittel Teesud und zuletzt ein Drittel kochendes Wasser. Dann tat er sie auf ein Tablett und stellte dieses zwischen seinem Herrn und dessen Besucherin auf den Boden.

Auch während ihrer gemeinsamen Teestunden dozierte der Gelehrte, und Juana hing an seinen Lippen. Nur selten geschah es, dass er ins Philosophische oder Politische abglitt. Oft nahm er in diesen Unterrichtsstunden eines der Lehrbücher aus seiner Bibliothek zur Hand, las Juana vor und machte ihr den Text anhand der Abbildungen verständlich. Neben Avicenna schätzte er vor allem die Handbücher des persischen Arztes und Philosophen Muhammad Ibn Sakarijja ar Rasi.

»Hier kennt man ihn unter dem Namen Rhazes«, erläuterte er, als er das erste Mal in einem der schmalen Bände des Persers blätterte. Ein flüchtiger Blick bestätigte ihm, dass sie ohnehin noch nie von ihm gehört hatte. »Viele seiner Handbücher sind ins Lateinische übersetzt worden, musst du wissen.« Aber musste sie das wirklich? Während er in seinem Buch etwas suchte, beobachtete er unter gesenkten Lidern die attraktive Frau, wie sie mit dem Zeigefinger dem Birnenmuster und den stilisierten Vögeln auf dem Teppich nachfuhr.

»Nachtigallen«, sagte er. »Sie sind bei uns das Symbol des Friedens.«

»Ah ja.« Sie nickte.

Immer noch hatte er Probleme damit, in den Zigeunern mehr zu sehen als schmutzige, nichtsnutzige Schmarotzer. Allesamt barfüßige Analphabeten, dachte er bei sich, ohne eine Miene zu verziehen. So überkamen ihn viele Male Zweifel, auch wenn er seine kleine Freundin überaus schätzte und um das christliche Blut in ihren Adern Bescheid wusste. Einzig ihre Schlagfertigkeit und schnelle Auffassungsgabe rechtfertigten, dass er sie als seine Schülerin ausbildete. Und seine gefährliche Neigung, ja Leidenschaft, mit den Menschen zu spielen …

Genoss Juana auch die gemeinsamen Teestunden, so waren sie doch nichts im Vergleich zu den Gelegenheiten, mit Hamid in seine heiligen Gefilde hinabzusteigen. Unermüdlich sog sie alles in sich hinein, was aus seinem Munde kam, und der Gelehrte wurde nicht müde, sein medizinisches Wissen an seine Schülerin weiterzugeben. So erwarb sie sich mit der Zeit profunde Kenntnisse über den menschlichen Körper, einschließlich der arabischen Bezeichnungen der Anatomie. Sie lernte Interessantes über die Krankheiten, die ihnen gemeinsam im Laufe dieser Zeit unterkamen, und auch deren Behandlung. Das Harnglas galt als das Attribut des gelehrten Arztes, und auch Juana gab es bald Aufschluss über die Zusammensetzung der Körpersäfte aufgrund von Färbung, Trübung und Konzentration des Urins. Aber vieles, was den beiden in jenen Jahren begegnete, konnte auch der *hakim* nicht erkennen, geschweige denn heilen. Dann riefen sie Mara.

Es dauerte geraume Zeit, bis der Gelehrte akzeptierte, dass es neben seiner wissenschaftlichen Betrachtung der Welt Bereiche gab, die er mit seiner menschlichen Intelligenz, seinem rationalen Geist nicht verstehen konnte – einfach weil sie nicht zu verstehen waren. Schließlich unterwarf auch er sich nach langem Zögern dem alten Grundsatz: Wer heilt, hat Recht. Ja, auf eigenartige Weise bewunderte er sogar Maras spontanes Vorgehen, auch wenn es oft keine Heilung, sondern nur eine Linderung der Beschwerden herbeiführte. Dabei arbeitete Juanas Großmutter ausschließlich mit Handauflegen, dem zuvor ein Abtasten, Streichen und Massieren vorausging, wobei ihr beschwörende Formeln zu höchster Konzentration verhalfen.

Durch und durch Rationalist und ohne etwas von Magnetismus und dergleichen zu verstehen, musste der *hakim* der Zigeunerin nach einigen Demonstrationen ihrer Kunst Energien zugestehen, die er mit nichts erklären konnte. Merkwürdigerweise fühlte sie sich oft stundenlang nach einer Behandlung leer und kraftlos. Weil sich Maras Kräfte mit der Zeit verbrauchten, begann sie, sie sorgsam zu hüten. Die wenigen Male aber, bei denen die Zigeunerheilerin zu aussichtslos scheinenden Fällen hinzugezogen wurde, hatte Hamid sie reichlich entlohnt.

In jenen Jahren sammelte Juana viele Pesos, Reales und Ducados, die sie nach alter Zigeunermanier an ihren Bolero und an ihr um Schultern oder Taille geschlungenes Kopftuch nähte. Die von Hamid vermittelten Geburten bei den vornehmen maurischen Familien leitete die *qabila* allein, war es doch für einen *hakim* verpönt, die Frauengemächer auch nur zu betreten. Diese Entbindungen waren ein einträgliches Geschäft für Juana. Begleitete sie ihn aber zu einem seiner Patienten, bei dessen Behandlung er sie als seine Schülerin unterwies und auch als solche ausgab, ging sie leer aus. Dann umgab ihn stets die Aura der Unnahbarkeit.

Doch Juana lernte nicht nur am Krankenbett oder aus den Büchern. Ungeachtet mehrerer Apotheken in der Stadt unterwies der Hakim sie auch in der Herstellung verschiedenster Medikamente, ja selbst in der Pflanzenkunde und in der Gewinnung manch wichtiger Rohstoffe, die er zu Salben, Pasten, Pulvern, Lösungen, Pastillen und Kaumassen verarbeitete.

»Die Heilpflanzen«, sagte er und deutete auf ein Büschel Alant, den er die *Lacrimae Helenae*, die Tränen Helenas, bezeichnete, »liefert mir ein Kräuterweiblein, das über dem Albaicín einen großen Kräutergarten für mich bestellt. Du solltest sie mal besuchen. Die Alte weiß viel und ist recht unterhaltsam.«

Doch Juana nahm sich nicht die Zeit für einen Besuch.

Im Laboratorium des Alchimisten erfuhr sie viel von dem,

was dem *hakim* von der Galenik bekannt war, und lernte zahlreiche galenische Tinkturen kennen.

»Du musst wissen, *talibt-i*«, erklärte er ihr eines Tages, »dass ich immer noch auf der Suche nach dem Silphion bin.«

»Ich kenne diesen Stoff nicht, *'Ustad*«, gab Juana offen zu, während sie das Gift aus den Drüsen einer Viper absaugte.

»*'Idan*«, Hamid sah auf. In den schwarzen Augen tanzten die Flammen mehrerer Öllämpchen. »Das sagenhafte Silphion des Altertums war ein unbezahlbares Universalmittel in jener Zeit. Der Raubbau an dieser Pflanze, die in der Kyrenaika in Nordafrika wuchs, hat sie schließlich ausgerottet ...« Gedankenverloren murmelte er: »Bei Allah, ich möchte solch eine Panazee finden.«

Hamids dunkle Lederhaut war in tiefe Falten gelegt. Vor sich auf dem Arbeitstisch lag ein kleines Handbuch, in dem er schon einige Zeit studierte. Juana warf ihm aus den Augenwinkeln einen Blick zu. Sie wusste weder, wo die Kyrenaika lag, noch was eine Panazee sein sollte, wagte aber nicht, ihn zu unterbrechen. Wenn der Gelehrte nachdachte oder konzentriert arbeitete, war seine Miene kühl und abweisend.

»Hier«, sagte er nach einer Weile und setzte seinen langen knochigen Zeigefinger auf eine Hieroglyphe. Dann zog er hinter Mörsern und Gießkellen eine bemalte Keramikschale hervor, hob ihren Deckel und hielt sie Juana unter die Nase. Die braune, teigartige Masse roch angenehm.

»Nicht gerade das Kyphi aus dem alten Ägypten, das angeblich Pharaonen in Liebesrausch versetzte, aber vielleicht ebenso effektiv. Ägyptische Frauen sollen die Duftpillen zur Parfümierung ihrer Vagina benutzt haben, und Priester verbrannten das kostbare Parfüm über glühender Holzkohle bei religiösen Tempelriten. Selbst die Ärzte am Nil nutzten es – da siehst du wieder die Verquickung von Parfüm und Medizin ...« Hamid presste seine Lippen aufeinander. »Ich bin noch immer auf der Suche nach seiner Zusammensetzung, die in der Hauptsache aus Zitronengras, Minze, Zimt, Myrtenrinde, Palmwein, Honig, Weihrauch und Myrrhe besteht.« Er deutete auf ein Bord mit einer Reihe weißer, mit eleganten Initialen bemalter Porzellangefäße.

»Die Mixtur muss noch etwas fermentieren, doch daran experimentiere ich noch.«

Aber auch durchaus praktische Dinge wusste der *hakim* seiner kleinen Freundin zu vermitteln. »Wenn du die Salbengrundlage selbst herstellen willst, bereitest du sie besser aus Hirschtalg, Wildschweintalg oder Wildschweinmark zu«, riet er ihr. »Vergiss dein Gänsefett, das wird viel zu schnell ranzig.«

»Aj«, nickte Juana. »Und Dachsfett?« Immerhin war es der Favorit ihrer Großmutter.

»Schon besser.«

Sie lernte, dass man für heiße Packungen am besten Lehm verwendete – wie bei kaltem Rheuma, wenn das Gelenk zwar versteift war und schmerzte, sich aber kalt anfühlte. »Die feine Tonerde«, erklärte er, »wird mit den entsprechenden Zusätzen wie pulverisiertem Geißbart und heißem Wasser vermischt.«

»Und Eschenpulver, *'Ustad*?« Juanas Augen leuchteten erwartungsvoll. Eschenpulver war bei Rheuma das Mittel der Wahl ihrer Großmutter.

»Auch Eschenpulver.« Hamid nickte. »Aber Vorsicht!« Selbstgefällig strich er sich über das dichte, immer noch dunkle Haar. »Bei heißem Rheuma, wenn sich das Gelenk heiß anfühlt und schmerzt, musst du kalte Packungen auflegen. In diesem Fall kannst du fertige Mischungen ansetzen: In eine Grundsubstanz aus Honig und Ölen legst du frische Blüten und Blätter ein, wie etwa die Königskerze in Pinien- und Rosmarinöl.«

Zu einer Zeit, in der ein Großteil der armen Bevölkerung unter Rheuma litt und viele der Reichen unter Gicht, war das Wissen um solche Medizin Gold wert.

Wenn Juana anfänglich vor allem von der Geburtshilfe angetan war, so gelang es dem *hakim* bald, ihr Interesse für die gesamte Medizin – einschließlich ihrer Randgebiete – zu wecken. Immer wieder streiften sie das Gebiet der Alchimie, und die Zigeunerin lernte mit Giften ebenso umzugehen wie mit ätherischen Ölen, die er aus allen möglichen Stoffen destillierte. Schließlich weihte er sie auch in die Parfümherstellung ein, die mittlerweile zu seiner Haupteinnahmequelle geworden war.

Als Juana das Prinzip der Destillation kennen lernte und viele neue für die Parfümherstellung wichtige Substanzen wie ätherische Öle und Balsame, staunte sie nicht wenig zu hören, woher manche dieser Stoffe stammten.

»Storax«, sagte der *hakim*, »ist ein aromatisch riechendes Balsamharz, das aus dem kleinen orientalischen Amberbaum durch Einschneiden der Rinde gewonnen wird. Ambra dagegen stammt aus dem Darm des Pottwals.«

»Igitt!« Juana verzog das Gesicht.

»Keine Angst, es riecht angenehm. Ich verwende es überdies als Anregungsmittel. Als Öl wird Ambra häufig in die Netze von Fischern geschwemmt.« Und wie nebenbei bemerkte er: »Die Araber waren die Ersten, *taliba*, die den anregenden Duft der Ambra ebenso erkannten wie ihre Eigenschaft als Fixiermittel von Parfüms.«

Wie konnte es auch anders sein, dachte Juana und lächelte. Es bedurfte keiner besonderen Gabe, um zu erkennen, dass der Maure zu seinem Blute stand.

»Das Dumme ist nur, es ist selten und deshalb teuer. Darum verwende ich das Sekret der Zibetkatze.« Er maß sie mit einem kurzen Blick. »Ihr Sexualsekret.«

Juana lächelte schief.

»Komm, ich zeig sie dir!«

In einem Teil des Nebengebäudes, den er zu einem großen Käfig hatte umbauen lassen, hielt der *hakim* zwei der nachtaktiven Katzen mit dem gelblich gefleckten Fell. Als Juana den Stall betrat, schlug ihr ein scharfer Geruch entgegen.

»Gott!«, lästerte sie. Ihr taten die beiden Araberhengste Leid, die tagein, tagaus diesem penetranten Gestank ausgesetzt waren.

»Hier handelt es sich natürlich um ein Pärchen.« Hamid warf ihr einen kurzen Blick zu. »Das Drüsensekret kann aber von beiden Katzen abgenommen werden, zweimal in der Woche. Es hat gute fixierende Eigenschaften. Obwohl die Substanz einen zugegeben ekelerregenden Geruch verströmt, nimmt sie nach der Vermischung mit anderen aromatischen Essenzen einen ausgeprägten Wohlgeruch an.«

»Ja?«

»Na'am.« Auf ihren zweifelnden Blick hin nickte er. »Glaub es einfach.«

Juana und Hamid kannten sich fast zwei Jahre, als ihr der Alchimist die Kunst der Destillation zum ersten Mal vorführte. Mit beinahe kindlicher Faszination bestaunte sie dieses Schauspiel. Ehrfürchtig berührte sie das zerbrechlich wirkende, verschlungene gläserne Gebilde, das am Ende verschiedene Flüssigkeiten ausspuckte, die sich nicht vermischten. Das war für sie Hexerei. Als sie ihren Finger andächtig in das ätherische Öl im Auffanggefäß tauchte und daran schnupperte, rümpfte sie die Nase. »Oh, ist das intensiv!«

Hamid lächelte: »Da genügt ein einziger Tropfen. Aber sieh mal in den Alambic, wie viel von der Pflanze notwendig ist, um einige wenige Tropfen Essenz zu gewinnen.«

In das Gefäß spähend, in dem die Pflanzen erhitzt wurden, sah Juana, dass es gut zur Hälfte mit dem Rosmarin gefüllt war. Im gesamten Kellergewölbe roch es stärker nach den aromatischen Nadeln als in freier Natur unter einem blühenden Rosmarinstrauch.

»Manche Pflanzen sind noch undankbarer«, versicherte Hamid. »Um ein Kilogramm ätherisches Lavendelöl herzustellen, benötigt man hundertsechzig Kilogramm Lavendel …«

»Hundertsechzig Kilo …«

»Genau.«

»Meine Güte! Eine Wagenladung voll!« Juana warf den Kopf in den Nacken. »Sind da Öle mit angesetzten Pflanzen nicht sparsamer und sinnvoller, *'Ustad*? Wie die Jasminblüten und die Rosenblätter, die man seit ewigen Zeiten in Öl einlegt!«

Amüsiert zog Hamid eine buschige Braue hoch. »Ja und nein«, gestand er und legte den Kopf leicht schief. »Siehst du, ich als Parfümhersteller müsste diese Methode der Essenzgewinnung natürlich mit Händen und Füßen verteidigen – der Zweck heiligt ja die Mittel. *'Idan*, ich bemühe mich objektiv zu sein. In Wahrheit geht es doch darum, dass derjenige, der es sich leisten kann, immer verschwendet. Es ist jedoch so, dass die ätherischen Öle, die in winzigen Glasphiolen aufbewahrt und in kleinsten Mengen angewendet werden, vielfach auch in der Medizin eingesetzt werden können. Sie haben nicht nur den Duft, sondern auch die Gerbstoffe und andere Wirksubstanzen der Pflanze gespeichert.« Wenn er von seinen Drogen und Arzneien sprach, wurde sein Tonfall eindringlich, fast beschwörend.

»Das ist ja phantastisch!«, rief Juana. Sie war immer schnell zu begeistern. Auch das schätzte er an ihr. »Aber wie ist das möglich, *'Ustad*?«

»Der Wasserdampf«, erklärte Hamid feierlich, »kann den Pflanzen Öltröpfchen entreißen und sie nach oben tragen. Hier in diesem Rohr wird er aufgefangen.« Er setzte einen Finger auf die grazile Schlange aus Glas. »Die Röhre leitet das Destillat in das Auffanggefäß. Dort findet sich Wasser, auf dessen Oberfläche das leichtere Öl schwimmt, das abgeschöpft wird.«

»Ha, das scheint ja gar nicht so kompliziert zu sein!«, freute sich Juana. Sie wusste natürlich, dass Öl auf Wasser schwamm, das war beim Kochen nicht anders.

Der Araber schüttelte den Kopf. »Das Destillieren ist eine Kunst, die jahrelange Erfahrung fordert, *talibt-i*. Druck, Temperatur und Zeit müssen genau auf das spezifische Öl abgestimmt sein.«

Doch Juana zuckte nur die Schulter.

»Hm«, meinte Hamid nachdenklich. »Ich experimentiere schon sehr lange und ich hab eigens dazu in Venedig diese Glasgefäße anfertigen lassen.« Seine Stimme war ohne falsche Bescheidenheit, als er fast flüsternd sagte: »Es gibt nicht viele Männer, die das Destillieren beherrschen – Allah ist mein Zeuge. Von denen wiederum besitzen nur wenige das Gespür – oder besser den Instinkt – für die richtigen Kompositionen. Deshalb sind meine Parfüms so begehrt und letztendlich so kostspielig.«

»Oh, *sayyid*, ich wusste nicht …« Sie hatte etwas einwenden wollen, schloss aber den Mund.

»Übrigens waren es meine Vorfahren, arabische Alchimisten,

die die Kunst des Destillierens vor Generationen nach Spanien gebracht haben.«

Wieder einmal, dachte Juana. Aber sie hatte keinen Grund, ihm das nicht zu glauben. Die Araber mussten wirklich ein verdammt schlaues Volk sein.

Ein Anflug von Lächeln huschte über Hamid Abu Bakrs ansonsten unbewegtes Gesicht. Er trieb ein teuflisches Spiel mit dieser Zigeunerin, die er so leicht in Staunen versetzen konnte. Und es kostete ihn wenig. Mit etwas Wissen, das er ihr gönnerhaft zukommen ließ, war ihre Arbeitskraft, ihre Spontaneität, ihre Unterhaltsamkeit und letztendlich ihre Nähe zu erkaufen.

Das erste Mal in ihrem Leben hörte Juana von Amalgamen und vom Prinzip der Feuervergoldung, das ihr der Alchimist demonstrierte. Mit der Zeit verbrachte sie immer mehr Stunden in seinem Haus oder in den Villen seiner wohlhabenden Patienten. Dies blieb ihren Mitbrüdern nicht verborgen, und schon bald wurden Stimmen laut, die behaupteten, dass sich das Mädchen, wie schon ihre Großmutter, offensichtlich zu den *gadschos* hingezogen fühlte. Manche tuschelten hinter vorgehaltener Hand über ihre Sonderstellung, andere bemängelten ganz offen, dass sie ihr Haar nicht mit dem Kopftuch zum traditionellen Knoten geknüpft trug, wie es für verheiratete oder verwitwete Frauen Brauch war. Doch Juana teilte weder deren vernichtendes Vorurteil gegen sämtliche Nichtzigeuner noch ihren unüberwindlichen Hass oder die durch nichts gerechtfertigte Überheblichkeit. Dass sie keinen Dünkel hatte wie so viele *gitanos*, war nicht nur auf Dires' Einfluss zurückzuführen. Unter den Mauren und Morisken, Juden und Marranen – *payos*, die genauso wie ihr Stamm von den Christen bedrängt wurden – begegnete sie guten und schlechten Menschen, wie in ihrem eigenen Volk. Einzig und allein die Christen konnte sie nicht anders als verurteilen, obwohl sie ahnte, dass auch manch ein Christ unter der Kirche und der opportunen Bigotterie ihrer Anhänger litt – einer Kirche, die das eigene Volk knebelte, tyrannisierte und für dumm verkaufte, um es leicht und mühelos zu beherrschen.

Freilich gab es böse Zungen im Klan, die behaupteten, hinter den eifrigen Besuchen an den Krankenbetten der *payos* könnte mehr stecken als medizinisches Interesse. Die Hebamme kam und ging nach Belieben – alleine, ohne die Begleitung ihrer Brüder – und gab niemandem Rechenschaft ab. Ihr Ansehen wuchs mit ihren Erfolgen und diese in dem Maße, in dem sie von dem maurischen Arzt lernte. Dass ihre Fortschritte in der Heilkunde und der Arzneimittelherstellung auch ihrem Volk zugute kamen, wollten ihre verbohrten Mitbrüder nicht sehen.

Von Zeit zu Zeit erstand sie im Basar irgendwelchen Tand, Lakritze für die Kinder, bunte Stoffe für die Frauen. Ihre Brüder durften sich beim Schuster Lederstiefel anmessen lassen, sie kaufte ihnen Zaumzeug mit silbernen Nieten und samtene Pferdedecken, die sie anstelle von Sätteln auflegten. Den Kleinen brachte sie Ledertäschchen, Glasperlen und hölzernes Spielzeug.

Mit ihrer Großmutter legte Juana einen Kräutergarten an, um von den Jahreszeiten unabhängig zu sein, obwohl er manch wild wachsende Heilpflanze nicht ersetzen konnte. Die frischen Pflanzenteile legte sie in Öl oder Essig ein, trocknete sie oder verarbeitete sie weiter zu Salben, Teemischungen und Pulvern. Maras Wissen über Kräuter, das sie sich allmählich angeeignet hatte, konnte sie in diesen Jahren erheblich erweitern, vor allem was die Verarbeitung und Haltbarmachung der Pflanzen anging. Um ihre Experimentierfreudigkeit zu unterstützen, überreichte Hamid ihr eine kleine Kräuterfibel, als er sicher war, dass ihre Lesekünste das Studium einer solchen erlaubten.

Eines Tages sandte der *hakim* seinen blonden Pagen zum Sacro Monte, um die Hebamme umgehend zu einer erkrankten Frau in die Stadt zu bringen.

»Menorrhagie«, flüsterte er seiner Schülerin zu, als er sie im Vestibül der bescheidenen arabischen Villa erwartete. »Nach den Angaben der alten Dienerin leidet ihre nicht mehr junge Herrin seit einiger Zeit unter starken Blutungen. Vor ein paar Stunden stellten sich aber regelrechte Blutstürze ein. Ich verordnete, Mutterkorn, Bleizucker und Schwefelsäure einzunehmen und zugleich äußerlich Kälte anzuwenden.«

»Gut, dann ist ohnehin schon alles getan.«

Hamid legte seine Hand auf ihren Arm. »Juana, mit so starken Blutungen in ihrem Alter ist nicht zu spaßen.«

»Ich weiß. Was schlagt Ihr vor, *sayyid*?«

»Du musst für die nächsten Stunden hier bleiben.« Er räusperte sich. »Einige Kollegen empfehlen, Terpentin in die Uterushöhle zu spritzen ... aber davon halte ich nichts.«

Juana warf ihm einen zweifelnden Blick zu.

»Nun ... wir müssen eine Entzündung der Gebärmutter verhindern. Nach solchen Blutungen wäre sie unweigerlich die Folge.«

»Wenn sie die Blutungen überlebt«, meinte Juana und dachte, dass er wohl vermeiden wollte, eine Frau zwischen den Beinen zu behandeln. »Soll ich es tun?«, fragte sie schlicht.

»Oh, meine kleine *talibt-i*«, Hamid legte den Kopf schief, »wenn ich von der Methode überzeugt wäre, hätte ich dich ohnehin darum gebeten. Nein, wir werden uns was anderes überlegen.«

Als sie am darauf folgenden Tag nach der Patientin sah, hatte wohl das Mutterkorn schon seine Wirkung getan, denn sie blutete nur noch wenig. An diesen ersten Behandlungserfolg schloss sich eine glückliche, wenn auch langsame Genesung an.

Während ihrer gemeinsamen Zeit hatte der *hakim* nicht nur physische Erkrankungen oder Verletzungen zu behandeln, sondern hin und wieder auch psychische Leiden. Eines Tages bat ihn ein reicher Kaufmann, seiner depressiven Tochter eine Medizin zu verschreiben, die ihr das Lachen wiederschenken sollte.

»Gegen Melancholie«, erklärte er Juana auf dem Weg zum Krankenbesuch, »ist die Rose gewachsen. Ich werde dem Kaufmann empfehlen, für seine Tochter im Basar Rosenhonig zu besorgen. Der wird durch Erhitzen von Rosenblättern in Honig bis zur Rotfärbung zubereitet. Ich selbst arbeite schon lange an der Gewinnung von reinem ätherischem Rosenöl, doch das ist ein schwieriges Unterfangen. Zudem benötigt man für eine kleine Glasphiole der Essenz Tausende von Blüten. Gar nicht leicht, die zu beschaffen.«

Juana blickte den Arzt ob dieser Verschwendung fassungslos an. »Für Euer Rosenparfüm?«, fragte sie schließlich, bemüht, einen neutralen Ton anzuschlagen.

»*Na'am*. Aber nicht nur dafür.« Er beobachtete sie aus den Augenwinkeln. Ihr Dilemma zwischen Neugier und Verachtung amüsierte ihn. »Rosenwasser, das man mühelos durch Verdünnung aus der Essenz herstellen kann, eignet sich gut als Träger anderer Duftnoten, sozusagen als Grundstoff. Bis jetzt wurde Rosenöl durch Kochen mit Olivenöl und Rosenessig durch Kochen der Blätter in Essig gewonnen – Letzteres wird unter anderem ja als Einreibmittel gegen Gicht verwendet. Aber weder das Öl noch der Essig eignen sich für die Parfümherstellung. Und die Rose …« Er verlangsamte seinen Schritt, da ihn das gleichzeitige Sprechen anstrengte. Von der Seite her warf er der Zigeunerin einen nachdenklichen Blick zu, den sie nicht zu deuten wusste.

Himmel!, dachte Juana. Wieder war da das alte Gefühl der Unsicherheit.

»Der Rosenduft, *taliba*«, sagte Hamid und blieb stehen, »ist nach wie vor bei Verliebten beliebt, obwohl der Kult der Rose im Abendland vor zwei-, dreihundert Jahren am höchsten stand, als dieses Symbol der Liebe in vielen Spielarten in Schlossparks und Klostergärten verehrt wurde. Damals, musst du wissen, brachte ein französischer Graf von einem Kreuzzug aus dem heiligen Land eine wertvolle Beute mit: eine der gefüllten Rosensorten des Orients. Sie breitete sich bald im ganzen Westen aus und wurde zu einer kostbaren Leidenschaft.«

Ungeduldig hakte Juana ein: »Oh, *sayyid*, darf ich Euch auch was über die Rose erzählen und welchen Stellenwert sie bei uns hat?«

»Aber ja.«

Hamid setzte den Weg fort. Der Himmel war grau und feucht. Feine Nebel stiegen über dem Darro hoch und hüllten die rote Burg auf dem gegenüberliegenden Hügel in milchige Trübe.

Das erste Mal im Laufe ihrer Freundschaft verspürte Juana so etwas wie einen Zwang, ihrem Lehrmeister die Augen zu öffnen. In höflichem, aber sehr bestimmtem Ton ließ sie keinen Zweifel an ihrer Meinung: »Wir *gitanos* verehren dieses Symbol der Liebe der *gadschos* keineswegs, sondern bringen ihr nur Verachtung entgegen, genauso wie der Taube, die für uns die Verkörperung der Grausamkeit ist.« Sie verzog das Gesicht. »Beide sind lieblich anzuschauen, aber sie sind falsch ...«

»So?« Belustigt zogen sich die grauen Brauen nach oben.

Juana ließ sich nicht beirren. »Ja, die Rose ist für uns Nomaden eine misslungene Züchtung, eine widernatürliche Blume, die bloß eine Verstümmelung der wilden Heckenrose darstellt.« Sie war unmerklich lauter geworden. »Unsere *kakus* pflegen im Frühjahr um die Zeit der Tagundnachtgleiche die Stängel von Heckenrosen zu zerkauen und sie in die Gärten der *gadschos* zu spucken, in denen die Rosen, diese wunderbaren Symbole der Lüge, blühen!«

»Oh!« Verwundert angesichts der Worte wie auch des Gefühlsausbruchs seiner jungen Freundin, rieb sich Hamid das Kinn. Dann legte er den Kopf leicht schief. *»'Idan«*, überlegte er laut, »auch das ist eine Betrachtungsweise, eine andere eben. Und die Taube? Für die Christen ist sie das Symbol des Friedens.«

»Oh, *sayyid*, wir Zigeuner lieben die Vögel sehr!« Juana hob beschwörend die Hände. »Die Taube jedoch ist eine traurige Ausnahme, denn sie ist der einzige Vogel, der aus reinem Vergnügen tötet. Sie ist ein stumpfsinniger und höriger Vogel, der keinen Funken Edelmut besitzt, wie ihn der Wolf oder das Huhn haben. Wie sonst ist es möglich, dass gewisse Dressuren, die bei einer Elster oder einer Drossel ein oder zwei Jahre benötigen, bei ihr in ein paar Tagen Erfolg haben? Unser Symbol der Taube ist die Axt, das Zeichen der sinnlosen Zerstörung. Die Axt ist gleichzeitig die Waffe des Scharfrichters wie des Holzfällers, der die Wälder vernichtet.«

»Wie interessant«, murmelte Hamid. »Das wusste ich nicht. Wie dem auch sei, wenn dir die Rose nicht zusagt, verschreiben wir der Kaufmannstochter eine wenn auch nicht so wohlriechende, dafür aber sehr geschätzte Pflanze, die schon im Altertum eine Arznei gegen Melancholie war. Plinius sagte, dass die Wurzel, in Wein eingenommen, die Sinne fröhlich mache, weshalb die Pflanze auch ›Euphrosyne‹ genannt wurde, eine der drei Grazien und Göttin der Freude. Die gemeine Ochsenzunge, wie wir sie nennen …«

»Ich weiß, ich weiß. Die wurde und wird auch als Pestmittel verwendet.«

»So ist es, *taliba*. Du siehst, es handelt sich hierbei um eine sehr viel vermögende Pflanze, die Allah in seiner Weisheit und Güte erschaffen hat. Wenn ich auch fürchte, dass sie in diesem Falle versagen könnte … *'Idan*, falls sie innerlich eingenommen nicht hilft, kann das Mädchen die Wurzel immer noch als Schminke verwenden, denn sie enthält einen kräftigen roten Farbstoff. Das Schminken und Bemalen soll ja beträchtlich die Laune der Frauen heben, hab ich so gehört …«

Juana war Hamids amüsierter Seitenblick keineswegs entgangen, doch bevor sie noch etwas erwidern konnte, deutete er auf ein prächtig geschnitztes Eingangstor.

Auf dem Heimweg sagte er überzeugt: »Das Beste wäre, das Mädchen heiratet bald, so Allah will!«

Juana schnaubte verächtlich. Hamid nahm das zum Anlass, nach ihrem Vorurteil gegen die Ehe zu fragen, denn er wusste nur, dass seine Schülerin unverheiratet war. Daraufhin schilderte sie ihm die kurze Geschichte ihrer noch kürzeren Ehe. Als sie geendet hatte, schlang sie die Arme um ihren Körper. Sie fröstelte, aber das hatte nichts mit der winterlichen Witterung zu tun. Es war das erste Mal, dass sie jemandem von Nono erzählte. Sie blickte gegen Westen. Vereinzelte Sonnenstrahlen stahlen sich im Zwielicht der Abenddämmerung durch die grauen Wolken.

»Oh«, Hamid tat betroffen. »Und nun willst du für den Rest deines Lebens unverheiratet bleiben, *talibt-i*?« Einen neutralen Ton anschlagend, versuchte er, die junge Frau auszuhorchen.

Juana warf ihrem Lehrmeister einen kritischen Blick zu. Bei dem Mauren wusste sie nie, woran sie war. Zwar machte er selten Scherze, andererseits meinte er nicht alles so ernst, wie er es sagte. Seine reservierte und strenge Art, da war sie schon dahinter gekommen, war wohl etwas überzogen, denn wenn er aus sich herausging, konnte er ein geistreicher Fabulierer sein.

Nachdem Juana die anfängliche Angst vor dem Gelehrten verloren hatte, dauerte es noch eine ganze Weile, bis sie auch ihre Scheu vor ihm abgelegt hatte. Während all der Zeit ertappte sie sich das eine oder andere Mal, in Hamid mehr als nur ihren Lehrer und Meister zu sehen. Doch über diesen Mann, den sie so grenzenlos bewunderte, wusste sie nichts. Nichts, außer seiner Vorliebe für Knaben, aus der er in seinem Haus kein Hehl machte, genauso wenig wie aus seiner Vorliebe für das Opiumrauchen, dem er sich im Anschluss an so manche »Unterrichtsstunde« widmete. Sie wusste nicht einmal sein Alter. Aus seinen Erzählungen schloss sie, dass er annähernd so alt sein musste wie Mara. Seine Lippen waren schmal, seine Hakennase scharf und seine Augäpfel stark geädert und gelblich, was aber ebenso wie die hagere Statur eine Folge des Opiumrauchens sein konnte. Doch waren seine Haare voll und beachtlich schwarz, sein Gang fest und seine Haltung aufrecht. Und er hatte schlanke Hände mit langen, wohlgeformten Fingern …

In Wahrheit war der *hakim*, dessen Alter nicht wirklich eine Rolle für sie spielte, der interessanteste Mann, dem Juana je begegnet war. Bis sie sich dies eingestand, verging einige Zeit. Ein Mann, sagte sie sich schließlich, der mehr aus Wissen und Geist bestand als aus Materie, hatte kein Alter.

In den Jahren ihrer Freundschaft hatte sie nur wenige Liebesabenteuer. Es waren ausschließlich *payos*. Da ihr kein *gitano* begegnete, der ihr etwas bedeutete, und sie sich auch nicht mehr binden wollte, willigte sie in kurze Vergnügungen ein, die nicht länger dauerten als eine Nacht. Sie ergaben sich in den Häusern, in denen sie mit Hamid verkehrte. Die Hand voll Männer, die sie auf diese Weise kennen lernte, waren reisende maurische Kaufleute, ein jüdischer Händler, ein arabischer Beamter aus einem maghrebinischen Emirat. Ihre Namen wie auch ihre Gesichter hatte sie Tage später wieder vergessen.

Einmal wurde der *hakim* von einem zutiefst verzweifelten Ehemann gebeten, seine Frau, mit der er es unter einem Dach nicht mehr aushielt, von ihrem Leiden zu kurieren. Wider besseres Wissen willigte Hamid ein und nahm Juana mit. Als für beide offensichtlich war, dass es sich bei der Ehefrau um ein boshaftes, zänkisches Weib handelte, das den gesamten Haushalt – der wohlhabende Maure besaß noch zwei Nebenfrauen – tyrannisierte, verpasste er ihr einen Aderlass.

»Ein richtig bemessener Aderlass beseitigt schädliche Säfte und heilt den Körper«, erklärte er dem Ehemann ganz zuversichtlich.

Mittlerweile kannte auch Juana das beliebte Allheilmittel, mit dem das Gleichgewicht zwischen den vier Körpersäften – Blut, Schleim, gelbe und schwarze Galle – wiederhergestellt werden sollte. Dennoch lehnte sie es ab. Zu kostbar war der rote Lebenssaft, um ihn zu verschwenden, um Fäulnis- und Verdauungsstoffe, wie Hamid erklärte, aus dem Körper auszuleiten.

Während er den Aderlassschnäpper aus dem Leinenlappen wickelte, entblößte sie den linken Arm der Frau und stellte das Aderlassbecken daneben. Beim Anblick der fingerlangen, spitzen Klinge wich sämtliches Blut aus dem verhärmten Gesicht der Patientin. Juana warf Hamid einen besorgten Blick zu. Es würde schwierig werden, der Frau schnell und schmerzlos sechs Unzen Blut abzunehmen.

Nach der Prozedur konnte Juana dem Ehemann gegenüber ihre Meinung nicht verbergen. Entgegen ihrem sonstigen bescheidenen Auftreten in Gegenwart des *hakim* ging diesmal ihr Temperament durch. Sie wurde sehr direkt. Danach fühlte sie sich erleichtert, obwohl sie wusste, dass sie einen Fehler begangen hatte.

Hamid rügte Juana nicht, er erwähnte den Vorfall nicht einmal, als er sie ein Stück des Weges nach Hause begleitete. Bei ihrem nächsten Zusammentreffen überreichte er ihr einen leuchtend grünen Stein.

»Das ist ein Chrysokoll, *taliba*, ein Heilstein, der so wunderbar zu deinen außergewöhnlichen Augen passt.«

»Ein Heilstein? Für mich?«

Hamid räusperte sich. »Ja, ein Heilstein, wie ich schon sagte. Seine Heilwirkung entfaltet er bei Schilddrüsenstörungen, Menstruationsbeschwerden und infektiösen Erkrankungen.« Er war sichtlich bemüht, ohne jeglichen Unterton zu sprechen.

»Und was bewirkt er noch, *'Ustad*? Ich meine, außer dass er zu meinen Augen passt? Jeder Heilstein wirkt doch vor allem auf die Psyche …«

»Sahib«, räumte er ein, nicht ganz ohne Stolz, und machte sich umständlich daran, Tee zuzubereiten. »Oh, meine kleine *shams*, da hast du Recht. Nun, der Chrysokoll ist ein überaus nützlicher Stein. Ich habe da, wie du weißt, ein interessantes Buch über Steine.«

Während er getrocknete schwarze Blattknospen der *Camellia Sinensis* in das Silberkännchen des Samowars tat, las Juana: »Im Besonderen fördert der Heilstein den psychischen Ausgleich. Er mildert starke Emotionen wie Wut, Ärger, Zorn und Hass und lässt Gelassenheit, Güte, Toleranz und Mitgefühl entwickeln. Ebenso fördert er die Sensibilität«, sie sah flüchtig auf, »und ist besonders dem Herzen zugeordnet.«

Juana sagte nichts. Eine Weile beobachtete sie den Mann aus den Augenwinkeln, doch er setzte seine verschlossenste Miene auf. Mistkerl!, schimpfte sie. Das waren natürlich lauter Eigenschaften, über die ein Arzt verfügen sollte …

Eines Tages, als sie nach einem Krankenbesuch in seinem Salon Minzetee trank, eröffnete ihr der *hakim*, Granada für immer zu verlassen. Wiederholte Anspielungen auf die immer schwieriger werdende Lage für alle Nichtkonvertierten waren ihr in letzter Zeit ebenso wenig entgangen wie seine Zerstreutheit und Ungeduld. Daher wehte also der Wind, dachte sie. Der *hakim* redete nie über seine Person, und als sie sich einmal erdreistet hatte, ihn direkt zu fragen, wie alt er sei, hatte er geantwortet: »Forsche nicht nach meinem Alter, *gitana*, denn ich habe keines.« Dabei hatte sie es belassen.

Mittlerweile kannte sie Hamid jedoch so gut, dass sie es wagte, ihm direkt in die Augen zu sehen und persönlich zu werden. »Sagt mir, welche Schwierigkeiten Ihr habt, *'Ustad*, vielleicht kann ich Euch helfen?«, bat sie.

»*Talibt-i*, niemand außer Allah, dem Allmächtigen, kann mir helfen, wenn es dazu kommt!« Er schüttelte betrübt den Kopf.

»Aber wir sitzen im selben Boot!«, bedrängte sie ihn. »Mein Volk, das gezwungen wird, seine Kinder taufen zu lassen, steht hinter Euch. Oh, *sayyid*, wir nehmen Euch auf und verstecken Euch!«

Das hätte allerdings der Entscheidung des Ältestenrats bedurft, doch war Juana zuversichtlich, von ihrem Vater die nötige Unterstützung zu bekommen.

Vor kurzem erst war der *hakim* erstmalig einer schon oft von ihr ausgesprochenen Einladung an den Fuß des Sacro Monte gefolgt. Die Ehre, einer Hochzeitsfeier beizuwohnen, hatte er zu würdigen verstanden, wusste er doch von seiner Schülerin, dass rituelle Feiern wie Hochzeiten und Taufen immer unter Ausschluss Fremder stattfanden. Juana hatte sich sehr über sein Kommen gefreut. Selbst Mara und Dires waren an diesem Abend aufmerksam um den Gelehrten bemüht, da sie dem Hochzeitspaar gegenüber keinerlei Verpflichtungen hatten. Freilich konnten sie Hamid nicht das Gefühl nehmen, vom Klan wie ein gerade noch tolerierter *payo* behandelt zu werden, doch das störte ihn nicht. Juana übersetzte ihm Trinksprüche, Gedichte und Glückwünsche an das Paar, erzählte vom Hochzeitsbrauch und welche Bedeutung das Hochzeitsessen und die Symbole hatten, die die *Phuri-Dai* dem Paar überreichte.

Lange Zeit unterhielt er sich mit Firmin, einem Zauberer und Magier der Roma, der seit mehreren Monaten am Sacro Monte weilte. Da Hamid kein Christ war und bei den Calé als Heiler galt, wurde er von dem *kaku* als gleichwertig akzeptiert und erhielt so Einblick in die Magie und rituelle Medizin der Zigeuner. Sie sprachen über Hypnose, Magnetismus und über Gifte.

»Die sonderbaren Kräfte von uns *kakus*, wie der Blickkontakt und das Handauflegen«, vertraute ihm der Magier an, »gehören zu einem Zweig der Zigeunermedizin, in dem mit Suggestion, Hypnosetechnik und gelegentlichen authentischen Hexenkünsten gearbeitet wird.«

Wie effektiv die Heilmethoden des *kaku* waren und wie viel vom Ruf eines solchen Zigeunermagiers zu halten war, fand Hamid nicht heraus. Aber er war froh, die Einladung angenommen zu haben, und verabschiedete sich mit dem Gefühl, seine kleine Freundin etwas besser zu verstehen. Noch lange dachte er an Dires Worte, welche die Zigeunergesellschaft nicht treffender darstellen konnten.

»Bei uns«, hatte der Stammesfürst gesagt, »wo jeder jeden kennt, fühlt sich jeder jedem verpflichtet. Kein Wort, keine Tat, keine Feigheit, die unbemerkt bliebe oder vergessen werden könnte. Das Ansehen des Einzelnen in der Gruppe, darauf kommt es an. Freiheit, vor allem die von Verantwortung, existiert nur in der Anonymität.«

»Höre, Juana«, begann Hamid mit leiser, nachdrücklicher Stimme. »Mir ist zugetragen worden, dass mich irgendjemand, weiß Allah wer, beim Statthalter der Hexerei bezichtigt hat. Sobald sich die Inquisition einschaltet, spielt es keine Rolle mehr, wer mich denunziert hat! Ich werde dann kein Recht haben, einen Advokaten beizuziehen, kein Recht auf Verteidigung. Sie aber wenden die Folter an – auch bei angeblichen Zeugen. Sie finden immer heraus, wonach sie suchen … Sie würden auch dich foltern.« Bitter fügte er hinzu: »Bis du mich der Hexerei beschuldigst.«

»Aber *'Ustad* …«

Die schwarzen Augen bohrten sich in ihre und mitten in ihr Herz.

»Dieses Risiko kann ich nicht eingehen, meine kleine *shams*. Ich kann nicht dein Leben, das meiner zwei jungen Diener und das vieler braver Leute, die wir behandelt haben, aufs Spiel setzen, verstehst du?«

Juana sah ihn offen an. In ihrem Blick las er Trauer, aber auch Ungläubigkeit.

Hamid seufzte. »Hör zu. Ich bin Arzt und Alchimist, kein Hexer. Ich habe hier in Granada an der Fakultät für Chemie und Alchimie – der einzigen im Abendland, übrigens – lange genug Studien betrieben, um all den Aberglauben, der in letzter Zeit auch Gelehrte und Studierte beeinflusst und blendet, als gefährlichen Irrsinn abtun zu können.« Wieder maß er sie mit diesem strengen, beinahe arroganten Blick. Dann gab er sie frei, senkte den Kopf und betrachtete eingehend seine Handflächen. »Daher werde ich mich wie ein gemeiner Dieb feige davonschleichen und ins Ausland absetzen, *talibt-i*. Ich habe vor, nach Alexandria zu gehen – *Inschallah!*«

Juanas Betroffenheit wich, und bittere Enttäuschung stand ihr ins Gesicht geschrieben. »Oh, *sayyid-i*«, beschwor sie ihn, »ich kann nicht glauben, dass das hier zu Ende gehen soll! Ich möchte noch so viel lernen! Wen soll ich fragen, wenn Ihr nicht mehr da seid? Keiner der ehrenwerten Ärzteschaft würde sich mit einer Zigeunerin abgeben!« Juana rang die Hände. Ungestüm griff sie nach dem Fächer auf dem nahen Beistelltischchen und fächelte sich Luft zu. Der heiße Minzetee tat sein Übriges.

»Meine kleine *gitana*! Allah ist mein Zeuge, ich würde dich gerne nach Alexandria mitnehmen, doch ich fürchte, ich bin zu alt für dich. Welch eine Zukunft könnte ich dir bieten?«

»Ach, *sayyid*«, klagte Juana, ihre erhitzten Wangen mit dem Fächer kühlend, »Ihr wisst doch, dass wir Zigeunerinnen, wenn wir aus unserer Familie, unserer Sippe gerissen werden, dahinwelken wie altes Laub und zu nichts mehr taugen. Aber lasst mir Zeit, ich will versuchen, es mir vorzustellen. Vielleicht …«

»Ich hab keine Zeit mehr, Juana«, murmelte Hamid.

»Heißt das, Ihr wollt schon bald aufbrechen?«

Er nickte.

»Wann?« Verdammt! In seinem Blick lag etwas Endgültiges.

»Schon sehr bald, meine kleine *taliba*, sehr bald. Auch ich bin zutiefst unglücklich darüber, das glaubst du mir doch?« Er sprach im Flüsterton, und der seltsame Blick, mit dem er sie maß, ging ihr durch Mark und Bein.

Doch diesmal ließ sie sich nicht verunsichern. »Oh, *sayyid*«, beschwor sie ihn mit ganzem Herzen, »ich kenne Euch erst wenige Jahre, und doch habt Ihr mein Leben verändert. Ihr habt mein Denken, Fühlen, ja sogar meine Sprache und meine Wertsetzungen so stark beeinflusst wie niemand sonst in meinem bisherigen Leben. Ich bin eine Calé, und das werde ich auch immer bleiben – obwohl, wie Ihr wisst, auch christliches Blut in meinen Adern fließt. Durch Euch hab ich nicht nur die arabische Kultur kennen gelernt, sondern überhaupt Kultur erst erfahren. Ihr wisst, was ich meine. Das hat mir die Augen geöffnet. Dank Euch lernte ich kritisch zu denken und zu urteilen.« Leise fügte sie hinzu und machte aus ihrer Verbitterung kein Hehl: »Neben meinem Vater, den ich jetzt besser verstehe, bin ich die Einzige in meinem Volk, die sieht, wie intolerant es ist.« Im Grün ihrer mandelförmigen Augen spiegelte sich ihre ganze Traurigkeit. »Wir werden uns nicht wiedersehen, nicht wahr?«

Hamid schüttelte den Kopf. »Beim Barte des Propheten, ich werde dieses gottlose Land nie mehr betreten!« Es klang nicht, als bedauerte er es sonderlich. Juana starrte vor sich auf den Boden, ohne das lebhafte Muster des Teppichs wahrzunehmen.

Eine Weile war nur das laute Schlürfen des Tees zu hören, dann sagte Hamid: »Ich kann euch nur dringend raten, dasselbe zu tun, *talibt-i*. Verlasst dieses intolerante Spanien, wartet nicht, bis es zu spät ist! Glaub mir, die Situation für Andersdenkende und Andersgläubige wird nur schlimmer werden. Such dir dein Paradies anderswo, meine kleine *shams*!«

»Und wo ist das Paradies, *'Ustad*?«

»Hm.« Hamid fuhr sich über die glatt rasierten, mageren Wangen. »Dem Namen nach sind es die Gärten, die die alten Perser mit *Pairidaeza* bezeichnet haben. In Wirklichkeit … äh … muss das wohl jeder für sich selbst entscheiden – oder herausfinden.« Er räusperte sich. »Juana, du bist schon … bekannt in Granada. Du weißt zu viel. Sieh dich vor!«

»Ja, das tu ich.«

Er schüttelte den Kopf. Dieser Leichtsinn der Jugend! »*Talibt-i*, wenn sie dich erwischen, bist du dran und landest als Hexe auf dem Scheiterhaufen. Das ist so sicher wie das Amen in ihrem Gebet.«

»Aber warum?« Juanas Stimme klang gereizt.

»*Warum?* Ganz einfach: Du warst mit mir zusammen, und du bist … eine Frau. Schon Aristoteles hat sich über menstruierende Frauen abfällig geäußert, und Ketham hat vor wenigen Jahren in einer medizinischen Schrift vom giftigen Menstrualblut berichtet. Aber ich glaube das nicht. Ich frage mich – und jeder dieser klugen Männer der Wissenschaft sollte sich das fragen –, warum haben sich die Frauen bisher noch nicht selbst vergiftet? Weil sie an ihr Gift gewöhnt sind? Aber auch kein Tier, das ich in meinen Studien mit dem *menstruum* beträufelt habe, ist eingegangen oder erkrankt.« Hamid runzelte die Stirn, sein Blick war voller Geringschätzung. »Viele Anschuldigungen verbrannter Hexen hier und andernorts lauten, diese Frauen hätten ihr giftiges Menstrualblut zur Zubereitung von Zaubertränken verwendet. Andere wurden angeklagt, weil ihnen das Narkosekraut, mit dem Fett ungetaufter Kinder zu einer Salbe vermischt, das Besenreiten durch die Luft ermögliche.«

»Aber …«

»Lauter Schwachsinn, ja.« Energisch rührte er sich Zucker in ein frisches Glas Tee. »Schlimmste Hetzpropaganda gegen die, die schon immer was von Kräuter- und Heilkunde verstanden haben, aber zu ihrem Pech nicht als Männer geboren worden sind!«

Tee schlürfend sah Hamid sie über den Rand des Glases hinweg nachdenklich an. »Ich glaube herausgefunden zu haben, was dahinter steckt.«

»Na, die katholische Kirche.«

»*Na'am.* Aber nicht nur die. Die Kirche gibt's ja schon eineinhalb Jahrtausende. Doch warum wird der Hexenwahn immer schlimmer, ist er heute so schlimm wie nie zuvor?« Beinahe süffisant schob er eine buschige Braue nach oben. »Ganz einfach: Es gibt zu viele Frauen.«

»Wie?« Juana warf ihm einen überraschten Blick zu.

»Ja. Frauen, die Besitz haben, weil ihre Männer umgekommen oder ausgewandert sind. Überall im Abendland. Die Kirche und der verarmte Adel sind also ökonomisch reichlich motiviert.«

»Das kann ich nicht glauben!«

»O doch. Letztendlich dreht sich alles nur um Geld und Macht, meine kleine *gitana*. Dafür werden Kriege inszeniert, Völker ausgerottet, warum nicht auch Frauen als Hexen verbrannt?«

Ja, dachte Juana, warum nicht. Ihr Vater redete gleich über die *payos*. Sie stand auf und vertrat sich die Füße. In der Villa gab es einen Abtritt im Hausinneren, einen blau gefliesten, kleinen Raum mit einem gekachelten »Thron«, wie Hamid die Bank mit dem Loch nannte. Sie hatte ihren Geschwistern davon erzählt. Himmel, wie würde sie dies alles vermissen! Ein Traum ging für sie zu Ende …

Wieder im Salon, trat sie auf den *hakim* zu. »Dann werden wir heute also Abschied feiern, *sayyid*?« Eine Träne stahl sich aus einem Augenwinkel, sie wischte sie fort. Als sie den Mann unumwunden ansah, nickte er. Juana griff in die linke Tasche ihres weiten Rockes und zog eine gespaltene Wurzel hervor, die einer verschrumpelten menschlichen Gestalt glich. Stets hatte sie diesen Talisman bei sich. Hamid nahm die Alraune entgegen und betrachtete die Figur mit einem unergründlichen Ausdruck.

»Wir nennen sie Galgenmännlein«, sagte Juana, »denn der Sage nach wächst sie unter dem Galgen aus dem Harn oder Sperma eines Gehängten. Obwohl ich weiß, dass dem nicht so ist«, fügte sie schnell hinzu und murmelte dann: »Ihrem Besitzer verschafft sie angeblich Glück und Reichtum – wie auch immer dieses Glück aussehen mag.«

»Bei Allah, dem Gotterbarmer, wenn sie mir auch keinen Reichtum verschaffen kann, so doch einen glücklichen, schnellen Tod, der sicher angenehmer ist als der, den die Inquisition für mich vorgesehen hat. Ich sehe, du hast praktisch gedacht.«

Juana riss die Augen auf. »Ich denke, für diesen … äh … Fall habt Ihr freilich vorgesorgt.« Um die bösen Gedanken zu vertreiben, verkündete sie gespielt heiter: »Heute werdet Ihr nicht packen, *'Ustad*. Ihr müsst mir noch so vieles erklären!«

»Da weiß ich was Besseres«, flüsterte Hamid mit einem geheimnisvollen Lächeln auf den schmalen Lippen, während sein Blick gemessen und selbstsicher über ihren Körper wanderte. Nur wenige Male während ihrer dreieinhalbjährigen Freundschaft hatte sie den Mauren lächeln gesehen. Es stand ihm gut, fand sie, machte ihn jünger und attraktiver.

Hamid Abu Bakr klatschte einmal in die Hände, und der Negerknabe erschien mit einem Tablett feinster orientalischer Süßigkeiten: Sesamkrokant, Datteln in Marzipan, in Anissirup eingelegte Aprikosen, mit Pistazien gefüllte Feigen, karamellisierte Nüsse und in Rosenhonig kandierte Kumquats. Juana machte es sich auf den Kissen bequem und kostete von allem. Immer wieder gelang es ihrem Lehrer, sie mit Köstlichkeiten zu überraschen, die sie noch nicht kannte. Während sie von dem Zuckerwerk naschte und der Negerjunge starken schwarzen Tee braute, bereitete Hamid in einer Ecke des Salons zwei Pfeifen, die er sorgfältig stopfte. Es waren seltsam gebogene Pfeifen, in deren Handhabung er geübt war.

Juana sah sich um. Wie immer, wenn sich der *hakim* anschließend an ihren Besuch zum Rauchen zurückzog, waren Kohlebecken, Samowar, Feuerzange, Zucker und Teetassen in reinlichstem Zustand, griffbereit an ihrem vorbestimmten Platz.

Schließlich ließ er sich Juana gegenüber auf einem Lederkissen nieder und hielt ihr eine der beiden Pfeifen hin. »Wir werden heute Nacht das letzte Mal zusammen sein, meine kleine *shams*. Ich möchte, dass wir zum Abschied gemeinsam rauchen.« Während er sprach, musterte er sein Gegenüber. Sein Blick hatte etwas Bezwingendes an sich, und seine Hand zitterte leicht.

»Das ist Opium, nicht wahr?« Juana sah den Mann ruhig an. Noch nie hatte er sie dazu aufgefordert.

»Gewiss. Wir werden aufregende Träume haben, vertraue mir! Ich würde nichts tun, was dir schaden könnte.«

Juana lächelte. Nachdenklich betrachtete sie die Pfeife in ihrer Hand. In geringen Dosen hatte sie schon vom Opium gekostet, im Labor, wenn der *hakim* bei der Herstellung des Rauchopiums davon gegessen hatte, aber noch niemals hatte sie es geraucht. Ja, sie hatte ihm mehrmals dabei geholfen, die in Kupferkesseln erhitzte Rohmasse zu Fladen zu kneten, sie nochmals stark zu erhitzen und danach den abgekühlten Teig, der langsam oxydierte und sein Aroma gewann, in Steintröge zum Fermentieren zu füllen. Und sie hatte auch geholfen, Opium für seine Medizin herzustellen, es in Wasser zu kochen und abzufiltrieren und diese Prozedur zu wiederholen, bis das Opium sirupähnlich war …

»Fünf Monate fermentiert.« Hamid nickte zu Juanas porzellanenem Pfeifenkopf, den er nun ebenfalls anzuwärmen begann. Sobald das Opium brutzelte, stellte er ein Gefäß unter den Pfeifenkopf, damit fallende Funken sie nicht ablenkten. Dann reichte er ihr die zum Rauchen bereite Pfeife.

»Zieh den Rauch tief ein und behalte ihn lange in der Lunge, *talibt-i*. Den Rest entlässt du stoßweise durch die Nase«, riet er ihr. »Und nun die Augen halb schließen, dich zurücklehnen und wachträumen …«

Auf einem Stoß Teppichen machte er es sich ebenfalls bequem, nahm seine Pfeife und zog den Rauch tief ein. Unter halbgeschlossenen Lidern beobachtete er die Zigeunerin. Wie erwartet, hustete sie. Sein Angebot, sie nach Alexandria mitzunehmen, war zwar aufrichtig gewesen, doch hatte er im Vorhinein gewusst, dass ihre freundschaftliche Verbundenheit und ihr gemeinsames Interesse für die Medizin nicht ausreichen würden, die familiären Bande zu lösen und sie freizugeben.

Juana blickte sich um. Es bestand kein Zweifel, sie befand sich in einem der verlassenen Gärten des Generalife. Die Terrassengärten, die Zypressenallee und die von Oleandersträuchern gesäumte Allee waren ihr vertraut, da sie als Kind oft hier gespielt hatte. Etwas mühsam richtete sie sich auf. Sofort bemerkte sie den Geldbeutel, einen prallen, um ihre Taille gebundenen Lederbeutel. Was war geschehen? Langsam kehrte die Erinnerung zurück, kroch wie eine Schlange in ihr träges Gehirn. *Devlam!*, flüsterte sie bestürzt. Schemenhaft erkannte sie das in blauen Azulejos gehaltene großräumige Bad und das mit warmem schäumendem Wasser gefüllte Badebecken. Sie sah sich und Hamid nackt im Wasser, essend und trinkend und wie die zwei nackten, zeitweise ebenfalls im Wasser sich tummelnden Diener ihren Herrn und sie selbst massierten, zärtlich abtrockneten, an den intimsten Stellen einölten … und schließlich in den Alkoven eines gelbgold gehaltenen Salons begleiteten. In ihrer lückenhaften Erinnerung war sie weder scheu noch schamhaft gewesen in jener Nacht, doch stieg ihr die Schamesröte ins Gesicht, wollte sie die Bruchstücke in ihrem verworrenen Gedächtnis enträtseln: ein Knabe gefesselt, Hamid über und unter ihr oder mit den Knaben spielend, die Hände des Negerjungen auf ihren Brüsten … Sie konnte nicht einmal sagen, wessen Samen sie empfangen hatte – wenn es überhaupt dazu gekommen war. Denn die Vereinigung selbst wollte vor ihrem geistigen Auge einfach nicht deutlich werden, sosehr sie sich auch bemühte.

Wunderschöne, farbenprächtige Bilder tauchten auf und dazwischen immer wieder die Bilder einer Stadt, die Alexandria sein musste. Hamid hatte ihr irgendwann im Laufe dieser langen Nacht von jener Metropole erzählt, von ihren Bibliotheken und dem großräumigen, kreisrund gemauerten Hafen. Schwarze Kobolde mit Peitschen und blonde Feen mit Blumenkränzen auf den Köpfen kreuzten immer wieder diese Bilder. Sie selbst schwebte auf einem Teppich durch ein Schloss und tauchte unter Wasser nach grellbunten Kugelfischen. Juana strich sich über die feuchtkalte Stirn. Was war Realität und was hatte sie nur geträumt?

Genau diese Verwirrung und Verunsicherung seiner einstigen Schülerin hatte Hamid Abu Bakr beabsichtigt. Nie sollte sie erfahren, dass er genau geplant hatte, seinen Samen in sie zu pflanzen. Der Arzt kannte die fruchtbaren Tage der Frauen, und er kannte den Zyklus seiner Schülerin, denn wenn sie blutete, roch er den dem Menstruationsblut eigenen, süßlichen Geruch. Und wären da nicht für sie eindeutige Spuren einer Vereinigung gewesen, hätte sie all dies vielleicht als einen exotischen Traum des Opiumrausches abgetan. Und so hatte es Hamid auch beabsichtigt: Er ließ die Zigeunerin weder in seinem Bett noch in seinem Haus aufwachen, sondern in einem Blumenbeet wild wachsender Callas und Margeriten.

Von jener Stelle aus konnte Juana zu den gegenüberliegenden kargen Anhöhen des Sacro Monte sehen. Versonnen ließ sie ihren Blick weiter zum Albaicín schweifen, wo die Kirche San Nicolas deutlich auszumachen war. Das war kein Zufall. Die bescheidene Sommerresidenz der maurischen Könige mit dem lang gestreckten, von Rosensträuchern gesäumten Patio, den zierlichen Pavillons und dem Arkadengang lag weit genug abseits der in Umbau befindlichen Alhambra, sodass sie ungestört hatte in den Tag hineinschlafen können. Aber wie war sie hierher gelangt?

Nach einer Weile stand sie träge auf, setzte sich jedoch sofort wieder, als sie die Bücher entdeckte. Im niedergetretenen Gras hinter ihr lagen drei Bücher, die Hamid offenbar ihr zugedacht hatte. Sie schlug ihre Beine unter und nahm die Bücher in den Schoß. Eine Zeit lang starrte sie nur darauf, dann öffnete sie ein Buch nach dem anderen mit zittrigen Händen. Großer Gott, dämmerte es ihr. Hier handelte es sich nicht um irgendwelche Werke in arabischer Schrift, sondern um das Kostbarste, das sie je in Händen gehalten hatte. Hamid musste sie gehütet haben wie seinen Augapfel.

Andächtig und ehrfürchtig strich sie über den mit Blattgold verzierten, bunt bemalten Ledereinband des umfangreichsten Werkes, das mit *Kanun Fi Attibb* betitelt war und von Avicenna stammte, dem persischen Arzt und Philosophen, den Hamid so überaus schätzte. Sie blätterte in dem Buch. Es handelte vom Menschen und seinen Krankheiten und beinhaltete die Therapie ebenso wie die Theorie. Vervollständigt wurde es durch handgemalte farbige anatomische Zeichnungen, die das Wissen des *hakim* exakt widerspiegelten. Am Ende des Buches war ein dünner Band aus besonders feinem Pergament eingelegt, der die einleitenden Worte ihres Lehrmeisters trug: »Ausgesuchtes von Abulkasis, speziell für meine kleine *shams*.« Sonne, so hatte er sie in den letzten Monaten oft genannt ... Der Anhang behandelte geburtshilfliche Fragen und einige Frauenkrankheiten.

Das zweite, in scharlachrotem Samt eingebundene Buch schmückte eine Blüte aus Blattgold, mit Naben aus Rubinsplittern und Blättern aus fein ziseliertem Gold. In diesem Pflanzenbuch waren alle von der medizinischen Fakultät von Salerno gelehrten und empfohlenen Heilpflanzen angeführt und in liebevollen farbigen Zeichnungen, teils mit Gold verziert, detailgetreu abgebildet.

Beim dritten Buch, einem schlanken, auf den ersten Blick schlichten Bändchen, handelte es sich um die philosophische Enzyklopädie *Asch Schifa*, deren Autor ebenfalls Avicenna war. »Heilung der Seele vom Irrtum«, stand auf der ersten Seite in Hamids Schrift. Es war in schwarzem Samt eingebunden und mit einem schlichten, das Büchlein umlaufenden goldenen Zierband eingefasst.

Offensichtlich hatte Hamid eine Auswahl treffen wollen und zu jedem Thema das Kostbarste genommen, das seine Bibliothek barg. Alle drei Bücher waren signiert und enthielten Widmungen. Im botanischen Nachschlagewerk las sie: »Für meine *shams*, die in den letzten Jahren Licht in mein Leben gebracht und meine Seele erleuchtet hat.« In das medizinische Lehrbuch hatte Hamid ein Blatt Papier eingeklebt. »Für meine *hakima*«, stand darauf geschrieben, »dass du weise werden mögest an Wissen und Erkenntnis wie Avicenna, dies ist der Wunsch meines Herzens.«

Unversehens entschlüpfte Juana ein Lächeln. Von Avicenna würde ihr stets in Erinnerung bleiben, was er Hamids Worten nach zur Empfängnisverhütung empfohlen hatte: dass nämlich die Frau täglich zwei Liter Basilikumgebräu trinken sollte ... Sie blickte auf die Bücher. Tiefe Traurigkeit überkam sie bei dem Gedanken, ihren Lehrmeister nun nichts mehr fragen zu können.

Unsicher stand sie auf. Da sah sie am Boden im Gras ein Blatt liegen, das einem der Bücher entschlüpft sein musste. »Verzweifle nicht, meine *hakima*«, las sie. »Fortan sollst du diesen Titel tragen, und es soll dich nicht kümmern, dass es bei uns keine weiblichen Ärzte gibt. Wie du weißt, war das nicht immer so. Gehe deinen Weg, nutze dein Wissen, das ist mein aufrichtiger Wunsch. Aber sei vorsichtig, so wie ich dir geraten habe – Allah wird dich beschützen! Wende dich an Räl, die du im *suq* findest, sie wird dir in allem behilflich sein. Täusche dich nicht, sie ist zwar uralt, aber trotzdem schlau und weise wie ehedem und eine Medea, wenn es darauf ankommt. Der Segen des Erhabenen sei mit dir. *Bismillah*, dein Freund und Meister Hamid Abu Bakr Ibn as-Saladin. Im Jahre eures Herrn 1534.«

Niedergeschlagen ließ Juana das Blatt sinken und starrte zum Albaicín, dorthin, wo sie Hamids Haus vermutete. Tränen stahlen sich aus ihren Augenwinkeln. Nein, sie hatte kein Glück mit Männern … Schnellen Schrittes verließ sie die Wiese mit den blühenden Margeriten. Schwankend, mit einem flauen Gefühl im Magen, begann sie den Abstieg quer über den steilen, bewaldeten Hang zum Darro hinunter. Nicht einmal das satte Geräusch des hüpfenden prallen Geldbeutels konnte ihr Befinden bessern. Von Zeit zu Zeit klammerte sie sich mit zitternder Hand an einem Baumstamm fest, dann schwebte sie weiter, von einem Baum zum nächsten. Ihre Knie drohten jeden Moment nachzugeben. Kopfschmerzen gesellten sich zu ihrer Schwäche und wurden immer quälender. Auf halber Höhe blieb sie stehen. Von hier aus war der Blick auf den Sacro Monte und den Pfad, der sich zu den Höhlenwohnungen hinaufschlängelte, wunderschön.

Am Ufer des Darro wandte sie sich Richtung Stadt. Mit den kostbaren Büchern war sie gezwungen, die Brücke vor der Stadt zu überqueren, was einen großen Umweg bedeutete. Einen Moment lang dachte sie daran, die Bücher irgendwo am Ufer zu verstecken und ins kalte Wasser zu waten. Aber der Darro führte Schmelzwasser des Mulhacèn, und sie war keine geübte Schwimmerin. Nur mit Glück hätte sie in ihrem Zustand heil die Wiesen am Fuße des Sacro Monte erreicht. Als sie den Karrenweg unter dem Albaicínviertel entlangtrottete, vorbei an wildem Thymian und Gariguensträuchern, nahm sie weder das Zwitschern der Vögel noch das Summen der Bienen wahr, die im grellen Licht der Nachmittagssonne die zarten Blüten umschwärmten. Den gewundenen Pfad bis zu Maras Höhlenwohnung schleppte sie sich mit letzter Kraft hinauf.

Den Rest des Tages und die Nacht schlief sie durch. Als sie tags darauf zu Hamids Haus schlich, fand sie es wie erwartet verlassen vor. Wie gerne hätte sie sich für die Bücher und den Beutel Ducados bedankt! Ohne das Haus zu betreten, kehrte sie schnellstens um. Angst beschlich sie, denn zu oft war sie mit dem *hakim* gesehen worden. Eine Hebamme, das war ihr nur allzu bewusst, konnte jederzeit als Hexe denunziert auf dem Scheiterhaufen enden. Davor aber gab es, wollte sie Hamids Warnungen Glauben schenken, noch Schlimmeres: die Folter, die den Verurteilungen stets vorausging, und die Gottesurteile, die dümmer, unlogischer und ungerechter nicht hätten sein können. Angeordnet und ausgeführt von frömmelnden Betbrüdern, wie Hamid sie nannte, denen der blinde Glaube vorbehalten war. Mit ihnen, sagte auch ihr Vater, komme der ganze falsche Fanatismus der katholischen Kirche zum Ausdruck.

Juana erinnerte sich an einen Nachmittag, an dem sich der Gelehrte, aufgebracht von einer Razzia im Judenviertel, über Kirche und Politik erging, was höchst selten vorkam. »Fanatisches, bigottes Pack!«, hatte er gewettert, und weil er so erregt gewesen war, dass er am ganzen Körper zitterte, hatte einer der Knaben die Teezubereitung übernommen.

»Sieh dir diesen Sumpf nur an, *taliba*!«, hatte er geklagt. »Das Streben der Kirche und allen voran der Päpste nach politischer Weltherrschaft, ihr politisches Scheitern, die sich daraus ergebende Finanzpolitik, den Ablasshandel – sieh dir das alles an!«

Juana nickte. »Und die Inquisition, *sayyid*?« Vor der hatte sie am meisten Angst.

»Tja, die wird von der Kirche als ihr allmächtiges Instrument immer weiter perfektioniert – falls eine Steigerung überhaupt noch möglich ist.« Ein verächtlicher Zug legte sich um seine schmalen Lippen. »Wie sonst könnten sie Juden, Konvertiten, Mauren, Protestanten und … euch Zigeuner kontrollieren oder, schlimmer noch, bekämpfen?« In Hamids Stimme lag Bitterkeit. »Wo wird das noch hinführen? Die Gesellschaft des moslemischen Spaniens, musst du wissen, hatte in ihrer Jahrhunderte währenden Existenz keine Ähnlichkeit mit dem Feudalsystem im übrigen Abendland. Effektive Verwaltung, weitgehende religiöse Toleranz und ein in Stadt und Land auf den Ausgleich sozialer Spannungen hin wirkendes Sozialsystem zeichneten es aus. Verstehst du das?«

»Ja, das verstehe ich.«

Hamids Miene hellte sich auf. »Als einziger Inhaber öffentlicher Gewalt galt der Kalif. Der christlich gebliebene Teil der Bevölkerung, vor allem in den Städten, hatte zwar besondere Steuerlasten zu tragen, ansonsten konnten sie sich frei entfalten. Keine Razzien, keine Repressalien.«

Von den Alten im Lager wusste Juana, dass er Recht hatte. Gerade in Granada hatte es jahrhundertelang eine fruchtbare Symbiose verschiedener Kulturen gegeben, die sich gegenseitig ergänzten – und nicht bekämpften. Niemand außer blinden fanatischen Katholiken hatte Interesse, dies zu zerstören. Das machte Juana Angst.

Doch niemand nahm ihre Ängste ernst. Ihr Vater schenkte ihr zumindest Gehör und bat Alina, die Karten zu legen. Da die Wahrsagerin aber keine Gefahr für den Klan herauslesen konnte, blieb alles beim Alten. In dieser Situation entschied Juana, erneut die Tarotkarten zu legen, ihre Person aber nicht ins Spiel zu bringen. Aber sosehr sie sich auch bemühte, sie wurde aus den Karten nicht schlau. Was sollte sie tun? Sie konnte nicht einmal die vageste Voraussage treffen. Während sie also weiter auf die *Phuri-Dai* und ihren Vater einwirkte, Granada eine Weile zu verlassen, verhielt sie sich abwartend und schickte ihre Brüder auf den Markt zu den Barbieren, den Krämern und Apothekern. Doch ihre Ängste schwanden nicht. Bald vermutete sie hinter jedem Hilferuf eine Falle. Drei Wochen nach Hamids Aufbruch beschloss sie, zu keinem Krankenbesuch mehr zu eilen, so flehentlich man sie auch bat.

Am darauf folgenden Tag suchte sie im Basar nach Räl. Ihr Augenmerk auf ein Weiblein mit Kräutern gerichtet, dauerte es nicht lange, bis sie eine dürre Alte entdeckte, die nur aus Haut und Knochen zu bestehen schien. Räl saß auf einem Schemel zwischen der Bude eines Barbiers und dem Verkaufsstand eines Parfümeurs. Vor sich auf dem Boden hatte sie Büschel getrockneter Kräuter ausgebreitet und einen Eimer mit Wasser, in dem sie frische Kräuter und Pflanzen wässerte.

»Bist du Räl?«, erkundigte sich Juana. Sie blickte in ein faltiges Gesicht, in dem lebhafte dunkle Augen sie musterten.

»Ich hab dich schon erwartet. Du hast Glück, ich komm nämlich nicht jeden Tag hierher.«

»Hamid …«

»Nicht hier!«, zischte die Alte sie an und blickte sich um. »Komm morgen in meine Kate. San Nicolas hinauf, über den Dächern des Albaicín.«

Juana verließ den Basar und das Stadtinnere so schnell, wie sie hineingelangt war. Am nächsten Morgen machte sie sich auf den Weg zu Räls Kate. Schon vom Fuß des Sacro Monte aus stieg sie einen kaum ausgetretenen Pfad hinauf, bis sie sich auf gleicher Höhe mit der Kirche San Nicolas befand, deren Glockenturm weiß in der Frühsommersonne leuchtete. Diese Route schien ihr ungefährlich, da sie die Stadt nicht zu betreten brauchte. Bezaubert vom Ausblick auf die roten Mauern der Alhambra vor den Bergspitzen der Sierra Nevada, folgte sie einem schmalen Steig Richtung Kirche. Bald befand sie sich in einer der Gassen, die von weißen Häusern und langen Mauern gesäumt waren, hinter denen sich die Gärten von stattlichen Villen verbargen. Von dem mit kleinen Kopfsteinen gepflasterten Vorplatz der Kirche aus bog sie in eine enge Gasse, die über zahlreiche Stufen steil nach oben führte. Über die weißen Mauern wogten blühender Oleander und Hibiskus in leuchtenden Farben.

Nach den letzten Häusern blieb sie stehen und genoss den Rundblick. Unter sich sah sie die weißen flach gedeckten Gebäude, deren Dachterrassen mit dem wasserabweisenden Sand aus der Sierra bedeckt waren, inmitten kleinerer und größerer Gärten mit blühenden Mandel- und Orangenbäumen. Ganz unten, am Fuße des Hügels, glitzerte der Darro als silbernes Band, bevor er sich zwischen den Häusern der Stadt verlor. Auf dem bewaldeten Hügel gegenüber erhob sich die Alhambra und etwas abseits der Generalife. Von dieser Höhe aus konnte man gut erkennen, wie gewaltig die Ausmaße der maurischen Festung waren. Juana wandte sich um. Den Hang hinauf folgte teils bebautes, teils unbebautes Land. Auf den sonnigen Südhängen wuchsen wilde Quitten und Rosensträucher, Zwergpalmen, Feigenbäume, Rosmarin- und Thymiansträucher. Bunte Schmetterlinge und Bienen wurden von dieser Vielfalt an Farben und Düften angelockt und mischten sich unter die Blüten und Kelche.

Unter einer Schatten spendenden Kastanie entdeckte sie die Kate der Alten. Räl saß zusammengesunken auf einer Bank an die Hauswand gelehnt und schien alle Zeit der Welt zu haben. Nur ihre Füße bewegten sich monoton auf und ab. Juana grüßte und setzte sich nach einer auffordernden Geste zu ihr auf die Bank.

»Du solltest dreimal auf die Pflanze spucken, die du pflücken willst«, schnatterte die Alte drauflos, »und sie darf niemals den Boden berühren! Auch sollte man beim Ernten niemals in den Wind sehen. Manchmal ist es besser, mit der linken Hand zu pflücken, und je stärker in manchen Pflanzen die Kraft der Magie ist, desto empfindlicher sind sie. Man sollte außerdem ungegürtet und barfuß sein und keinen Ring tragen. Wusstest du das?«

Juana sah die Alte überrascht an, so, als ob sie an ihrem Verstand zweifelte.

»Keine Angst, ich bin nicht verrückt, mein Kind, oder vielleicht doch. Aber nicht so, wie du denkst, *gitana*. Wusstest du es?«

»Nein.«

»Nein?« Räl war ehrlich entsetzt und schüttelte den Kopf. »Wie konntest du dann jemals Kräuter finden, die was taugten? Ich versteh den *hakim* nicht …«

»Entschuldige, jetzt liegt wohl ein Missverständnis vor. Wenn du das Kräuterpflücken meinst, kann ich dir versichern, dass ich zum Teil davon weiß. Ich bin damit aufgewachsen, dass man nicht anders als barfuß, ungegürtet und ohne Ringe und Armreifen sammelt. So hat es mir meine Großmutter beigebracht, und die ist eine echte Heilerin.«

Räl machte eine ungeduldige Geste und dachte nach. Dabei legte sie ihre Stirn in noch mehr Falten und trommelte mit den Fingern auf die Bank. »Ich hab gesehen, dass ihr Zigeuner die Wurzeln der Alraune fälscht und das, was ihr dafür ausgebt, als Talismane verkauft. Wenn du auf eine echte Wurzel triffst, was machst du dann?« Ihre kleinen lebhaften Äuglein bohrten sich mit lauerndem Blick in die ihrer Besucherin.

Juana hatte längst bemerkt, dass sie von der Alten einer Art Prüfung unterzogen wurde, und versicherte: »Ich such dich, damit du sie mir herausziehst, denn ich hab keinen Hund.«

Die unentwegt zappelnden Füße hielten still. »Bravo, bravissimo!«, rief sie verblüfft und klatschte in die Hände. »Du bist ja noch schlauer, als er mir erzählt hat!« Räl kicherte in sich hinein. Ihr faltiges Gesicht nahm das Aussehen eines verschrumpelten Apfels an, und von ihren Augen waren inmitten der Runzeln nur die dunkle Iris und die schwarze Pupille zu sehen.

»Wenn das so ist, brauchst du mich ja gar nicht, *chata*! Warum bist du hergekommen? Aber warte, zuerst will ich dir anvertrauen, wie ich die Alraune ausgrabe, damit du es weißt, wenn ich nicht mehr bin. Die Alraune ist nämlich wichtig. Als Kind haben wir die Früchte, die der Blüte folgen und im Herzen der Rosette sitzen, gegessen und den Samen ausgespuckt. Als *bruja* …«

Juana riss die Augen auf und fuhr herum. Es war nicht nur ungewöhnlich, sondern äußerst gefährlich, sich offen als Hexe zu bezeichnen.

Räl zuckte gelassen die Schultern. »Als *bruja*«, kicherte sie, »hab ich es umgekehrt gemacht: den Samen gekaut und geschluckt – na, du weißt schon, für flüchtige Visionen und kurzweiligen Wahn …«

»Ehrlich? *Madre mia!*«

»Sag bloß, du hast niemals den Samen gekaut!« Empörung schwang in der Stimme der Alten.

Die Zigeunerin schüttelte den Kopf. »Wir fälschen sie doch immer.«

»Hm.« Das leuchtete Räl ein. »Womit eigentlich?«

»Mit Zaunrüben oder Wurzelstöcken vom Schilf. Mithilfe von Hirsekörnern und dem Messer natürlich.«

»Soso.« Die Alte wackelte mit dem Kopf. »Sieh mal, *chata*, du musst einen Kreis auf dem Boden rundherum ziehen, und zwar mit einem Rinderhorn. Wie du sicherlich weißt, geht die Wurzel extrem tief in die Erde, etwa so tief, wie ich groß bin.« Sie nickte wieder. »Und doch sollst du sie ohne jeglichen Gebrauch von eisernem Werkzeug ausgraben, um die Wurzel nicht zu beschädigen. Sie soll ja in der als Mann oder Frau erkennbaren Form herauskommen. Das eigentliche Herausziehen muss bei Sonnenuntergang erfolgen. Nur wenn sie nicht zu heftig gezogen wird, stößt sie auch nicht den fürchterlichen Schrei aus, der Menschen zu Stein erstarren lässt. Wenn du mich nicht mehr hast, musst du eben … ja, einen Hund am oberen Ende der Wurzel anbinden, damit der Teufel in den Hund fährt.«

»Meine Güte!«, rief Juana. Das mit dem Teufel war ihr neu. Sie hatte nie verstanden, wozu die *payos* ihre Hunde brauchten. »Und wenn er in dich fährt?«

Die Alte grinste nur. »Manche Hexenmeister und Zauberer raten zu Beschwörungsformeln – ich meine, das kann nicht schaden. Jedenfalls sollte die Wurzel mit allem gehörigen Respekt behandelt und eingehüllt aufbewahrt werden, denn einige sagen, dass sie der wahre Ursprung der Menschen sei. Wusstest du das?«

»Ehrlich gesagt, machen wir es so ähnlich – das Ausgraben, meine ich.«

Räl fuhr hoch. »Papperlapapp!« Sie fuchtelte in der Luft herum, und als sie sich wieder beruhigt hatte, zeigte sie ein gönnerhaftes Grinsen. »Wozu bist du hergekommen, Kind? Wenn du mehr über Pflanzen und Kräuter wissen willst, kann ich dir noch viele Geschichten erzählen, bis in die Nacht hinein. Manche davon hab ich auch ihm erzählt. Aber nur die, die ohne Magie und Zauberei sind, denn er glaubt nicht an so was. *Por Dios*, er hatte nie was für meine Hexenkünste übrig!«

»Du hast Hamid … Geschichten erzählt?« Es war Juana anzumerken, dass sie der Alten kein Wort glaubte. Sich den Arzt und Gelehrten in Gesellschaft der Kräuterhexe vorzustellen, fiel ihr nicht leicht.

»Ich war nicht immer alt und hässlich, *chata*.«

Der vorwurfsvolle Unterton entging Juana nicht. Augenblicklich musste sie an die letzte gemeinsame Nacht denken, und das Blut schoss ihr in die Wangen. Darüber verärgert, wandte sie sich ab, den Stoff ihres weiten Rockes glatt streichend.

Räl streckte ihre dürre Hand aus, und ein knochiger Finger griff Juana unters Kinn und drehte es zu sich. »Nicht, was du denkst, mein Kind, oder vielleicht doch – aber es war nicht das, was er von mir wollte. Er hatte als junger Mann, äh, eine gewisse Vorliebe zum Opium entdeckt. Hat sich zum Henker nochmal allzu heftig in das Gift verliebt …«

»Er raucht es immer noch.«

»Gewiss, nur bekam er es mit den Jahren und mit meiner Hilfe in den Griff. *Vaya*, so wie er beisammen war, als ich nach Granada kam, hätte er seine medizinische Laufbahn an den Nagel hängen können! Wusstest du das nicht, *gitana*?«

»Nein, er hat mir nie davon erzählt.« Doch das wunderte Juana nicht. Was hatte er ihr schon von sich und seinem Leben erzählt?

»Trauere nicht um ihn, er ist ein Teufel«, versicherte die Alte mit einer Bestimmtheit, als spräche sie über eine ihrer Pflanzen.

»Woher weißt du das?«

»Woher weiß ich was?« Die schwarzen Augen, scharf wie Nadeln, bohrten sich in Juanas Seele.

Hexe!, lästerte Juana. Eine eigenartige Beklemmung stieg in ihr hoch, und plötzlich wusste sie, warum: zuerst Nono und nun Hamid – und jedes Mal hatten die Karten Recht behalten. Wie Schuppen fiel es ihr von den Augen, als sie die Zusammenhänge erkannte: Nur Hamid konnte mit dem Teufel auf den Karten gemeint sein, zu dessen Füßen die zwei Verehrer saßen – Hamids Knaben. Aber der Gelehrte war kein Teufel!, wehrte sie ab. Was war also damit gemeint? Rein äußerlich dominierte die dunkle, respekteinflößende Erscheinung. Natürlich!, schoss es ihr durch den Kopf. Der Alchimist wurde von den anderen, den Christen und ihren Inquisitoren, als Gehilfe des Bösen gesehen und als solcher verfolgt. Doch einer, der mit dem Teufel im Bunde stand, hatte auch die Fähigkeiten, den Handlangern der Kirche zu entkommen, dachte sie, und etwas von ihrer Beklommenheit fiel von ihr ab. Ja, so musste es sein, das wollte sie glauben …

»*Si*, *si*, ein Diablo«, wiederholte Räl, »er hat dich verhext, *gitana*. So wie er mich verhext hat, als ich auf ihn traf, obwohl ich damals einiges älter war als er und über gewisse Hexenkünste verfügt habe, *joder!* Doch ich konnte gegen seinen Zauber nichts ausrichten, *chata*, ebenso wenig wie du. Dabei ist er hässlich und zieht Knaben vor, igitt!« Die Alte kicherte und sagte dann leise: »Nein, es ist was anderes, er hat etwas Bezwingendes an sich …«

»Hast du seine Hände gesehen? Auf mich haben diese Hände eine … eigenartige Wirkung.« Auf mich haben überhaupt Hände eine besondere Wirkung, dachte Juana und murmelte: »Aber es sind seine Augen, die einen beherrschen.«

»Gewiss. Denn es sind die Augen des Teufels! Glaub mir, mein Kind, ich hab in meinem langen Leben, in meinen Träumen und Halluzinationen öfter den Teufel gesehen als sonst jemand. Es waren immer dieselben Augen … Komm, *gitana*, ich zeig dir meinen Kräutergarten!«

Behände sprang Räl von der Bank und bog ums Hauseck. Ein eingezäunter Garten schloss sich an die westliche Hauswand an und erstreckte sich terrassenförmig den Hang hinauf. Über dem Gartentor war das alte Zeichen der Verschwiegenheit eingeritzt, eine geöffnete Rose mit zwei Rosenknospen darüber. Räl zeigte

Juana einige Pflanzen, die diese noch niemals in natura gesehen hatte und nur von Hamids Beschreibungen her kannte. Zu allen Kräutern wusste sie sonderbare Geschichten zu erzählen. Am Ende einer solchen Anekdote machte sie überraschend eine weit ausholende Handbewegung und drehte sich halb im Kreis.

»Alles, was du hier siehst, der Garten, das Haus, das Stückchen Land, selbst mein Name sind von ihm. Er hat es mir vor über dreißig Jahren vermacht, als eine Fügung des Schicksals uns zusammenführte: ihn, den Arzt und Gelehrten, und mich, eine Hebamme und Kräuterkundige, die niemanden hier in Granada kannte. Ich lebte zuvor in Alicante.« Kopfschüttelnd murmelte sie: »Schon eine seltsame Geschichte, die mir dort mit dem Marqués passiert ist ...« Sie seufzte. »Wusstest du das?«

Juana verneinte.

»Ich meine nicht die Geschichte in Alicante, ich meine das andere, das mit ihm.«

»Nein.«

»Ich seh schon«, sagte Räl traurig und senkte den Kopf, »er hat dir nichts von mir erzählt. *Diablo!* Dabei haben wir uns in gewisser Weise optimal ergänzt. Du musst wissen, *chata*, neben den Kräutern, die ich für ihn zog, hab ich alle Frauenangelegenheiten bei seiner hochlöblichen Kundschaft erledigt – alles das, was du in den letzten Jahren für ihn getan hast.«

Juana hörte die Bitterkeit aus der Stimme der Alten und legte ihr eine Hand auf den Arm. Räl war nur wenig kleiner als sie selbst. Sie musste einmal eine stattliche Frau gewesen sein. Ihr spärliches graubraunes Haar, von derselben Farbe wie ihre Runzeln im Gesicht, war im Nacken zu einem dünnen Zopf zusammengebunden. Sie war ordentlich und sauber gekleidet und roch weder muffig noch ungewaschen.

»Nein, nein, das stimmt nicht!«, protestierte Juana. »Er hat dich als schlau und listig beschrieben, als eine Medea, wenn es darauf ankommt!«

»Medea, soso.« Räl warf ihr einen skeptischen Blick zu.

»Doch, du kannst es mir glauben.«

Die Alte gab sich damit zufrieden und seufzte. Ein »*Maldito diablo!*« murmelnd verschwand sie im Haus. Einen Krug unter den Arm geklemmt, erschien sie kurz darauf mit einem einladenden Lächeln und einem Holzbrett, auf dem sie Becher, Käse und zwei Kanten Brot balancierte.

»Sag, bist du Moriskin oder Christin, Räl?« Juana biss herzhaft in den Käse.

»Wie? Oh – weder das eine noch das andere, Kind. Na ja, ich bin ihnen nicht ganz durch die Lappen gegangen, den frömmelnden Betschwestern. Ehe ich's mich versah, war ich getauft.« Die Alte kicherte. »Bin nämlich als Findelkind in der Santa-Maria-Kirche in Valencia abgegeben worden ...« Sie schob sich das Brot in den Mund, seitlich, dorthin, wo sie noch drei oder vier Backenzähne hatte, die etwas taugten. Dann zog, drehte und riss sie am Brot, bis sie ein Stück von dem Kanten abgebissen hatte. »Sieh mal«, sie kaute versonnen, »mein ganzes Leben lang hab ich nach meinen Wurzeln gesucht, aber ich habe keine! Nun, die Nonnen in Valencia wollten mich behalten, doch ich bin ihnen schon früh davongelaufen. Ich hatte Dinge entdeckt ... äh, die ich nicht verstand und deshalb ergründen wollte. Zeit meines Lebens hab ich mich zu sonderbaren Menschen hingezogen gefühlt, und so war es nicht verwunderlich, dass ich eines Tages an wahre Hexen geriet. Sie feierten jede Freitagnacht im Wald außerhalb der Stadt ihren Hexensabbat, und ich durfte dabei sein! Das maurische Wort *zabat* bedeutet, wie du vielleicht weißt, ›eine Gelegenheit der Macht‹.«

Die Junge nickte und Räl fuhr fort: »*Vaya*, ich schwör's dir, eine solche war es auch! Die Nonnen im Kloster lehrten mich die Kräuterkunde, und die Hexen lehrten mich deren Missbrauch. Alles im Leben hat zwei Seiten, *gitana*. Wusstest du das?«

»Ja, das weiß ich inzwischen.«

»*Caramba!* Wir verwendeten Fliegenpilze, und aus Tollkirsche, Bilsenkraut und Stechapfel mischten wir ein Giftgetränk. Für unseren Hexenkult rieben wir uns mit einer Salbe aus diesen und anderen Pflanzen ein. Einer wahren Hexenpomade, um

Träume und Halluzinationen zu erzeugen, in denen wir fliegen konnten und vieles mehr.«

»Heiliger Strohsack!«, rief Juana, die Augen groß und rund. Obwohl sie das mit dem Fliegen nicht glaubte.

»Die Hexen, *chata*, haben eine merkwürdige Vorliebe, Dämonen zu identifizieren, einzuordnen und unterzuordnen. Da die Kenntnis ihrer Namen für die Zauberei unerlässlich ist, musste ich eine lange Liste von Höllenbewohnern auswendig lernen. Ein Exorzist zum Beispiel kann nichts ausrichten, bevor er den Namen des Dämons, den er austreiben will, kennt. Manche sprechen von zigtausend Dämonen, und angeblich werden diese Zahlen schon im Talmud genannt.«

Räl verstummte, ihre Schuhspitzen betrachtend, doch Juana war neugierig geworden. »Nenn mir einige.«

»Hm. Der oberste Gebieter des Höllenreiches und der Gründer des Ordens der Fliege ist Beelzebub. Zu seinen Leutnants gehören Satan, Pluto – der Fürst des Feuers, Moloch – der Großkreuzträger des Ordens der Fliege, Baal – der Oberbefehlshaber der Höllenarmee und Luzifer – der oberste Richter der Hölle.«

»Das klingt richtig schräg.« Juana legte den Kopf schief. »Und was habt ihr sonst noch getrieben, dort im Wald?«

»Na ja, allerhand. Ich lernte von den Frauen auch Praktisches, zum Beispiel den bösen Blick abzuwehren. Sicher habt auch ihr Zaubersprüche und Ähnliches dafür.«

»Sicher«, drängte Juana und zuckte wie beiläufig die Schulter. Sie wollte mehr von dem Hexenkram hören.

»Um dem bösen Blick nicht ausgeliefert zu sein«, fuhr die Alte fort, verbrennt die Hexe Weihrauch und spricht passende Zauberformeln. Der Priester verbrennt Weihrauch und spricht passende Gebete. *Coño*, wo ist da der Unterschied? Zaubersprüche, Schriftzeichen, Zeichen der Planeten, Symbole – sie alle sind austauschbar. Der einzige Unterschied, verflucht nochmal, ist der, dass wir dafür auf dem Scheiterhaufen brennen!«

»Aber Räl, du kannst nicht die Pfaffen mit den Hexen vergleichen ...«

Die Alte fuhr herum. »Natürlich nicht!« Ihre Beine zappelten heftiger als sonst. »Die Hexen sollten jedem beim Arsch lieber sein, mein Kind, denn sie sind harmloser!«

Eine Weile schwiegen sie und blickten in das strahlende Maienblau, dem vereinzelte Wölkchen wie weiße Tupfer aufgesetzt waren. Ein blau gefiedertes Meisenpärchen ließ sich auf einer Zaunlatte nieder und schimpfte lautstark aufeinander los.

»Warst du je verheiratet, Räl?«

»Ich? Kindchen, sehe ich so aus?« Um Räls Mundwinkel legte sich ein spöttischer Zug. »Nein, ich hab mit meinen Kräutern das bessere Los gezogen. Brauchte nicht meine Gesundheit zu ruinieren, um sechs Bälgern die Mäuler zu stopfen. Oder glaubst du, dass die Frauen sich in den Flachsspinnereien durch dauerndes Im-Wasser-Stehen schon in frühen Jahren die Schwindsucht holen, weil ihnen das Spaß macht? Oder dass sie in den Glashütten und Leimsiedereien oder im erstickenden Staub der Ziegeleien aus Langeweile schuften?«

»Nein, das glaub ich nicht!«, erwiderte Juana.

Räl war jetzt richtig in Fahrt. »Die haben jeden Maravedi bitter nötig«, wetterte sie, »und rackern für ihre Bälger bis zum Umfallen. Jede Schwangerschaft hab ich denen umsonst abgetrieben, mit dem Wasser vom Sevenbaum, mit Mutterkorn oder dem Blasenstich, wie auch immer. Ihre Männer, diese einfältigen Kerle, haben ohnehin nichts bemerkt.«

Ja, überlegte Juana, wo man hinsah, traf man solche Frauen. Selbst in ihrem eigenen Volk hatten manche kein besseres Los, wenn es auch die Straße und nicht die Ziegelei war, und sich die Gemeinschaft der Kinder annahm. Sie nickte anerkennend. Wieder war es der Alten gelungen, sie zu erstaunen. War es dieser Scharfsinn, der den *hakim* von Anfang an beeindruckt hatte?

»Und Hamid?«, fragte sie.

»Hamid? Wahrlich kein Herzensbrecher, so viel steht fest. Eigentlich ein Frauenfeind. Ein *diablo*, wie ich schon sagte. Wahrscheinlich hat er deshalb nur Knaben bestiegen, um keinem Weib den Samen des Teufels einzupflanzen.«

Juana zuckte zusammen und errötete bis unter die Haarwurzeln. Die Alte bemerkte es, schwieg aber dazu. Nur ihre dunklen, wissenden Augen musterten die Jüngere eine Weile. Die würde sich schon zu helfen wissen, dachte sie – oder reden.

Währenddessen überlegte Juana fieberhaft, ob sie sich der Hebamme anvertrauen sollte, beschloss dann aber, nichts von ihrer überfälligen Blutung zu erwähnen. Wie gut, dass sie immer Mutterkorn vorrätig hatte, um dieses Problem aus der Welt zu schaffen. Mittlerweile hatte sie die Handhabung des Giftes ganz gut im Griff.

In die beklemmende Stille hinein sagte Räl: »Du musst verschwinden, *gitana*! Verlass Granada, hier kennen dich zu viele Leute.«

»Das hat er auch gesagt.« Juana schüttelte den Kopf. »Der Klan will aber noch nicht von hier wegziehen, Räl. Ich geh nicht ohne meine Familie.«

»Du hast keine Wahl«, stöhnte Räl und fragte sich, ob alle Zigeuner so eigensinnig waren. »Glaub mir, mit der Inquisition ist nicht zu scherzen. Ich bin zwar alt und wirr im Kopf, aber wenn es dir hilft, komm ich mit dir.« Ihr Angebot klang aufrichtig.

»Du würdest hier alles für mich aufgeben?«

Räl kratzte sich am Scheitel. »Nicht für dich, mein Kind – für ihn!« Sie senkte verschwörerisch die Stimme: »Ich hab es diesem *maldito diablo* versprochen.«

»Soso.« Juana entschlüpfte ein Lächeln. »Lass uns morgen darüber reden!«

»Schön, morgen ist ein guter Tag. Überleg es dir.« Räl schwieg. Dann flüsterte sie: »Wenn ich eines gelernt hab in den langen Jahren meines Lebens, *chata*, dann dieses: Du darfst niemals mit dir selbst Kompromisse schließen – wusstest du das?«

Juana verabschiedete sich von der alten Frau und versprach, am nächsten Tag wiederzukommen. Warum hatte ihr Hamid nicht mehr über Räl verraten?, ärgerte sie sich. Verpatzte Gelegenheiten hatten sie immer schon gewurmt. Aber dann freute sie sich auf weitere Geschichten, und das Gefühl, es mit einer echten Hexe zu tun zu haben, reizte ihren unruhigen Geist. Ja, und morgen würde sie ihr von der Schwangerschaft erzählen, die nun zur Gewissheit geworden war. Ihrer Großmutter wollte sie sich in dieser Angelegenheit nicht anvertrauen. Sie drehte sich jäh um und winkte der Alten.

Mit einem beklemmenden Gefühl in der Brust stieg Juana den steilen Weg hinunter zur Kirche San Nicolas. Räl sah ihr besorgt nach, bis sie das Mädchen aus den Augen verlor. Eine böse Vorahnung beschlich sie.

Kurz darauf verließ Juana das Albaicín. In Gedanken damit beschäftigt, sich zum wiederholten Male zu fragen, warum sie das Ausbleiben ihrer Monatsblutung allein auf das Opium geschoben hatte, konnte sie auch jetzt beim besten Willen nicht sagen, wie lange jene Nacht mit Hamid zurücklag. Die Wochentage waren für sie und ihresgleichen kaum von Bedeutung, die Zeit verging je nach Gemütsverfassung einmal schneller und einmal weniger schnell. In den letzten Wochen seit Hamids Aufbruch aus der Stadt hatte sie überhaupt jegliches Zeitgefühl verloren …

Eine kräftige Sonne brannte ihr auf den Rücken, als sie den Fuß des Sacro Monte erreichte und in der Ferne auf der kleinen Anhöhe die bunten, dicht gedrängten Wohnwagen sah. In ihre Gedanken versunken bemerkte sie die zwei Schergen erst, als sie hinter dem Akaziengebüsch hervorsprangen und sich auf sie stürzten. Sie hatte keine Chance.

IX.
KAIRO, 1531

Am letzten Tag des Juli 1531 traf die Karawane in Kairo ein. Salah bestand darauf, dass Nicolas sich in seinem Haus erholte. Um dem zielstrebigen Mauren allen Wind aus den Segeln zu nehmen, bot er ihm zugleich an, ihn im Januar gerne wieder mitzunehmen und bei den Dahlakinseln abzusetzen. Nicolas war einverstanden.

Als er Suheila begegnete und das untrügerische Leuchten in ihren Augen sah, hüpfte ihm das Herz im Leibe über ihre aufrichtige Wiedersehensfreude. Wann immer sie ihn erblickte, strahlten ihre mandelförmigen schwarzen Augen ihn an, und sie bemühte sich nicht einmal, dies vor den anderen zu verbergen. Selbst mit ihren Gefühlen, dachte er voller Hochachtung, ging sie mutig um und zeigte sie, und das in einer Gesellschaft, die Erotik ausschließlich ins Schlafgemach verbannte – wenn es dort überhaupt zu Erotik kam, da machte er sich nichts vor. Vermutlich spielte sich dort dasselbe ab wie in den christlichen Schlafkammern, manchmal mehr, manchmal weniger sportliche Versuche, eheliche Nachkommenschaft zu zeugen …

Die folgenden Wochen verbrachte Nicolas in Kairo. Er stieg mit Suheila zur maurischen Zitadella hinauf, wandelte mit ihr in Gizeh zu Füßen der Sphinx und bestaunte die Pyramiden der Pharaonen. Manchmal saßen sie auch nur am nahen Ufer des Stroms und harrten der scheuen Katzenwelse, die knapp über den seichten Grund streiften. Ende August gestand er ihr, dass er nicht mehr warten könne. Sie waren wieder einmal zu den Pyramiden des Cheops und seines Sohnes Chephren geritten, denn Suheila liebte die Ausflüge aufs Land und behauptete, die staubigen, sandigen Ebenen, die kahlen Anhöhen und nicht zuletzt die steinernen, von Menschenhand geschaffenen »Hügel« inspirierten sie in ihrer Arbeit. Das war Nicolas gänzlich unverständlich, malte sie doch ausschließlich Blumen, aber irgendwie passte es zu ihrem widersprüchlichen Geist.

Eng umschlungen betrachteten sie den Sonnenuntergang jenseits des Niltals irgendwo in der Wüste. Die glühende Sonnenscheibe versank hinter den golden leuchtenden Dünen und hinterließ orangefarbene, rote und schließlich violett gefärbte Wolken über dem Horizont, während sich vom Osten her die nächtliche Dunkelheit über das Himmelszelt schob. Die stille Schönheit des Ortes betörte ihre Seelen, und ihre Profile verschmolzen zu einem langen Kuss. Mit diesem Kuss ließ Nicolas Suheila nicht im Zweifel, in welcher Stimmung er war und dass er sich diesmal nicht mit einem solchen begnügen würde.

Suheila lachte. Es war ein nervöses, verlegenes Lachen.

»Willst du es wirklich, *habibt-i*?«

»Ja«, hauchte sie, ihn auffordernd, voll und ganz von ihr Besitz zu ergreifen. »Ich will endlich die Liebe kennen lernen«, kicherte sie.

Nicolas breitete eine Decke auf den Boden, an einer weichen, sandigen Stelle, und bettete Suheila darauf. Sie sah zum Himmel, der ein samtenes Blauschwarz angenommen hatte, und zeigte auf den Mond. Die silberne Sichel leuchtete auf dem sternenlosen Firmament wie ein übergroßer Lampion. In diesem Augenblick schienen Nicolas der ägyptische Mond größer und die ägyptischen Sterne funkelnder zu sein als alle Gestirne sonstwo auf der Welt. Er legte sich auf seinen Unterarm gestützt neben sie und fuhr mit dem Zeigefinger ihren Konturen von Kinn und Mund nach. Suheilas Kinn war energisch und spitz, ihre Lippen voll und herzförmig. Dass ihnen der sinnliche Schwung von Lisas oder Elviras Lippen fehlte oder jener der Zigeunerin, die er nur einmal berührt hatte und die nun für immer für ihn verloren waren, bedauerte er nicht. Mit diesen Frauen hatte Suheila nichts gemein. Sie war weder betörend wie Gloria noch lasziv wie Amalia oder feurig wie jene Zigeunerin. Und dennoch reizte sie ihn. Ihr makelloser, unschuldiger Körper, ihr ebenmäßig geschnittenes Gesicht und ihre charmante Art, gepaart mit einem scharfen Verstand, bezauberten und verführten ihn. Allzu deutlich spürte er ihr Verlangen nach Erfüllung, eine Erfüllung, die der aufgeweckte Geist alleine nicht zu geben imstande war. Doch er wollte behutsam vorgehen. Er hatte Zeit, viel Zeit.

Zaghaft und unsicher erwiderte Suheila Nicolas' Liebkosungen. Als er mit der Zunge tief in ihren Mund drang, war sie nicht überrascht, sondern nahm sie verlangend auf. Sie reagierte auf die sanfteste Berührung, zerschmolz in seinen Händen wie Wachs. Worte waren überflüssig. Wachgeküsst von seinem Charme, sehnte sich ihr Körper nach Befriedigung. Dabei zeigte sie sich so begierig und ungeduldig, dass es ihm nur mühsam gelang, die nötige Beherrschung aufzubringen und nicht über sie herzufallen wie ein brünstiges Tier. Instinktiv begriff er, dass Suheila anders war als die übrigen Frauen, die er besessen hatte: Keine von denen hatte ihn wirklich geliebt. Begehrt und geschätzt, vielleicht auch gehasst, aber nicht geliebt …

Suheila lag auf der Decke und betrachtete diesen Mond, der auf dem sternenlosen Firmament so unwirklich aussah. Ihr Herz pochte zum Zerspringen. Eine Flut schwarz gekräuselter Haare, die Nicolas gelöst hatte, umrahmte ihr fein modelliertes Gesicht. Bald hatte er das vorne über den Brüsten verschnürte Leibchen geöffnet und spielte mit ihren Brustwarzen. Langsam beugte er sich vornüber, saugte abwechselnd an ihnen und leckte über die dunklen Höfe. Heiß wallte das Blut durch Suheilas Adern, und sie spürte, wie sie zwischen den Beinen anschwoll und feucht wurde, dort, wo sich die gesamte Wonne zu konzentrieren schien. Ein nie gekanntes Gefühl der Lust erfasste sie und stürzte sie in einen Taumel der Sinne. Sie griff in sein dichtes, im Nacken zusammengebundes Haar und zog seinen Kopf nahe an ihr Gesicht. »Heute werde ich ganz dir gehören«, flüsterte sie. Zärtlich setzte sie ihre Lippen auf die seinen und spielte mit seiner Zunge. Nicolas drängte sich an sie, presste den Unterleib an ihren weichen Körper.

»Hast du Angst?«

»Nein«, log sie.

Zwischen ihren Schenkeln spürte sie seine pulsierende Härte. Zögernd tastete sie danach. Obwohl sie noch der feste Stoff seiner Hose von den nackten Tatsachen trennte, erschrak sie über die Größe seines Gliedes. »Oder doch«, gestand sie kleinlaut.

Beide setzten sich auf und entledigten sich ihrer Kleidung. Zuletzt zog Nicolas die zum Reiten rockähnlichen weiten Hosen von Suheilas Beinen. Nackt und eng umschlungen sanken sie auf die Decke. Sie sprachen kein Wort, sondern teilten sich alles, was sie empfanden, durch Berührungen mit. Nicolas begann, das Mädchen zu streicheln, erst ihr Haar und ihr Gesicht, dann wanderten seine liebkosenden Hände zu ihren Brüsten und weiter über den ganzen Körper. Schauer liefen über ihren Rücken, und eine wohlige Wärme durchflutete sie. Sanft drehte er Suheila auf den Bauch. Die Flut ihrer Haare legte er über ihren Kopf, dann fuhr er fort, Schulter, Rücken und die festen runden Pobacken zu streicheln. Während er leicht ihre Beine auseinander drängte, hauchte er an Hals und Rücken Küsse auf ihre heiße Haut. Sein Mund wanderte abwärts und liebkoste die glatte Haut ihres Hinterteils, während seine Finger den Eingang ihrer feuchten Spalte erkundeten. Köstliche Schauer ließen Suheila erbeben, als er endlich das Zentrum ihrer Weiblichkeit berührte. Sie spreizte ihre Beine weiter, war bereit, ihn zu empfangen.

Nicolas drehte sie auf den Rücken, beließ seine Finger jedoch an ihrem empfindlichsten Punkt. Er küsste sie lange und innig und fuhr dann mit der Zunge über ihren Hals. In der Grube unter ihrem Kehlkopf verharrte er kurz, zog eine feine Spur zu einer Brustwarze, und als er dort zu saugen begann, drang er mit einem Finger in ihre nasse Öffnung. Suheila stöhnte, drängte sich ihm entgegen. Sie war so eng, dass er meinte, keinen zweiten Finger hineinschieben zu können, ohne ihr wehzutun. Unter zärtlichen Küssen flüsterte er ihr ins Ohr: »Es wird wehtun, du bist sehr eng.«

Suheila lachte nur: »Nicht ich bin eng, sondern du bist riesig groß, wie mir scheint.«

»Setz du ihn an«, raunte er und führte ihre Hand an sein Glied. Ungläubig sah sie hinab auf die mächtige Lanze, die sie gerade mit einer Hand umschließen konnte. Sie fühlte sich heiß und hart an, nur die Spitze leuchtete rosig und samtweich.

»Du musst dich vollkommen entspannen, *habibt-i*, damit es leichter geht«, murmelte Nicolas und setzte ihn selbst an.

Als er zustieß und die zarte Barriere ihrer Jungfernschaft zerriss, glaubte sie, gevierteilt zu werden. Ihre weit aufgerissenen Augen spiegelten den Schmerz und das Entsetzen wider und auch die Angst, dass sich der Schmerz wiederholen könnte. Suheilas Schrei erstickte er mit seinen Lippen.

Köstliche Enge umschloss ihn und raubte ihm beinahe den Verstand. Sofort hielt er inne und wagte nicht, sich weiter zu bewegen. Tief beschämt vergrub er sein Gesicht in ihrem Haar. Verdammt, er hatte ihr nicht wehtun wollen! Suheila entspannte sich wieder, nahm sein Gesicht in beide Hände und drehte es zu sich. Sie küsste ihn auf Stirn, Augenlider und Wangenknochen, fuhr mit ihrer Zunge den Konturen seiner Lippen nach, verweilte in seinen Mundwinkeln und strich die samtige glatte Innenseite seiner Lippen entlang. Die Hitze und pulsierende Härte in ihrem Inneren empfand sie wie einen Fremdkörper, einen Eindringling, der von ihr Besitz ergriff.

Langsam begann sich Nicolas zu rühren, zunächst zögerlich, dann bestimmter. Da ließ das Gefühl, aufgepfählt zu sein, wundersamerweise nach, und ein Gefühl der Wonne und der Lust überdeckte ihre Schmerzen. Wie von selbst hob und senkte sich ihr Becken im Rhythmus seiner Stöße. Ja, je heftiger er sich in ihr bewegte, desto größer wurde Suheilas Verzückung. Bald befand sie sich in einem rauschartigen Zustand, tanzte auf riesigen Wellen, die unter ihr hinwegrollten. Als der Höhepunkt nahte, wurde sie emporgehoben und davongetragen in ihr unbekannte Sphären, wo alles Denken ausgelöscht war. Keuchend schnappte sie nach Luft. Dann breitete sich ein nie gekanntes Glücksgefühl in ihrem ganzen Körper aus.

Aufgrund ihrer atemberaubenden Enge konnte auch Nicolas nicht lange an sich halten. Ihre schmalen Hüften mit seinen großen Händen packend stieß er animalische Laute aus. Er bäumte sich auf, jede Faser seines sehnigen Körpers gespannt, und fiel stöhnend in sich zusammen.

Innig umschlungen lagen ihre erhitzten Körper auf der Decke, durch die allmählich die Kühle des Sandes drang.

»Bist du glücklich?«, flüsterte Suheila an sein Ohr.

Nicolas drückte sie an sich. In diesem Augenblick wollte er nur genießen und schweigen.

»Sag schon!«, drängte sie.

Er zögerte. »Was ist Glück?«, fragte er schließlich leise.

Suheila überlegte eine Weile, bevor sie meinte: »Momente vielleicht, in denen ich schwebe, wo alles stimmt …«

»*Na'am*, so könnte ich es auch sehen.«

»Sie kommen nicht oft, diese Momente.« Sie lächelte. »Bisher kamen sie nicht oft.«

Nicolas drückte sie fester an sich. Ohne sich der kalten Nachtluft bewusst zu werden, spielte er mit Suheilas Haar und fragte sich, weshalb er sie nicht schon früher verführt hatte – Gelegenheiten hätte es genug gegeben. Und ihr Widerstand wäre kaum größer gewesen … Nein, das hätte er ihr nicht antun wollen. Eine körperliche Vereinigung, die endgültige und bedingungslose Bindung an diese Frau hätte bedeutet, mit der Eheschließung nicht bis nach der Bergung des Goldes warten zu können. Das war es gewesen. Kaum war ihm dies klar geworden, nahm er Suheilas Gesicht in seine großen Hände und sah ihr tief in die Augen: »*Uhibb-ki*, mein Liebes. Wir werden in einem Mond heiraten.«

Hitze stieg der jungen Frau neuerlich in die Wangen, und ein überwältigendes Glücksgefühl durchströmte ihren Körper.

Salah und Ghazalia waren außer sich vor Freude. Unverzüglich wurde der Hochzeitstermin der weitreichenden Verwandtschaft bekannt gegeben. Das Fest sollte im Haus der Brauteltern stattfinden und wurde von ihnen auch ausgerichtet.

Nicolas begab sich nach Alexandria, um Karim und seine Mutter zu benachrichtigen. Auch dort zeigte sich die gesamte

Familie mit Ausnahme der beiden jüngsten Töchter seines Onkels überaus erfreut.

»Oh, oh«, meinte Karim mit einem verschmitzten Lächeln, und der Onkel klopfte ihm auf die Schulter, als hätte er die Erde umrundet oder etwas ähnlich Weltbewegendes vollbracht. »Gut so, mein Junge«, freute er sich. Es hatte zwar ein bisschen gedauert, aber schließlich waren seine Pläne aufgegangen.

»Suheila, die Erste?« Karim grinste.

»Suheila, die Einzige, du Dummkopf. Ich bin ja kein Moslem.«

»Auch kein Christ«, mischte sich Mahmud vorsichtig ein.

Nicolas sah den Onkel offen an. *»Sahih«*, bestätigte er, »auch kein Christ.«

Ende September reiste der gesamte Haushalt Mahmud Harun al Mansibs nach Kairo und quartierte sich in Abdullahs Haus ein. Zaida zog zu Nicolas und half Ghazalia und Haruns Frauen bei den Hochzeitsvorbereitungen. In dem stattlichen Anwesen der As-Shihuh, das eigentlich aus zwei aneinander gebauten Häusern bestand, befand sich jeweils ein großer Raum für Feste und Familienangelegenheiten. Diese beiden Säle wurden festlich geschmückt und die Teppiche mit Rosenwasser besprengt. An die Wände hängten die Frauen duftende Kräuterbeutel, um die Luft zu aromatisieren.

Am Tage vor der Hochzeit streifte Zaida durchs Haus und betrachtete zufrieden das Werk vieler fleißiger Hände. Jeder Torbogen, jede Tür war mit Blumen geschmückt. Der Saal in Salahs Haus, in dem am ersten Hochzeitstag die Bewirtung der allerengsten Familien stattfinden sollte, sah sehr festlich aus. Die Keramikkacheln an den Wänden waren poliert und glänzten. Fein ziselierter, zum Teil wie Spitzenarbeit durchbrochener Stuck fing hoch oben mit seinem Relief das Licht ein. Unterhalb des rundum laufenden Stucks warfen drei Glasmosaiken in leuchtenden Farben bunte Lichtkegel auf die weißen Wände. Durch den ganzen Raum waren bestickte weiße Tücher aneinander gereiht auf dem Boden ausgebreitet, geschmückt mit Girlanden aus gelb und lila blühenden Hibiskusblüten. Entlang dieses »Tischtuches« lagen zu beiden Seiten leuchtende Läufer und darauf dicht gedrängt sämtliche in beiden Haushalten aufgetriebene Kissen. Eine Ecke des Saales war für die Musiker freigehalten worden und mit Straußenfedern aus Gadames dekoriert. Im angrenzenden kleineren Salon, in dem von Dienern Tee und Kaffee bereitet werden sollte, standen Wasserpfeifen bereit und viele Ballen in Stroh verpacktes *qat*.

Die Hochzeit wurde drei Tage lang gefeiert. In Ermangelung eines eigenen Hauses wurde die Braut in Begleitung aller Verwandten vom Hause ihrer Großeltern zu ihrem eigenen Elternhaus geführt, in dem das Paar künftig wohnen sollte. Unter lautem Trillern der Frauen und ununterbrochenen Schüssen der Männer zog die Hochzeitsgesellschaft los. Lautstark bewegte sich der bunte Zug durch die engen Gassen der Medina. Kairos Nachmittagsstille wurde für kurze Zeit von Dudelsackpfeifern, Trommelschlägern und den schrillen Rufen der Frauen zerrissen, die den Zug begleiteten.

Auf einem geräumigen Platz in der Nähe des Elternhauses erwartete eine kleine Abordnung der Swelim die Braut. Als der Beduine und sein Vollblut, eine Carioca ausführend, das Kamel mit der Braut umrundeten, funkelte die Silbereinlegearbeit seines Sattels in der Sonne. Suheila saß verschleiert auf dem prächtig geschmückten Tier und amüsierte sich über die Tanzfigur, bei der das Pferd unter kurzen, kleinen Schritten mit dem Hinterteil wackelte. Auch Nicolas wollte sich die viel gerühmten Pferdetänze jenes Beduinenstammes nicht entgehen lassen und hatte sich unter die Zuschauer geschmuggelt.

Nach den Vollblütern der Swelim traten männliche Teilnehmer der Hochzeitsgesellschaft auf und boten die traditionellen *janbiah*-Tänze dar. Ihre Krummdolche mit Horngriff steckten in farbigen Lederscheiden und diese in gold- und silberbestickten Gürteln, die weiße *djellabahs* zusammenhielten. Trommeln begleiteten die Tänzer und ließen die langen Röcke fliegen. Bevor sich der Zug wieder in Bewegung setzte, überbrachten die auf dem Platz Anwesenden der Braut ihre Glückwünsche.

Nach ihrer Ankunft in Salahs Haus sah Nicolas die Braut zum ersten Mal an diesem Tag von Angesicht zu Angesicht. Sie war wie ein Traum aus Tausendundeiner Nacht. Ihre mit Antimon geschwärzten Lider und die mit Beerensaft gefärbten Lippen unterstrichen noch die makellose Schönheit ihres anmutigen Gesichts. Suheila trug ein schlichtes Kleid aus dunkelblauer Seide, und um Kopf und Schultern legte sich ein Hauch von blauem Schleiertuch. An der Brust baumelten an einer langen silbernen Kette drei kleine Silberdöschen, in denen alles Böse bannende Schriftstücke steckten, und um den Hals hing noch eine vierfache Kette aus gelbem Bernstein. An dem zartblauen Schal waren orangegelbe Zinnien und blutrote Nelken befestigt. Suheilas schwerer Zopf steckte auf dem Rücken in einer Zopftasche aus schwarzem Samt mit dichter Goldstickerei, die durch den transparenten Schleier hindurchschimmerte. Als weiteren Schmuck trug sie goldene Armreifen und schwere Ohrgehänge mit Rubinen, wie sie auch die Fingerringe besaßen. Die Fußgelenke umschlossen breite Silberreifen mit feinen Verzierungen, und selbst die Zehen waren mit Ringen und kleinen Silberkugeln geschmückt. Suheilas Hände, Arme und Füße waren mit zierlichen Hennamustern verschönt. Die professionelle Bemalerin der zarten Girlanden, Blumenornamente und geometrischen Muster war auch dafür zuständig gewesen, die Braut aufzuklären, was es mit der kommenden Hochzeitsnacht auf sich haben wird. Suheila hatte während der stundenlangen Prozedur nur still in sich hineingelächelt.

Am ersten Nachmittag war der Saal so voll, dass kaum Platz für die Musiker blieb. Sobald sich der engste Familienkreis eingefunden hatte, spielten sie auf. Tamburin, Trommeln und *uds* wetteiferten um die Gunst des Publikums und versuchten, sich gegenseitig zu übertrumpfen. Überall auf den bestickten weißen Tüchern standen Obstschalen, und in der Mitte lud eine Schüssel aus Alabaster mit Weintrauben, Feigen und Datteln das Brautpaar ein, sich zu setzen. Als das Essen aufgetragen wurde, nahm das Stimmengewirr ab, und auch die Musik wurde leiser. Suheila und Nicolas saßen nebeneinander auf seidenen Kissen, in der Mitte der Tafel, die sie in eine männliche und eine weibliche Hälfte teilten. Neben der Braut lag ein Schwert, Griff und Scheide mit kunstvoller Silberarbeit beschlagen, als Zeichen, dass es sich um eine vornehme Familie handelte. Ghazalia saß strahlend neben ihrer Tochter und fächelte ihr immer wieder Luft zu, denn Suheila perlte der Schweiß in großen Tropfen von der Stirn. Der Platz neben der Brautmutter gebührte Zaida, die nicht weniger glücklich aussah.

Alle weiblichen Familienangehörigen hatten sich für dieses Ereignis herausgeputzt. Sie trugen Kleider aus steifer Seide, schwarz und golden gestreift, aus Goldbrokat mit violettem Schimmer oder leuchtend rot mit Goldmustern und Goldstickerei. Zaida trug ein weites, kittelartiges Gewand aus schwarzem Samt mit schmaler Goldborte an Schultern und Saum, Ghazalia ein Kleid nach jemenitischer Art mit seitlich zusammengeraffter Taille, engen langen Ärmeln und bunten Borten am angesetzten Rock.

Nicolas war in schlichtes Schwarz gekleidet, Hose und Kasack aus grober Seide, dazu schwarze Lederstiefel. Er sah sehr vornehm aus. Mit der *janbiah* im rot bestickten Gürtel, dem im Nacken zusammengebundenen langen Haar, barhäuptig und ohne Bart wirkte er neben den anderen Männern in ihren feinen Kaftans sehr fremdländisch. Suheila war stolz und glücklich und trug dies auch zur Schau. Mit untergeschlagenen Beinen saß sie in kerzengerader Haltung vom Abend bis tief in die Nacht. Von Zeit zu Zeit ordnete sie mit anmutigen Bewegungen die Falten ihres Kleides und zupfte ihren Schal zurecht.

Diener trugen das aus mehreren Gängen bestehende Festmahl auf. Ziegen und Schafe waren geschlachtet und das Fleisch auf verschiedene Weise zubereitet worden: im großen Stück gebraten, kleine zarte Stücke gegrillt, Leber, Herz und Nieren für sich, andere Teile in einer würzigen Pfeffersoße, die ganzen Köpfe gekocht und mit der Brühe in großen Schüsseln serviert. Dazu wurden Berge von Reis, Hirse, *hummus* und *couscous* gereicht, die mit allerlei Zutaten angereichert worden waren: Safran, Rosinen, Kardamom und Nelken. Das traditionelle *mutab-*

bal, der leicht nussig schmeckende Brei aus gebackenen Auberginen mit Sesampaste, und duftendes, frisch gebackenes *aisch*, das bei keinem Essen fehlte, wurden ebenfalls aufgetragen. Für den engsten Familienkreis gab es noch marinierte Gurken, eingelegten Spargel, Eier und zum Abschluss *bint as-sahn*, den süßen Hefeteig zu festlichen Anlässen.

Als alle Gäste von der Tafel aufgestanden und durch die Tür, an der Diener mit Messingbecken und Wasserkanne standen, in den Salon zum Tee oder Kaffee verschwunden waren, wurden noch einmal Speisen nachgefüllt. Die Jugendlichen der Familien setzten sich nun zum Essen, und nach ihnen die Dienerschaft des Hauses und die der Gäste.

Am zweiten und am dritten Tag erschienen die weitläufigeren Verwandten und die Freunde der Familie, und Männer und Frauen wurden getrennt. Nicolas feierte mit den Männern in Haruns festlich geschmücktem Saal, Suheila mit den Frauen im Festsaal ihres Elternhauses, der zum Bersten voll war. Während die Gäste kamen und gingen, saß Suheila in all ihrer Pracht auf einem fest gestopften seidenen Kissen an der Schmalseite des Raumes. Alle Stunde durfte sie sich ein Weilchen zurückziehen und sich in ihrem neu ausgestatteten Ehegemach bei offenen Balkontüren erholen, während eine Dienerin ihr solange den lästigen Schmuck abnahm und kühles Wasser zum Trinken reichte. Manchmal zündete das Mädchen auch Weihrauch an und hielt ihrer Herrin die Schale unter den Rock, damit der duftende, erfrischende Rauch die Beine hinaufstrich.

Während die Männer nach dem Essen gerne das Gespräch suchten und sich unterhielten, ging es im Saal der Braut zu wie in einem Bienenschwarm. Eine ältere Frau mit zerknittertem Gesicht und derbem Lachen bearbeitete fast ununterbrochen eine kleine, beidseitig bespannte Trommel in eindringlichen, sich immer wiederholenden Rhythmen, begleitet von dem hell und kurz klingenden Tamburin einer anderen Alten. Mit knarrender Stimme sang sie dazu eintönige Lieder, Balladen und Weisen. Zu dieser Musik tanzten die Frauen, immer nur zwei auf einmal. Die Bewegungen ihrer Körper waren sanft, aber sparsam und beherrscht, nur die Füße stampften in schnellen rhythmischen Schritten. Wer nicht tanzte, kaute Qat oder rauchte eine Wasserpfeife, wobei die Unterhaltung nie abriss. Zu vorgerückter Stunde häuften sich am Boden die Strünke und Stängel, und immer mehr Frauen, mit prallen Backen und gläsernen Blicken, lauschten den Balladen, während ihnen der grüne Saft die Kehle hinabrann.

Nicolas hatte, anstatt Brautgeld zu zahlen, zur Hälfte die Kosten der Hochzeit berappt, auf die er gerne hätte verzichten können. Doch um mit der Familie in Frieden zu leben, hatte er sich der Konvention gebeugt und einer standesgemäßen Hochzeit zugestimmt. Es mussten dreihundert Gäste bewirtet werden. Als die drei Hochzeitstage endlich vorüber waren, atmete Suheila auf. Die nächste Zeit widmete sie neben ihrer Malerei vor allem Nicolas. Dass er mit ihrem Vater im Januar zu den Dahlakinseln aufbrechen wollte, wusste sie, und sie kannte auch den Grund, rückte die Abreise aber in weite Ferne.

Nach ein paar glücklichen Wochen in Kairo wurde es Nicolas im Elternhaus zunehmend eng, und er sehnte sich nach mehr Intimität – den ausgedehnten Räumlichkeiten seiner Festung oder der komfortablen Kajüte einer Karavelle, wo nur Seemöwen zuhörten. In dieser Zeit reisten die beiden nach Alexandria, besuchten die Familie und streiften durch die Kasbah und den weltoffenen Hafen. In den Nächten auf Karims Dhau lauschte Suheila Nicolas' Erzählungen.

Im Dezember verriet Suheila ihrem Mann, dass sie schwanger war. Nicolas Freude war groß, und für kurze Zeit teilten sie das süße Geheimnis allein. Nicht lange, denn den Argusaugen der Frauen im Haus entging nichts. Ungeachtet all des Glücks fühlte sich Suheila in den ersten Wochen nicht wohl, sie nahm ab und war gereizt. Nicolas erwähnte Achmed gegenüber bei einem seiner Besuche seine Besorgnis.

»Na ja, ich hab nicht gerade das, was man Erfahrung nennt mit schwangeren Ehefrauen«, Nicolas lächelte schief, »aber Suheila scheint mir verändert, wie ausgewechselt. Das beunruhigt mich mehr als die morgendliche Übelkeit – die geht vorüber.«

»Hm«, meinte Achmed und strich sich über seinen dünnen Bart. Sein junger Freund war nun wirklich keiner, der ängstlich war, auch nicht, wenn es um einen Angehörigen ging. Doch irgendwie hatte auch er ein seltsames Gefühl, obwohl er die junge Frau nicht kannte.

Zu Nicolas' Überraschung nahm Achmed seine Sorgen ernst. »Überleg es dir gut, im Januar abzureisen, mein Sohn«, riet er ihm.

Nicolas zögerte. »Warum, alter Mann?«

»Es ist ein Zeichen von Unglück«, versicherte der andere mit erhobenem knochigem Zeigefinger, »dass mich gerade heute das Pfeifen der Rohrdommel gewarnt hat.«

Lange dachte er über Achmeds Rat nach. Warum er so viel auf die Meinung des blinden Freundes gab, konnte er nicht sagen. Hin- und hergerissen zwischen der Versuchung, seiner Abenteuerlust nachzugeben, und seiner Liebe zu Suheila, kam ihm Yalanlingua in den Sinn. Yalanlingua und ihr Lächeln, das immer dasselbe geblieben war: kühl und rätselhaft. Auch die Indianerin hatte er schwanger zurückgelassen, damals auf Tagomago … Schließlich beherzigte er Achmeds Rat und entschied, bei seiner Frau zu bleiben, bis das Kind geboren war. Suheila war überglücklich.

»Ausgezeichnet«, freute sich auch Salah, und zu Harun gewandt meinte er strahlend: »Zum einen bleibt ein Mann im Haus, der den Frauen ein Gefühl des Schutzes gibt, und zum anderen kann er sich in der Zwischenzeit um die Geschäfte kümmern.« Er warf Nicolas einen halb verschmitzten, halb herausfordernden Blick zu.

»Oho!«, lachte Nicolas.

»Wie wär's«, überlegte Harun laut und kraulte sich seinen vollen Bart, »wenn unser Freund in diesen Monaten den längst fälligen An- und Umbau der Lagerhalle vornimmt?«

»Eine treffliche Idee, Bruder!« Salah grinste. »Dann sind sie nämlich leer. Und im Frühjahr kaufst du, was immer den Nil hinuntergeschwommen kommt, Nicolas.«

Offensichtlich hoffte sein Schwiegervater immer noch, ihn

für den Handel interessieren zu können, während sein Bruder nur praktisch dachte. Für den Einkauf der Waren aus Nubien, dem Reich der Amhara und dem ehemaligen Königreich Kusch, die in Kairo umgeschlagen wurden, räumten sie ihm in der Folge weitreichende Kompetenzen ein. Darüber hinaus übertrug ihm Salah für die Zeit seiner Abwesenheit sämtliche Rechte und Pflichten eines Haushaltsvorstandes.

Nicolas indes war es einerlei, womit er sich bis zum Sommer die Zeit vertrieb. Wenn er seinem Schwiegervater und Freund damit einen Gefallen erweisen konnte, war ihm das nur recht.

Suheilas Beschwerden besserten sich nach den ersten Monaten. Als Übelkeit und Brechreiz sich gelegt hatten, war sie gut bei Appetit, bekam rundliche Wangen und Rundungen an Hüften, Gesäß und Schultern. Ihre Brüste schwollen an, und ihre Züge wurden weicher, fraulicher. In dem Maße, in dem ihr Bauch sich rundete, steigerte sich auch ihre Empfindsamkeit. Alles an ihr wurde sensibel. Die geringste Berührung ihrer Brustwarzen, Lippen oder ihrer geschwollenen feuchten Weiblichkeit genügten, um Suheila köstliche Augenblicke der Lust zu schenken; des Nachts im Alkoven des elterlichen Hauses und des Morgens an manch lauschigem Platz, wenn sie ausgedehnte Spaziergänge an der noch kühlen Luft unternahmen. Anschließend beobachtete sie in Nicolas' starken Armen von Schatten spendenden Palmen aus die Fellachen bei der Arbeit. Überall zogen nun Ochsen einfache Holzpflüge durch die fruchtbare Erde am Nilufer. Ihnen folgten Reihen von Säern, die im Rhythmus von Gesängen den Weizen ausstreuten.

Nicolas ging sehr behutsam mit seiner Frau um, denn schon wurden Stimmen laut, die Anlass zur Sorge gaben. Der von Suheila errechnete Geburtstermin mit Anfang August wurde nicht nur von den Frauen des Hauses infrage gestellt, auch Zaida bezweifelte bei ihrem Besuch im Frühling die angebliche Schwangerschaftsdauer angesichts des rasch schwellenden Leibes ihrer Schwiegertochter. Nicolas nahm zunächst an, dass die Frauen sich einfach am Hochzeitstermin orientierten, so, als ob die

Zeugung just in der Hochzeitsnacht stattgefunden haben musste. Doch schließlich sprach seine Mutter aus, was er im Grunde seines Herzens längst befürchtete, aber nicht wahrhaben wollte: »Entweder irrt sich deine Frau im Termin oder das Kleine wird so ein Riesenkind wie du.«

»Mutter, du warst aber nie so zart und feingliedrig wie sie.« Es klang wie ein Vorwurf, brachte die Sache aber auf den Punkt.

»Eben«, sagte Zaida leise und warf ihrem Sohn einen sorgenvollen Blick zu.

Suheila irrte sich nicht. Anfang Juli, ein Monat vor dem von ihr errechneten Geburtstermin, tat sich gar nichts. Jeden Tag bestaunte Nicolas die pralle, an Suheilas zierlichem Leib so unnatürlich aussehende Kugel von neuem und wunderte sich, dass sie nicht platzte. War die junge Frau in den vorgerückten Monaten ihrer Schwangerschaft unbeschwert und frohen Herzens gewesen, so wurde sie in dieser Zeit ungeduldig, gereizt und leicht erregbar – sei es, weil ihr die Bedenken und Ängste der engsten Vertrauten nicht verborgen blieben, sei es, weil sie eine innere Unruhe spürte, die sie nicht erklären konnte.

Die letzten Wochen waren besonders schlimm. Suheilas Gemütszustand wechselte oft stündlich, womit Zaida besser zurechtkam als Nicolas, der ziemlich ratlos war. Deshalb beschloss seine Mutter, bis nach der Geburt des Kindes in Kairo zu bleiben. Selbst Ghazalia ertrug kaum noch Suheilas reizbare Stimmung, und als sie auch noch schwermütig und unzugänglich wurde, wusste keiner mehr Rat. Ein *hakim* wurde gerufen.

Der große, spindeldürre Mann sprach mit der werdenden Mutter und tastete ihren Bauch durch die Kleider hindurch ab. Den Kindesvater mit einem nachdenklichen Blick messend, fuhr er sich über die hohe, knochige Stirn. Dann verschrieb er ihr Melissentee und den Auszug aus Orangenblütenblättern. Als er ging, war Nicolas weniger zuversichtlich als zuvor. Der Arzt sprach von einer möglicherweise schweren Geburt.

»Und weiter?«, drängte Nicolas. »Kann man … kann *ich* nicht irgendetwas dagegen tun?«

Der *hakim* sah den stattlichen Mann, der gut das Doppelte

auf die Waage brachte, an wie einen seiner Schüler. »Jetzt wohl nicht mehr.«

Ungeachtet seiner Sorge verfinsterte sich Nicolas' Miene zusehends.

»Oh, man muss zunächst abwarten, *sayyid*«, beschwichtigte der andere sogleich, eine Verbeugung andeutend. »Allahs Wege sind uns nicht bekannt. *Salam*.«

Pünktlich Anfang August, als das Kind zur Welt kommen sollte, trafen die Brüder ein, so, wie sie es versprochen hatten. Salah traute seinen Augen nicht. Anstatt eine freudestrahlende Mutter mit seinem Enkelkind in den Armen anzutreffen, fand er eine Fremde vor. Seine sanfte Tochter war nicht wiederzuerkennen. Suheilas zierlicher Körper wehrte sich gegen das unaufhaltsam in ihm wachsende Kind – ein Kampf, der sich auf ihr Gemüt, auf ihr Wesen schlug. Streitsucht und Schwermut wechselten einander ab. Sosehr Nicolas sich auch bemühte, konnte er das nicht ändern.

In dieser Bedrängnis setzten endlich, drei Wochen über dem Termin, schwache Wehen ein. Nach endlosen Spaziergängen, Treppensteigen und wiederholter Einnahme von Rizinusöl versuchte es Ghazalia mit dem geburtsfördernden Jasminöl. Bald verströmte das stark honigartige Öl im gesamten Schlafgemach einen blumigen Duft, brachte die Geburt aber nicht in Gang. Der *hakim* wurde ins Haus gebeten, ebenso eine Hebamme. Ohne den Alkoven zu betreten, ließ der Arzt Lavendel verbrennen, um das Kreiszimmer zu reinigen, und trug Ghazalia auf, den Raum von Zeit zu Zeit mit Essig zu besprengen, in den Rosmarin-, Salbei- und Lavendelessenzen gemischt werden sollten. Des Weiteren verschrieb er einen krampflösenden Minzetee und überreichte der Mutter ein Riechfläschchen mit Kampfer, um Atmung und Herz zu stärken. Er versprach, am nächsten Tag wiederzukommen.

Die Hebamme blieb und war sehr um Suheila bemüht, obwohl die Geburt nicht richtig in Schwung kam. Die ganze Nacht hindurch verabreichte sie ihr Minzetee und erleichterte mit Massagen die Rückenschmerzen. Doch auch das einmassierte Öl des Muskatellersalbeis förderte die Wehen nicht. Um der Hebamme zumindest ein paar Stunden Schlaf zu verschaffen, wechselten sich die Frauen des Hauses an Suheilas Bett ab, das diese immer seltener verließ.

Endlich wurden die Wehen stärker, und Suheilas Stöhnen wurde lauter. Am Morgen drangen ihre Schreie durch die massive geschnitzte Tür ihres Schlafgemachs und in jeden Winkel des Hauses. Gegen Mittag erschien der *hakim*. Nachdem er sich von der *qabila* hatte überzeugen lassen, dass das, was er hörte, nun tatsächlich Wehen waren, drückte er Nicolas gegenüber seine Zuversicht aus. »Es kann nun nicht mehr lange dauern. *Inschallah!*«

Er verschrieb Rosenhonig, der den Uterus stärken sollte, und Ghazalia machte sich sogleich an seine Herstellung. Aber die Königin der Blumen, die Suheila nicht ausstehen konnte, war nicht geneigt, der Wehenden beizustehen.

Wohin Nicolas sich auch zurückzog, Suheilas Schreie verfolgten ihn. Sie gingen ihm unter die Haut, quälten ihn und bereiteten ihm unendlichen Kummer. Am Nachmittag verließ er das Haus und begab sich zur Ibn-Tulun-Moschee, um Achmed aufzusuchen. Er hatte keine Ahnung, wie ihm der Alte helfen sollte, und trotzdem suchte er seine Nähe. Achmed wusste keinen Rat. Wohl spürte er ein drohendes Unheil, konnte es aber nicht in Worte fassen. Da er dem Lauf der Dinge nicht vorgreifen wollte, äußerste er sich zurückhaltend: »Besorge einen Opal, mein Junge. Der kraftvoll schillernde Stein ist belebend und eine Quelle der Energie und der Inspiration. Geh zu deiner Frau und schenke ihr deine Kraft. Aber wisse: Weder du noch der *hakim* könnt das Leben der beiden beeinflussen, nur Allah Onakibar …«

»Sag, was siehst du, Achmed?«, bedrängte ihn Nicolas.

»Mein Junge«, beteuerte der blinde Mann, »schon lange sehe ich nichts mehr. Und was ich befürchte, werde ich dir nicht mitteilen.«

»So schlimm?«

»So schlimm. Nun geh, ich werde für euch beten.«

Nicolas eilte in den Basar und danach nach Hause. Von weitem schon hörte er Suheilas Schreie, die ihm durch Mark und Bein gingen. Zorn, gemischt mit Schmerz, spiegelte sich in seinem Gesicht, als er die Treppe hochlief und in seine Gemächer stürmte. Ohne auf Ghazalia oder seine Mutter zu achten, packte er den *hakim*, auf den er im Vestibül traf, am Kragen seines weißen Umhangs und zischte ihm ins Ohr: »Entweder Ihr gebt meiner Frau sofort ein wirksames Schmerzmittel, oder Ihr seid der Nächste, der eines braucht!«

»Aber das Kind, *sayyid*«, stotterte der Mann, »es könnte dem Kind schaden!«

»Ist das Kind so etwa nicht gefährdet?«, stieß Nicolas zwischen den Zähnen hervor. Da sich der untergewichtige Mann einsichtig zeigte, ließ er von ihm ab.

Der Arzt strich seinen Mantel glatt, öffnete die mit Bronzebeschlägen verzierte Schatulle und überreichte Ghazalia getrockneten Ysop, den sie in saurem Wein kochen sollte. *»Bismillah«*, versicherte er, »das ist ein verlässliches Betäubungsmittel.«

Als Nicolas ihn nicht weiter beachtete und das gemeinsame Schlafgemach betrat, murmelte der *hakim* etwas von einem dringenden Krankenbesuch und verschwand.

Nicolas wollte Klarheit. Verunsichert blickte die *qabila* von dem entschlossen wirkenden Mann zur Mutter und wagte nicht, die Kreißende im Beisein des *sayyids* zu untersuchen. Auch Ghazalia und ihre beiden Schwägerinnen waren von Nicolas' Gegenwart peinlich berührt und zogen sich zurück. Nur Suheila war alles gleichgültig. Während der Wehen krümmte sie sich vor Schmerz zusammen, und in den Wehenpausen fiel sie in einen kurzen, fast deliranten Zustand. Nicolas zwang die *qabila*, nicht nur die Untersuchung durchzuführen, sondern auch offen mit ihm zu reden.

Mit hochrotem Kopf kroch sie unter einem alles bedeckenden Leintuch zwischen die Beine der Frau und tastete nach dem kindlichen Kopf. Als sie wieder zum Vorschein kam, sprach sie aus, was unterdessen alle vermuteten. »Oh, *sayyid*, der Kopf des

Kindes tritt nicht in das Becken ein. Entweder ist er zu groß oder das Becken zu eng. Allah ist mein Zeuge, das Kind lebt, ich kann seine Herztöne gut hören.« Dabei deutete sie auf ein kurzes Horn in ihrer Hand, das einer Trompete ähnelte. Unter Verbeugungen zog sie sich zurück, denn sie wusste, dass noch eine anstrengende Nacht auf sie zukam.

Als Ghazalia ihre Worte vernahm, warf sie sich in die Arme ihres Mannes. Nicolas blieb mit Suheila allein. Er dachte an Achmeds Worte und kramte nach dem Lederband mit dem Opal. Liebevoll hängte er ihr den Stein um den Hals. Dann nahm er seine bis auf die Haut nasse Frau in die Arme und drückte sie jedes Mal fest an sich, wenn sie nach einer überstandenen Wehe am ganzen Leib zitterte. Ihre Schreie hallten nicht mehr durchs Haus. Was blieb, war ein heiseres Krächzen.

Der *hakim* kam am späten Abend wieder, um sich zu überzeugen, dass das Betäubungsmittel auch seine Wirkung tat. Nicolas zwang ihn, etwas Stärkeres herauszurücken.

»*Sayyid*«, beschwor ihn der hagere Mann in mittleren Jahren und fuhr sich nervös über seine knochige Stirn, »Eure Frau liegt noch nicht einmal zwei Tage in den Wehen …«

»Wollt Ihr behaupten, das sei normal?«

»Nun ja«, der Arzt wiegte verlegen den Kopf, »was ist schon normal? Diese Schmerzen …«

Nicolas baute sich drohend vor ihm auf. »Ja …? Die werdet Ihr Euch noch wünschen, wenn Ihr nicht augenblicklich tut, was ich verlange!« Er sprach leise, aber seine Stimme bebte vor verhaltenem Zorn.

»Oh, äh …«, stotterte der *hakim* blass, »ich übernehme keine Verantwortung für das Kind!« Er wandte sich ab. Widerwillig gab er Ghazalia den Samen der Königskerze, den sie zerstoßen und in sauren Wein mischen sollte.

»Und jetzt die Wahrheit«, forderte Nicolas den Mann um nichts freundlicher auf. »Redet sie Euch von der Seele!«

Der *hakim* trat von einem Fuß auf den anderen. Langsam zog er die Schultern hoch und flüsterte, wobei er es vermied, dem Ehemann in die Augen zu sehen: »Wenn das Kind für sie zu groß ist, ist sie in Gefahr.« Mit Nachdruck wiederholte er: »In ernster Gefahr ...«

»Existiert denn noch eine?«

Der zynische Unterton in der gepressten Stimme ließ den Araber befürchten, der Ehemann könne jeden Augenblick die Beherrschung verlieren, und was das für ihn bedeuten könnte, wollte er sich lieber nicht ausmalen. Ein »Salam« murmelnd, machte er sich aus dem Staub.

Die ganze Nacht über hielten die Wehen an, wenn sie auch dank der Wollblume weniger schmerzhaft waren. Immer wieder kroch die Hebamme unter das große Laken, denn Nicolas rührte sich nicht mehr von Suheilas Seite. Jedes Mal, wenn sie auftauchte, schüttelte sie traurig den Kopf. Gegen Morgen kamen die Wehen in größeren Abständen, und als der Arzt am Vormittag vorbeisah, setzten sie ganz aus. Es bedurfte keines geschulten Blickes, um zu erkennen, dass sowohl beim *hakim* als auch bei der *qabila* große Ratlosigkeit über den eingetretenen Geburtsstillstand herrschte.

»Was ist?«, stellte Nicolas den hageren Mann zur Rede.

»Nun ja, das ist eine natürliche Reaktion des Körpers«, behauptete dieser und entschied klugerweise, bei der Wahrheit zu bleiben, »er ist wohl am Ende seiner Kräfte. Trotzdem muss die Geburt weitergehen, *sayyid*, das Kind ist in dieser Situation höchst ... gefährdet.«

»Die Mutter nicht?«

Der *hakim* nickte ernst. »Die Mutter auch. *Al-hamdulillah!*«

Mit Jasminöl, Muskatellersalbeiöl und der verordneten Gartenraute gelang es der Hebamme, die Geburt wieder in Gang zu bringen. Bald kamen die Wehen in kurzen Abständen, rollten unaufhörlich über den gequälten Körper der Kreißenden hinweg, der sich in jeder Schmerzwelle aufbäumte, erbebte und zitternd zusammenbrach. Suheila stieß stumme Schreie aus, mit weit aufgerissenen Augen, die sie rollte und verdrehte, als läge sie in ihren letzten Zügen. Nicolas ließ sie nicht mehr aus seinen Armen. Selbst Salah betrat einmal das Schlafgemach und warf einen entsetzten Blick auf seine Tochter. Im ganzen Haus herrschte betretenes Schweigen. Im Kreißzimmer wurde nur geflüstert.

Nach jeder Untersuchung schüttelte die *qabila* den Kopf. Suheila war aufgrund der fortwährend verabreichten Betäubungs- und Schmerzmittel benommen und nicht ansprechbar. Zeitweise bekam sie kaum noch mit, was vor sich ging. Liebevoll wischte ihr Nicolas immer wieder den Schweiß von der Stirn und streichelte über ihr Haar. Auch Zaida saß stundenlang am Bett ihrer Schwiegertochter und fächelte ihr Luft zu. Auf Anraten des *hakim* flößte Ghazalia ihr zum Flüssigkeitsausgleich neben Tee auch gesalzene Suppe ein. Irgendwann sprang die Fruchtblase. Eine grünbraune Flüssigkeit lief Suheila die Schenkel entlang und breitete sich auf dem Laken aus. Die junge Frau nahm kaum Notiz davon. Am Abend wurden die Wehen wieder so stark, dass die Kreißende mit der letzten Kraft schrie, die ihr noch geblieben war. Dabei rang sie nach Luft, als wäre sie am Ersticken. Mit jeder Wehe verlor sie Flüssigkeit, da der Kopf nicht tiefer trat.

Nicolas ließ nach dem *hakim* rufen, der mit verschlafenem Gesicht erschien. Nach kurzem Überlegen hatte er den Entschluss gefasst, dass auf das Wohl des Kindes keinerlei Rücksicht genommen werden sollte. »Es wird das stärkste Betäubungsmittel, das Euch zur Verfügung steht, verabreicht, bis das Kind lebend oder tot geboren wird. Haben wir uns verstanden?«

Der *hakim* hatte verstanden. Bevor er nach Hause eilte, um die Droge herzustellen, betrat er entgegen jeglicher Sitte das Schlafgemach und tastete mit seinen langen knochigen Fingern Suheilas Bauch ab. Dann bat er die Hebamme, die sich über das Vorgehen des Arztes höchst wunderte, um das Hörrohr und beugte sich über den Bauch, der sich unnatürlich über dem Körper wölbte wie ein aufgesetzter Globus.

Die Stirn in tiefe Falten gelegt, konzentrierte er sich auf die Herztöne des Kindes, wobei er das Horn an mehreren Stellen um die Nabelgegend auf den Bauch setzte. Nach einer Weile wies die *qabila* auf die Stelle, an der sie jedes Mal deutlich die

Herzschläge vernommen hatte. Doch der Hakim hörte auch dort nichts. Die nächste Wehe kam, erfasste Suheilas kraftlosen Körper, riss ihn hoch und warf ihn zurück ins Bett wie einen leblosen Sack. Die Laute, die sie dabei ausstieß, waren Laute der Pein und der Qual, ohne Sinn und Verstand. Sie warteten eine Wehe ab, und dann probierte es die Hebamme. Sie horchte einmal und dann noch einmal. Langsam legte sie das Horn beiseite. Nicolas wusste, das Kind war tot.

Der *hakim* wagte nicht, dem Ehemann in die Augen zu sehen, sondern zog die Schultern hoch und entfernte sich, um eilends die Droge herzustellen. Die Hebamme ging mit Ghazalia in die Küche, und nur Zaida verweilte im Schlafgemach, lüftete hie und da und tauschte die Laken aus.

Kaum war der *hakim* aus dem Haus, änderte sich Suheilas Verhalten. Zwischen den Wehen, während deren sie kurze spitze Schreie ausstieß und nach Luft rang, als wäre ihre Kehle zugeschnürt, wurde sie unruhig. Nicolas schien, als würde sie aus ihrer Apathie erwachen und immer klarer werden. In einer Wehenpause gelang es ihr, ihn mit ihrem Blick zu fixieren. Er verstand, spürte instinktiv, dass sie ihm etwas mitteilen wollte. Die nächste Wehe kam und riss sie mit sich fort. Nicolas hielt sie fest im Arm, ihren Kopf an seinen Hals gepresst.

Als sie wieder genügend Luft hatte, flüsterte sie ihm mit erstaunlich klarer Stimme ins Ohr: »Mach ein Ende!«

»Suheila, was redest du!«, raunte Nicolas heiser, ihre Schultern umfangend. Er klang nicht sehr überzeugend.

Ihre schweißnasse Hand legte sich um seinen Nacken. »Nicolas!«, beschwor sie ihn mit einem Blick, der all ihre Hoffnungslosigkeit ausdrückte. »Es hat keinen Sinn, Nicolas. Lass mich nicht unnötig leiden!« In ihrer Stimme lag etwas Flehendes, Drängendes, dem er sich nicht entziehen konnte.

»Du …«, mit erstickter Stimme nahm er ihren Kopf in seine großen Hände und drehte ihr Gesicht zu sich.

Suheila zitterte nicht mehr. Sie klammerte sich an ihn mit der letzten Kraft, die sie aufbringen konnte. »Bitte!«, flehte sie. »Liebster!«

Nicolas tauchte in das Schwarz der Iris, die mit der Pupille verschmolz, sah in ihre Augen und bis in ihre Seele und erkannte darin ihre Bereitschaft zu sterben. Da wusste er, dass es der letzte Liebesdienst sein würde, den er ihr erweisen konnte. Langsam und unendlich zärtlich legte er seine starken Hände um ihren zierlichen Hals. Zaida, die am Fenster saß, sah ihn erstaunt an. Als sie verstand, was er im Sinne hatte, riss sie die Augen auf. Entsetzen mischte sich in ihren Blick.

Nicolas wartete eine Wehe ab. Als Suheila begriff, dass ihre Stunde gekommen war, murmelte sie mit einem Lächeln auf den Lippen: »Wir sehen uns … wieder, Liebster.«

Es waren ihre letzten Worte. Nicolas fühlte, wie sich ihr Körper entspannte, wie sie in seinen Händen schwerer wurde. Lange saß er bewegungslos da, ihren Kopf an seine Schulter gelehnt, ihren Körper eng umfangen. Ein letzter Kuss, dann legte er sie sachte auf die Kissen und stand auf. Er wandte sich mit einem Ausdruck um, den Zaida noch nie an ihm beobachtet hatte. Ohne ein weiteres Wort zu verlieren, ging er aus dem Haus.

Zaida verharrte reglos am Fenster, Tränen rannen über ihre Wangen. Bald darauf erschien der *hakim* mit einem in Mandragora-, Efeu- und Opiumsaft getränkten Schlafschwamm, der stark genug gewesen wäre, um jede Amputation durchzuführen. Er dankte Allah, dem *sayyid* nicht begegnet zu sein.

Umgehend suchte Nicolas Achmed auf. Während nun überall im Haus Weihrauch in die Feuer gestreut wurde, bis die Flammen leuchtend grün hochzüngelten, begleitete er den Freund in die Moschee. Was er ihm erzählte, überraschte den Alten nicht.

Die knochigen Finger auf Nicolas' Unterarm gelegt, versuchte der blinde Mann, seinen einstigen Schützling zu trösten. »Selig sind, die in der Liebe sterben«, murmelte er, »denn ihr Traum bleibt ihnen für immer, mein Junge.«

Nicolas begleitete seine Mutter nach Alexandria. Wenige Tage später ging die »Magam« vor Anker, und ein strahlender, gut gelaunter Karim kehrte von einer erfolgreichen Handelsreise zurück. Die folgenden Wochen verbrachte Nicolas mit seiner

Mutter und mit Karim. Mit dessen prächtigem Araberhengst Narun unternahm er lange Ausritte an den Rand der Wüste. Dort, in der ausgedörrten Landschaft, in dieser kargen Einöde, die Suheila so sehr inspiriert hatte, gedachte er seiner Frau. Suheila … Die Schlangenpriesterin hatte Recht gehabt, seine Suche war noch nicht zu Ende. Wenn er es genau betrachtete, stand er mit absolut leeren Händen da, besaß er nichts, was irgendeinen Wert hätte. Nur, was im Leben hatte einen Wert, machte einen Sinn? Solche und ähnliche Gedanken gingen ihm durch den Kopf, wenn er stundenlang im Schatten einer Tamariske oder Akazie saß und in die Stille der Weite und der Leere horchte. Dann erinnerte er sich an die Worte des Karawanenführers. Der zu Dünenwellen hochgewehte Sand ist wie eine Schlange, launenhaft und unberechenbar, *sadiq-i*, und oft hinterhältig. Durch den ewigen Wind verändert sie ständig ihre Form, und man muss immer auf der Hut sein, hatte er ihm gesagt. Ihm, dem Unkundigen, dem die Wüste ortlos war. Und er wurde es nicht müde, inmitten des goldenen leuchtenden Sandes Sonnenaufgänge und Sonnenuntergänge zu betrachten, und viele Erlebnisse sanken beim Anblick dieses Schauspiels bis zur Bedeutungslosigkeit herab. Hätte er sich nicht ständig Barbarossas hämisches Grinsen in Erinnerung gerufen, hätte er vielleicht Gold Gold sein lassen …

Gegen Jahresende bestieg Nicolas eine der zahlreichen auf dem Nil kreuzenden Dhaus und begab sich nach Kairo, um mit den Brüdern zum Roten Meer aufzubrechen. Kaum war er in Ägyptens Hauptstadt angelangt, suchte er Achmed auf.

»Ich möchte dich ein Stück begleiten, mein Junge, wenn ich dir nicht zur Last falle …«

»Ja? Wo willst du hin, alter Mann? Nein warte, lass mich raten … nach Mekka!« Nicolas tat überrascht.

»*Na'am*. Wo will ein alter Sufijünger sonst hin! Ein einziges Mal in meinem Leben möchte ich – *Inschallah!* – die heilige Pilgerreise unternehmen. Das hier ist die letzte Gelegenheit für mich, verstehst du?«

»Ja, ich verstehe. Kein Problem, Achmed.«

Salah war erwartungsgemäß einverstanden, und Mitte Januar brach die Karawane von Kairo auf.

Weder Nicolas noch Salah sprachen über Suheilas Tod. Keiner wollte an die Wunde des anderen rühren, die noch tief und frisch war. Der Vater trauerte um die Tochter und ertrug den Schmerz, weil es Allahs Wille war und er sich in das Schicksal fügte. Der Ehemann hatte eine Gefährtin verloren, die ihm Geliebte, Freundin und Mutter seiner Kinder sein sollte.

Als sie in Djidda vor Anker lagen, verließ Achmed die »Riyah«. Nicolas hatte eine Pilgergruppe ausfindig gemacht, die bereit war, den blinden Sufijünger aufzunehmen und in die heilige Stadt zu führen. Ihr Abschied war kurz und innig. Der Mann, den er seit seiner Kindheit kannte, den er in seiner Jugend bewundert hatte und bis zu jenem Tag schätzte, ein kluger und für viele unnahbarer Mensch, war in den letzten Jahren durch seine Behinderung erheblich gealtert.

»Ich bin«, gestand er Nicolas, »des Lebens müde, mein Junge. Trotzdem bitte ich dich, mich wissen zu lassen, ob dein Vorhaben gelungen ist. Erst dann«, er schmunzelte, »kann ich in Frieden aus diesem Leben scheiden. Mir bleibt wirklich nichts anderes mehr, auf das ich warten könnte.«

»Wie du meinst, Achmed. Ich werde dir eine Nachricht in die Ibn-Tulun-Moschee schicken.«

»Nein, warte.« Der Alte legte seine knochige Hand auf Nicolas' Unterarm. »Schick sie hierher, nach Djidda, in die Rote Moschee. Ich bleibe hier, mein Junge, wandere ein bisschen die Küste auf und ab. In gewisser Weise bin ich … äh … heimgekehrt.«

»Ja?«

»Ja.«

Nicolas wartete, räusperte sich. Doch das Geheimnis seiner Herkunft wollte der einstige Steuermann der Violeta, wie es schien, nicht preisgeben. Stattdessen sagte er mit Bestimmtheit: »Hol dir dein Schiff, mein Sohn!« Den Blick seiner glasigen, milchig weißen Augen in die Ferne gerichtet, versicherte er in einem eigensinnigen Ton, der Nicolas befremdete: »Frische

Luft und harte Arbeit auf dem Schiff sind unfehlbare Mittel gegen die Verirrungen und Verfehlungen in Sachen Liebe.«

»Meinst du?«

»Glaub es einfach.«

»Vielleicht werde ich es eines Tages glauben können, Achmed.« Alter Sturschädel!

»*Salam*, mein Junge«, flüsterte Achmed. »Allah möge dich auf deinen Wegen beschützen!« Sie umarmten sich kurz und innig.

»*Salam*, alter Mann.«

Als sie sich trennten, war beiden bewusst, dass es für immer war.

Nach Abschluss ihrer Geschäfte in Djidda setzten die As-Shihuh Segel, und eine Woche später legte die »Riyah« auf den Dahlakinseln an. Nicolas und Salah umarmten sich herzlich wie Brüder und innig wie Freunde. Keiner wusste, wann sie sich wiedersehen würden. Wortlos begleitete der Kaufmann Nicolas an Deck. Seinen Arm um die Schulter des anderen gelegt, sagte er mit fester Stimme: *»Allah-u ma'a-k!«*

Nicolas nickte und sprang an Land. »Und mit dir, *sadiq-i*!«, rief er ihm vom Steg aus zu und erhob die offene Hand zum Gruß. Dann drehte er sich um und machte sich auf die Suche nach Nasir Abu Nusaydin.

Der Araber aus dem jemenitischen Tihama war leicht ausfindig zu machen. Jeder auf den unzähligen Inseln im Süden des Roten Meeres kannte den geschäftstüchtigen Perlenhändler mit dem Spitznamen »Nasir Lu'lu' atun«, was so viel wie »Perlennasir« bedeutete. Neben ihm gab es noch andere Einkäufer, die von den Perlen- und Muscheltauchern den Fang übernahmen und auf den Märkten von Djidda, Zeila, Kosseir oder Aden anboten. Doch der alte Nasir, so flüsterte man, habe die größten und makellosesten Perlen, die vollkommensten Muscheln und prachtvollsten Korallen, weshalb nicht wenige Händler und Kaufleute und sogar manch ein Scheich und Unterhändler eines Emirs den Jemeniten persönlich auf den Dahlakinseln aufsuchten.

Nicolas fand den alten Fuchs am Fischerhafen von Al-Marsa.

Er war in der Gruppe leicht auszumachen, denn die Fischer und Perlentaucher waren junge schlanke Gestalten mit entblößten Oberkörpern und ungefärbtem Tuch um die Hüften, das sie wie einen Rock gewickelt trugen. Der Jemenit dagegen war klein und rundlich, mit kugeligem Bauch und in ein langes weißes Gewand gehüllt, das mit dem bunt bestickten Gürtel und der bunten *kofiah* auf dem Kopf sehr elegant wirkte. Langsam näherte sich Nicolas der Gruppe und blieb dann in einiger Entfernung abwartend stehen. Er hatte keine Eile. Der Perlenhändler und die Hand voll Burschen standen um ein großes umgestülptes Fass, über das sie sich abwechselnd beugten. Um das, was auf dem Deckel des Fasses lag, wurde lebhaft gefeilscht und debattiert, wobei die Fischer und Taucher heftiger gestikulierten als der Händler. Nicolas bezweifelte keinen Moment, dass der Alte bekam, was er wollte.

Auch der Händler hatte den Fremden längst bemerkt und beobachtete ihn aus den Augenwinkeln. Von einem Moment zum anderen brach er die Verhandlungen ab und entschied, den Mann nicht länger warten zu lassen. Mit erhobener offener Hand ging er auf den Besucher zu. *»As-Salam aleikum.«*

Nicolas erwiderte den Gruß, eine Hand am Herzen. Nasir Abu Nusaydins kleine runde Augen musterten den Respekt einflößenden Mann. Der Fremde war nicht wie ein arabischer Händler gekleidet. Er trug langes Haar, aber keine Kopfbedeckung, hatte eine *janbiah* im kostbaren Gürtel stecken und sprach akzentfreies Arabisch. »Ihr wollt Perlen kaufen, *garib*?«

»Kalla.«

Der andere sah ihn überrascht an. »Was führt Euch dann zu mir?«

Sogleich spürte Nicolas die höfliche, aber distanzierte Haltung des Händlers. »Mich schickt Achmed al-Yamani.«

Obwohl Nasir Abu Nusaydins Gesicht unbewegt blieb, konnte er den Mauren nicht täuschen. Irgendetwas schien den Mann zu irritieren, dachte Nicolas.

Der Perlenhändler warf einen Blick zu den Fischern, dann forderte er den Fremden erstaunlich freundlich auf: »Gehen wir!«

Er deutete eine Verneigung an, die Nicolas erwiderte. »Mein Haus ist nicht weit von hier, dort können wir ungestört plaudern und Kaffee trinken.«

Der Araber ging voran, der lange weiße Kaftan flatterte um seine Knöchel. Sie durchschritten enge gewundene Gässchen mit weiß gekalkten Wänden, hinter denen die lauten Stimmen der Fischerfrauen und das Klappern von Geschirr zu hören war. Vereinzelt liefen ihnen Hühner und magere Ziegen über den Weg. Irgendwann öffnete der Mann eine Tür in einer endlos langen Mauer. Sie traten in einen kleinen Patio und standen vor einem fensterlosen, mit schmalen Schlitzen belüfteten Erdgeschoss, in dem offensichtlich die Ställe untergebracht waren.

»Ich halte mir nur Kaninchen und Hühner«, erklärte der Perlenhändler, »aber keine Ziegen oder Schafe. Ihr Geruch stört mich.«

»Ich verstehe«, meinte Nicolas aus purer Höflichkeit.

Nasir lächelte. »Mein Haus«, verriet er, »hab ich wie die Häuser im Jemen bauen lassen. Über den Ställen befinden sich die Vorrats- und Wirtschaftsräume, darüber die Wohnräume der Frauen und die Küche.«

Er verbeugte sich wieder, zum Zeichen, dass er den Vortritt übernahm, und betrat ein schmales Treppenhaus. Nicolas folgte ihm in den vierten Stock. Über einen schneeweiß gekalkten Flur, der mit bunten jemenitischen Läufern ausgelegt war, gelangten sie in den *mafradsch*, einen hellen Raum mit weitem Rundblick. Die reich geschnitzte Tür, die ebenso wie die geschnitzten Fenster aus dem Holz der festen Ilb-Bäume gefertigt war, stand offen. Im Raum befanden sich mehrere kunstvoll verzierte Truhen aus Zedernholz, und in einer Ecke trafen sich zwei lange, leuchtend rote Läufer, die mit den üblichen Matratzen unterlegt waren. Darauf häuften sich bunte Seidenkissen. Auf einen Wink seines Gastgebers hin folgte Nicolas ihm zu einem der Fenster. Das Besondere an diesem Repräsentationsraum war die atemberaubende Aussicht.

Kaum hatten es sich die beiden bequem gemacht, öffnete

der Perlenhändler eine Holzschachtel und reichte sie seinem Gast.

»*Schami*«, sagte er und lächelte einladend.

Nicolas verstand. Die langen, zarten Blätter mit leichtem Rotstich waren vom Feinsten. Dennoch wollte er sich nur schwer an den bitteren Geschmack des Qats gewöhnen.

Sie schoben sich einige der spitzen Qatblätter in den Mund und kauten schweigend, als auch schon von der Küche herauf der Duft frisch gerösteten Kaffees zog. Wenig später erschien ein Diener mit einem Tablett.

»Wir nennen ihn *qischr*«, erklärte der Jemenit und goss das dunkle Gebräu in zwei dünnwandige Porzellantassen. Chinesisches Porzellan, wie Nicolas sofort bemerkte.

»In meiner Heimat wird der Aufguss aus den getrockneten Schalen der Kaffeebohne gebraut. Er wird mit diversen Gewürzen versetzt und erfreut sich großer Beliebtheit. Ich bevorzuge den hier, ungesüßt und mit Kardamom gewürzt. Aus dem Jemen dürfen übrigens nur geröstete Bohnen ausgeführt werden – bei allen Tugenden Mohammeds, die Osmanen, die wachen über ihr Monopol!«

Allmählich gewann Nicolas den Eindruck, dass der Mann ziemlich an seiner Heimat hing. Er erzählte von Achmed und wie es dem einstigen Steuermann seines Großvaters nun erging.

Nasir Abu Nusaydin hörte dem Gast aufmerksam zu. Irgendwann stellte er seine Tasse auf die geschnitzte Platte des kleinen Tischchens und sah Nicolas geradewegs in die Augen. Dieser verstummte und erwiderte seinen Blick. Er hatte das unbestimmte Gefühl, als würde er dem Händler nichts Neues berichten.

»Er ist mein Bruder, *garib*«, gestand Nasir, und seine runden dunklen Augen wirkten müde.

»Oh …« Nicolas betrachtete den klein gewachsenen Mann, der in seinem äußeren Erscheinungsbild so gar keine Ähnlichkeit mit Achmed hatte. Zudem mochte er um einiges jünger sein, hatte noch volles schwarzes Haar, in dem sich erst wenige Silberfäden fanden, und einen dichten grauen Bart. Nur die rot geäderten Augen mit vielen kleinen Fältchen verrieten sein Alter. Man sah ihm an, dass er sich viel im Freien aufhielt, denn seine Haut war dunkel und von der Sonne gegerbt, wenn auch nicht so dick und ledrig wie die von Achmed.

Eine Weile kauten sie schweigend, dann erklärte der Perlenhändler: »Wir haben uns in all den Jahren nicht oft gesehen. Doch als er vor«, er überlegte, »sieben oder acht Jahren hier war, war sein Augenlicht schon vermindert. Danach ist er nicht mehr gekommen.«

»Er lebte bei meinem Großvater in Tunis, bis dieser starb. Dann nahm ihn mein Cousin mit nach Alexandria.«

»Hm«, meinte der Jemenit und schenkte Kaffee aus der bauchigen *dalla* nach. »In die Stadt, von der er aufgebrochen war, um sein Glück zu suchen.« Bitterkeit schwang in seiner Stimme mit.

Nicolas zog die Schultern hoch: »Ich weiß nichts über Achmeds Vergangenheit, Abu Nusaydin. Aber schon mein Großvater vermutete, dass es da etwas gab, das er niemandem anvertrauen wollte.«

Nasir nickte. Er betrachtete die feine, weißblau bemalte Porzellantasse, die seine kurzen Finger am Rande umschlossen, als hielte er sie zum ersten Mal in Händen.

»Ming-Dynastie?«

»*Na'am.*« Zu einer anderen Gelegenheit hätte seine Stimme stolz geklungen. Mit zusammengekniffenen Lippen blickte er in die Tasse, als erwartete er sich von dort eine Entscheidung. Schließlich entschloss er sich zu sprechen. »Ich habe das Gefühl, dass ich Achmed noch einmal sehen werde. Vielleicht kommt er auf dem Rückweg seiner Pilgerfahrt hierher. Dann werde ich ihm sagen, dass ich sein lang gehütetes Geheimnis preisgegeben habe.« Er sagte dies ohne Häme oder Rachsucht.

Nicolas machte eine abwehrende Handbewegung.

»Nein, nein, ich werde es Euch verraten«, beeilte sich Nasir zu sagen, »hier und jetzt.« Er stand auf. »Achmed war zu stolz dazu«, setzte er entschieden nach, während er das Tischchen beiseite rückte und den Inhalt einer größeren Holzkiste vor ihnen auf den Boden leerte. Noch mehr Qat. »Hier verfällt man jeden Nachmittag für Stunden in kollektives Kauen«, erklärte er, und es klang wie eine Entschuldigung. Zwinkernd fügte er hinzu: »Man sagt, auch die schöne Bilqis habe sich damit manch euphorischen Nachmittag beschert.«

»Wer?«

»Verzeiht, *garib*. Ich meine unsere Königin von Saba, die vor langer Zeit im Jemen herrschte ...«

»Vor beachtlich langer Zeit, *sayyid* Nasir. Sie wird ja schon im Alten Testament erwähnt.«

»Was spielt Zeit für eine Rolle, *garib*? Seit damals hat sich hier nicht viel verändert. Diese Frau jedoch ... so eine Frau hat es nie wieder gegeben!« Der Jemenit lehnte sich in die Kissen und kaute zufrieden. Die runden Backen gebläht, erklärte er aufgeräumt: »Die schöne Bilqis saß nicht nur am damaligen Handelsknoten zwischen dem Mittelmeerraum und Asien, sondern sie kontrollierte auch den Weihrauchmarkt im Süden Arabiens ...«

Nicolas grinste. »Das beste Harz kommt aber, soviel ich weiß, aus dem Oman. Ich meine das, welches ›die Tränen Gottes‹ formt.«

Nasir sah ihn überrascht an. »Vielleicht, *garib*«, sagte er mit leiser, verschwörerischer Stimme. »Aber dort gibt es nicht das göttliche *qat*.«

Aha, dachte Nicolas, der war ja genauso listig wie sein Bruder – und ein fanatischer Patriot. Er lächelte still vergnügt angesichts der Tatsache, dass Weihrauch nun wirklich nichts mit *qat* zu tun hatte. Und von wegen göttlich! Er wusste von den As-Shihuh, die auch mit *qat* handelten, dass der Anbau des widerstandsfähigen, mehrere Meter hohen Strauchs viel kostbares Wasser verbrauchte. Das war im Jemen gewiss nicht anders. »Und die Bewässerung?«, fragte er leichthin.

Der Perlenhändler nickte. »Ein Problem, ja. Und die Pflanzungen belegen auch große Teile der Anbaufläche. Andererseits«, er grinste, »sichern die drei, manchmal vier jährlichen Ernten das Einkommen zahlreicher Bauern.«

Nasir zupfte sich eine Hand voll der schmalen spitzen Blätter ab, schob sie sich in den Mund und lehnte sich in die Kissen. Eine Weile bewegten sich nur die runden Kinnbacken im langsamen, monotonen Rhythmus, dann änderte sich seine Miene, und er begann in verhaltenem, aber eindringlichem Ton zu erzählen: »Achmed heiratete sehr jung. Er übernahm von unserem Vater, der ernstlich erkrankte, ein prächtiges Schiff, eine große Dhau, die hier auf dem Roten Meer segelte und Waren zwischen Suez und Zeila beförderte. Als ältester Sohn musste er nun mit dem Warentransport die Familie erhalten. Ich sollte bald in diesem Geschäft nachfolgen. Schon jahrelang hatte Achmed unseren Vater auf dem Schiff begleitet, er war mit der Dhau und dem Roten Meer bestens vertraut. Mit dem Roten Meer, wohlgemerkt. Das ist nicht der Pazifik! Doch mein Bruder wollte nach den Sternen greifen. Entgegen dem Rat unseres Vaters umrundete er die Somali-Halbinsel und segelte bis weit in den Süden, bis zur großen Insel Madagaskar. Da er sehr eifersüchtig war, nahm er seine schöne Frau trotz heftiger Proteste mit auf die lange Reise. Auf der Rückfahrt geriet die Dhau in einen heftigen Sturm und versank mit Mann und Maus. Nur Achmed überlebte dieses Unglück und ertrug das Leben, das für ihn weiterging, fortan als Strafe Allahs, des Gerechten und Barmherzigen.«

»Oh«, murmelte Nicolas. Nachdenklich schüttelte er den Kopf. »Aber warum hat er damals seine Familie verlassen und den Namen geändert?«

»Achmed war jung und stolz«, erwiderte Nasir, eine Backe gebläht. »Der Heimtücke und Arglist innerhalb der Familie war er nicht gewachsen. Ist Euch nicht bekannt, dass eine Familie glühender hassen und unverfrorener und erbitterter lügen und betrügen kann, als es Feinde bisweilen tun? Achmed fühlte sich auf erniedrigende Weise beschuldigt und fallen gelassen, und so kehrte er der Familie den Rücken.«

»Hm«, Nicolas seufzte, »eine traurige Geschichte.« Er schüttelte den Kopf und lehnte sich in die Kissen.

»Aber dies zu hören seid Ihr nicht gekommen, *garib*«, erinnerte Nasir seinen Gast.

»Da habt Ihr Recht, ich wusste ja nichts von Euren verwandtschaftlichen Beziehungen. Ich bin Euch jedoch dankbar für die Aufklärung, denn ich habe Achmed immer bewundert und geschätzt. Sagt mir nur eins: Warum habt Ihr mir sein Geheimnis verraten?«

Der Alte hielt mit dem Kauen inne, und seine runden Augen ruhten auf Nicolas' Gesicht. Schließlich zuckte er die Schultern und sagte mit einem unergründlichen Lächeln auf den Lippen: »Das wiederum wird mein Geheimnis bleiben.«

»Hasanan.« Nicolas' Augen blitzten. »Nun, Achmed hat mich an Euch verwiesen, weil ich einen Perlentaucher suche. Nicht irgendeinen, sondern den besten.«

»Wollt Ihr gar im Mittelmeer nach Perlen tauchen?«

Nicolas lachte. »Wo denkt Ihr hin! Weder nach Perlen noch nach Muscheln oder Korallen. Nein, ich vermisse etwas am Grunde des Meeres, das ich wiederhaben möchte. Genauer gesagt, im Golf von Tunis. Die Stelle dort ist nicht übermäßig tief, ich bin selbst schon hinabgetaucht.«

Bei den letzten Worten schob sich eine buschige silbrige Braue zweifelnd hoch. »Euer Schiff?«

Nicolas nickte.

»Alle Achtung …« Nasir kraulte seinen dichten grauen Bart. »Almanzor!«, sagte er im Brustton der Überzeugung, als wäre damit das Problem schon gelöst.

Beschwingt stand er auf und steuerte auf eine Ecke des Raumes zu, in der eine reichlich verzierte, mehrere Fuß hohe Wasserpfeife stand. »Bevor wir gehen, lasst uns noch zusammen rauchen, *garib*.«

»Gut«, stimmte Nicolas zu, obwohl es nach einer längst beschlossenen Sache klang.

»Hanf?«

»Warum nicht.«

Sie würden sich ziemlich beschwingt auf die Suche machen.

Der Alte schob das Tischchen weiter beiseite und stellte stattdessen die prächtige *nargileh* vor ihnen auf den Boden. Nicolas nickte anerkennend. Dann läutete Nasir und machte sich daran, die Pfeife zu stopfen. Ein Diener kam und brachte ihm einen Kupferkessel mit glühender Holzkohle, die er zum Anbrennen und Unterhalten des Glimmvorganges benötigte. Um sich und seinen Gast auf den Genuss einzustimmen, warf Nasir Weihrauchkrümel in die Glut. Dann entnahm er die Rauchgerätschaften, wie Kohlenzange, Stopfer und Putzer, einem Metalltellerchen unterhalb des Pfeifenkopfes. Nicolas beobachtete die sparsamen Bewegungen des agilen kleinen Mannes, die sehr routiniert wirkten. Nachdem Nasir das olivförmige Mundstück am Ende des Schlauchs, der wie die übrigen Schläuche mit Seide und Brokat geschmückt war, für den Gast gegen ein ungebrauchtes ausgetauscht hatte, tat Nicolas den ersten Zug.

Am selben Nachmittag noch standen sie vor Almanzors Kate. Die kleine Lehmhütte auf der anderen Seite der Insel bestand aus einem einzigen Raum. Darin wohnten der Perlentaucher, seine Frau, deren Mutter und drei kleine Kinder.

Nicolas sprach mit Almanzor und erklärte ihm, worum es ging. Das Gold erwähnte er nicht. »Möglicherweise wirst du lange von zu Hause fort sein, der Golf von Tunis ist sehr weit weg. Auch kann es einige Zeit dauern, bis wir die Stelle des Wracks finden ...«

Der Perlentaucher wusste nicht, was er davon halten sollte. Er kannte den Fremden nicht, und einzig und allein die Gegenwart des *sayyid* Abu Nusaydin machte die Sache so kompliziert. Er trat von einem Bein auf das andere, denn er wagte nicht, den Fremden fortzuschicken.

Nicolas erriet Almanzors Gedanken, die sich in seinem Gesicht widerspiegelten wie in einem Buch. Er las darin Unsicherheit und Angst, aber auch Neugierde. Nun, seine Abneigung, sich von der Familie und den Inseln zu trennen und sich auf das Wagnis mit ihm, dem Fremden, einzulassen, ließe sich schnell ändern. Lächelnd zog er einen Beutel mit Golddinaren aus seiner *faja*. »Du wirst kein Risiko eingehen, *na'am?*«, versicherte er.

Almanzors Miene hellte sich schlagartig auf. Er wand sich wie ein Aal und brachte kein Wort heraus. »Wie viel?«, wollte er schließlich wissen.

»Oh, alles.«

Einen langen Augenblick starrte der dunkelhäutige Mann den Fremden an. Zögernd streckte er die Hand aus. Trotz der Anwesenheit des strengen Abu Nusaydins wagte der Taucher das Grinsen des fremden *sayyid* offen zu erwidern.

Nicolas warf ihm den Beutel zu und wandte sich zum Gehen. »Wir brechen morgen früh auf.«

Die beiden Männer hatten sich noch nicht weit von der Hütte entfernt, als sie in ihrem Rücken aufgeregte Stimmen und Rufe hörten. Sie drehten sich um und sahen die beiden Frauen winken und lachen.

X.
GOLF VON TUNIS, 1533

Almanzor stand an Deck der einmastigen Dhau und ließ das Eiland nicht aus den Augen, bis seine Umrisse langsam verschwammen und es nicht mehr war als ein heller Fleck zwischen azurfarbenem Himmel und stahlblauem Meer. Der Abessinier vom Volk der Omoro war einerseits stolz, an einer so wichtigen Expedition teilzunehmen, andererseits war er traurig, fortzugehen. Er hatte die Dahlakinseln noch nie verlassen und war von seiner Frau noch nie getrennt gewesen. Allerdings hatte er auch noch nie so schöne Kleider am Leib getragen. Nicht so feine, wie sie der Nasir Abu Nusaydin oder die Händler und Kaufleute, die ihn aufsuchten, trugen, aber immerhin so gut wie die der Steuermänner und Lotsen auf den großen Schiffen.

Bis der kleine Küstenfrachter in Al-Marsa abgelegt hatte, war Nicolas genug Zeit geblieben, um dem Perlentaucher, der nicht mehr besaß als ein ungefärbtes Hüfttuch, in einem Laden eine weiße *kofiah*, eine *dischdascha* und einen bunten knielangen Kittel zu kaufen. Damit war Almanzor das Dorf hinauf- und hinunterstolziert, wo an den Straßenecken zwischen streunenden Hunden und verirrten Hühnern lediglich ein paar Kinder von ihm Notiz nahmen, um ihn anzubetteln. Sonst beachtete niemand den baumlangen, dunkelhäutigen Omoro in seinen neuen Kleidern.

Auf ihrem Weg zu Abessiniens Küste lief die Feluke noch zwei weitere Inseln an, Fischerdörfer, die sie mit dem Notwendigsten versorgte. Zwischen den Inseln und dem Festland musste sie sich von unzähligen Riffen und Untiefen fern halten, und kurz nach Sonnenuntergang legte sie in Massaua an.

Kaum hatte Almanzor seine Insel verlassen, wurde er neugierig und wissbegierig. In der kleinen Hafenstadt, die eigentlich nur vom Fischfang lebte und die reiche Beute aus diesen Gewässern trocknete und pökelte, streunte er in der Kasbah umher und besuchte die Buden der Ledermacher, die Fischhaut zu Chagrinleder verarbeiteten. Nicolas war erfreut, denn der Omoro schien wesentlich aufgeweckter als erwartet. Erst gegen Mittag des nächsten Tages konnten sie ihre Reise fortsetzen. Der flache Küstensegler, auf dem sie nun mehrere Tage unterwegs sein sollten, segelte nordwärts die Küste des Amharareiches entlang bis Tokar und dann die ägyptische Küste hinauf bis Kosseir. Weiß leuchteten die beiden Segel in der milden Wintersonne, und weiß leuchteten auch die um den hochgezogenen Hecksteven gebundenen Ketten aus Kaurimuscheln. Die geschnitzten Ornamente rund um das Heck hoben sich dezent vom dunklen Holz ab.

Nicolas zählte die Knoten an einer dünnen Schnur um seinem Hals und stellte überrascht fest, dass er seit seinem Aufbruch aus Kairo schon einen Monat unterwegs war. Vom Kapitän der Dhau bekam er den Tipp, bei Kosseir eine Karawane abzuwarten, mit dieser die dort nicht sehr breite arabische Wüste zu durchqueren und den Nil flussabwärts zu segeln. Als sie in der besagten Hafenstadt vor Anker gingen, dankte Nicolas dem Kapitän und sprang mit dem Perlentaucher von Bord. Er hatte es eilig, da ihn sein Cousin in Alexandria erwartete. Anlässlich seiner alljährlichen Handelsreise im Frühjahr sollte Karim ihn im Golf von Tunis absetzen.

Kosseir war zwischen Suez und Massaua der größte Handelshafen an der ägyptischen Küste des Roten Meeres. Mit einem Hinterland, das viele Meilen im Umkreis nicht nur unbewohnte, sondern auch gebirgige Wüste war, lebte der Ort allein vom Handelsverkehr zwischen dem Roten Meer und dem Nil. Seit ewigen Zeiten wurde die Ware auf Kamele gepackt und nach ein paar Tagen bei Kus im fruchtbaren oberen Niltal wieder auf Schiffe umgeladen.

In der großen Karawanserei am Rande des Hafenstädtchens war nicht viel los, als Nicolas und Almanzor eintrafen. Umso lauter und lebhafter ging es zwischen den *gorfas* zu, den Speicherburgen aus Lehm und Ton, in denen die Vorratskammern und die Wohnungen der Karawanenführer und deren Familien untergebracht waren. Unglücklicherweise war gerade am Vortag eine Karawane nach Kus aufgebrochen, und es war noch nicht abzusehen, bis wann die nächste abreisen würde. Nicolas sprach mit einigen Treibern, die allesamt vor kurzem erst angekommen waren und keine Lust zeigten, so schnell wieder unterwegs zu sein. Auch ein kräftiger Zuschlag konnte da nichts ausrichten. Daraufhin suchte er mit Almanzor eine gemütliche Schenke auf, wo sie bei Essen und Dattelwein mit Gesang und Tanz angeregt unterhalten wurden.

Nach Sonnenuntergang begab sich Nicolas erneut in die Karawanserei, in der Hoffnung, neue, geneigtere Leute zu treffen. Er bot den Treibern den zehnfachen Lohn, wenn sie ihn und seinen Diener nach Sonnenaufgang durch die kurze, aber – wie man ihm versichert hatte – heimtückische Wüste führten. Unschlüssig, wie sie die beiden Reisenden mit ihrem seltsamen Ansinnen einschätzen sollten, zogen sie sich zu einer Beratung zurück. Nicolas verließ den Aufenthaltsraum der Treiber und wartete mit Almanzor im Freien auf eine Entscheidung. Kaum hatte er sich auf einer Steinbank in dem großräumigen Innenhof niedergelassen, kam ein Sudanese auf ihn zu und flüsterte: »Morgen vor Sonnenaufgang. Habt Ihr Handelsware?« Als Nicolas verneinte, nickte er. »*Tamam*. Ich warte mit den gesattelten Kamelen aufbruchsbereit vor der Karawanserei.«

Der dunkelhäutige Mann mit dem dichten braunschwarzen Kraushaar, das er unbedeckt trug, war, ohne eine Antwort abzuwarten, spurlos verschwunden. Das lange Gesicht des Omoro wurde noch länger, und er zog erstaunt die Brauen hoch. Nicolas zuckte nur die Schultern und stand auf. Es blieb ihnen nicht viel Zeit, um sich auszuruhen.

In aller Früh brach die kleine Gruppe auf. Der kräftige Schwarze, der Anfang vierzig sein mochte und auf den Namen Kamal hörte, hatte drei ausgeruhte Kamele ausgesucht und mit Decken, Wasser und Essensvorräten bepackt. »Wir werden die zweite und dritte Nacht unter freiem Himmel verbringen«, erklärte er, als Nicolas und Almanzor ihre Reittiere bestiegen, und fügte hinzu: »Im hügeligen Teil der Arabischen Wüste gibt es keine Karawanserei.«

Die Kamele erhoben sich schwerfällig und setzten sich ebenso träge in Bewegung. Es war schon hell, als Nicolas nach Osten zeigte, wo sich am Horizont tief hängende Wolken schwefelig gelb verfärbten und am Rande ein bedrohliches Grauschwarz annahmen. Auf See konnte er damit umgehen.

Der Omoro nickte unglücklich. Die ganze Reiterei schien ihm nicht geheuer zu sein. Verkrampft, mit rundem Rücken, die langen Beine baumelnd, bot er ein Bild für Götter.

»Almanzor, der Siegreiche«, stichelte Nicolas. »Du trägst den Namen eines berühmten arabischen Führers, der ihm alle Ehre gemacht hat. Vielleicht hat er Kamele auch nicht gemocht, wer weiß, doch er hätte es bestimmt heldenhaft verschwiegen.«

Eine Schulter zuckend legte der Omoro den Kopf in den Nacken. »Wenn Wind aufkommt«, meinte er später hoffnungsvoller, »klingt er wie das Rauschen über der See.«

Da war wohl der Wunsch der Vater des Gedankens, dachte Nicolas und grinste. »*Sahib*«, rief er, »nur dass hier kein Wasser ist, sondern pulverfeiner Sand. Der wird sachte über die Kante der Dünen hinaufgeblasen, um auf der windabgewandten Seite wieder hinabzurieseln. So bewegen sich Wanderdünen fort, allmählich, stetig. Immer weiter.«

Am Nachmittag begann es, heftig zu wehen. Der feine Sand strich in hellen Streifen über den Boden, wirbelte in Wolken auf und rauchte über die Dünen. Die Sonne erschien immer größer und bleicher. Schließlich verschwand sie hinter den Wolken aus Dunst und Sand. »Zum Henker!«, fluchte Nicolas. Sie mussten den Sturm wohl abwettern, wie Achmed zu sagen pflegte. Zumindest würde der in der Wüste nur wenige Stunden dauern und den Kamelen nichts anhaben. Der Sturm nahm mehr und mehr zu. Im Sandmeer hinter der nördlichen Erhebung von Al-Hududun wütete er bereits wie toll. Immer mehr Sand füllte die Luft und wirbelte um die kleine Gruppe. Der Sudanese fluchte ebenfalls und schimpfte in einem fort, denn es war schwer, einen Weg zu finden, und man konnte leicht die Orientierung verlieren. Aber er wollte um jeden Preis die Karawanserei erreichen. Vereinzelte Krüppelbäumchen und verdorrtes Dornengestrüpp tauchten auf und verschwanden wieder wie Gespenster.

»*Kafa!*«, stöhnte der Kameltreiber schließlich. Er entschied, anzuhalten und abzusteigen, da er sonst vollständig die Orientierung verloren hätte. Die Kamele legten sich gelassen in den Sand, verschlossen Augen und Nüstern und warteten ab. Die drei Reiter drängten sich zwischen den Tieren eng zusammen und hüllten sich dicht in ihre Tücher. Trotz der ausgeteilten großen Decke drang der Sand überall ein. Bald klebte er auf Almanzors Stirn, dem hoffnungslos der Angstschweiß ausgebrochen war. Sein Metier war das Wasser und die endlose, blaue Weite des Meeres.

»Oh, *sayyid*! Dieser Sand, überall Sand!«, jammerte der Perlentaucher und schnitt jämmerliche Grimassen.

Nicolas beugte sich noch näher zu ihm und flüsterte: »Lass das Gewinsel, Almanzor, du machst es dadurch nicht besser, *na'am*? Das geht vorüber.«

»Nicht aber diese Wüste!«

»Auch die. Hör zu«, er sprach wie zu einem uneinsichtigen Kind. »Ein weiser Mann sagte einst: *Für den, der ein Ziel hat, besteht die Wüste aus mehr als nur aus Sand.* Denk darüber nach!«

Der junge Mann setzte seine verschlossenste Miene auf, die wulstigen Lippen wie zu einem Fischmaul nach außen gestülpt. Reglos und zusammengekrümmt verharrten die drei zwischen ihren Kamelen. Doch ungeachtet der gemeinsam übergezogenen Decke drang der feine Sand in Augen, Ohren, Nase und Mund, sodass Kamal selbst vom Fluchen ablassen musste. Allmählich ging der Tag in die Nacht über.

Dann, von einem Moment zum anderen, legte sich der Sandsturm. Mittlerweile war es dunkel geworden. Die drei Reiter setzten ihre Reise im Schein des Vollmonds fort, da Kamal die Gegend gut kannte. Nach einem einstündigen Ritt sahen sie schon von weitem die kleine Karawanserei. Am nächsten Morgen war die Luft herrlich frisch und kühl.

Almanzor mochte Kamele nicht und noch weniger das Reiten auf den langbeinigen, eigensinnigen Tieren. Seine Ablehnung stieß dabei auf Gegenseitigkeit, denn das verschlagene Reittier spuckte nach ihm und versuchte, ihn immer wieder beim Auf- und Absteigen zu beißen. Auch Nicolas' Kamel, das ausnehmend viele hässlich kahle Stellen in seinem verfilzten Fell hatte, spuckte. Nicht direkt nach ihm, es sei denn, es zielte schlecht. Aber das fand er bis zum Schluss nicht heraus. Dennoch bot er dem jungen Mann an, die Tiere zu tauschen. Allein sein Stolz verbot Almanzor, das Reittier des *sayyid* anzunehmen. So saß er mit rundem Rücken auf dem Kamel, sein ausgeprägtes Kinn nach vorne geschoben und die dicken Lippen geschürzt. Schon von weitem sah man seine Verdrossenheit. Wenn der auch noch wüsste, überlegte Nicolas nach einem amüsierten Seitenblick, dass man durch einen entzündeten Kamelbiss langsam sterben konnte, würde er zu Fuß neben ihnen herlaufen …

Der Kameltreiber ignorierte die Tatsache, dass seine Tiere schlecht erzogen waren, und unternahm nichts. Er war ein einsilbiger, unzugänglicher Kerl, der sich weder mit dem *sayyid* noch mit seinem Diener unterhielt. Stattdessen beobachtete er den stattlichen Fremden oft aus den Augenwinkeln, wie ein lauerndes Tier. Nicolas entgingen die verstohlenen Blicke keineswegs, doch er konnte in dem Gesicht des Schwarzen mit seiner breiten flachen Nase und dem vorgeschobenen Kinn keine Arglist erkennen.

Vor Sonnenuntergang erreichten sie ein breites Wadi mit struppigem Dornengebüsch, verdorrten Akazienbüschen und Tamarisken. Der Kamelführer schlug vor, das Lager hier aufzuschlagen, und entfernte sich, um Feuerholz zu sammeln. Nicolas beobachtete ihn, wie er seine *janbiah* zog und dürre Tamariskenzweige abschlug. Nach einer Weile zog er einen Schwung Brennholz auf zwei mit langen Stacheln bewehrten Ästen eines Sialabaumes hinter sich her. Die Zweige schichtete er in einer Sandmulde auf. Dann sah er sich nach einigen größeren Steinen um, die er auf den Zweigen verteilte. Als Nicolas das Chuckmuck-Feuerzeug vom Gürtel nahm und im Handumdrehen ein Feuer entfachte, trauten die beiden Männer ihren Augen nicht.

Kamal mischte Mehl, Salz und Wasser und buk Brot, indem er die im Feuer erhitzten Steine mit dem Teig ummantelte. Zu den Broten aßen sie getrockneten Fisch, wie schon tagsüber, und schlürften schwarzen Kaffee, den sie kräftig süßten. Allmählich verfärbte sich die Wüste mit dem Abendhimmel rosafarben. Schnell brach die Dunkelheit herein. Bevor sich der Sudanese in seiner Decke zusammenrollte, band er den Kamelen die Vorderläufe zusammen, damit sie sich nicht allzu weit vom Lager entfernten. Rund um die erlöschende Glut breiteten auch Nicolas und Almanzor ihre Matten aus.

Es war der Schrei der Eule, der ihn aus dem Schlaf riss – sein und Jafars vor vielen Jahren vereinbartes Zeichen. Nicolas spähte zwischen halbgeschlossenen Lidern hindurch, rührte sich aber nicht. Wie aus dem Nichts tauchte über ihm eine Silhouette auf, die sich schwarz und bedrohlich gegen das kalte Mondlicht abhob. Eine Klinge blitzte. Pfeilschnell rollte er sich zur Seite, gerade in dem Moment, in dem sich die Gestalt niederbeugte und nach seiner Kehle zielte. Leichtfüßig schnellte er hoch und wirbelte herum. Wie ein Verbündeter glitt sein Dolch aus der Scheide in seine Hand. Der Sudanese hatte nicht damit gerechnet, dass der *sayyid* so schnell seine Waffe zu fassen bekommen würde. Er richtete sich auf und griff an.

Nicolas sprang zurück. »Meuchelmörder!«, stieß er mit Abscheu zwischen den Zähnen hervor.

Blindwütig über den Fremden herfallend, zischte der Sudanese: »*Kalbu* …« Das Wort erstarb ihm auf den Lippen.

Angewidert zog Nicolas seinen Dolch aus dem Leib des Kameltreibers und wandte sich ab. Der Sudanese krümmte sich, ging in die Knie und sank zu Boden. Er gab keinen Laut mehr von sich.

»Er ist tot«, bemerkte Almanzor überflüssigerweise. Nicolas wandte sich um.

»Oh, *sayyid*«, stöhnte der Omoro, der das Ende vom Kampf mit verhaltenem Atem mitverfolgt hatte. »Ihr habt ihn abgestochen wie ein Schwein.«

»Hat der was Besseres verdient? *Kafa!*« Nicolas trat ungehalten nach dem Mann.

Seine schneidende Stimme brachte Almanzor zum Bewusstsein, dass auch sein Leben gefährdet gewesen war. Er steckte seinen schmalen Kopf zwischen die Knie seiner aufgestellten Beine. Alles an ihm war lang, und seine hohe schlanke Gestalt erinnerte Nicolas an Ngoomi.

Almanzor deutete auf den toten Kameltreiber. »Und was geschieht mit ihm jetzt, *sayyid*?«

»Was soll mit ihm geschehen?« Nicolas hatte unterdessen seine Matte geschnappt und an einer anderen Stelle ausgebreitet. Er zuckte die Achseln, »du kannst ihn ja morgen verscharren, wenn du möchtest.«

»Nein, möchte ich nicht«, knirschte Almanzor, einen verächtlichen Blick auf den Sudanesen werfend. Dann sah er zu dem zusammengerollten reglosen Bündel. »*Sayyid* …?«

»Hm?«

»Das alles ist so … schnell gegangen. Gestern …«

»Na ja, ich diskutiere gewöhnlich nicht mit jemandem, bevor ich ihn umbringe«, brummte Nicolas. »Gestern hab ich ihn beobachtet.« Nicolas hob den Kopf. »Almanzor, ein weises Sprichwort sagt: Sprich mit leiser Stimme, aber trage ein scharfes Schwert.«

»Äh … *sayyid?*«

»Was denn noch?«

»Habt Ihr überhaupt einen Gegner, der Euch besiegt?«

Das Wollbündel grunzte. »Der Wein gelegentlich, Almanzor.«

Grinsend breitete der Omoro seine Matte in einiger Entfernung auf dem Sand aus, wobei er darauf achtete, dass der *sayyid* zwischen ihm und dem Meuchelmörder lag. Als er sich einrollte, war der andere schon eingenickt.

Da sie genug Proviant und vor allem Wasser mit sich führten und vorerst Kamals Reittier behielten, das im Notfall geschlachtet werden konnte, stellte sich ihnen nicht das Problem, die nächste Karawanserei auffinden zu müssen.

»Kamele riechen Wasser aus zwanzig Meilen Entfernung«, beruhigte Nicolas den Omoro. »Außerdem wissen wir, dass der Nil im Westen liegt.«

Also kehrten sie bei Sonnenaufgang der Sonne den Rücken und zogen los. Drei Tage später teilten sich die endlosen sandfarbenen Hügel und eröffneten ihnen den Blick auf das fruchtbare Niltal zwischen Theben und Karnak. Über Stein und Geröll schlitternd, suchten sich die Kamele ihren Weg ins Tal. In weiter Ferne, inmitten saftigen Grüns, glitzerte der Fluss, der sich wie ein endloses grünes Band Richtung Süden schlängelte. Von den Salzpfannen und bewässerten Feldern aufsteigende Feuchtigkeit legte sich auf das bebaute Land, das von Dattelpalmen, Johannisbrotbäumen und Granatapfelbäumen umgeben war.

Nicolas zeigte auf das ausgeklügelte, die Ebenen beidseits des Stroms durchziehende Bewässerungssystem. »Das hat sich schon jahrhundertelang, wahrscheinlich jahrtausendelang bewährt. Weizen, Gerste, Reis, Linsen und vieles mehr werden nach der Nilüberflutung durch die Kanäle bewässert, und von Tieren betriebene Wasserräder sorgen für reichhaltige Ernten. Das Obst aus diesen Kulturen ist eine üppige Mischung aus Trauben, Datteln, Feigen, Mandeln und Granatäpfeln.«

Das Weiß von Almanzors Augäpfeln wurde groß und rund und leuchtete. Noch nie hatte er Trauben oder Feigen probiert.

Nicolas beschattete die Augen und starrte eine Weile geradeaus nach Westen. »Das dort muss Luxor sein«, seine ausgestreckte Hand wies nach Südwesten, in Richtung zahlreicher Palmenwälder. »Da liegt Theben, die ›Stadt der Hundert Tore‹, und dort Karnak und Kus. Die gegenüberliegende Seite des Niltals«, er deutete dorthin, wo die Klippen Libyens abfielen, »wählten einst die ägyptischen Könige zu ihrer Grabstätte. Im ›Tal der Könige‹ sind angeblich unzählige Pharaonen bestattet, obwohl es von hier aus nicht gerade einladend aussieht.«

»Wozu sollte das ein Gräberfeld auch?«

Nicolas grinste. Die einfache Logik des Perlentauchers gefiel ihm. Andererseits hatte der Mann keine Vorstellung von den kolossalen Denkmälern der Altvorderen hier. »Von wegen Gräberfeld!«, lachte er und schüttelte den Kopf. Später wies er nach Süden. Dort ragten dicke Ziegelwände aus dem Wüstensand, dahinter hohe Steinsäulen und Pylonen. »Jetzt, wo wir schon hier sind, wollen wir uns die Gegend mal ansehen!«

Almanzors Begeisterung war weniger offensichtlich. Das Gelände wurde abschüssiger, und er hatte alle Hände voll zu tun, auf dem schaukelnden Wüstenschiff nicht das Gleichgewicht zu verlieren. Im festlichen Licht des späten Nachmittags sah er dann ehrfürchtig an den gewaltigen Säulen und Statuen empor.

Auch Nicolas fühlte sich zwischen ihnen winzig klein, ganz und gar sterblich. Den Kopf geneigt, begann er zu zählen. »Zwölf Steinsäulen ragen hier im Mittelschiff mehr als zwanzig Meter in die Höhe«, schätzte er.

»Ja, und noch ein ganzer Wald kleinerer Säulen und hohe Mauern stehen ringsum.«

»Was müssen der junge Ramses oder Sethos hier empfunden haben im Wissen, dass auch sie ein Gott und Vermittler zwischen den Göttern und den Menschen waren? Denn ihr Atem trennte Himmel und Erde, Almanzor.«

»Und woher wisst Ihr das alles, *sayyid?*« Die Verwunderung stand Almanzor ins Gesicht geschrieben.

Nicolas lachte nur. Und dennoch. Auf ihn wirkte das einstige religiöse und weltliche Zentrum des ägyptischen Großreichs, das ihn als Schüler so beeindruckt hatte, ziemlich ernüchternd. In dieser verlassenen Gegend hatten sie sogar Mühe, einen Kahn aufzutreiben! Schließlich fanden sie ein Boot, das sie flussabwärts bis Kus brachte, wo sie sich auf einer der großen Barken einschifften, wie sie schon seit ewigen Zeiten auf dem Nil kreuzten.

Ende Februar 1533 trafen sie in Alexandria ein. Nach einem großen Abschiedsfest, das Nicolas im Hause seines Onkels ausrichtete, stach die »Magam« Richtung Tripolis in See, beladen mit Kostbarkeiten aus Nubien, Ostafrika und Indien. Anfang April verabschiedete sich Nicolas von seinem Cousin und ließ sich mit Almanzor im Golf von Tunis an Land rudern. Die Insel La Goleta, die Lagune und den Hafen wollte Karim auf jeden Fall meiden. So blieb den beiden nichts anderes übrig, als La Goleta auf dem Landweg zu umrunden.

Als das Beiboot sich entfernte, zeigte Nicolas in nordöstlicher Richtung aufs Meer. »Dort unten liegt sie.«

»Ah ja.« Almanzor war alles recht, solange es sich um Wasser handelte und nicht um Sand.

»Zunächst werden wir uns in der Stadt umsehen und Besorgungen machen.«

In die mit »dort unten« bezeichnete endlose blaue Weite spähend, meinte Almanzor: »Wir sollten vielleicht keine Zeit verlieren.«

Nicolas warf ihm einen scharfen Blick zu. »Werden wir auch nicht.«

Dann machten sie sich auf den Weg. Nichts deutete auf eine Anwesenheit Barbarossas hin – Nicolas konnte weder eine Bautätigkeit bemerken, noch schien ihm die Insel von Gefangenen bewohnt zu sein. Er blieb stehen, stellte das geschulterte Gepäck in den Sand und wischte sich den Schweiß von der Stirn. Auch wenn sein Tauchvorhaben mithilfe eines Fischerboots im Golf nicht weiter auffallen würde, war es ihm ohne dem Türken lieber. Barbarossas in Rauchschwaden gehüllte, vielversprechende Verheißung: »Wir sehen uns wieder!« verfehlte auch nach drei Jahren noch so nahe am Ort des Geschehens nicht seine Wirkung. Andererseits wurde er dadurch aufs Höchste motiviert.

Nicolas betrat die Stadt erst nach Anbruch der Dämmerung,

da ihn zu viele Leute in Tunis kannten. Den Omoro hatte er mit etwas Geld vorausgeschickt, um irgendeinem Fischer einen alten Kahn abzuschwatzen, Taue und Seile zu besorgen und am Hafen ein paar leere Fässer mittlerer Größe und mehrere Anker aufzutreiben. Er selbst suchte den *suq* auf, um Vorräte für mehrere Wochen zu organisieren.

Als es schon eine Weile stockdunkel war, trafen sie sich wie vereinbart am Fischerhafen. Almanzor wartete in dem gerade erstandenen Fischerboot, in dem bereits hundert Klafter Taue und Seile, fünf mittelgroße leere Fässer und mehrere Anker lagen. Nicolas war mit der Ausbeute höchst zufrieden. Nachdem sie die Lebensmittelsäcke in den Kahn gestapelt hatten, schlichen sie zum Wohnhaus der Familie Al Mansib. Das Anwesen lag in einem gepflegten Viertel von Tunis, weit weg vom Hafen und dessen unangenehmen Gerüchen. Nichts schien sich in der Stadt in der Zwischenzeit verändert zu haben. Als sie über die Mauer kletterten, schlug ein Hund in der Nachbarschaft an. Das Haus seiner Kindheit machte im Mondlicht einen friedlichen, aber nicht verlassenen Eindruck. Vermutlich kümmerten sich Selma und Tante Jasmin um den Garten, dachte Nicolas, denn er war weder verdorrt noch verwildert. Auch im Haus war alles so, wie er es in Erinnerung hatte. Bevor sie sich in die Alkoven zurückzogen, inspizierte er noch den Brunnen, an dem sie die Trinkwasserfässer füllen wollten. Das Wasser war klar und kühl.

In aller Früh machte sich der Omoro mit einem Handkarren allein auf den Weg. Zunächst beschaffte er die noch fehlenden Lebensmittel, wie einen Krug Oliven, eine Korbflasche Olivenöl, Gewürze, Zuckerrohr, Kaffee und Salz sowie ein Fass Wein, und verstaute alles im Boot. Danach erwarb er in einer Fassbinderei in der Nähe des Hafens drei neue Fässer aus Pinienholz und brachte sie zum Haus. Nicolas hatte inzwischen Matten, Decken, Lappen und Kochutensilien in Leinensäcke gepackt.

Als es dunkel wurde, füllten sie die Fässer mit Brunnenwasser und karrten sie zum Boot. Sie setzten das einzige, vielfach geflickte Segel des Kahns und stahlen sich aus dem Hafen. Eine leichte, aber stete Brise begrüßte sie bei La Goleta und füllte das alte Segel. Der Omoro lachte. Hie und da begleiteten sie Fliegende Fische. Sie umsegelten die Insel und hielten sich backbordseitig nahe der Küste. Als Nicolas die Mündung des Medjerda einige Meilen Backbord voraus vermutete, zogen sie den Kahn an Land und rollten ihre Matten auf dem sandigen Ufer aus.

Nicolas erwachte, als die ersten Sonnenstrahlen aufs Meer fielen und sich auf der glatten, glitzernden Wasserfläche im Osten widerspiegelten. Er sah sich um. In der mondlosen Nacht hatte er sich bei der Entfernung zum Mündungsdelta des Medjerda wohl grob verschätzt. Seine Decke aufrollend, stieß er den Omoro in die Seite. »Wir lassen den Kahn nochmal zu Wasser, Almanzor. Sieh nur!« Er deutete ein Stück Richtung Norden, dorthin, wo er an Land gehen wollte. Bei Tag waren die Ruinen vom Meer aus gut zu erkennen. »Karthago, Almanzor!« Sein Ton verriet die Bedeutung der Überreste.

Der andere kniff die Augen zusammen und musterte angestrengt die Gegend, aber er sah nur Steinhaufen und unmotiviert in den Himmel ragende Säulenreste. »Sollte ich das kennen …?« Er runzelte die hohe Stirn.

»Äh … nein«, überlegte Nicolas und lachte.

Am Ende der Anlage, bei einem ehemals gewaltigen Steinwall, der am Ufer abbrach und sich unter Wasser fortsetzte, schlugen sie ihr Quartier auf. Almanzor war ein zäher Bursche, der kräftig zupackte, als es galt, aus Steinen und Matten einen zeltartigen Unterschlupf zu bauen, der vom Meer aus nicht ausgemacht werden konnte. Auch die Lebensmittel – Reis, Bohnen, Datteln, getrocknete Feigen und eine Steige Zwiebeln – lagerten sie unter einem steinernen Vorbau.

Glücklich, wieder am Meer zu leben, sorgte Almanzor jeden Tag für frischen Fisch, den der *sayyid* am Rost briet oder in der Pfanne schmorte mit Knoblauch oder Zwiebeln, Bohnen und scharfen Gewürzen.

Dann fuhren sie das erste Mal hinaus. Um ihre geringen

Chancen, die »Aguila« aufzufinden, wusste Nicolas allein aufgrund der Tatsache, dass er sich nicht mehr an die Zahl der Kraulbewegungen erinnerte, mit denen er den Haien entkommen war. Doch das Problem der Entfernung zwischen Schiff und Ufer hatte er bis zu jenem Tag erfolgreich beiseite geschoben. Wozu sich den Kopf zerbrechen, sagte er sich in diesen drei Jahren immer wieder, wenn er es ohnehin mit allen Mitteln versuchen würde! Nun musste er der Tatsache ins Auge sehen, und diese war blau und weit, so weit der Horizont reichte.

Da kein Lufthauch zu spüren war, ruderten sie das Boot gen Osten der Sonne entgegen. Nur die Schreie vereinzelt kreisender Seemöwen über dem kristallklaren Wasser durchbrachen die morgendliche Stille. Als Nicolas den Eindruck hatte, weit genug vom Ufer entfernt zu sein, hielten sie ein. Die Stirn in tiefe Falten gelegt, blickte er nach Westen zur Küste – ein flacher, in der Sonne hell leuchtender Streifen – und versuchte, sich zu erinnern. Der Hai fiel ihm ein, und er erzählte dem Omoro von dem Angriff. Dabei hob er sein Hemd und deutete auf die Narben von der linken Armbeuge bis zur Hüfte. »Das ist ebenfalls Barbarossas Werk«, knirschte er mit einem Ausdruck, wie ihn Almanzor das letzte Mal beim Niederstechen des Kameltreibers beobachtet hatte.

»Das war knapp.« Almanzor nickte anerkennend. »Also gibt es doch einen Gegner.«

»Hm«, Nicolas grinste. »Unter Wasser vielleicht. Aber dort halte ich mich eher selten auf. Und du?«

»Glück gehabt, bis jetzt.« Er grinste ebenfalls.

Nicolas schüttelte den Kopf. »Nein, zu lang und zu spießig.«

Der Perlentaucher wusste unterdessen, worum es dem *sayyid* ging und aus welchem Grund er hier war. Im Boot befanden sich in Alexandria gekauftes Werkzeug aus bestem Stahl, wie Säge, Brecheisen und Hammer, des Weiteren leere Fässer, kleine Anker und viele Klafter Tau und Seile. Die Stellen, an denen sie tauchten, wollte Nicolas mit einem schwimmenden Fass markieren, das durch Tau und Anker an seinem Ort festgehalten werden sollte.

Sie warfen den ersten Anker und an dem in Abständen von fünf Fuß gekennzeichneten Tau konnten sie die Tiefe ablesen: exakt achtzig Fuß. Nicolas tauchte ab, kam aber nicht bis auf den Grund. Bei nicht einmal zwei Drittel Tiefe war er gezwungen, wieder aufzutauchen. Keuchend zog er sich ins Boot. Enttäuscht und verbittert musste er zur Kenntnis nehmen, dass sich das mangelnde Tauchtraining deutlich bemerkbar machte. Auf dem hellen Meeresgrund hatte er lediglich eine gähnende Leere erkennen können, mehr aber nicht.

Sie ruderten ein Stück weiter und warfen den nächsten Anker. Almanzor tauchte hinab. Er blieb lange unter Wasser. Als er wieder auftauchte, öffnete er lächelnd die Faust und ließ feinen weißen Sand in das Boot rieseln.

»In bin drei Jahre nicht getaucht«, grunzte Nicolas und es klang, als ob der andere Schuld daran hätte. »Außerdem bist du viel jünger als ich«, räumte er ein. Dann kam es ihm lächerlich vor, sich vor dem Perlentaucher zu rechtfertigen, der sein Leben lang nichts anderes getan hatte, als zu tauchen, und klopfte ihm auf die Schulter. »*'Idan*, Almanzor, wenn ich so gut wäre wie du, bräuchte ich deine Hilfe ja nicht, *na'am?*«

Der junge Mann lächelte listig. Sein Haar, das in der Hitze rasch trocknete und sich an den Spitzen aberwitzig kräuselte, gab ihm ein spitzbübisches Aussehen. »Oh, *sayyid*, Ihr habt schließlich den besten Taucher vom Roten Meer angeworben!«, argumentierte er ohne falsche Bescheidenheit. »Wie wollt Ihr gegen den antreten?«

Mit jedem Tag, an dem sie etliche Male hinabtauchten, vergrößerten sie das auf der Wasseroberfläche mit Fässern abgesteckte Gebiet. Bald gesellte sich ein Sperberpärchen zu ihnen, das sie täglich hinausbegleitete und, hoch über dem Wasser kreisend, alles beobachtete. Dann, am sechsten Tag, wurden sie fündig. Almanzor tauchte auf und gestikulierte heftig, sodass sich Nicolas einen der im Boot bereitliegenden flachen Steine unter die *faja* steckte und ins Wasser sprang. Und wirklich, er fand die Reste eines Wracks, das allerdings viel kleiner als seine Karavelle war. Mehr war nicht zu erkennen, denn es war über und über mit Korallen bewachsen. Das Schiff musste schon sehr lange dort unten liegen. Im Umkreis von einer halben Meile sahen sie weitere von Korallen verkrustete Wrackteile auf dem sandigen Grund, der hier ausnehmend eben war.

Weiter in Ufernähe tauchte Almanzor nochmals ab und holte einen Kraken vom Meeresboden. Den spießte er auf einen langen Stock und tauchte wieder ab. Bevor der Omoro ins Boot kletterte, flog ein Riesenhummer über die Bordwand, hob die Scheren und wollte nun Nicolas attackieren. Eben erst war er dem Kraken, seinem schlimmsten Feind, entkommen. Doch auch der landete im Boot und dann gemeinsam mit dem Hummer im Kochtopf.

In dem Maße, in dem das von ihnen abgesuchte Gebiet – ein an der Wasseroberfläche mit den Fässern markiertes Quadrat – an Umfang zunahm, mussten weitere leere Fässer und Anker aus der Stadt organisiert werden. Alle zwei Wochen segelten sie des Nachts nach Tunis. Gemeinsam schafften sie die Wasserfässer ins Boot, und während Almanzor sich um den Nachschub an Lebensmitteln und Seilen kümmerte, verbrachte der *sayyid* den Tag im Bordell.

Durch das andauernde Tauchen waren Nicolas' Muskeln gestählt, sein Körper von der Sonne tief gebräunt. Er befand sich in bester körperlicher Verfassung, und auch seine Lungen waren wieder so leistungsfähig wie ehedem. Der Perlentaucher brachte ihm alle Tricks bei, um lange unter Wasser zu bleiben und beim Auftauchen aus größeren Tiefen keine Probleme zu haben.

Manchmal tauchten sie gemeinsam hinab, und Almanzor zeigte ihm seine Welt: die Welt der Muscheln, Seerosen, Seefedern, Steinkorallen und Edelkorallen. »Die brauchen das Leben eines Mannes, um zur Größe einer Melone heranzuwachsen«, beschrieb er die zartrosa Korallen, die in seiner Heimat die langen Riffe bauten.

Er lehrte den *sayyid*, welche von den verlockend prachtvollen Gebilden gefährlich waren, wie man die ungefährlichen »pflücken« konnte und welchen majestätischen Geschöpfen er auf keinen Fall zu nahe kommen durfte.

»Und die Perlen?«, forschte Nicolas eines Abends am Feuer. »Du bist der Beste unter den Perlentauchern.«

»Die Perlen, hm ...« Almanzor stocherte in der Glut. »Die Völker der Alten Welt glaubten, Perlen entstehen aus reinem, vom Himmel fallenden Tau, den die Muschel bei Mondschein empfängt. Bei den Arabern gilt die Perle als Sinnbild belohnter Demut: Ein Regentropfen – eine Träne des Himmels – fiel ins Meer und verglich demütig seine eigene Kleinheit mit den unermesslichen Weiten des Ozeans. Da machte Allah, dass der Tropfen in eine Muschel fiel und aus ihm eine Perle wurde.« Almanzor sah auf. »So erzählte es uns Nasir Abu Nusaidin.« Er massierte sich den Nacken.

»Soso«, lächelte Nicolas, ebenfalls erstaunt über die Gesprächigkeit seines Freundes. »Eine andere Geschichte erzählt, dass Kleopatra eine Perle von immensem Wert in einem Glas Wein auflöste, um mit diesem edlen Tropfen auf die Gesundheit von Marcus Antonius zu trinken.«

»Kleopatra ...« Nachdenklich in die Flammen starrend, wiegte Almanzor den Kopf, als hätte er dies niemals von der Frau vermutet.

Nicolas ließ sich nicht täuschen. »Eine ägyptische Pharaonin, die mit den Römern ... äh, verkehrte«, erklärte er. »Eine große Königin und eine schöne Frau.«

»Eine Hure.«

Die scharf geschwungenen Brauen schossen erstaunt nach oben. »Wie kommst du darauf?«

»Welche Frau sonst begeht einen solchen Frevel, um irgendetwas bei einem Mann zu erreichen?«

Nicolas tauchte immer waghalsiger und ehrgeiziger. Obwohl er alle Ratschläge und Warnungen des Perlentauchers beherzigte, geriet er eines Tages in ernste Gefahr. Wie so oft hatte er die Unterwasserwelt betrachtet und an einem Riff in größerer Tiefe einen bizarren, rot schillernden Korallenstock entdeckt, den er sich aus der Nähe besehen wollte. Er war schon beim Auftauchen, als er zu knapp am Riff entlang nach oben schwamm und eine Moräne blitzartig aus ihrem Loch schoss. Es war nur ein kleines Tier, das sich in seinem Haar verbiss und nicht mehr losließ. Nicolas bekam es nicht zu fassen. Er zog seinen Dolch und trennte den Schopf mit einem Schnitt dicht an der Kopfhaut ab. Seine Lungen waren leer. Den Dolch zwischen die Zähne geklemmt, die Haut an Händen und Füßen bald blutend von den scharfen Kanten des Riffs, steuerte er nach oben dem Licht entgegen. Plötzlich, bevor er die Wasseroberfläche erreichte, wurde es vor seinen Augen dunkel.

Als er die Augen wieder aufschlug, hustend und spuckend, lag er im Boot und sah in das lächelnde Gesicht Almanzors.

»Oh, *sayyid*, was habt Ihr so lange da unten gemacht?«, jammerte dieser. »Ihr habt Salzwasser geschluckt wie ein Fisch! Und Euer schönes Haar!« Almanzor schlug die Hände über dem Kopf zusammen. Aber schon mischte sich ein vorwurfsvoller Ton in seine Stimme. »Ihr müsst unbedingt abnehmen, *sayyid*, und so schlank werden wie ich. Noch einmal schaff ich es bestimmt nicht, Euch in das Boot zu ziehen! Ihr könnt von Glück reden …«

»Joder!« Nicolas krächzte und spuckte immer noch. »Jetzt halt mal die Luft an, du verhungerter Fahnenmast. Wie wär's, wenn du etwas zulegst?« Mit verdrossener Miene besah er sich die aufgerissene Haut an Fingern und Fußsohlen.

Am selben Tag noch ließ er sich von seinem Begleiter den Schädel kahl rasieren. »Ich hab mich noch nicht bei dir bedankt, Almanzor, dass du mir das Leben gerettet hast. *Sukran gazilan!* Die Moräne hätte mich beinahe skalpiert …«

»Das ist aber kein Grund, in Zukunft mit einer Glatze herumzulaufen, *sayyid*. Bei so schönem Haar!« Oh, wie bewunderte er das schwarz glänzende lange Haar! Ein Frevel war das! Doch von da an rasierte er Nicolas regelmäßig. Bei diesen Gelegenheiten wurde der Perlentaucher sogar richtig gesprächig und erzählte von seinem Leben auf den Inseln, seinen Kindern und Nasir Abu Nusaydin.

»Was willst du eigentlich mit all dem Gold machen?«, wollte Nicolas eines Tages wissen, denn der Abessinier war kein einfältiger Mann.

Almanzor zuckte die Schultern. »Darüber mach ich mir erst Gedanken, wenn ich es habe. Noch haben wir gar nichts! Ich lebe, das genügt. Im Moment rasiere ich Euren Schädel und tu nichts weiter als rasieren. Wenn ich tauche, dann mach ich nichts außer tauchen. Und sollte mich dabei ein Hai angreifen, werde ich sterben. Ein Tag ist so gut wie jeder andere zum Sterben, *sayyid.*« Er tauchte das Messer ins Wasser und ließ sich Zeit. »Wenn ich das Gold nicht bekomme, so bin ich trotzdem ein glücklicher Mensch. Denn wenn ich unter Wasser bin, sehe ich, wie das Meer lebt, und des Nachts beobachte ich einen Himmel voller Sterne. Wollt Ihr mehr, *sayyid?*«

Natürlich wollte er mehr! Vielleicht war ja das sein Problem ... Nicolas räusperte sich. »Nun, ich will mein Gold«, sagte er aufrichtig. Doch seine Stimme klang gereizt, und das ärgerte ihn. Der Omoro schwieg bedeutungsvoll. Das wurmte ihn noch mehr. »Alles schön und gut, Almanzor. Aber weder die Sterne am Himmel noch die Pracht unter Wasser erlauben mir, mein Leben so zu gestalten, wie ich es nun mal möchte.« Warum musste er sich rechtfertigen?

Almanzor ließ sich nicht beirren. »Euer Problem, *sayyid*, ist, dass Ihr dem nachjammert, was Ihr einmal besessen habt. Ich dagegen«, er tippte sich mit der Messerspitze auf seine Brust, »lebe weder in der Vergangenheit noch in der Zukunft. Es ist doch stets nur der Augenblick, den wir gerade erleben ...«

»... der aber kann schön oder beschissen sein, mein Lieber!«, fuhr ihm Nicolas dazwischen. »Ein Ruderskiave auf der Galeere macht sich auch keine Gedanken um Vergangenheit oder Zukunft, aber er verflucht jeden Scheißaugenblick, den er garade erlebt – rudernd erlebt!«

Almanzor schwieg. Zum einen wusste er nicht, was er darauf erwidern sollte, zum anderen wirkte der *sayyid* ziemlich aufgebracht.

Wie kam es, dass der Krauskopf an solche Dinge rührte?, grollte Nicolas. Der andere hatte wieder zu rasieren begonnen. »*Hasanan*«, meinte er nach einer Weile und nickte. Die schlichten Worte des Omoro hatten ihn mehr beeindruckt, als ihm lieb war, und so wechselte er das Thema. »Und deine Frau?« Almanzor hatte sie bisher mit keinem Wort erwähnt.

»Sie ist die Mutter meiner Kinder«, entgegnete er zurückhaltend. »Sie kocht für mich und wärmt mir das Lager.«

»Hast du eine andere, eine Freundin, die du … liebst?«, bohrte Nicolas weiter.

Almanzor hielt in seinen rhythmischen Bewegungen inne, wobei er die Hand mit dem Messer auf dem Kopf des Herrn ruhen ließ. »Nein. Warum sollte ich, *sayyid*?«

Nicolas blieb ihm die Antwort schuldig. Was hätte er ihm auch sagen sollen? Verdrossen starrte er auf die glitzernde Weite. Dass der einfache Perlentaucher im Grunde genommen Recht hatte, trug nicht dazu bei, seine Laune zu heben.

Nach einer Weile brach Almanzor das Schweigen. »Ich hab mir Hayat ausgesucht«, sagte er, säuberte das Messer und begann, es zu wetzen. »Bei den Fischern und Bauern werden keine großartigen Verbindungen von den Eltern schon an den Wiegen der Kinder arrangiert.« Der zynische Unterton war nicht zu überhören.

»Woher weißt du davon?« Nicolas wandte sich um. Almanzor gelang es immer wieder, ihn zu überraschen.

»Ich belausche oft die Händler und Kaufleute, die auf die Insel kommen, und ich war schon oft in *sayyid* Nasirs Haus.« Die Schneide prüfend, fügte er in keckem Ton hinzu: »Ich spreche nicht von Hayat, aber ich … betrüge sie auch nicht.«

Noch nicht, dachte Nicolas, der genau verstand, dass der Omoro auf seine Bordellbesuche anspielte. »Ha! Weil du keine Gelegenheit dazu hast – ist es nicht so? Du solltest mal deine beleidigte Miene sehen, wenn ich weggehe.«

Der andere verstummte, die wulstigen Lippen zu einem Fischmaul gestülpt.

Nicolas nahm einen Stein auf und drehte ihn in seinen Fingern. »Ich hab keine Frau, Almanzor.«

Aus der belegten Stimme schloss der Omoro, dass mehr dahintersteckte, und hüllte sich in Schweigen.

Nicolas kannte seine Neugierde und kam ihm entgegen.

»Fürwahr, ich hatte eine wunderschöne, sanftmütige Frau namens Suheila. Sie starb vor einem Jahr an der Geburt unseres ersten Kindes.«

»Oh, *sayyid-i* ...!« Almanzor machte ein wirklich betroffenes Gesicht. »Und Euer Sohn?«, erkundigte er sich vorsichtig.

»Es gibt keinen Sohn. Das Kind starb mit der Mutter.«

Der junge Mann schlug seine langen Hände über dem Kopf zusammen. »Bei allen Göttern, wie konnte das nur geschehen? Oh, *sayyid-i*«, beschwörte er ihn, »Ihr werdet noch viele Kinder haben!« Er nickte heftig.

Es war das erste Mal, dass Nicolas über die Geburt sprach, und zu seinem Erstaunen fiel es ihm in Almanzors Gegenwart nicht einmal schwer. In knappen Worten schilderte er ihm das gesamte Martyrium bis zu seinem bitteren Ende und verheimlichte ihm auch nicht, was bis dahin nur seine Mutter gewusst hatte.

Almanzor pfiff leise durch die Zähne. Es waren starke, perlenweiße Zähne, die etwas auseinander standen. Beide schwiegen. Nach einer Weile meinte der Omoro mit einer Bestimmtheit, die den anderen überraschte: »Es gibt sie schon.«

»Wen?«

»Eure nächste Frau.«

»Soso.« Nicolas schnalzte mit der Zunge. Das unergründliche Lächeln auf Almanzors Lippen sah er nicht. »Da bin ich aber froh, nein, ehrlich. Denn wenn sie erst geboren werden müsste und ich zweiunddreißig oder mehr Jahre älter wäre als sie ... brrr.« Er sagte dies mit einem gewissen Unterton, in dem Belustigung mitschwang. Dennoch machte er kein Hehl aus seiner Verbitterung. Er dachte nicht im Ernst daran, sich noch einmal zu verheiraten. Die Bordelle in Tunis waren nicht berauschend, doch er würde bald wieder nach Sevilla oder Lissabon kommen. Und für Tagomago würde sich etwas finden ...

Als die Schatten der Nacht den einsamen Ort bedeckten, setzte sich Nicolas auf den Steinwall am Ufer und lauschte den Wellen. Von Zeit zu Zeit nahm er einen Schluck aus der Korbflasche und ließ den sizilianischen Roten genussvoll die Kehle hinunterrinnen. Je länger er dasaß und auf die dunkle Wasserfläche vor sich starrte, desto trübsinniger wurde er. An diesem Abend war er sich nicht sicher, ob ihm die Stille und die Weite des Meeres, die er zum Leben brauchte, auf Dauer genügend Trost spenden würden.

Als er zum Lager zurückkehrte, verriet sein Gang, dass er ordentlich Schlagseite hatte. Almanzor war noch wach und sah ihm besorgt entgegen. Die schwankende Gestalt blieb vor ihm stehen, hob sich schwarz und mächtig gegen das kalte Mondlicht ab.

Der Omoro hob den Kopf. »Heute hattet Ihr einen überlegenen Gegner, nicht wahr?«

Ein kurzes Grinsen huschte über Nicolas' Züge. »Sieht so aus, Almanzor, sieht so aus.«

Es wurde immer heißer. Nicolas beschloss, nur noch morgens und in den Nachmittagsstunden hinauszufahren. Während der Mittagszeit lagen sie hinter massiven Steinmauern, dösten vor sich hin oder vertrieben sich die Zeit mit Dame und Mancala, dem Spiel der Fischer von Al-Marsa. In Ermangelung eines Spielbretts gruben sie vierzehn Löcher in den Sand und verwendeten als Spielsteine Bohnen. Das Damespiel hatte Nicolas aus dem Haus der Al-Mansib mitgebracht.

»Es war das Lieblingsspiel meines Großvaters, das er in der letzten Zeit vor allem mit Achmed, dem Bruder Nasir Abu Nusaydins, gespielt hat. Und jetzt spiel ich es mit dir.« Während er die Steine ordnete, dachte er bei sich, dass sich hier wieder ein Kreis schließe. »Alquerque«, verriet er, bevor er sich daranmachte, dem jungen Mann eine Idee von dem uralten Damespiel beizubringen, »war in Ägypten ursprünglich eine Art Orakel über den Ausgang von Kriegen. Das hat mir mein Großvater jedenfalls erzählt.« Er blickte auf. »So, und nun streng jene Gegend an, wo bei uns Mauren das Gehirn sitzt.«

Die Tage waren einer wie der andere und verstrichen nur langsam. Mit der Zeit verfiel Nicolas in träge Gleichgültigkeit. Das ging so weit, dass er Almanzor bisweilen alleine losschickte, auch auf die Gefahr hin, den Perlentaucher bei einem Tauchmanöver zu verlieren. Sein Optimismus schwand mit der zunehmenden Anzahl an Fässern und seiner Überzeugung, das infrage gekommene Gebiet längst abgesucht zu haben. Der Juni ging bereits zu Ende. Im September würde Karim wie vereinbart im Golf von Tunis vor Anker gehen und nach ihnen Ausschau halten …

An einem besonders heißen Julitag, an dem kein Lüftchen wehte, keine Möwen kreisten und das Ufer in der flirrenden Hitze verschwamm, waren sie hinausgerudert, als die ersten Sonnenstrahlen noch lange Schatten warfen. Über ein Dutzend Fässer markierten den Rand von zwei knappen Seemeilen im Quadrat, die sie schon abgesucht hatten. Almanzor tauchte ein letztes Mal, bevor sie ans Ufer zurückrudern wollten. Das Meer war hier tief, das Ankerseil zeigte beinahe neunzig Fuß.

Gedankenverloren starrte Nicolas ans Ufer, das ihm vom Boot aus wie eine Fatamorgana erschien. Plötzlich fuhr sein Kopf herum. Almanzor hätte längst auftauchen müssen! Obwohl er irgendwann zu zählen aufgehört hatte, wusste er, dass die Zeit weit überschritten war. »Verdammt!«, entfuhr es ihm.

Kopfüber sprang er ins Wasser und schoss pfeilschnell in die Tiefe. Nach wenigen Zügen traf er auf den Perlentaucher. Er packte ihn am Ausschnitt seines Hemdes und zog ihn nach oben. Mit dem Kopf voran zerrte er ihn ins Boot. Fluchend nahm er Almanzors Arme und presste sie gegen seinen Brustkorb, dass er ihm fast die Rippen brach. Wasser lief aus seinem Mund, doch noch bevor er mit der Beatmung beginnen konnte, schnappte der Omoro nach Luft. Er hustete und spuckte, keuchte und rang nach Luft.

»Sayyid-i«, stammelte er, »da unten ist sie! Ich … ich hab sie mir genau angesehen …«

»Mann, um ein Haar zu genau! Wir sind keine Fische! Hast du mir nicht immer gepredigt …«

»Aber *sayyid*, jetzt hat sich alles gelohnt. Wir sind am Ziel!«, krächzte Almanzor, und seine Begeisterung war echt.

Da begann auch Nicolas zu begreifen, was dies bedeutete: Sie hatten die »Aguila« gefunden! Er erinnerte sich nicht, wann er das letzte Mal so aufgeregt gewesen war. »Bist du in Ordnung?«, drängte er Almanzor und schob sich einen Stein unter die *faja*. Der andere nickte matt, und Nicolas sprang ins Wasser.

Die Karavelle lag flach auf sandigem Boden, etwas zur Seite gekippt, die Masten schräg nach oben. Reling und Bug waren am stärksten beschädigt, und die Galionsfigur und der Rammsporn, mit dem sie sich in den Meeresboden gebohrt hatte, fehlten. Ihr Rumpf war in Sand gebettet, vom Rest des Schiffes hatten die Algen Besitz ergriffen. Rund um die »Aguila« lagen die Deckskanonen verstreut im Sand. Wenn er sich nicht täuschte, hatte sie sich in den drei Jahren in Strömungsrichtung ausgerichtet.

Nicolas tauchte auf. Wieder im Boot, packte er Almanzor an den sehnigen Schultern, schüttelte ihn und stieß einen Freudenschrei aus. An dieses letzte Fass band er ein rotes Tuch, dann ruderten sie zum Ufer. Zunächst aßen sie, dann ruhten sie sich aus. Gegen Mittag, als die Sonneneinstrahlung senkrecht und am intensivsten war, tauchte Nicolas wieder hinab. Diesmal an ein Seil gebunden, mit zwei wuchtigen Steinen in der *faja*. Wie ein Pfeil schoss er in die Tiefe und gelangte bis auf das Zwischendeck seiner Kajüte, deren Tür offen stand. Seine Luft reichte gerade noch aus, um mit einem Blick die gähnende Leere darin festzustellen. Die sieben Truhen mit Goldbarren und Pretiosen waren beim Aufprall am Meeresgrund durch das große, in die Kapitänskajüte gerissene Loch geschleudert und im Sand unter der sich langsam neigenden »Aguila« begraben worden!

Er tauchte auf, als er schon am Ende seiner Luftreserven war. Keuchend und nach Luft ringend zog er sich ins Boot. Kaum war er wieder zu Atem gekommen, begann er Zeter und Mordio zu fluchen, während er wütend das Seil aufknotete. »Alles weg!«, zischte er.

»Was?«

»Das Gold, du Esel, was sonst!«

»Das Gold ist weg?«

Almanzors ruhige Art machte Nicolas noch wütender. Er riss

beide Hände hoch. »Im Sand unter sich begraben, so eine Scheiße! Sie hat's einfach mit ins Grab genommen. Nach allem, was wir zwei hier durchgemacht haben, jetzt das!«

Almanzor machte ein bedauerndes Gesicht. Zögerlich fragte er: »Seid Ihr sicher, *sayyid?*«

»Und ob!« Hektisch zog Nicolas das Seil aus dem Wasser und warf es achtlos ins Boot. Eine Weile starrte er in die Ferne, das kantige Kinn nach vorne geschoben. Almanzor rührte sich nicht.

»Es kann demnach nur noch eine einzige Kiste im Schiff sein«, schloss er, »nämlich meine Kleidertruhe aus Pinienholz. Die hab ich zur Verfügung gestellt, um die dreißig Goldbarren zu verstauen, nachdem die Originaltruhe zum Zählen der Barren zerstört worden war. Diese Kleidertruhe befand sich zum Zeitpunkt des Gefechts im Aufenthaltsraum der Mannschaft, abgesperrt mit einem Schloss. Die beschädigten aufgebrochenen Kisten dagegen waren anlässlich des Damenbesuchs in meine Kajüte geschafft worden.« Er zog seinen Dolch und ritzte die Lage an Bord in die Planken des Bootes.

Almanzor verstand, schlang sich das Seil um seine Mitte und tauchte mit einem schweren Stein ab. Das mit dem Boot, verbundene Seil knüpfte er an der Reling der »Aguila« fest. Es sollte ihnen in Zukunft als Tauchhilfe dienen. Wieder im Boot, beschrieb er dem *sayyid* den Aufenthaltsraum. Eine Truhe hatte er nicht entdeckt. Nicolas tauchte ein weiteres Mal hinab, schwamm auch durch die Tür, die Almanzor zuvor mit dem Brecheisen geöffnet hatte, in den Aufenthaltsraum, sah aber von der Truhe keine Spur. In dem schummrigen Licht, das bis hierher durchdrang, fand er nur wild durcheinander gewürfelte Tische und Bänke. Da ermahnte ihn das Rucken am Seil umzukehren. Derjenige, der im Boot saß, zählte zur Sicherheit für den anderen mit, damit die für das langsame Auftauchen benötigte kostbare Zeit nicht übersehen wurde. Auch der Omoro tauchte nochmals ab, konnte sogar unter Tische und hinter ein umgestürztes Möbelstück sehen, aber die Truhe blieb spurlos verschwunden. Nicolas brach die Taucherei für diesen Tag ab.

Nach dem Essen besprachen sie, wie sie am nächsten Tag vorgehen wollten. Nicolas zeichnete Almanzor die Karavelle in den Sand und beschrieb detailgetreu den großen Aufenthaltsraum. Darin gab es neun Ausgänge: die Tür, die verschlossen gewesen war, sechs Fenster in einer Höhe, in die eine so schwere Kiste nicht allein durch den Neigungswinkel des Schiffes gelangen konnte, ein weiteres Fenster zum Hauptdeck hin und einen Abgang zum darunter liegenden Deck. Demnach blieben zwei Möglichkeiten: Die Truhe war durch den Aufprall des Schiffes, das sich mit dem Bug voran in den Sandboden gebohrt hatte, durch das neben der Tür befindliche tiefere Fenster gerutscht, über Bord gegangen und für immer und ewig im Sand begraben worden. Oder sie stürzte, als das Schiff sich nach dem Aufprall auf den Meeresboden senkte, durch den Abgang in das erste Zwischendeck. Nicolas entschied sich, dieser letzten Möglichkeit nachzugehen, bevor sie die Expedition abbrachen, und teilte dies Almanzor mit. Der Perlentaucher war einverstanden.

Am Morgen nahm Nicolas die Angelrute und setzte sich auf den ins Wasser führenden Steinwall. Ein durchsichtiges Band aus weißen Wolkenschleiern zog sich dicht über dem Horizont hin. Er starrte zu den winzigen, auf den sanften Wellen schaukelnden Holzfässern. Heute war ein wichtiger Tag, heute würde die Entscheidung über das Gold fallen. Er hob den Blick. Zögerlich durchbrach die Sonne das im Osten ausgebreitete Wolkengespinst. Das Sperberpärchen segelte vorbei und schien ihn neugierig zu beobachten.

Gegen Mittag tauchte Almanzor hinab und versuchte, die große, in das Hauptdeck eingelassene Ladeluke zu öffnen. Doch weder Brecheisen noch Hammer konnten irgendetwas ausrichten, und er musste unverrichteter Dinge zurückkehren. Mit betroffenem Gesicht wuchtete er das Werkzeug ins Boot.

»Wir haben ein Problem, *sayyid-i* …«

Nicolas winkte ab. »Es gibt kein Problem, Almanzor, nur Herausforderungen.« Er seufzte und half dem anderen ins Boot.

Auf diese Weise bequem in das Zwischendeck zu gelangen, konnten sie also vergessen. Es wäre zu schön gewesen! Dem

Perlentaucher blieb nun nichts anderes übrig, als zu versuchen, sich durch den Abgang des Aufenthaltsraums in das Unterdeck zu hangeln. Dieses Unterfangen war mehr als riskant, und beide wussten das. Zu leicht konnte sich das Seil verheddern, zu knapp war die Zeit. Almanzor blickte unglücklich drein.

»Was ist?«, zog Nicolas ihn auf. »Ist nicht jeder Tag gut zum Sterben? Oder soll ich kniend vor dir die Planken küssen?«

Wider Erwarten lachte Almanzor und nickte. Eine solche Gelegenheit kam nicht wieder! Grinsend neigte sich Nicolas hinab und küsste die Planken.

Der Perlentaucher suchte daraufhin zwei Steine aus und sprang. Als er wieder auftauchte, meldete er, dass es in dem unteren Deck zu dunkel war, um irgendetwas ausmachen zu können. Nicolas war ratlos. Die Ladeluke, die einen bequemeren Einstieg und mehr Licht in das Unterdeck gebracht hätte, ließ sich nicht öffnen. Sie brachen die Taucherei ab.

»Verdammt!«, zischte Nicolas und packte das Ruder. Bevor er es ins Wasser tauchte, deutete er rings um sich. »Sieh dir unser Werk an, mein Freund.« Er verstummte, ließ nur seinen Blick schweifen. Dumpf sagte er: »Vor die Erkenntnis haben die Götter den Schweiß gesetzt, Almanzor.«

Der Omoro warf ihm einen halb belustigten, halb zweifelnden Blick zu. In seinem Leben war niemals etwas ohne Schweiß gegangen.

Es wurde Abend. Über dem dunklen Wasser segelten vereinzelte Möwen und tauchten Fliegende Fische lautlos aus den Wellen. Die Nacht war warm und voll von Mücken und Zikaden. Nicolas fand nur wenig Schlaf. Endlos wälzte er sich unter seiner Decke und kam schließlich zu dem Entschluss, einen letzten Versuch zu wagen.

Sein Plan war, die aus Butzenscheiben und starkem Glas gefertigten Ladeluken mit einem schweren, zugespitzten Stein zu zertrümmern. Das Vorhaben gelang. Nachdem er zehnmal abgetaucht war, waren viele Glasscheiben zerbrochen und ein Durchtauchen möglich.

»Gib Acht!«, warnte er den Perlentaucher, »die Ladeluke sieht aus wie von einer Kanonenkugel zerfetzt, überall die scharfen Kanten der Bleieinfassungen. Und Glas bleibt Glas, auch unter Wasser.« Freundschaftlich legte er ihm eine Hand auf die Schulter.

»Wir werden heute zu Ende bringen, was wir angefangen haben!« Almanzor lachte, dann wurden seine Züge ernst »Oh, *sayyid-i*, es ist *doch* jeder Tag gut zum Sterben.«

Zum Henker, fluchte Nicolas, der Bursche wusste genau, wie viel ihm an dem Gold lag. Im Grunde genommen war er um nichts besser als seine goldgierige Piratenbrut … Und wenn er selbst da hinuntertauchte? Nein, er würde nicht viel ausrichten können.

Mit dem schwersten Stein an Bord schoss Almanzor in die Tiefe. Nicolas zählte mit, hielt das Seil und überprüfte, ob es sich spannte. Die Zeit schien ihm im Boot endlos. Nach vier Minuten zog er ruckartig am Seil. Als Almanzor gleich darauf auftauchte, holten sie das Netz ein, in dem Brecheisen und Hammer steckten. Nicolas traute seinen Augen nicht, als er den Goldbarren sah. Die Barren, berichtete Almanzor, lagen auf dem gesamten Zwischendeck verstreut, und in einem Eck hatte er eine leere, zersplitterte Truhe entdeckt. Demnach musste sie den Abgang hinunter in das Unterdeck geschlittert und dort zerborsten sein. An diesem Tag holte er noch drei weitere Goldbarren aus der Tiefe.

Am folgenden Tag tauchte Almanzor fünfmal in das Wrack. Jedes Mal zitterte Nicolas, dass sich das Seil nicht in den scharfen Glaskanten verfing oder der junge Mann zu schnell auftauchte. Er hatte nun ein Netz umgebunden, doch das Problem war, dass er die Goldbarren nicht schnell genug fand. Beim Bersten der Truhe hatten sie sich wohl in alle Winkel des langen Zwischendecks verkrochen. Damit nicht genug, lauerten unzählige Glassplitter in der dicken, alles bedeckenden Sand- und Schlammschicht. Nachdem er Nicolas den zwanzigsten Goldbarren ausgehändigt hatte, erklärte dieser die Expedition für beendet.

Nicolas' Abschied von der »Aguila« war ebenso feierlich wie endgültig – die Karavelle sollte in Frieden ruhen. Zum Zeichen dafür kappte er die Ankerseile sämtlicher Fässer, die mit den Wellen und der Strömung allmählich davonschaukelten. Was blieb, war eine stahlblaue glitzernde Wasserfläche, so weit das Auge reichte. An diesem Tag verschwand auch das Sperberpärchen.

In derselben Nacht noch segelten sie in den Fischerhafen von Tunis. Zweimal lief Nicolas, den schweren Leinensack auf dem Rücken, auf verschiedenen Wegen zum Haus. Das Gold versteckte er unterdessen im leeren Kaninchenstall. Die verbleibenden Tage verbrachten sie mit Müßiggang und mit Spielen, und ein einziges Mal nahm Nicolas den Abessinier mit ins Bordell.

Als Karim Hassan al Mansib eines Tages die Glocke an der Mauer zog, war er nicht wenig überrascht. Ihm öffnete ein groß gewachsener breitschultriger Glatzkopf, dessen Muskeln beinahe ebenso dunkel glänzten wie die des Omoro. Der kahle Schädel und die blasse Narbe auf der linken Wange des bis auf den kurz gestutzten Schnurrbart glatt rasierten Gesichtes verliehen dem Cousin ein mehr als verwegenes Aussehen.

Weder Nicolas noch Karim wollten in der Stadt gesehen werden oder gar der Verwandtschaft, der sie nicht mehr trauten, über den Weg laufen. Vor allem die Familie seiner Tante Jasmin, ein alteingesessenes tunesisches Beamtengeschlecht, steckte ihre Nase allzu tief in die Politik. Nun ging es Nicolas jedoch darum, etwas von dem Gold einzuschmelzen, bevor sie Tunis verließen.

»*Sadiq-i*«, setzte er an, dem Cousin seinen Plan mitzuteilen, »bevor wir Tunis verlassen …«

»Nein, lass mich raten: Du willst nicht zufällig wieder einen Schmied überreden? Ha! Du und dein Gold! Das bringt uns beide noch in die Hölle – weißt du eigentlich, wo wir hier sind?«

Ein breites Grinsen überzog Nicolas' Gesicht. »Der Dumme schnattert, der Weise hört zu.«

Ein Mundwinkel Karims hob sich widerwillig zu einem Lächeln. »Also gut. Amüsier mich mit ein paar Details.« Eigentlich wollte er Tunis umgehend wieder verlassen. Nachdem der Cousin geendet hatte, meinte er: »Die wenigen Erkundigungen, die Jalil im Hafen eingezogen hat, haben nicht viel ergeben. Doch der scheinbare Friede«, er nickte in Richtung Hafen, »sieht mir eher nach der Ruhe vor dem Sturm aus, mein Freund.« Dennoch stimmte er dem Plan zu.

Zwei unauffällige Truhen aus festem Zedernholz, die Nicolas in einer Schmiede mit Eisenbändern und Schloss hatte versehen lassen, waren mit je neun Goldbarren gefüllt. Nach Einbruch der Dunkelheit schafften die drei die beiden Truhen zum Boot, setzten das Segel des Fischerkahns und stahlen sich lautlos aus dem Hafen. Die »Magam« ankerte weit draußen unter Jalils Kommando, fluchtbereit in Fahrtrichtung positioniert.

»Der Segen des Erhabenen sei mit dir«, grinste Karim nach Verladen der Truhen und klopfte dem Cousin auf die Schulter. Jalil sollte Nicolas begleiten, während er selbst bis zum Morgen auf der »Magam« abwarten wollte.

Die nötigen Vorbereitungen für das Einschmelzen der zwei nicht in die Zedernholztruhen verpackten Goldbarren hatte Nicolas getroffen, als er sich im *suq* in der Gasse der Schmiede umsah, wo er die Truhe hatte beschlagen lassen. Seine Wahl war auf eine Gelbgießerei gefallen, bei der er anhand der großen Messinggegenstände davon ausgehen konnte, dass sie in der Lage war, seine Goldbarren in einem Zug zu schmelzen.

Noch vor Mitternacht entführten Nicolas, Almanzor und Jalil den Gelbgießer aus seinem Haus, ohne dass dessen Familie etwas bemerkte. Sie brachten ihn zu seiner Werkstatt, nahmen ihm den Knebel aus dem Mund und zwangen ihn, den Schmelzofen anzuheizen. Während Jalil das Feuer schürte und Almanzor sich um Brennholz kümmerte, sammelte der Gelbgießer sämtliche Gussformen ein, über die er verfügte. Unter Figürchen, Schnallen, Beschlägen, Glöckchen, Schellen, Reisfederstielen, Messergriffen, Fingerhüten, Knöpfen, Statuen und sämtlichen Lettern des Alphabets suchte Nicolas Dutzende kleine Formen aus, in die das geschmolzene Gold gegossen werden sollte. Denn je kleiner die Gegenstände, desto leichter waren sie später einzutauschen. Abwechselnd betätigten Jalil und Almanzor den mächtigen Blasebalg, bis sich endlich die Oberfläche der Barren zu verändern begann und die drei Stempel der spanischen Krone verschwammen. Nun hing es vom Geschick des Gelbgießers ab, das flüssige Gold in all die kleinen Lehmformen zu gießen. Der Mann bemühte sich auch redlich, denn angesichts des vielen Goldes, dessen Zeuge er nun geworden war, fürchtete er um sein Leben.

Als gegen Morgen die filigranen Stücke in kaltes Brunnenwasser geworfen wurden, war die Aufgabe des Gelbgießers erfüllt.

Nicolas packte den goldenen Zierrat in einen großen Leinensack und wandte sich an den Mann. »Wir nehmen dich mit und lassen dich dann frei – vorausgesetzt, du machst keine Dummheiten! Du weißt, es wäre einfacher für uns, dich hier kaltzustellen.« Die drei nahmen ihn in ihre Mitte und verließen die Gießerei durch die Hintertür.

Es dämmerte bereits, als sie den Fischerhafen erreichten, in dem es zu dieser Stunde lebhaft zuging. Die kleine Gruppe, die anscheinend einen Betrunkenen mit sich führte, fiel in der regen Betriebsamkeit nicht auf. Almanzor und Jalil setzten sich an die Ruder, und langsam gewann die »Magam« an Größe. Anstatt den Fischerkahn den Wellen zu überlassen, zogen sie ihn an Bord. Der Anker wurde gelichtet, und Jalil übernahm wieder seine Aufgaben. Vier Mann kommandierte er zur Rah hinauf, die Leinen wurden gelöst, und die »Magam« nahm Fahrt auf. Karim übergab Jalil das Steuerruder und begab sich mit Nicolas in seine Kajüte. Almanzor machte es sich an Deck bequem, und der Gelbgießer, der unglücklich an der Reling lehnte, wurde von niemandem beachtet. Bevor sie den Golf von Tunis verließen und Kap Bon umsegelten, ließ Karim ihn mit dem Fischerkahn zu Wasser. Allein die Ablagerungen und Rückstände an Gold in Schmelztiegel und Formen hatten ihn über Nacht zu einem reichen Mann gemacht.

Ende September 1533 legte die »Magam« neben der »Aurora« in Tagomago an. Zwei Tage feierten alle Bewohner der Alcazaba auf dem nahe gelegenen Gut die Rückkehr des Marqués. Ehe Karim mit Almanzor nach Alexandria, dem Ziel seiner Handelsreise, aufbrach, wollte er noch einige Tage auf Nicolas' Festung verbringen. Dem Gut, das sich zu einem vielversprechenden Gestüt gemausert hatte, stattete er täglich in den kühlen Morgenstunden einen Besuch ab, um auszureiten. Dabei entzückte ihn das jüngst geborene Fohlen aus Zingabils Nachkommenschaft so sehr, dass Nicolas sich freute, ihm das Tier zum Geschenk zu machen. Bei seiner nächsten Fahrt im kommenden Jahr wollte Karim die junge Stute abholen und seinen Araberhengst Narun mitbringen.

»Dieses Fohlen«, bemerkte Nicolas und hob vielsagend eine Braue, »ist die Tochter von Fuego, du weißt schon, dem Sohn meines alten Zingabil ...«

»Ja, ich weiß. Und von Saba?« Karim deutete auf die Aschenschimmelstute.

»*Na'am*, von Saba. Erik hat sie von dem Fischerdorf nahe Sevilla, wo sie mit den anderen Tieren untergestellt war, nach Ibiza geholt.«

»Hm. Teures Zigeunerblut, was?«

Nicolas lachte. »Ich würde sagen, das teuerste Vollblut Spaniens!«

»Verzeih, so sieht es auch wieder nicht aus.«

Seltsam, fand Nicolas, Karim war nur ihm gegenüber so erfrischend direkt. »Ich kaufte mit der Summe ja nicht nur das Pferd, wenn du dich erinnerst.«

»Na!«, Karim lachte auf. »Und wie ich mich erinnere! Du wolltest von diesen Zigeunern ihr Schweigen erkaufen – wie konntest du nur!«

»Konnte ich gar nicht«, meinte Nicolas gelassen. »Deshalb hab ich sie denunziert. Sie sind aufgebrochen, ohne einen Versuch zu unternehmen, Elvira zu erpressen.«

Karim wiegte den Kopf. Er wusste zwar von der Entbindung der Schwägerin und der Zigeunerhebamme, die Nicolas ihr beschafft hatte, mehr aber auch nicht. »Warum dann diese Summe?«

Ja, warum?, überlegte Nicolas. Was sollte er ihm sagen? Dass er wegen einer dahergelaufenen Zigeunerin, der er in seinem Leben nie wieder begegnen würde, ihrem Vater für ein Pferd einen Beutel Gold vor die Füße geworfen hat? Lächerlich. Am Stängel eines Wildweizens kauend, zog er eine Schulter hoch. »Äh … es wird mich wohl ihre Musik am Lagerfeuer derart verzaubert haben.«

»Hm. Ihre Musik, ja?« Es war Karim anzumerken, dass er dem anderen kein Wort glaubte.

»Die hat was, ehrlich.«

»Davon bin ich überzeugt.« Da Nicolas nicht weiter darauf einging, grinste er nur. »Ein prächtiges Vollblut, keine Frage.«

»Andalusisches Blut, Percheron …«

»Percheron?«

»Aus der Normandie, ja. Altes Araberblut. Nicht gerade aus der Zeit des Propheten, aber immerhin. Und der eine oder andere Vorfahre aus der Camargue.«

»Aus der Camargue? Wird ja immer interessanter.«

Nicolas nickte. »Sagte ich doch. Die Camargue-Pferde leben dort wild in den Sümpfen. Sieh dir Sabas Hufe an. Mit diesen breiten Hufen sind sie gut an den weichen Boden der Sümpfe angepasst. Sie sind weiß, haben einen großen Kopf, kurzen Hals und eine dichte, lange Mähne. Ich sah mal welche bei einer Versteigerung in Marseille.«

Eine Weile beobachteten sie das Fohlen auf der Koppel, wie es leichtfüßig um seine Mutter tänzelte und zickig auf der Stelle sprang. Dabei stemmte es seine langen dünnen Vorderbeine mit den schlanken Fesseln in die Erde und schlug munter mit seinen Hinterbeinen aus.

»Sahabat«, meinte Karim bestimmt. Schon konnte er einen gewissen Besitzerstolz nicht verbergen.

»Hasanan.« Wolke, fand Nicolas, war ein guter Name für das leichtfüßige Füllen.

Der Abschied von Almanzor fiel Nicolas schwerer, als er sich eingestehen wollte. Der kluge und beherzte junge Mann war ihm in diesen Monaten allmählich ans Herz gewachsen. Dem Perlentaucher erging es ähnlich, auch er wusste, dass er den *sayyid* nicht wiedersehen würde. Als sie sich trennten und Almanzor Karims Dhau bestieg, überreichte ihm Nicolas einen schweren Beutel aus Büffelleder. Darin befand sich aus einem der Goldbarren gegossener, besonders filigraner Zierrat, den er leicht eintauschen konnte. Der Omoro war ein reicher Mann.

»Ich will zu meiner Familie auf die Inseln zurückkehren und mir ein Haus bauen, wie es der *sayyid* Nasir Abu Nusaydin besitzt«, verriet er dem Freund. »Dann werde ich selbst ein *sayyid* sein und andere Perlentaucher für mich arbeiten lassen.«

»Sahih«, lachte Nicolas und umarmte ihn kurz und innig.

»Salam, sayyid-i«, flüsterte Almanzor.

Der Abessinier stand an der Reling und winkte, als die »Magam« sich langsam entfernte und ihren Weg ins offene Meer suchte. Auch Nicolas winkte kurz, dann bestieg er den Aufzug, einen an Seilen hängenden, geräumigen Korb, der in einem in den Felsen gehauenen Schacht nach oben führte. Auf dem Plateau wanderte er an den südlichsten Punkt der Insel und ließ sich auf den Steinen nieder. Versonnen blickte er den weißen, in der Sonne leuchtenden Segeln nach, bis das Schiff am Horizont verschwunden war.

Auf dem Weg zur Alcazaba traf er auf Erik, dessen Miene sogleich verriet, wie lange er schon bei den Schafen ausharrte. »Weiß der Kuckuck«, stöhnte der Freund, »was Lucas an denen findet!«

Nicolas bückte sich zu dem strohblonden Jungen, der zum Erstaunen seiner Eltern keine Angst vor dem kahlköpfigen Fremden gezeigt hatte, und bemühte sich, dem Kind verständlich zu machen: »Da ist dein Onkel aber froh, dass er rechtzeitig zu deinem Geburtstag gekommen ist!«

Die großen blauen Augen des Kindes lachten den Mann an, dann wandte es den Lockenkopf und sah seinen Vater fragend an. Erik erklärte ihm auf Gälisch, was der Onkel mit Geburtstag gemeint hatte.

»Du musst mit dem Kind Spanisch reden«, drängte Nicolas. »Ihr seid hier nicht in Irland.«

Erik seufzte: »Sag das Gunde!«

»Ich kann mir nichts Erfolgversprechenderes vorstellen.«

Gleich am nächsten Morgen begab sich Nicolas auf sein Gut in Ibiza. Er bestieg Fuego und ritt die halbe Insel ab auf der Suche nach einem jungen schwarzen Schaf, das er Lucas zum Geburtstag schenken wollte. Lucas liebte Schafe, und so ein schwarzes würde gewiss etwas Besonderes sein. Als Nicolas den kleinen Jungen das erste Mal gesehen hatte, war ihm sofort klar gewesen, warum es Erik nach dem Gefecht mit Barbarossa so eilig gehabt hatte, nach Tagomago zurückzukehren. Auf seine Frage, wann denn das Kind geboren worden sei, wollte der Freund nicht recht mit der Sprache herausrücken, bis er schließlich gestand, das Laub hatte sich schon zu verfärben begonnen. Daraus schloss Nicolas, dass es Oktober gewesen sein musste. Als sie zu ihrer letzten gemeinsamen Fahrt in den Atlantik aufgebrochen waren, hatte der Kerl demnach von der Schwangerschaft schon gewusst!

Nachdem Nicolas endlich ein schwarzes Schaf aufgetrieben hatte, beschloss er, Lucas eine wunderschöne Geburtstagsfeier auszurichten. Da Marti und Feliciana weggezogen waren und es auf Tagomago keine weiteren Kinder gab, beauftragte er seinen Gutsverwalter, eine Geburtstagsfeier für den Dreijährigen auszurichten. Jafar hatte inzwischen selbst Nachwuchs, und seine Frau Rosa, ein einfaches, fleißiges Bauernmädchen aus der Gegend, besaß ein großes Herz für Kinder.

Auf Tagomago hatte Nicolas alles so vorgefunden, wie er es in Erinnerung hatte. Es war nur stiller geworden, denn viele waren von der kleinen Insel fortgezogen. Wenn auch Erik versichert hatte, der Kapitän sei am Leben geblieben, behaupteten andere das Gegenteil, und schon waren Stimmen laut geworden, die vorschlugen, den Besitz des Marqués aufzuteilen.

In diesen Jahren regierte der Ire mit strenger Hand, und Yusuf stand ihm loyal zur Seite. Von den fünf Dutzend Männern, die nach dem Gefecht mit Barbarossa in Sizilien abgesetzt worden waren, hatten mit der Zeit immer mehr die Hoffnung aufgegeben, der Marqués könnte noch am Leben sein. Keiner konnte sich sein langes Fortbleiben, wovon sie sich durch gelegentliche Besuche auf der Insel überzeugten, auf andere Weise erklären. In letzter Zeit waren auch diese Besuche rar geworden.

Die Zwillingsbrüder Ramon und Roman, William, Baltasar, Mauro und Miguele hatten sich schließlich in Ibiza-Stadt angesiedelt und Familien gegründet. Auf Tagomago selbst lebten nur noch Erik mit Gunde und Lucas, der von einer Rückkehr des Marqués überzeugte Yusuf und die beleibte Lucia mit einer jungen Magd, die dem Tunesier zu Willen war, und ein paar Knechte. Und neben der »Aurora« lag ein Fischerkahn vertäut, denn es fehlten die Matrosen, um den syrischen Segler zu bedienen. Mit dem kleinen Segelboot unternahmen die Inselbewohner gelegentlich Fahrten nach Ibiza-Stadt, wo sie Besorgungen machten oder die Familien der ehemaligen Kumpanen besuchten. Manchmal begaben sich Erik und Yusuf, die sich allmählich angefreundet hatten, auch allein in die Stadt …

Ende Oktober segelte Nicolas mit Erik, den verbliebenen Piraten und einer Hand voll in Ibiza-Stadt angeheuerter Matrosen nach Mallorca, um die zwei Goldtruhen in die Höhle zu schaffen. Erik war der Einzige, der den Inhalt der Truhen kannte, und der Einzige, mit dem der Freund sich besprochen hatte. Yusuf machte sich weder Gedanken über den Inhalt noch über dessen Herkunft. Sie beschlossen, vorerst fünfzehn Goldbarren in der Höhle zu lagern. War erst einmal ein Schmelzofen auf dem Gut in Ibiza gebaut, konnte Nicolas die Barren einschmelzen, wann immer er Bedarf hatte.

Wie jedes Mal ankerte die »Aurora« auf offener See, und die im Osten der Insel gelegene Bucht konnte vom Schiff aus nicht eingesehen werden. Bevor die Ebbe ihren Tiefstand erreichte, ruderten Nicolas und Erik mit den Truhen bis zu dem kleinen

Strand der tief eingeschnittenen Bucht. Es war eine mühsame Schinderei. Zweimal waren sie unter Schimpfen und Fluchen gezwungen, den Steilhang bis zu dem auf halber Höhe des Abhanges gelegenen Einstiegsloch zu überwinden. Dort staunten sie nicht schlecht, als sie auf dem kleinen Plateau mehrere Fackeln, Fackelstümpfe und Seilreste vorfanden.

»War logisch, dass sie die Bucht so lange absuchen würden, bis sie auf das Einstiegsloch stießen.«

Erik runzelte die Stirn. »Hm. Offensichtlich sind sie auch eingedrungen.« Er trat nach den verstreuten Resten von Fackeln und Seilen und beförderte sie den Abhang hinab.

»Bah, keine Sorge, *mon ami!*«, rief Nicolas dagegen guter Dinge und grinste.

»Du bist dir deiner Sache wohl sehr sicher, Partner.«

»Verdammt sicher.«

Nach dem kraftraubenden Aufstieg begann das nicht weniger schwierige Abseilen im Inneren des Berges. Als sie an dem senkrechten Abgang am Ende des Tunnels ankamen, sahen sie im Schein der Fackeln im schwarzen Wasser unter ihnen einen nicht mehr erkennbaren menschlichen Leichnam.

»Was macht denn der da?«, entfuhr es Erik.

»Na, sieht nicht so aus, als ob er zur körperlichen Ertüchtigung dort schwimmt.«

»Der ist aber verdammt weit gekommen.« Der Ire setzte eine vorwurfsvolle Miene auf.

Himmel!, fluchte Nicolas. Er kannte Eriks klaustrophobische Ängste, und nun das hier! »Ignorier ihn einfach«, drängte er. Auch er würde die mit dem Gesicht nach unten im Wasser treibende aufgedunsene Gestalt keines Blickes würdigen. Wer immer sich hier an dem Gold hatte bereichern wollen, für den war das Wasserloch zum kalten Grab geworden. »Mach schon, bevor die Flut kommt und der Durchgang nicht mehr passierbar ist.«

Von neuem wurden sie von der Pracht im Inneren der Grotte überwältigt. Hier fanden sich keine weiteren Spuren unliebsamen Eindringens. Vom Schatz fehlte auf den ersten Blick nichts.

Die Piraten waren also nie während der kurzen Zeit der absoluten Ebbe am Ende des Tunnels gewesen, sodass sie den Verbindungsgang zur Höhle nie entdeckt hatten.

»Andere werden es versuchen«, seufzte Erik mit wiedergefundener Gemütsruhe und sah sich um.

»Vermutlich. Aber wer von denen, sag mir ehrlich, schaltet dazu auch sein Hirn ein, eh?«

Erik schien zu überlegen. »Von den fünf Dutzend Überlebenden der »Caiman« und der »Aguila«? Wohl keiner.« Er grinste.

Zielstrebig suchten sie die Höhle ab, um für die neuen Truhen ein geeignetes Versteck zu finden. Bald würde die Flut einsetzen. Nicolas tauchte unter und entdeckte auch unter der Wasseroberfläche Nischen in den Wänden der Grotte. Gemeinsam schoben sie die beiden Truhen in zwei Einbuchtungen knapp unter der Wasserlinie. Dann packten sie die Reste von Gold und Geschmeide aus vorangegangenen Überfällen in die größte von mehreren vorhandenen Truhen, bis sie randvoll war, und verließen mit ihr die Höhle.

In Palma de Mallorca ging die »Aurora« vor Anker. Die Männer kauften tüchtig ein, besorgten schöne Kleider für ihre Frauen, besuchten Bordelle und gingen zu den Hunde- und Hahnenkämpfen zum Wetten. Dazu hatte Nicolas an seine ehemaligen Piraten schlichtes Goldgeschmeide verteilt. Die vielen Goldblättchen, aus denen der indianische Haar- und Stirnschmuck gearbeitet war, konnten sie bei den Juwelieren gegen bare Münze eintauschen, ohne großes Aufsehen zu erregen.

Mitte November kehrte die »Aurora« nach Tagomago zurück. Eine halbe Truhe voller einzigartiger Schmuckstücke – leuchtende Colliers mit Türkisen, Jade und Saphiren, fein ziselierte Armreifen und Ringe, phantasievolle Anhänger und Broschen, stilisiert oder in Tiergestalt, zierlicher Ohrschmuck und perfekte Gliederketten in Gold – sowie goldene Becher und Teller bewahrte Nicolas fortan in einer verdeckten Wandnische seines Schlafgemachs auf.

An schönen Tagen besuchte er mit Lucas sein Gut und verfolgte den Bau des Schmelzofens, dessen Konstruktion er sich von einem Gelbgießer in Palma genau hatte erklären lassen. Nach diesen Plänen setzte Jafar den Ofen, an dem er auch den Blasebalg einbaute, den der Schmied dem Marqués nicht ganz freiwillig verkauft hatte. Während Lucas mit Jafars Kindern spielte, unternahm Nicolas ausgedehnte Ausritte durch Ibizas Wälder. Als der Ofen gesetzt war und die bei einer Töpferin in Auftrag gegebenen Lehmformen zur Verfügung standen, gingen Nicolas, Erik und Jafar daran, die zwei Goldbarren zu schmelzen und kleine Gussstücke herzustellen.

An einem regnerischen kühlen Dezembermorgen des Jahres 1533 ließ Nicolas die Segel setzen. Das Meer war unruhiger, als es dem Wetter entsprach, donnernd rannten die Wellen gegen die Klippen an. Die »Aurora« kämpfte sich aufs offene Meer, und wenig später glitt ihr Bug über eine bleierne See Richtung Lissabon. An Bord des syrischen Seglers befanden sich die sechs ehemaligen Korsaren, der Kapitän, Erik und ein paar Dutzend in Ibiza angeheuerte Matrosen. Am Vorweihnachtsabend, kurz vor Sonnenuntergang, näherten sie sich der Stadt am Mündungstrichter des Tejo. Schon von weitem leuchtete das alte maurische Kastell über der Kathedrale und der Altstadt in den letzten schräg einfallenden Sonnenstrahlen.

»*Alis ubbo* – lustiger Meerbusen – nannten die Phönizier ihre Gründung. Dann kamen die Mauren, die offensichtlich nichts Lustiges an dem günstig gelegenen Hafen fanden, und verunglimpften den Namen zu Lischbuna.« Nicolas machte eine ausholende Geste zur Stadt hin. »Portugals Hauptstadt ist im Moment die wohlhabendste des Kontinents, erster Markt für Spezereien aller Art. Die Gewürze brachten ihr auch den Reichtum. In Ostafrika …«

Erik schüttelte den Kopf. »Du vergisst Antwerpen.«

Nicolas sah ihn an. »Schön. Antwerpen kann mit ihr vielleicht konkurrieren – als einzige, *mon ami*. Selbst Venedig steht hinter ihr zurück. Weißt du, wie die Orientalen Lissabon nennen? Die ›Residenz Europas‹. Sehr zum Ärger der Venezianer, kannst du dir denken.«

Im Hafen herrschte reges Leben. Dreihundert, vielleicht auch vierhundert Kauffahrteischiffe des In- und Auslandes und aller namhaften Handelsmetropolen grüßten mit ihren Wimpeln. Die »Aurora« ankerte vor den Werften, die sich im Osten an den großräumigen Hafen anschlossen. Gleich darauf ließ sich Nicolas von Miguele zur Mole rudern, denn er gedachte, noch durch die Alfama zu streifen, bevor er gegen Abend ein ihm bekanntes Bordell aufsuchen wollte.

Am Hafen war noch immer Betrieb. »Das ist was anderes als der Hafen von Ibiza, was?«

Miguele grinste. »Ja. Hunderte von Waren werden hier umgeschlagen – Metalle, Tuche und in der Hauptsache Spezereien.« Die Augen des einstigen Kochs der »Aguila« leuchteten, hatte er doch schon in Lissabons Märkten eingekauft. »Und erst die Mädels …« Schwärmerisch verdrehte er die Augen.

»Apropos! Vergesst mir ja nicht, Chinin und Guajakholz zu besorgen! Ich weiß zwar nicht, ob es was hilft, aber den Ärzten nach soll es die Auswirkungen der Franzosenkrankheit verhindern. Man weiß ja nie …« Nicolas schmunzelte. Er nickte zu einigen Karavellen am Kai. »Nach Afrika und Indien wird viel Kupfer in Form von Beilast verschifft. Dort«, er deutete auf eine Gruppe flachbordiger Schiffe, »liegen die von Venedig auslaufenden Flandern-Galeeren. Sie legen in Lissabon an, wo sie vertragsgemäß Anspruch auf gute Aufnahme haben. Einer solchen Flotte hat sich einmal mein Großvater angeschlossen, als er mit meiner Mutter und mir nach Antwerpen gesegelt ist.«

»War ihm nicht bekannt, dass an den Küsten Frankreichs und Englands die Freibeuterei ein regelrechtes Gewerbe ist?«

Nicolas lachte. »Und ob!« Dann grinste er. »Und auch meiner Mutter! Obwohl die kleinen, schnellen und stark bewaffneten Piratenschiffe vor allem allein fahrende Handelsschiffe jagen, hatte sie auf beiden Überfahrten entsetzliche Angst, den am Sklavenhandel beteiligten Piraten in die Hände zu fallen.«

»Kann ich mir denken!« Auch Miguele grinste. »Ich hab gehört, dass die Halunken im Auftrag einflussreicher Hintermänner unterwegs sind.«

»Darauf kannst du deinen Arsch verwetten. Die lieben Kollegen betreiben ihr ebenso zwielichtiges wie einträgliches Handwerk in aller Öffentlichkeit, denn hinter ihnen stehen nicht nur reiche Kaufleute, Handelshäuser und Reeder, sondern auch Angehörige des Hochadels, ja sogar … die königliche Familie selbst!«

Für einen Augenblick unterbrach Miguele den monotonen Rhythmus seines Ruderschlags und pfiff leise durch die Zähne.

Vom Hafen kommend, betrat er die Alfama. Hier, in Lissabons Altstadt, sog er den Atem ein, der durch die Stadt der mehr als hunderttausend Seelen wehte. Die meisten von ihnen wohnten in dicht gedrängten Häusern kleiner, bisweilen steiler Gässchen. Kolumbus hatte sich hier niedergelassen, und Amerigo Vespucci war vor Jahren hier Faktor einer großen Handelsfirma.

Auf seinem Weg zu dem luxuriösen Bordell, in dem er vor Jahren schon abgestiegen war, spazierte er an ausladenden Portälern in französischem und italienischem Stil vorbei, an der Bartholomäuskapelle, die laut Inschrift nun der »Brüderschaft der deutschen Bombardiere« gehörte, an Kirchen und Kapellen. Eine Abkürzung nehmend, begegnete er in den Kreuzgängen zwischen der Kirche und dem Kloster São Fernão der in Stein gehauenen reichen Ornamentik der Flammengotik mit nautischen Emblemen, Palmen, Seegras und exotischen Früchten.

In einem der schmalen hohen Häuser mit großen Balkonen in der Nähe des Kastells São Jorge entdeckte er das Bordell. In dem kleinen, aber sehr feinen Etablissement, in dem sich Mädchen aller Hautfarben um die betuchten Gäste bemühten, quartierte sich Nicolas unter dem Namen Ali Abu Makhruq ein. Er trug eine goldbestickte weiße *kofiah* und über seiner Kleidung einen weißen Kaftan, der mit einem breiten, ebenfalls goldbestickten Gürtel zusammengehalten wurde. Darin steckten sein Dolch und die *janbiah*. Doch der Gesandte des Emirs aus dem Hause Al-Umanu beeindruckte nicht allein durch sein fürstliches Aussehen. Für die nächsten Wochen mietete er das gesamte Bordell. Eine entsprechende Summe überzeugte die Herrin des Hauses, die gegenwärtigen Gäste noch am selben Tag zur Abreise zu überreden.

Auf Luisinhas schwachen Protest hin, wie er sich ein solches Vorgehen bei ihren langjährigen oder honorigen Kunden vorstelle, bemerkte der vermeintliche Araber lediglich süffisant: »Ich bin mir sicher, dass dir was einfallen wird, *chata*.«

Zu fortgeschrittener Stunde, nach einem Imbiss und einem Bad, sprach Nicolas sie darauf an. »Wie ich vom Fenster aus beobachten konnte, muss dir was sehr Treffendes eingefallen sein. Die stürzten beinahe fluchtartig aus deiner Liebesburg …«

»Hm«, Luisinha drehte eine dunkle Haarlocke und wippte aufreizend mit einem Bein. Sie lag auf einen Ellbogen gestützt unter einem seidenen Laken auf dem Bauch und streckte ihren Unterschenkel unter dem Tuch hervor. »Unter verlegenem Fächeln gestand ich jedem einzelnen der Herren, dass bei einem der Mädchen ernste Anzeichen für die Beulenpest festgestellt wurden.«

»Verlegenem Fächeln? Wie willst *du* das angestellt haben?« Mit einem Schwung rollte Nicolas die Kokotte auf den Rücken und spreizte ihre Beine. »Warst du je in deinem Leben verlegen?«

»O Senhor!«, protestierte Luisinha überzeugend. »Auch ich war mal jung und unschuldig – wenn das auch schon eine Zeit lang her ist. Ich wurde nicht als Dirne geboren.«

»Nein?« Er beugte den Kopf hinab zu jener Stelle, wo üblicherweise fein gekräuseltes Haar ein Dreieck bildete. Genüsslich tauchte er seine Zunge in die Spalte zwischen ihren fleischigen, glatt rasierten Schamlippen.

»Nein!«, gluckste sie. »Die Männer haben mich dazu gemacht!« Luisinha stöhnte.

Nicolas hob den Kopf. »So was.« Seine Zunge glitt über das geschwollene Fleisch. Dann ließ er sie über ihrem empfindlichsten Punkt tanzen.

»O Gott …!«

»Nicht ganz. Aber wenn du meinst …«

Als er wieder auftauchte, legte sich ein betörendes Lächeln um seine Mundwinkel. »Ich vergaß, im Alter werden die Huren heilig.« Allerdings dürfte die so scharf und unersättlich sein wie ehedem. Er sah in das reife, immer noch anziehende Gesicht. Die rassige Frau war wirklich nicht mehr jung.

Luisinha spreizte die Beine weiter, ihre Schenkel spannten sich an und hoben ihm ihr Becken entgegen. Unter halbgeschlossenen Lidern warf sie ihm glutvolle Blicke zu, während ihre rosige Zungenspitze aufreizend über ihre Oberlippe züngelte. Kurz leckte und saugte sie an ihrem Mittelfinger, bevor sie ihn zwischen die geschwollenen Schamlippen setzte und langsam ihre Spalte auf und ab fuhr. Dann verharrte ihr Finger am oberen Punkt in kleinen, rotierenden Bewegungen. Ihre zweite Hand glitt zu schwarzen Brustwarzen inmitten ausladender Höfe und begann, abwechselnd mit ihnen zu spielen. Luisinhas Atem ging schneller.

Eine Weile sah ihr Nicolas, von ihrem Spiel gefangen, zu. »Komm!«, raunte er kehlig und griff in ihre dichte Mähne. Seine Beine gegrätscht, hockte er sich über die Brust der Frau, hob ihren Kopf an und schob ihr seine Lanze in den Mund. Erfahrene Lippen schlossen sich um den Schaft und begannen zu saugen. Immer schneller, immer brutaler stieß er zu, drang ihr bis in die Kehle. Er bäumte sich auf und ergoss sich unter Zuckungen und Stöhnen. Luisinha wandte sich ab, spuckte die sämige Flüssigkeit aus und lachte. Bei vielen Kunden war es weitaus mühsamer …

Am frühen Vormittag verließ Nicolas das Bordell und begab sich Richtung Hafen. Er wanderte am Markt entlang, auf dem Berge von Ananas und anderen exotischen Früchten feilgeboten wurden, daneben Indigo und Kaffee in großen Mengen und seit wenigen Jahren auch Kakao, Tabak und Cocablätter. Die »neue Straße der Kaufleute«, an der die großen Handelsgeschäfte abgeschlossen wurden, erinnerte ihn an den Rialto in Venedig. Neugierig warf er einen Blick in die Verkaufszelte, aus denen ihm der Duft des Orients entgegenschlug. Prächtig gekleidetes Publikum wandelte zwischen Gewürzen und Kunsthandwerk, zwischen Schmuckbuden und den Ständen der Geldwechsler. Die Elfenbeinschnitzereien, Perlmuttarbeiten, die Stickereien auf Seide und Kaschmir und das indische und chinesische Porzellan waren vom Feinsten.

Die Alfandiga, das Zollhaus für abendländische Waren, links liegen lassend, wandte er sich nach Süden. In der Nähe der Misericordia-Kirche erhob sich das elegante Gebäude des indischen Seehandels, das erst vor kurzem vom Sohn des großen Eroberers d'Albuquerque erbaut worden war. Es war derselbe Zerstörer, dem er in Kilwa und anderen ostafrikanischen Handelszentren begegnet war, dachte Nicolas bitter. Handelszentren, die jener auf dem Gewissen hatte. Und er hatte von hier aus seinen Ausgang genommen.

Alle Gewürze mussten die Casa da India passieren, an der er als Nächstes vorbeikam. Ihr Faktor war in diesem Jahr João de Banos, der »portugiesische Livius«, denn Gewürzhandel war in Portugal staatliches Monopol. König Johann III., die Krone, ganz Portugal war hinter den saftigen Gewinnen aus dem indischen und afrikanischen Gewürzhandel her. Die Auswirkungen waren bekannt. Nicolas eilte weiter. Überall in der Alfama wie auch am anschließenden Hafen begegneten ihm nicht nur die deutschen Kaufleute der Fugger und Welser und Vertreter der Handelshäuser Hochstätter, Imhof, Hirsch und Hinnist, deren Weg nach Indien über Lissabon führte, sondern auch viele deutsche Seeleute, Soldaten, Waffenschmiede und Büchsenmacher.

Neben der Anlegestelle der königlichen Karavelle bestieg Nicolas eine der Gondeln und ließ sich zur »Aurora« rudern. Er nahm die von Karim ausgehändigten Papiere über die Anzahlung des Schiffes und die Goldschatulle an sich und verließ mit Baltasar, dem »Türken«, den syrischen Segler. Bevor sie jedoch die Werft aufsuchten, mussten die goldenen Nippes und der Zierrat in den zahlreichen Wechselstuben gegen bare Münze eingetauscht werden. Die Hälfte des Wertes ließ sich Nicolas in portugiesischen Cruzadas ausbezahlen und die andere Hälfte in spanischen Ducados, wobei eine Cruzada anderthalb Ducados entsprach. Mit der Schatulle voller Goldmünzen begaben sie sich zur Werft des Vicente Peixinho.

Als Nicolas das Kontor betrat, erkannte der Werftinhaber den Gesandten des Emirs von Al-Umanu sogleich wieder und verbeugte sich tief. Wie konnte man diesen gebildeten Sarazenen auch vergessen? Acht Jahre war es her, dass er mit demselben Auftrag zu ihm gekommen war. Ob die erste Karavelle etwa Schiffbruch erlitten hatte oder gar versenkt worden war?, rätselte er, wagte aber nicht, den Gesandten danach zu fragen. Ehrerbietig begleitete er ihn zur Karavelle.

Schon bei ihrer Einfahrt in den Hafen meinte Nicolas, sie von der »Aurora« aus erspäht zu haben. Erik dagegen wettete, keines der auf Stapel gelegten Schiffe sei seine »Aguila«. Vicente Peixinho deutete nach vorne. Nun schlug sein Herz schneller. Sie näherten sich einem kurzen Pier, an dem nur ein einziger Segler vertäut war. Da lag sie. Majestätisch wiegte sich die Karavelle auf den leise anrollenden Wellen.

»Ihr müsst mir vergeben, Senhor«, beschwor der Werftbesitzer Nicolas, »ich hatte sie zu Wasser lassen müssen! Der ehrenwerte Gesandte Al-Mansib hat schon damals, als er das Schiff für den Emir in Auftrag gab, angedeutet, dass es unter Umständen nicht pünktlich abgeholt werden könnte.«

Nicolas hatte nur Augen für sein Schiff und schenkte dem Werftbesitzer, der aufgeregter schien als er selbst, kaum Gehör.

Peixinho wurde das Schweigen des Arabers unheimlich, und er verbeugte sich wieder, so tief sein Bauch es zuließ. In vorwurfsvollem Ton, der durchaus beabsichtigt war, beteuerte er: »Als die Karavelle nach zwei Jahren fertig war, hab ich noch zwei Monate gewartet und sie dann vom Stapel gelassen. Ohne Pomp und ohne Feier – ein Jammer, bei einem so prächtigen Schiff!«

Eine großzügige Geste des Gesandten verriet, dass seine Entschuldigung die Sache aus der Welt geschafft hatte.

Flüchtig dachte Nicolas an den beeindruckenden Stapellauf, den er in frühester Jugend in Genua miterlebt hatte, dann blieb er stehen, da sie mittlerweile vor der Karavelle angekommen waren. Es war ein feierlicher Augenblick.

Der routinierte Geschäftsmann änderte schlagartig den klagenden Tonfall und wurde sachlich. »Sie ist nach den Wünschen des Emirs eine genaue Kopie der vorigen Karavelle, mit einigen technischen Verbesserungen, wenn Ihr gestattet ...«

»Das hat Zeit, Meister Vicente«, schnitt ihm Nicolas mit einer eindeutigen Handbewegung das Wort ab, und nicht weniger bestimmt sagte er: »Ich gehe allein.« Damit wollte er sich nicht nur der Flut über ihn hereinbrechender technischer Details entziehen.

Unterdessen hatte Peixinho den Werftarbeitern bedeutet, einen breiten Laden auf die Reling des Schiffes zu legen, den der Gesandte nun gelassen entlangschritt. Selbst Baltasar wagte nicht, dem Marqués zu folgen.

Dann betrat Nicolas sein neues Schiff. Äußerlich konnte er keinen nennenswerten Unterschied zur »Aguila« feststellen, auch dieser Segler war aus bestem Holz gefügt. Nur die Schiffsseiten waren, wie bei allen Galeonen, nach oben stärker eingezogen, um ein Überspringen von Entermannschaften zu erschweren. Er schritt das Hauptdeck ab, das noch immer nach frischem Teer und jüngst bearbeitetem Holz roch. Der Boden war glatt, ohne die geringste Unebenheit. Die steuerbordseitige schmale Treppe mit einem Handlauf aus reichlich geschnitzten Arabesken führte ihn achterdecks. Viele Kanten und Ecken waren mit Messing verziert, manche der Hanftaue waren an kupfernen Belegnägeln festgemacht. Hier, vom Zwischendeck seiner Kajüte aus, hatte man einen herrlichen Rundblick über die Werft und einen Teil des Hafens. Erwartungsvoll öffnete er die gediegene Tür des Salons. Auf den ersten Blick war darin alles so wie auf der »Aguila« – der Tisch, die Glasvitrine, das durch einen Paravent getrennte Bad –, und dennoch fand er alles prächtiger, luxuriöser. Die verwendeten Materialien schienen ihm edler, das Holz der Vertäfelung kostbarer, die Tischplatte glänzender und das Glas der Vitrine makelloser.

Wie Peixinho ihm später erklärte, hatte er die rötliche Vertäfelung an Wänden und Decke aus dem exotischen, sehr widerstandsfähigen Teakholz fertigen lassen, auf dem sich die Wanduhr im Ebenholzgehäuse elegant abhob. Auf dem schwarz glänzend lackierten Boden lagen orientalische Läufer in hellen Rottönen und gaben dem Raum eine freundliche und doch vornehme Note. Trotz des vielen Holzes wirkte der Salon keineswegs düster, was zu Nicolas' später bestätigter Vermutung führte, dass die Fenster mit den Butzenscheiben vergrößert worden waren. Sie ließen teilweise buntes Licht herein und verliehen der Kajüte eine gemütliche Atmosphäre.

Die breite, in arabischem Stil gehaltene Schlafstätte befand sich in einem Alkoven im rückwärtigen, durch eine Holzwand abgetrennten Teil des Salons und war mit einem hellen Seidenteppich und seidenen Kissen belegt. Nur allzu deutlich verriet dieser Teil der Kajüte Karims Handschrift. Nicolas lächelte. Sein Cousin hatte wie immer Geschmack bewiesen. Beschwingten Fußes begab er sich zum Aufenthaltsraum der Mannschaft, den man vom Hauptdeck aus heckseitig betrat. Von dort stieg er die Wendeltreppe in das erste Zwischendeck hinab. Unwillkürlich dachte er an Almanzor, der genau an dieser Stelle nach den Goldbarren gesucht hatte. Auch hier stand alles zum Besten. Mit Stolz und Freude erfüllt, griff er wieder nach dem Handlauf der Treppe. Selbst hier entdeckte er liebevolle Details. Wie schon bei der »Aguila« zeugte die Ausrüstung und Einrichtung des Schiffes von der Erfahrung und Umsichtigkeit des Schiffsbauers, der alles auf eine gefällige Form berechnet und ihr doch nichts geopfert hatte.

Im Kontor des Werftbesitzers wurden die Dokumente unterzeichnet und ausgetauscht. Nach Überreichung der vereinbarten Summe hörten sich der erste Gesandte des Emirs von Al-Umanu und sein Begleiter die technischen Neuerungen beziehungsweise Verbesserungen an und begutachteten die Baupläne. Beeindruckt verließen sie die Werft. Wieder auf der »Aurora«, lud der Marqués seine Männer zur Feier des Tages ins Bordell.

Als sie am darauf folgenden Nachmittag einigermaßen nüchtern waren, begaben sich Baltasar und Miguele wieder auf den syrischen Segler, während Erik und die Zwillingsbrüder in den Schenken und Spelunken des Hafens einkehrten, um Matrosen anzuwerben. Nicolas suchte die besten Kartographen des Landes auf, bei denen er Seekarten, Atlanten und einen Globus von zwanzig Zoll Durchmesser in Auftrag gab. Dabei legte er besonderen Wert darauf, dass in die neuartigen Seekarten auch Kursanweisungen und Kompasshinweise als so genannte Portolani eingetragen wurden. Eine stolze Anzahlung sollte Ansporn sein, um in der kurzen Zeit gerade in Arbeit befindliche Kopien von der Weltkarte des Appianus, vom katalanischen Atlas des Abraham Cresques und vor allem vom Kartenwerk des Martin Waldseemüllers fertig zu stellen. Letzterer vereinte das ptolemäische Weltbild, die auch von Nicolas unterstützte Theorie der Kugelform der Erde, mit den spanisch-portugiesischen Entdeckungen und bezeichnete den neuen Kontinent zum ersten Mal als »Amerika«, da er Amerigo Vespucci größere Bedeutung beimaß als Kolumbus.

In dieser Zeit richteten der Koch und der Steuermann die Schiffsküche der Karavelle ein und schafften alle nötigen Vorräte an Lebensmitteln wie auch an Tauen, Seilen, Segeltuch, Kauschen und sämtliches Beiwerk und Zubehör auf das Schiff. Während Erik von einem Lokal zum nächsten zog und die Matrosen, die er anzuheuern gedachte, beobachtete, unterhielt sich Nicolas mit Kapitänen und Kartographen, mit Schiffseigentümern und Kaufleuten, die mit spanischen Schiffen aus den amerikanischen Kolonien zurückgekehrt waren. Aufgrund der bestehenden Rivalität zwischen der spanischen und der portugiesischen Krone und dem vom Papst unterzeichneten Vertrag von Tordesillas durften portugiesische Schiffe keinen offiziellen Handel mit den karibischen Inseln oder Mexiko treiben. Freilich fuhren aber portugiesische Kaufleute in die spanischen Kolonien, und selbst die mit Lissabon in reger Verbindung stehenden Fugger beteiligten sich an diesen Geschäften.

So erfuhr Nicolas, was sich in den letzten Jahren in Übersee zugetragen hatte, welche Gebiete und Völker neu entdeckt worden waren, dass Cortés nicht mehr Statthalter in Mexiko war und dass niemand auf der anderen Seite des Atlantiks je von einem Marqués de Monterrey gehört hatte. Zu den vielen interessanten Neuigkeiten gehörte auch die Nachricht, dass Sultan Soliman der Prächtige den Piraten Cheir-ed-Din, seines Zeichens *beglerbey* von Algier, zum Kapudan Pascha, dem Großadmiral der türkischen Flotte, ernannt hatte. Man munkelte schon, Barbarossa wolle seinen Stammsitz Algier verlassen …

»Eine Seeschlacht größeren Ausmaßes ist damit vorprogrammiert, *mon ami*«, informierte Nicolas eines Abends seinen Freund.

»Meinst du?« Träge hob Erik eine buschige blonde Braue.

Den Humpen hebt er schneller, dachte Nicolas amüsiert. Das Weltgeschehen interessierte den Iren wieder mal brennend. »Ja«, brummte er. »Ich hör förmlich, wie in Spanien, Italien und Frankreich die Kriegstrommeln gerührt werden.«

»Na dann …« Erik setzte den Becher an.

Nicolas warf dem Freund einen vernichtenden Blick zu. »Wenn ich mich nicht irre, wird allen voran der Genueser Andrea Doria mit von der Partie sein. Ich kann mir keinen Geeigneteren als christlichen Admiral und Befehlshaber vorstellen.«

»Und keinen Älteren. Lebt der überhaupt noch oder fährt er als Mumie mit?«

»Als Methusalem.«

»Als was?«

»Mümmelgreis, *mon ami*.«

»Sag's gleich«, brummte Erik. »Aber egal, tot oder scheintot, die werden die Türken ohnehin nicht schlagen.« Sein Ausdruck verriet, dass er Rotbart gegenüber dieselben Gefühle hegte wie der Freund.

»Glaubst du?«

»Du etwa nicht?«

»Ja, schon. Leider. Obwohl die christliche Flotte um einiges größer sein wird. Was die nicht bedenken: Barbarossa ist, *beglerbey* hin oder her, vor allem Pirat – ein skrupelloser gefährlicher

Schweinehund und obendrein Fanatiker.« Unwillkürlich ballte Nicolas die Fäuste.

»Ich hab's immer gesagt: Wir Piraten sind die besseren Schweinehunde!«

Zwischen den Unterhaltungen mit den weit gereisten Männern hielt Nicolas Ausschau nach Büchern für die Glasvitrine seiner Kajüte. Hier in der Weltstadt hoffte er Neuerscheinungen unterhaltender Literatur auch in spanischer Sprache zu finden. Er durchstöberte die großen Verkaufszelte und Warenhäuser, doch die Ausbeute war gering. Verstaubte Schmöker mit langweiligen Dramen und Gedichtbände auf Arabisch waren nicht die Lektüre, mit der er sich einsame Nächte auf See verkürzen wollte. Dann stieß er wie durch Zufall auf mehrere großformatige Hefte. Noch nie waren ihm obszöne Radierungen von solcher Schärfe und Detailtreue in die Hände gefallen. Die Sammelbände kosteten einen Batzen Geld, aber er befand, dass die Rarität ihren Preis wert war, und kaufte alle vorhandenen Bände. Die für ihn anregendsten Darstellungen wanderten in seine Vitrine, die übrigen Blätter ließ er unter den Männern verteilen.

»Mann o Mann, sind die geil!«, johlte Erik eines Abends in der Kapitänskajüte. Er starrte in die Vitrine.

Die ungeteilte Aufmerksamkeit seines Freundes galt demnach weder der meisterhaften kartographischen Arbeit der Atlanten noch dem neuen Globus. Nicolas öffnete die Glastüren. »Nur zu.«

»Unten ist jede freie Wand damit gepflastert. Sieht aus wie in einem Puff.«

»Wundert mich nicht. Sind ein paar anregende Radierungen darunter.«

»Die hier sind geiler.« Erik schien jede Figur zu verschlingen, wobei er fast schmatzende Geräusche von sich gab. Dann fuhr er sich mit dem Handrücken über den Mund, seufzte und legte die Blätter zurück in die Vitrine.

»Nun, ich brauch ja was zum Einschlafen. Hab keine Gunde zu Haus und die langen einsamen Winternächte …«

Erik schmunzelte. »Na dann wird's langsam Zeit, Partner.«

Das klang sehr prophetisch, fand Nicolas. Zufrieden kratzte sich der Ire an den Eiern, bevor er sein weit geringeres Interesse den Atlanten und Seekarten widmete.

Als Erik genügend Matrosen für beide Schiffe angeheuert hatte, hissten sie Segel. Ein kräftiger Wind kam mit dem Strom des Tejo, und die beiden Schiffe nutzten ihn. Zunächst schäumte die Karavelle durch die Wogen hinter der »Aurora« her, und Lissabon verschwamm im Dunst eines nebeligen, kühlen Januarmorgens. Doch immer rascher nahm sie Fahrt auf, breitete ihre Schwingen aus und jagte an dem von Erik befehligten syrischen Segler vorbei, dass die Taue strafften. In diesem Augenblick gab Nicolas dem Schiff seinen Namen: »Aggab«. In der Sprache seiner Kindheit, dem Dialekt des Maghreb, bedeutete »Aggab«, ebenso wie »Aguila«, Adler.

Zur Feier der Namensgebung ließ der Kapitän den in Palma de Mallorca in Auftrag gegebenen Flaggenschmuck – purpur- und silberfarbene Wimpel und Schmuckfahnen – an den Mastspitzen aufziehen und eine Salve aus den Karthausen im Bug abfeuern. Prompt salutierte Erik mit einer Kanonade von Arkebusenschüssen, die jedes sich nähernde Schiff gezwungen hätte, die Segel zu streichen und sich zu ergeben. Die Matrosen auf beiden Seglern jubelten und schwenkten Tücher und Fahnen.

Nicolas erteilte Ramon und dem Steuermann Anweisungen, verließ das Achterdeck und begab sich zum Bug des Schiffes. Dort winkte ihm William zu. In der Zwischenzeit zu einem jungen Mann herangewachsen, war der Blonde aus dem Norden immer noch von schlaksiger Gestalt, mit denselben Sommersprossen im spitzbübischen Gesicht. Er saß auf einer Spiere des Besanmastes und hatte von dort oben aus das Schauspiel verfolgt. Die Männer am Besanmast mussten keine solchen Massen von schwerer Leinwand handhaben wie die Matrosen am Großmast und am Fockmast, weswegen dort die Schwächeren arbeiteten. William war immer am Besanmast gewesen.

Nicolas grüßte zurück, dann stellte er sich in Fahrtrichtung auf, breitbeinig, die Hände in die Hüften gestemmt. Vor ihm breitete sich die endlose Wasserfläche aus, bleiern und glatt. Der Fahrtwind trieb Nebelfetzen an sein Gesicht, und die Gischt spritzte bisweilen bis zu ihm hinauf. Es störte ihn nicht, dass es nieselte und er allmählich bis auf die Knochen nass wurde. Das erhebende Gefühl, wieder Herr eines Schiffes zu sein, eines kühn und elegant durch die Wellen pflügenden Seglers, konnte durch nichts getrübt werden.

Nun erst, auf ihrer Jungfernfahrt, zeigte die »Aggab« ihr wahres Gesicht. Mit geblähten Segeln ließ Nicolas das Schiff in den Wind hineinkreuzen, dass es eine Freude war. Es gab keinen Zweifel: die »Aggab« war noch schneidiger, noch schneller und noch wendiger als die »Aguila«. Seine Begeisterung für die technischen Verbesserungen teilten die Zwillingsbrüder ebenso uneingeschränkt wie Baltasar und Miguele, der den Marqués in einer modernisierten Küche, mit Backofen und Windmühle an Bord, mit den ausgefallensten, in Lissabons Märkten aufgestöberten Köstlichkeiten aus Übersee überraschte. Nur Erik hatte in den sauren Apfel beißen und die Heimreise auf dem syrischen Segler antreten müssen.

Anfang Februar 1534 segelte Nicolas mit Erik nach Venedig. Nur knapp entkamen sie einem schweren Sturm, und es regnete während der gesamten Überfahrt. Da sich genügend Matrosen an Bord befanden, war der Einsatz der alten Garde nur selten vonnöten. Einzig Baltasar und Miguele wurden gebraucht, und die Zwillingsbrüder kümmerten sich wie immer um Taue und Takelwerk. Nun, auf dem neuen Schiff, musste nicht viel erneuert werden, und doch verbrachten sie einen Teil ihrer Zeit damit, das Tauwerk zu kontrollieren. Sowohl das feststehende Gut zum Abstützen der Masten für Stage und Wanten, als auch das laufende Gut zum Setzen und Bergen, zum Fieren und Holen, zum Trimmen und Festmachen an den Rahen war aus Hanf und dehnte sich stark.

Viele Stunden verbrachte der Kapitän mit dem Iren beim

Schachspiel, um dem Freund in Ermangelung von Dame oder Mancala das königliche Spiel näher zu bringen. Als er sich sein Scheitern wieder einmal eingestehen musste, beschloss er, in Venedig nach Spielen Ausschau zu halten. Gemeinsam stiegen sie in den Aufenthaltsraum hinab, um mit den Männern zu würfeln. Das miese Wetter hielt auch in der Serenissima, der Erhabensten, an, wie die Venezianer ihre Stadt nannten, wo er sich in einem ihm bekannten Hotel einlogierte. Doch selbst die bemühten Damen des Freudenhauses konnten nicht über die Kälte und Feuchte in Venedigs Steinpalästen hinwegtäuschen. Da der einzige Zweck seines Besuches der Ankauf von Meister Emilio Bastolinis Geschützen war, hielten sie sich nicht lange in der Lagunenstadt auf.

Wie schon damals bei der »Aguila«, tauschte Nicolas auch bei der voll bestückt übernommenen »Aggab« den Großteil der Geschütze gegen Bastolinis Kanonen aus, die seiner Überzeugung nach präziser, treffsicherer und aus besserem Material gefertigt waren als die portugiesischen Geschosse. Solange Barbarossa im Mittelmeer kreuzte – und er hoffte, dort bald auf ihn zu treffen –, wollte er es mit der ursprünglichen Armierung gar nicht erst auf einen Vergleich ankommen lassen …

Während Erik Geschenke für Gunde und Lucas aussuchte, traf der Marqués bei Venedigs Waffenschmieden und Büchsenmachern die Wahl und stöberte in den Werkstätten der Bein- und Holzdrechsler nach Spielen. Ein arabisches Mancala-Spiel nach seinem Geschmack fand er in der Lagunenstadt nicht.

Im März kehrten sie nach Tagomago zurück. Die portugiesischen Matrosen wurden mit der »Aurora« nach Ibiza-Stadt gebracht und dort großzügig entlohnt. Baltasar, die Zwillingsbrüder und Miguele bekamen den Auftrag, unter den Einwohnern von Ibiza-Stadt geeignete Männer ausfindig zu machen, die für den Marqués bereitstünden, wann immer er sie als Matrosen benötigte.

Als Nicolas mit Erik gemeinsam die Alcazaba betrat und

Gundes anschwellenden Leib sah, klopfte er dem Freund auf die Schulter.

Der Ire grinste nur. Stolz hob er Lucas in die Luft, der seinem Vater zur Begrüßung entgegengelaufen kam. »Na, du strammer Recke?«

Erik schüttelte ihn, und Lucas lachte. Dabei schielte er zum Onkel, denn jener schwarz gekleidete Freund seines Vaters hatte ihm noch jedes Mal etwas mitgebracht. Als Nicolas Lucas' volle Aufmerksamkeit genoss, zauberte er ein Messer hervor. Der Junge staunte nicht schlecht, als der Onkel plötzlich über seinen Vater herfiel und ihm das Messer in die Brust stach!

Der Vater lachte und zeigte Lucas die Wunderklinge. »Das ist Gummi Arabicum, mein Sohn. So ein Zaubermesser haben deine Freunde auf dem Gut bestimmt noch nie gesehen!«

Mit geblähter Brust und gezücktem Messer lief Lucas davon.

Zaghaft zog der Frühling auf Ibiza ein und tauchte die Wälder in ein lichtes Grün. Den immergrünen Pinien wuchsen helle Spitzen, und saftiges Weideland erstreckte sich auf den Hochflächen. Jedes Mal, wenn Nicolas sein Gut besuchte und ausgedehnte Ausritte unternahm oder auf die Jagd ging, nahm er Lucas mit und ließ ihn bei Jafar und Rosa. Im Spiel mit den anderen Kindern lernte der Junge schnell. Schon nach wenigen Wochen verstand er es, sich in Mallorquín auszudrücken.

Eines Abends saßen Nicolas, Erik und Yusuf nach dem gemeinsamen Abendessen im großen Saal beim Würfelspiel. Der Wein floss in Strömen. Nicolas genoss seine aus Lissabon mitgebrachten Zigarren, und Yusuf, der sich wie immer des Weines enthielt, rauchte eine *nargileh*. Zu vorgerückter Stunde hielt Erik plötzlich im Würfeln inne, rieb sich das Kinn und sah Nicolas in die Augen. »Ich hab Angst«, sagte er.

Nicolas stutzte. Im ersten Moment wusste er nicht, ob der Freund sich nicht einen Scherz mit ihm erlaubte. Bei dem Iren merkte man nie, wann er betrunken war. Vom Alkohol schon benebelt, lachte er: »Wie meinst du das, mon ami?«

»Sicher nicht witzig.« Mit einer Leichenbittermiene nickte Erik zum Tunesier. »Yusuf war dabei. Eigentlich hat er Gunde das Leben gerettet …«

»Redest du von der Geburt?« Nicolas hob die Brauen und versuchte, in den Zügen seines gereizt wirkenden Freundes zu lesen.

Erik gestikulierte wild. »Mann, was glaubst du, wovor ich sonst Schiss habe!«

»Schon gut, schon gut. Erzähl mir einfach, was passiert ist«, bat Nicolas in ruhigem Ton, »aber so, dass ich es mir vorstellen kann.«

Kurz drehte der Ire den schweren, geschliffenen Rotweinkelch in seinen grobschlächtigen Händen, dann setzte er ihn an die Lippen und leerte ihn in einem Zug. Eine Weile starrte er in das Glas. »Als Gunde ein leichtes Ziehen im Rücken verspürte«, begann er schließlich, »und dachte, dass die Geburt losgehen könnte, holte Yusuf die Hebamme aus der Stadt. Er verband ihr die Augen, sie hat also nur das Innere der Alcazaba kennen gelernt und Tagomago nie zu Gesicht bekommen. Als sie eintrafen, war die Geburt schon im Gang. Obwohl Lucas ein richtiger Pfundskerl war, dauerte die Niederkunft nicht allzu lange. Doch dann trat ein, was manchmal nach schweren Kindern eintritt – so versicherte uns jedenfalls die Hebamme später. Gunde hörte nicht auf zu bluten.« Erik drehte den Kelch zwischen den Fingern und starrte mit düsterer Miene daran vorbei, als durchlebte er diese Stunden noch einmal. »Drinnen hörte ich nur noch das Kind schreien, von Gunde hörte ich nichts mehr. Auch die Hebamme ließ sich nicht blicken. Halb verrückt vor Angst, stürzte ich ins Zimmer und riss Gunde in meine Arme. Ich hab sie noch nie so bleich, so wächsern gesehen.« Er wischte sich mit dem Handrücken über die Stirn. »Die Wehenmutter war ebenso bleich und starrte, Gundes Bauch massierend, auf die immer größer werdende Blutlache zwischen ihren Beinen. Ich verstand diesen Blick. Mann, sie war dabei, einfach auszurinnen! Ich sprang auf, stürzte zu Yusuf und zerrte ihn hinein. Irgendwie müsse er sofort die Blutung stillen, zischte ich ihn an. Bei Gliedmaßen ginge das durch Abbinden, sagte Yusuf, aber bei der Frau könne man nur versuchen, den Unterleib zusammenzudrücken. Er hat das einzig Richtige getan«, Erik warf dem Freund einen viel sagenden Blick zu. »Na ja, wir legten sie auf den Boden, und er bohrte seine Fäuste in ihren Unterleib, presste ihn wie einen Fladen auf die Fliesen. Wenn er Gedärme oder was weiß ich gequetscht hat, so hat sie es jedenfalls nicht mitbekommen. Sie war bewusstlos, und ich dachte schon, alles sei vorbei. Doch die Blutung hörte auf, und Gunde erholte sich allmählich.« Erik blickte auf. »Ja, so ist das gewesen. Blutstein und Bernstein.« Er schüttelte den Kopf. »Das Vertrauen der Hebamme in die Steine kannte keine Grenzen – den Bernstein sollte ich Gunde sogar brennend unter die Nase halten!« Sie blieb drei Tage und kümmerte sich um Mutter und Kind. Die gute Frau konnte es selbst nicht fassen, dass alles ein glückliches Ende genommen hat.«

Erik füllte seinen Kelch mit dem herben Inselwein und nahm einen tiefen Schluck. Es war nicht nötig, dass er weitersprach. Nicolas lehnte sich zurück, legte die Fingerspitzen aneinander und betrachtete sie. Die Lippen zusammengepresst, nickte er wiederholt. Er wusste, dass sich die nach der Geburt gefürchteten Blutungen meist wiederholten, und der Ire wusste es auch. Damals, bei Elviras Geburt in Sevilla, hatten sie im Raum nebenan beim Würfelspiel gesessen. Da tauchte in Erinnerung an diese Entbindung eine andere Person auf, selbstbewusst und erfahren, und mit einem Mal sah er lodernde Flammen und dahinter eine tanzende Gestalt in Rot. Die Augen smaragdgrün funkelnd, die Bewegungen sparsam und dennoch sinnlich. Sie, die Zigeunerin, war die Einzige, die imstande wäre, diese Gefahr zu bannen! In diesem kostbaren Augenblick erschien sie ihm lebendiger und heißblütiger als in all seinen Erinnerungen zuvor. Was mochte aus ihr geworden sein? Wie viel Zeit mochte inzwischen vergangen sein? Er schloss die Augen, und die rote Gestalt verschwand aus seiner Erinnerung. Vier Jahre, überlegte er. Ein säuerliches Lächeln umspielte seine Lippen. Es gab eine Zeit, da hatte er sie Tag und Nacht vor sich gesehen. Und er hatte sogar nach ihr suchen lassen …

»Wann ist es bei Gunde so weit?«, hörte er seine eigene Stimme wie aus der Ferne.

»Im Sommer, in etwa drei Monaten.«

»Hol sie!«, stieß Nicolas hervor. Nicht nur aufgrund des Alkohols rauschte das Blut in seinen Adern schneller als sonst.

Erik sah ihn erstaunt an, und auch Yusuf hob eine dunkle Braue.

Nicolas räusperte sich. »Nun ja, wir wissen ja gar nicht, wo sich der Stamm zur Zeit aufhält.«

»Schick deine Männer in alle Richtungen aus, *sayyid*.«

»Welche Männer? Eine Hand voll genügt da nicht!« Nicolas winkte ab. »Das sind Zigeuner, Mann, und die Iberische Halbinsel ist zu groß, um ohne Anhaltspunkt wie ein Prophet durch die Wüste zu wandern. Die können überall sein!«

Erik konnte ein Grinsen nur mühsam unterdrücken. Vor vier Jahren hatte er seinen Arsch darauf verwettet, dass die Sache mit der Zigeunerin noch nicht zu Ende war. »Hör zu«, sagte er, die wasserblauen Augen vom Wein gerötet, »mit den drei Goldbarren, die du bei dem schicksalsträchtigen Treffen mit Barbarossa gerettet hast, war für mich klar, dass du von deiner Familie keine Almosen erbitten musst und zurückkommen würdest. Eines Tages, dachte ich, nicht eines Jahres! Ich ahnte ja nichts von deiner phänomenalen Idee, dem Gold hinterherzulaufen …«

»Zu tauchen – das lag verdammt tief unten!«

Erik winkte ab. »Deshalb machte ich mich im darauf folgenden Sommer, als ich auch Saba nach Ibiza holte, auf die Suche nach dem Stamm – ich hatte es dir ja versprochen. Die Calé waren nach Granada gezogen. Dort fand ich sie, und dort waren sie auch noch vor zwei Jahren …«

»Und *sie*?«, fiel ihm Nicolas ins Wort. In seinem Gesicht stand mehr als nur Neugier. Der Wein benebelte seine Sinne, und es war ihm vollkommen egal, ob die anderen es merkten oder nicht.

»Oh«, Erik rollte mit den Augen und grinste verschwörerisch. Selbst Yusuf feixte.

»Na was, *coño*?«, hakte Nicolas nach.

»Äh«, der Hüne zuckte die Schultern. »Ehrlich, mein Freund! Die rannte dahin und dorthin, immer am Sprung, das Mädel …«

»Hattest du ein Problem damit?«

Erik grunzte verächtlich. »He! Natürlich ich bin ihr nachgegangen! Sie verschwand mehrmals im Haus eines maurischen Parfümherstellers, der aber keine schwangere Frau in seinen vier Wänden hatte, das hat man mir versichert.« Und dann bemerkte er wie beiläufig: »Er hatte überhaupt keine Frau …« Der Ire trommelte mit den Fingern auf die Tischplatte, vermied es aber, dem anderen in die Augen zu sehen. Nur zu gut erinnerte er sich an eine Szene vor vier Jahren. Da ging es um dieselbe Frau.

»Also eine Liebschaft?«, bohrte Nicolas.

Erik zog die Brauen hoch und sagte in geringschätzigstem Ton: »Der Maure ist ein Ausbund an Hässlichkeit und doppelt so alt wie du!«

Nicolas' Faust krachte auf den Tisch. Auch damit hatte der Freund gerechnet. Nur Yusuf sah den Marqués erstaunt an. In seinen Zügen las er Entschlossenheit, Härte und noch etwas anderes, das ihm allergrößten Respekt einflößte. Als Krieger hatte er sich gelegentlich gefragt, wie eine ernste Auseinandersetzung zwischen ihnen beiden ausgehen könnte. Er machte nie den Fehler, einen Gegner zu unterschätzen. Dieser Mann hatte keine Furcht vor dem Tod. Es war stets diese Schwäche seiner Gegner, die ihn so überlegen machte. Da wünschte er erneut, den *sayyid* nie zum Feind zu haben.

»Lass dir dein Haar wachsen«, bemerkte der Ire unbeirrt und warf Yusuf einen belustigten Blick zu.

»Nein!«, entgegnete Nicolas scharf. »Yusuf wird es mir weiter rasieren. Sieh du zu, dass du die Hebamme herschaffst! Gunde kann ja schon früher niederkommen …«

»Kommst du nicht mit?« Nun stand Erik die Verwunderung ins Gesicht geschrieben.

»Wer braucht die Hebamme, du oder ich? Aber eigentlich hast du Recht, mon ami. Vor vier Jahren warst du im Alleingang nicht unbedingt überzeugend. Nun, Yusuf wird dich begleiten. Ich kümmere mich um deine Gunde, falls ihr nicht rechtzeitig auftaucht.« Er verzog das Gesicht. »Meine Erfahrung mit gebärenden Weibern sollte ausreichen«, fügte er bitter hinzu und dachte an die Nacht in Elviras Schlafgemach und auch an Suheilas Geburt.

Der Freund seufzte, beließ es aber dabei und nahm die Würfel wieder auf. Dann hielt er inne. »Und Rotbart?«, fragte er.

»Der Hurensohn kann warten – Gunde wohl nicht!«

Laut kullerten die Würfel über die polierte Tischplatte.

Gegen Morgen raunte er Gunde ins Ohr: »Ich hol dir die beste Hebamme des Königreichs, mein Schatz.«

»Das kann ja wohl nur ein Scherz sein«, murmelte sie verschlafen. »Was hast du denn heute gezecht?«

»Das ist kein Scherz! Nicolas hat sie mir empfohlen.«

»Oh, dann!« Hellwach setzte sich Gunde im Bett auf und stemmte ihre Fäuste in die Hüften. »Ausgerechnet der! Da lachen ja die Hühner!«

»He!«, grunzte Erik. »Der weiß, wovon er spricht, aye? Er war selbst dabei.«

»Ja? Bei der Geburt oder bei der Zeugung der Bastarde?«

Anfang Juni segelte Erik mit der »Aurora« gen Westen, ohne die Zigeunerin noch einmal zu erwähnen. Ihn begleiteten Yusuf, die Zwillingsbrüder, Miguele, Baltasar, William, Mauro und zwei Dutzend verlässliche Männer, die die Kumpanen in der Zwischenzeit in Ibiza ausfindig gemacht hatten.

XI.
GRANADA, Mai 1534

Gefesselt und geknebelt war Juana auf einen Maulesel geworfen und festgebunden worden. Der Weg in das Gefangenenhaus in der Nähe der neuen Kathedrale war steinig, und feiner Staub kroch unter die Pferdedecke, die man über ihr festgezurrt hatte. Zunächst wurde sie in eine Einzelzelle gesteckt, ein finsteres kaltes Loch, in dem das einzige Lebenszeichen einer um sie herum existierenden Welt das Quietschen der Ratten war, wenn sie nach ihnen trat. Die zudringlichen Biester waren bei Tag wie bei Nacht aktiv – Zeitbegriffe, die Juana ohnehin bald nicht mehr auseinander halten konnte. So dauerte es nicht lange, bis sie in dieser Abgeschiedenheit bald die Verzweiflung überkam. Wie jeder Mensch, der plötzlich von der Außenwelt abgeschnitten wurde, gewann sie das Gefühl, im leeren Raum zu schweben. Es war genau dieses Gefühl, das sich die heilige Inquisition zunutze machte. Mit subtiler Grausamkeit ihren Opfern jede Orientierungsmöglichkeit nehmend, selbst die von Raum und Zeit, brach sie ihren Willen, ohne dass sie sich dessen bewusst wurden.

Bevor sich diese Institution Juana jedoch gefügig machen konnte, trat ein schmächtiger, von der Natur stiefmütterlich bedachter Mann in mittleren Jahren auf den Plan. Sein ausdrückliches Interesse an der Zigeunerin verbot ihm zunächst allerdings, ihren Geist zu zerstören, eine Kunst, die die Inquisition schon früh zu höchster Perfektion getrieben hatte.

Fray Jerónimo Perdomo ließ die Gefangene in eine nüchterne Zelle führen, die ihm zum Verhör diente. Eine Weile musterte er die schöne Frau, und ein Anflug von Bedauern huschte über seine strengen Züge. Alle Achtung!, sagte er sich. Der maurische Hexer hatte Geschmack bewiesen. Doch nie im Leben war die noch Jungfrau! Auch wenn sie unverheiratet war. Schade, überlegte er und dachte dabei an den Bischof und an die Vorteile, die er sich damit hätte einhandeln können. Kleine Gefälligkeiten, die ihm der Würdenträger für solche Gelegenheiten schuldete …

Juana wurde ungeduldig und beschimpfte den Mönch. Nicht zu fassen, die Braunkutte ignorierte sie vollkommen! Obendrein kratzte er sich beständig. Schwer zu sagen, ob er unter dem groben Wolltuch seiner Kutte litt oder unter Flöhen. »Was ist?«, rief sie schließlich verzweifelt.

Der Mann schwieg. Den dünnlippigen Mund über dem fliehenden Kinn zu einem schmalen Strich gepresst, loderte ein intensiver Blick unter einem Kranz fettiger Haare, den die Tonsur verschont hatte. Irgendwann faltete er seine groben Finger über der Tischplatte, kniff die Augen zusammen und begann, sein Gegenüber mit sanfter glatter Stimme auszuhorchen.

Doch ungeachtet seines wenig einnehmbaren, ja strengen Äußeren stand der Inquisitor nicht im Ruf, einer der grausamsten zu sein. Schon nach der ersten kurzen Vernehmung der Angeklagten beschloss Fray Jerónimo, der Angelegenheit auf den Grund zu gehen und sein Opfer nicht sogleich der weltlichen Macht und somit dem Scheiterhaufen zu überantworten, wie es ein dominikanischer Inquisitor gehandhabt hätte. Nein, dieser Fall lag weitaus komplizierter. Weder war es ihm gelungen, Teufelswerk in den Schilderungen der Hebamme zu erkennen, noch hatte er den leisesten Schwefelgestank in der Nähe der Frau festgestellt. Noch nicht. Denn in welcher Gestalt *er* sich auch immer zeigte – Luzifer, Satan, Beelzebub, der heimtückische schwarze Engel –, war er ein wahrer Meister in der Kunst der Täuschung. Waren nicht die grünen Augen der Frau Beweis genug für *seine* Existenz, Grund genug für die Verurteilung eines Gehilfen des Bösen? Erst vor wenigen Jahren hatte der in allen Landen anerkannte Großinquisitor Tomás de Torquemada eindringlich davor gewarnt, Gott oder die unschuldige Natur für

Vorkommnisse verantwortlich zu machen, die eindeutig Satanswerk waren.

Fray Jerónimo Perdomo war im Allgemeinen nicht an raschen und vollständigen Geständnissen interessiert. Wenn sein reger Geist eine Möglichkeit sah, seinen Wissensdrang und seine Neugierde zu befriedigen, saugte er das Opfer im wahrsten Sinne des Wortes aus. Um einigermaßen verwertbare Informationen über die menschliche Psyche, schwarze Magie und die von ihm in keinster Weise angezweifelte Hexerei zu sammeln, durfte er den Geist eines Menschen nicht zerstören. Dann war die Zeit sein größter Verbündeter. Da die Habe eines Angeklagten schon bei seiner Festnahme unverzüglich konfisziert wurde, war dem ausgefeilten Erpressungsgeschäft der Kirche Genüge getan – das Urteil konnte warten.

Der Mönch hatte demnach alle Zeit der Welt, interessante Fälle zu studieren, und es kam nicht selten vor, dass er einen Angeklagten jahrelang im Kerker schmoren ließ, ehe er ihn vor Gericht stellte. Was aber nicht bedeutete, dass der eigenwillig handelnde Inquisitor mildere Urteile sprach oder gar Hexen mit dem Leben davonkommen ließ. Letztendlich war er ein Mann der Kirche und als solcher dazu verpflichtet, jede Hexe auf dem Scheiterhaufen enden zu lassen. Konnte doch nur das Feuer alles Blut, alle Körpersäfte einer Gehilfin des Bösen vernichten. Die einzige Gnade, die der Franziskanermönch bisweilen einer Hexe gewährte, war, sie zu erwürgen, bevor man sie verbrannte. In seiner zehnjährigen Amtstätigkeit hatte Fray Jerónimo schon viele Hexen überführt und abgeurteilt, doch noch nie hatte sich eine Zigeunerin unter seinen Opfern befunden. Und von ihr und ihren Verbindungen zu dem ihnen entwischten arabischen Magier und Alchimisten versprach er sich höchst interessante und ungewöhnliche Informationen.

Beim zweiten Verhör am darauf folgenden Tag bestürmte Juana den Inquisitor erneut: »Wessen werde ich beschuldigt? Wer hat mich angezeigt? Wer immer es war, er lügt! Sein Wort steht gegen das meine.«

»In der Tat«, der Mönch kratzte sich träge, »aber diese Person ist keines Verbrechens angeklagt. Ihr Wort hat daher mehr Gewicht als das deine.«

Fassungslos starrte Juana den Mann an. Noch nie in ihrem Leben hatte sie es mit solch hinterlistiger Wortgewandtheit zu tun gehabt.

Fray Jerónimos Gesicht blieb unbewegt. Er war ein durchtriebener und erfahrener Ermittler, den allmählich nicht nur der Fall, sondern auch die Persönlichkeit der Frau zu interessieren begann. Bald würde er jeden innersten Winkel ihrer Seele kennen. »Zunächst«, er wählte seine Worte mit Bedacht, »bist du angeklagt, dich mit Henna geschmückt zu haben.«

»Wie bitte?«

»Du hast richtig gehört. Henna wird von der Kirche mit Hexerei verknüpft.«

Das darf doch nicht wahr sein, dachte Juana verzweifelt. Schon Rotfärben von Haut und Nägeln soll Ketzerei sein? »Das ist doch lächerlich!«, ereiferte sie sich und sprang auf. »Lächerlich, deshalb Frauen einzukerkern!«

»So, meinst du?« Ein galliges Lächeln legte sich um die eingezogenen Mundwinkel des Mannes. »Erschwerend kommt noch deine ungewöhnliche Augenfarbe hinzu ...«

Beim Blick in Fray Jerónimos seltsam glänzende Pupillen packte sie das blanke Entsetzen. Der meinte, was er da sagte! »Bin ich eine lahme, triefäugige, widerliche Alte voller Falten?«, rief sie. Ihre Stimme nahm einen schrillen Ton an. »Bin ich mager, verkrüppelt, zänkisch oder verrückt?«

Der Mönch erhob sich von seinem Stuhl, ohne auf die Frau weiter einzugehen, und klopfte an die Tür. »Bevor wir mit dem Verhör fortfahren«, murmelte er, kaum die Lippen bewegend, »werde ich einen Hexenexperten hinzuziehen.«

Juana wurde abgeführt. Ein Scherge und ein verkrüppelter Gefängniswärter, der auf den Namen »Mauro« hörte, brachten sie aber nicht wieder in ihre Zelle, sondern schoben und zogen sie endlose Gänge entlang und dann eine dunkle Treppe hinab. Aus dem unterirdischen Verlies des alten Gebäudes schlug ihr ein pestilenzartiger Geruch entgegen. Ein Schlüsselbund rasselte, und eine schwere Tür ächzte in den Angeln. Wenige Schritte weiter stieß sie der Bucklige auf den Boden, setzte ihr sein Knie in den Rücken und legte eine Beinschelle um die Fessel ihres rechten Fußes. Dann nahm er den Strick ab, mit dem ihre Hände auf dem Rücken zusammengebunden waren. Die ganze Zeit über bemühte er sich, ihr nicht in die Augen zu sehen, und als er sich entfernte, bekreuzigte er sich unentwegt.

Erst allmählich gewöhnten sich Juanas Augen an das schummrige, durch zwei Löcher unterhalb der Gewölbedecke einfallende Licht. Sie sah sich um. Der Wärter hatte sich aus dem Staub gemacht. Im Zwielicht des großen Kellergewölbes glaubte sie neun Augenpaare zu erkennen, die sie anstarrten. Nach und nach konnte sie die Gestalten ausmachen, denen die brennenden Augen gehörten. Später erschien Mauro für einen Moment in der Türöffnung und entzündete eine Ölfunzel neben dem Eingang. Der tranige Geruch des stark rußenden Fischöls vermischte sich mit dem Gestank menschlicher Ausscheidungen. Dazu gesellte sich der Geruch von verwesendem Fleisch, von Zersetzung und Tod. Nichts davon war Juana fremd, aber hier, hier roch es erbärmlich und widerlich.

Mit der Zeit erfuhr sie mehr. Den süßlichen Geruch nach Blut und Eiter verursachten nicht nur die unter der Folter zugefügten Wunden, sondern auch die Hand- und Fußschellen, die so eng gelegt waren, dass Angeklagte oft mit brandigen und verfaulten Gliedern den Gerichtssaal betraten. Schwelende Geschwüre an Beinen und Fußsohlen rührten von Rattenbissen, deren sich die Angeketteten nur schwer erwehren konnten. Vor allem des Nachts befanden sie sich in Gefahr, von den Nagern und anderem Ungeziefer angefressen zu werden. Es wunderte Juana, dass unter diesen Umständen nur wenige Typhus hatten. Doch die auf Haut und Knochen abgemagerten Insassen, die am Gefängnisfieber litten, starben so schnell, dass es sich kaum ausbreiten konnte.

Juana schloss die Augen. Eine Vielzahl seltsamer Geräusche

umgab sie. Es waren abstoßende, aussätzige Geräusche, die ihren Ekel erregten. Zu ihrer Rechten kicherte unaufhörlich ein verschrumpeltes Weiblein. Zweifelsohne hatte sie ihre fünf Sinne nicht mehr beisammen. Noch verrückter schien ihr ein jüngeres Frauenzimmer am anderen Ende des Verlieses zu sein, das von Zeit zu Zeit kurze schrille Schreie ausstieß und dazwischen unmotiviert lachte. Auch das Lachen kam kurz und gellend.

»Wie viele haben es mit dir getrieben, eh?«, forschte das Weiblein, das sich der Neuen, soweit es ihr möglich war, genähert hatte. Dabei rutschte sie, die steifen Kniegelenke abgewinkelt, nur auf dem Gesäß. Juana brachte vor Ekel und Brechreiz kein Wort heraus.

»Was ist? Kannst du nicht reden?« Die dünne Stimme der Alten wurde ärgerlich.

Juana starrte sie nur an. Statt Haaren hatte das Weiblein Schrunden und Krusten auf dem Kopf, und wenn sie damit wackelte, drängte sich der Vergleich mit einem geschrumpften Blumenkohl auf. Wo bin ich hier?, fragte Juana sich unentwegt, immer noch flehend, dies alles möge nur ein schrecklicher Albtraum sein.

Unter Kichern und mit erhobenem Zeigefinger gab ihr die Alte zu verstehen, dass sich der Ekel mit der Zeit schon lege. Die Nägel an den Fingern waren krumm wie ihre Glieder und an der Unterseite ins Fleisch gewachsen.

»Wie heißt du?«, erkundigte sich Juana schließlich.

»Esperanza.«

»Soso. Esperanza …« Hoffnung. Der Name klang in dieser Umgebung mehr als grotesk.

Esperanza tat beleidigt. Aber nicht lange. Argwöhnisch musterte sie die hübsche Frau, bis sie nicht länger an sich halten konnte. Nicht oft wurde ein neues Gesicht zwischen sie und den Juden gekettet. »Was ist mit dir?«, bohrte sie.

»Das möchte ich selbst gern wissen.«

Meine Güte!, fluchte die Alte, die will wohl ums Verrecken nicht wahrhaben, wo sie hier ist. »Sag uns einfach, wer du bist!« Ihre dünnen Ärmchen machten drängende Gesten.

»Ich bin eine Calé, eine *gitana*. Ich bin Hebamme ...«

Esperanza verzog das Gesicht. »Viele der Hebammen sind Hexen, sagt die Kirche. Sie kommen mit den unreinen Säften der Weiber in Berührung, die die Dämonen anziehen, *sí, sí*.« Sie kicherte.

Juana wandte sich ab. Doch nach und nach erfuhr sie mehr über das Schicksal ihrer Nachbarin und das anderer Inhaftierter. Nicht wenige, dachte sie bestürzt, schienen von ihren Mitmenschen und selbst von der Justiz vergessen worden zu sein und vegetierten dahin, bis entweder der Typhus oder die Auszehrung ihrem unsäglichen Leben ein Ende setzte.

»Über mich ist schon Gras gewachsen, noch bevor ich unter der Erde bin, *sí señor*!«, kicherte die Alte, als spräche sie über jemand anderen.

»Bah!«, mischte sich der Mann zu Juanas Linken ein, ein konvertierter jüdischer Lehrer in Hamids Alter. »Die überlebt uns alle.«

»Halt's Maul, Judenschwein«, ertönte eine Stimme aus der Tiefe des Verlieses.

Der Konvertit antwortete nicht. Stattdessen hörte Juana seinen Nachbarn flöten: »Sieh an, sieh an, welch nettes Vögelchen da zu uns geflattert ist!«

Sie beugte sich etwas vor, um die zittrige Stimme genauer zu sehen. Selbst in dem spärlichen, schmutzig gelben Lichtschein der Ölfunzel war die jämmerliche Gestalt des Mannes nicht zu übersehen. Betroffen senkte sie den Kopf und lehnte sich wieder zurück. Große Mutlosigkeit und Leere machten sich in ihr breit. Zum ersten Mal überkam sie eine Ahnung, welch einer Einrichtung sie ausgeliefert war, die zu solch abscheulichen Gräueln fähig war. Noch war es nur eine Ahnung. Die Gewissheit sollte aber nicht lange auf sich warten lassen.

Obwohl die Alte neben ihr unablässig vor sich hin kicherte und brabbelte, nahm sie Juanas Gemütszustand wahr. »Zeig keine Angst, *gitana*«, beschwor sie die Jüngere. »Jedes Anzeichen von Angst gilt als Schuldbeweis.« Ihr kleiner Schrundkopf wackelte auf dem dünnen Hals. Als sie weitersprach, nahm sie kein

Blatt vor den Mund: »Du wirst geschändet werden, jedes Mal, wenn sie dich nackt sehen, *mariposa*. Vor jedem Verhör, vor jeder Folter wirst du entkleidet werden, und der Reihe nach werden sich der Inquisitor, der Scharfrichter und die Folterknechte an dir vergnügen …«

Juana starrte geradeaus ins Leere und hielt sich beide Ohren zu. Sie wollte das alles nicht hören. Und dennoch musste sie sich Gewissheit verschaffen. »Jetzt halt mal die Luft an!«, zischte sie mit hysterischer Stimme. »Sag mir lieber: Wen hat der Inquisitor mit ›Hexenexperten‹ gemeint?«

Esperanza verstummte. Sie beobachtete das Mädchen aus den Augenwinkeln und wusste Bescheid. Es war die Angst, die letztendlich ihren Widerstand brechen würde – die Angst vor der Folter, die Angst vor neuen Gräueltaten … Sie schwieg.

»Was ist?« Die Alte war doch sonst nicht zimperlich! Da nahm ein Gefühl der Hilflosigkeit und Ohnmacht von Juana Besitz, steigerte sich jäh zur Verzweiflung und Panik. Sie übergab sich. Sie erbrach sich in die Rinne am Boden zwischen ihr und ihrer Nachbarin, die sich wie andere Querrinnen des Verlieses in einem Loch zwischen Boden und Wand verlor.

Esperanza kicherte wieder und zeigte in die dunkle Ecke des Verlieses. »Die dort kann dir das besser sagen.« Auf ihren mageren Gesäßbacken hin und her rutschend, raunte sie: »Wenn du mich fragst, die macht es nicht mehr lange! Beim nächsten Termin ist sie dran, *sí señor*.«

Juana wusste, was die Alte meinte. Alle paar Monate brannte es in Granada. Dann wurden Juden, rothaarige Frauen, Alchimisten, Heilerinnen und Verkrüppelte auf den Scheiterhaufen verbrannt. Das Volk musste zusehen, denn wer fehlte, machte sich verdächtig. Auch ihre Leute mischten sich unter die Zuschauer, aber das hatte andere Gründe. Mit dieser Gesellschaft, die im Foltern und Töten eine Gelegenheit für öffentliche Spektakel sah und dies obendrein als fromm empfand, wollten sie nichts gemein haben.

Juana kniff die Augen zusammen und spähte in die Dunkelheit. »Was wird ihr unterstellt?«

Die Alte wurde ernst. »Na, dass sie eine Hexe ist, *coño*.« Auch wenn sie redete, blieb das fratzenhafte Grinsen eingemeißelt in ihre Gesichtszüge. Wie bei den steinernen Skulpturen von Gnomen und Kobolden. »Dass sie einen Bund mit dem Teufel geschlossen habe, was sonst.«

»Und, hat sie das?«

»Muss sie wohl haben. Sie hat das Gottesurteil überlebt.«

»Welches Gottesurteil?«

Esperanza machte bedeutende Gesten. »Die Wasserprobe«, sagte sie und es klang ehrfurchtsvoll.

»Was soll der Stuss?«, mischte sich der Konvertit aufbrausend ein. »Es gibt keine Hexen!«

»Ah ja. Und wie erklärst du dann, dass sie mit zusammengebundenen Armen und Beinen nicht untergegangen ist, als man sie in den Fluss geworfen hat, eh?« Die Stimme der Alten schien sich beinahe zu überschlagen. Das war doch etwas, was nicht mit rechten Dingen zuging! Selbst im Halbdunkel funkelten ihre kleinen runden Äuglein und erinnerten an die beißwütigen Nager, wenn sie sich im Zwielicht an die Fußsohlen der Dahindämmernden heranmachten.

»Bist du dabei gewesen? Eben. Vettel!« Der Mann schnaufte. »Eine so schöne Frau«, klagte er, drehte den beiden den Rücken zu und begann zu weinen. Aus dem Dunkel drang kurzes, gellendes Lachen.

»Sie war eine Zeit lang hier angekettet, weißt du. Hier, an deinem Platz«, Esperanza nickte zu Boden. »Es stimmt, sie war eine schöne Frau, als man sie hierher brachte, mit einer Fülle roter Haare …« Sie hob die Hände an ihren Kopf und deutete lange Wellen an.

Juana sah ans andere Ende des Verlieses. Bei dem spärlichen Licht war nichts von roten Haaren zu sehen, und das, was fettig und zerzaust herabhing, hatte wohl nichts mehr mit ihrer prächtigen Mähne zu tun. Unweigerlich begann die Frau sie zu interessieren. Wer war sie? Warum war sie hier und weswegen sollte sie verbrannt werden? Sie glaubte nicht an fliegende Hexen, niemand von ihrem Volk glaubte an die »Hexen der Christen«.

An *kakus* und an *mulos*, was in den Augen ihres Vaters gleich schlimm war, aber nicht an das, was die Kirche diesen Frauen nachsagte.

»Ein anonymer Denunziant«, sagte Esperanza, ihre Gedanken erratend, »behauptete, dass auf ihr Geheiß hin der schwarze Engel die Tiere in Nachbars Stall habe verenden lassen …«

»Anonym? Das war bestimmt der Nachbar selbst!«, überlegte Juana laut.

»Natürlich war es der Nachbar, das Schwein«, mischte sich der Konvertit wieder ein, ohne sich umzudrehen.

Esperanza kicherte. »Hm, schon möglich. Sie war wirklich sehr schön, *mariposa*. Rote Haare, weiße Haut und Augen vom Blau der Kornblumen am Feld …«

»Danach wurde ihr Hostienfrevel vorgeworfen«, sagte der ehemalige jüdische Lehrer, und diesmal drehte er sich um.

»Was für ein Frevel?«

»*Mi niña*«, seine Stimme klang beinahe vorwurfsvoll, »Hostienfrevel, weil die Hexen dem Teufel eine Hostie verschaffen, darum.«

»Also doch eine Teufelshure!«, rief die Alte provozierend.

Der Mann sprang auf und riss die Hände nach oben. Er zischte und fauchte und verzerrte sein Gesicht zu einer hässlichen Grimasse. In seinen Zügen las sie die Absicht zu töten. Zitternd kauerte er sich wieder an die Wand.

»Wie heißt sie?«, fragte Juana nach einer Weile. Alles, was sie ablenken konnte, war ihr willkommen, selbst die Geschichte einer Fremden.

Das Weiblein rutschte hin und her. Man wusste nie, warum sie das tat, doch war immer eine gewisse Erregung zu bemerken. Diesmal kratzte sie sich ausgiebig ihre Schrunden am Kopf. »Verdammt!«, meinte sie schließlich. Sie kannte doch wirklich die ganze elende Geschichte dieser Hexe, aber ihr Name war ihr nicht mehr in Erinnerung!

»Levinia«, grunzte der Konvertit mit grenzenloser Verachtung in der Stimme.

»Levinia, *sí señor*«, äffte Esperanza ihn nach und streckte ihre spitze Zunge heraus. »Willst du ihre Geschichte hören, *gitana*?«

Juana nickte. Mit zwiespältigen Gefühlen lehnte sie den Kopf an den glatten kalten Stein und ließ ihren Blick ans andere Ende des Verlieses schweifen.

Die Alte rutschte hin und her, bis sie eine bequeme Position gefunden zu haben glaubte, und begann mit ihrer eigentümlichen dünnen Stimme: »Es waren einmal zwei Brüder. Der ältere erbte Haus und Hof und Vieh und satte Weiden, der jüngere ging leer aus. Der bescheidene Bursche war aber nicht sehr traurig und trat in die Lehre seines Onkels ein, der nahe dem Bauernhaus eine Mühle betrieb. Dort arbeitete er fleißig von früh bis spät, ohne sich Gedanken um seinen viel reicheren Bruder nebenan zu machen. Dieser heiratete kurz nach Übernahme des väterlichen Hofs die ältere Tochter eines Kurpfuschers, ein zänkisches, böses Weib. Die Schwester von der da«, Esperanza deutete zur Rothaarigen.

»Sie ist die Tochter eines Kurpfuschers?«

»*Sí, sí*, aber nicht nur das. Böse Zungen behaupten, sie war auch seine Schülerin.« Das Weiblein senkte die Stimme. »Eine Frau sollte nicht zu viel von diesen Dingen verstehen, *mariposa*. Sie hat mit ihrem Vater Mixturen hergestellt und auf Jahrmärkten verkauft.«

»Also kennt sie sich mit Kräutern aus?«

Esperanza warf ihr einen mehr als zweifelnden Blick zu. »Hast du es noch nicht kapiert, *gitana*? Welche Kenntnisse eine in der Kräuterheilkunde hat oder nicht hat, ist denen scheißegal. Sie hat rote Haare. Von da bis zur Hexe ist es nur mehr ein kleiner Schritt.«

Der Kopf des Konvertiten fuhr herum. »Die Ehe des Bruders mit dieser Xanthippe blieb kinderlos, verstehst du?«, zischte er »Das reiche Bauernschwein wollte alles haben!«

Juana nickte. »Und dann?«

»Niemand weiß genau, was dann geschah«, meinte der Nachbar nachdenklich. »Es wird wohl eine Seuche gewesen sein.«

»Eine Seuche, ha!«, ereiferte sich Esperanza. »Nur die Tiere in seinem Stall? Was soll das für eine Seuche gewesen sein?« Sie wetzte auf dem kalten Stein hin und her, vor und zurück.

»Warum nicht? Was weißt du schon darüber? Nicht einmal sie selbst«, er nickte in die dunkle Ecke, »weiß, wie viele Tiere verendet sind. Vielleicht waren es nur zwei fette Schweine, die der dreckige Schwager genau zu diesem Zweck zu Würsten bestimmt hat.« Voll Verachtung spuckte er aus.

»Schon möglich«, krähte die Alte, »schon möglich. Es wird wohl der Ältere, zerfressen vom Neid auf seinen Bruder wegen seiner jungen, schönen …«

»… schwangeren …«, warf der Konvertit ein.

»… jawohl, schwangeren Frau die Schwägerin denunziert haben.«

»Sagte ich doch, dass es der Nachbar war«, lästerte Juana. Sie fröstelte. »Und das Kind?«

»Das zieht der Vater auf, was sonst?« Esperanza schüttelte den kleinen Schrundkopf. »Also, jetzt kennst du ihre Geschichte.« Sie kicherte. »Aber du wolltest ja wissen, was ein Hexenexperte ist.«

»Ich bin mir nicht sicher, ob ich das noch wissen will.« Wieder das Würgen in ihrer Kehle. Das gesamte Szenario um sie herum wurde immer realer. Nein, das war kein Traum! Aber ein Irrtum. Das alles musste ein Irrtum sein, sie gehörte nicht hierher!

»Na, du wirst es so oder so erfahren. Ich weiß es von ihr.« Esperanza nickte zu Levinia hin.

»Eines Tages werd ich dir dein Maul stopfen, Dreckschleuder«, zischte der Konvertit.

»Ja, flenn ein wenig, Weichei. Dir haben sie die Gefühle wohl noch nicht rausgeprügelt«, zeterte Esperanza. Sich über die Worte des Mannes hinwegsetzend, machte sie erst recht kein Hehl daraus, was ein Hexenexperte sei. »Das sind Hexenstecher, *mariposa*. Das Stechen ist eine beliebte Methode der Hexenjäger. Die geben vor, sie könnten das verräterische Hexenmal finden, indem sie die Hexe mit einer so langen Ahle stechen« – sie gab die Länge ihres krummen Zeigefingers an –,

»und zwar so oft, bis sie es finden, *sí señor*. Das ist dann, wenn es nicht blutet.«

Juana riss die Augen auf. *»Devlam«*, murmelte sie. Das Zittern und auch das Würgen in ihrer Kehle waren wieder da, aber sie hatte keine Kraft mehr zu erbrechen. Sie durchlöchern dich wie einen alten Ledersack. Das … das ist ja grauenvoll! Das Zittern ging in einen Weinkrampf über, der sie heftig schüttelte.

Die Alte zuckte die Schultern. »Lass das Gewinsel, du wirst es überleben. *Das* haben noch alle überlebt.«

»Esperanza!«, krächzte Juana verzweifelt und auch empört. Der Nachbar hatte wirklich Recht. »Reden wir mal von dir! Weshalb bist *du* hier?«

Doch das Weiblein hockte sich, der anderen halb den Rücken zukehrend, über die Rinne und lüftete das, was einmal ein Rock gewesen war. Während sie Wasser ließ, faselte sie unverständliches Zeug vor sich hin.

Juana schnaufte, als sich der Konvertit einmischte. »Sie ist vor Urzeiten als Ehebrecherin in den Kerker geworfen worden, und dort hat man sie schlichtweg vergessen …«

Juana fuhr herum. »Wie ist das möglich?«

»Ha, ich denke, sie weiß oder wusste genau, dass ihr Ehemann dahinter steckte. Womöglich entrichtete er jährlich einen Obolus an das Stadtgefängnis, damit man sie auch weiter festhielt. Ich nehme an, er ist in der Zwischenzeit verstorben.«

Das darf nicht wahr sein, dachte Juana traurig. »Und Ihr?« Ihre Stimme klang matt, alle Kraft schien aus ihrem Körper gewichen.

»Qué quieres que te diga?« Das höhnische Auflachen des Mannes hörte sich schaurig an. »Schon mein Vater ist zum christlichen Glauben übergetreten, und doch bezeichneten sie mich zeit meines Lebens als ›Marrane‹, *sí*, *sí*. Ein anonymer Denunziant bezichtigte mich der Demagogie. Für einen Konvertiten ist die Gefahr doppelt groß, denn nur allzu gern will die Inquisition ihm was anhängen. Man munkelt«, er wurde lauter, seine Stimme schärfer, »dass die Konvertiten in Madrid öffentlich verbrannt werden und die Kirche sich all ihren Besitz unter den

Nagel reißt …« Ein hysterisches Lachen verriet seine Verzweiflung. Juana wich zurück.

»Ich sage dir«, polterte er, beschwörend seine mit Fett übergossenen und auf dem Feuerrost angesengten Hände ringend, »vor Gott sind alle gleich, egal ob König, Kaiser oder Bettelmann. Aber nur vor Gott, nicht vor der Kirche und dem Gericht!«

Alles kam so, wie die Alte es vorausgesagt hatte. Gonzalo erschien ein paar Tage darauf im Verlies und schloss Juana die Fußschelle auf. Ein Scherge wartete vor der Tür. Gemeinsam zerrten sie die Gefangene einen von wenigen Fackeln gespenstisch erleuchteten, gewinkelten Gang entlang, der in einem anderen Kellertrakt des weitläufig untermauerten Gebäudes endete. Die großen dunklen Steine des modrig riechenden Ganges glänzten im flackernden Licht der Fackeln, die lange Schatten warfen. »Todesgang« wurde er von den Gefangenen genannt und »Kreuzweg Christi« von den Wärtern. Kein Laut drang von dort jemals nach oben. Wer unter der Folter starb, hieß es, dem habe der Teufel den Hals umgedreht.

Am Ende des Ganges gab es nur eine einzige Tür und eine schmale, in Stein gehauene Spindeltreppe, die nach oben führte. Der Scherge öffnete die schwere Tür und schloss sie hinter Gonzalo und der Gefangenen. Der Verlieswärter war jung und kräftig und hatte einen eisernen Griff. Sich zur Wehr zu setzen wäre sinnlos gewesen. Juana ließ ihren Blick schweifen. In der Mitte des von vielen Fackeln gut erhellten Raumes stand ein nicht allzu hoher massiver Tisch, aber es gab keine Stühle darum herum. An einer Wand entlang lief eine durchgehende Bank, und in der Mitte lag ein samtenes Sitzkissen darauf. Sonst war der Raum nüchtern und leer. Ganz anders jedoch das angrenzende hohe Kellergewölbe, das durch eine breite bogenförmige Öffnung mit dem Raum verbunden war. Wenige Stufen führten in das Gelass hinab, in dem in einem ausladenden Kamin ein mächtiges Feuer brannte.

Selbst das Feuer, das ich so liebe, dachte Juana, flackert böse und bedrohlich. Sämtliche an den dunklen Wänden hängende Instrumente und Werkzeuge tauchte es in ein infernalisches rotes Licht. Ein Blick auf die gusseisernen Geräte, und Juanas Knie wurden weich. Gonzalo fing sie auf. Sie wusste nicht, wie lange sie von Entsetzen wie gelähmt war, bis nach und nach ihre Gedanken wieder klar wurden. Da tauchte aus der Tiefe des Gewölbes eine Gestalt auf, und einen Augenblick später stand der Scharfrichter in der bogenförmigen Öffnung und grinste sie an.

Oh, *dada*!, flehte Juana, Oh, meine Brüder! Der halb nackte, über und über behaarte Mann versetzte sie endgültig in Panik. Warum kommt denn keiner? Heilige Göttin, sie werden nicht kommen, niemand wird kommen … Und dieses Tier da weidet sich an meinem Entsetzen, an meiner Angst, an meinem Grauen! Oh, *dada*, ich sterbe vor Angst! Manchmal, kam ihr plötzlich in den Sinn, wenn die Angst zu überwältigend war, erschraken sich manche Tiere zu Tode …

Genüsslich und in Vorfreude auf das Kommende fuhr sich der Mann mit der Zunge über die Lippen und fasste sich zwischen die muskulösen Beine. Gonzalo, der sie immer noch mit eisernem Griff festhielt, schmatzte und sabberte, und ekliger Speichel rann aus seinem Mund auf ihr Haar.

In diesem Moment öffnete sich die Tür, und Fray Jerónimo Perdomo betrat den Raum, gefolgt von einem Kirchenmann in weißschwarzer Robe. Juana atmete auf, der Dicke sah harmlos aus. Da sie nie die Messe besucht hatte, kannte sie den Mann nicht, den man mit großem Respekt behandelte. Er nahm umgehend auf dem Samtkissen Platz und bedeutete mit einer knappen Geste, anzufangen.

Juana stutzte. Der ist nicht zum ersten Mal hier unten, schoss es ihr durch den Kopf. Sie sollte nie erfahren, dass es sich bei dem korpulenten Geistlichen um Don Benito de los Montes, den ehrwürdigen Bischof von Granada, handelte.

Kaum waren Juana vom Scharfrichter die Handfesseln abgenommen, forderte man sie auf, sich zu entkleiden. Ungeachtet ihrer Angst entging ihr keineswegs, mit welch lüsternen Blicken die vier sie anstarrten, allen voran der ehrenwerte Kirchenmann.

Als sie nicht sofort Anstalten machte, der Aufforderung nachzukommen, riss der Scharfrichter sie an den Haaren, bis es schmerzte. Dabei hielt er ihren Haarschopf im Nacken gepackt und zog unaufhörlich höher, bis sie mit zitternden Fingern zunächst das Band ihrer Bluse öffnete. Der Scharfrichter ließ ihre Haare los, und Juana hielt in ihren Bewegungen inne. Sie war wie gelähmt. Ohne einen klaren Gedanken fassen zu können, dachte sie nur noch an die Worte der Alten. Dennoch bemerkte sie, wie der Geistliche ungeduldig wurde und dem Mönch etwas zuflüsterte.

Fray Jerónimo näherte sich der Frau. Mit belegter Stimme, in der ganz offenkundig höchste Erregung mitschwang, beschwor er sie: »Juana, einen kleinen Beweis für deine Reue und deinen Wunsch, mit der Justiz zusammenzuarbeiten!«

»Justiz, ha! Wo ist hier eine Justiz, ein Richter?«, platzte es aus ihr heraus. Sie achtete nicht auf die Wahl ihrer Worte. »Ich sehe nur vier geile Böcke, die sich an meinem Körper weiden und es nicht erwarten können, über mich herzufallen!«

Weder den Bischof noch den Inquisitor kümmerte ihre Schimpftirade. Im Gegenteil. Der Mönch kratzte sich genüsslich, und der Geistliche leckte sich andauernd mit der Zunge über die Lippen. Dabei starrte er auf ihre festen Brüste, die auf und ab hüpften, während sie sich dem Griff des Scharfrichters zu entziehen versuchte. Er liebte diese Art Vorspiel, darum winkte er ab, als Fray Jerónimo anbot, die Furie zu »besänftigen«. In ihrer von der Angst entfesselten Wildheit glich sie einer, wie er fand, betörend teuflischen Rachegöttin. War das nicht ein Grund mehr, sie zu bestrafen? Schließlich musste alles Teuflische ausgetrieben werden.

»Seht nur, meine frommen Brüder«, das runde Gesicht des Bischofs strahlte, »nur Satan, mit dem sie sich vermählt hat, verleiht ihr diese Kräfte!«

Gonzalo rieb sich die feuchten Hände und verschlang die Zigeunerin mit lüsternen Blicken. Als sie zu einer neuerlichen Tirade ansetzte, legte ihr der Scharfrichter, beide Arme auf dem Rücken festklemmend, seine schwielige Hand auf den Mund. Nicht fest genug, denn blitzschnell biss sie ihm in die Handfläche. »Beschissene Christenschweine!«

Der Mann fluchte und bog ihre Arme so streng nach hinten, dass sie auszukegeln drohten. Dennoch trat Juana blindwütig nach Gonzalo, der nun ihren Rock nach unten zog.

Dem Bischof gefiel das Spektakel, obwohl er es vorzog, wenn die Frauen sich selbst entkleideten. Anerkennend nickte er dem Mönch zu, die Stielaugen nicht von der Gefangenen wendend. Auch Fray Jerónimo war inzwischen derart erregt, dass ihm Schweißperlen auf der Stirn standen. Er kratzte sich unentwegt. Gonzalo wiederum rann der Speichel nur so aus den Mundwinkeln. Während er Juanas nackte Haut betastete, vergaß er sogar, sich zu bekreuzigen. Nur der Scharfrichter nahm ungerührt die schwielige Hand von ihrem Mund und fasste grob nach einer Brust. Ihr nackter Körper zuckte und bebte immer noch unter ihrem Widerstand.

»Hurensöhne!« Sie spie die Worte regelrecht aus. »Scheinheilige Huren...!« Wieder fühlte sie die harte Hand, nur diesmal fester.

Ein verräterisches Zucken um Ehrwürdens rechten Mundwinkel verriet sein Missfallen und veranlasste den Scharfrichter, Gonzalo nach dem Knebel zu schicken. Der Henker war der Abgebrühteste in der Runde und dennoch ... das feste Fleisch, die glatte Haut, das war vom Feinsten. Nun, er würde auf seine Kosten kommen, wie immer.

Der Henker und sein Knecht hoben die immer noch protestierende Frau flach auf den Tisch und banden ihre Handgelenke in dafür vorgesehene Schlaufen. Während der eine ihre Füße festhielt, schraubte der andere Beinstützen an die Platte, auf denen die Beine straff festgebunden wurden: abgewinkelt und so weit gespreizt, wie es ihre Hüften erlaubten. Schließlich konnte Juana nur noch den Kopf frei bewegen. Ungeschützt und nackt war ihr intimster Körperteil allen Blicken preisgegeben. Aber noch schlimmer als die Scham war ihre Angst. Wie gelähmt starrte sie zur Decke. Wieder und wieder fragte sie sich: Was kommt *danach*?

Dann wurde ein Keil aus der Tischplatte entfernt, der sich genau zwischen ihren Beinen befand. Der Spalt in der Platte setzte sich auch unter ihrem Gesäß fort, sodass sie nur bis zum Kreuzbein auf dem Tisch auflag. Alles fein säuberlich durchdacht, bemerkte sie trotz ihrer Angst. Wie viele mochten hier schon geschändet worden sein?

Aus den Augenwinkeln beobachtete sie den unterdessen aufgestandenen Geistlichen, wie er sich nervös die Hände rieb. Bedächtig näherte er sich dem Tisch. Diese Hilflosigkeit machte sie noch verrückt! Wieder dachte sie an die Worte der Alten. Als sie den starren, auf ihre Scham gehefteten Blick des alten Fettsacks sah, mit dem er sie förmlich durchbohrte, schwitzte sie Blut und Wasser. Bitte, flehte sie, lass es bald vorüber sein!

Don Benito schenkte der wild an den Fesseln zerrenden Frau keinerlei Beachtung. Er starrte so gebannt zwischen ihre Beine, dass man hätte meinen müssen, er sehe zum ersten Mal eine nackte Frau. Auch Fray Jerónimo, der bescheiden hinter Ehrwürden stand, schien ihre Weiblichkeit mit den Augen zu verschlingen. Da schnippten jäh die über und über mit Ringen geschmückten Finger. Der Scharfrichter entfernte sich und kehrte mit einer kleinen, äußerst scharf geschliffenen Klinge zurück, die er dem Würdenträger reichte.

Juanas Herz raste, Schauer kalten Schweißes jagten über ihren Rücken. Wie eine würgende Schlinge legte sich die Angst um ihre Kehle, drohte sie zu ersticken. Mit seinen gichtigen, von den schweren Ringen gespreizten Fingern nahm er ungeschickt die Klinge auf und setzte sie am Haaransatz auf die Haut. Obwohl er umständlich ans Werk ging, schien er Übung darin zu haben. Juana schloss die Augen und wartete auf den Schmerz. In ihrer Angst und Panik, zitternd und bebend nahm sie nicht wahr, was der Bischof tat. Erst als sie ihn sagen hörte: »Wasch die Haare ab«, bemerkte sie, dass das Rupfen und Zupfen an den Schamhaaren aufgehört hatte. Gleich darauf spürte sie kaltes Wasser.

Sie öffnete die Augen und sah in das Milchgesicht des Kirchenmannes, der gütig lächelte. Langsam schob sich seine spitze Zunge zwischen gekräuselte Lippen, und seine Brauen hoben sich, als sie erneut eine Berührung an ihrer Weiblichkeit spürte. Zu jedem anderen Zeitpunkt hätte sie über den grotesken Anblick gelacht. Beinahe andächtig – vielleicht betete das Schwein ja dabei – tastete der Dicke den Eingang ihrer Grotte ab, steckte zunächst einen, dann einen weiteren Finger hinein und zog sie enttäuscht zurück. Der missmutige Blick, den er dem Mönch zuwarf, ließ sie erbeben.

Die Braunkutte zog die Schultern hoch, bis der magere Hals im groben Stoff verschwand. Erklärungen waren jetzt überflüssig. Ihm war von Anfang an klar gewesen, dass die Zigeunerin nicht mehr unberührt sein würde, doch der Bischof hatte schon ungeduldig auf ein neues Opfer gewartet.

Alle wussten, wie sehr Ehrwürden Jungfrauen schätzte. Je jünger, desto lieber waren ihm die kleinen Hexen für die peinliche Befragung, selbst wenn es noch halbe Kinder waren. Aus diesem Grunde unterzog er ältere Mädchen und junge Frauen einer peniblen Rasur – eine Praxis, die auch die Lüsternheit der übrigen Beteiligten ungemein steigerte. Dabei ging er durchaus behutsam, ja fast zärtlich zu Werke, war es für ihn doch schon das halbe Vergnügen. Bisweilen ließ er kleine Mädchen auch wieder zunähen, um sie nach geraumer Zeit erneut zu entjungfern. Doch nur selten gelang dies zu seiner Zufriedenheit, da der Henker mit Nadel und Faden nicht dieselbe Kunstfertigkeit bewies wie mit den anderen Instrumenten.

Das war auch der Grund, warum in jüngster Zeit in dieser Gegend erstaunlich viele zehn- und elfjährige *brujas* ihr Unwesen trieben – in einem Alter, in dem die Inquisition die Mädchen ganz legal als Hexen aburteilen und auf den Scheiterhaufen bringen konnte. Dass keines der Kinder den Kerker ohne Knebel verließ, oder ohne dass ihm die Zunge herausgeschnitten worden wäre, war eine der Vorsichtsmaßnahmen der heiligen Inquisition, die sehr darauf bedacht war, keinerlei Makel von Sünde und

Lasterhaftigkeit ihrer Mitarbeiter ruchbar werden zu lassen. Nur allzu leicht hätte auf dem Weg zum Scheiterhaufen der Frevel der Fleischeslust an die Öffentlichkeit dringen können.

Was die Kirche predigte, führten die beiden Gottesmänner ad absurdum – ihre Triebhaftigkeit spottete jeder Moral. Nach jeglichem Vergehen, nach jeder Sünde der Fleischeslust erteilten sie sich gegenseitig die Absolution, um sich von aller Schuld freizusprechen und vor dem Angesicht Gottes unschuldig zu erscheinen – so einfach war das. Waren des Bischofs Neigungen Geschöpfe in zartestem Alter, so bevorzugte der Mönch Knaben. Der Henker vergnügte sich zwar am liebsten mit Frauen reiferen Alters, aber er ritt sie hart und grausam und, wann immer sich die Gelegenheit bot, bis in den Tod und mit großer Vorliebe auch darüber hinaus.

Der Bischof seufzte und nickte knapp. Fray Jerónimo Perdomo hob den Talar des geistlichen Würdenträgers und raffte ihn auf dessen Rücken zusammen. Rasch griff Ehrwürden nach seiner Männlichkeit, die überging wie eine volle Gießkanne und schon drohte, wieder zu erschlaffen. Juana hob den Kopf und sah die traurige Erscheinung. Seltsamerweise empfand sie in diesem Moment keine Angst, sondern nur Ekel, denn das Geschlecht dieses weißhäutigen, schwabbeligen Kinderschänders stank zum Himmel. In Erwartung der widerlichen Berührung schloss sie die Augen. Zu ihrer großen Verwunderung geschah nichts dergleichen. Indessen richtete der Kirchenmann zum ersten Mal das Wort an sie.

»Sündige Tochter«, verkündete er, bemüht seiner belegten Stimme Festigkeit zu verleihen, »ich werde deine Feige mit meinem geweihten Stab berühren, und geheiligtes Sperma wird dein Loch füllen. Nimm es in dir auf, wie du den Samen Satans in dir aufgenommen hast, auf dass es in deinem Körper das Böse bekämpfe und die Saat des Teufels vernichte.«

Die Zigeunerin sah in das verklärte und entrückte, völlig harmlos wirkende Gesicht des Geistlichen. Der Mönch stand hinter seinem Rücken und hielt seine Robe hoch, und der Henker und sein Knecht geduldeten sich im Hintergrund. Dann spürte sie nasse Finger an ihrer Weiblichkeit, und eine Welle des Ekels ließ sie erschaudern. Hatte bis jetzt Angst und Panik jegliches andere Empfinden ausgeschaltet, so loderte nun ein Gefühl in Juana auf, mächtig und stark, drang wie ein Lauffeuer in jede Faser ihres Körpers und brannte sich in ihr Gehirn und in ihre Seele: grenzenloser, alles verzehrender Hass. Als er in sie drang, durchlief sie ein Beben von solcher Heftigkeit, dass der Bischof erstaunt aufsah. Hinter den geschlossenen Lidern quollen Tränen des Hasses hervor.

Nach dem Bischof kam der Mönch an die Reihe. Fray Jerónimo vergnügte sich mit ihr, wie er es mit Knaben trieb. Obwohl sein Glied dünn war, fügte er ihr Schmerzen zu, denn er machte sich nicht die Mühe, den Ringmuskel langsam zu dehnen. Ehrwürden stand dicht dabei und brachte immer wieder seine Hände ins Spiel. Als seine magere Männlichkeit endlich wieder stand, versuchte er es noch einmal. Immer wieder streichelte er zärtlich über das glatt rasierte Fleisch, das jetzt nass und glitschig war. Er bückte sich sogar, trocknete mit seinem Talar die Schamlippen ab und steckte seine rosige Zunge zwischen sie. Verächtlich spuckte er auf den Boden. Dann spürte sie wenige schwache Stöße, begleitet von einem hingebungsvollen Stöhnen. Don Benito zog sich zurück und setzte sich auf das Samtkissen, zufrieden schmatzend der kommenden Dinge harrend.

Der Scharfrichter war der Nächste, der Juana besprang. Er stellte mit ihr an, was immer die Phantasie ihm eingab und dem Bischof gefiel. Als er endlich von ihr ließ und sie ihren Schoß nicht mehr spürte und auch keine Tränen mehr zu vergießen hatte, machte sich Gonzalo über sie her. Daraufhin wurde sie teilweise abgebunden und in eine Stellung gebracht, in der sie der Henker und sein Knecht gleichzeitig besteigen konnten. Irgendwann, Juanas Unterleib war längst taub, ließen auch die beiden von ihr ab. Der Bischof erteilte eine allgemeine Absolution, wie er es nach jeder Messe tat, und verschwand. Nur Fray Jerónimo dachte an Buße. Fasten und Flagellation.

Die Gefangene verfiel in einen Dämmerzustand, aus dem sie erst im Verlies wieder erwachte. Wie sie in ihre Kleider gekommen war, wusste sie nicht. Obwohl der Bischof dem Henker aufgetragen hatte, sie nicht ernsthaft zu verletzen, war ihr Fleisch wund und blutete. Und das Kind? Lebte das immer noch in ihr? Und wenn schon. Nichts war mehr von Bedeutung …

Die Alte erklärte ihr, sie hätte Glück gehabt. Nicht einmal die Tatsache, dass drei Männer auf und in sie uriniert hatten, erschütterte das Weiblein. »Hast du Gonzalos Angst gesehen, *mariposa*?«, lästerte sie stattdessen, und ihre alten Augen leuchteten. Juana sah sie mit ausdrucksloser Miene an.

»Jedes Mal geht es dem Schwein hinterher gleich und dem Buckligen noch schlimmer, du wirst schon sehen.«

Mit bleichem Gesicht starrte Juana an der Alten vorbei ins Leere.

»Jetzt reiß dich am Riemen, *gitana*! Es wird nicht das einzige Mal bleiben …« Esperanzas dünne Stimme kreischte. »Alle, die der Obrigkeit dienen, die Häscher, Büttel, Amtsschließer, die Schlüter, Stöckeknechte, Profosse und Bruchvögte haben ab nun Angst vor dir. Hörst du, *mariposa*? Weil sie denken, als leibhaftige Hexe hast du den Teufel im Leib. *Sí señor*.«

»Es ist die Angst der Verfolger vor ihren Opfern, die sie sich ständig bekreuzigen lässt«, mischte sich der ehemals jüdische Lehrer dazwischen.

Juana saß teilnahmslos da und schien weder den einen noch den anderen zu hören. Was die Alte aber nicht davon abhielt, sie weiter anzulabern. »Die von Hexerei verursachten Krankheiten gelten von jeher als unheilbar, das wisst ihr Zigeuner vermutlich. Den *brujas* schrieben ihre Verfolger immer die größte Macht zu: dass sie Tote auferstehen lassen könnten, Wasser in Milch oder Wein verwandeln … du kennst die Geschichten.« Esperanza kicherte, dann sagte sie mit gedehnter Stimme: »Dass sie Macht über Wetter, Tiere und Männer haben und in die Vergangenheit und Zukunft sehen können, ist freilich eine andere Sache. Ich selbst hab eine Maleficia von einer Hexe als Rache für meinen Mann erbeten, und sie hat gewirkt, *sí*, *sí*, *señor*!«

»Halt endlich dein Schandmaul, Vogelscheuche! Wer zahlt die Kosten deiner Haft, wenn nicht wir alle?«

»Wie willst du mir das Maul stopfen, eh? Du kannst mich nicht mundtot machen, tattriger Judenarsch!« Trotzdem schwieg die Alte.

Der Bucklige kam und verteilte an alle Brot und dünnen sauren Wein. In die Stille hinein, die nur von Schmatzen, Schlürfen und den schrillen Schreien der Verrückten unterbrochen wurde, sagte Juana: »Ich will das nicht noch einmal erleben! Lieber sterbe ich!«

»Oh, mit dem Sterben hat es Zeit, *gitana*.« Esperanzas kleiner Schrundkopf wackelte. »Auch wenn du auf dem Scheiterhaufen enden wirst – als vermeintliche Hexe musst du das wohl –, so wird die nächste Massenverbrennung erst in vielen Wochen stattfinden. Hier in Granada setzen sie sie mit Vorliebe an hohen kirchlichen Feiertagen an.« Dann überlegte sie, versonnen in ihrer verwachsenen Nase bohrend, »wenn du nicht vorher an der Folter stirbst«, sie kicherte. »Wie der Jude.«

Devlam!, flehte Juana, kaum die Lippen bewegend. Sie sprechen vom Tod – ihrem eigenen Tod –, als wäre er ein vertrauter Bekannter, dessen Besuch sie erwarten. Und mit einem Mal verstand sie: Es war das Einzige, was sie noch vom Leben zu erwarten hatten. Und sie? Eine junge Hebamme mit geschickten Händen und einem großen Wissen. Aber wen interessierte das? Juana begann zu weinen, stumm und verzweifelt. Zusammengekauert hockte sie auf dem Boden, geschüttelt von Weinkrämpfen, die immer heftiger wurden. Auch die kümmerten niemanden. Niemand außer den Nachbarn nahm überhaupt Notiz davon, und die besaßen längst kein Mitgefühl mehr.

Als Erste verlor Esperanza die Geduld. »Lass das Gewinsel!«, fuhr sie die Junge an.

Juana zuckte zusammen.

Der Lehrer, der zuvor die Worte der Alten gehört hatte, näherte sich Juana, so weit er konnte. Mit monotoner Stimme erklärte er: »Das Feuer des Scheiterhaufens brennt vielleicht eine Stunde, Kind. Die Hinrichtung aber ist eine Folter für sich, die auf die niederträchtigste Weise in die Länge gezogen wird.« Er konnte Juana nicht täuschen, in seiner zitternden Stimme schwangen Angst und Grauen mit. »Die Inquisition, die von den Katholischen Königen mit einer Macht ausgestattet worden ist, die bisher noch keine Einrichtung genossen hat, ist eine unsichtbare und allmächtige Institution, die bis in den entferntesten Winkel des Reiches wirkt.«

»Hör nicht hin!«, zischte Esperanza, doch der Konvertit ließ sich nicht beirren. »Eine Institution, die die gesamte Gesellschaft beherrscht und alles Leben und Tun überwacht. Sie hasst die Andersgläubigen mit derselben Inbrunst, mit der sie die neuen Völker liebt, und selbst in den Augen des Königs ist es verdienstvoll, die einen zu massakrieren und die anderen zu bekehren.«

Juana wurde zu einer weiteren Vernehmung in die Untersuchungszelle geführt und von Fray Jerónimo verhört. Verzweifelt suchte der Inquisitor nach Beweisen für die Existenz des Teufels in Juanas beruflicher Tätigkeit. »Nur Hexen oder Alchimisten besitzen die Fähigkeit, die Eigenschaften der Elemente Wasser, Erde, Feuer und Luft zu verändern.«

»Ich hab die Elemente nie verändert!«

»Aber du hast zugesehen, wie der maurische Hexer es tat!«

Die junge Frau schüttelte vehement den Kopf.

Der Mönch versuchte es auf andere Weise. »Wenn du meinst, den Teufel in dir zu haben, so gestehe es, und man wird ihn dir austreiben.« Während er sich ausgiebig am ganzen Körper kratzte, bemühte er sich, in dem interessanten Gesicht zu lesen. Er kam in der Befragung der Zigeunerin nicht gut voran, und das nagte an seinem Selbstwertgefühl. Missmutig beschloss er eine zweite Züchtigung.

Diese Vergewaltigung unterschied sich kaum von der vorigen, nur dass diesmal statt Gonzalo der Bucklige in den Genuss kam und der Bischof es nicht für nötig befand, das Opfer neuerlich zu rasieren, da die Haare kaum sichtbar nachgewachsen waren.

Wieder im Verlies, empfing sie die Alte mit den Worten: »Morgen brennt es, *gitana*.«

Juana schenkte ihr keinerlei Beachtung. Ohne zu irgendeinem Gedanken oder Gefühl fähig zu sein, nicht einmal den von Hass, verfiel sie in dumpfes Brüten, dann in einen traumlosen Schlaf. Irgendwann wachte sie auf. Mit seinem Schlüsselbund rasselnd, zog Gonzalo an ihr vorbei, an der Hand führte er Levinia. Für einen Moment trafen sich ihre Blicke. Niemals würde sie den Ausdruck im Gesicht dieser geschundenen, längst um den Verstand gekommenen Frau vergessen. Und dennoch. Diese hellen Augen waren die einzigen im Verlies, die Verständnis und Mitleid ausdrückten. Juana sah ihr nach, wie sie mit den verkrüppelten Gliedern hinter dem Wärter herhumpelte. Unendliche Traurigkeit erfasste sie.

Mit hängendem Kopf saß sie an den kalten, feuchten Stein gelehnt, während die Alte auf sie einquasselte. War es Morgen oder Mittag? Durch die Luke fiel Licht. Es musste wohl ein Feiertag sein, eine gute Gelegenheit für ihre Leute, sich unter die Zuschauer zu mischen und sie um ihre Geldkatzen, Broschen und Schnallen zu erleichtern.

Allmählich drangen Esperanzas Worte in ihr Bewusstsein. »… und die grausamsten Quälereien müssen Frauen erdulden, die im Verdacht stehen, Freude mit ihrem Spieldöschen zu haben, *sí sí*. Die Prostituierten, Ehebrecherinnen und die Hexen.« Die Alte kicherte vor sich hin.

»Hm«, bemerkte der jüdische Lehrer nüchtern, »heute ist ein hoher Feiertag. Da brennen die Hexen. Erst kürzlich haben sie zwei frische gefangen, die kommen nicht einmal zu uns. Mauro hat mir zugeflüstert, dass ein neuer Statthalter vor kurzem sein Amt übernahm. Um das Volk zu amüsieren und für sich zu gewinnen, suchen neue Machthaber gerne nach Schuldigen, die sie präsentieren können. *Brujas* sind immer dankbar für so was …«

Juana starrte ans andere Ende des Verlieses, wo eine bedrückende Stille an Levinia erinnerte.

»Hier in diesem Verlies sind nur Angeklagte der Inquisition. Was glaubst du, warum?«

Juana nahm die Worte des Konvertiten kaum wahr. Sie saß über die Rinne gebeugt und kämpfte mit Brechreiz. War es das Kind oder das allgegenwärtige Grauen? Wie konnte dieses Kind überhaupt noch in ihr wachsen, fragte sie sich wieder und immer wieder. Dann fiel es ihr wie Schuppen von den Augen. Natürlich, es war das Kind des Teufels. Räl hatte es ihr gesagt.

An ihrer Stelle antwortete Esperanza: »Weil keiner von denen mehr freikommt, *mariposa* – oder glaubst du, die riskieren, dass nur ein Einziger da draußen ausposaunt, was die hier mit uns anstellen? *No*, *no*, *señor*.«

Natürlich!, dämmerte es Juana. Deshalb kamen auch ihre Brüder nicht! Keiner von denen ahnte, was hier drinnen lief. Während sie sich darüber wunderte, warum sie nicht selbst darauf gekommen war, schwand ihr letzter Funken Zuversicht. Sie übergab sich, bis sie nur noch Galle spuckte.

Irgendwann, durch die Luke fiel kein Licht mehr, fragte sie den Lehrer: »Aber sind es nicht immer weltliche Gerichte, die die Hinrichtung ausführen?«

»Mi niña!«, schalt sie der Konvertit, entrüstet über den mangelnden Weitblick der jungen Frau. »Genau das ist es, was die Kirche anstrebt! Die Kirche überantwortet ihre Opfer der weltlichen Obrigkeit unter Androhung von Exkommunikation! Ha, die Mär von der unschuldigen Kirche! Durch klerikale Schönfärberei bekundet sie, nie Schuld auf sich geladen zu haben. So ist das!«

»Und warum«, fragte Juana lakonisch, »seid Ihr dann eigentlich hier, wenn Ihr alles so genau wisst?«.

Wieder ließ der Inquisitor Juana in die kleine nüchterne Zelle bringen, in der die Verhöre stattfanden. »Wisst Ihr etwas von meiner Familie?«, bedrängte sie den Geistlichen, ohne ernsthafte Hoffnung zu haben, von ihm etwas zu erfahren. Seit ihr der Bucklige das Gift und den Zettel zugesteckt hatte, wusste sie zumindest, dass ihre Familie unterrichtet war.

»Sie kommen für deine Haft auf«, bemerkte er nüchtern, »und in Zukunft wohl auch für die Folterkosten.«

Juanas Augen weiteten sich.

Der Mönch kratzte sich, ließ dann aber davon ab. Die grobe Kutte rieb schlimmer als sonst über die Spuren seiner letzten Buße. »Der Arzt«, kam er zur Sache, »hatte große Erfolge in der Heilkunde, wie meine Nachforschungen ergeben haben. Wie kannst du das erklären? Man sagt, du hast ihm dabei geholfen ...«

Die feuchten Finger ineinander verschlungen, starrte Juana durch die vergitterte Fensteröffnung in den Himmel, dessen strahlendes Blau sie nicht wahrnahm. Wie sollte sie dem Mönch, der nichts von Medizin verstand, begreiflich machen, dass keine Hexerei im Spiel war? Immer wieder kam er darauf zurück! Diese verlauste Kutte verstand es, sie mit geschickter Argumentation in die Enge zu treiben und ihr Fallen zu stellen. Letztendlich, dachte sie verzweifelt, würde er sie festnageln.

Fray Jerónimo Perdomos Blick ruhte eine ganze Weile abschätzend auf der Zigeunerin. Die tief liegenden wachen Augen leicht zusammengekniffen, trommelten seine knochigen Finger auf die Tischplatte. Was verbarg die Hexe? Warum kam er nicht dahinter? Nun, wenn nichts half, musste er sich eben mittels der peinlichen Befragung Klarheit verschaffen. Aber dazu musste er sie erst anklagen. Schließlich umspielte ein zufriedenes Lächeln seinen dünnlippigen Mund. Er nickte und beugte sich vor. Als wäre er bereits zur Überzeugung gekommen, sie stünde mit dem Teufel im Bunde, beschuldigte er sie der Hexerei. Dabei griff er sich an das am Palmsonntag geweihte Säckchen mit Salz, das er ständig bei sich führte, und bekreuzigte sich.

»Das kann nicht sein!«, rief Juana und sprang auf. Eine würgende Schlinge legte sich um ihren Hals.

Es war das Schlimmste, was einem passieren konnte. Hamid hatte behauptet, das sei nicht immer so gewesen – Hexerei sei während vieler Jahrhunderte von den Christen in keiner Weise verfolgt worden. Und nun wurde es gleichgesetzt mit Ketzerei ...

Ungerührt betrachtete der Inquisitor die Maserung des Holzes, während seine spitzen Finger den fettigen Haaransatz nach einer Laus absuchten. »Wir fangen mit der allerleichtesten Behandlung an, um den teuflischen Widerstand in dir zu brechen, Juana. Die Folter«, seine Worte klangen aufrecht und schlicht, »ist die einzige Waffe, die wir haben, um dem Teufel beizukommen.«

Mauro und eine der Gefängniswachen zerrten Juana den feuchten Gang entlang. Diesmal hielt der Wärter nicht vor dem wuchtigen Tisch im Vorraum zur Folterkammer, auf dem Kinder und Frauen vergewaltigt und Geständnisse unterschrieben wurden. Diesmal stieß er sie die wenigen Stufen hinab in das hohe Kellergewölbe.

Hier, in dem schaurigen Gelass des Scharfrichters, schien immerfort ein lebhaftes Feuer zu brennen. Wie gelähmt starrte sie in die Flammen. Nahe dem Kamin wartete die halb nackte Gestalt des Henkers, der sich schäbig grinsend an die Hose fasste. Da sah Juana die versengten Hände des jüdischen Lehrers vor sich. Ihre Knie gaben nach. Dieselbe Angst, dasselbe Grauen wie bei ihrer ersten Züchtigung stiegen in ihr hoch, denn sie wusste, diesmal würde es anders sein.

Zunächst ging alles sehr schnell. Kaum hatten der Henker und sein Knecht Juana gewaltsam ihrer Kleider beraubt, hielt Mauro sie in kniender Position fest. Der Henker kniete sich ebenfalls auf den Boden, packte derb ihre Hüften und nahm sie von hinten. Kurz darauf erschien der Mönch. Mit ausdrucksloser Miene setzte er sich auf das Samtkissen und wartete, bis der Henker von der Frau abließ. Dann besprach er sich mit ihm.

Die Wasserfolter erfreute sich mittlerweile in den Kerkern der Inquisition allgemeiner Beliebtheit, und auch Fray Jerónimo machte gerne von ihr Gebrauch, wenn er Gefangene nicht ernstlich verletzen wollte. Ohne die Frau weiter zu beachten oder gar anzusprechen, nahm er, die Hände zum Gebet gefaltet, wieder Platz. Mit Hilfe des buckligen Wärters steckte der Scharfrichter Juana einen Trichter in die Kehle und pumpte ihr einen vollen Krug Wasser in den Magen. Auf Anweisung des Inquisitors hin unterließ er es jedoch, ihren aufgedunsenen Bauch mit Stöcken zu schlagen, bis die Gedärme platzten. Der Trichter trug, wie alle Folterinstrumente, die fromme Inschrift: *Soli Deo Gloria* – Ehre sei Gott allein.

Juana gestand, was immer der Inquisitor hören wollte. Um eine glaubwürdige Darstellung des Hexensabbats bemüht, verband sie das, was Räl ihr anvertraut, und das, was sie von der kichernden Alten erfahren hatte. Den Rest dichtete sie hinzu. Nackt und zitternd, unter Würgen und Brechen begann sie: »Alljährlich halten die Hexen vor den Toren Granadas ... draußen in der Vega, vier große Hexensabbate ab, um die vier großen Feste der Kirche zu verspotten ...«

»Also viermal im Jahr?«

Fray Jerónimos lauernder Blick machte Juana misstrauisch. Sie krümmte sich, die Schmerzen in den aufgetriebenen Gedärmen waren unerträglich. »Die ... ganz großen Treffen, ja«, stammelte sie.

Unter quälenden Magenkrämpfen, da sie nur einen Teil des Wassers erbrechen konnte, erzählte sie in der Folge von den Buhlteufeln und wie sie ihre Hexendirnen zum Hexensabbat abholten und das Reittier gleich mitbrachten. »... einen schwarzen Wolf oder einen Ziegenbock ...«

»Ja, ja, aber was ist mit dem Fliegen? Komm schon zur Sache!« Fray Jerónimo rieb sich die Hände. Endlich würde er erfahren, was es mit dem Hexenflug auf sich hatte, der mittlerweile zu einem festen Bestandteil von Hexentraktaten geworden war. Dabei hatte die mittelalterliche Kirche den Gedanken, dass Menschen fliegen konnten, lange Zeit für heidnischen Unfug gehalten. Er selbst hielt es eher mit den großen Scholastikern, die den Hexenflug immerhin für denkbar erklärten.

»Was ist?«, drängte er. Sein Gesichtsausdruck nahm schärfere Konturen an. Mit einer knappen Handbewegung deutete er zum Krug.

»Nein!«, beschwor ihn Juana. Ihr Herz raste, doch die Atmung ging ganz flach. Sie wusste, ihr Körper würde dafür sorgen, dass sie nichts spürte, sollte sie getötet werden. Aber sollte sie das schon? Ein Blick in das Haigesicht des Geistlichen verriet ihr, wie ungeduldig er war. Die lausige Kutte war sicher neugieriger, als es schien. Noch hatte sie eine Chance, noch hatte sie alles unter Kontrolle … »Ich selbst bin mehrmals auf einem geflügelten Dämon geritten«, gestand sie »obwohl ich einen simplen Besen zum Fliegen vorziehe …«

Aha. Also doch. Fray Jerónimos Miene hellte sich auf. Nur weiter so, kleine Hexe.

Fahlgelb und am Körper zitternd wie Espenlaub schilderte Juana, wie zu Ehren der Mondgöttin Tänze aufgeführt wurden, bei denen absonderliche Masken getragen werden mussten. »Mit Fackeln tanzt man um ein … Feuer, immer entgegen dem Uhrzeigersinn, und viele wagen eigenartige Sprünge über die Flammen. Aber nicht nur das Feuer wird angebetet«, Juana würgte, dann erbrach sie grünlich bitteres Wasser. »Auch Bäume, Quellen und heilige Steine. Die schwarze Messe zelebriert ein Priester, ein … Hexer, der mit Weihrauch beräuchert wird.«

»Und der Arzt? Hat er bei diesen Sabbaten mitgewirkt?«

»Und ob!«, versicherte sie unverzüglich. »Der Maure hat jedes Mal die Messe zelebriert. Die Hexen verbrannten alte Schuhe und ließen ihn den Rauch einatmen. Alle tanzten und sangen mit geschwärzten Gesichtern, und anstelle von Wein tranken wir Menstruationsblut.«

Das war ihm neu! Fray Jerónimo verzog das Gesicht. Heilige Madonna!, dachte er, konnte aber eine gewisse Genugtuung nicht verbergen. Wie ein Luchs hing er an jedem ihrer Worte. Er musste auf der Hut sein. Luzifer war überall, und möglicherweise sprach er schon mit der Zunge dieser Satansbraut. Ihm, der für solche Verhöre geschult war, durfte nicht entgehen, wann sie ihm Lügen auftischte. Die Luft auf Schwefelgeruch prüfend, blähte er die Nüstern.

»Die Gebete«, beteuerte Juana zitternd, »werden rückwärts gesprochen, und das Kreuzeszeichen mit dem linken Fuß anstelle der rechten Hand gemacht. Während der Messe haben wir reichlich Drogen eingenommen …«

»So? Welche?« Mal sehen, was die kleine Hexe draufhatte, freute sich Fray Jerónimo und kratzte sich ausgiebig. Schon sah er die Zigeunerin nackt und zuckend, den Körper glänzend von der angeblich aus Kröten- oder Säuglingsfett bereiteten Salbe. Mittlerweile kannte er eine ganze Reihe teuflischer Drogen.

»Äh ... Pilze, Pulver und Säfte.« Juana verstummte.

Die Miene des Mönchs verfinsterte sich. »Du musst deutlicher werden, meine Tochter!«

Verzweifelt versuchte sie, sich zu erinnern. Ihr aufgequollener Leib schmerzte, und ihr Kopf brummte vom dauernden Erbrechen. Oh, *dada*, sie fühlte sich sterbenselend! Dem da konnte sie nicht irgendetwas erzählen, das war ja nicht sein erstes Verhör. Aber was wusste die Kutte über Drogen? Sie sah Räl vor sich und ihre zappelnden Beine, aber es wollte ihr nichts einfallen.

Warum zögert sie jetzt?, fragte sich Fray Jerónimo ungeduldig und nickte erneut zum Krug.

Nur das nicht!, flehte Juana und verkündete unter Würgen: »Drei bis fünf Tropfen Tollkirschen, eine Messerspitze Belladonna-Wurzelpulver, ein paar Tropfen der weißen Seerose, etwas Stechapfel- und Bilsenkraut-Tee, einige Samen des Stechapfels und Taumellolchs, zerdrückt mit rotem Mohn.«

Der Inquisitor nickte erregt. Ohne Zweifel, hier hatte er es mit einer leibhaftigen Hexe zu tun! Er ging einen Schritt weiter. »Die schwarze Messe, da habt ihr doch nicht nur Schuhe verbrannt?«

Dieser lauernde Blick der Lauskutte war widerlich! Was wollte er noch von ihr hören? Peinlichkeiten? Die konnte er haben – solange man sie reden ließ und nicht noch mehr Wasser in sie pumpte. »Der Höhepunkt der schwarzen Messe war der ... anale Koitus vor dem Altar. Jede Hexe suchte sich ihren Gehilfen des Bösen.«

Fray Jerónimos Augen flammten auf. Der Kult Satans, des vom Christentum verteufelten, alten Fruchtbarkeitsgottes, des bocksfüßigen Pan oder Dionysos, entsprang ja nicht der Phantasie der Weiber unter der Folter! »Erzähl mir von *ihm*. Wo war *er* und in welcher Gestalt?«

Wie alle Hexenrichter forschte auch der Mönch mit besonderem Interesse nach der Ausstattung des Teufels als Mann. Unumstritten war, dass der höllische Liebhaber ein Glied besaß. Juana beschrieb es als sehr groß und eiskalt. Eiskalt war auch sein Samen, den er beliebig oft ausstoßen konnte. Trotzdem galt der Teufel als unfruchtbar.

»Diese Teufelsbuhlschaften sind also ohne Gewalt, ohne Nötigungen zustande gekommen und vollzogen worden?« Fray Jerónimo zupfte an seinem rechten Ohrläppchen. Das war ein Thema, das nicht nur die Inquisition beschäftigte. Bisher galt, soviel er wusste, als gesichert, dass die Buhlteufel Frauen unter Vorspiegelung falscher Tatsachen und Schmeicheleien zum Geschlechtsverkehr nötigten. Und war der Teufelspakt vollzogen, wurde er auch noch schriftlich beurkundet, indem der Buhlteufel der Frau in den Finger schnitt und sie den bereits vorbereiteten Vertrag mit ihrem Blut unterschreiben ließ. Zuletzt biss er der Hexe das Teufelsmal in die Haut, eine kleine pigmentierte Stelle, die angeblich unempfindlich war. Das hatte ihm auch die rothaarige Hexe versichert, die vor kurzem verbrannt worden war. Die hatte auch noch Hostienfrevel begangen. Das war bei der hier unwahrscheinlich, das ketzerische Pack schlich ja nur in die Kirchen, um sie zu bestehlen. Während er sich ausgiebig kratzte, betrachtete er die Zigeunerin. Ihre Haut war feucht und blass, beinahe grünlich, ihr Leib mächtig aufgetrieben, und rot leuchteten sämtliche Körperöffnungen und auch die hervorquellenden Augen.

Unter seinem zweifelnden Blick brach Juana erneut der Angstschweiß aus. Was wusste sie schon über die Hurerei von Teufeln und Hexen? »Ich bin doch jedes Mal unter Drogen gestanden«, fiel ihr ein, »ich kann mich an keine Verführung erinnern!«

»Schade«, meinte der Mönch, aber es lag kein Bedauern in seiner Stimme. »Dann müssen wir nach dem Teufelsmal suchen. Bei deiner dunklen Haut …«

»Mein Gott!«, schrie Juana, hustete und spuckte. Wasser lief ihr gleichzeitig aus Mund und Blase. Das ist nun die Stecherei, von der die Alte gesprochen hat …

»Keine Gotteslästerung in diesen heiligen Räumen, Juana!«

»Aber ich weiß nichts mehr!«, brüllte sie. Unter heftigem Zittern schrie sie sinnlose Worte der Pein und der Qual. Sie bemerkte nicht einmal, wie schmutzig braunes Wasser ihre Beine hinablief und eine große Pfütze um sie bildete. Das Zittern wurde heftiger. Ihre Beine gaben nach, dann hing sie in den an der Wand angeketteten Handschlaufen. Ihre blutigen Lippen bildeten mühsame Worte. »Ich weiß doch nichts mehr«, röchelte sie.

Die ist am Ende, aus der ist heute nichts mehr herauszuholen, sagte sich Fray Jerónimo, und zu Juana gewandt: »Das, meine Tochter, werden wir das nächste Mal herausfinden …«

An diesem Tag nahm Juana das Mutterkorn. Mauro hatte ihr vor ein paar Tagen ein mehrfach gefaltetes Papier zugesteckt, in dem sich so reichlich von dem Gift befand, dass es für eine Abtreibung und gegebenenfalls für ihren eigenen Tod reichte. Das konnte nur Räl geschickt haben! Lange überlegte sie, ob sie alle schwarzvioletten kleinen Knollen mit Hilfe ihrer Fußschelle auf dem Stein zu Pulver verreiben sollte, tat es aber nicht. Und wenn sie wiederkommen? Schon morgen können sie mich holen und mit dem Stechen beginnen! Doch dann trennte sie ein Stückchen Stoff aus ihrem Rock und wickelte darin die restlichen Pilzgewächse ein. Warum sie nicht alles Gift auf einmal nahm, konnte sie nicht sagen. Vielleicht war es die Hoffnung, ihr Vater würde nun von ihrer Situation erfahren, eine Hoffnung, die zart in ihr zu keimen begann. Vielleicht war sie aber auch schon verrückt. Das Papier, in dem auch ein Kohlesplitter eingewickelt war, hatte sie Mauro mit einer Nachricht bekritzelt wieder mitgegeben. Räl musste von Hamid wissen, dass sie schreiben konnte. Was mag die schlaue Alte dem Buckligen für diesen Gefallen wohl geboten haben?

Nicht länger darüber nachdenkend, band Juana das Stoffsäckchen an das Lederband mit dem Amulett und legte sich beides um den Hals. *Oh, dajajka*, flehte sie, *es wird mich beschützen!* Bis dahin hatte sie den Anhänger ihrer Großmutter zunächst in ihrer Sandale und danach, im Verlies, in einer Spalte zwischen zwei Steinen versteckt gehalten. Niemand hatte das Amulett zu Gesicht bekommen.

Als die Schmerzen kamen, kam auch die Angst. Höllische Krämpfe erfassten ihren gesamten Körper, ihr Herz, die geblähten Därme und ihre Sinne. Gleich bin ich tot, sagte sie sich, das da ist stärker als ich. Wieder sah sie dem Grauen ins Antlitz, wieder bäumte sich ihr Körper dagegen auf. Sie war noch nicht bereit für den Tod.

Dann begann sie zu bluten. Schwarzes, gestocktes Blut ging ab, dann faustgroße Blutkoagel. Als sie endlich den Embryo mit einem Schwall warmen Blutes ausstieß, atmete sie auf. Die Häute waren da, umhüllten rotglänzend die Frucht. Bald müsste sie aufhören, so stark zu bluten. Sie dachte an ihre Mutter. Sollte sie noch etwas von dem Pulver nehmen? Immer noch rann zu viel Blut aus ihr. Oh, Räl, murmelte sie, warum bist du nicht hier? Endlose Zeit hockte sie über der Abflussrinne, bis ihre letzte Kraft schwand und sie teilnahmslos zu Boden sank. Blut durchtränkte ihren Rock, bildete eine Lache um sie und gerann auf dem kalten Stein.

Juana war nicht mehr bei Bewusstsein, als der süßliche Geruch ihren Nachbarn stutzig machte. Er alarmierte den Wärter.

Gonzalo meldete dem Inquisitor den Besorgnis erregenden Zustand der Gefangenen. Daraufhin erhielt sie einen Eimer Wasser, genügend Essen und Rotwein und sollte eine Weile geschont werden. Allmählich erholte sie sich von dem großen Blutverlust. Bis ihr eines Abends die Fußschelle von einem fremden Mönch abgenommen wurde …

XII.
MALAGA, Juni 1534

In einer mond- und sternenlosen Nacht steuerte die »Aurora« aus Osten kommend auf das spanische Festland zu. Von weitem schon wies ihnen der Feuerschein des Leuchtturms von Gibralfaro den Weg. Da weder Erik noch Baltasar ortskundig waren, drosselten sie in einer Entfernung von einigen Seemeilen ihre Geschwindigkeit. Bei Anbruch der Dämmerung hatten sie sich der Küste so weit genähert, dass sich das Kap von Gibralfaro und die Silhouette der Stadt vor dem schiefergrauen Himmel abzeichneten. Sie nahmen wieder Fahrt auf und segelten in den Hafen des ehemals letzten maurischen Königreichs auf der Iberischen Halbinsel.

Sobald die »Aurora« festgemacht war, verkrochen sich die in Ibiza angeheuerten Matrosen in Malagas Spelunken und Hafenschenken. Auch Baltasar, Miguele, William, Mauro und die Zwillingsbrüder blieben in der Stadt zurück, unter dem Vorwand, in dem lebhaften, in ständiger Verbindung mit Afrika stehenden Hafen ein Auge auf das Schiff zu haben. In Wahrheit sahen sie in diesem Ausflug ein Abenteuer, das es auszukosten galt, und keine Notwendigkeit, an Eriks Mission teilzunehmen. Dazu war Yusuf mitgekommen. Zudem waren sie ungeübte Reiter, und die Aussicht, sich den Hintern wund zu scheuern, machte jeden Einwand recht.

In einer Poststation am Rande der Stadt mieteten Erik und Yusuf zwei kräftige Gäule und folgten der zunächst gut ausgebauten Straße am Ufer des Guadalmedina gen Westen. Auch der Ire fand sein Glück nicht gerade auf dem Rücken der Pferde, doch überzeugte sein Gewicht schnell jede Schindmähre, es gar nicht erst mit Possen zu versuchen. Zwei Tage später erreichten sie Loja. Nach Einkehr in der Dorfschenke wandten sie sich nach Norden, Richtung Santa Fe, und durchritten anschließend die Vega. Bald wurde die fruchtbare Ebene in der Ferne von der schneebedeckten Sierra Nevada begrenzt. Vor dem dunklen Grün ihrer bewaldeten Hügelketten machten sie die rote Silhouette der Alhambra und die Umrisse der Stadt aus.

Die beiden überquerten die Reina-Isabel-Brücke und betraten Granada. In einer Herberge am Stadtrand bezogen sie Quartier, suchten die Wirtsstube auf und schlugen sich die leeren Bäuche voll. Dabei besprachen sie die weitere Vorgehensweise. Sie brauchten keine Eile an den Tag zu legen und beschlossen, sich erst am nächsten Morgen auf die Suche nach der Zigeunerin zu machen. Nach dem deftigen Mahl, das sich bis in die Abendstunden hinzog, warfen sie sich auf ihre Strohsäcke. Als das Stimmengewirr in der Wirtsstube unter ihnen nach Mitternacht verstummte und Erik längst vor sich hin schnarchte, schlich Yusuf aus der Kammer. Er hatte sich mit dem Schankmädchen unten vor den Ställen verabredet, und da sie keine eigene Kammer besaß, blieb ihm nichts anderes übrig, als mit ihr ins Stroh zu steigen.

Am Morgen begaben sich die Freunde gemeinsam ins Zentrum. Es war ein Werktag, und alle Läden hatten geöffnet. Vor der Kathedrale wimmelte es wie vor anderen Heiligtümern von frommen alten Weiblein, Lotterpfaffen, Reliquienverkäufern und bigottem Gesindel, das die Besucher ausnahm oder in zwielichtige Herbergen lockte. Doch weder um die Kathedrale noch in den stark besuchten Avenidas sahen sie dunkle Gestalten mit bunten Kopftüchern am Boden sitzen und betteln. Auch keine braunen, halb nackten Kinder streiften barfuß durch die Gassen.

»Das ist ungewöhnlich«, brummte Erik und kratzte sich am Hinterkopf. »Es kann natürlich sein«, räumte er ein, »dass sie längst weitergezogen sind und ihren heiligen Berg Berg sein ließen …« Für einen flüchtigen Augenblick sah er Gundes gewölbten Bauch vor sich. Und weil nicht sein durfte, was nicht sein sollte, schüttelte er den mächtigen Lockenkopf. »Fragen wir einen Schmied, die wissen am ehesten über die Zigeuner Bescheid. Dann ersparen wir uns den Fußmarsch.«

Ein paar Gassen weiter erfuhren sie, dass die Calé nach wie vor am Sacro Monte außerhalb der Stadt hausten. Vor der Schmiede hob Erik den Blick zu dem von keinem Wölkchen getrübten Blau über Granadas Dächern. »Wir sollten die Gäule holen«, stöhnte er, ließ den Gedanken aber wieder fallen, da sich die Herberge am entgegengesetzten Ende der Stadt befand.

Zügig wanderten sie das Ufer des Darro entlang, ließen die Aljama und den Albaicín links liegen und erreichten den Fuß des Sacro Monte. Auf einer Weide am Ufer des Flusses grasten Pferde.

»Aus dieser Zucht stammt Saba«, behauptete Erik und wischte sich den Schweiß von der Stirn. »Nicolas hat ein Vermögen für sie bezahlt.«

Yusuf nickte. »Die Stute ist edel. Sehen wir, was der Fürst sonst noch im Stall hat.«

Das Grinsen auf Eriks breitem Gesicht erstarrte. Der Araber aus der Kabylei meinte immer, was er sagte, und er kannte seinen »Appetit«. *Zum Kuckuck!*, fluchte er, legte eine Hand auf Yusufs Schulter und bemerkte ebenso trocken: »Vergiss deren Weiber, das bringt nur Scherereien.«

Yusuf grinste. »Die Zigeunerinnen, sagt man, verstünden sich besonders gut darauf.«

»Wer sagt das? Kommt doch keiner ran an die Mädels!«, zischte Erik. Nach einem Seitenblick war er sich dann doch nicht so sicher. »Komm!« Den Hang zum Lager hinaufblickend sah er fünf Männer den Pfad hinabsteigen. »Oh, oh«, brummte er. »Der Anführer schickt zur Begrüßung gleich gestandene Männer und keine Knaben, die nach dem Begehr fragen. Das sieht nicht gut aus.« Er kannte zwar die Gepflogenheiten der Zigeuner nicht, aber er konnte Dires gut einschätzen.

Mit feindseligen Mienen und kampfentschlossen blieben die

fünf Männer in einigem Abstand stehen und versperrten den beiden den Weg.

»Fanatisch allesamt, die verlieren schnell die Beherrschung«, raunte er Yusuf zu. Dann richtete er das Wort an einen besonders grimmig Dreinblickenden. »Wir sind gekommen, um mit Dires zu reden.«

»Unser Fürst will niemanden sehen!«

»Das hast ja wohl nicht du zu entscheiden! Es geht um seine Tochter, die Heilerin.«

Wenn er wollte, konnte das Lockengesicht verdammt überzeugend sein, dachte Yusuf. Die unbehaglichen Blicke, die sich die fünf zuwarfen, entgingen ihnen nicht.

Bei den Arschbacken des Allmächtigen, war dieses Volk stur!, fluchte Erik und versuchte es auf andere Weise. »Muss ich euch auf die Sprünge helfen? Erinnert euren Anführer an Saba, und er weiß Bescheid!« Zu Yusuf gewandt flüsterte er: »Wetten, die da erinnern sich an den Vorfall in Sevilla und an mich?«

Die fünf besprachen sich kurz, dann entfernte sich einer von der Gruppe. Die Übrigen warteten in der gleichen feindseligen Haltung. Yusuf setzte sich unbeeindruckt ins Gras und schlug die Beine unter.

Bald darauf erschien der Calé wieder, informierte seine Freunde und winkte den beiden, sie zu begleiten. Seltsamerweise nahmen sie ihnen weder die Waffen ab, noch trafen sie sonstige Sicherheitsvorkehrungen, sondern eskortierten die Fremden den gewundenen Pfad hinauf bis ins Lager. Auf dem ersten Plateau, einem terrassenähnlichen Vorplatz, stand Dires und erwartete die Besucher.

Die stattliche Gestalt, das dunkelrote, von weißen Fäden durchzogene Haar und die hellen Augen des Anführers überraschten Yusuf. Der Mann war ebenso groß wie er und sein Körperbau ungeachtet seines Alters respekteinflößend. Seine stechenden schwarzen Augen maßen ihn mit Blicken. Der charismatische Zigeuner machte Yusuf neugierig, doch blieb seine Miene wie immer ausdruckslos.

Dires nickte dem blonden Hünen zu, dann musterte er kurz den kahlköpfigen Fremden mit der Narbe in dem glatt rasierten Gesicht.

»Sei gegrüßt, Fürst«, sprach ihn Erik an und nickte ebenfalls.

Mit einer knappen Geste bedeutete der Anführer den beiden, ihm zu folgen. Vor einem der Höhleneingänge blieb er stehen. Augenblicklich trug ein junger Mann, offensichtlich einer seiner Söhne, einen Teppich aus dem Haus und legte ihn auf den Boden, dort, wo Dires stand. Der ließ sich darauf nieder, schlug die Beine unter und lud seine Besucher mit einer ausholenden Handbewegung ein, es ihm gleichzutun. Erik und Yusuf setzten sich ihm gegenüber auf den Boden. Die Zigeuner standen in einem Halbkreis um ihren Anführer, aufmerksam, aber ohne ihre anfänglich feindselige Haltung provozierend zur Schau zu stellen. Sonst war niemand vom Volk der Calè zu sehen.

Der unverkennbare Sohn brachte einen Krug Malagawein und drei irdene Becher und stellte sie vor dem Klanoberhaupt auf den Teppich. Während Dires die Becher füllte, richtete er zum ersten Mal das Wort an Erik: »Und dein Anführer? Warum ist der Marqués nicht mitgekommen?«

Erik nahm den ihm gereichten Becher entgegen. »Fürst, dies hier ist Yusuf, sein *dschandar*. Er steht in seinen Diensten. Der Marqués befindet sich auf seiner Festung auf der Insel. Saba ist bei ihm. Sie hat schon zwei prächtige Fohlen von Fuego, seinem schwarzen Arabervollblut, geboren.«

Dires nickte und nippte am Wein. Yusuf rührte den Becher nicht an.

Als der Zigeuner nichts erwiderte, blickte Erik in die Runde der übrigen Männer. Auf ihren Gesichtern lag ein schwer zu deutender Ausdruck. Auch wenn der Zigeunerfürst kein Mann der vielen Worte war – irgendwas stimmte da nicht, verdammt! »Was ist los? Rückt man euch auf den Pelz?«

Dires sah den anderen offen an. »Was führt dich zu uns?«, fragte er dumpf.

»Nun«, Erik räusperte sich »Erinnerst du dich an die heikle Geburt damals, als wir deine Tochter beinahe entführt haben?«

»Beinahe?« Dires hob eine buschige Braue. »Was macht ihr denn bei einer … echten Entführung?«

Erik ließ sich nicht beirren. »Diesmal brauch ich sie für mich selbst – ich meine, für Gunde, meine Frau …« Er verstummte. Was stimmte da nicht? Dires' brennender Blick war unangenehm und verhieß nichts Gutes. »Was ist mit dem Mädel?« Erik zögerte. »Ist sie tot?«

Sein Gegenüber nicht aus den Augen lassend, zischte Dires: »So gut wie.«

Eriks Gesicht erstarrte. »Was sagst du da?« Er machte drängende Gesten. »Was ist geschehen? Wir kamen gestern in die Stadt und fanden keine einzige eurer Frauen!« Er warf Yusuf einen kurzen Blick zu.

Dires beugte sich vor und legte die Hände auf seine Knie, damit man ihr Zittern nicht bemerkte. »Vor kurzem erst hab ich erfahren, dass die Inquisition Juana in ihre Gewalt gebracht hat. Eine Anklage wegen Hexerei ist das Schlimmste, was man gegen eine Frau vorbringen kann.« Obwohl er gedämpft sprach, vibrierte seine Stimme vor verhaltenem Zorn. »Sie sagen, dass Luzifer gerne von rothaarigen oder grünäugigen Menschen Besitz ergreift.« Sein Ton wurde schneidend. »Welche Männer nur haben sich diese Institution ausgedacht – sie müssen die Frauen noch mehr hassen als die Juden oder Mauren, da sie so viele von ihnen auf den Scheiterhaufen bringen!« Sein mächtiger roter Schnurrbart zitterte, und er klopfte sich mit den Handflächen monoton auf die Knie. »Ich bin ein Halbblut, wie Ihr seht, doch ich schäme mich für das christliche Blut, das in meinen Adern fließt.«

»Das … das ist ja ungeheuerlich«, murmelte Erik, und seine Betroffenheit war echt. Seinen lockigen Bart kraulend, senkte er den Blick auf den Teppich, dessen lebhaftes Muster er gar nicht wahrnahm. Himmel, Arsch und Zwirn!, fluchte er in Gedanken an die Konsequenzen, die diese Wendung der Ereignisse für ihn, für Gunde, mit sich brachte.

Nur Yusuf starrte in die Ferne. Wie gewöhnlich sagte er kein Wort.

Dires raufte sich die Haare, dann richtete er sich auf. Das bestickte lederne Wams spannte sich über seinem mächtigen Brustkorb, als er scharf die Luft einzog. »Ich hab sie gewarnt, bei Gott, den es hier in diesem Lande nicht gibt! Ich hab sie gewarnt, sich nicht mit dem arabischen Kurpfuscher einzulassen, aber du kennst Juana ja …« Eigentlich nicht, wollte Erik einwenden, schloss aber wieder den Mund. »Die ist besessen von ihrer Heilkunde. Und alles wegen dieses maurischen Hurensohns!«

Nun kam Leben in die reglose Gestalt neben Erik. Aus den Augenwinkeln beobachtete der Ire, wie sich Yusuf über seinen Mongolenbart strich. Zum Henker, was führt der nun im Schilde? Schon unter normalen Umständen verstand der loyale Araber nicht viel Spaß. Eine Hand auf die Schulter des Freundes gelegt, beeilte er sich einzulenken. »Kann man da nichts tun? Noch ist sie ja nicht tot, sagst du.«

Weder ging Dires auf Eriks Worte noch auf Yusufs drohende Haltung ein, behielt den Kahlkopf, den er keineswegs unterschätzte, aber im Auge. »Ich wurde nicht als Zigeuner geboren«, fuhr er stattdessen fort, »sondern zwanzig Jahre lang christlich erzogen. Ich weiß, wovon ich rede, wenn ich behaupte, das Christentum ist die Religion von seelisch Verkrüppelten. Eine scheinheilige, heuchlerische Brut von Frömmlern.« Nun fühlte er sich wohler.

Erik musterte ihn überrascht, als hätte er sich einer Sprache bedient, die zwischen ihnen unnötig war. Zumindest blickte der Zigeuner nun eine Spur freundlicher drein. Yusufs Gesicht blieb wie immer unbewegt, aber er glaubte herauszulesen, dass ihn Dires letzte Worte für den »maurischen Hurensohn« entschädigten. »Was können wir tun, Fürst?«

Dires zögerte. Nun sollte ihm zu allem Überdruss auch noch ein *payo* helfen! Aber hatte er eine Wahl? Es ging um seine Tochter, er würde die Hilfe der beiden nicht zurückweisen. Weder er noch seine beiden Söhne hatten bis jetzt etwas anderes unternehmen können, als das Kerkergeld zu zahlen, damit Juana genügend Essen bekäme. Gerade erst hatte er den Stamm in Sicherheit gebracht.

»Geht zu der Alten«, sagte er knapp, »sie hat vor kurzem eine Verbindung mit Juana herstellen können. Ihr findet die Kate des Kräuterweibleins oberhalb der San-Nicolas-Kirche.« Er nickte über seine rechte Schulter. Mit einer federnden, kraftvollen Bewegung, die den anderen Respekt abnötigte, erhob er sich. Da fiel ihm etwas ein, worüber er lange gerätselt hatte. »Sag mir noch eins«, wandte er sich an Erik, »dein Anführer, was ist der? Ein … echter Marqués?«

Der Ire lachte: »Wenn du so willst! Marqués oder Pirat, was spielt das für eine Rolle? Er ist jedenfalls der ›erfolgreichste‹ Kapitän aller Meere! Und kein Christ, das kann ich dir versichern.«

Beifällig eine buschige Braue hochziehend, nickte Dires mehrmals. Also ein Sarazene. Vor seinem geistigen Auge sah er die Szene am Lagerfeuer, las das besondere Interesse in den Augen des ›Marqués‹. Juana und er … aus irgendeinem Grund hatte ihn dieser Gedanke gelegentlich beschäftigt. Verdammt! Dieser Pirat wäre ihm beim Arsch lieber gewesen als der maurische Knochenflicker! Dem es noch dazu gelungen war, rechtzeitig abzuhauen. Seiner Neugier nachgebend, fragte er: »Hat er eine … äh … Frau?«

»Er lebt allein.«

Wusste ich's doch! Ein Jammer. Dires starrte an Erik vorbei in die Ferne. Tja, was soll's, schalt er sich, es war idiotisch, einer Gelegenheit nachzutrauern, die Jahre zurücklag. Damit war Juana jetzt auch nicht gedient. Müde sagte er: »Ich hab den Stamm auf den Weg geschickt. Die Frauen, die Kinder und die Alten sind nicht mehr hier. Lasst uns gemeinsam meine Tochter da rausholen!« Damit drehte er sich um und verschwand im Haus.

Erik grinste Yusuf an. »Worauf er seinen Arsch wetten kann!«

Auf dem Weg zur San-Nicolas-Kirche schritten beide kräftig aus. Der hell leuchtende Glockenturm war von weitem zu sehen und wies ihnen den Weg.

»Dires Vorschlag war mehr, als wir erwarten konnten«, resümierte Erik. »Ich meine, von einem wie ihm. Der steht dann tief in unserer Schuld.«

Yusuf las Zuversicht in dem breiten Gesicht. »Und, was haben wir davon? Einen warmen Händedruck von einem Zigeuner.« Die halbgesenkten Lider des Arabers verbargen seinen spöttischen Blick.

»Was hast du gegen ihn?«

»Was der maurische *hakim* vermutlich auch hatte.«

»So. Daher weht der Wind. Mann, die haben doch alle was gegen jeden, der nicht zu ihnen gehört!«

»Dires ist nur Halbblut.«

»Das zählt für ihn nicht.« Himmel, der ist ja genauso stur wie die dort, stöhnte Erik.

»Offensichtlich.« Ein Lächeln huschte über Yusufs strenge Züge und verzerrte seine Narbe. »Der Alte hat Charisma, in der Tat. Aber das tut nichts zur Sache, wir erledigen das allein.«

»Wenn's dir Spaß macht!«

»Bei Allah, das wird es!«

Als sie den mit kleinen Kopfsteinen gepflasterten Vorplatz der Kirche überquerten, verlangsamte Yusuf seinen Schritt. »Erzähl mir was über die Inquisition.«

»Hm, da solltest du jemand anderes befragen, mein Freund.«

»Siehst du wen?«

Erik grinste. »In der Kirche sitzt sicher ein Pope, von dem erfährst du es aus erster Hand.«

»Ich weiß nicht, ob der dann noch sitzen könnte, wenn er fertig ist!«

Sie verließen den kleinen Platz und bogen in eine enge, über zahlreiche Stufen steil nach oben führende Gasse. Blühender Oleander und Hibiskus wogten in leuchtenden Farben über die weißen Mauern.

»Also, spuck's aus, du bist doch getauft.«

»Ist das nicht jeder? Bin nicht gefragt worden. Außerdem hat mir Nicolas ziemlich alles ausgetrieben, was katholisch war.«

»Na, na. Gunde hat dafür gesorgt, dass nicht alles verloren gegangen ist.«

Der Hieb saß. Erik verzog das Gesicht, erzählte seinem Begleiter aber dann doch das wenige, das er über diese Institution wusste.

Yusuf pfiff leise durch die Zähne. Er blieb stehen und ließ seinen Blick über die sandbestreuten Dächer inmitten üppiger, blühender Gärten schweifen. Schade um dieses schöne Land! Nach längerem Schweigen sagte er: »Die katholische Kirche führt einen Krieg gegen alle, die ihr gefährlich sind. Aber ob ein Krieg gerecht ist oder nicht, hängt allein vom Standpunkt ab.«

Erik entgegnete nichts. Was hätte er auch sagen sollen? Eigentlich war die Kirche überhaupt nie ein Thema für ihn gewesen. Nicht bis heute. Nicht bis zu diesem Tag …

Sie fanden die Alte in ihrem Kräutergarten. Ungeachtet der nachmittäglichen Hitze stand sie zwischen hohen Ranken gebückt und jätete. Als Erik auf sie zutrat, strich sie sich den Rock glatt, nahm den Strohhut ab und fuhr sich über ihr spärliches Haar. »Ich weiß nicht, warum ich das noch mache«, murmelte sie, »wenn die Saat aufgeht, bin ich ohnedies nicht mehr, so oder so …« Dann sah sie zu dem Hünen auf, dem sie gerade bis an die Brust reichte, und lächelte ihn an. »Schickt euch Dires?«

Erik nickte. Kurz musterte die Alte den Kahlköpfigen, der sich im Hintergrund hielt und nicht rührte, dann setzte sie sich auf die Gartenbank an der Hauswand, lehnte den Kopf gegen die Wand und schloss die Augen. Hier, erinnerte sie sich, hatte sie Juana die seltsamsten Geschichten erzählt …

Mit einem gewissen Unterton, der keinen Widerspruch zuließ, sagte sie: »Das Schicksal hat seinen Lauf genommen. Es ist sinnlos, nach Erklärungen zu suchen oder Rechenschaft zu verlangen. Der Zigeunerfürst gibt dem maurischen Arzt die Schuld, doch nur die Inquisition wird das Mädchen auf dem Gewissen haben – und die hat kein Gewissen!« Monoton drehte Räl den Strohhut in ihren Händen, während ihre Beine unter der Bank zappelten. »Wenn Juana stirbt«, flüsterte sie, »hab ich versagt.« Sie sah zu dem blonden Hünen auf und warf ihm einen beschwörenden Blick zu. Ihre kleinen schwarzen Augen hatten etwas Bezwingendes an sich. »Ich hab ihm versprochen, auf sie aufzupassen!«

Erik räusperte sich: »Wem?«

»Na ihm.« Raunend fügte sie hinzu: »Dem Teufel!«

Himmel, was sollten sie mit dem verrückten Huhn?, fragte sich Erik und warf seinem Freund einen viel sagenden Blick zu. Er hätte wetten können, seine langen Bartspitzen in dem wie immer unbewegten Gesicht zittern zu sehen.

»Ihr kennt ihn nicht, aber das macht nichts«, fuhr Räl unbeirrt und mit einer Selbstverständlichkeit fort, die Erik irritierte.

»Wieso kennst *du* ihn?«, drängte er sie argwöhnisch. Nun setzte er sich doch zu Räl auf die Bank.

»Meine Güte, ich diene ihm seit dreißig Jahren! Eine Ewigkeit. Dabei haben wir uns wohl gegenseitig beeinflusst. Unser Verhältnis war schwierig. Anfangs war es das einer Amme zu ihrem Ziehsohn – der *hakim* ist jünger als ich –, und danach ... nun, jedenfalls immer das einer Sklavin zu ihrem Herrn, wenn Ihr versteht, was ich meine.«

Erik atmete auf. Die Alte schien ihm doch nicht so verrückt zu sein. »Und wo ist er jetzt?«

Räl zuckte bedeutungsvoll die Schultern. »Hier ist er nicht mehr ...«

Na, ein feiner Kerl! »Wie war der Arzt?«, forschte er, weniger aus Neugier denn aus Vorsicht. Wenn es ihn auch einen Pfifferling interessierte, wer der Mann war, mit dem Juana offensichtlich mehr als nur zusammengearbeitet hatte, gab es da jemanden, der garantiert mehr Interesse zeigen würde!

»Das hab ich dir schon verraten. Mehr gibt es darüber nicht zu sagen.« Die Alte wackelte mit dem Kopf, dann wurde sie ernst. »Hört zu! Ich hab einen Plan, um Juana da rauszuholen. Als Hexe verurteilt, kann sie nur auf dem Scheiterhaufen enden. Ihr werdet mir helfen, einen Austausch vorzunehmen, wenn der Holzstoß unter ihren Füßen zu qualmen beginnt. Weder ich noch der Zigeunerfürst haben so viel Gold, dass wir all die Bütteln, Schergen und Henkersknechte bestechen könnten. Der Inquisitor ist ohnedies nicht bestechlich ...«

»Wie? Soll das heißen, du willst für sie auf dem Scheiterhaufen brennen?« Also war sie doch verrückt!

»Von ›wollen‹ kann keine Rede sein, aber was soll's. Meine Zeit ist abgelaufen. Ich hab zuverlässiges Gift, mit dem ich tot bin, bevor die ersten Flammen meine Füße umzüngeln.«

Wenn sie die Beine überhaupt erwischen, dachte Erik. Das Gezapple ist ja nicht auszuhalten! Dennoch grunzte er ein verächtliches »Brrr!«, und selbst Yusuf machte eine wegwerfende Handbewegung.

Zum ersten Mal mischte er sich in das Gespräch. »Und bis dahin? Nach allem, was ich über eure Kirche gehört habe, gibt es keinen Grund anzunehmen, dass die weiblichen Gefangenen mit Samthandschuhen angefasst werden. Im Gegenteil.« Der Blick seiner schwarzen Augen war eiskalt. »Das ist kein Plan, das ist gequirlte ...«

»So ist es.« Erik kratzte sich am Bart. Man brauchte schließlich nicht viel Phantasie, um sich gewisse Details auszumalen.

Die Alte stülpte die Lippen und zuckte ihre dünnen Schultern. »Dires will auch nicht bis zum nächsten *autodafé* warten«, räumte sie ein. »Ihm waren bis jetzt die Hände gebunden, solange sein Stamm noch nicht weit genug entfernt war. Ich weiß nicht, was er nun vorhat. Doch in und um das Gefängnis wimmelt es von Schergen und Hellebardieren.« Sie sah von einem zum anderen. »Der Fürst zahlt seit kurzem Juanas Kerkergeld, und außerdem besticht er die beiden Verlieswärter und den Scharfrichter. Und als ich seiner Tochter was schmuggeln ließ, gab er mir sehr viel Geld. Ich schmierte den Buckligen unverschämt hoch, damit er nicht nur was ablieferte, sondern das Papier auch wieder zurückbrachte.«

»Welches Papier?«

»Eine Botschaft.«

»Was?« Erik stutzte. »Kann Juana denn schreiben?«

»Sie hat es für Hamid gelernt.«

»Ah ja.« Also doch! Wenn das kein Liebesbeweis war! Das konnte ja heiter werden ... »Sag, was hast du denn ins Gefängnis schmuggeln lassen?«

Räl zögerte. Schließlich wählte sie ihre Worte mit Sorgfalt. »Genügend Mutterkorn, um alles Mögliche aus der Welt zu schaffen. Es liegt in ihrer Hand …«

»Joder!«, entfuhr es Erik. »Ist sie denn schwanger?«

Die Alte sah an dem Hünen vorbei und sagte ausweichend: »Schwanger oder nicht schwanger … Ich denke, sie kann es da drinnen schnell werden!«

Mit Sicherheit sogar, dachte Yusuf. Dieses Geschwätz war albern und lächerlich. »Was stand auf dem Zettel?«, fragte er.

Räl lief ins Haus und kam mit einem zerknitterten Stückchen Papier wieder, das sie dem Kahlköpfigen unter die Nase hielt. Vier Wörter in zittriger arabischer Schrift standen darauf. Yusuf glättete das Papier vorsichtig auf der Bank.

»Und?«, drängte Erik.

»Da steht nicht viel.«

»Das seh ich auch. Aber irgendwas muss es ja bedeuten.«

Der Araber betrachtete die Buchstaben eine Zeit lang, und als er endlich sprach, klang es wie ein Geständnis. »*Uridu al mawta*. – Ich will den Tod. *Schams*.«

»Es liegt in ihrer Hand«, flüsterte Räl.

»Dann kommen wir also zu spät.« Erik riss Yusuf den Zettel aus der Hand und starrte darauf.

»Nicht unbedingt.« Der andere deutete auf die zittrigen Zeichen. »Entweder ist sie im Schreiben äußerst ungeübt, oder sie wird gefoltert. Verständlich, dass sie den Tod herbeisehnt. Aber es stirbt sich nicht so schnell.«

Die Alte nickte. »Ich hab es mir gedacht. Das Schmiergeld, das der Fürst zahlt, reicht nicht aus.«

Yusuf machte eine unwirsche Geste. »Mehr Geld würde nicht das Geringste ändern. Der Fisch fängt am Kopf zu stinken an!« Er tippte sich an seinen kahl rasierten Schädel. »Allah wird ihnen eine gerechte Strafe zukommen lassen.«

Erik grinste.

»Gehen wir!«, sagte Yusuf knapp. »Der Segen des Erhabenen sei mit dir, Weib. *Salam*.«

Erik blieb nichts anderes übrig, als ihm zu folgen, doch am

Gartentor drehte er sich noch einmal um. »Mach dir keine Sorgen, wir holen sie da raus. Ich brauche sie für meine Frau!«

»Ich warte!«, rief Räl und winkte. Ihre vor Dankbarkeit glänzenden Augen sah er nicht mehr.

»He, was ist? Warum hast du es plötzlich so eilig?«, rief er Yusuf nach, der zielstrebig voranschritt.

»Wir haben viel Arbeit.«

»Mag schon sein, aber zunächst wird gegessen.« Erik griff sich an seinen Wanst.

Yusuf wandte sich um und begegnete dem entschlossenen Blick des Freundes. Daraufhin beschleunigte er seinen Schritt. »Als Erstes müssen wir herausfinden, wer Juanas Inquisitor ist. Der wiederum hat einen Vorgesetzten … Welche Rolle spielen die Gefängniswärter und welche der Scharfrichter? Ich kenne ja nur die arabischen Gefängnisse – oder weißt du das alles?«

Erik lachte. »Ich hab keinen Schimmer.« Dann fiel ihm etwas anderes ein. »Was, wenn die Junge dem Hexer genauso verfallen ist wie die Alte?«

Yusuf zögerte. »Gunde kann das ja egal sein.«

»Ja, Gunde schon.«

Im Schutze der Dunkelheit schlichen die beiden zum Gefängnis. Das alte Gemäuer aus grob behauenen Granitsteinen wirkte abweisend und bedrohlich wie eine Festung und wurde auch so bewacht. In knappen Abständen patrouillierten Soldaten zu zweit oder zu dritt um das Gebäude. Zahlreiche Fackeln warfen unruhige Lichtkegel auf die Granitblöcke der angeschrägten, hohen Mauern.

Vom Ersten, den Yusuf im nahen Gebüsch »befragte«, erfuhr er die Namen der beiden Gefängniswärter, die sich im Verlies in den Kellergewölben abwechselten. Der Soldat war neu in Granada und wusste nicht, wo die beiden wohnten. Er starb eines schnellen Todes, denn sie mussten schnell verschwinden. Sein jüngerer, von Erik in die Mangel genommener Kumpel war aus der Gegend und nach kurzem »Überreden« bereit, sie zur Unterkunft des gerade nicht Dienst habenden Wärters zu führen.

Den Hellebardier in ihre Mitte nehmend, begaben sich die drei in ein Viertel am Ufer des Darro, in dem es bestialisch aus einer nahen Gerberei stank. Vor dem Kellerloch eines finsteren, einstöckigen Gebäudes blieb der Soldat stehen und deutete auf eine windschiefe Tür. Auf Eriks Klopfen hin rührte sich nichts. Da der Hellebardier offensichtlich nicht weiterwusste und die Gewohnheiten des Wärters nicht kannte, schnitt Yusuf auch ihm die Kehle durch. Der Dschandar machte nie Kompromisse. Er lehnte ihn an die Hausmauer und setzte sich daneben. Irgendwann würde der Bucklige ja nach Hause kommen.

»Es ist wichtig, dass all jene am Leben bleiben, die direkt an der Folter beteiligt sind«, hatte Yusuf erklärt, als Erik auf dem Weg zum Gefängnis wutschnaubend geschworen hatte, alle Beteiligten umzubringen.

»Ist ja ein Ding!«, empörte sich der Freund. »Vielleicht werden meiner Hebamme gerade jetzt die Daumenschrauben angesetzt. Wie soll eine Hebamme mit zerquetschten Daumen arbeiten, kannst du mir das verraten?«

»Nein, aber dann kämen wir ohnehin zu spät. Überlege: Dein aggressives Vorgehen hätte nur Sinn, wenn wir die Frau sofort befreien könnten. Das ist aber weder mit Gewalt noch mit unserem Geld zu bewerkstelligen«, er nickte zu Eriks Leibbinde. »Was wir haben, reicht allenfalls für halbherzige Bestechungsversuche des Kochs und der Latrinenfrau.«

Doch Erik gab sich nicht so schnell geschlagen. »Dein Plan ist umständlich und stinklangweilig, Mann!«

»So. Herauszufinden, wer in der Sache das Sagen hat, ihn einzuschüchtern und hinzuhalten, bis wir mit Verstärkung kommen, ist langweilig? Na, wart's ab!«

Mauro kam, und noch bevor er die beiden neben seinem Eingang kauernden Gestalten bemerkte, hatte sich ein Schatten aus dem Dunkel des Hausecks gelöst und ihm den Rückzug versperrt. Yusuf sprang auf, packte ihn am Kragen und zwang ihn aufzusperren. Dann stieß er ihn die wenigen Stufen hinab. In dem düsteren, muffigen Loch, das von einer einzigen Ölfunzel erleuchtet wurde, band er den Buckligen zunächst an einen Stuhl.

Ohne Eile zu zeigen, setzten sich die beiden dunkel gekleideten Gestalten dem Wärter gegenüber an den grob gezimmerten Tisch.

Yusuf leitete das Verhör. »Sag mir alles, was du von der Zigeunerin weißt. Alles, hörst du?«

Nie hatte Mauro ein solches Gesicht in der Stadt gesehen. Der da war einer ihrer Bluthunde!

Die Ölfunzel in der Mitte des Tisches warf unruhige Schatten auf seine angsterfüllten Züge. Zum ersten Mal in seinem Leben kam der Gefängniswärter selbst in die Situation, ein Gefangener zu sein. Was sollte er denen von der Zigeunerin erzählen? Irgendwas musste er sagen. Eingangs hatte der Kahlköpfige ihn gewarnt: »Du wirst leben, Wärter«, hatte er gesagt. »Ich werde dich also nicht töten, da du mir tot nicht von Nutzen bist. Allerdings hängt es von deinem Entgegenkommen ab, wie lange ich mich mit dir beschäftige und ob dein Leben dann noch lebenswert ist.« Dabei hatte er unmissverständlich mit seinem Messer gespielt und Muster in die Tischplatte geritzt.

Mauro versuchte zunächst, sich mit unverfänglichen Geschichten herauszureden, doch merkte er bald an der Reaktion des Fremden, dass er damit nicht weit kommen würde. So begann er, dem ehemaligen Kommandanten der Leibgarde des tunesischen Emirs Lügenmärchen rund um Juanas Verhöre aufzutischen.

Yusuf verzog keine Miene. Erik hatte weit weniger Geduld, wagte es aber nicht, dem Freund ins Handwerk zu pfuschen. Nach einer Weile hoben sich die dunklen Brauen, und ein Blick aus stechend schwarzen Augen bohrte sich in Mauros Seele. Da wusste er, dass die Lügenmärchen ein Fehler gewesen waren.

Im selben Moment erhob sich der Kahlköpfige in einer federnden Bewegung und sagte in vorwurfsvollem Ton, den Dolch in seiner Hand betrachtend: »Ich glaub dir kein Wort. Allah ist mein Zeuge, ich habe dich gewarnt, *gavur*. Damit du siehst, wie ernst ich es meine …« Er packte Mauros linke Hand am kleinen Finger, zog sie ein Stück über die Tischplatte und trennte den Finger mit einem glatten Schnitt von der Hand.

Der Bucklige brüllte auf, starrte schmerzverzerrt auf seine Wunde, dann schrie er ohrenbetäubend wie ein Wahnsinniger, der aus der Fassung geriet. Im Handumdrehen verfärbte sich sein Gesicht scharlachrot, seine Augen quollen aus den Höhlen, und die Sehnen an seinem Hals traten hervor.

Als der Fremde erneut nach seinem Dolch griff, hielt Mauro abrupt inne. Todesangst verzerrte sein Gesicht. Der Kahlköpfige schnitt einen Stoffstreifen von seinem Hemd und band ihn straff um die Wunde. Mauro stöhnte und ächzte, ließ den Mann aber nicht aus den Augen. Sein irrer Blick folgte all seinen Bewegungen wie der eines gehetzten Tieres.

Yusuf schwang sich auf den verkehrt herum gedrehten Stuhl, faltete die Hände über der Lehne und unterbrach mit kalter Stimme das Schluchzen und Wimmern: »Du hast noch neun Finger, *gavur*. Fang noch mal von vorne an.«

Und Mauro begann zu reden. Der *dschandar* hatte genug Erfahrung mit solchen Verhören, um zu wissen, dass der Wärter diesmal die Wahrheit sprach. In allen Details erzählte er von der zweiten Schändung der Zigeunerin, an der er selbst beteiligt gewesen war, und von der Wasserfolter. Doch schien sich der Fremde vor allem für den Bischof und den Inquisitor zu interessieren.

Gut, schoss es Mauro durch den Kopf, das kann er haben. Hat das Schwein nicht gesagt, ich werde leben? So zögerte er keinen Augenblick, Ehrwürden gewaltig anzuschwärzen, sah er darin doch eine letzte Möglichkeit, von sich selbst abzulenken. Und ungeachtet seines Hasses auf seinen Peiniger weidete er sich in seinem Schmerz nun daran, dass auch der Bischof und der Mönch bezahlen würden. Er, der zeitlebens Verkrüppelte und aus der Gesellschaft Ausgestoßene, erfreute sich geradezu diebisch daran, mitzuhelfen, die hochehrwürdigen Männer der Kirche zur Rechenschaft zu ziehen. Sie werden nicht ungeschoren davonkommen, sagte er sich wieder und immer wieder, um die pulsierenden Schmerzen zu ertragen.

Nachdem Yusuf erfahren hatte, wo sie den Mönch und den Bischof finden würden, wickelte er den Finger in ein weiteres Stoffstückchen aus Mauros Hemd und verschwand in der Dunkelheit. Zuvor hatte er dem Buckligen noch deutlich gemacht, wie er sich der Gefangenen gegenüber zu verhalten hatte, und der Wärter hatte nur zu gut verstanden. Erik band ihn los, dann stieg auch er in die finstere Nacht.

Der Araber wartete vor dem Haus. »Jetzt suchen wir den Bischof auf«, drängte er. Keiner erwähnte das, was sie zu hören bekommen hatten.

»Und dem Mönch statten wir keinen netten Besuch ab?«, empörte sich Erik, hinter dem Freund hereilend. Wenn es nach ihm gegangen wäre, würden heute Nacht sämtliche Beteiligte eines schnellen Todes sterben, danach würden sie in das Gefängnis eindringen und Juana befreien …

»Wozu? Wir wissen, was passiert ist. Wenn sich der Bischof kooperativ zeigt, ist es nicht nötig, mit dem Inquisitor zu ›reden‹. Der Bischof selbst wird für alles sorgen, denn er fürchtet nicht nur um sein Leben. Vor allen Dingen fürchtet er die Schmerzen. Bei Allah, bis heute hat noch niemand ein Folterinstrument ersinnen können, das fürchterlicher ist als die Angst des Gefangenen vor der Folter, denn die menschliche Phantasie überflügelt immer die Realität, und sei sie noch so grauenvoll.«

»Gut, dass Nicolas das alles nicht gehört hat«, murmelte Erik. Energisch schritt er aus. Wie war es nur möglich, dass die Kirche solchen Dreck am Stecken hatte?

Der Araber deutete nach vorne. Schwaches Mondlicht erhellte den rechteckigen Platz vor der Kathedrale und fiel auf die Fassade des bischöflichen Palais. Das massive Eichenportal mit den schweren schmiedeeisernen Beschlägen lag zur rechten Hand des Haupteingangs der Kathedrale und war mit Sicherheit verschlossen und verriegelt. Sämtliche Fenster waren vergittert. Zwei Hellebardiere schritten den Platz ab, denn aufgrund der beiden abgängigen Soldaten waren in der gesamten Stadt die Wachen verstärkt und kleine Patrouillen losgeschickt worden.

Lautlos tauchten die beiden in eine Seitengasse und näherten sich dem Palais in einem großen Bogen von seiner rückwärtigen Seite. Wie unsichtbare Schatten schlichen sie an dunklen Häuserfronten entlang. Hier begegneten ihnen höchstens Lumpensammler und Hundefänger, die nach Einbruch der Dunkelheit aus ihren Löchern krochen. Das bischöfliche Palais, ein großes Gebäude mit zwei Innenhöfen, stand frei und war auf zwei Seiten von den angrenzenden Bauwerken durch schmale Gässchen getrennt. In eines von ihnen bogen sie ein. Ihre Augen hatten sich längst an die Dunkelheit gewöhnt, und nach kurzer Zeit fanden sie, wonach sie suchten. Mit Hilfe von »Mauros« Strick kletterte und schwang sich Yusuf auf den Sims eines unvergitterten kleineren Fensters im ersten Stock und stieg ein. Nur der jahrelangen Kletterei in den Wanten verdankte Erik seine Behändigkeit, mit der auch er ungeachtet seines massigen Körperbaus auf den Sims und durch das Fenster gelangte.

Es dauerte geraume Zeit, bis sie sich über Treppen und durch finstere Gänge, in denen sie die Hand nicht vor den Augen sahen, zu den vornehmen Räumlichkeiten des Bischofs durchgekämpft hatten. Hier waren die Gänge mit roten Läufern ausgelegt, und an jeder Ecke leuchteten Ampeln mit zahlreichen Talglichtern. Von Zeit zu Zeit hielten sie in einer der tiefen Türöffnungen und lauschten den Geräuschen des Hauses. Irgendwann vernahmen sie in der nachmitternächtlichen Stille das monotone Murmeln von Stimmen. Es war allgemein bekannt, dass der Bischof sehr ängstlich war. Unter seinem Talar trug er eine Rüstung, und seine Mahlzeiten ließ er auf Gift überprüfen. Sie mussten also damit rechnen, auf Leibwächter oder Soldaten zu stoßen.

An der nächsten Ecke löste Yusuf die Kordel an der Wand, mit der die Ampel in einer bestimmten Höhe gehalten wurde, und ließ sie langsam so weit herab, dass er die Lichter löschen konnte, ohne von den vier schwer bewaffneten Wächtern am Ende des Ganges bemerkt zu werden. Im angrenzenden dunklen Flur nahm er mit Erik in gegenüberliegenden Türöffnungen Aufstellung. Erst auf ein klirrendes Geräusch hin wurden die vier Wächter auf die finstere Ecke am Ende des Korridors aufmerksam und näherten sich. An der Ecke hielten sie an. Sie zögerten, dann schlichen sie zwei und zwei voran. Yusuf und Erik hörten nichts mehr. Kurz darauf das Reiben von Leder und Stoff und verhaltenes Atmen, dann waren die schemenhaften Gestalten vorüber. Sie griffen sich die letzten zwei, die auf der Stelle zu Boden sanken, und wirbelten weiter. Weder die Lanze noch das herumfahrende Schwert der vorangehenden Leibwächter konnten gegen die beiden etwas ausrichten. Bevor sie den letzten töteten, ließen sie sich das Schlafgemach des Bischofs zeigen. Es gab keine weiteren Wachen in diesem Teil des Palais.

Yusuf drang in das Gemach ein, und auf sein Zeichen hin folgte Erik, einen Wächter nach dem anderen über den Boden schleifend. Schulter an Schulter lehnte er sie an die rotgolden tapezierte Wand und schloss die Tür. Don Benito saß mit einem Knebel im Bett und starrte die vier toten Leibwächter an. Eine wuchtige, mit Gold bemalte weiße Wachskerze brannte vor einem Marienaltar neben dem Himmelbett, und im Licht dieser einen Flamme glänzten die Schweißperlen auf Ehrwürdens Stirn und seiner fleischigen Nase.

Aus Häme oder einfach aus purem Sadismus entzündete Yusuf mit großer Geduld, ja beinahe ehrfurchtsvoll weitere Kerzen auf dem kleinen Altar. Als er sich wieder dem Bett zuwandte, war jedoch nur Hass und Abscheu in seinen Zügen zu lesen. Mit den trockenen Worten: »Wir wollen das Bett nicht beschmutzen«, zerrte er den Bischof mit Eriks Hilfe aus demselben und band ihn auf einen schweren samtbezogenen Stuhl mit Armlehnen. Der Stuhl wackelte und ächzte unter dem Gewicht des korpulenten Mannes, der sich heftig zur Wehr setzte. Als Yusuf seinen Dolch zog und ihn auf den Sekretär legte, erstarrte Ehrwürden, und von einem Moment zum anderen schien er mehr tot als lebendig zu sein. Die schmal zulaufende Spitze der Waffe, die einen messingfarbenen, mit Lederband umwickelten Griff besaß, zeigte genau auf Don Benitos Herz.

Ohne Eile holte Yusuf das Tüchlein hinter dem Gürtel seiner

schwarzen Tunika hervor und faltete es vor ihm auf. Grauen und Ekel spiegelten sich im Gesicht des Bischofs, und sämtliches Blut wich daraus, bis es die Farbe des leblosen Fingerstumpfs annahm. Der Blonde setzte ihm seinen Dolch an die Kehle, und der Kahlköpfige löste den Knebel.

»Allah ist mein Zeuge: Der da hat seinen Finger verloren, weil er uns angelogen hat. Er war allerdings klug genug, danach die Wahrheit zu sagen.«

»Was ... was wollt Ihr wissen?«, kreischte der Bischof in seiner Panik.

»Scht!« Ermahnend ritzte die Dolchspitze in seine Haut.

»Erzähl uns von der Zigeunerin. Alles!«

»Da müsst Ihr euch an den Inquisitor wenden. Ich hab damit gar nichts zu tun. Die Inquisition ...« Eben war diese Ausflucht Ehrwürden noch so glatt über die Lippen gekommen, dass er stolz auf sich war, da sah er den durchdringenden Blick dieser schwarzen Augen. Er verstummte.

Yusuf lehnte sich an den Sekretär. Ein grausames Lächeln, das seine Narbe abstoßend hervortreten ließ, umspielte seine vollen Lippen, und leise, fast flüsternd fragte er: »Gar nichts?«

Fieberhaft überlegte der Bischof, während ihm kalter Schweiß über den Rücken lief, was er den beiden auftischen sollte. Die Vorstellung von dem, was der Kahlköpfige mit jemandem anstellte, der ihn anlog, lähmte seine Gedanken, bis er nur noch Blut und Wasser schwitzte. Schließlich entschied er sich, von den beiden Schändungen zu sprechen. Er äußerte sich jedoch höchst zurückhaltend und stellte das Geschehene in den Dienst der Sache. »... reine Züchtigungsmaßnahmen. Ja, eine Züchtigungsmaßnahme, um das ungehorsame, starrsinnige Ding zum Reden zu bewegen.« Erklärend fügte er hinzu: »Allein auf Halsstarrigkeit steht schon die Todesstrafe.«

Yusuf runzelte die Stirn. Aus den Augenwinkeln beobachtete er den Iren.

»Immerhin haben rechtschaffene Bürger sie angezeigt und der Hexerei beschuldigt«, behauptete der Bischof weiter. »So einer Denunzierung muss nachgegangen werden. Ich habe nicht das Recht, in ein derartiges Verfahren der heiligen Inquisition einzugreifen.«

Eriks Brustkorb hob und senkte sich unter seinem ledernen Wams. Wie gerne hätte er dieses fette weiße Doppelkinn in seine Hände genommen und dem dreckigen Betbruder auf der Stelle den Kragen umgedreht! Immer wieder warf er Yusuf wutentbrannte Blicke zu. Mann, war der vielleicht abgebrüht!

Die Miene des Arabers blieb unbewegt. »Wer war daran beteiligt?«, fragte er, scheinbar gelassen. Nur seine Augen waren hart und kalt und wachsam wie die eines Raubvogels.

»Äh, direkt … also direkt beteiligt waren der Scharfrichter und die beiden Kerkerwärter.«

»Fällt dir noch jemand ein?«

Ehrwürden zögerte keinen Augenblick. »Doch ja, der Inquisitor.«

Es war nur ein kurzer Blick, auf den hin Erik seinen Dolch in die Scheide steckte und dem Bischof den Knebel so fest zwischen die Zähne schob, wie es nur ging. Dann nahm er dessen linke Hand und presste sie auf die Tischplatte. Ohne seine Miene zu verziehen, griff Yusuf nach seinem Dolch und dem kleinen Finger des Bischofs. Bevor er ihn abtrennte, sah er ihm tief in die Augen und meinte, vorwurfsvoll den Kopf schüttelnd: »Du hast gelogen, *gavur*.«

Es war ein hässliches, knackendes Geräusch. Fahlgelb geworden und schweißtriefend schloss der Bischof die Augen und ein Beben durchlief seinen Körper. Dann verlor er das Bewusstsein.

Yusuf band die stark blutende Wunde gekonnt ab. Während er den Arm hochhielt, goss Erik dem Kirchenmann den gesamten Inhalt des Waschkrugs über den Kopf. Don Benito kam wieder zu sich. Zum Grauen kam nun der Schmerz, der in Wellen durch seinen Körper pulsierte. Er öffnete die Augen und sah geradewegs in die stechenden Pupillen des Fremden, die mit der schwarzen Iris verschmolzen. Die Angst, die sie in dem flackernden Blick lasen, war unermesslich.

Yusuf rührte sich nicht. Einzig seine Rechte spielte mit dem Dolch auf der mit Intarsienarbeit verzierten Tischplatte.

Don Benitos Atmung ging ganz flach. Der Wahnsinnige schien alle Zeit der Welt zu haben. Was wird er tun? Heiliger Vater!, flehte er, vor Angst beinahe den Verstand verlierend.

Die schneidende Stimme des Kahlköpfigen brachte ihn rasch in die Realität zurück. »Ich kann noch neun Finger abtrennen. Also, versuch dich zu erinnern, wie es wirklich war.«

Und Ehrwürden erinnerte sich. Während der zweiten Darstellung, die der des Wärters sehr ähnlich war, zog Erik mehrmals scharf die Luft ein.

»Kafa!«, zischte Yusuf irgendwann und brachte den Geistlichen mit einer Handbewegung zum Schweigen. »*Gavur*, du wirst von heute an in tausend Ängsten schweben, denn ich komme wieder, und du kannst nichts dagegen tun. Du wirst keinen unbesorgten Tag und keine ruhige Nacht mehr haben, solange das Mädchen nicht frei ist. Alles, was der Zigeunerin ab jetzt angetan wird, wirst du in zehnfacher Weise vergolten bekommen, und niemand wird mich daran hindern. Das schwöre ich bei Allah und Mohammed, seinem Propheten. Hast du den Inquisitor und den Scharfrichter unter Kontrolle?«

Der Bischof schüttelte den Kopf. Erik lockerte den Knebel, und Don Benito krächzte: »Der Inquisitor führt den Fall selbständig und allein. Ich könnte ihm gar nichts befehlen, er ist nur dem Großinquisitor unterstellt. Wer bin ich, dass ich mich gegen die Gesetze der heiligen Inquisition auflehnen könnte?«

Wiederholt fuhr sich Yusuf seine rechte Bartspitze entlang. Mehr noch als diese Geste beunruhigte Ehrwürden der Umstand, dass er schwieg. Er musste deutlicher werden, die glaubten ihm wohl nicht! »Die Inquisitoren werden vom einzigen Großinquisitor Spaniens persönlich bestellt«, kreischte er. »Es sind ausgesuchte, unbestechliche Männer der Kirche …«

»Wie der Mönch«, stieß Erik mit gepresster Stimme hervor. »Ehrenwerte, hochanständige, charakterfeste Kerle.«

»Wie viele gibt es davon?«, fragte Yusuf.

Don Benito de los Montes sah seinen Peiniger verständnislos an. »Das … das weiß ich nicht. In der Provinz Granada gibt es zur Zeit nur den einen …«

Nachdem die beiden naserümpfend das bischöfliche Schlafgemach verlassen hatten, atmeten sie tief durch.

»Der Gestank war widerlich.« Erik verzog das Gesicht. »Der hat sie wirklich gestrichen voll gehabt.«

»Tja, die besten Essen enden auf diese Weise.« Yusuf deutete mit dem Kinn nach vorn. »Jetzt noch der Inquisitor.«

»Hab ich es nicht gesagt?« Erik konnte eine gewisse Genugtuung nicht verbergen.

Eine Schulter zuckend meinte Yusuf lakonisch: »Zumindest haben wir sie dann alle in der Gewalt.« Er hatte nicht gedacht, dass es so kompliziert sein würde. Dann schüttelte er den Kopf und warf dem Freund einen Blick aus den Augenwinkeln zu. »Deine Kirche ...«

Erik fuhr herum. »Ja? Was ist damit? Spuck's aus!«

»Ein seltsamer Verein.« Er wollte keinen Glaubensstreit vom Zaun brechen und den Iren noch weiter provozieren.

Doch Erik verlangsamte seinen Schritt, dann blieb er stehen. »Nicht seltsam«, flüsterte er, »beschämend! Das ist nicht mehr meine Kirche.« Zum ersten Mal verstand er Nicolas wirklich, seinen Hass und seine Verbitterung.

Yusuf las in seinen Zügen. »Du kannst jederzeit übertreten.« Er schmunzelte. »Zwei, drei junge Nebenfrauen, du bist reich genug.«

»Sicher. Und Gunde ernenn ich zur Haremswalküre.«

»Hast du ein Problem damit? Ich meine mit dem Harem.«

»Mit dem Harem nicht, aber mit Gunde. Stell sie dir beim Bauchtanz vor ...«

»Lieber nicht.«

In aller Früh klopfte Erik an die Pforte des Franziskanerklosters, in dem der Inquisitor während seines Aufenthalts in Granada wohnte, und fragte nach Bruder Jerónimo. Man hieß ihn, einzutreten und in dem großen Vestibül zu warten. Erik sah sich um, blickte in das hohe Sterngewölbe der sonst schmucklosen Halle und trat von einem Bein auf das andere. Zu viel kalter Stein, dachte er. Das gefiel ihm nicht. Bald erschien unter dem Spitzbogen, der die Eingangshalle vom Arkadengang und dem anschließenden Innenhof des Klosters trennte, einer dieser schmächtigen Hungerleider mit dem seltsamen Haarschnitt. Das musste die Braunkutte sein. Unweigerlich malte er sich die Szene der Schändung aus. Ein Fettwanst, ein Buckliger und nun der hier … Nicolas wird das nie von mir erfahren!

Schnellen Schrittes ging der Mönch auf den Fremden zu und fragte ihn nach seinem Begehr.

»Fray Jerónimo?« Erik beugte sich zu dem nickenden Mann, in der Absicht, ihm etwas zuzuflüstern. Die Gelegenheit war günstig, da sich niemand im Vestibül befand und man vom Gang her, in dem eine Gruppe Klosterbrüder versammelt stand, nur den Rücken des Mönchs sah. Mit der Linken packte Erik die Kutte vor der Brust, mit der Rechten setzte er ihm den Dolch an die Rippen. Aber nicht einmal unter dem sanften Druck der Klinge war die Braunkutte zu überreden, mit ihm das Kloster zu verlassen. Das konnte ja heiter werden! Als er auch noch ansetzte, auf sich aufmerksam zu machen, legte Erik ihm seine breite Hand auf den Mund und zerrte ihn hinaus.

Draußen wartete Yusuf. Den Inquisitor in ihre Mitte nehmend, verließen die drei eilenden Schrittes das Stadtzentrum Richtung Darro. In einer einsamen Gasse ergriff der Araber den nächstbesten Passanten und nötigte ihm seine Kleider ab. Den Mönch zwangen sie seine Kutte abzulegen und die Kleidung des Mannes überzuziehen. Aus einem langen, aus der Kutte herausgeschnittenen Stoffstreifen band Yusuf einen Turban, um seine Tonsur zu verdecken. Daraufhin verließen sie die Stadt und begaben sich zum Sacro Monte.

Dires wies ihnen eine aufgelassene Höhlenwohnung zu. Da sie keine Tür besaß, fesselte Yusuf den Mönch kurzerhand nach Art der »arabischen Wiege«, die es ihm gerade noch erlaubte zu atmen. Der Araber, der Ire und das Oberhaupt der Calé setzten sich zusammen und berieten sich.

»Nicht zu fassen!«, flüsterte Erik. »Das Schwein zeigt keinerlei Bereitschaft, mit uns zusammenzuarbeiten.«

»Das ist auch nicht zu erwarten bei diesen Kämpfern für den

wahren Glauben. Alles hirnverbrannte Eiferer …« Dires machte kein Hehl aus seiner Verachtung und spuckte aus.

»So ist es«, sagte Yusuf. »Aber ich werde ihm überzeugende Argumente liefern, Juana aus dem schwer bewachten Stadtgefängnis in eine Zelle seines Klosters zu verlegen. Dabei holen wir sie uns.«

Erik dachte an Yusufs Überredungskünste und grinste. Der Mönch schien ihm jedoch die härteste Nuss zu sein, und er räumte ein: »Was ist, wenn er nicht darauf eingeht und stur den Märtyrer spielt?«

»Ja dann …«, Yusuf zog eine Schulter hoch. »Sagte nicht sein Oberpope, dass auf Halsstarrigkeit die Todesstrafe steht?«

Dires schüttelte den Kopf. »Tot hilft der uns gar nichts.«

»Fürst«, versicherte Erik, »du kannst deinen Arsch darauf wetten, dass mein Freund noch jeden sturen Bock zur Einsicht gebracht hat.«

Fray Jerónimo Perdomo war weder einsichtig noch klug. Die Arroganz und Selbstherrlichkeit, mit denen der Inquisitor seine Institution und die Kirche über jeden Zweifel erhaben machte, lösten bei den dreien die unterschiedlichsten Gefühle aus. Yusuf empfand nichts als Verachtung, Dires kämpfte mit seinem Hass und Erik mit dem Wunsch, dem Wahnsinnigen endlich an die Gurgel zu springen. Mit den Worten, die Kirche sei in ihrer Weisheit und Güte zu der Überzeugung gelangt, die Folter wäre die einzige Waffe, um einem Menschen den Teufel auszutreiben, raubte er endgültig allen die Geduld. Die Zurückhaltung des Arabers hatte ein Ende. Der Krieg, der anfangs nicht sein Krieg gewesen war, wurde durch diesen besessenen Eiferer nun auch zu seiner Angelegenheit.

Während Yusuf sich mit dem Mönch beschäftigte, schickte Dires seine Männer in die Stadt, um mehrere braune Kutten zu organisieren. Seine Söhne Gil und Gerardo beauftragte er, Räl um ein Gift zu bitten, das in Wein aufgelöst dem Bischof verabreicht werden sollte. Das Gift, so schärfte er ihnen ein, müsse tödlich sein, dürfe jedoch keinesfalls auf der Stelle wirken. Anschließend sollten sie in die Sakristei der Kathedrale eindringen und den silbernen Messweinkrug damit präparieren. Der Krug befand sich nach Fray Jerónimos nur mühsam entlockten Angaben zusammen mit Kelch, Zimborium, Kruzifix, Monstranz und Messbuch in einem abgeschlossenen hohen Intarsienschrank, dessen Schlüssel in der Lade des kleinen Tabernakels aufbewahrt wurde. Dieses Versteck kannten laut dem Mönch nur die Geistlichen und der Messdiener. Zu jeder Messe, gestand der Inquisitor unter Qualen, lasse Ehrwürden vor seinen Augen eine neue Flasche Rotwein entkorken und vom Messdiener oder den Ministranten vorkosten. Dann leere er den halben Inhalt in den Messweinkrug, nehme das übrige Messgerät und begebe sich zum Hauptaltar.

Zunächst bearbeitete Yusuf den Geistlichen mit langen Dornen, die er langsam unter Fray Jerónimos Nägel trieb. Wimmernd und stammelnd wiederholte der Mann in einem fort die immer gleichen Stellen aus dem Johannesevangelium, und ebenso beharrlich stöhnte er zwischendurch: »Ich gebe die Zigeunerin nicht frei und wenn Ihr mich tötet!« Mehrmals verlor er das Bewusstsein.

Einmal fragte ihn Erik, was er denn davon habe.

»Ich sterbe den Tod eines Märtyrers«, fauchte er mit dem irren Flackern des Eiferers in den Augen.

Erik und Dires warfen sich lange Blicke zu. Noch nie waren sie auf einen Fanatiker wie diesen gestoßen.

Bedächtig strich sich Yusuf über das dünne Ende seines Bartes, das er leicht zwirbelte. »Dein Problem ist«, sagte er leise, »dass ich dich nicht sterben lasse.« Ein grausames Lächeln zog sich von seinen vollen Lippen bis zu der hässlichen Narbe.

Fray Jerónimo las in seinem dunklen Blick nichts als das Versprechen auf Rache. Gnadenlose, kaltblütige Rache. So tapfer und todesmutig er auch sein wollte, er würde seinem Peiniger nicht gewachsen sein. Nicht diesem Meister … Wie grob und ungeschliffen dagegen der Scharfrichter umspringt, schoss es ihm durch den Kopf. Er sah auf seine blutenden Fingernägel.

Dieser hier konnte die entsetzlichsten Qualen hervorrufen, ohne seine Opfer bleibend zu verletzen oder gar zu verstümmeln. Zu jeder anderen Gelegenheit hätte er seine meisterliche Arbeit bewundert. Jetzt flehte er den Allmächtigen nur noch um Erlösung an. Und dennoch. Sein Widerstand war noch nicht gebrochen, noch war er stark. Gott in seiner grenzenlosen Liebe stand ihm bei.

Als der Araber begann, mit der halbmondförmigen Klinge von Dires »Sonne« die dünne Bauchhaut des Mönchs in kleinen Streifen abzuziehen, stimmte der Inquisitor einer Verlegung der Zigeunerin zu.

Als die Dämmerung anbrach, rissen sie den Mönch aus dem Schlaf. Yusuf, Erik und Dires hatten sich Mönchskutten über ihr Gewand gestreift und die Kapuzen tief in die Stirn gezogen. Auch den Geistlichen zwangen sie, wieder eine Kutte anzulegen. Sowohl Erik als auch Dires hatten sich ihre Bärte rasiert, und Yusuf hatte sich zumindest die langen Enden seines Mongolenbartes gestutzt. Darüber hinaus würde er sich, auf Eriks Vorschlag hin, Kette und Kruzifix Rosenkranz betend vor die Nase halten.

Dem Gefängnis näherten sie sich, als es schon dunkel war. Voran ging Fray Jerónimo, dem sich ein offensichtlich hinkender Bruder eingehakt hatte, knapp gefolgt von zwei weiteren Ordensbrüdern. Die übrigen Zigeuner hielten sich im Hintergrund. Der humpelnde Dires brauchte nicht einmal ein Messer, denn die Bedrohung für den Mönch war nicht der Tod durch einen schnellen Messerstich.

»Wenn du Mätzchen machst, kehren wir um. Die beiden halten uns alle Verfolger der Welt vom Leib«, raunte Dires und drückte auf die Stelle mit dem rohen Fleisch. »Dann häuteln wir weiter.«

Raschen Schrittes bewegten sie sich auf das große Einfahrtstor zu. Fray Jerónimo winkte einen der Soldaten herbei, die in einer kleinen Gruppe vor dem Portal beisammenstanden. Wie sie erwartet hatten, waren die Wachen verstärkt worden.

»Holt mir den Hauptmann, ich habe es eilig!«

Der Hellebardier entfernte sich und kehrte bald darauf mit seinem Vorgesetzten wieder, der den Inquisitor nach seinem Begehr fragte.

»Zwei meiner Brüder werden die Zigeunerin in das Kloster überführen. Geleitet sie in das Verlies, *comandante*.«

»Wie Ihr befehlt, Fray Jerónimo.« Der Hauptmann hatte keinen Grund, misstrauisch zu werden, denn der Inquisitor war nicht irgendein Mönch. Die Grimassen und das Augenrollen des schmächtigen Mannes mit dem übergewichtigen Bruder an seinem Arm deutete er als nichts anderes als eine Bekundung dieser mühseligen Bürde.

Dires' Griff wurde eisern. Während sich Erik und Yusuf zu beiden Seiten nach vorne schoben, zwang er den Mönch, umzudrehen. Fray Jerónimo fügte sich und eilte mit dem hinkenden Bruder an seiner Seite davon. In einer Seitengasse warteten die Zigeuner im Schutze der Dunkelheit. Sie übernahmen den Mönch, fesselten und knebelten ihn und trugen ihn auf Schleichwegen durch finstere enge Gassen aus der Stadt. Dires selbst würde sich um ihn kümmern. Nun wartete er aber im Schatten eines Hausecks, von dem er bis zum Gefängnis sehen konnte. Er wollte seine Tochter in die Arme nehmen, bevor sie mit den Fremden das Land verließ.

Der Hauptmann der Wachen persönlich führte Erik und Yusuf durch mehrere Gänge in einen Seitentrakt des weitläufigen Gebäudes. Überall begegneten sie Soldaten, die auch zu später Stunde in den Gängen patrouillierten. Granadas Kerker wurde gut bewacht. Endlich stiegen sie eine steile Steintreppe in das Kellergeschoss und gelangten über einen breiten Gang, in dem mehrere mit Gitterstäben versehene Öffnungen Einzelzellen vermuten ließen, zu einer massiven, eisenbeschlagenen Tür.

Noch bevor der *comandante* pfiff, erschien der Wärter des Verlieses und zog im Gehen den schweren Schlüsselbund von seinem Gürtel. Der Hauptmann beschränkte sich darauf, ihm die Weisung des Inquisitors weiterzugeben, denn hier begann das Reich der heiligen Inquisition, und die Kirche duldete keine Einmischung. Ohne einen Blick auf die Mönche zu werfen, sperrte der Wärter auf und schlüpfte durch eine spaltbreite Öffnung in das Verlies. Yusuf folgte ihm. Während es dem Hauptmann nicht in den Sinn kam, ihn aufzuhalten, wandte sich der Wärter verwundert um. Gonzalo war ein kräftiger Bursche. Um es lautlos zu machen, wartete Yusuf, bis er sich über das Mädchen beugte, um es abzuketten. Langsam zog er den Dolch unter der Kutte hervor, schob die lästige Kapuze aus der Stirn und näherte sich dem Wärter von der Seite. Seine Linke legte sich über Gonzalos Mund und riss den Kopf im Nacken zurück, während die Spitze der Klinge an seine Kehle fuhr. Unter dem Druck seines Knies im Rücken ging der Wärter zu Boden.

»Den Knebel!«, zischte der Fremde und deutete zu Boden. Er wollte den Mann noch nicht töten.

Juana tat wie geheißen und band den Stofffetzen, den der Fremde fallen gelassen hatte, um Gonzalos Mund. Es kostete Yusuf einige Mühe, den Wärter ruhig am Boden zu halten. Mit der frei gewordenen Hand und der Hilfe der Frau fesselte er Gonzalos Hände auf den Rücken.

»Wer bist du?«, flüsterte Juana. Es war ziemlich dunkel, und die tranige Ölfunzel flackerte im Rücken des Mannes. Sie kannte nicht viele Kerle von der Statur ihres Vaters. Der hier war kahlköpfig und schien von dunkler Haut zu sein. War da nicht eine Narbe in seinem Gesicht?

Ohne die Frau zu beachten, schnürte Yusuf zügig Gonzalos Füße zusammen und verknotete Hand- und Fußfesseln auf dem Rücken. Dann richtete er sich auf. Totenstille war unterdessen im Verlies eingetreten und alle Gefangenen starrten gebannt auf den Eindringling. Yusuf bückte sich nach dem Schlüssel und schloss Juanas Fußschelle auf. Der süßliche Geruch von Blut stieg ihm in die Nase, als er ihr zu nahe kam. Sie stank, das Haar war verfilzt und gewiss verlaust. Doch sogar in ihrem verwilderten Zustand war die Kleine keineswegs unattraktiv …

»Ist das Gonzalo?«

Die Zigeunerin nickte, und die Alte daneben kicherte. »Und ob, *sí, sí, señor*.«

Yusuf beugte sich zum Wärter und flüsterte: »Wo finde ich zu dieser Stunde den Henker?« Er lockerte den Knebel und wartete, aber Gonzalo wollte nicht antworten. Verfluchter Hurenbock, er musste sich beeilen, wollte er kein Aufsehen erregen. Im schlimmsten Fall würde sich Erik um den Hauptmann kümmern, doch das ergäbe womöglich Probleme für ihren Rückzug. Er zog Gonzalos Hemd etwas hoch und begann den Wärter zu häuten. Nach wenigen Schnitten war er bereit zu reden. Yusuf fasste nach seinem Kehlkopf und entfernte den Knebel.

»In der Taverne bei der Gerberei«, kam es gepresst über seine Lippen.

»Dort, wo der Bucklige wohnt?«

»Hundert Schritte weiter.« Es waren seine letzten Worte.

»Bravo, bravissimo!«, applaudierte das Weiblein und streckte ihm, so gut sie konnte, ihr Bein entgegen. »Auf was wartest du, schließ mich los! Ich will auch mit.«

»Komm«, raunte Yusuf der Zigeunerin zu.

Da meldete sich auch der andere Nachbar und beschwor den Fremden, ihn ebenfalls zu befreien und mitzunehmen.

Yusuf schüttelte entschieden den Kopf. »Kann ich sonst was für euch tun?«

Die Alte schwieg beleidigt, doch der Konvertit sah ihm ruhig in die Augen. Er wirkte entschlossen. »Mach ein Ende«, drängte er, ihm seine angesengten Hände entgegenstreckend.

In dem flehenden Blick erkannte Yusuf, dass der Mann bereit war zu sterben. Ohne zu zögern, nahm er seinen Kopf zwischen seine kräftigen Hände und drehte ihn mit einem Ruck um seine Achse. Ein kurzes trockenes Knacken, und der Körper sackte zusammen. Rasch lehnte er ihn an die Wand. Der starre Blick und ein fratzenhaftes, verzerrtes Lächeln im Gesicht des Toten ließen Juana erschaudern. Die Alte dagegen kicherte erfreut. Nicht der Teufel, sondern ein Fremder hatte ihm das Genick gebrochen.

Yusuf kramte unter seiner Kutte und zog einen Strick hervor.

Er band der Zigeunerin die Handgelenke zusammen, zog die Kapuze weit in die Stirn und stieß sie grob die Stufen hinauf durch den Türspalt. Auf Juanas Füße deutend murmelte er entschuldigend: »Die Fußschelle war nicht zu öffnen …«

Der Hauptmann bot den beiden Mönchen einen Soldaten als Begleitschutz bis zum Kloster an.

Erik schmunzelte. »Obwohl wir Ordensbrüder sind, *comandante*, werden wir mit der Gefangenen, denke ich, zurechtkommen.«

»Vielleicht gerade deshalb!«, lachte der Hauptmann. Zudem machte die unsicheren Schrittes hinter den beiden herstolpernde Frau einen so hilflosen Eindruck, dass er den Mönchen eine gute Nacht wünschte und zu seinen Männern zurückkehrte.

In Wahrheit zitterte Juana vor Aufregung und Glück. Die drei marschierten die Avenida Richtung Kloster entlang, wo sich ihnen bald ein weiterer Mönch anschloss. Als sie sich weit genug vom Gefängnis entfernt hatten, bogen sie in eine Seitengasse. Dires schob die Kapuze vom Kopf und nahm seine Tochter in die Arme. Juana sank an die Brust ihres Vaters. Das erste Mal in den langen Wochen seit ihrer Trennung verspürte sie Geborgenheit und Schutz. Das ist Glück, sagte sie sich. Noch nie in meinem Leben war sie so glücklich gewesen! Leise begann sie zu weinen.

Liebevoll streichelte Dires über ihr wirres Haar und ignorierte den penetranten Geruch, der von ihr ausging. »Mein Kleines, ich weiß, was du durchgemacht hast«, murmelte er und wiegte sie in den Armen. Nur Haut und Knochen, verdammt, und das bei all dem Geld, das er dem Buckligen zugesteckt hatte! »Das alles ist jetzt vorbei, Lovenita! Keiner deiner Peiniger wird es überleben, *sejori*. Auch wenn diese Rache das Geschehene nicht ungeschehen machen kann.«

Was sollte sie ihrem Vater erzählen? Sollte sie ihm etwas erzählen? Sie spürte, wie er litt. »Ich hab Glück gehabt, *dada*«, sagte sie nur. »Die Folter …« Ein Beben durchlief ihren Körper und das Grauen lähmte ihre Zunge.

»Still, mein Kleines. Du warst sehr tapfer.«

Als Erik und Yusuf sich langsam näherten, senkte Dires seine Stimme, obwohl sie sich auf Romani unterhielten. »Lovenita, unser Stamm ist nicht mehr hier. Um dich aus dem Gefängnis zu holen, sind nur deine beiden Brüder, ich und eine Hand voll Männer in Granada geblieben. Hörst du?«

Sie nickte.

»Erinnerst du dich an den Marqués, der dich vor Jahren beinahe … äh … entführt hätte?«

»Beinahe? Die *haben* mich entführt, *dada*!«, fiel ihm Juana ins Wort, und der alte Groll auf ihren Vater und diesen Gecken, dem er Saba verkauft hatte, stieg wieder in ihr hoch. Sie stutzte. »Schuldest du ihnen etwas, Vater?«

»Etwas, *sejori*? Die haben dich da rausgeholt!« Dires rang die Hände. »Hör zu, Lovenita: Der Blonde ist zu mir gekommen und hat um deine Hilfe gebeten. Gemeinsam mit seinem Freund, dem ich höchsten Respekt zolle und den ich nicht zum Feind haben möchte, hat er alles in die Wege geleitet, um dich heute zu befreien. *Aj*, du verdankst ihnen dein Leben!«

Juana musterte die beiden, die unterdessen die Mönchskutten abgelegt hatten. Den hellen Hünen hatte sie sofort wiedererkannt. Aber in der Dunkelheit der Gasse konnte sie das Gesicht des zweiten Mannes nicht erkennen. Das war niemals der Marqués! Auch wenn sich ihre Gestalten ähnelten. Der reiche Sack hatte zudem keine Narbe und langes schwarzes Haar. Obwohl das mit den Narben und schönen Haaren …

»Und was nun?«

»Du wirst sie begleiten.«

»*Dada!* Ich will zu meinem Volk!« Diese Leute waren ihr scheißegal, alle waren ihr egal. Konnte er das nicht verstehen?

»Mach es mir doch nicht so schwer!«, flehte Dires und strich über ihre Wange. Sie war nass.

»Vater, ich bin nicht mehr dieselbe wie die, die gefesselt da hineingebracht worden ist!« Sie deutete mit dem Kinn in die Richtung, aus der sie gekommen waren. Himmel, wie sollte sie es ihm sagen? »Ich … ich brauch jetzt Sicherheit und … Wärme.« Fröstelnd klammerte sie sich an ihn.

Und Liebe, dachte er und lächelte wehmütig. In Gedanken sah er eine Festung und eine Insel. »Das Leben geht weiter, *sejori*. Und glaub mir, die Zeit heilt viele Wunden. Wenn auch nicht alle …« Er blickte in die Ferne und zog Juana fester an sich.

Mit heiserer Stimme versuchte sie es auf andere Weise. »Wenn die mich befreit haben, *dada*, dann haben sie es nicht meinetwegen getan, sondern aus Eigennutz.«

»Jeder handelt aus Eigennutz. Du hättest ihre Hilfe nicht annehmen müssen.« Zum Henker, was redete er da! Mann, war seine Tochter stur!

»Hätte ich lieber dort bleiben sollen?« Juana riss sich von ihrem Vater los. »*Dada*, was ist los?«

»Lovenita«, erklärte Dires knapp, »es ist nur recht und billig, wenn sie deinen Dank fordern. Du wirst mit ihnen gehen und tun, worum sie dich bitten!« Der Ton, den er anschlug, ließ keine Widerrede zu. Etwas sanfter sagte er: »Der Klan der Calé zieht auf der Ruta de la Plata gen Norden. Unser Ziel ist die Camargue.« Er sah zu den beiden reglos an die Wand gelehnten Gestalten. Ein unbestimmtes Gefühl sagte ihm, dass sie sich dort nicht wiedersehen würden …

Juana schluchzte wieder. Dires drückte sie noch einmal fest an sich. Mit belegter Stimme murmelte er dicht an ihrem Ohr: »*Sejori*, für den Fall, dass wir uns nicht wiedersehen sollten: Vergiss die Geschichte deines Volkes nicht! Wer seine Geschichte vergisst, ist dazu verurteilt, sie zu wiederholen. *Sastimos*, mein Kleines. *But baxt*.«

Juana nickte unter Tränen. »*Sastimos, dada*.«

Der Zigeuner ließ seine Tochter los, entledigte sich der Mönchskutte und reichte sie ihr mit einer auffordernden Geste. Einen Augenblick später war er mit dem kahlköpfigen Fremden in der Dunkelheit verschwunden.

Die mächtige Gestalt des Blonden löste sich aus dem Schatten der Hauswand. »Komm!«

Juana fror und wickelte sich in das grobe Wolltuch der Kutte. Es war ihr einerlei, wohin sie gingen. Ihrem Vater nachtrauernd, schlich sie hinter dem Hünen her, den sie schon bei der Unterhaltung mit dem Hauptmann als den Begleiter des Marqués wiedererkannt hatte – des Mannes mit den stechend grünen Augen, dem sie vor langer Zeit die Allermannsharnisch-Wurzel als Amulett geschenkt hatte. Nun würde sie ihn vermutlich wiedersehen. Ein seltsames Gefühl beschlich sie.

Im Stall der Herberge war zu dieser Zeit alles dunkel, nur in der Schenke war noch Betrieb. Erik bestellte Essen auf die Kammer.

Als das Schankmädchen mit kaltem Schweinerücken, Brot und Wein kam und Juana sich gleich darüber hermachte, nahm er das Mädchen beiseite. »Bring die besten Kleider, die du auftreiben kannst, viel Wasser und … na, was ihr Weiber so für die Toilette braucht.«

Aus der von seinem Gürtel gelösten Geldkatze schüttete er einige Münzen in seine offene Hand. Beim Anblick der Maravedis, Reales und Pesos begannen die Augen des Mädchens verräterisch zu glänzen.

Erik grinste sie an: »Zuerst bringst du das alles. Danach sagst du dem Stallburschen, er soll unsere beiden Pferde satteln.«

»Sí señor, de acuerdo.« Das Mädchen verschwand.

»Und dein unheimlicher Freund?«, erkundigte sich Juana, die die Unterhaltung mitbekommen hatte.

»Wieso unheimlich?«

»Er sieht … gefährlich aus.«

»Er sieht nicht nur so aus.« Erik grinste. »Fürwahr, ich hab ihn nicht oft lachen gesehen. Und dennoch«, sagte er gedehnt, »er hat ziemlichen Erfolg bei den Frauen …« Er warf ihr einen Blick aus den Augenwinkeln zu, doch Juanas ungeteilte Aufmerksamkeit galt dem gebratenen Schweinerücken.

»Wer ist er?«, forschte sie weiter, während sie zufrieden kaute.

Der Ire spielte mit dem schweren Zinnbecher, dann kippte er den Inhalt hinunter. »Ein *dschandar*, ein arabischer … Krieger.«

Er lehnte sich zurück. »Yusuf wird nachkommen, sobald deine Peiniger ihre Strafe abbekommen haben. Er wird alle Spuren beseitigen. Wie wir gesehen haben, ist mit der Inquisition nicht zu scherzen, man darf sie auf keinen Fall unterschätzen.«

Beherzt säbelte Juana ein großes Stück Fleisch von den Rippen und reichte es ihrem Begleiter. »Warum tut er das? Aus Freundschaft zu dir?«

Während Erik überlegte, was er der Zigeunerin sagen konnte, betrachtete er sie. Sie war immer noch verdammt hübsch. Es war richtig, Yusuf zu versichern, dass Nicolas kommen und Rache nehmen würde. Bei Gott, das hätte er getan! Also erledigte der treu ergebene Araber die Sache für ihn – gründlich und schnell. Erik langte nach dem Krug und schenkte sich ein. Zurückhaltend meinte er: »Yusuf handelt im Dienst des Herrn von Tagomago.«

»Des Marqués'?«

Erik nickte.

Eine Weile versonnen an einer Brotkante kauend, bemerkte Juana mit einem gewissen Unterton in der Stimme: »Ist es möglich, dass es sich bei dem Balg rein zufällig wieder um einen Nachwuchs von ihm handelt?«

Eriks Blick verfinsterte sich. Dann grinste er, denn er konnte der Zigeunerin diesen Gedanken gar nicht übel nehmen. »Keineswegs. Nebenbei bemerkt, Mädel, auch in Sevilla war es nicht sein Kind.«

Juana blickte auf. Diese Intimität zwischen den beiden damals – sie hätte schwören können … Da klopfte es, und das Schankmädchen erschien mit einem Korb voller Wäsche. Kurz darauf stellte sie eine Messingwanne in die Kammer, dann lief sie und holte mehrere Eimer heißes Wasser.

»Paco ist schon bei den Pferden«, meldete sie schließlich und hielt die Hand auf.

»Mal sehen, was du da angeschleppt hast«, lästerte Erik, einen argwöhnischen Blick auf die Kleider werfend, ohne sich näher dafür zu interessieren. Bevor er sich in die Gaststube begab, zog er seinen Geldbeutel. »Hilf ihr beim Haarewaschen und

Ankleiden. Ach, und wenn sie nicht passen, hol ich mir das Geld zurück.«

Nach Mitternacht verließen Erik und Juana die Herberge und ritten über die Reina-Isabel-Brücke in die fruchtbare Vega von Granada. Yusuf wollte nachkommen, sobald der Scharfrichter, der Bucklige, der Hauptmann der Wachen und der Bischof beseitigt wären. Zunächst folgten die beiden dem Rio Genil in seinem grünen Tal bis Loja, mieden aber die Nähe der ziegelgedeckten weißen Häuser jener stark befestigten Stadt. Auch den folgenden Tag ritten sie von Sonnenaufgang bis in die Dunkelheit. So weit ihr Auge reichte, sahen sie fruchtbare, dunkle Erde, wogende Kornfelder und saftige Wiesen. Des Nachts schliefen sie in Birkenwäldern oder unter mächtigen Eichen und rollten die Mönchskutten auf dem weichen Waldboden aus. Nach Loja verließen sie das Tal des westwärts strömenden Rio Genils und betraten das fruchtbare Tal von Antequera. An seinem Rande zogen sie an Getreidefeldern und Weinhängen vorbei Richtung Süden.

Bald gelangten sie in eine gebirgige Landschaft. Um schnell vorwärts zu kommen, konnten sie nur dem einzigen vorhandenen Weg folgen, einer an steil abfallenden Felswänden vorbeiführenden Straße. Erik entschied, nur bei Tag zu reiten. Dann, gegen Abend des nächsten Tages, in den letzten langen Sonnenstrahlen, bot sich ihnen unerwartet der erste Ausblick auf Malaga und das Meer.

Beim Anblick des glitzernden Silberstreifs am Horizont hüpfte Eriks Herz. »Dort unten liegt unsere »Aurora«, lachte er. »Bald werden wir Segel setzen, Mädel!«

»Aj.«

Seine rotblonden Bartstoppeln kraulend, hielt er den Blick in die Ferne gerichtet. In den letzten Tagen war die Zigeunerin kaum gesprächiger gewesen. Mann, die hat ganz schön was abgekriegt, fluchte er. Nicolas sollte die Finger von ihr lassen.

Doch Juana waren Eriks aufrechte Bemühungen, sie abzulenken, keineswegs entgangen, und sie war ihm dankbar dafür. Eines Tages würde sie es ihm auch sagen. Was sie jetzt brauchte, war Zeit. Und Kraft. Jeder Knochen tat ihr weh seit ihrer Flucht. Kaum dass sie vom Pferd gestiegen war, fiel sie in einen erschöpften Tiefschlaf, aus dem sie immer derselbe Albtraum hochschreckte. Nacht für Nacht. Dann fand sie keinen Schlaf mehr, suchte zwischen den Wipfeln den Mond oder bekannte Sternbilder und lauschte den geräuschvollen Atemzügen des Blonden. Und stellte sich immer dieselbe Frage … In der Nähe des Hünen fühlte sie sich sicher, aber wer beschützte sie vor ihren Träumen? Sie konnte vor sich selbst nicht davonlaufen. Und wohin auch? Und dennoch flehte sie in diesen einsamen Momenten: Weg, nur weit weg.

Ohne sich dessen bewusst zu sein, wuchs mit jedem Meeresblick ihre Zuversicht, diesem Land zu entrinnen, in dem ihr so übel mitgespielt worden war. Sie liebte das Meer, und so verflog allmählich etwas von ihrer Schwermut.

Nachdem sich das Oberhaupt der Calé und der ehemalige Anführer von Muley Hassans Leibgarde zusammengeschlossen hatten, um zu tun, was getan werden musste, begaben sie sich zu der Spelunke am Ufer des Darro. Sie fanden sie in der Nähe der Gerberei, unweit von Mauros Unterkunft.

»Gut möglich, dass der Henker und der Bucklige gemeinsam da drinnen hocken«, meinte Yusuf und rümpfte die Nase.

»Ich werd sie schon finden«, entgegnete Dires. »Gewöhnlich bleibt solcher Abschaum ja unter sich – wer will schon mit dem Henker zechen?« Beherzten Schrittes marschierte er auf die Eingangstüre zu.

In der spärlich beleuchteten Schenke und ihrer von Lampenrauch und billigem Fusel geschwängerten Luft konnte Dires weder einen Buckligen noch einen einzeln sitzenden Gast ausmachen. Auf die Frage nach dem Scharfrichter nickte der Schankbursche, ein magerer, krank aussehender junger Kerl, zu einem Tisch, an dem dicht gedrängt mehrere finstere Gestalten saßen. Unter anderem ein stämmiger Mann in mittleren Jahren und, bei genauerem Hinsehen, ein Buckliger. Unbemerkt verließ er die Spelunke.

Draußen besprachen sie sich. »Ich will ihn nicht töten, noch nicht«, Yusuf zwirbelte ein Bartende. »Zumindest nicht da drinnen. Das ist das Problem.«

Sie beschlossen, sich in der Nähe von Mauros Kellerloch auf die Lauer zu legen. Nach dem gemeinsamen Zechen würde der Henker seinen Knecht gewiss begleiten, bevor er in derselben Richtung nach Hause ging. Bald wurde den auf Rache sinnenden Männern jedoch das Warten zu lang. »Die beiden Kanaillen finden heut wohl nicht nach Haus«, zischte der Araber entgegen seiner gewohnten Gelassenheit und sprang auf.

»Ja, lass uns nachhelfen. Nur eine tote Ratte ist eine gute Ratte.«

Als sie die Spelunke betraten, hatten schon zahlreiche Zechgenossen die Gaststube verlassen. Auch am Tisch des Scharfrichters saß nur noch der bucklige Wärter. Die beiden waren in ein Würfelspiel vertieft. Niemanden in der Gaststube kümmerten die zwei Fremden, die den Henker und den Wärter von beiden Seiten in die Zange nahmen und ihnen dicht auf den Pelz rückten. Als Mauro den Kahlköpfigen erkannte, war es zu spät. Mit Dires' Dolchspitze an der Kehle blieb ihm keine Gelegenheit für eine Warnung.

»Raus!«, zischte Yusuf dem Henker ins Ohr und zerrte ihn hoch. Auch sein Dolch drückte gefährlich nahe an die immer heftiger pulsierende Halsschlagader des Mannes.

Dires ging mit dem Gefängniswärter, der vor Angst halb gelähmt war, voran. Wie zu erwarten, folgte ihnen niemand nach draußen. Bis zu Mauros Behausung wäre es auch nicht weit gewesen, wenn der stämmige, kraftstrotzende Henker nicht heftigen Widerstand geleistet hätte.

»Der will wohl alle Hellebardiere der Stadt auf uns aufmerksam machen!«, fauchte Dires.

Yusuf gab ihm ein Zeichen, zerrte den Henker, den er von hinten um die Schultern gepackt hielt, herum und drehte ihn Dires zu. Der Zigeuner rammte ihm seinen Ellenbogen tief in die weiche Magengrube. Blutiger Schleim quoll aus seinem Mund, und für einen Moment krümmte sich der Mann in größten Schmerzen. Dieser Augenblick genügte dem Araber, um ihm mit beiden Handkanten in die Nieren zu schlagen. Der Henker sackte zu Boden.

Wie einen schweren Sack zog Yusuf den Kerl über den Boden zu Mauros Unterkunft. Dires folgte mit dem Buckligen, den er ebenfalls außer Gefecht gesetzt hatte. Beide Gefangenen wurden an Stühle gebunden. An der Wand über dem Wassereimer fanden sie einen Trichter. Zuerst steckte ihn der Araber dem Henker in die Kehle und pumpte ihm literweise Wasser in den Magen.

»War es nicht das, was ihr der Zigeunerin angetan habt? Bei Allah, dem Erhabenen, ich kann euch schwer vergewaltigen, da mir nicht der Sinn nach stinkenden Arschlöchern steht. Doch wie der Mönch uns versicherte, hat es auch die Wasserfolter in sich.« Er reichte Dires den leeren Krug.

Im Eimer befand sich noch genügend Wasser, um auch den Buckligen voll zu füllen. Bald würgten, husteten und erbrachen sich die beiden abwechselnd und ihre Gesichtsfarben wechselten von Hochrot zu Weiß und Olivgrün.

»Ihr wollt Rache?«, stieß Mauro heiser hervor »Holt sie euch doch bei denen, die solche Schweinereien anschaffen!«

»Deine Reue ist löblich, *gavur*, aber sie kommt spät.« Voller Häme schob Yusuf eine Braue nach oben.

Mauro wurde richtig gesprächig. »He!«, forderte er den Henker auf. »Sag, dass die uns dazu gezwungen haben!«

Aber der Henker sagte nichts. Stumpfsinnig starrte er vor sich hin.

»Wen kratzt das, solang ihr beiden ebenfalls dabei wart«, zischte Dires und tastete über seine kahle Oberlippe. »Irgendwann wird sich rumsprechen, dass Henker nicht lange leben. Wir kommen weit herum ...«

»Seht ihr? Allah, der Gerechte, wird allen ihre Strafe zukommen lassen. Jetzt fangen wir bei euch beiden an.« Yusuf wandte sich dem Scharfrichter zu. Es lag ein neuer Ton in seiner Stimme, als er sagte: »Nicht, dass mir nichts ... Originelleres einfiele, nein. Es sollte etwas sein, das euch an die Lust von damals erinnert – schmerzhaft erinnert. Dazu hol ich mir einen ganz besonderen Knebel …« Während er des Henkers Hose öffnete, flüsterte er: »Wie oft hast du ihn der Zigeunerin rein gerammt, wie oft jungen Mädchen, Knaben und Kindern?« Ohne seine Miene zu verziehen, griff er in das feuchte, warme Kraushaar und zog das schlaffe Glied an der Vorhaut heraus.

Erst jetzt schien der Mann zu verstehen. Schlagartig stimmte er ein Geschrei an, wie das eines abgestochenen Schweins, und tobte, dass Dires mit aller Kraft den wackligen Stuhl festhalten musste. Yusuf schnitt zwei Stoffstreifen aus dem Hemd und band das Glied ab. Dann zückte er seinen Dolch. Mit einem glatten Schnitt trennte er das Glied oberhalb der Wurzel ab. Die blutverschmierte weiche Masse stopfte er dem brüllenden Henker in den Mund und band den anderen Stoffstreifen darum herum, den er am Hinterkopf verknotete.

Mit dem Buckligen verfuhr er auf dieselbe Weise. Damit die geblähten Gedärme auch sicher platzten, schlugen sie anschließend mit einem Stock ein paar Mal auf sie ein. An den verzerrten Grimassen der beiden war abzulesen, dass es ihre Qualen offensichtlich noch steigerte. Dann verloren sie das Bewusstsein. Yusuf und Dires verließen das Kellerloch und versperrten die Tür.

»Wir hätten ihnen auch noch die Zungen abschneiden sollen«, überlegte Dires laut. »Wie lange gibst du ihnen?«

»Wenn sie nicht vorher verbluten, drei oder vier Tage.«

»Aj.« Dires nickte. »Ob man sie findet oder nicht, sie werden wie Hunde elend zugrunde gehen.«

Yusuf wandte sich um. »Nein, schlimmer.«

Der Nächste, den sie in dieser Nacht aufsuchten, war der Hauptmann der Gefängniswache. Er starb einen schnellen Tod. Für Yusuf war er nicht mehr als ein Risikofaktor, den es auszuschalten galt, und Dires wollte an dem Mann, dem sie keine Verbindung zur Inquisition anlasten konnten, keine Rache üben. Es blieb der Bischof, der mittlerweile eifriger bewacht wurde als der Papst in Rom. Aber selbst das Dutzend vor seinem Schlafgemach postierter Wachen verschaffte ihm keinen erholsamen Schlaf. Seit der Nacht, in der er seinen linken kleinen Finger verloren hatte, litt Don Benito de los Montes unter Wahnvorstellungen, so wie es ihm der kahlköpfige Fremde vorausgesagt hatte.

Als die schwere Bronzeglocke der Kathedrale am frühen Vormittag zur Pontifikalmesse läutete, mischten sich auch Yusuf und Dires unter die Gottesfürchtigen. Der Bischof zog, von einem Dutzend Hellebardieren eskortiert, über die Plaza de la Catedral in das Gotteshaus, wie einst die christlichen Könige in das Heilige Land. Die mit langen Lanzen und Kurzschwertern bewaffneten Soldaten nahmen am Portal, im Vestibül und seitlich des Altars Aufstellung und begleiteten ihn sogar in die Sakristei. Immer noch drängten Menschen in die Kathedrale. Es dauerte eine Weile, bis Ehrwürden mit den Messgeräten erschien, sie penibel auf dem Altar platzierte und dann um den Wein und die Hostien ging. Unterdessen hatte sich die Kathedrale bis auf den letzten Platz gefüllt. Die vielen Soldaten in den Straßen machten das Volk neugierig, und es hoffte, heute von der Kanzel herab mehr zu erfahren.

Gemessenen Schrittes, in der einen Hand das Zimborium, in der anderen den Messweinkrug, näherte sich der Bischof in Begleitung seiner Ministranten dem Hochaltar. Der Chor setzte ein, und Ehrwürden eröffnete das Pontifikalamt. Hier, im Zentrum seiner Macht, hatte er keine Angst. Hier fühlte er sich sicher. Beinahe schwelgerisch ließ er seinen Blick über die Köpfe der Gläubigen schweifen, sog diese Mischung aus Demut und Willfährigkeit begierig in sich auf und verkündete das Wort Gottes. Dann wandte er sich im Gebet an den Allmächtigen und zelebrierte die Abendmahlfeier. Nachdem der Bischof vom Leib Christi gegessen und vom Blut Christi getrunken hatte, bedeckte er den Kelch und wandte sich mit der geweihten silbernen Hostienschale der Gemeinde zu.

Dires und der mit Mütze und Umhang nach Art der Hirten gekleidete Yusuf warteten neben der Schlange der Gläubigen, die sich anstellten, um den Leib des Herrn zu empfangen, und beobachteten den Geistlichen. Als sie erste Anzeichen von Schwindel zu erkennen glaubten, mischten sie sich unter die Eucharistieempfangenden. Dires folgte hinter Yusuf. Kurz bevor der Araber vor den schwankenden Würdenträger trat, der den Eindruck eines Betrunkenen erweckte, nahm er die Mütze ab. Er kniete nieder, hob den Kopf und lächelte in das Gesicht des Bischofs. Don Benito de los Montes Züge erstarrten in einer Grimasse. Er öffnete den Mund, aber kein Laut entrang sich seiner Kehle, die wie zugeschnürt war. Ein gewaltiges Beben durchlief den massigen Leib. Die Hostienschale entglitt seinen Händen und schlug auf dem Steinboden auf. Torkelnd suchte er bei den Ministranten Halt, die dem wuchtigen Körper keine Stütze waren. Mit grünem Gesicht und hervorquellenden Augen riss er alle zu Boden. Räl hatte sich für Schlangengift entschieden.

Yusuf setzte die Mütze auf und mischte sich unter die verdutzt zurückweichende Menge. Die nur wenige Schritte entfernt postierten Hellebardiere mussten sich energisch Durchgang verschaffen, um diese Mauer Schaulustiger zu durchbrechen. Als sie beim Bischof einlangten, war von dem Kahlköpfigen nichts mehr zu sehen. Ein letzter Blick auf den zuckenden, röchelnden Geistlichen, und Yusuf und Dires verließen unbeachtet die Kathedrale. Frauen begannen zu schreien und Kinder zu weinen. Unverzüglich wurde Ehrwürden in die Sakristei getragen. Ein rasch unter den Gläubigen ausgemachter Arzt erschien, neigte sich zu dem korpulenten Mann und schüttelte den Kopf. Für das beruflich geschulte Auge war das zweifellos kein lebender Mensch mehr.

Hinter der Kathedrale trennten sich die beiden. Dires' Söhne warteten mit zusätzlichen Pferden, um auf schnellstem Wege die Stadt zu verlassen. Die übrigen Zigeuner hatten sich mit dem Mönch schon in nördlicher Richtung auf den Weg gemacht.

»Nimm diesen Braunen«, sagte Dires zum Abschied, »er war ursprünglich für Juana gedacht. Sie reitet lieber ohne Sattel, deshalb ...«

»Kein Problem«, Yusuf machte eine wegwerfende Handbewegung und schwang sich auf die bunte Satteldecke.

Der Zigeuner bestieg ein ungleich prächtigeres Tier, einen zähen, kräftigen Fuchs. »Grüß mir den Blonden!«, bat er. »Und auch den Marqués.«

Der Araber nickte und nahm die Zügel aus Gils Hand. Bevor er dem Braunen die Fersen gab, wandte er sich um: »Was habt Ihr mit dem Mönch im Sinn?«

Dires zuckte die Schultern: »Wir werden da weitermachen, wo du aufgehört hast – jeden Tag ein Stückchen Haut.«

Yusuf lächelte. »Das ist gut.«

»In der kargen Gebirgslandschaft«, Dires deutete über seine Schulter, »irgendwo in der Sierra Harana, werden wir ihn aussetzen, ihm ein nasses Lederband um die Kehle binden und ihn an Pfähle auf dem Boden fesseln.«

Der Araber lächelte erneut, legte eine Hand ans Herz und sagte: *»Allah-u ma'ak*, Fürst der Zigeuner. Allahs Reich ist groß, und wir haben in diesem gottlosen Land nichts mehr zu suchen.«

»So sei es«, nickte Dires, ebenfalls eine Hand am Herzen. »*Sastimos*, Bruder!«

»Salam!« Yusuf schnalzte mit der Zunge und sprengte davon, ohne sich noch einmal umzusehen.

Vier Tage später war Fray Jerónimo Perdomo tot. Als sich das Lederband in der kräftigen Junisonne wie eine würgende Schlange zusammenzog und ihn von seinen Qualen erlöste, waren die Zigeuner schon über die Berge Richtung Guadix weitergezogen.

XIII.
TAGOMAGO, Juni 1534

»Du musst dich ein wenig … äh … herrichten, Mädel. So kannst du unmöglich in Tagomago aufkreuzen!« Erik warf Yusuf einen Hilfe suchenden Blick zu. Sie saßen im »El Gallo« vor dampfenden Schüsseln mit Suppe, Kohl und einer Kaninchenterrine.

»So?«, grunzte Juana mit vollem Mund und musterte Eriks Kinn, dem die wild nachwachsenden Bartstoppeln das Aussehen einer Scheuerbürste gaben. »Ich dachte, ich werde als Hebamme gebraucht.«

An einer Kaninchenkeule nagend, beobachtete Yusuf den sich wie einen Aal windenden Freund, kam ihm aber nicht zu Hilfe. Er sah seine Aufgabe als beendet und wollte sich nicht weiter in die Sache einmischen. Schon genug, dass er mit dieser rassigen Wilden an einem Tisch saß und sie dem Marqués überlassen musste.

»Das wirst du auch«, versicherte Erik. Himmel, war die stur! Selbst die Inquisition wäre an der irgendwann verzweifelt. Er kannte nur einen, der mit solch halsstarrigen Geschöpfen fertig wurde: Yusuf. Erneut warf er dem Araber einen viel sagenden Blick zu. War da Häme in den schwarzen Augen zu lesen? Erik schnaufte. Was soll das eigentlich?, fragte er sich. Suchten die Weiber nicht jede Gelegenheit, sich herauszuputzen? Die Schultern zuckend, versuchte er es auf andere Weise. »Geh morgen in den Basar und deck dich mit Sachen ein, die du in der nächsten Zeit brauchen wirst. Auf Tagomago findest du gar nichts.«

»Auch keine Kräuter?« Juana schien entsetzt.

»Ich fürchte, nicht.«

»Was ist denn das für eine … unselige Insel! *Madre mia!*«

Erik strich sich über die rötlichen Bartstoppeln. »Eine sehr kleine«, gestand er. Er sprach kräftig dem Wein zu und goss auch Juana beharrlich nach. In Gedanken versunken, nippte sie an dem Rebensaft, der nach gebranntem Zucker schmeckte, und äußerte sich nicht weiter.

»*Cuidado*«, lachte der Wirt und stellte einen vollen Krug Malagawein auf den Tisch: »Mit dem ist nicht zu scherzen!«

»Wie?« Erik wischte sich mit dem Handrücken über den Mund. »Wen willst du da warnen, he?«

Yusuf sah auf, ohne das freundliche Lächeln des Wirts zu erwidern.

»Na, die junge *señor*a! Er ist sehr süß, aber vor allem … stark.«

»Wen juckt's?«, meinte Erik vergnügt angesichts der vollen Schüsseln und Teller. »Sie wird umso besser schlafen.«

»Im Ernst, *señor*es. Unserem Wein aus der Vega wird eingekochter Most zugesetzt, der mit Johannisbrot gewürzt ist. Selbst die Mauren«, der Wirt warf dem Araber einen unterwürfigen Blick zu, »preisen das feine Muskatellerbukett unseres Weins und seine … Stärke.«

»Alkohol ist Alkohol«, stellte Erik schmatzend fest. »Ich zech alles, wovon ich keine Krätze bekomme. Aber der da …« Er nickte zu Yusuf und schüttelte den Kopf, dann tauchte er Weißbrot in die Sauce, »vergiss ihn!«

Yusufs Gesichtsausdruck blieb undurchschaubar wie immer, und der Wirt wandte sich wieder einem anderen Tisch zu.

Als Juana sich an dem Kanincheneintopf satt gegessen und genügend goldbraunen Malaga getrunken hatte, um traumlos in den Schlaf zu sinken, stand sie schwankend auf und verließ unsicheren Schrittes die Gaststube. Keiner ihrer Begleiter bemerkte den berechnenden Blick, mit dem ein anderer Gast der Zigeunerin folgte, bis sie aus dem Raum verschwunden war.

Schwungvoll griff Erik nach dem vollen Krug. »Wir haben genügend Zeit für einen mehrtägigen Aufenthalt in Malaga, was meinst du?«

»Das«, murmelte der Araber, Juana nachblickend, »hängt ja wohl von deiner Gunde ab.«

Erik winkte ab. »Gunde ist noch nicht so weit. Lass uns morgen nach den Kameraden Ausschau halten und Einkäufe erledigen.«

»Schön. Und wenn deine Ferndiagnose nicht stimmt?«

Erik überlegte kurz, dann grinste er. »Nicolas weiß ja inzwischen, was zu tun ist.«

Das erste Mal seit vielen Wochen schlief Juana nicht auf nacktem Boden. Obwohl die Strohmatratze in der kleinen Kammer der Taverne weder weich war noch angenehm duftete, kam sie ihr vor wie ein Himmelbett. *Aj*, so musste es in den kuscheligen Betten der Reichen sein! Der Wein tat seine Wirkung, und sie schlief ein, ohne die quälenden Bilder der letzten Zeit vor Augen zu haben. Dabei wollte sie gar keine Kammer für sich allein. Nichts fürchtete sie mehr als die Albträume, die sie in dunkler Nacht heimsuchten. Es war immer derselbe Traum, der jede Nacht wiederkehrte. Und dennoch konnte sie weder Erik noch den Araber zu sich bitten. Schon gar nicht den Araber, diesen kahlköpfigen, unzugänglichen Kerl, der ihr nicht geheuer war …

Am frühen Vormittag verließ Juana das »El Gallo« und begab sich ins Zentrum der Stadt, wo es rund um den Basar bereits lebhaft zuging. Um ihre Katerstimmung zu vertreiben, steuerte sie einen Kiosk an und bestellte sich Mandelmilch. Danach fühlte sie sich sogar wohler. Eigentlich fühlte sie sich sogar recht passabel. Trotz des mehrtägigen anstrengenden Ritts, wo sie nur die Angst vor den Häschern der Inquisition vorangetrieben hatte, konnte sie sich von ihrem erschöpften Zustand bald erholen. Und letzte Nacht hatte sie geschlafen wie eine Tote. Eine ganze lange Nacht ohne diesen Traum – das war schon verlockend. Sollte sie es vielleicht wieder mit Wein probieren?

Bester Dinge betrat sie Malagas Basar, in dem die alte Tradition arabischer *suqs* fortlebte. Erik hatte ihr einen Beutel Silbermünzen in die Hand gedrückt, mit dem sie sich jeden Wunsch erfüllen konnte. In zahlreichen kleinen Läden liebäugelte sie mit bunten Stoffen und schillernden Geweben, widerstand aber den Versuchungen, etwas davon zu erstehen, da sie mit all dem prächtigen Kattun, Damast, Batist und Seidenstoff nichts hätte anfangen können. Sie suchte und fand schließlich, was ihr gefiel und zudem praktisch erschien. Drei weiße Blusen, wie sie sie ihr Leben lang getragen hatte, weit, mit einem Band im Ausschnitt gerafft, und zwei bunte weite Röcke, in der Taille mit einer Kordel gebunden. Sogleich schlüpfte sie in die neuen Kleider und fühlte die angenehm kühle Baumwolle auf ihrer Haut. Dass die für die klein gewachsenen Maurinnen geschneiderten Röcke zu kurz waren und ihre Knöchel freigaben, störte sie nicht und würde in der nächsten Zeit auch keinen Zigeuner empören.

Ein paar Läden weiter kaufte sie sich hübsche lederne Sandalen und nebenan ein Schultertuch aus rotem Kattun. Dann machte sie sich auf die Suche nach den Kräutern, die es auf der Insel angeblich nicht gab. Der Basar war gut besucht. In seinen engen Gassen begegneten ihr Wasserträger, Flugblattverkäufer und Winkelärzte, die mit Logisadressen auf Plakaten auf sich aufmerksam machten. Zwischen ihnen trieben sich Marketenderinnen und Baldower herum, die Kaufleute ausspionierten, um deren Vorhaben der Konkurrenz in der Judengasse gegen ein paar Maravedis weiterzugeben. Juana erkannte die jüdischen Bettler sofort und glaubte auch einen Beutelschneider auszumachen, der zwischen all den Passanten sein Glück versuchte.

Um viele kleine Imbissbuden lag der verlockende Duft würziger Speisen. Leichtfüßig bewegte sie sich zwischen aufgetürmten Kochtöpfen, allen Arten von Kandelabern, ausgestellten Schwämmen und Ballen feinster Seide. Malagas Läden und Stände waren lärmend und bunt, sie quollen über von vielerlei Kostbarkeiten des Landes. In unmittelbarer Nähe eines Kräuterstandes warf sie einen flüchtigen Blick auf den Stand eines Parfümeurs. Der gut sortierte Laden bot Räucherwerk für Bart- und Haupthaar, Parfümöle für den Körper und wässrige Duftauszüge für die Haare neben wohlriechenden Salben für Nasenlöcher und Ohren, duftenden Farbpasten und vielem mehr, denn der Maure liebte es, sich mit Düften zu umgeben. Zunächst aber wollte sie die Kräuter, Wurzeln und Tinkturen besorgen. Der Kräuterstand war ebenfalls gut sortiert, und sie bekam alles, was sie brauchte.

Das Gedränge in den Gassen des Basars wurde dichter, und sie merkte nicht, wie sich zwei Männer, die ihr schon längere Zeit gefolgt waren, an ihre Seite schoben. Bis sie sich bei ihr einhakten. Der Ausdruck in den Gesichtern der beiden Fremden mit ihren dunklen Turbanen war so bedrohlich, dass sie sich panikartig zur Wehr setzte. Sofort legte sich eine Hand auf ihren Mund, und sie bogen in einen schmutzigen engen Durchgang zwischen zwei Läden. Bevor sie die Zähne in die Hand des Mannes schlug, hatte sie noch Zeit festzustellen, dass er Sardinen mit den Fingern gegessen hatte. Dann spürte sie einen harten Schlag gegen den Kopf und verlor das Bewusstsein.

Als Juana auch zum Abendessen nicht erschien, wurde Erik unruhig.

»Vielleicht ist sie getürmt«, erwog Yusuf nüchtern.

»Das glaub ich nicht!«

»Die wollte uns doch nie begleiten. Erinnere dich an jene Nacht in Granada.«

»Du hast kein Wort der Unterhaltung verstanden.« Gereizt kratzte sich Erik den sprießenden Bart.

»Nein, aber ich hab wie du an den Gesten und am Tonfall ihre Reaktion mitbekommen. Wer weiß, was die sich ausgemacht haben. Wie du siehst, ist es leicht, in einer so großen Stadt zu verschwinden. Wir haben sie immerhin sicher aus Granada gebracht. Ich trau den Zigeunern nicht, obwohl ich ihren Anführer respektiere.«

»Eben.« Erik kaute hastig, dann schluckte er. »Sie hätte nicht mitzukommen brauchen«, sagte er knapp. Es ärgerte ihn, dass Yusuf durchaus Recht haben konnte. Um diesen Gedanken abzutun, beteuerte er: »Glaub mir, wenn Dires das wollte, hätte er es uns gesagt.«

»Hm. Möglich.« Präzise löste Yusuf das Fleisch aus den Knochen eines gesottenen Hammelkopfs. Mit seinen Gedanken aber war er bei dieser Zigeunerin. Würde er ihr unter anderen Umständen begegnen, würde *er* sie nehmen. Im Moment gab es diese anderen Umstände aber nicht, nur seinen Auftrag. Im Moment sah es allerdings auch nicht gut aus für den Marqués.

Der Wirt, ein gewitzter untersetzter Mann mit einem mächtigen grauen Schnurrbart, der sich an den Enden aufzwirbelte, näherte sich mit einem Korb Brot. Über den Tisch gebeugt, dicht bei den Locken des Blonden, erkundigte er sich mit gedämpfter Stimme: »Wie viel hat euch der Halunke geboten?«

»Von wem sprecht Ihr?« Erik kaute friedlich weiter.

»Na, von dem Türken, *caramba*!«, entfuhr es dem Wirt.

»Von welchem Türken, *coño*?« Erik wurde laut, weil er nicht verstand, worum es ging. »Da muss ein Missverständnis vorliegen, Mann, wir haben niemandem was verkauft!«

Yusuf schob seinen Teller beiseite und unterbrach die beiden barsch: »Spuck aus, was du von dem Türken weißt.« Seine Finger an einer weichen Brotschnitte abwischend, verbargen die halbgesenkten Lider seinen hämischen Blick. »Wir haben zwar nichts verkauft, aber uns geht eindeutig was ab.« Er bedeutete dem Wirt, sich an den Tisch zu setzen.

Der zwingende Blick überzeugte den Mann schnell, der Aufforderung nachzukommen. »Der Türke«, beeilte er sich zu sagen, »der gestern Abend dort drüben hinter der Säule saß …« Er deutete ein paar Tische weiter.

»Ich erinnere mich. Ein älterer Mann mit Turban …«

»Genau. Der hat heute Mittag überstürzt sein Quartier verlassen, obwohl er vorgestern für eine Woche im Voraus bezahlt hat.«

»Ja und?«, mischte sich Erik ein. »Jetzt komm schon zur Sache, bevor ich nachhelfe und deinen Saftladen da auseinander nehme! Ich hab nämlich wenig Geduld.«

»Er ist Sklavenhändler.«

»Waaas?« Das darf doch nicht wahr sein!, fluchte Erik. Nicht ums Verrecken hätte er an so was gedacht! Er warf seinem Freund einen bedeutungsvollen Blick zu. Die schwarzen Augen blickten kalt.

»Beim Barte des Propheten«, flüsterte Yusuf eisig, als der Wirt nicht recht mit der Sprache herausrücken wollte. »Du wirst uns jetzt alles erzählen, was du über diese Qualle weißt!«

Der mächtige Schnurrbart des untersetzten Mannes zitterte leicht. »Nun ... der Sklavenhändler kommt einmal im Jahr hierher, schon seit Jahren nimmt er bei mir Quartier. Er kauft und verkauft. Die Rothaarige dort hab ich ihm letztes Jahr abgehandelt.« Er deutete zu einem der Tische, an dem eine hellhäutige Frau mit dunkelroten Haaren saß. Sie war recht hübsch, hatte aber einen ziemlich gewöhnlichen Ausdruck. »Gestern fragte mich der Türke über euch aus. Er wollte wissen, ob das Mädchen zu einem von euch beiden gehört. Ich hab ihm versichert, dass ich euch nicht kenne. Für mich war das Thema damit erledigt. Doch wie er der Kleinen nachgeschaut hat ...« Der Wirt wiegte den Kopf, dann zuckte er mit den Achseln. »Das ist alles.«

»Bei den Arschbacken des Allmächtigen!«, donnerte Erik und hieb seine Faust auf den Tisch. Augenblicklich herrschte beklommene Stille in der Gaststube. Der Wirt sprang auf, warf dem Araber aber einen unsicheren Blick zu.

Yusuf nickte. »*Tamam*. Schick die Rothaarige zu uns.«

Aufatmend entfernte sich der Mann.

»Ich kann euch nicht viel sagen«, gestand die Frau, nachdem sie sich zu den beiden an den Tisch gesetzt hatte. »Ich weiß nur, dass der Türke Ismail Gediz heißt. Er hat mich in Oran auf dem Sklavenmarkt gekauft und hier an diesen Ausbeuter«, sie deutete mit dem Kinn über ihre Schulter, »verhökert, weil der gerade was ›Ausgefallenes‹ gesucht hat.« Aufreizend schüttelte sie ihre roten Locken im Nacken.

Yusufs Blick wurde eindringlicher. »Sag schon, was weißt du noch von dem Türken, *gamila*?« Er sprach langsam und betont.

Die Rothaarige musterte den Kahlköpfigen. Man sah ihr an, dass sie keine Furcht vor dem Mann hatte. Im Gegenteil. In ihren Blick mischte sich Interesse und unverhohlene Neugier. »Soviel ich mitbekommen hab, klappert er von Lissabon aus alle Sklavenmärkte an der spanischen und südfranzösischen Küste ab und segelt von dort in die Türkei. Das macht er jedes Jahr, ständig auf der Suche nach was Besonderem, Einzigartigem für den Sultan.« Ein spöttisches Lächeln umspielte ihre Lippen. »Ist übrigens nicht der Einzige. Dieser Sultan muss einen ganz schönen Appetit haben!« Sie rollte die Augen. »Wie Ihr seht, war ich ihm dafür nicht exklusiv genug.« Die Lippen geschürzt, fächelte sie sich mit der Hand Luft zu. »Bin ohnehin froh darüber, wer will schon in einem beschissenen Harem verstauben? Und immer nur mit dem einen Kerl – wie stinklangweilig!«

»Allerdings«, sagte Yusuf, die Rothaarige taxierend. Die schwarzen Augen blickten stechend, glutvoll. Zu Erik gewandt, meinte er knapp: »Heute können wir ohnedies nichts mehr tun. Gehen wir.«

So kam es, dass sich in dieser Nacht die beiden Männer nicht nur die kleine Kammer teilten.

In aller Früh begab sich Yusuf zum Sklavenmarkt und Erik zum Hafen, um Erkundigungen über ein türkisches Schiff einzuziehen. Am Vortag, wurde ihm dort bestätigt, sei gegen Mittag eine türkische Pinke, die weiter draußen vor Anker gelegen hatte, in See gestochen. Unverzüglich suchte Erik die Kameraden auf, um die Matrosen zusammenzutrommeln.

Der schmierige Widerling, der den Sklavenmarkt in Malaga kontrollierte, erinnerte sich, den Türken dieser Tage vor dem Podium gesehen zu haben. Er sei mit ihm jedoch weder ins Geschäft gekommen noch ihm wieder begegnet. »Ihr könnt ihn aber«, er wischte seine schmutzigen Finger an einem abgetragenen Burnus ab, »sicher im ›El Gallo‹ antreffen. Für gewöhnlich steigt er dort ab.«

Auf Yusufs drängende Frage, welches Schiff der Türke sein Eigen nannte, wurde der Sklavenhändler misstrauisch. Yusuf fasste ihn scharf ins Auge. »Bei Allah, du wirst mir auf der Stelle sagen, welche Schaluppe diese Laus segelt, oder jeder deiner Sklaven trägt morgen mein Zeichen!« Er sprach leise, aber mit Nachdruck. *»Tamam?«*

Der Moriske nickte. »Ismail befehligt eine dreimastige türkische Pinke«, versicherte er, »ein nicht allzu großes Handelsschiff. Es ist mit Kanonen gut bestückt.«

»Gut. Und wo könnten sie jetzt sein?«

»Wie soll ich das wissen?«, ereiferte sich der Mann, überlegte es sich aber sofort anders. »Der nächste Sklavenmarkt, den er für gewöhnlich aufsucht, befindet sich in Almeria, danach läuft er Cartagena an.«

Kurz darauf traf Yusuf den Iren am Hafen. Sie besprachen sich mit Baltasar, der diesen Küstenabschnitt der spanischen Halbinsel am besten kannte, und kamen zu dem Schluss, dass es durchaus machbar wäre, nach Tagomago zu segeln und Nicolas und die »Aggab« für das Vorhaben zu gewinnen. Mit der zum schweren Kriegsschiff umgerüsteten Karavelle würden sie die türkische Pinke in Küstennähe abpassen, wenn sie Cartagena Richtung Norden verlassen wollte.

Während Miguele Lebensmittel für Wochen auf die »Aurora« schaffte, die danach auf die »Aggab« umgeladen werden sollten, sammelten die Zwillingsbrüder die Seeleute aus Ibiza ein. Erik, Yusuf und Baltasar waren in den Hafenspelunken unterwegs, um die Schiffsbesatzung für die »Aggab« anzuheuern. In wenigen Stunden hatten sie mehr als acht Dutzend Männer angeworben, und am Nachmittag desselben Tages hissten sie die Segel. Ende Juni gingen sie in der Bucht mit dem hellen Sandstrand vor Anker.

Von der »Aurora« aus war der prächtige, dicht an der Felswand des kleinen Eilandes ankernde Segler zwar zu sehen, doch achtete Yusuf darauf, dass keiner der Matrosen zu neugierig wurde und das Schiff verließ. Das einzige Beiboot wurde zu Wasser gelassen, und Erik und Miguele ruderten aus der Bucht in den Kanal, der das Eiland von den Klippen Ibizas trennte. Dann verschwand das Boot hinter der Karavelle, und niemand auf der »Aurora« ahnte, dass die zwei Männer in die Felswand stiegen.

Erik traf Nicolas lesend im Garten. Ein paar Schritte entfernt spielte Lucas mit dem kleinen Hund, den der Onkel ihm geschenkt hatte. Wenn der Vater nicht da war, trieb sich der Vierjährige oft in seiner Nähe herum. Zuerst kam der Hund und sprang an Eriks Beinen hoch, dann lief Lucas lachend in die ausgebreiteten Arme seines Vaters.

Nicolas legte das Buch beiseite. »Wie du siehst, hab ich brav Haus und Hof beaufsichtigt und in deiner Abwesenheit die Schäfchen gehütet, die du eifrig vermehrst …« Der ruhelose Ausdruck im Gesicht des Freundes machte ihn stutzig. »Du siehst aus, als musstest du den gesamten Weg herrudern. Ist was schief gelaufen?«

»Und ob!«

»Zum Henker, leg schon los!«

»Später!« Erik legte beide Hände an den Mund und brüllte aus Leibeskräften nach Gunde, dass es bis in den letzten Winkel der Alcazaba zu hören war. »Sie soll uns Lucas abnehmen.«

»Dir scheint ja mächtig der Boden unter den Füßen zu brennen.«

Außer Atem tauchte Gunde zwischen blühenden Jasminbüschen auf. Auch sie kannte ihren Mann und wusste seine gereizte Miene zu deuten. Ohne Fragen zu stellen, nahm sie ihm den protestierenden Jungen aus dem Arm und verschwand mit ihm im Haus.

Erik kam sofort zur Sache. »Ich brauch deine Hilfe. Da unten warten über hundert Männer auf deinen Befehl!«

»Ja? Hört sich viel versprechend an. Und weiter?«

Ohne auf Nicolas' launische Bemerkungen einzugehen, machte er drängende Gesten. »Dazu ist keine Zeit, wir müssen sofort los! Ich hab mit einem türkischen Hundesohn abzurechnen, der vor der spanischen Küste kreuzt …«

»Barbarossa?«, entfuhr es Nicolas, seine Augen flammten auf.

Erik grinste. »Nicht ganz, ich muss dich enttäuschen, Partner. Aber ich bitte dich dennoch …«

»Ist gut, ich hab verstanden. Welcher Korinthenkacker auch immer es ist, fasel nicht rum, sondern verabschiede dich von Gunde.«

Nicolas holte eilig seine Waffen, tauschte den langen luftigen Umhang gegen schwarze Hosen, Hemd und Wams und schlüpfte in seine Stiefel. Gemeinsam bestiegen sie den Aufzug und ließen sich in dem schmalen felsigen Schacht bis zu der kleinen Plattform herab, von der aus die »Aggab« trockenen Fußes betreten werden konnte.

Miguele und Erik ruderten zur »Aurora« und kehrten mit den ehemaligen Kameraden und den Seeleuten aus Ibiza zurück. Als die Männer sich an Segeln, Anker und Ruder zu schaffen machten, setzte sich die »Aggab« träge in Bewegung. Langsam verließ sie den Kanal und näherte sich der »Aurora«. Matrosen, Vorräte und Wasserfässer wechselten das Schiff, dann wurden sämtliche Segel gesetzt. Bald entschwanden der Zweimaster und die idyllische Bucht ihren Blicken.

Als sie die nördliche Spitze Ibizas umsegelten, kam starker Wind auf. Sein wütendes Heulen ließ die Matrosen in den Wanten und Stagen erschaudern. Die Wolken am Horizont verfärbten sich rot, und das Blau der trügerisch ruhigen See verwandelte sich unmerklich in metallisch glänzendes Grau. Es dauerte nicht lange, und der Wind peitschte die Gischt auf.

»Tuch zugeben!«, brüllte Nicolas in das Tosen des Windes. »Aber plötzlich! Und zwanzig Grad Backbord abfallen!« Er stand mit Erik und Ramon auf dem Achterdeck und sah prüfend zum Himmel – zunächst nach Osten, dann nach Westen, in ihre Fahrtrichtung. »Mit Glück entwischen wir dem Sturm.«

Erik nickte. »Hm. Ich möchte jetzt nicht in die andere Richtung segeln!«

Unter dem Winddruck begann sich die »Aggab« zu neigen.

Stirnrunzelnd trat Ramon von einem Bein auf das andere. »Weiß nicht, *capitán*. Sieht aus, als müssten wir ihn abwettern.«

»Wart's ab.« Nicolas grinste. Hier kannte er sich aus, kannte jede Strömung, jeden Gegenwind, sogar die Färbung des Wassers … Er klopfte Ramon auf die Schulter. »Lös später Baltasar am Ruder ab.«

Als er mit Erik und Yusuf in seine Kajüte stieg, fielen die ersten Tropfen. Doch es war nur der Ausläufer eines Sommergewitters, dem sie davonsegelten, wie der Kapitän es vorausgesagt hatte.

Noch bevor er zu den Zigarren griff oder gar eine Flasche entkorkte, öffnete Nicolas die Glasvitrine mit den Seekarten. Das ließ, ungeachtet seines Ausdrucks, auf Neugier schließen. Erik seufzte. Der Freund hatte ja nicht die geringste Ahnung, worum es hier ging!

Über der glänzend dunklen Maserung entrollte der Kapitän eine Seekarte der iberischen Mittelmeerküste, beschwerte sie mit Lampe und Ascher und sah Erik erwartungsvoll an. »Ich bin ganz Ohr.«

Die Stirn in Falten gelegt, beugte sich der Ire über die Karte. Kurz kniff er die Augen zusammen, dann schoss sein Zeigefinger auf einen Punkt an der Küste. »Da! Wenn wir Glück haben, schnappen wir die türkische Rattenschaukel hier vor Cartagena, sobald sie den Hafen verlassen hat und Kurs nach Norden nimmt. Wenn nicht …« Er sah auf.

»Tja, dann wird wohl nichts aus deiner Abrechnung mit dem Türken, *mon ami*.« Der spöttische Unterton in Nicolas' Stimme war nicht zu überhören. »Ist sonst irgendetwas auf dem Schiff, das für uns von Interesse sein könnte?« Er stand auf, holte eine Flasche Portwein und zwei Humpen aus dem Regal und nahm den Flaschenöffner zur Hand. Kurz und dumpf knallte der Korken, und in die nachfolgende Stille hinein sagte Erik: »Die Zigeunerin ist auf dem Schiff.«

Nicolas setzte die Flasche ab und sah von Erik zu Yusuf. Irritiert bemerkte er das ungewöhnlich dunkle Blau in den irischen Augen und das kalte Schwarz in den Augen des Arabers. »Ich denke, Ihr habt mir eine Menge zu erzählen.« Er füllte seinen Becher und kippte den Inhalt hinunter. Zum Henker! Seitdem die Chance, sie wiederzusehen, in so greifbare Nähe gerückt war, hatte er die Zigeunerin nicht mehr aus seinen Gedanken verbannen können. Immer wieder hatte er sich gefragt, ob sie noch zu haben war und wie sie wohl aussah. »Wie sieht sie aus?«, entfuhr es ihm.

Erik warf Yusuf einen unbehaglichen Blick zu. Es war offensichtlich, dass er sich in seiner Haut nicht wohl fühlte.

»*Joder!*« Nicolas' Faust krachte auf den Tisch. »Was ist?«, zischte er. »Ist sie inzwischen triefäugig und hässlich geworden?« Gereizt starrte er Yusuf an, bohrte den Blick in seine schwarzen Augen.

Der Araber hielt seinem Blick stand. »*Sayyid*«, sagte er ruhig, denn er wusste, der Marqués würde die Wahrheit früher oder später ohnehin erfahren, »die Zigeunerin ist weder hässlich noch entstellt. Sie hat aber … einiges durchgemacht. Wir haben sie in Granada aus den Klauen der Inquisition befreit.«

»Inquisition …« Monoton rieb sich Nicolas die Faust, bis die Knöchel weiß hervortraten. »Folter?«

Yusuf nickte.

Also Vergewaltigung, mehrfache Vergewaltigung … Nicolas setzte sich wieder, kippte den massiven Stuhl rückwärts und wippte auf den zwei geschwungenen Beinen. Eine Zeit lang sagte er gar nichts. Gedankenverloren nippte er am Wein und starrte in die Ferne.

Erik räusperte sich. »Sie ist wunderschön, *mon ami*.« Leise fügte er hinzu: »Vielleicht etwas reifer als damals, wie wir alle …« Seine Stimme wurde schneidend. »Dieses Türkenschwein hat das auch gefunden, siehst du, hat sie sogar für den Sultan vorgesehen …«

Scharf sog Nicolas die Luft ein, die Vorderbeine des Stuhls krachten auf den Boden. »Weiter!«

»Wenn nicht dieser verdammte Sklavenhändler dazwischengepfuscht hätte, wären wir mit ihr schon auf Tagomago!«, schäumte Erik. »Er ist in Malaga in derselben Taverne wie wir abgestiegen, verstehst du? *Coño*, er hat sie einfach während ihrer Einkäufe im Basar entführen lassen!«

»Aus Erkundigungen wissen wir«, mischte sich Yusuf vorsichtig ein, »dass er Almería und danach Cartagena anläuft, um dort die Sklavenmärkte aufzusuchen. In jeder Stadt bleibt er ein paar Tage.«

Nicolas stand auf und ging im Salon auf und ab. Das half ihm, seine Gedanken zu ordnen. Und seine Gefühle? Ein spöttischer Zug legte sich um seine Mundwinkel. Noch hatte er alles unter Kontrolle. Er war höchstens verwirrt. Verwirrt, dass ihm das Schicksal dieser Frau so nahe ging. Oder steckte was anderes dahinter? Zerstörte Träume vielleicht, die ihn in solche Unruhe versetzten? Lächerlich! Gereizt tat er diesen Gedanken mit einer knappen Geste ab. Wichtig war jetzt die Hebamme, sie musste zurückgeholt werden. Für Gunde. Außerdem, wie stand er vor Dires da? Abrupt blieb er stehen und wandte sich um. »Habt ihr das Oberhaupt der Calé getroffen?«

Yusuf nickte. »Ich soll Euch von ihm grüßen lassen.«

Schwungvoll stützte sich Nicolas auf die Tischplatte und sah die beiden an. »Ruft Baltasar. Diesem Türken werden wir den Arsch aufreißen!«

Der Kapitän kannte Andalusiens Küste und die Hafenstädte Almería und Cartagena wie seine Westentasche. In Erwägung eines nur wenige Tage dauernden Aufenthalts des Türken in Almería fasste er den Entschluss, die Pinke südlich von Cartagena abzupassen beziehungsweise ihr sogar entgegenzusegeln.

»Und wenn sie schon im Hafen von Cartagena vor Anker liegt, während wir flott südwärts segeln?« Erik sah von einem zum anderen.

Nicolas winkte ab. Dann überlegte er es sich anders. »Wir werden dich an Land rudern, *mon ami*«, sagte er in einem Ton, der besonders großzügig klingen sollte, »damit du den Hafen inspizieren und die Stadt umdrehen kannst, während wir draußen die Pinke aufbringen.«

Zwei Tage später näherten sie sich Cartagena. Großräumig umfuhr die »Aggab« die weite, von befestigten Felshöhen geschützte Bucht, an deren Scheitelpunkt die weiße Stadt in den schräg einfallenden Strahlen der Nachmittagssonne leuchtete. Erik bestand darauf, am südlichen Rand der Bucht an Land gerudert zu werden. Die Hebamme, das hatte er Gunde bei seinem überraschenden Besuch geschworen, würde ihm nicht durch die Lappen gehen. Also musste er sogar die Möglichkeit, dass der Türke Almería gar nicht angelaufen hatte, in Betracht ziehen.

Am nächsten Morgen wollten sie den Iren an derselben Stelle wieder an Bord nehmen. Bis dahin beschloss Nicolas, die Nacht durch weit draußen zwischen dem Kap Tiñoso und dem Eiland vor Escombreras auf und ab zu kreuzen, denn es gab noch eine dritte Möglichkeit, die wiederum er nicht außer Acht lassen wollte: Was, wenn der Türke zwar Almería, nicht aber Cartagena anlief? Ihre Berechnungen stützten sich ja nur auf die vagen Aussagen einer Schankdirne und eines Sklavenhändlers und waren nichts als wilde Spekulationen …

Als die Nacht anbrach und das Licht des Vollmonds die schwarzen Umrisse der Küste in eine gespenstische Szenerie verwandelte, funkelten die Lichter der Hafenstadt wie Sterne am nächtlichen Himmel. Dort, wo das Mondlicht auf die spiegelglatte See fiel, schimmerte sie wie silberne Seide. Ein lauer Abendwind wehte vom Meer her und brachte angenehme Kühle. Zwischen den wiederholten Wendemanövern versammelten sich die Matrosen an Deck, unterhielten sich in Gruppen oder lehnten sich gegen die Reling und betrachteten den klaren Sternenhimmel. In den Mastkörben wachten die Zwillingsbrüder, und im Bug sowie im Heck der »Aggab« lösten sich Seeleute aus Ibiza ab, um die Nacht durch das Meer rund um sie herum zu beobachten und nach Positionslichtern abzusuchen.

Der Kapitän lag in der Hängematte vor seiner Kajüte und rauchte. Wieder dachte er an das, was Yusuf ihm letzte Nacht geschildert hatte. »Erzählt mir alles! Alles, was ihr zugestoßen ist«, hatte er die beiden gedrängt. Erik war zurückhaltend geblieben, doch der Araber hatte ihn nüchtern und schonungslos über alles in Kenntnis gesetzt: von den erpressten Geständnissen ihrer Peiniger bis hin zur anschließenden Abrechnung. Verdammte Schweinehunde! Hurensöhne! Dabei war gar nicht das Mädchen der ursächliche Grund dafür gewesen, sich mit Portwein voll laufen zu lassen. Die Selbstherrlichkeit der Kirche, die unverfrorene Intoleranz und Dreistigkeit ihrer mächtigsten Schöpfung, der Inquisition, hatten nach langer Zeit wieder sein Blut in Wallung gebracht und seinen Zorn so weit gesteigert, dass er ihn nur noch in Alkohol hatte ertränken können …

Eine Weile blies er kleine Ringe zu der sanft schaukelnden Laterne und sah den Rauchkringeln gedankenverloren nach, bis sie sich in der Dunkelheit des iberischen Himmels verloren. Baltasar stand am Kolderstab, und Ramon wollte soeben das Wendemanöver befehligen, um das kleine, vor der Bucht von Cartagena liegende Eiland zu umsegeln, als ein Ruf in die friedliche Stille der lauen Sommernacht hallte: »Schiff Backbord voraus!«

Nicolas sprang aus der Hängematte und stürmte aufs Achterdeck. Auch aus dem zweiten Mastkorb meldete Ramons Bruder ein Schiff von der Hafenstadt auf sie zukommend. Unwahrscheinlich, überlegte Nicolas, denn er erwartete das Sklavenschiff aus der entgegengesetzten Richtung. Und doch mussten sie jedes Schiff unter die Lupe nehmen! Backbord das schwarze Wasser im Widerschein der fernen Hafenlichter absuchend, entdeckte er eine dunkle Silhouette. Sosehr er sich auch bemühte, mehr als das Positionslicht konnte er nicht erkennen. Er winkte Ramon und Baltasar zu sich.

»Wir werden das Schiff zwischen dem Eiland und der »Aggab« in die Zange nehmen. Dann wird es Farbe bekennen.«

Baltasar starrte in die schwarze Nacht, und auch Ramon sah prüfend von dem kleinen Eiland zum vermeintlichen Sklavenschiff. *»Aye, aye, capitán«*, lachte er, »da werden sie die Hosen runterlassen.«

»Allerdings.« Auch der Navigator grinste. »Der Wind steht günstig, um das Manöver durchzuführen.« Dann verschwand er durch die Bodenluke des Zwischendecks zum Kolderstab hinab.

Von der Mannschaft waren nur die ehemaligen Piraten über das Ziel der Fahrt eingeweiht, die übrigen Matrosen hatten nicht die geringste Ahnung, warum die »Aggab« vor der Bucht von Cartagena auf und ab kreuzte. Solange die Heuer und die

Verpflegung stimmte, interessierte es sie auch nicht. Dass sich das schlagartig ändern würde, wenn er sie zwingen musste, wie Piraten zu kämpfen, war Nicolas nur zu deutlich bewusst. Er sah sich nach Yusuf um.

»Der einzige Vorteil«, lästerte er, während sie sich zum Bug begaben, »besteht darin, dass wir den türkischen Matrosen zahlenmäßig überlegen sein werden …«

»*Na'am*, wenn dort überhaupt Matrosen an Bord sind und nicht Piraten.«

»Du sagst es«, lachte Nicolas. »Aber das wissen die Götter!« In die Wanten nickend, raunte er: »Keiner der in Malaga angeheuerten Seeleute kann schwimmen, das hat Erik überprüft. Ein weiterer Vorteil also. Teil Waffen und Munition aus. Zu gegebener Zeit werd ich ihnen drohen, sie bei Verweigerung eigenhändig über Bord zu werfen.«

Die schwarzen Augen blitzten. *»Inschallah!«* In Aussicht auf einen Kampf mit den Türken, die er aus tiefstem Herzen hasste, machte sich der Araber vergnügt auf den Weg zum Munitionsdepot.

Nicolas starrte in die Dunkelheit. Bei dem geradewegs auf sie zuhaltenden Schiff war weder auszumachen über wie viele Masten es verfügte, noch von welcher Bauart es war.

»Mittelgroßer, flacher, dickbauchiger Segler mit Rahtakelung, *capitán*!«, rief Roman aus seinem Mastkorb hoch über ihnen. Nicolas nickte. Das war ja schon etwas. Und es war gar nicht schlecht. Als zu erkennen war, dass der Segler beabsichtigte, sich dem Eiland zu nähern, gab er Befehl.

»Halbe Fahrt voraus!«, brüllte er in die Takelage hinauf, und auf dem Weg zum Achterdeck rief er Baltasar durch die Luke zu: »Fünfzehn Grad Backbord!«

Auf dem Achterdeck wartete Ramon auf neue Befehle. »Abfallen, bis auf weiteres, Ramon.«

Der Zwillingsbruder sprang die Treppe hinab. »An die Brassen!«, schrie er den Matrosen rund um Yusuf zu, um die Rahen zu stellen und die Richtung zu ändern. Sogleich kam geschäftiges Leben in die gesamte Bemannung der Karavelle.

Nicolas stand im Heck und beobachtete gespannt den gegnerischen Segler. Noch ahnte der Türke nichts von ihren Absichten. »Dort vorn kriegen wir ihn an den Eiern!«, rief er Ramon zu, der soeben wieder auf dem Achterdeck erschien.

»Ja«, grinste Ramon. »Er wird versuchen, uns auszuweichen und zwischen uns und der Insel hindurchzuschlüpfen.«

»Soll er nur!«, rief Nicolas. »Er weiß wohl noch nicht, mit welchem Schiff er es zu tun hat!«

Wasser rauschte am Bug, und langsam begann die »Aggab« unter dem Winddruck zu krängen. Nun erkannten sie im Mondlicht drei Masten und ein Schiff vom Typ der wendigen, schnellen Küstensegler, wie ihn die türkischen Piraten im östlichen Mittelmeer verwendeten.

Also doch, dachte Nicolas. »Tja, dumm gelaufen für Erik.«

»Er wird uns fehlen.« Ramon nickte über die Reling. »Die sind allesamt mit Kanonen gut bestückt«, erinnerte er.

»Schon entwöhnt, was? Für Kanonen ist es ohnehin zu spät.«

Da meldete Roman von oben: »*Capitán*, sein Bug scheint südlich zu zeigen!«

Nicolas grinste. Genau damit hatte er gerechnet. Nun ging es darum, den Überraschungsangriff schnellstens durchzuziehen – auch wenn sich später herausstellen sollte, dass es die falsche Pinke war. Sie hatten keine Wahl. Er gab Yusuf das Zeichen. Die Mannschaft war bewaffnet und sollte nun von ihm unterwiesen werden. Gleichzeitig befahl er: »Tuch wegnehmen, Ramon, aber prompt!«

Dutzende Männer kletterten in die Wanten. Die »Aggab« drosselte ihre Geschwindigkeit, fuhr immer langsamer in einem spitzen Winkel auf das gegnerische Schiff zu.

»Die versucht, die Fahrt zu stoppen, *capitán*!«, rief Roman von oben, »und auf der Stelle Steuerbord abzudrehen!«

»Unmöglich!«, Nicolas schüttelte den Kopf. »Für dieses Manöver sind sie schon zu knapp beim Eiland. Sie werden versuchen, hautnah an der Insel vorbeizuschrammen.« Er fuhr sich über seinen kahl rasierten Schädel. Das konnte in der Dunkelheit schief gehen …

»Aber die Riffe ...« wand Ramon ein.
»Eben, die Riffe. Wir müssen schneller sein!«

Nicolas bewaffnete sich mit Schwert und Muskete und stellte sich an die Balustrade vor seiner Kajüte: »Männer«, donnerte er mit peitschender Stimme, »wir kapern dieses Schiff! Wer sich weigert zu kämpfen, wird entweder von den Türken abgestochen oder von mir persönlich zu den Haien befördert! Eine andere Möglichkeit habt ihr nicht. Kapiert?«

»*Coño*, ich werd hier für die Arbeit als Matrose bezahlt!«, protestierte einer empört in den Wanten, doch der Kapitän konterte scharf: »Wenn du das hier überlebst, bekommst du das Hundertfache, Memme!«

»Auf Ehre und Gewissen?«

»Jetzt halt die Luft an, Idiot!«, schrie ein anderer aus der Takelage herüber.

Nicolas grinste. »Auf Ehre und Gewissen!«

Die gesamte Mannschaft johlte, und langsam schwand ihre Angst. Yusufs Instruktionen taten ebenfalls ihre Wirkung. »Je rücksichtsloser und brutaler ihr angreift«, bleute er ihnen ein, »desto weniger werden von euch draufgehen.«

»Die kennen keine Gnade«, stieß der Kapitän in dasselbe Horn. »Also scharf drauflos, Männer!«

Die Pinke war nur noch wenige Schiffslängen entfernt. Sie hatten einen Trommler an Bord, und die dumpfen Schläge der Trommel wurden vom Wind herübergetragen.

»Ree!«, schrie Nicolas und über der Luke zum Rudergänger: »Hart Backbord mit dem Ruder!«

Die gesamte Mannschaft war mit dem Festmachen der Segel und dem Umbrassen der Rahen beschäftigt, wo es auf promptes Schießenlassen und Einholen der Taue ankam. Unaufhaltsam drehte die »Aggab« mit dem Heck Backbord bei. Um längsseits zu kommen und die Pinke nicht mit dem Rammsporn zu durchbohren, krängte sie so hart über, dass ihre Steuerbordseite bis fast an den Kiel aus dem Wasser ragte. Der türkische Segler steuerte indes weiter auf das Eiland zu. Die gegnerische Mannschaft wurde hektisch, auf der »Aggab« hörte man laute Stimmen und Säbelrasseln. Erst jetzt sah man im Mondlicht den hellen Halbmond auf dem dunklen Banner.

»Klarschiff zum Gefecht!«, polterte Nicolas und gab Yusuf das Zeichen.

Kurz bevor sie die Enterhaken warfen, um die Pinke längsseits zu ziehen, fielen die ersten Schüsse. Die Enterhaken flogen, und Yusuf und die ehemaligen Piraten sprangen hinterher. Nicolas und eine Hand voll Matrosen erwiderten die Salven. In das Krachen der Musketen hinein brüllte der Marqués: »*Coptan*, streich die Flagge!«

Als Antwort schickte der Türke einen Kugelhagel, der die untere Takelage der »Aggab« zerfetzte. War nicht anders zu erwarten, schäumte Nicolas, der Hurensohn zeigt die Zähne! Das würde er büßen! »Feiges Türkenschwein«, donnerte er und trieb die Matrosen zu den Seilen, »zeig dich, damit wir reden können!«

Doch der gegnerische Kapitän zeigte sich nicht. War der völlig bescheuert, in seiner Situation? Nicolas dachte an die Gefangenen im Bauch der Pinke, sah eine Gefangene vor sich. Das brachte ihn vollständig in Rage. Bei seinem Anblick sprangen einige Matrosen freiwillig auf das gegnerische Schiff.

Da knackte Holz, ein dumpfes Donnern und Grollen in der Tiefe, das gegnerische Schiff erbebte und schwankte. Auf der Pinke war die Hölle los. Allen war klar, dass sie aufgelaufen waren.

»Los!«, brüllte Nicolas und trieb die Letzten der Matrosen zu den Seilen. Rasch stand so ein Rumpf unter Wasser, sie hatten nicht viel Zeit! Wie ein Berserker ergriff er ein Tau und schwang sich auf die Pinke. Die Matrosen, mit Messern und Dolchen bewaffnet, folgten den Mündungsfeuern und spürten sie in der Dunkelheit auf. Wie Katzen kletterten sie in den Wanten und stachen die Türken von den Rahen und Spieren, dass ihre Leiber hart auf den Schiffsplanken aufschlugen.

Yusuf war als Erster auf der Pinke gelandet. Ungeachtet der Panik an Deck entging seinem erfahrenen Auge nichts, und er hatte gerade noch gesehen, wie sich der türkische Kapitän aus dem Staub machen wollte. Mit seinem Krummsäbel auf jeden einschlagend, der ihm im Wege stand, kämpfte er sich bis zur Reling durch. In der Dunkelheit und im Rauch der Mündungsfeuer hatten sie auf der »Aggab« nicht bemerkt, dass ein Beiboot zu Wasser gelassen worden war. Bevor sich Yusuf über die Reling schwang, suchte er den Marqués auf der »Aggab« und machte Säbel schwenkend auf sich aufmerksam. Nicolas verstand. Der Kapitän war soeben dabei, vom Fallreep ins Ruderboot zu steigen, in dem ein zweiter Türke wartete und mit der Muskete nach oben zielte. Yusuf sprang.

Kaum war Nicolas auf der Pinke gelandet, riss er den in einen Messerkampf verwickelten Roman mit sich und stürzte zur Reling. Gemeinsam zogen sie den Kapitän, der offensichtlich nicht schwimmen konnte, mitsamt der Strickleiter herauf und zerrten ihn über die Bordwand. In diesem Moment gab es erneut einen Ruck, die Pinke schwankte und neigte sich nach Steuerbord. Nicolas warf dem anderen einen Blick zu. Beide erinnerten sich an die letzten Minuten auf der »Aguila«.

»Die ›Aggab‹!«, stieß er hervor. Sein Gefühl sagte ihm, dass sie nicht mehr viel Zeit hätten.

Roman verstand und warf sich ins Gemenge. Er musste Baltasar und Ramon finden und mit ihnen die Karavelle in Sicherheit bringen. Selbst hier, zwischen den Riffen, konnte der Sog eines abtauchenden Schiffes gewaltig sein.

Nicolas setzte seinen Fuß auf die schmale Brust des Türken, der gekrümmt auf den Planken lag, und nahm ihm die Luft. Da rutschte etwas Glänzendes, Metallisches zu Boden. Er bückte sich und erkannte im Mondlicht ein Amulett. Aus einer Laune heraus riss er dem Türken den Anhänger vom Hals, dann sah er sich nach Yusuf um. Gerade in diesem Moment schwang sich der Araber über die Reling. Ihre Blicke kreuzten sich. In den Augen des Marqués las er all den aufgestauten Hass der letzten Tage und verstand. Er würde sich um den Türkenkapitän kümmern und versuchen, noch einiges aus ihm herauszupressen. Zweifellos wollte der Marqués wissen, was in den Tagen auf dem Schiff vorgefallen war.

Ohne weitere Zeit zu verlieren, steckte Nicolas das Amulett hinter die *faja* und stürmte zur Treppe in der Mitte des Hauptdecks. Auf die wenigen noch Kämpfenden, die ihm in die Quere kamen, hieb er ein oder stieß sie beiseite. Dann stürzte er die Treppe hinab in das untere Deck. Ein entsetzlicher Gestank schlug ihm entgegen und erinnerte ihn an das portugiesische Sklavenschiff. Kinder wimmerten und Frauen kreischten. Es war so dunkel, dass man nicht einmal die Hand vor den Augen sehen konnte. Auch das noch! Verdammt, es blieb ihnen nicht viel Zeit! Fluchend hetzte er die Treppe hoch, in der Hoffnung, in der Kapitänskajüte Licht zu finden. Er hatte Glück. Vorsichtig schlich er mit der Laterne die Stufen hinab.

Kinder und Frauen klammerten sich an Gitterstäbe von Raubtierkäfigen, die das gesamte Deck einnahmen. Als sie den breitschultrigen Kahlköpfigen erblickten, schwoll das Kreischen und Schluchzen zu einem ohrenbetäubenden Geschrei an. Nicolas watete im kniehohen Wasser von einem Käfig zum nächsten. Da sah er sie. Erhobenen Hauptes stand die Zigeunerin im hinteren Teil eines Käfigs. Sie schien keine Angst zu haben. Ihre Blicke kreuzten sich. Als sie verstand, dass es um sie ging, glühten ihre grünen Augen in dem schummrigen Licht der Laterne vor Hass und Feindseligkeit wie die Augen einer Raubkatze.

Der wenig vertrauenerweckende Fremde hängte die Laterne an einen Haken und öffnete die Gittertür. Mit der blutverschmierten *janbiah* betrat er den Käfig, packte Juana und zerrte sie heraus. Sie versuchte, ihm zu entwischen und an ihm vorbei zur Treppe zu gelangen. In dem schmalen Gang vor den Käfigen bekam er sie schnell zu fassen und machte kurzen Prozess. Er warf sie über seine Schulter, schob alle übrigen Riegel zurück und sprang mit ihr die Treppe nach oben. An der Treppenkante stieß Juanas Kopf gegen einen Balken. Am plötzlich veränderten Gewicht merkte Nicolas, dass sie das Bewusstsein verloren hatte.

Auf dem Hauptdeck häuften sich die Toten, Verstümmelten und Schwerverletzten, doch niemand kämpfte mehr. Das Deck war glitschig von Blut, und er musste höllisch aufpassen, in der Dunkelheit nicht über die schlaffen Leiber der Gefallenen oder über Verwundete zu stolpern, die ihre Körper mit letzter Kraft über die Planken zogen.

Yusuf wartete im Beiboot der Pinke. Gemeinsam ruderten sie der »Aggab« hinterher, die mittlerweile einige Schiffslängen von dem sinkenden Segler entfernt lag. Die Matrosen aus Ibiza, die allesamt schwimmen konnten, versuchten, sich auf die »Aggab« zu retten. Andere tümpelten mit Brettern, ja selbst auf Fässern und Rahen im Wasser und hofften auf Rettung von irgendeiner Seite. Das kleine Beiboot hatte die Karavelle noch nicht erreicht, als die Pinke endgültig überkrängte. Mächtig hob sich das dunkle Heck aus dem Wasser, bevor der Segler mit dem Bug voran in die schwarzen Fluten tauchte und beinahe geräuschlos in die Tiefe sank. Yusuf sog scharf die Luft ein. Es gab nicht viel, was den Mann beeindruckte. Ein paar Wellen klatschten an das Ruderboot, dann deutete nichts mehr auf die Existenz des Sklavenschiffes hin. Wer von den drei oder vier Dutzend Gefangenen nicht schwimmen konnte, hatte keine Chance zu überleben …

Nicolas griff in die Riemen, als ginge es um sein Leben. Das Ruder immer schneller bewegend, beobachtete ihn Yusuf aus den Augenwinkeln. Die Miene des *sayyid* ließ darauf schließen, dass er mit dem Verlauf des Unternehmens nicht zufrieden war. Der Araber sah auf die schöne Frau zu ihren Füßen. Bei Allah, er hatte doch, was er wollte!

»Capitán!«

Nicolas gewahrte das Boot im Schatten der Karavelle erst, als er die Stimmen hörte. Den beiden Matrosen im Beiboot, das zu Wasser gelassen worden war, um nach ihm zu suchen, gab er in knappen Worten den Befehl: »Fischt alles heraus, was noch am Leben ist!«

Juana fuhr aus dem Schlaf. Jede Nacht, ohne Ausnahme, suchte sie der gleiche Albtraum heim. Dann schreckte sie schweißnass hoch und beruhigte sich erst wieder, wenn sie sich vergewissert hatte, nicht im Verlies zu sein. Verwirrt sah sie sich um. Träumte sie? Wieder befand sie sich auf einem Schiff, doch diesmal war die Kajüte ungleich geschmackvoller und kostbarer eingerichtet. Das Lager war weich und sauber, und es roch angenehm nach Holz. Erst vor wenigen Tagen war sie in der Kammer eines schmächtigen grauhaarigen Mannes aufgewacht, den sie noch nie zuvor gesehen hatte …

Das Beeindruckendste an Ismail Gediz war sein riesiger kugelrunder Turban, der bei jeder unbedachten Bewegung vom Kopf zu kullern drohte, nie aber seinen Halt verlor. Ja nicht einmal verrutschte. Juana lag an Händen und Füßen gefesselt auf einem verschlissenen Teppich über schmutzigen Schiffsplanken.

Der Türke kam ohne Umschweife zur Sache. »Zuerst wollen wir untersuchen, ob das Vögelchen, das mir da ins Netz geflogen ist, noch das zarte, ach so begehrte Häutchen besitzt.« Während er in undeutlichem Ladino faselte, fingerte er an ihrem Rock herum.

Juana wehrte sich, presste die Oberschenkel zusammen und spie Gift und Galle.

Das Gesicht des Mannes näherte sich dem ihren. Fettige Hängebacken und verwässerte Augen schoben sich in ihr Blickfeld. »Stell dich nicht so an, Zicke!« Zwischen gelben Zähnen stieß er übel riechenden Atem hervor.

Obwohl Ismail Gediz nicht besonders kräftig war, gelang es ihm schließlich, ihre Beine auseinander zu zwingen und zu finden, wonach er suchte. Darin hatte er Übung.

»Oh, oh Mädchen, welch ein Jammer!« Eine Grimasse schneidend schüttelte er den Kopf mit der mächtigen weißen Zwiebel. »Sieh mal, der Sultan begehrt nur Jungfrauen! Unersättlich ist er, will alle paar Tage einen neuen Augenstern entjungfern, den wir ihm aus sämtlichen Herrenländern beschaffen. Bei allen Tugenden Mohammeds, es entgehen ihm die schönsten Frauen! Welch ein Pech für dich, mein Kind, er ist der mächtigste Mann auf Erden.«

Sie wusste nicht, ob das stimmte, denn sie hatte gehört, der Kaiser sei der mächtigste Herrscher und dieser osmanische Sultan sein Rivale. Wie auch immer, sie war ganz und gar nicht erpicht darauf, in das ferne Land verschleppt zu werden, um in einem riesigen Harem zu verschwinden! Aber auch eine neuerliche Schimpftirade beeindruckte den Türken nicht im Mindesten. Vermutlich verstand er sie nicht einmal. Stattdessen ließ er seine Finger an Ort und Stelle, drang tiefer in sie ein, schob einen zweiten Finger dazu und begann, sie im Rhythmus vor- und zurückzubewegen.

Sie wand sich, so wild und so heftig sie konnte, hieß ihn dieses und jenes und spuckte ihm ins Gesicht. *»Menèatela!«*, zischte sie.

Ismail Gediz musterte die Zigeunerin aus verschlagenen Augen. »Entweder du bist mir zu Diensten und verwöhnst mich«, warnte er sie mit schneidender Stimme, »oder ich steck dich zu den anderen in das Rattenloch zu Wasser und Zwieback – überleg es dir gut.« Um sich Nachdruck zu verleihen, fügte er ihr mit seinen langen Fingernägeln Schmerz zu.

Hass wallte in Juana auf und löschte alle ihre Sinne aus. »Du kriegst ja doch keinen hoch, geiler alter Bock!«, fauchte sie und spuckte ihm ins Gesicht. Darauf reagierte Ismail Gediz allerdings empfindlich. Sie hätte es wissen müssen. Schon beim Anblick seiner gierigen Augen und den zitternden Fingern hätte sie wissen müssen, dass dieser Saftsack mit seiner schwindenden Manneskraft nur ein wenig bewundert werden wollte. Die Reichen erkauften sich dies, und die Armen erzwangen es sich. Ismail Gediz, der über jede Sklavin an Bord verfügen konnte, wie es ihm beliebte, wollte nur ein bisschen belogen werden.

»Bacagini, ayiririm, yarik!«, presste er zwischen zusammengebissenen Zähnen hervor. »Ich reiß dir die Beine auseinander, Fotze!«

»Und dann, was führst du mir dann ein? Etwa wieder deine Finger?« Juana lachte höhnend. Im selben Augenblick schlug er ihr mit dem Handrücken ins Gesicht. Eine feine Blutspur zog sich über ihre Wange, dort, wo sein Ring die Haut aufgerissen hatte.

Bevor er vollends die Beherrschung verlor, erhob sich Ismail Gediz. Die widerspenstige Zigeunerin übers Knie zu legen und ihr nacktes Hinterteil zu versohlen, hob er sich für später auf. Der werden die Flausen schon noch vergehen, freute er sich. Allen sind sie noch vergangen ... Er pfiff.

Der Gestank unter Deck, fand Juana, war nicht schlimmer als im Verlies, obwohl viel mehr Menschen auf engstem Raum zusammengepfercht waren. Aber es gab keine Kranken oder Verwundeten, keine schwärenden Wunden, kein Blut und kein Eiter. Tag und Nacht brannten mehrere Ölfunzeln in Laternen, die nur bei grober See erlöschten. Der Mannschaft, der auch die zwei Handlanger des Rais angehörten, war es bei Todesstrafe untersagt, sich an den Gefangenen zu vergreifen. Die beiden jungen Burschen, der Küchenjunge und ein Eunuche, versorgten die Sklaven mit dem ungenießbaren Schlangenfraß, den ein fälschlicherweise als Koch bezeichneter Türke zustande brachte, gaben spärliche Informationen weiter und leerten von Zeit zu Zeit die Pisseimer aus.

Ein paar Tage später ging die Pinke in Cartagena vor Anker. Wenn Ismail Gediz in einem abendländischen Hafen anlegte, bedeutete das für die Sklaven, einige Tage unbehelligt zu sein. Juana vertrieb sich die Zeit mit Handlesen, Unterhaltung und einem Zustand gedankenfreien Dahindämmerns. Dann kam Leben auf das Schiff, und alle wussten, sie würden bald in See stechen. Noch bevor die Ankerwinden ächzten, ließ Ismail Gediz die Zigeunerin und einen Knaben zu sich bringen.

Schon das Ausdenken seiner Spiele bereitete dem Voyeur ungemeines Vergnügen, und er verbrachte damit viel Zeit. Immer wieder ersann er neue Szenen, die genau nach seiner Regie aufgeführt werden mussten. Die Darsteller waren Kinder, Jugendliche und junge Frauen, wobei die Paare stets neu gemischt wurden. An diesem Abend wollte er sich mit dem neuen Jüngling und der grünäugigen Kratzbürste vergnügen. Der Küchenjunge und der Eunuch würden wie gewöhnlich während der »Aufführung« zugegen sein und seinen Wünschen Nachdruck verleihen.

Als Juana und der Knabe in die Kajüte des Kapitäns gestoßen wurden, duftete es dort nach Weihrauch und Myrrhe. In einer Ecke dampfte parfümiertes Wasser in einem großen, nicht sehr tiefen Zuber, und viele Lampen erhellten den Raum. Umständlich und eindringlich erklärte Ismail Gediz den beiden Darstellern, was sie zu tun hätten. Die Aufführung sah zunächst vor, dass die beiden nackt in den Zuber stiegen und der Knabe die sitzende und kniende Geliebte sorgfältig wusch. Sämtliche Körperöffnungen mussten dabei ganz besonders zärtlich gesäubert werden. Anschließend sollte die Frau ebenso verfahren. Juana musterte den blonden, blauäugigen Knaben von etwa zwölf Jahren, und Erinnerungen wurden in ihr wach. Damals hatte sie es freiwillig getan …

Zunächst wehrte sie sich nicht. Der Rais hatte mit Auspeitschen gedroht, und von den Gefangenen unter Deck wusste sie, dass seine Handlanger nicht zimperlich umsprangen. Dennoch zierte sie sich, die Kleider abzulegen. Erst als der Türke drohte, seine Geduld zu verlieren, und dem Eunuchen winkte, mit der Peitsche nachzuhelfen, kamen ihr die Folgen zu Bewusstsein, und sie tat wie geheißen. Beim Versuch, sich unbemerkt des Amulettes zu entledigen, wurde sie vom Sklavenhändler ertappt. Kopfschüttelnd näherte er sich und griff nach ihrem Anhänger, der an einem langen Lederband zwischen ihren Brüsten baumelte. Blitzschnell packte Juana sein dürres Handgelenk.

»*No!*«, spie sie ihm ins Gesicht, und hasserfüllte Blicke durchbohrten ihn.

Er lachte nur hämisch, berührte beide Brüste und zog sanft an den Brustwarzen. Dann streifte er sich das Halsband über den Kopf und setzte sich wieder auf den Lederhocker.

Nackt und zitternd stieg Juana in den Zuber. Der blonde Knabe war gehemmt und tölpelhaft, bis Ismail Gediz zur Peitsche griff und ihm die schlimmsten Strafen androhte. Daraufhin wusch der nun völlig eingeschüchterte Junge Juana mit Seife und Schwamm.

Der Sklavenhändler wandte kein Auge von der ebenmäßigen Gestalt der jungen Frau. Niemals noch hatte er solch lange, wohlgeformte Beine gesehen. Sein dünner Bart zitterte vor Vergnügen. »Hinknien, *gitana*, los!«, rief er aufgeregt, denn von der im Wasser hockenden Gestalt bekam er nicht genug zu sehen.

Der Junge bemühte sich ja redlich, nur diese Zigeunerin stellte sich einfach nicht willig genug an. Miststück! »Etwas sinnlicher, dummes Luder!« Der Junge hatte, die Peitsche vor Augen, viel schneller kapiert, was er von ihnen wollte. »Was ist?«, fauchte Ismail Gediz und zog Juana persönlich einmal die Peitsche über den Rücken. Er würde sich das Schauspiel von dieser Zicke nicht vermasseln lassen!

Unwillig säuberte Juana den Jungen, dessen dünnes Glied gekrümmt nach oben stand. Dann kam wieder der Knabe an die Reihe, die Frau mit Öl einzureiben, denn der Türke liebte es, wenn die Körper glänzten und die Körperöffnungen schlüpfrig und gleitend waren.

»Zuerst leckst du ihr aber die Brüste, Früchtchen!«, rief Ismail Gediz begeistert und fuhr sich mit der Zunge über die Lippen. Seine ansonsten schmalen Augen waren rund und glasig, und während er begierig auf Juanas Brüste starrte, fingerte er mit beiden Händen unter seiner Tunika. Aufs Höchste erregt, sprang er auf, um die Frau an ihren intimsten Stellen zu betatschen.

In diesem Augenblick brüllte der Navigator nach dem Coptan. An der Dringlichkeit und seinem ausdrücklichen Befehl, ihn unter keinen Umständen zu stören, erkannte Ismail Gediz, dass etwas Schlimmes passiert sein musste. Er stürzte hinaus und wurde von den Gefangenen nicht mehr gesehen. Seine Handlanger brachten die beiden zu den übrigen Sklaven, nachdem sie sich notdürftig abgetrocknet und bekleidet hatten.

Der kurze Moment an Deck hatte Juana genügt, um das imposante Schiff auszumachen, das direkt auf sie zuzusteuern schien. Als sie dann den ruckartigen Stoß und das Knacken und Ächzen von Holz direkt unter sich wahrnahm, glaubte sie, der Rammsporn eines Piratenschiffes habe sich in ihren Schiffsrumpf gebohrt.

Schüsse, das Klirren von Säbeln, Schreie und dazwischen das dumpfe Aufprallen von Leibern kündeten von einem kurzen, aber heftigen Kampf. Dann stürmte der erste Pirat die Treppe hinab. Für einen Moment dachte Juana in dem flackernden Licht Yusuf, den Araber zu erkennen, doch dieser Kerl schien ihr noch größer, noch bedrohlicher. Wie sie den kahlköpfigen Barbaren mit der blutigen *janbiah* lauernden Blickes von Käfig zu Käfig schleichen sah, erfasste sie dieselbe Beklommenheit wie im Verlies, wenn sie losgekettet und abgeführt worden war. *Devlam!* Immer heftiger schlug ihr Herz, schlug ihr bis zum Halse. Dann heftete der Pirat den Blick auf sie und schob den Riegel zurück. Das Letzte, woran sie sich erinnern konnte, war, wie ihr die Knie weich wurden …

Juana schob das seidene Laken zurück und stellte verwirrt fest, dass sie darunter vollkommen nackt war. Zum Henker, mit welchem Schwein hatte sie es diesmal zu tun? Was … was hatten sie mit ihr angestellt? Wutschäumend blickte sie sich nach ihren Kleidern um, konnte sie aber nirgends entdecken. Schließlich stand sie auf, wickelte sich in das federleichte Seidentuch und verließ den Alkoven. Auch in dem großen eleganten Salon fand sie keine Kleider. Irgendwo mussten sie doch sein! Aus purer Neugier probierte sie an der Tür, die, wie vermutet, abgeschlossen war. Erst jetzt sah sie sich genauer um. Der Geruch nach Holz und Tabak war nicht unangenehm.

In dem Raum brannten zwei Öllampen hinter bemaltem Glas und verströmten ein milchiges Licht. Draußen war es noch dunkle Nacht. Dennoch hörte sie an Deck unzählige Stimmen. Ihr Ohr an den Türspalt gepresst, vernahm sie gedämpftes Murmeln, Weinen und Klagen von Frauen, das Stöhnen von Verletzten und das Grölen von mit Alkohol betäubten Männern. Abgesehen von ihrer Aufmachung hatte sie nicht das geringste Bedürfnis, die Kajüte zu verlassen.

Sie wandte sich von der Tür ab und war gerade im Begriff, wieder das Bett aufzusuchen, als sich der Schlüssel im Schloss drehte und die Tür aufflog. Mit einer Flasche Rum in der Hand stürzte derselbe kahlköpfige Kerl in die Kajüte des Kapitäns, der sie erst vor wenigen Stunden weggeschleppt hatte.

Für einen Moment stutzte Nicolas, dann trat er die Tür zu, dass sie in den Angeln bebte. Großer Gott! Auf diesen Anblick war er nicht vorbereitet gewesen. Unter dem straff um den Körper gebundenen glatten Tuch wölbten sich feste Brüste, die dunklen Locken schmeichelten ihren nackten Schultern. Ihr Anblick reizte ihn, und der Alkohol tat sein Übriges. Die Rumflasche knallte auf den Tisch, und leicht wankend kam er auf sie zu.

»Ich schreie nach dem Kapitän!«, zischte Juana ihn an.

»Nur zu!« Er nickte zum Laken. »Würde dem Kapitän garantiert gefallen.« Spott glitzerte in seinen Augen.

Die schwarze breitschultrige Gestalt und der verwegene Ausdruck des offensichtlich Betrunkenen flößten ihr Angst ein. Angst, die ihr die Kehle zuschnürte. Sie wich zurück.

Schwankend folgte er. »Für den Kapitän des Schiffes«, flüsterte er gefährlich leise, »würdest du also die Beine breit machen, *chata?*«.

Hasserfüllte Blicke bohrten sich in seine stechenden Augen, während sie sich in kleinen Schritten Richtung Alkoven bewegte. Als sie nicht mehr weiterwusste, spuckte sie vor ihm aus. Nicolas kniff die Augen zusammen und sog scharf die Luft ein. Juana erfasste Panik. Im nächsten Moment stolperte sie über die Matratze und fiel längs auf das Bett. Das schwarze Ungeheuer beugte sich über sie und hüllte sie in Alkoholschwaden. Ein grausames Lächeln breitete sich von den vollen Lippen bis zur langen Narbe aus und ließ perlweiße Zähne blitzen. Rum und Tabak, stellte sie angeekelt fest, bevor sie die Augen schloss und den Kopf zur Seite drehte.

Mit dem letzten Funken Selbstbeherrschung rappelte sich Nicolas hoch, schnappte die Rumflasche und verließ die Kajüte. Als Juana das Umdrehen des Schlüssels vernahm, atmete sie auf. Allmählich entspannte sie sich wieder. Eine Weile hörte sie noch auf irgendwelche Geräusche, dann versuchte sie, wieder einzuschlafen. Sanft plätscherten die Wellen gegen den Schiffsrumpf, und aus irgendeinem Grund kam es ihr vor, als läge das Schiff vor Anker.

In langen tiefen Zügen atmete Nicolas die kühle Nachtluft ein, bis der Sauerstoff in sein vom Alkohol benebeltes Gehirn drang. Dumm gelaufen, sagte er sich immer wieder. Mit dem erstbesten Fusel hatte er seinen Ärger hinuntergespült, so wütend und erbittert war er gewesen. Dass er erst in seiner Kajüte entdeckt hatte, das Pendant zu seinem Anhänger in Händen zu halten, zu einem Zeitpunkt, an dem Yusuf den Sklavenhändler längst den Haien verfüttert hatte, hatte sein Blut in Wallung gebracht. Nun würde er dieses Geheimnis nie und nimmer lüften können. Auch die Befragung der überlebenden Sklaven hatte nichts zu Tage gebracht.

Eine Riojaflasche später beschlich Nicolas der Verdacht, dass bei diesem Unternehmen mysteriöse Dinge geschahen, die er nicht unter Kontrolle hatte. Was, wenn die Fahrt mit einem Fluch belegt worden war? Lächerlich! Er wischte den Gedanken mit einer knappen Handbewegung beiseite und starrte dorthin, wo die dunkle Küste das seidig schimmernde Wasser begrenzte. Die Nacht war warm und voll vom Summen der Mücken. Zu dem rätselhaften Amulett, über dessen Besitzer er nun nichts mehr erfahren würde, kam der Tod zahlreicher Sklaven und Matrosen. Von seinen zehn Dutzend Seemännern waren drei Dutzend nicht mehr auf die »Aggab« zurückgekehrt, und das, obwohl sie in der Überzahl gewesen waren. Verächtlich zog er die Mundwinkel herab. Diese Türken hatten in der Tat erfahrene Kämpfer unter sich und sich verbissen gewehrt.

Den Rest der Nacht lag die »Aggab« am südlichen Rand der Bucht von Cartagena vor Anker, dort, wo sie Erik am Vortag abgesetzt hatten. Als die Morgendämmerung anbrach und die silberne Scheibe des Vollmonds verblasste, ließ Nicolas alle aus den Fluten geretteten Gefangenen und einige der überlebenden Matrosen, die er reichlich entlohnt hatte, an Land rudern. Mit dem ersten Beiboot kehrte auch Erik auf die »Aggab« zurück, auf der schon das Ankerspill krächzte. Von weitem sah er die Spuren des Kampfes. Aber war auch die Hebamme auf dem Schiff? Keiner konnte es ihm sagen. Der Kampf, der offensichtlich ohne den Einsatz von Kanonen stattgefunden hatte, war in der Bucht nicht zu hören gewesen. Die Ungewissheit, ob Nicolas die türkische Pinke, die er im Hafen kurz vor ihrem Auslaufen ausfindig gemacht hatte, hatte stellen können oder ob sie ihnen durch die Lappen gegangen war, hatte ihn die restliche Nacht fast verrückt gemacht.

Der Kapitän kam und mit ihm das Odeur einer ganzen Rumbrennerei. Schon an der Art, wie er ihn an Bord willkommen hieß, konnte Erik den Erfolg des Unternehmens ablesen. »Sag schon!«, drängte er und machte erwartungsvolle Gesten.

Mit einer gönnerhaften Handbewegung klopfte Nicolas dem Freund auf die Schulter. »Hab ich's nicht gesagt, *mon ami*, dass du dir einen netten Abend in der Stadt machen kannst, und wir erledigen die Arbeit?«

Erik schnaufte. Das triumphierende Grinsen ertrug er nur, weil er mit dem betrunkenen Freund keinen Streit anfangen wollte. Wichtig war einzig und allein, dass sie die Hebamme hatten. Dennoch gab er gereizt zurück: »*Coño*, ich hatte trotzdem Recht mit meiner Vermutung, dass sie sich in Cartagena aufhielten! Ich hab's nämlich im Urin gespürt, Partner! *Joder!*« Grollend stapfte er Richtung Kombüse davon und ließ den anderen stehen.

»Soso, in der Pisse«, spottete Nicolas ihm nach. »*Caramba!*« Eine Geste der Ehrbezeugung fuchtelnd, schwankte er.

Erik schüttelte den Kopf. »Mann, bist du besoffen.«

»Ich bin nicht betrunken.« Nicolas bemühte sich um einen unbekümmerten Gang Richtung Treppe, bestrebt, die Sache so würdevoll wie möglich zu überstehen.

»Nein, wie nennst du das dann?«

»Angeheitert – bestenfalls.« Er rülpste. »Mit der Erlaubnis meines zweiten Kapitäns werde ich mich jetzt zurückziehen.« Ruckartig verbeugte er sich und griff nach dem Handlauf der Treppe.

Bevor Erik die Kombüse betrat, wandte er sich noch einmal um. »Lass was übrig von ihr!« Bedeutungsvoll klopfte er sich auf seinen Bauch. »Du weißt ...«

Nicolas winkte ab. Ja, er wusste, weshalb die Zigeunerin auf seinem Schiff war. Und sie würde bestimmt dafür sorgen, dass das so blieb.

Als Juana wieder die Augen öffnete, war es schon hell. Angestrengt horchte sie, ob sie noch allein war. Als sie keinerlei Geräusche vernahm, stand sie auf. Am leichten Seegang glaubte sie zu merken, dass das Schiff auf Fahrt war. Sie wandte sich zu dem achtern gelegenen Fenster des Alkovens und sah eine Gruppe winkender Menschen an der sich langsam entfernenden Küste. »Also sind alle gerettet worden«, sagte sie sich erleichtert.

Die Stimmen und Laute, die sie in der Nacht an Deck gehört hatte, waren verschwunden und anderen Geräuschen gewichen, aus denen sie schloss, dass es auf dem Schiff geschäftig zuging. Direkt über ihrem Kopf vernahm sie das Knarren von abgespulten Seilwinden, das Hantieren mit schweren Tauen, die Schritte vieler Füße auf Holz. Noch höher, in der Takelage, hörte sie das Rauschen der Segel und Wortfetzen der Matrosen.

Wieder sah sie sich nach etwas Anziehbarem um. Es war wie verhext, sie musste ihre Kleider finden! Da drehte sich der Schlüssel im Schloss, und die Tür sprang auf. Unwillkürlich raffte sie das Seidenlaken vor ihrer Brust. Abermals betrat der schwarz gekleidete Pirat die Kajüte, doch ohne sie zu beachten, steuerte er direkt auf den Abtritt hinter dem hölzernen Paravent zu und erleichterte sich. Der Gestank nach Rum und billigem Fusel erfüllte den Raum. Juana rührte sich nicht. Wie angewurzelt stand sie da, und ein schlimmer Verdacht stieg in ihr hoch.

Der Kahlköpfige machte einen Schritt aus dem Waschraum, streckte und reckte sich wankend und richtete sich zu seiner vollen Größe auf. Nun erst schien er sie wahrzunehmen. Seine Brauen hoben sich, und mit einem breiten und gar nicht verlegenen Grinsen betrachtete er sie genauer. Dabei begann er, gemächlich sein Hemd aufzuknöpfen. »Hast du Angst vor mir?«

»Ja, sicher.« Sie sagte das ganz ruhig.

Verdammt!, fluchte Nicolas, diese Zurückhaltung sprach Bände. Hinter dieser Reserviertheit liegt ihr gesamtes Martyrium! Er warf das Hemd lieblos zu Boden, löste die *faja* und machte sich an die Knöpfe seiner Hose.

Juana drehte sich zur Seite. Dann hörte sie auch dieses Kleidungsstück zu Boden fallen. *Devlam!*, flehte sie. Warum war ausgerechnet *sie* hier? Warum war sie nicht bei der Gruppe Freigelassener, die ihren Befreiern wie Helden nachgewunken hatten?

Plötzlich packte der Mann ein Ende des Lakens, mit dem sich Juana bedeckt hielt, zog daran und entwand es ihr mit einem Griff. Die nackt dastehende Frau keines Blickes würdigend, wankte er in den Alkoven und warf sich aufs Bett. Bevor er das Laken über sich zog, sah sie gerade noch seine sehnigen langen Beine, die breiten Schultern und das feste Gesäß. Einen Augenblick später schnarchte er geräuschvoll.

Nun gut, *er* war also der Kapitän dieser Piratenschaukel, aber was machte das schon aus?, sagte sie sich. Andererseits hatte sie es auf diese Weise nur mit einem zu tun … Etwas zuversichtlicher öffnete sie auf der Suche nach seinen Kleidern eine der Truhen. Darin waren Handtücher und seidene Laken für das Bett. In der zweiten, mit Silberbeschlägen verzierten Truhe fand sie, wonach sie suchte. Sie schlüpfte in ein weißes, am Hals gekraustes Batisthemd und schwarze Hosen. Noch nie in ihrem Leben hatte sie Hosen angehabt. Welch sonderbares Gefühl, Stoff zwischen den Schenkeln zu spüren … Da sie ihr viel zu weit waren, durchstöberte sie die Truhe nach einem Gürtel oder Band, fand aber nichts Passendes. Schließlich hob sie die zu Boden geworfene *faja* auf. O Gott! Sie traute ihren Augen nicht! Darunter lag der Anhänger ihrer Großmutter, den ihr der Sklavenhändler entwendet hatte. Eine Welle des Glücks durchflutete sie und ließ ihr Herz schneller schlagen. Sie knotete das entzweigerissene Lederband zusammen und legte sich das Amulett um den Hals. Selbst das kleine Stoffsäckchen mit Mutterkorn hing noch an dem Band.

In dem dringenden Bedürfnis, sich zu erleichtern, betrat sie den kleinen Nebenraum auf der Suche nach einem Nachttopf, wie sie ihn bei den *payos* kennen gelernt hatte. Sie staunte nicht schlecht, als sie den Deckel von dem Loch in der Sitzbank nahm. Noch nie hatte sie ein Freiluftklosett gesehen, aber sie war auch noch nie auf einem Schiff gewesen. Gegenüber befand sich eine verflieste runde Vertiefung im Boden, eine flache Mulde, die ebenfalls ein kleines Loch besaß, in dem ein Gitter eingesetzt war. Darin lagen ihre schmutzigen Kleider. In einer Halterung davor stand ein bauchiger Krug mit Wasser. Über einem Wandtischchen mit Handtüchern und Toilettenartikeln hing der kostbarste Spiegel, den sie je gesehen hatte. Lange Zeit betrachtete sie sich darin. Dabei kamen ihr die Worte ihrer Großmutter in den Sinn: ›Du kannst im Spiegel deine Seele sehen, *sejori*‹, hatte sie ihr einmal gesagt. Juana starrte in den Spiegel. Was sie darin sah, gefiel ihr nicht.

Da sie über Seife, Kamm und Wasser verfügte, beschloss sie, sich die Haare zu waschen. Ja, sie fand im Bad des kahl geschorenen Kapitäns sogar eine Bürste! Neugierig zog sie den Kristallstöpsel aus einem kostbar geschliffenen Glasflakon, und herber Zitronenduft entströmte der Phiole. In einem saphirblauen Fläschchen entdeckte sie Rosenwasser, das sie sich über die gewaschenen Haare goss. Dann wusch sie auch ihre Wäsche mit der Mandelölseife. Mit noch feuchten Haaren verließ sie die nun unverschlossene Kajüte, um die Kleider zum Trocknen aufzuhängen.

Geblendet von glänzend weißen Segeln und schräg einfallenden Sonnenstrahlen über glitzerndem, flimmerndem Blau, konnte sie zunächst nicht viel erkennen. Leise schloss sie die Tür, bevor sie begann, ihre Kleider über die Hängematte zu breiten. Da war ihr, als riefe jemand vom Hauptdeck her ihren Namen. Verwundert sah sie auf.

»Willkommen, Mädel!«

Juana kannte diese Stimme und trat an die Balustrade. Es war Erik! Lachend rannte sie die Treppe hinunter auf ihn zu.

Der Ire kam ihr schmunzelnd entgegen. Ihre Aufmachung musternd, entschlüpfte ihm ein flötendes »Oh, là, là …«

Hinter ihm, im Schatten des bugseitigen Deckaufbaus, saß Yusuf auf den Planken und beobachtete sie. Seine undurchsichtige Miene verriet keinen seiner Gedanken.

Meine Güte!, schoss es Juana durch den Kopf. Wie Schuppen fiel ihr von den Augen, auf wessen Schiff sie sich befand. »Sollte der etwa … der Marqués sein?«, flüsterte sie und deutete mit dem Kinn nach oben.

Erik grinste. »Hat es wohl an Galanterie fehlen lassen heute Nacht, was?« Tadelnd schüttelte er den blonden Lockenkopf.

»Galanterie?« Ihre Arme stemmten sich in die Hüften. »Der ist …«

»Lass das, Mädel«, wehrte Erik ihre Schimpftirade ab. »Ohne seine prompte Hilfe wärst du von dem Sklavenhändler an irgendeinen türkischen Harem verschachert worden, und von dort gibt es kein Entrinnen, glaub mir …«

»An den Sultan, wenn schon.«

»Das ist auch nicht besser.«

»Erik, erzähl mir, was letzte Nacht passiert ist. Komm schon!«, drängte ihn Juana. »Ich muss bewusstlos gewesen sein.«

Der Ire kraulte sich verlegen seinen Bart. »Also, na ja, ich war gar nicht auf dem Schiff diese Nacht. Um ehrlich zu sein … komm, du bist doch sicher hungrig!« Himmel, Arsch und Zwirn, was sollte er ihr denn sagen? Dass der Marqués seit Wochen an nichts anderes mehr dachte, als sie zu vögeln?

Juana folgte Erik in die Kombüse. Im Vorbeigehen grüßte sie Yusuf, der ihr kurz zunickte. Dann fiel sie mit einem Heißhunger über Chorizo, Brot und Bier her. Auch Erik nahm sich von der Wurst und erzählte nebenbei, was sich in der Zwischenzeit zugetragen und was er über die letzte Nacht von Yusuf erfahren hatte.

»Und wo sind die Verletzten jetzt?«, wollte Juana wissen, als ihr Hunger gestillt war.

Oh, oh, das klang, als ob sie sich sogleich die Ärmel aufkrempeln wollte. Nach einem Seitenblick entschied er, dass sie sich ja doch nicht davon abhalten lassen würde, und seufzte. »Komm«, sagte er und begleitete sie in den großen Aufenthaltsraum unter der Kapitänskajüte. Er konnte nicht sagen, ob sie die obzönen Radierungen, mit denen jede freie Wand tapeziert war, nicht sah oder ihren Anblick einfach nur ignorierte.

Bald hatte sie sich einen Überblick über die ernsteren Verwundungen verschafft. Roman hatte es am schlimmsten erwischt. Am Oberschenkel klaffte eine hässliche tiefe Wunde, wie sie Morgensterne verursachten. Sogleich widmete sich Juana seinem Bein und ließ sich Verbandszeug, Alkohol, ein scharfes Messer, eine Kerze und Nadel und Faden bringen. Die Verletzung schien ihr weit problematischer zu sein, als der Zwillingsbruder, der die Wunde versorgt und verbunden hatte, annahm.

»Um das Bein zu retten«, Juana warf dem Bruder einen viel sagenden Blick zu, »muss die Wunde großzügig ausgeschnitten werden. Das will ich nur unter Betäubung machen.« Doch sie hatte nichts außer Alkohol. Hilfe suchend sah sie sich um.

Man rief Yusuf zu Hilfe, der sich am besten darauf verstand. Kurzerhand versetzte er Roman mit einem Faustschlag in Tiefschlaf, und Juana begann mit der Operation.

»Inschallah«, murmelte sie in Erinnerung an ihren großen Lehrer und auch ein bisschen aus Aberglauben.

Ramon assistierte ihr, während Erik draußen nach dem Rechten sah. Nur Yusuf beobachtete die Frau aus einiger Entfernung unter halbgesenkten Lidern. Die Zigeunerin arbeitete schnell und präzise, jeder Handgriff saß. Von Zeit zu Zeit betraten Matrosen den Salon und äugten verstohlen vom Bein des Kumpels zu der Frau in den Kleidern des Kapitäns. Juana ließ sich davon nicht beirren. Schweißperlen standen bald auf ihrer Stirn, und hie und da fluchte sie in einer fremdartigen Sprache. Es dauerte lange, bis sie alle von einem tiefen Loch ausgehenden Risse zusammengeflickt hatte.

Endlich richtete sie sich auf und nickte. »Er muss die nächste Zeit so liegen, dass das Wundsekret abfließen kann«, wies sie Ramon an, nachdem sie Nadel, Faden und Schere beiseite gelegt hatte. Dann streckte und reckte sie ihre von der Anspannung schmerzenden Glieder. Als sie sich der Waschschüssel zuwandte, betonte sie noch einmal: »Das Bein muss gut unterlegt werden, hörst du. Leicht erhöht, und es dürfen keine Fliegen und kein Schmutz an die Wunde.«

Sie hatte sich entschlossen, die Wunde zunächst nicht zu verbinden, da es weder Schwefelpaste noch Wundsalben gab, die ein Ankleben des Verbandes verhindert hätten. Einzig und allein Branntwein und Alkali zum Verätzen hatte Miguele ihr reichlich zur Verfügung gestellt. Zum Abschluss schüttete sie etwas Alkali in frisches Wasser, so wie sie es von Hamid gelernt hatte, und wusch sich darin die Hände. Über die sorgfältig abgetupfte Wunde goss sie reichlich Branntwein. Die Matrosen, denen die Verschwendung ihres Fusels nicht geheuer war, sahen sich erstaunt an. Nur Erik und Ramon kannten diese Praktik von Amin und fanden nichts Ungewöhnliches daran.

Es war schon längst Mittag vorbei, als Juana sich den zahlreichen harmloseren Verletzungen zuwandte, die fast jeder der Männer an Bord davongetragen hatte. Da der Kapitän keine Zeit verlieren wollte und sich entschieden hatte, mit einer Minimalbesatzung nach Ibiza zurückzusegeln, hatten sie auf dem Schiff alle Hände voll zu tun. Selbst Erik und der Koch packten überall mit an. Nur Yusuf, der nichts mit der Seefahrerei am Hut hatte, betrachtete sich als eiserne Reserve.

Einige Schnitte mussten genäht werden, und Miguele bot sich als Assistent an. Zwischendurch schlich der Koch immer wieder davon, denn der Kapitän war aufgewacht und verlangte nach Kaffee und frischem Brot. Irgendwann, die gröberen Wunden waren bereits genäht, schob sich eine dunkle Gestalt vor die Türöffnung. Aus den Augenwinkeln heraus sah Juana, wie der Marquès, ein Laken um die Hüften geschlungen, mit nacktem Oberkörper unter dem Türbogen verharrte. Er warf ihr einen Blick zu, der ihre Aufmachung, Romans Bein und sämtliche versorgte Wunden zugleich erfasste.

Obwohl sie der Anblick belustigte, wagte sie das nicht zu zeigen. Ihre Heiterkeit war auch nur von kurzer Dauer, denn die tiefe Stimme am Eingang klang alles andere als vergnügt. »Es ist schön, dass du meine Sachen als die deinen betrachtest – so kommen wir ein gutes Stück weiter.«

Juana spürte, wie ihr das Blut in die Wangen schoss. *»Perdón«*, stammelte sie und glaubte vor Scham und Zorn zu vergehen. Dieser Schweinehund! Was dachte er sich eigentlich? Ohne aufzublicken, fuhr sie fort, den Arm des Matrosen zu verbinden.

Nicolas warf einen kurzen Blick auf Romans Bein. Es entging ihm durchaus nicht, dass die Zigeunerin ganze Arbeit geleistet hatte. Alle Achtung! Und dennoch. Die Frau war Hebamme, und dabei sollte sie es in Zukunft auch belassen! Er wollte nicht dulden, dass sie sich auf dem Schiff weiter zwischen seinen Männern herumtrieb. Hier unten hatte sie ohnehin nichts mehr verloren. Mit stechendem Blick, in den sich mehr und mehr Ungeduld mischte, folgte er jeder ihrer Bewegungen. »Ich will, dass du mir beim Essen Gesellschaft leistest!«

Die schneidende Stimme brachte Juana zu Bewusstsein, dass es jetzt, vor seinen Männern, um mehr ging als um das gemeinsame Essen. Der würde wegen einer Frau nicht sein Gesicht verlieren! Selbst Erik bedeutete ihr dezent, augenblicklich die Arbeit niederzulegen.

Im Salon herrschte betretenes Schweigen. Außer dem Summen zudringlicher Fliegen war nur noch Nicolas Fuß zu hören, der ungeduldig auf die Holzplanken klopfte. »Was ist? Soll ich kniend vor dir das Deck küssen?«

Niemand lachte. Der Kapitän drehte auf dem Absatz um und verschwand. Juana folgte ihm energischen Schrittes. Im Vorbeigehen nach ihren Kleidern schnappend, stürmte sie in die Kajüte. Nicolas warf hinter ihr die Tür zu.

»Meine Hose, wenn ich bitten darf!«

»Wozu? Hier drin gibt's genug davon«, sagte sie keck, auf das halbe Dutzend Hosen in der beschlagenen Truhe anspielend. Der Mann rührte sich nicht, stemmte nur die Fäuste in die Hüften.

»*Madre mia*, Eure dämlichen Sachen brauchte ich nur, bis meine eigenen trocken waren, die Ihr mir vom Leib gerissen habt!«

»Hätt ich sie dir vom Leib gerissen, wären es jetzt nur noch Fetzen! Aber sei unbesorgt, ich war so wütend, dass ich gar nicht gesehen hab, wen oder was ich auszog!« Das stimmte nicht. Er war so scharf gewesen, dass er sie in ihrer Hilflosigkeit beinahe vergewaltigt hätte.

»Ich glaub Euch kein Wort.«

»Auch gut. Glaub, was du willst.« Er zuckte die Schultern. »Du weißt so gut wie ich, dass sie nass und schmutzig waren. Und ich werd mir nicht meine seidenen Laken von dir versauen lassen oder dich wie einen Hund auf dem Fußboden schlafen lassen.«

Oh, vermutlich sollte sie sich glücklich schätzen! Hektisch strich sie ihre Locken zurück. »Besser auf dem Fußboden als in Eurem Bett!«, zischte Juana und funkelte ihn an. Sie wagte viel – zu viel? Der Ire da draußen vermittelte ihr eine Sicherheit, die trügerisch sein konnte.

»Du schläfst dort, wo ich es sage, *jolin*!« Himmel, war die stur!

»Wieso sollte ich? Bin ich etwa Eure Sklavin?« Ihre katzenhaften Augen verengten sich zu schmalen Schlitzen. »*Coño*, und ich dachte, Ihr hättet mich befreit!« Ganz sicher würde sie ihre leichtfertige Kühnheit teuer zu stehen kommen.

»Natürlich befreit, was denn sonst! Es hat mich einiges gekostet, dich da rauszuholen. Oder glaubst du, ich jage aus Langeweile türkischen Rattenschaukeln nach?«

Das Gespräch nahm eine Wendung, die Nicolas nicht gefiel. Was hatte er erwartet? Er maß die einige Schritte von ihm entfernt stehende temperamentvolle Frau, die keine Angst mehr vor ihm zu haben schien. In ihrer Erregung gleicht sie einer Nemesis, dachte er beunruhigt, einem leidenschaftlichen Racheengel, der nichts als sein Blut in Wallung brachte! Seine Kiefer mahlten, und er fuhr sich über den kahlen Schädel. Um seinen Gefühlen keinen freien Lauf zu lassen, bemerkte er nüchtern: »Du stinkst wie eine Schnapsdrossel!«

»Ha!«, plusterte sich Juana auf. »Ich hab aber im Unterschied zu Euch was Nützliches mit dem Fusel angestellt!«

»Das wird sich erst herausstellen …«

Nun geriet Juana vollends aus der Fassung. »Es ist nicht meine Schuld«, rief sie, »dass dieses tolle Schiff so jämmerlich ausgestattet ist, *joder*! Ich kann schließlich keine Wunder wirken!«

»Nein?«

Juana starrte ihn an.

»Du bist doch Zigeunerin ... Hast du es nicht mit Handauflegen probiert?«

Ohne sich dessen bewusst zu sein, hatte er damit genau ihren wunden Punkt getroffen. Der zynische Unterton machte die Sache nur noch schlimmer. Selbstgefälliger, aufgeblasener Laffe! Wütend stampfte Juana auf der Stelle. Ihre Augen sprühten Funken, und als er einen Schritt auf sie zumachte, griff sie nach dem Kandelaber auf dem Tisch. Der dreiarmige Messingleuchter wog schwer in ihrer Hand. Nicolas machte einen Bogen um sie, gelangte zur Tür und versperrte sie. Wie zwei Raubtiere lauerten sie auf jede ihrer Bewegungen. Juana, mit erhobenem Arm, den Kerzenleuchter fest umklammernd, die Augen glühend und Nicolas, auf Zehenspitzen die Gefahr umkreisend wie eine Wildkatze ihre Beute.

Seine Bewegungen waren federnd und kraftvoll, und Juana entging nicht das geschmeidige Spiel seiner Muskeln. Seine feuchte, sonnengebräunte Haut glänzte im Schein der milchigen Lampengläser. Plötzlich, ohne seine Haltung zu ändern, angelte er sich einen der Stühle als Deckung und stürzte auf sie zu. Juana schleuderte ihm den Kerzenleuchter entgegen, gleichzeitig sprang sie zur Seite. Sie lief geradewegs in den Stuhl hinein. Durch die Wucht des Aufpralls stürzte sie zu Boden. Nicolas verlor ebenfalls das Gleichgewicht und fiel der Länge nach auf sie. Nackt, denn beim Angriff hatte sich das umgeschlungene Laken gelöst. Sein heißer Atem streifte ihre Wange. Ihr Brustkorb hob und senkte sich, und er spürte unter seiner nackten Haut ihre festen Brüste. Seine Lenden reagierten prompt, und schon pochte seine Lanze zwischen ihren Schenkeln. Juanas Augen weiteten sich. Als sie die Entschlossenheit in seinem Ausdruck las, wich ihr Zorn verzweifelter Panik. Da fiel sein Blick auf das Amulett im Ausschnitt ihres Hemdes. Mit äußerster Willenskraft gelang es ihm, sich damit abzulenken. Er wollte die Frau nicht mit Gewalt nehmen und sie verlieren, noch bevor er sie besaß.

Sofort spürte Juana seine veränderte Haltung.

»Sieh an, sieh an«, murmelte er, den Anhänger in den Fingern drehend. »Du bist auch eine Diebin ...«

»Was?« Ihre Verwunderung schien echt. »Wie alle Zigeuner, eh?«

Nicolas verlagerte sein Gewicht, gab sie aber nicht frei. »Wie kommt es«, flüsterte er, »dass mein Amulett …«

»Es gehört Euch nicht!«, fuhr sie ihn an.

»Dir vielleicht?«

»O ja!« Ihr Blick flammte auf, bohrte sich in den seinen. Scheißkerl, fluchte sie und zischte: »Ihr habt es dem Sklavenhändler entrissen, der es mir gestohlen hat!«

»Soso.«

Verzweifelt trommelte sie gegen seine Brust. Der Hüne fiel ihr ein. »Fragt Erik, es gehörte mir, er kennt es …«

»Was sagst du da?«, rief Nicolas und sprang auf. Dass er nackt war, schien ihm nichts auszumachen. Durch die Berührung ihrer Körper stand seine Lanze aufrecht und bereit. Juana erschrak.

Nicolas lief in den Alkoven und holte seinen Anhänger, der neben dem Lager auf dem Teppich lag. Als er zurückkehrte, war Juana auf den Beinen und wartete unschlüssig im Raum. Das, was sie mit begrenztem Erfolg versuchte zu ignorieren, stand immer noch, und zwar entschlossener und beeindruckender als zuvor.

»Sieh her«, drängte er mit belegter Stimme und hielt ihr den Anhänger hin.

»Aber das … das ist nicht möglich!«, stammelte Juana.

Um sein Amulett neben das ihre zu halten, trat er dicht an sie heran. Dabei streifte sein Glied ihren Nabel. Ein Schauer jagte über Juanas Rücken, und sie schluckte krampfhaft. Obwohl sie auf die Amulette starrte, schielte sie doch daran vorbei.

Ungeachtet ihrer Reaktion beschäftigte er sich mit den Anhängern und hütete sich, auf den Zwischenfall einzugehen. Dann griff er doch nach dem Laken am Boden. »Ich schlage vor, wir tauschen zuerst die Kleider. Dir steht das Laken eindeutig besser.«

Erleichtert nickte Juana, nahm ihr Gewand vom Boden auf und warf ihm einen auffordernden Blick zu. Der Mann grinste unverschämt, machte aber keine Anstalten, sich umzudrehen. Unter dem schwarzen, kurz gestutzten Schnurrbart und den vollen Lippen blitzten weiße starke Zähne. Hitze stieg in Juana hoch, stieg bis in ihre Wangen, und kleine Schweißperlen bildeten sich auf ihrer Stirn. Sie hatte gedacht, sie hätte jede Schamhaftigkeit verloren – welch ein Irrtum! Doch ihr Blick hielt dem seinen stand, und nur ihre Finger bewegten sich. Zunächst löste sie die *faja*, dann öffnete sie einen Knopf nach dem anderen.

Nicolas stöhnte und wandte sich ab. Das Ziehen in seinen Lenden wurde unerträglich. Zum Henker, wie sollte das weitergehen? Irgendwann hatte er sich nicht mehr unter Kontrolle, irgendwann würde er die Zigeunerin auf der Stelle nehmen. Er durfte nur nicht daran denken, was er alles mit ihr anstellen wollte, bis in seinen Lenden keine Kraft mehr war … Da ertönte hinter ihm ein entschiedenes »Fertig!«

Er wandte sich um, und Juana hielt ihm seine Kleider entgegen. Wie erwartet, war sie in Rock und Bluse gekleidet. Nichts, was ihr schmeichelte, fand er und gedachte, dies bei nächster Gelegenheit zu ändern.

»Dort ist … frische Wäsche.« Verdutzt sah sie ihm zu, wie er Hemd und Hose anzog.

»Nun, du hast ja nicht die Krätze«, gab er mit rauer Stimme zurück. »Jedenfalls hab ich nirgends Anzeichen davon bemerkt.« Wieder das betörende Lächeln, und wieder stieg Röte in ihr Gesicht.

Juana ging zum Tisch und legte die Scheibe aus schwerem Silber darauf. Nicolas legte das Pendant daneben, drehte beide Anhänger um und las vor: »*Ad dies vitae* – auf Lebenszeit.«

Auf der Rückseite von Juanas Amulett war die Jahreszahl 1460 eingraviert und darunter stand »*Ad dies*«. Auf seiner Scheibe stand ebenfalls 1460 und darunter »*vitae*«. Die Vorderseiten beider Anhänger mit dem Wappen des Condado de Nebrija schienen identisch zu sein. Die reiche Verzierung am Rande der Silberscheiben war ebenfalls dieselbe, und selbst die großen leuchtenden Smaragde in der Mitte innerhalb des Schildes waren sich zum Verwechseln ähnlich.

»In hoc signo vincemus«, murmelte Nicolas und sah auf. »Der Smaragd hat die Farbe deiner Augen, *chata*.«

Juana strich sich eine Locke hinters Ohr. »Unter diesem Zeichen siegen wir«, übersetzte sie das lateinische Motto der Nebrija. Dann sah sie ihn direkt an. »Auch die Farbe Eurer Augen …«

»*Jolin*, woher weißt du, was da auf Latein steht?«, bohrte Nicolas.

Juana lächelte unmerklich. Dieser Umstand schien ihn mehr zu beschäftigen als ihre gemeinsame Augenfarbe. »Mein Meister, ein arabischer Arzt, hat es mir übersetzt. Den Anhänger hat mir meine Mutter zu meiner Hochzeit geschenkt, und die hatte ihn von ihrer Mutter. Meine Großmutter Mara …«

Hatte sie Hochzeit gesagt? *Ihrer* Hochzeit? Damals war sie nicht verheiratet gewesen! Und da war auch der arabische Arzt, von dem Erik gesprochen hatte. Doch darüber später – zunächst interessierte ihn das Amulett. Es war einfach unglaublich! Er machte sich gar nicht die Mühe, seine Ungeduld zu verbergen. »Jetzt mal langsam, *chata*. Willst du damit sagen, das Amulett gehört dir selbst? Du hast es nicht gefunden oder gestohlen?«

Juanas Kopf fuhr herum. »Jesus, der Anhänger ist mir heilig! Er war das Einzige, was meiner Großmutter von ihrer großen Liebe geblieben ist – außer meiner Mutter, die sie unter dem Herzen trug. Fernando León, von dem sie mir ein paar Mal erzählt hat, ist auf einer Insel im Atlantik gefallen und nicht mehr zu ihr zurückgekehrt.«

»Hm«, grübelte Nicolas, die Stirn in zahlreiche Falten gezogen. Es war Jahre her, seit seine Mutter ihm Familiengeschichten erzählt hatte. »Mein Urgroßvater hieß … äh … León José de Nebrija, ein Graf aus Cartagena. Er heiratete meine Urgroßmutter Suleika, die bald nach der Geburt meiner Großmutter Fatima starb. León José verließ die Heimat aus Gram und wurde Abenteurer. Fatima behielt den Anhänger und vererbte ihn meiner Mutter Zaida.« Nicolas setzte sich auf einen Stuhl. Er musste die Sache noch einmal in aller Ruhe überdenken. Schließlich kam er zu dem Schluss, dass Fernando León der Sohn des Grafen León José de Nebrija gewesen sein musste, der ihr gemeinsamer Urgroßvater war.

»Demnach sind wir Cousin und Cousine zweiten Grades.«

»Das ist doch nicht möglich!«

»Ja, es ist ... unglaublich! Das müssen wir begießen. Komm!« Nicolas sprang auf und öffnete den Glasschrank. Unter all seinen Weinen wählte er einen fünfzehn Jahre alten Rioja Gran Reserva. Dumpf knallte der Korken in die feierliche Stille. Er entnahm Gläser und Rauchzeug und bedeutete Juana, sich an den Tisch zu setzen. An einer der ständig brennenden Lampen entfachte er eine kleine Kerze und stellte sie ebenfalls auf den Tisch.

»Salud!«, flüsterte er und hielt ihr ein gefülltes Weinglas hin. Das Licht der weißen Kerze brach sich an den unzähligen Facetten des Kristallschliffs. Dann machte er es sich in seinem Stuhl bequem, legte die Beine auf den Tisch und wählte eine Zigarre aus.

»Cousin und Cousine«, murmelte sie und schüttelte den Kopf.

»Zweiten Grades«, lächelte er. Darauf legte er besonderen Wert.

Juana nippte am Wein. Sie war weder an Alkohol noch an Tabak gewöhnt und gedachte, dies auch nicht zu ändern. Ungeachtet der für den Marqués offensichtlich erfreulichen Tatsache, dass sie entfernt verwandt waren, wollte sie nicht mit ihm das Bett teilen, ja, nicht einmal in seiner Nähe die Nacht verbringen. Die Glut, die sie in seinen Augen gesehen hatte, wusste sie völlig richtig zu deuten.

»Ich werde nicht in Eurer Kajüte wohnen«, sagte sie, das Glas in ihren Fingern drehend.

»Oh, das wirst du«, entgegnete er aalglatt. Bedächtig zündete er seine Zigarre an der Kerze an, zog in kurzen, schnellen Zügen, bis die Spitze aufglühte, und blies stoßweise den Rauch aus, zog wieder und dann noch einmal. Endlich lehnte er sich zurück und legte den Kopf in den Nacken. »Es tut mir Leid«, sagte er, aber es lag kein Mitleid in seiner Stimme. »Ich kann dich nicht gehen lassen. Die Männer, verstehst du? Sie würden …« Ruckartig beugte er sich vor. »Es geht einfach nicht, klar?« Wie sollte er ihr erklären, dass allein sein männlicher Stolz diese Schmach niemals zulassen würde! »Außerdem, wo solltest du schlafen wenn nicht hier? In der Mannschaftskajüte vielleicht?«

»Bei Erik.« Die Antwort kam prompt, ja kühn, das energische Kinn nach vorn geschoben.

Nicolas musterte die Frau einen Moment lang, und sein Blick verdunkelte sich. Lächerlich, überlegte er. Sie verwechselte einfach Masse mit Sicherheit, da hatte Erik ihm sicherlich was voraus. Ihre Reaktion war angesichts ihrer Befreiung durch den Freund nur natürlich. Solange sie nicht den Wunsch bekundete, bei Yusuf zu schlafen … »Du kannst dich natürlich frei auf dem Schiff bewegen. Auf dem Boden muss irgendwo der Schlüssel liegen. Bestell Miguele, dass ich heute fein speisen möchte. Er soll sich anstrengen, falls er das noch nicht getan hat.«

Der Göttin sei Dank, stöhnte sie und stand auf. Wie es den Anschein hatte, würde es mit dem Essen noch eine Weile dauern. Die Flasche würde er bis dahin wohl alleine leeren …

»*Chata*, erspar mir peinliche Szenen, ja?« Er kippte den Stuhl auf die Hinterbeine. »Heda!«, rief er ihr nach, als sie zur Tür hinausschlüpfte. »Du gehst nicht mehr hinunter – das ist mein letztes Wort!«

Eine Minute später betrat Juana den Aufenthaltsraum. Sie sah nach Romans Bein und durchsuchte anschließend die Küche, ob sich nicht doch das eine oder andere Küchenkraut finden ließe, das für die Wundheilung nützlich war. Die verstohlenen Blicke der Männer entgingen ihr nicht.

Später verließ der Kapitän seine Kajüte und stieg aufs Achterdeck. Wolken brauten sich im Norden zusammen und kündigten ein Sommergewitter an. Sie hielten nordöstlichen Kurs, befanden sich aber in einem Loch zunehmender Windstille. Nicolas befahl Baltasar, Steuerbord 20 Grad abzufallen. Immer wieder ließ er das Lot zu Wasser und maß anhand der Knoten ihre Geschwindigkeit. Bei schwächster Brise mit schlaff hängendem Großsegel machten sie gerade eine Fahrt von drei Knoten durch die ruhige See. Dennoch gelang es ihnen, dem Gewitter auszuweichen. Bis zum Anbruch der Dämmerung stand der Marqués an Deck, erteilte seine Befehle, starrte aufs Meer und hing seinen Gedanken nach.

Fasziniert betrachtete Juana den Sonnenuntergang über dem Wasser. Es war ihre erste Schiffsreise, und sie hatte sich schnell an den Seegang gewöhnt. Ein flaues Gefühl in der Magengegend, mehr nicht. Am wohlsten fühlte sie sich in der sanft schwingenden Hängematte auf dem kleinen Zwischendeck vor der Kapitänskajüte.

Die glühende Sonnenscheibe war gerade im Wasser versunken, und das Meer brannte am Himmelssaum noch in einem leuchtenden Rot, als der Koch die Körbe zur Kapitänskajüte hochschleppte. Miguele hatte sein Bestes gegeben, um den Marqués zufrieden zu stellen. Aus Ermangelung an frischem Fleisch servierte er gebratenen Fisch und gekochte Meeresspinnen, bei deren Anblick sich Juana die Nackenhaare sträubten. Das eben noch verspürte Loch in der Magengegend schrumpfte beträchtlich.

Zum ersten Mal probierte sie Bataten, ein süß schmeckendes Gemüse aus den westindischen Kolonien, das nach den Erzählungen des Kapitäns seit kurzem auch in Spanien angebaut wurde. Sie aß mit großem Appetit und kostete von allem, solange die handtellergroßen achtbeinigen Ungetüme unter dem Deckel der Terrine verborgen blieben. Dazu kredenzte Nicolas einen leichten Rosado aus Ibiza und danach einen feinwürzigen Jerez aus der Nähe von Cadiz, dessen liebliches Mandelaroma Juana am besten mundete. Glücklich, endlich einen Wein nach ihrem Geschmack gefunden zu haben, öffnete er eine weitere Flasche. Doch selbst der Wein konnte nicht darüber hinwegtäuschen, wie unsicher und nervös sie in seiner Gegenwart bei Tisch war. Um ihr die Angst vor der Etikette zu nehmen, auf die er selbst nicht den geringsten Wert legte, blieb ihm nichts anderes übrig, als sie angeregt zu unterhalten.

Da der Rebensaft ein unverfängliches Thema war, erzählte er ihr von der ungewöhnlichen Herstellung dieser Sorte. »Der Jeréz wird aus der Palomino-Traube gewonnen und mit eingekochtem Traubensaft versetzt. Er gärt in halb vollen Fässern in der Wärme …«

»Wozu das alles?« Sie fuhr fort, die mit geröstetem Sesam und in Ingwerhonig geschmorten Feigen zu zerteilen.

»Nun, ich denke, um ihn gehaltvoller und süßer zu machen. Auch die ›Urtinktur‹ ist einzigartig.« Nicolas griff nach dem Tontöpfchen und goss etwas von der pikanten, wässrigen Soße über die Bataten. Er blickte auf. »*Chermoula*, eine Marinade aus dem Maghreb. Hundert Köche, hundert Rezepte. Meine Mutter macht sie übrigens …«

»… besser?«

»Anders.« Er grinste.

Gut. Es gab also noch eine Mutter, folgerte Juana. Wieso auch nicht? Das konnte ihr doch wirklich gleichgültig sein!

»Also dieser Grundwein, die Solera, ist das Geheimnis des Jeréz«, fuhr er fort. »Er ist fünfzig bis zweihundert Jahre alt, wird immer wieder erneuert und dem frischen Jeréz zugesetzt. Vor der Abfüllung wird der Wein mit geschlagenem Eiweiß und einem Büschel Thymian behandelt. Dieser hier«, Nicolas deutete auf die Flasche, »besitzt ein feines Mandelaroma. Ich schätze aber auch den mit Walnuss- und Muskataroma.« Bedächtig setzte er sein Glas an die Lippen und ließ die honigfarbene Flüssigkeit genüsslich durch die Kehle rinnen.

Nachdem Juana ihre anfängliche Verlegenheit abgelegt hatte, unterhielten sie sich über ihre Familien. Nicolas schilderte seine bewegte Kindheit auf der »Violeta« und in Tunis in den schillerndsten Farben, und Juana hörte aufmerksam zu. Bald erzählte sie von ihrer Großmutter Mara und von ihrem Vater, der wie ihre Mutter ein Mischlingskind war. Sie hatten das Essen beiseite geschoben, tranken Jeréz, und Nicolas rauchte. Beide vermieden es, über sich selbst und die letzten Jahre zu sprechen oder den anderen auszuhorchen. Irgendwann erzählte Nicolas von Saba und ihren prächtigen Fohlen.

Ungeachtet des reichlichen Essens stieg Juana der Wein allmählich zu Kopf. Übermütig versuchte sie herauszufinden, was sie damals, vor vier Jahren, so sehr beschäftigt hatte. »Ich hab euch kahlköpfig und mit dieser … Narbe nicht wiedererkannt!«

»Ist mir aufgefallen.« Er lachte.

Juana ließ sich nicht beirren. »Seitdem ist viel Zeit vergangen, doch ich erinnere mich noch gut an die damalige Begegnung und an das, was in jenem Palais geschehen ist. Warum habt Ihr das Kind weggeben lassen?«

»Das war ausschließlich Elviras Entscheidung.«

»Bei uns werden Neugeborene, die nichts taugen oder die missgebildet sind, getötet …«

»Das Kind wurde nicht getötet! Was soll das?«

»Nein, es wurde heimlich abgeschoben. Das ist viel schlimmer. Kein Zigeuner würde so etwas tun!«

Worauf wollte sie hinaus? Nicolas legte die Fingerspitzen aneinander und betrachtete sie. Ihr vorwurfsvoller Ton reizte ihn. »Ihr mögt das halten, wie ihr wollt«, räumte er ein, um dieses Thema zu beenden. »Ich hatte jedenfalls kein Recht, mich da einzumischen, *jolin*! Und dir als Hebamme konnte das egal sein.«

»Konnte es nicht!« Sie wurde immer kühner. »Wenn Ihr Euch erinnert«, ereiferte sie sich, »hatte *ich* für das Kleine zu sorgen …«

»Ich erinnere mich«, fiel er ihr trocken ins Wort, »und zwar verdammt gut. Und auch an den fetten Geldbeutel.« Er lehnte sich zurück und blies Ringe in die Luft. Unter halbgesenkten Lidern beobachtete er sie. Eine volle, eigenwillig geschwungene Unterlippe schob sich vor. Ihre schmale gerade Nase hielt zwei hohe Wangenknochen auf Distanz, über die sich seidige, bronzefarbene Haut spannte.

»Ja, schon.« Sie verstummte und spielte mit dem schweren Kristallglas. Wie weit konnte sie gehen? Nach einer Weile sagte sie in die gespannte Stille: »Dennoch. Hier geht es um die schäbige christliche Moral!« Sie sah ihn an, und ihre Augen blitzten in einem leuchtenden Grün.

»Ich bin kein Christ.«

»Nein? Seid Ihr Moslem? Ich dachte nicht, dass Ihr Moslem

seid.« Sie schüttelte den Kopf und nippte an dem Wein mit dem feinwürzigen Aroma.

»Mehr Moslem als Christ allenfalls«, bekannte er. »In Wahrheit bin ich weder das eine noch das andere.«

»Das versteh ich nicht.«

»Du musst nicht alles verstehen, meine Liebe.«

Juana sah ihn überrascht an. »Was soll das heißen?« Obwohl sein Ton nicht zynisch geklungen hatte, ging ihr das unergründliche Lächeln auf seinen Lippen dann doch zu weit. »Natürlich!«, brauste sie auf und stemmte die Fäuste in die Hüften, »ich bin ja nur eine dumme Zigeunerin! Das hatte Hamid am Anfang auch gedacht.«

»Wer ist Hamid?«, bohrte Nicolas prompt. Die unausgesprochene Vereinbarung war gebrochen.

»Wer ist Elvira?«

»Meine Schwägerin. Und Hamid?«

»Ein arabischer Arzt. Von ihm hab ich alles gelernt, was ich heute weiß.« Juana konnte eine gewisse Genugtuung nicht verbergen.

»Alles?« Sein stechender Blick war ihr unangenehm.

»Nein, nicht alles«, sagte sie. »Vieles hab ich auch von meiner Großmutter gelernt. Wie die Kräuterkunde …«

»Das meinte ich nicht.« Nicolas' Stimme nahm eine eigenartige Färbung an.

Juana entzog sich seinen Blicken und senkte die Lider. Sie wollte nicht über Hamid sprechen, nicht jetzt, nicht mit diesem … Fremden.

»Was ist? Hast du die Sprache verloren, *chata*?« Er wettete, dass bei diesem Araber mehr dahinter steckte als das gemeinsame Interesse für die Kurpfuscherei.

Juana schürzte die Lippen. »Ich hab zu viel getrunken«, sagte sie in trotzigem Ton.

»Was ist dabei?« Nicolas hob die Schultern und machte ausholende Gesten. »Wir sind doch …«

»… miteinander verwandt, wollt Ihr sagen?«

»Genau das!« Ein betörendes Lächeln ging von den vollen

Lippen aus und erreichte funkelnd grüne Augen. Nicolas hob sein Glas und prostete Juana zu.

»Ich kenne Euch ja gar nicht.« Sie senkte den Kopf, und eine dunkle Locke fiel in ihr Gesicht. Rot leuchteten im Kerzenschein die Reflexe in ihrem offenen Haar.

»Dem kann abgeholfen werden.«

»Ja, und ich kann mir sogar vorstellen, wie!« Sein provozierender Blick brachte ihr Blut in Wallung. »Nur macht Ihr die Rechnung ohne den Wirt«, zischte sie. »Ich schlafe nicht in Eurem Bett!«

»O doch, das tust du!« Nicolas lächelte frostig.

»Na!« Energisch schob sie das Glas von sich und stand schwungvoll auf. »Das werden wir ja sehen.«

Unsicheren Schrittes lief sie Richtung Tür.

Nicolas war schneller.

»Wollt ihr mich anbinden?«

»Wenn es sein muss …« Er sperrte die Tür ab und steckte den Schlüssel hinter seine *faja*. *»Bueno*, dann wären wir also wieder da, wo wir heute Morgen waren.«

»Dann lasst mich in Ruhe!«, fauchte sie.

Zögerlich machte er einen Schritt auf sie zu und flüsterte: »Das … das kann ich nicht mehr.« Sie sah die lodernde Flamme in seinem Blick, sah, wie sie das Smaragdgrün seiner Augen zum Glühen brachte. »Überleg es dir. Sonst hol ich dich mit Gewalt, und das … erregt mich noch mehr. Dann kann ich für nichts mehr garantieren.«

Seine Blicke, die sie maßen, sprachen Bände. Sie las Sehnsucht und Begierde darin, aber auch Verständnis und sogar Mitgefühl. In diesem Augenblick fürchtete Juana, dass das Feuer überspringen könnte. Ein eigenartiges Prickeln überkam sie, und ihr Blut rauschte schneller als sonst in ihren Adern. *»Devlam!«*, flehte sie, es darf nicht sein! »Lasst Ihr mich auch unbehelligt? Ich meine …« Sie bemühte sich, in seinen Augen zu lesen.

Nicolas sog laut den Atem ein. In ihrem Blick lag etwas Flehendes. Er wusste, noch war sie nicht bereit für ihn. »Ich werde mir Mühe geben, Juana.«

Der Kapitän dämpfte die Zigarre aus, verstaute Gläser und Flaschen, löschte alle Lichter bis auf eine Laterne und verschwand im Bad. An den Geräuschen konnte Juana erkennen, dass er sich ausgiebig wusch. Er trat nackt aus dem Bad und warf seine Kleider über eine Stuhllehne. »Ich hab dir die Hälfte des Wassers übrig gelassen.«

Juana verstand die Bemerkung als Anspielung und errötete.

Nicolas lachte. »Kein Grund zur Sorge. Es ist eine arabische Sitte, jeden Tag zumindest einmal den Körper zu waschen und nackt zu schlafen. Du wirst dich daran gewöhnen.« Er kramte in der Vorratstruhe nach einem großen frischen Laken und warf sich aufs Bett.

Eine Weile saß Juana unschlüssig herum, dann begab auch sie sich ins Bad. Allein ihr Stolz gebot ihr, sich ebenfalls zu waschen. Dazu stellte sie sich in die verflieste Mulde im Boden und goss sich das kalte Wasser über den Körper. Zitternd zog sie ihre Kleider wieder an und löschte die Kerze im Bad. An den tiefen, gleichmäßigen Zügen erkannte sie, dass der Marqués bereits schlief. Obwohl das Lager breit war, nahm er die Hälfte davon ein. Unter dem feinen Laken zeichnete sich selbst im Halbdunkel der muskulöse, athletische Körper ab. Konnte sie ihm trauen? Seine Bemerkung: »Ich werde mir Mühe geben«, bot einen beachtlichen Spielraum. Zögerlich und vorsichtig, einzig darauf bedacht, ihn nicht zu wecken, legte sie sich an den Rand der Matratze. Nachdem sich eine Weile nichts gerührt hatte, schlief sie ein.

Es war schon Mitternacht vorbei, als Juana aus dem Schlaf fuhr. Derselbe Albtraum, der sie jede Nacht heimsuchte, riss sie wieder aus dem Schlaf. Sie schnellte hoch und saß kerzengerade im Bett. Reflexartig hatte Nicolas die Hand am Dolchgriff. Er war darauf vorbereitet gewesen, und doch kam es überraschend. Von Erik wusste er, dass die Zigeunerin noch todmüde auf ihrer Flucht jede Nacht von einem Albtraum aufgeschreckt worden war. Unbemerkt ließ er die Waffe neben die Matratze gleiten, wo sie immer lag. Er hörte ihren schnellen Atem. Reglos lag er da und beobachtete sie. Selbst in dem nahezu dunklen Raum konnte er sie zittern sehen.

Langsam fand sich Juana zurecht. Sie wandte den Kopf, denn sie spürte seinen Blick in ihrem Rücken. In dem dunklen Gesicht meinte sie zwei Augen zu erkennen, die sie musterten. Der Mann streckte beide Hände nach ihr aus und fasste sie an den Schultern. Es war ihr nicht unangenehm. Als er sie sacht aufs Bett drückte, wehrte sie sich nicht. Ohne sich zu rühren, lag sie steif neben ihm und wagte kaum zu atmen. Behutsam bettete er ihren Kopf auf seine sehnige Brust, und sie ließ es geschehen. Sie ließ auch geschehen, dass er seinen linken Arm um ihre Schultern legte. Ungeachtet ihrer Abneigung gegen jeden körperlichen Kontakt half ihr seine Nähe, den Albtraum zu vergessen und gab ihr ein Gefühl der Sicherheit. Allmählich entspannte sie sich. Aus irgendeinem Grund hatte sie das seltsame Gefühl, dass ihr vom Marqués, zumindest in dieser Nacht, keine Gefahr drohte. Es war schön, so einzuschlafen …

Nicolas dagegen litt Höllenqualen. Ihren weichen Körper in seinen Armen zu halten und den Duft ihres Haares einzuatmen, in den sich Rosen und Mandelessenzen mischten, war kaum zu ertragen. Ihre Passivität reizte ihn zusätzlich, verachtete er doch sich anbiedernde Frauen zutiefst. In seinen Lenden, die ihm nicht gehorchen wollten, spürte er das vertraute Ziehen. Reglos lag er mit aufgerichteter Lanze in der Dunkelheit und starrte zur Decke. Wie sollte er sich jetzt ablenken? Lange fand er keinen Schlaf. Als er dann Juanas ruhig fließenden Atem vernahm, durchströmte ihn unversehens ein Gefühl, warm und prickelnd. War es Glück? Längst glaubte er nicht mehr daran. Er wusste nur, dass er diese schöne Frau mit der ganzen Kraft seiner Lenden nehmen wollte, das war alles. Dennoch wagte er kaum, sich zu rühren, bis er endlich in einen traumlosen Schlaf sank.

Den nächsten Tag über gingen sie sich aus dem Weg. Erik witterte Juanas Bedürfnis, sich außerhalb der Kajüte aufzuhalten, und führte sie auf dem gesamten Schiff herum. Dabei erklärte er ihr Interessantes über Nautik, Wind und Wellen, und als sie anschließend auf den Planken des Achterdecks saßen, demonstrierte er ihr verschiedene Knoten mit den Enden unterschiedlich starker Taue. Später, als etwas Wind aufkam und der Kapitän vom Achterdeck aus seine Befehle gab, räumte Juana sein Gemach auf, wusch die Wäsche und legte sich danach in die Hängematte vor der Kajüte. Unaufhaltsam rückte die Nacht näher.

Ein Schwarm Silbermöwen glitt tief über der Wasserfläche dahin und verlor sich im glühenden Rot des Abendhimmels, als Miguele die Speisen in die Kajüte trug. Erik und Yusuf waren zum Essen geladen und gesellten sich zu ihnen. Zu köstlichen Nudelgerichten, Fisch und frisch gebackenen Fladen kredenzte der Marqués herben Weißwein aus Korsika. Obwohl sich Juana vorgenommen hatte, nur wenig zu trinken, übersah sie allmählich, wie der spritzige Rebensaft ihr zu Kopf stieg. Das Essen zog sich lange hin, und sie war den beiden Freunden dankbar für den unterhaltsamen Abend. Selbst Yusuf sprang über seinen Schatten und erzählte eine Begebenheit aus seiner Zeit als *dschandar* am Hof in Tunis. Für den scharfen Beobachter war die Sache zwischen dem Kapitän und der Frau noch nicht entschieden. Niemand erwähnte Juanas Aufenthalt in Granadas Kerker, niemand verlor ein Wort über ihre Befreiung.

Als der Kapitän die imposante Zigarre, die er sich nach dem Essen zu einem Schwenker Cognac angezündet hatte, fast zu Ende geraucht hatte, verabschiedeten sich Erik und der Araber und wünschten eine gute Nacht. Nicolas hatte absichtlich nicht viel getrunken. Sein Problem, nach dem Genuss einer guten Zigarre in jeder Hinsicht angeregt zu sein, war neben diesem Weib schon ohne Alkohol kaum zu bewältigen. Wenn er sich noch lange in Geduld üben musste, endete er noch als Heiliger! Einigermaßen nüchtern ließ er es gar nicht erst auf einen Versuch ankommen und begab sich zu Bett. Juana folgte ihm, nachdem sie sich vergewissert hatte, dass er fest schlief.

Als sie aus dem Schlaf fuhr, war Nicolas hellwach. Er nahm sie in seine Arme, bettete den Kopf an seine Schulter und streichelte über ihr Haar. Sofort beruhigte sich Juana und hörte auf zu zittern. Allmählich ließ auch ihre Anspannung nach, die sie erfasste, sobald der Marqués sie berührte.

Eine Weile lagen sie reglos nebeneinander und spürten nur ihre heißen Körper. Keiner rührte sich. Mühsam kämpfte Nicolas gegen seine Lust an. Den ganzen Tag über hatte er die Zigeunerin verstohlen beobachtet, hatte sie in Gedanken entkleidet wie in jener Nacht und daran gedacht, sie heute im Bett wieder in den Armen zu halten. Das Verlangen zwischen seinen Schenkeln war quälender und schmerzhafter als je zuvor. Unter dem dünnen Laken stand seine Lanze aufrecht wie ein Mast und rieb sich an dem glatten Stoff.

O Gott, nein! Er zuckte zusammen. Sie hätte ihn nicht berühren dürfen! Nicht dort! Ganz sicher war es unabsichtlich passiert, hatte ihre Hand nur versehentlich seine Männlichkeit gestreift. Obwohl sie am Einschlafen war, zuckte sie zurück. Blitzschnell fing er ihre Hand ein, stöhnte und drehte sich zu ihr. Dabei berührte sein Glied ihren Oberschenkel. Durch den dünnen Stoff ihres Rockes spürte sie pulsierende Härte. »Lovenita …«

Juana stellte sich schlafend. Ihre Atmung ging ganz flach, aber ihr Herz raste, und Hitze wallte durch ihren Körper. Hatte er sich ihren geheimen Namen behalten? Über vier lange Jahre? Es musste wohl so sein, niemand hier kannte ihren wahren Namen …

Zärtlich bettete Nicolas ihren Kopf auf das Kissen und strich ihr die Haare aus dem Gesicht. Dann beugte er sich über sie und setzte seine Lippen auf die ihren, zart und behutsam. Wie zu erwarten, blieben sie verschlossen. Seine Lippen wanderten weiter, ihr gesamtes Gesicht mit sanften Küssen bedeckend. Flüchtig berührte er ihre Lider, die gerade Nase mit den scharf geschnittenen Nasenflügeln, die Schläfen, den Haaransatz, ihr Kinn, das spitz zusammenlief, wenn sie es eigensinnig nach vorne schob.

Juana wehrte sich nicht. Sie wusste nicht einmal, ob sie sich noch wehren wollte. Oh, *dada!*, flehte sie stumm. Es würde kommen, weil es kommen musste. Sie hatte es in seinen Augen gelesen, damals, im Käfig. Willenlos lag sie in seinen starken Armen, lag einfach nur da und ließ es geschehen.

Nicolas fuhr fort, sie zärtlich zu liebkosen. Irgendwann legten sich seine heißen Lippen verlangend auf die ihren. Als Juana nicht reagierte, übten sie sanften Druck aus, bemühten sich, ihre geschlossenen Lippen auseinander zu drängen. In dem Moment, in dem sie sich ihm öffnete, seiner fordernden Zunge Einlass gewährte, jagten Schauer der Erregung über ihren Rücken. An dem Kuss entflammt, packte sie eine Leidenschaft, zu der sie geglaubt hatte, nie wieder fähig zu sein. Aber auch die Erkenntnis, dass sie ein Wesen aus Fleisch und Blut war, mit Gefühlen, die dieser Fremde zu wecken imstande war. Gefühle, die sie nicht mehr leugnen konnte. *Devlam!*, flehte sie, jene tief in ihrem Innern schlummernde Sehnsucht nach Zärtlichkeit und Geborgenheit von sich weisend. Sie wusste, wohin solch Treiben führte, und sie hatte Angst davor. Für einen Augenblick sah sie den behaarten Körper des Henkers vor sich, und ein Beben durchlief sie. Alles, nur das nicht. Noch nicht.

»Nicolas, bitte …«

Zum ersten Mal nannte sie ihn bei seinem Namen. Allein wie sie ihn aussprach, klang es zärtlich. Oder bildete er sich das nur ein?

Handgreiflichkeiten wären ihm jetzt lieber gewesen, dann wäre er über sie hergefallen, hätte sie genommen, ohne Gnade … Es muss der Ansturm ihrer Gefühle sein, die sie so verwirren und verunsichern, sagte er sich. Wieder zog er sich zurück und rollte sich auf den Rücken. Er legte den linken Arm um ihre Schulter und drückte sie an sich. In seinem Leben hatte er gelernt, dass man für alles bezahlen musste. Berauscht von ihrer Nähe und trunken von ihrem Geschmack gab er sich jede Mühe, seiner Gefühle Herr zu bleiben, denn er wollte nicht nur ihren Körper. Ein ersticktes *»Najis«* und Tränen zarten Glücks, die seine Brust benetzten, ließen ihn ahnen, wie viel er mit seiner Geduld gewann.

Am darauf folgenden Tag ging ihm Juana nicht mehr aus dem Weg. Für Erik und die Mannschaft war die Sache zwischen dem Kapitän und dem Mädchen entschieden. Nichts in ihrem Verhalten dem Marqués gegenüber ließ darauf schließen, dass sie noch kein Paar waren. Yusuf nahm es zur Kenntnis und beschloss, die Zigeunerin noch am selben Tag zu vergessen. Sich gegen sein Karma aufzulehnen wäre ihm, dem Krieger, feige und verachtenswert erschienen.

Die große Insel der Pityusen war zunächst nur ein verschwommener Fleck am nordöstlichen Horizont, wo die aufsteigende Sonne das Meer silbern und golden zum Glitzern brachte. Als Ibiza Gestalt annahm und man an Bord das Dunkelgrün der Kiefernwälder in der Sonne leuchten sah, stieg Juana zum Kapitän aufs Achterdeck. Sie näherten sich der Insel von Südwesten kommend.

Nicolas deutete Backbord voraus auf einen eindrucksvollen schroffen Felsen mitten in den blauen Fluten. »Der Vedrá«, sagte er gut gelaunt. »Der war auch meinem Großvater immer richtungsweisend. So hoch wie der ist, sieht man ihn schon von weitem. Um das Eiland rankt sich einiges an Seemannsgarn, wie du dir vorstellen kannst.«

Aus ihrem Blick entnahm er, dass sie sich unter Seemannsgarn nicht viel vorstellen konnte. »Dort, auf Formentera«, er deutete Steuerbord voraus auf die kleinere der Pinieninseln, »holen sich sämtliche Piraten ihr Frischwasser.«

»Dann ist die Gegend hier wohl gefährlich.«

»Kleine Fische, nichts weiter.« Er wollte sie nicht beunruhigen. Vermutlich wusste sie nicht einmal, wer Barbarossa war. Genau vier Jahre war es jetzt her, er hatte seine Rache nicht vergessen. Aber zunächst kam die Geburt …

Später nickte er zur Südostspitze Ibizas. »Sieh die Salinas, Juana!« Weiß leuchteten die Salzgärten in der Sonne.

Juana beschattete ihre Augen und folgte seinem Finger hierhin und dorthin. Zwischendurch lachte sie.

Nachdem sie die Meerenge zwischen Formentera und Ibiza passiert hatten, befahl Nicolas Kurs auf Nordost. Am Nachmittag gingen sie im Hafen von Ibiza-Stadt vor Anker. Alle Männer, die Nicolas entbehren konnte, wurden ausbezahlt, und einer nach dem anderen verließ die »Aggab«.

Juana sah noch einmal nach Romans Bein. Bis jetzt hatte sich kein Fieber eingestellt, die Wunde war unauffällig und versprach eine komplikationslose Heilung. Sie war gerade im Begriff, aus dem Aufenthaltsraum zu treten, als sie ein paar Schritte entfernt auf dem Hauptdeck Stimmen hörte. Nicolas' weiches Arabisch wechselte mit dem harten Tonfall des Tunesiers. Juana lauschte.

»... bleibt in diesem Land nichts mehr für mich zu tun«, sagte Yusuf, und es klang wie eine nüchterne Feststellung. »Allahs Wege sind oft unergründlich und dennoch ... Zu gegebener Zeit werden sie mich in meine Heimat führen.«

Eine Weile ruhten Nicolas' Augen auf dem dunklen Gesicht des Mannes, der den Blick ebenso ruhig erwiderte. Er hatte dem loyalen Araber aus der Kabylei viel zu verdanken, und doch waren Worte der Erklärung zwischen den beiden überflüssig. *»Hasanan«*, nickte er kurz und legte eine Hand ans Herz. *»Sukran, sadiq-i wa'ah-i.«*

»Salam, mein Freund und Bruder«, erwiderte der andere, die Hand am Herzen.

Juana vernahm ein dumpfes Klirren, wie wenn ein prall gefüllter Lederbeutel den Besitzer wechselt. Dann hörte sie Schritte. Sie trat aus der Tür und sah, wie sich der Araber entfernte. *»Salam!«*, rief sie ihm nach. »Und vielen Dank für deine Hilfe!«

Yusuf stutzte, dann schwang er sich über die Reling, ohne sich umzublicken.

Die verbliebenen Männer, welche die »Aggab« nach Hause manövrierten, setzten nur ein einziges Segel. Freudig blähte es sich im Wind. Die Karavelle nahm langsam Fahrt auf, luvte etwas an und segelte nahe der Küste Richtung Norden.

Irgendwann schlenderten der Kapitän und die junge Frau nach vorn zum Bug. Scharf blies ihnen der Fahrtwind ins Gesicht, wehte durch Juanas Haar und bauschte ihren Rock. Ein feiner Schleier salziger Gischt legte sich auf ihre Haut. Nicolas schlang einen Arm um ihre Schultern und zeigte geradeaus auf einen kleinen Punkt im stahlblauen Meer. Die letzten schräg einfallenden Sonnenstrahlen beleuchteten einen Felsen, der dunklen Klippen vorgelagert war und allmählich an Größe gewann. Steil und mächtig ragte er aus dem Wasser und trotzte der Brandung.

»Tagomago«, flüsterte er.

Juana sah zu dem Mann an ihrer Seite auf, und der Ausdruck in seinem Gesicht überraschte sie. Sie lächelte ihn an. Nur die Schreie vereinzelt kreisender Silbermöwen durchbrachen die Stille dieses Augenblicks.

Der Marqués erwiderte ihren Blick, zärtlich und beinahe dankbar. Er dachte an die Schlangenpriesterin, deren Weissagung sich bis jetzt in allem erfüllt hatte …

ZUR GESCHICHTE SPANIENS

Als die Heerführer der kleinen christlichen Königreiche vom Norden Spaniens aus in den Süden vorstießen und die Mauren bis auf Al-Andalus zurückdrängten, breiteten sich auch ihre Königreiche aus. Im Zuge der achthundert Jahre währenden Reconquista verschmolzen manche von ihnen teils durch Heirat, teils weil sie sich miteinander verbündeten, andere wiederum wurden zwischen ihnen aufgerieben. Valencia, Alicante, Murcia, Jaen, Córdoba und Sevilla waren die bedeutendsten Städte, die mit Anfang des 13. Jahrhunderts christlich wurden. Weiter südlich hielt sich das maurische Königreich der Nasriden noch bis 1492.

Mit dem Fall Granadas 1492 endete die Reconquista. Übrig gebliebenen waren die zwei größten nach Süden expandierenden Königreiche: Aragón und Kastilien. Als Fernando von Aragón und Isabella von Kastilien heirateten, schufen die so genannten Katholischen Könige in einer Personalunion das spanische Imperium, das gerade begann, sich nach Westen auszudehnen.

Ihr direkter Nachfolger auf dem spanischen Thron, der um 1500 in Gent geborene Enkel Karl, begründete 1516 die habsburgische Linie in Spanien, brachte es bis zum Kaiser des Heiligen Römischen Reiches und setzte im Übrigen die Unterdrückungs- und Ausbeutungspolitik seiner Großeltern in der Neuen Welt fort.

Das Leben in den spanischen Städten zu jener Zeit war dem Schein nach ein christlich orientiertes. Die wenigen Mauren lebten zurückgezogen und waren auf der Hut, die wenigen Juden, die bleiben durften, mussten sich durch ein rotes oder gelbes Stück Stoff kennzeichnen. Diejenigen, die zwangsbekehrt wurden oder freiwillig zum Christentum übertraten und sich taufen ließen, die Morisken und Marranen, bildeten Enklaven, die umso gettomäßiger wurden, je weiter man in den Norden kam.

Während in Kastilien die Landbevölkerung durch die Reconquista und die nachfolgende Neubesiedelung durch Bewohner aus dem Norden fast durchgehend christlich war, waren die Campesinos der Krone Aragóns um so maurischer, je südlicher man kam. In Valencia und Alicante bestanden die freien Bauern, Landarbeiter und Leibeigenen aus Mudejaren, Mauren und Morisken.

1492 Ausweisung der Juden aus Gesamtspanien – allein ein Drittel der Bevölkerung Toledos war jüdisch. Viele Ausgewiesene ließen sich in der Türkei nieder und nannten sich fortan Sepharden.

1499 Erste Dekrete gegen die Zigeuner. Mit der Verordnung von Medina del Campo durch die Katholischen Könige nahm die Verfolgung der Zigeuner ihren Anfang.

1502 Ausweisung der in Spanien gebliebenen nichtchristlichen Mauren – 200 000 Andersgläubige verließen allein Al-Andalus Richtung Nordafrika.
Ausweisung der jüdischen Konvertiten.

1568 Verbot der traditionellen arabischen Kleidung und der arabischen Sprache.

1609 Endgültige Ausweisung der Morisken – 275 000 Mauren verließen das Land, was katastrophale Auswirkungen auf die Landwirtschaft hatte.

DIE INQUISITION

Bekennende Katholiken, die sich an Gott und am Glauben versündigten, verfielen schon sehr früh der »inquisitio« (geistlich-amtliche Untersuchung), die ihnen zur Buße Kirchenstrafen auferlegte. Den Blutrausch der Inquisition lösten erst die Päpste in der ersten Hälfte des 13. Jh. aus, im Bestreben, Sektenumtrieben – zunächst in Südfrankreich – Einhalt zu gebieten. Kampforden gegen das Ketzertum wurden gegründet, ein Papst sanktionierte die Folter, ein anderer bestrafte nicht willfährige Landesherren mit Exkommunikation (1259).

Das Streben der Kirche und allen voran der Päpste des Hoch- und Spätmittelalters nach politischer Weltherrschaft – unter Alexander VI. und Julius II. eskalierten die Korruption und der Nepotismus –, ihr politisches Scheitern, die zunehmende Verstrickung des Papsttums in weltliche Interessen und die sich daraus ergebende Finanzpolitik sowie der Ablasshandel wurden Voraussetzungen für Reformbewegungen und neue religiöse Haltungen wie dem Protestantismus. Um die Protestanten, Juden und Konvertiten, die beschuldigt wurden, ihre Religion weiter zu praktizieren, die Mauren und die Anhänger Erasmus' besser bekämpfen zu können, perfektionierte die Kirche in Spanien wie in Italien die Inquisition als ihr allmächtiges Instrument. Nach Erscheinen des Hexenhammers (1487) und der gnadenlosen Judenvertreibung durch den fanatischen Großinquisitor Torquemada unter den Katholischen Königen erließ Kaiser Karl 1532 seine »peinliche Halsgerichtsordnung«.

Das unfassbar grausame Vorgehen der Kirche gegen Frauen begann in seiner systematisch betriebenen, groß angelegten Form mit der Abfassung der »Hexenbulle« von Papst Innozenz VIII. (1484) und dem Hexenhammer, einem Gesetzbuch für Hexenprozesse, das detailliert die Anwendung sadistischer Foltermethoden festlegte. Als dem Hexenwahn daraufhin Zehntausende von Frauen zum Opfer fielen, erreichte dieser katholische wie auch protestantische Wahnsinn im 16. und frühen 17. Jahrhundert seinen Höhepunkt.

SPANIENS AUSSENPOLITIK UNTER KARL I. UND DIE BARBAROSSA-BRÜDER

Zeitweise mit England gegen den Erzfeind Frankreich verbündet, kämpfte der Habsburger Karl I., der zugleich Karl V., Kaiser des Heiligen Römischen Reiches war, zunächst um die Kaiserkrone, dann gegen die Ansprüche des französischen Königs Franz I. in Italien, gegen den Protestantismus in den deutschen Landen und den Niederlanden und seine gesamte Regentschaft hindurch gegen die Türken, auf dem Land wie auch zur See.

Die ständige Bedrohung der nahen spanischen Küste durch Seeräuber, die in den berüchtigten Barbareskenstaaten des westlichen Maghreb (des heutigen Algerien und Marokko) und des Maghreb-el-Adna ihre Schlupfwinkel hatten, veranlasste schon die Katholischen Könige zu mehreren Expeditionen an die nordafrikanische Küste und auch ins Landesinnere, wo sie versuchten, die Berberei zu erobern.

Die wohl gefürchtetsten und mächtigsten unter den Piraten waren die Barbarossa-Brüder Kluza, Horuk und Isaac, die sogar über mehrere

Jahrzehnte mit ganzen Flotten ihr Unwesen trieben und dabei auch politische Bedeutung erlangten. Ihre Karriere begannen die drei muselmanischen Brüder mit den flammend roten Bärten – Griechen germanischer Abstammung aus Mytilini – nach ihrer Flucht aus der christlichen Festung auf Rhodos. Horuk, der Älteste, der zu Beginn des 16. Jh. die Küsten des Mittelmeers von Rhodos bis Südspanien verwüstete, bekam 1505 vom Emir von Tunis die Erlaubnis, auf Djerba und danach auf La Goleta seine Gefangenen zu stationieren.

1509 gelang es Spanien in einer erfolgreichen Expedition unter Andres Doria, Oran und Bugia den Piraten zu entreißen, die Gefangenen der Insel La Goleta zu befreien und die Flotte Barbarossas niederzubrennen. Die Piratenbrüder, die nicht gefasst werden konnten und bald wieder bedeutende Flotten befehligten, zählten auf die Hilfe des Emirs von Algerien, des Emirs von Tunesien, sogar des Sultans von Marokko und vor allem auf die Hilfe des mächtigen Sultans von Konstantinopel. Ihr gemeinsames Ziel war der Kampf gegen die Christen. Horuk bemächtigte sich des Throns von Algerien, und nach seinem Tod – er fiel 1518 im Kampf gegen spanische Soldaten – folgte ihm sein Bruder Kluza, in der Folge Cheir-ed-Din genannt, auf den algerischen Thron. Mit neuen Schiffen und Gold vom türkischen Sultan ausgerüstet, eroberte er 1529 den spanischen Stützpunkt auf einer Insel vor Algier, zerstörte diesen und baute auf den Trümmern den geschützten Hafen Al-Dschesirelis, wo es vorher nur einen unsicheren Schiffsliegeplatz gab. Von hier aus fuhr er fort, zu brandschatzen und die spanische Küste zu verwüsten, und brachte ebenfalls seine Gefangenen nach Djerba und auch wieder nach La Goleta.

Barbarossa war kühn und taktisch klug zugleich. Als es dem türkischen Sultan Süleiman 1533 an einem fähigen Oberbefehlshaber für seine Marine fehlte, ernannte er den berühmt-berüchtigten Piraten zum Beglerbey (Herr der Herren). Seine zahlreichen Versuche, die reichen, spanisch kontrollierten Städte an der nordafrikanischen Küste einzunehmen, schlugen aber fehl, und so warf er ein Auge auf Tunis, in dem der Emir Muley Hasan aus dem Geschlecht der Hafsiden herrschte.

Die Eroberung von Tunis durch Cheir-ed-Din 1533 gab schließlich im Jahre 1535 den letzten Anstoß zur großen spanischen Expedition, die in der gewaltigen Schlacht um Tunis und seiner Besetzung gipfelte. Kaiser Karl I. führte persönlich in einer prunkvoll geschmückten Karavelle die internationale Flotte an, die aus 400 Schiffen und 50 000 Mann bestand. Dieser Kreuzzug aller namhaften christlichen Generäle und Admirale aus Spanien, Portugal, Italien, den Niederlanden und den östlichen habsburgischen Ländern unter dem Oberbefehl von Andrea Doria sollte zu Wasser die immer weiter vorrückende osmanische Bedrohung im Mittelmeer eindämmen. Den Spaniern gelang es in ihrer Offensive im Maghreb allerdings nur, einzelne Punkte entlang der nordafrikanischen Küste zu besetzen beziehungsweise zu verstärken – Städte wie Oran, Bugia, Tunis, Melilla und Buna Haditha. La Goleta wird zu einer starken christlichen Festung ausgebaut. Einen 1541 gegen Algier geführten Feldzug verloren die Spanier.

Wie zu Lande, wo die Türken bis Wien vordrangen – dessen Regentschaft Karl seinem Bruder Ferdinand übertrug –, sollte Kaiser Karl auch zu Wasser während seiner gesamten Regentschaft keinen endgültigen Sieg über die Osmanen erringen oder sie aus dem Mittelmeer verbannen können. Im Gegenteil: Durch die Vorherrschaft türkischer Flotten im Mittelmeer kamen Stadtstaaten, kleinere und größere Emirate und ganze Staaten durch die expansive Politik der ungeheuer mächtigen Sultane Selim I. und Süleiman II. in diesem Jahrhundert unter osmanische Herrschaft.

Cheir-ed-Din konnte nie gefasst werden und kam in Konstantinopel zu Reichtum und Würden, während der jüngste Bruder Isaac als König von Tenas ermordet wurde.

DIE OSMANEN

Ihre historische Bezeichnung geht auf Khan Osman (†1326) zurück, einen Führer der Seldschuken, die sich auf lange Westwanderung begaben. Im Zuge seiner Ausbreitung errang dieser turktatarische Stamm unter Mehmed II. mit der Einnahme Konstantinopels 1453 die Vorherrschaft über den Balkan. Damit zerschlugen sie das griechische Reich, den exponierten Posten des Abendlandes, und folglich auch die Landbrücke zu den Schätzen von Fernost. Mit den gefürchteten Janitscharen eroberten sie Syrien und Teile von Russland, weiteten ihren Machtbereich in den Irak bis zum Persischen Golf aus, bis nach Aden und schließlich Nordafrika. Ein Jahr nach der Belagerung und dem Sieg von Lepanto verursachten die Türken 1500 mit dem Fall der beiden Festungen Koron und Modon, den »Augen des venezianischen Kolonialreichs«, den Niedergang der venezianischen Seemacht. 1517 wurde auch Ägypten von Reis-Efendis und einem Khediven regiert.

Nach Selim I. folgte 1520 Süleiman II. seinem Vater als Sultan. Er übte Gerechtigkeit, förderte Ackerbau, Gewerbefleiß und Handel und war freigebig gegenüber Gelehrten und Dichtern. Aber auch militärisch war er erfolgreich: Nach der Eroberung Belgrads und Rhodos' unternahm er 1529 einen dritten Feldzug nach Ungarn und stand mit 120 000 Mann vor Wien. Aufgrund der großen Verluste gab er die Belagerung der Stadt jedoch auf und wandte sich nach Asien, wo ihm Täbris und Bagdad ihre Tore öffneten. Mit Barbarossa als Admiral gewann er schließlich auch die Herrschaft über das Mittelmeer. Süleiman starb 1566 auf seinem vierten Feldzug durch Ungarn vor Szegedin. In seinem Todesjahr stand das Osmanische Reich im Zenit seiner Macht. Ihre Vorherrschaft am Balkan wurde erst 1912 beendet.

KURZE GESCHICHTE DER ZIGEUNER IN SPANIEN

Die erste historische Erwähnung eines Zigeunerstammes in Spanien datiert von 1445, als Alfonso V. von Aragon, genannt der Großmütige, einem damals in Zaragoza weilenden Stamm erlaubte, durch sein Land zu ziehen.

Bis in die Regierungszeit der Katholischen Könige glaubte man, die Zigeuner zur christlichen Religion bekehrt zu haben, da sie seit Anbeginn ihres Erscheinens in Europa mit Eifer den Marienkult pflegten. Das taten sie aber nur deshalb, weil die Rolle der Jesusmutter bestens in ihr Gedankengut und ihre Vorstellungswelt passte, während die alten Sitten und Bräuche, ihr Aberglaube und ihre Magie weiter ihr Leben bestimmten. Den Katholischen Königen blieb dies nicht auf die Dauer verborgen.

Das erste pragmatische Gesetz, das sich mit den Zigeunern befasste, die Verordnung von Medina del Campo, wurde von ihnen 1499 unterzeichnet, als ihnen zu Ohren gekommen war, dass Gitanos stahlen, betrogen und sich der Hexerei schuldig machten. Dieselben Zigeuner, die ein halbes Jahrhundert zuvor in Spanien großzügig, freundschaftlich, ja sogar ehrerbietig empfangen und aufgenommen worden waren, wurden damit verpflichtet, sesshaft zu werden, den Spaniern zu Diensten zu sein und vor allem, sich taufen zu lassen. Bei Vergehen gegen diese Anordnungen drohte ihnen beim ersten Aufgriff die Peitsche, beim zweiten das Abschneiden der Ohren und immer das Exil. Ihre Freiheitsliebe, ihre Arbeitsscheu, ihre Bräuche, an denen sie festhielten, und die Tatsache, dass sie kaum kontrollierbar waren, sollten den spanischen Behörden von da an stets ein Dorn im Auge sein.

Die Geschichte der Zigeuner in Spanien, die keinen bedeutenden wirtschaftlichen Faktor darstellten wie die Mauren und die Morisken, welche in weiten Landstrichen die Einzigen waren, die das Land bebauten, ist eine Geschichte der Flucht, der Verfolgungen, der Bedrohung und der Repressalien. Mit jedem Herrscher wiederholten sich die Dekrete und die darauf folgende Welle der Verfolgungen und der Gewalt. Zweihundertfünfzig Jahre später befahl Felipe V. sogar in einem von achtundzwanzig Königlichen Dekreten, die sich bis dahin mit den Zigeunern befasst hatten: »... auf sie Jagd zu machen mit Feuer und Schwert, diese öffentlichen Banditen, die Freiwild seien, auszulöschen ...« Ende des 18. Jh., im Zeitalter der europäischen Aufklärung, änderten auch die spanischen Herrscher ihre Taktik: Sie leugneten einfach die Existenz sämtlicher Minderheiten, sodass diese von da an kein Problem mehr darstellten.

GLOSSAR

Abulkasis, latinisiert Abul Kasim Chalaf Ibn Abbas As Sahrawi war der bedeutendste arabische Chirurg des Mittelalters und lebte im 10. Jahrhundert

Aguila, span. Adler

Aisch, arab. Brot

Aj, Romani ja

Alcazaba, arab.-span. maurische Festung mit Schutzmauern und Wachtturm

Al-hamdulillah, arab. Gott sei gepriesen

Aljama, span. Judenviertel

Alkahest in alchimistischen Schriften bis zum 18. Jh. eine angeblich alle Stoffe lösende Flüssigkeit

Allah Onakibar, arab. Allah, der allerhöchste Gott

Allahu akbar, arab. Gott ist der Allergrößte

Allah-u ma'a-k!, arab. Gott sei mit dir!

Askari, arab. Krieger, Soldat

As-shah mat, arab. schachmatt

As-Salam aleikum, arab. Friede sei mit euch

Autodafé, span. Gerichtsverhandlungen der Inquisition an öffentlichen Plätzen, wo die Verurteilungen zu Geld-, Gefängnisstrafen, zu körperlichen Züchtigungen oder zum Tod auf dem Scheiterhaufen stattfanden

Ay, que tonto soy!, span. Ach, was bin ich für ein Narr!

Azulejos, span. glasierte, ursprünglich blau bemalte Kacheln

Bayt-i bayt-ak, arab. mein Haus ist dein Haus

Beglerbey, türk. Provinzstatthalter

Bota, span. Schlauch, meist aus Ziegenleder, für Wasser und Wein

Bueno, span. gut

Burnus wollener Beduinenmantel mit Kapuze

But baxt!, Romani viel Glück

Cante jondo eine von schwermütigen Melodien getragene Poesie; auf ihm basiert der Flamenco, Erbe der Zigeuner und Mauren
Carajo, span. verflixt, verdammt
Caramba, span. Donner, hol's der Teufel!
Chata, span. Kleine, Mädchen
Chuckmuck Feuerzeug eines asiatischen Nomadenstammes, das in dieser Form schon 2000 Jahre in Gebrauch ist
Coño, span. ein – zumindest verbal – übermäßig beanspruchter Teil der weiblichen Anatomie, Kraftausdruck für Scheiße, leck mich am Arsch!, verdammt!
Copa, span. Glas
Coptan, arab. Kapitän
Cuidado!, span. Vorsicht!

Daci dej, Romani Großmutter
Dada, Romani Vater
Dajajka, Romani Mutter, Mütterchen
Dalla, arab. Kanne
De acuerdo?, span. Einverstanden?
Devlam!, Romani O mein Gott!
Dhau Segelschiff unterschiedlicher Größe im arabischen Raum
Dischdascha, arab. langes, weißes, hemdartiges arabisches Männerkleid
Divano, Romani Streitgespräch, Diskussion, Gericht
Djellaba, arab. weites arabisches Männergewand aus Wolle
Djinn Geist im islamischen Volksglauben
Dschandar, arab. Leibwächter
Ducado, span. Goldmünze, die zu jener Zeit 375 Maravedis (Kupfer) und 11 Reales (Silber) entsprach

Efendi, türk. Herr, als Anrede

Faja, span. Leibbinde, Schärpe
Feldschlange altes Geschütz, das Eisenkugeln von etwa 10 kg verschoss
Feluke aus der Galeere abgeleitetes kleines bis mittleres Segelschiff, das auch gerudert wird
Franzosenkrankheit Syphilis

Gadscho, Romani Nichtzigeuner, *Gadschi* – Nichtzigeunerin
Gadulka geigenähnliches altes indisches Streichinstrument
Gamila, arab. Schöne, Hübsche
Garibun, arab. Fremder
Gavur, arab. Ungläubiger
Ghutra traditionelle Kopfbedeckung arabischer Männer

Gitanos, span. spanische Bezeichnung für Zigeuner
Golfo, span. Strolch, Ganove
Gorfas Speicherburgen in den Karawansereien
Grande, span. groß; Angehöriger des Hochadels in Spanien

Habibt-i, arab. meine Liebe
Hadschi, arab. Ehrentitel eines Mohammedaners, der bereits seine Pilgerreise nach Mekka absolviert hat
Hakim, hakima, arab. Arzt/Ärztin
Hal-i, arab. mein Onkel
Halun, arab. Onkel
Hamaca, span. Hängematte
Hasanan, arab. in Ordnung, gut
Hijo de puta, span. Hurensohn
Huertas, span. bewässerte Gärten
Hummus, arab. Kichererbsenbrei
Huri Jungfrauen im islamischen Paradies

Ibn-i, arab. mein Sohn
'Idan, arab. also, nun
In hoc signo vincemus, lat. Mit diesem Zeichen siegen wir.
Inquisition Die hl. Inquisition wurde 1478 auf Betreiben der Katholischen Könige von Papst Sixtus IV. in Spanien als staatliche Institution genehmigt; der Dominikaner Torquemada wurde erster Großinquisitor
Insarif!, arab. hau ab!
Inschallah, arab. wenn Gott will

Janbiah orientalischer Krummdolch
Jek, duj, trin, Romani eins, zwei, drei
Joder!, span. Scheiße!, verdammt!
Jodidos cabrones, span. verdammte Scheißkerle
Jolin!, span. verflixt, so ein Mist!

Kafa, arab. genug, jetzt reicht's
Kaku, Romani Hexer, Zauberer, Magier, Heiler der Zigeunergemeinschaft mit übersinnlichen Kräften
Kalaitsche, Romani Kesselflicker
Kalderas, Romani »Altmetallhändler«, Zigeunerstamm in Osteuropa
Kalla, arab. nein, nicht
Kanun Fi Attibb das vom persischen Arzt Ibn Sina, besser bekannt unter dem Namen *Avicenna*, systematisch aufgebaute Lehrbuch der gesamten antiken und arabischen Heilkunde sollte 700 Jahre lang in

Lehre und Praxis für Juden wie Christen unbestrittene Autorität bleiben

Kapudan Pascha, türk. »Herr der Herren«, Oberbefehlshaber der Marine, Admiral der türkischen Flotte

Kasbah, arab. Altstadt; aber auch Bezeichnung für die an der höchsten Stelle der Stadtmauer gelegene Burg

Khedive, arab. Vizekönig in Ägypten zur Zeit der Osmanen

Klafter altes Raum- und Längenmaß (6–10 Fuß oder 1,70–3m)

Kofiah, arab. gerade geschnittene Filzkappe, nicht flach wie ein Judenkäppchen

Kopten christliche Nachfolger der alten Ägypter

Kriss, Romani Rat der Ältesten

La, arab. nein, nicht

Laban, arab. Sauermilch, Buttermilch

Lo siento, span. es tut mir Leid, bedaure

Magam, arab. königliches Haus

Maghreb-el-Adna heutiges Tunesien

Maldito hijo de puta, span. verfluchter Hurensohn

Mancala arabisches Brettspiel

Maravedi, span. Kupfermünze in Spanien im 15. u. 16. Jh. Im Jahre 1519 entsprachen 450 Maravedi einer Krone; *siehe auch* Ducados

Mariposa, span. Schmetterling

Marrane (*marrano, span.*: Schwein, Gauner) Schimpfwort für die konvertierten bzw. zwangsgetauften Juden in Spanien, die heimlich am Judentum festhielten

Mat'am, arab. Gasthaus

Mauren nach der arab. Invasion auf der Iberischen Halbinsel fortlebende Moslems arab. Abstammung mit arab. Sprache und Gebräuchen

Medina, arab. in islamischen Städten ursprünglich von einer Mauer umgebene Altstadt mit typischem Sackgassengrundriss

Medrese, arab. Universität

Morisca, span. pantomimischer Schautanz mit Schellen (15./16. Jahrhundert), der auf islamische Schwerttänze zurückgehen soll

Morisken Zum Christentum bekehrte Mauren bzw. Araber in Spanien. 1566 wurde ihnen das Tragen der traditionellen Kleidung und der Gebrauch des Arabischen verboten, was zu verschiedenen Aufständen führte

Mufti, arab. islamischer Rechtsgelehrter, Beschneider

Mullah Titel islamischer Geistlicher

Na, Romani nicht, nein
Na'am, arab. ja
Nabidh, arab. Wein aus vergorenen Datteln und Rosinen
Na maj, Romani Nein!, Tu's nicht!
Najis, Romani danke
Nargileh, arab. orientalische Wasserpfeife
Narun, arab. Feuer
Nazarani, arab. Christ

Payo, Romani aus der Sicht der span. Zigeuner jeder Nichtzigeuner oder *gadscho*
Phuri Dai Stammesmutter, »Fürstin der Zigeuner«
Pityusen Inselgruppe der Balearen, bestehend aus Ibiza, Formentera und zahlreichen kleineren und unbewohnten Felseninseln
Pobre diablo, span. armer Teufel
Putero, span. Hurenbock

Qabila, arab. Hebamme
Qadi, arab. Richter in Zivildingen
Qahwa, arab. Kaffee; urspr. äthiopischer Aufguss aus Kaffeebohnen und Kaffeehülsen
Qat, arab. immergrüne Pflanze mit leicht berauschender Wirkung
Qué quieres que te digo?, span. Was soll ich dir sagen?

Räl, arab. Quelle
Real Silbermünze zur Zeit Karls V., die 34 Maravedis entsprach; 11 Reales = 1 Ducado
Reb, hebr. Herr
Rebab, arab. zweisaitige Spießgeige
Rebbenu, hebr. jüdischer Geistlicher
Reconquista, span. »Rückeroberung«; gemeint ist die fast 800 Jahre dauernde Rückeroberung der von den Arabern im Sturm genommenen und in wenigen Jahren besetzten Gebiete. Sie begann im Norden, breitete sich langsam in den Süden aus und endete 1492 mit dem Fall (Kapitulation) Granadas, der letzten maurischen Stadt
Ribat, arab. islamische Wehrfestungen in allen Küstenstädten
Romani Zigeunersprache

Sadiq-i, arab. mein Freund
Sadiq-i wa'ah-i mein Freund und Bruder
Sahabat, arab. Wolke
Sahih, arab. richtig
Salam, arab. Friede

Sastimos, Romani Sei gegrüßt!, Lebe wohl!
Sayyid, arab. Herr, ursprünglich Nachkomme des Propheten
Sayyid-i mein Herr
Scharschaf, arab. schwarzes Übergewand der Frauen im Jemen aus Mantel, Kopftuch und Gesichtsschleier
Sectio caesarea, lat. Kaiserschnitt
Sejori, Romani Tochter, Töchterchen
Sfeeha, arab. mit Hammelhackfleisch pikant gefüllte Hefeteigtaschen
Shalom, hebr. Friede
Shams, arab. Sonne
Sifrit Kräuterwein der Zigeuner, der Halluzinationen erzeugen und Schmerzen lindern kann; besteht aus Weißwein, Früchten und Getreidekörnern
Sukran, arab. danke
Suq, arab. orientalischer Markt; Basar
Sure, arab. Kapitel des Korans

Takaj!, Romani gut!
Taliba, arab. Studentin
Talibt-i, arab. meine Studentin
Tamam, arab. in Ordnung
Theriak Wichtigste und berühmteste Arznei des Mittelalters als Mittel, das alle Krankheiten und besonders Vergiftungen heilen sollte. Das von den Römern als universelles Gegengift verwendete Mittel enthielt 50 bis 100 Bestandteile
Tio de mierda, span. Scheißkerl, Drecksack

Uhibb-ki, arab. Ich liebe dich
Ulema, arab. islamische Religionsgelehrte
Uridu al mawta, arab. Ich will den Tod
'Ustad, arab. Professor

Vaya, span. aber geh!, na so etwas!
Vaya hombre, span. Mensch!
Vedavica, slawisch »vedischer Seher« , Kartenleser, Wahrsager der Zigeuner

Yamaniyyu, arab. Jemenit

Zambras, span. ehemalige Moriskenlieder, aus denen die *gitanos* im Laufe der Zeit auch unter Einfluss der jüdischen Kultur ihren eigenen, ganz besonderen Stil entwickelt haben